JN305828

二見文庫

朝まではこのままで

シャノン・マッケナ／幡　美紀子＝訳

Blood and Fire

by

Shannon McKenna

Published by arrangement with Kensington Books,
an imprint of Kensington Publishing Corp.,New York
through Tuttle-Mori Agency,Inc.,Tokyo

この本を書くにあたって、多くの方にご協力いただきましたが、最初にご紹介したいのは、わたしの大事な批評家でありパートナーであるエリザベス・ジェニングスとリサ・マリー・ライスです。ふたりがいなければ、どれほど苦しく孤独で混乱に満ちた作業になっていたか、想像するのも怖いほどです。いつも力になってくれてどうもありがとう！

そして、武器や戦略について門外漢のわたしに詳しく教えてくれたアダム・ファイヤーストーン、ポートランド警察の仕事に関する質問に辛抱強くかつ前向きに答えてくれたジョージ・ヤング。どれだけ助かったかわかりません。何か間違ったところやおかしなところがあれば、それは誤った質問をしたわたしのせいです！　おふたりに心から感謝します。

朝まではこのままで

登場人物紹介

リリー・パー	医師の娘
ブルーノ・ラニエリ	会社経営者
ケヴ・マクラウド	ブルーノと一緒に育った男性。マクラウド兄弟の四男
エディ・パリッシュ	ケヴの婚約者
ショーン・マクラウド	ケヴの双子の兄。マクラウド兄弟の三男
リヴ・マクラウド	ショーンの妻
デイビー・マクラウド	ケヴの兄。マクラウド兄弟の長男
コナー・マクラウド	ケヴの兄。マクラウド兄弟の次男
ヴァル・ヤノシュ	マクラウド兄弟の友人
タマラ・スティール	ヴァルの妻
ハワード・パー	リリーの父親。不妊治療の専門医
ニール・キング	完全な人間を作り出そうとしている男
ゾーイ	キングのプログラムを修了した女性
マイケル・ラニエリ	マフィアの一味。キングの取引相手
マグダ・ラニエリ	ブルーノの母親。故人
ルディ	マグダの恋人
トニー・ラニエリ	ブルーノの大叔父。故人
ローザ・ラニエリ	トニーの妹。ブルーノの大叔母。マイケルのまたいとこ
サム・ピートリー	刑事

プロローグ

十八年前
マンハッタン、アッパー・ウエストサイド

インターフォンの呼びだし音が短く三回鳴ったのは、午前三時のことだった。

ドクター・ハワード・パーは飛びあがり、その拍子に酒を引っくり返した。煙草《たばこ》が火のついた灰を散らしながら手から落ちる。彼は手すりをつかみながらふらふらと階段をおりて、玄関ドアへ向かった。のぞき穴から外を見る。玄関ポーチに大きな封筒が置いてあった。ドアを開け、指紋を残してしまっているかもしれないこともおかまいなしに封筒を拾う。彼が警察に行かないことは、連中も充分承知していた。

なかにはふたつのものが入っていた。ひとつは、愚かにもハワード自身が玄関にとりつけた監視カメラの残骸だ。とりつけてから数日後に、何者かによってはずされていた。それ以来、恐ろしい報復を受けることを覚悟していた。カメラなど仕掛けなければよかった。抵抗する気などないことを連中に示して、〝すまない〟と言いたかった。だが、そんなことをしても連中はなんとも思わないだろう。封筒に入っていたもうひとつのものは、ビデオテープだった。恐怖のあまり心臓が飛びだしそうになる。

ハワードは、車がとまっている暗い通りに目を走らせた。誰もいない。それでも、暗闇から悪意が毒ガスのように忍び寄るのが感じられた。

重い足どりで階段をのぼり、テープをビデオデッキにセットした。何かが焦げるにおいが鼻をつく。見おろすと、さっき落とした煙草がカーペットの上でくすぶっていた。ハワードがそれを踏み消したのと同時に、テープの再生がはじまった。

揺れ動くカメラがこの家のなかを映しているのを見て、ハワードは吐き気を覚えた。カメラは角を曲がり、キッチンの床で酔いつぶれているハワード自身をアップにした。いつの映像かはわからない。彼がここでひと晩過ごすのは珍しいことではなかった。かたくて冷たいタイルに熱い顔を押しつけると、なんとなくほっとするのだ。

カメラは階段をのぼり、ハワードのベッドルームの前を通りすぎた。ゴム手袋をはめた、これといって特徴のない手が、ドアノブをまわして十一歳の娘リリーの部屋へ入っていく。彼の胃が痙攣《けいれん》しはじめた。

リリーのベッドにカメラが近づく。廊下の明かりが流れこんでいる。リリーのなかば開いた口にカメラのピントが合った。ゴム手袋の手がこれ見よがしにスプレー缶を持ちあげ、少女の顔に向けて噴射する。リリーは何かつぶやいたが、目は覚まさなかった。撮影している男がベッドに座るのに合わせて、カメラの位置が低くなってから上下に揺れた。男はリリーの顔を平手打ちした。それでもリリーは動かない。

男の手がからかうようにゆっくりと上掛けをはがす。体を丸めて眠っている少女の体を、カメラがなめるように映した。リリーはTシャツにショートパンツという格好だ。ゴム手袋の手が、Tシャツを肋骨《ろっこつ》の上までまくりあげ、ふくらみかけた胸を愛撫《あいぶ》する。それから、膝を持ちあげて脚を広げた。カメラが、ショートパンツの白い股の部分を長いことアップにする。そのおぞましい時間は、永遠に続くかと思われた。

ハワードは必死で口を押さえて吐き気をこらえた。

カメラのなかの手がナイフを握った。黒っぽくて短いナイフだ。ハワードの息が荒くなった。リリーは無事だ。上階で眠っている。いつものように、酔っ払った父親に小言を言ってからベッドに向かった。怒ってはいるが、無事だ。傷つけられてはいない。ナイフの刃がリリーの体のあちこちに押しあてられるのを見ながら、ハワードは口に拳をあてた。

ナイフは腿の内側でとまった。手が上掛けを持ちあげ、リリーの顎の下にそっとたくしこむ。一瞬、その喉に指が巻きついた。それから、男は一本の指を少女の口にさし入れ、ゆっくり引き抜きながら柔らかい唇を愛撫した。

ハワードはバスルームに駆けこもうとしたが、たどり着く前に、アルコールのまじった胃の中身を廊下に吐いた。膝をつき、大きくあえぐ。そのまま三十分以上うずくまっていたが、やがて、自分のすべきことをする勇気をなんとかかき集めて立ちあがった。

瓶から錠剤をふたつ出す。そして一瞬ためらったのち、三つ目を出した。

愛のためだ――ハワードは何度も自分に言い聞かせた。リリーのためにするのだ。愛する娘のために。あの子を守るためには、黙って毒をのむしかない。自分の知っていることに、恐ろしい秘密にふたをするしか。それには助けが必要だった。酒よりも強い助けが。そのせいで命を落とすなら、それでもかまわない。

そのほうがリリーのためにもいいだろう。

1

現在
オレゴン州ポートランド

ただの夢だ。ばかげた夢にすぎない。

だから？　それがわかっていてもなんにもならない。夢を見るときは、そのなかに入りこんでいるのだから。何もないまっ白な世界に閉じこめられ、頭のなかに大きな声が響く。その言葉を聞くと叫びだしたくなる。数字の羅列にすぎないのに。〝……〈ディープ・ウィーブ〉4・2、戦闘レベル8、シーケンス5開始、4、3、2、1……〟

そして、酒と汗のにおいをさせたルディが襲ってくる。片手に飛びだしナイフを、もう一方の手に割れたビール瓶を持って、おれに切りつけてくる。

ルディの後ろで、殴られて血を流したマンマが倒れている。猿ぐつわを嚙《か》まされ、懇願するようにこちらを見ている。すべては、臆病で役たたずな息子に、ルディのベレッタを盗んであの人でなしを撃ち殺す勇気がなかったせいだ。料理ばさみで喉を切り裂いてやってもよかった。パン切り包丁を肋骨のあいだに突きたてたっていい。あるいは鉈《なた》。〝くらえ、人でなし〟と叫んで振りおろすのだ。もっといいのはチェーンソーだ。ブーン、スパッ。やつの肉片がそこらじゅうに飛び散る。そして、〝マンマを殴った報いだ、このろくでなし〟と言葉を浴びせる。

だが、たとえ完璧な一撃を加えられても、夢のなかでルディを殺せたことは一度もない。姿が消えたかと思うと、別の方向からまた無傷のルディが現れる。まるで、終わりのないビデオゲームのように。

おれは、よけたり刺したり切りつけたり殴ったりしながら激しく戦い続けた。しかし、やがて六つの分身に分かれたルディがいっせいに襲いかかってきて、おれは地面に殴り倒され……。

夢のなかの光景がばらばらに割れ、割れ目のあいだから現実が流れこんできた。痛い。ほっとしたはずなのに、頭がひどく痛む。まるでバットでめった打ちにされたみたいだ。心臓が肋骨にぶつかるかと思うほど激しく鼓動している。

ブルーノは床に落ちていた。目が覚めたのはそのためだった。ベッドの下の床に転がっている。おれは十二歳ではなく、三十歳のブルーノ・ラニエリだ。これはおれのキングサイズのベッドで、ここはおれのコンドミニアム。マンマのニューアークの安アパートメントではない。片方の足首に絡まっている汗で濡《ぬ》れたシーツは、高級なエジプト綿でつくられた特注品だ。はめ殺しの大きな窓から見えるのは、朝焼けに染まりはじめたポートランドの空とフッド山で、ごみ箱の並ぶすすけたレンガの壁ではない。薄い壁越しに、酔ったルディがマンマを殴りながら叫ぶ声が聞こえることもない。ブルーノは自分の場所を、自分の生活を見まわした。

それを信じようと、そして自分のものにしようとした。

荒く息をつく。汗にまみれた筋肉が、電気ショックを受けたかのように引きつる。足首に巻きついたシーツをほどくと、ブルーノは冷たい木の床に両手足を広げて寝そべった。

すべては過去のことだ。ルディははるか昔に死んだ。大叔父のトニーがうまく始末してくれた。マンマも亡くなった。十八年前のことだ。もう、マンマが傷つくことはない。

ただのいまいましい夢だ。遠い昔に過ぎ去ったこと。

おれはあれから成長し、自分の道を切り開いてきた。もう、あのときの無力な少年ではない。ブルーノは深呼吸をすると、震える足で立ちあがった。ケヴに教わったやり方で気持ちを落ち着かせよう。〝自分の頭のなかで起きていることに我慢できなくなったら、そこから少し離れるんだ〟ケヴはよくそう言った。〝三歩離れて、それを見るんだ。ただぼんやりとね。檻《おり》のなかで戦っている猿たちみたいなものだ。愚かでとるに足りないものたち。おまえを傷つけることなんかできやしない〟

ブルーノはよろよろとリビングルームに向かった。空気が裸の体を冷ましてくれる。街の明かりが、床に反射していた。ブルーノは足を左右に広げて腰を落とし、ケヴに教わったカンフーのかまえをとりはじめた。脚が震え、檻のなかの猿たちが声をあげて騒いだが、やがて彼は自分がいるべき場所に行くことができた。闇にまぎれて身をかがめ、飛びかかり、殴る。黒豹《くろひょう》が木をのぼり、鶴が巣を守る。鶴が空に飛びたち、虎が頭をあげる。金色の龍《りゅう》が左の鉤爪《かぎづめ》をのばし、時がなめらかに流れ……。

そのとき、電話が鳴った。こんな時間にいったい誰だ？

ああ、ケヴに違いない。そう期待して、ブルーノは疑似餌に食いつく魚のように電話に飛びついた。「もしもし」

「フリオです」大叔母のローザがやっている食堂のコックのかすれた声が聞こえた。

ブルーノはがっかりした。ケヴじゃないのか。

そりゃあそうだ。ケヴが電話をかけてくるはずがない。愛するエディと旅をしている最中なのだから。月明かりの下、まっ白な砂浜で体を重ねているのだろう。けっこうなことだ。自分もうれしくてたまらない。おれは、ケヴが幸せになり、笑顔で充実した生活を送れることを願い、そのお膳だてをした。それに満足している。恐ろしい経験をしてきたケヴには、幸福と充足感を得る資格がある。

だが、あの夢の話をできる相手はケヴしかいない。おれは十三歳のとき、ケヴに救ってもらった。夜な夜な現れるルディの悪夢に怯《おび》えていたころだ。バスの前に身を投げだしたらどんなに楽になれるだろうと思っていた。ケヴはその気持ちをわかってくれた。彼はなんでもわかってくれた。いろいろな面でおれを救ってくれた。

ケヴはとんでもない才能の持ち主なのだ。それに異論を唱える者はないだろう。

「どうしたんです？　聞いてないんですか？」

ブルーノはわれに返り、フリオの声に集中しようとした。「すまない。まだ目が覚めきっていないんだ。なんと言った？」

「オーティスが店に出てこないと言ったんです。ジリアンも、六時には間に合わないと電話をしてきました。こっちはくたくただ。十二時間半も働きづめなんだから」

「出てこないだと？　ふたりともどうしたんだ？」

「知りませんし、どうでもいいですよ。知りたかったら自分で電話してください。とにかく、おれは六時きっかりにここを出ますから。店を閉めて戸締まりしていきます。それを伝えたくてね」

ブルーノは時計に目をやり、着替えて店まで行く時間を計算した。「六時半まで待ってくれないか？」

フリオはしばらく考えてから、不満げに答えた。「遅れないでくださいよ」

カチャッ。電話は切れた。ブルーノは受話器を落とし、壁にもたれたまま、むきだしの尻が床に触れるまでずるずると沈みこんだ。上等だ。食堂での仕事が入った。カンフーがもたらしてくれた穏やかな気分が一瞬にして崩れた。

まともなスタッフが見つかるまで〈トニーズ・ダイナー〉を閉めずにがんばらなければならない理由はない。だが、十二歳のとき、さまざまな災難が起きる直前に母に送りこまれて以来、あの食堂はブルーノの居場所だった。あそこでウエイターをしながら青春時代を過ごしたのだ。

三十年前、ベトナム戦争のあと、大叔父のトニーはオレゴン州ポートランドを選んで食堂を開くことを決めた。トニーが若いころニューヨークやニュージャージーにあったような年中無休の安食堂とは違う。半夜勤で働く者が、昼夜いつでもおいしいフライドポテトや骨つき肉を食べられる店。トニーは未婚の妹のローザを説き伏せてポートランドに呼び、店を手伝わせた。そしてローザの努力により、とびきりおいしくて、動脈がつまりそうなほど濃厚な料理がつくられるようになった。

だが、トニーは死んだ。そろそろ一年になる。トニーはブルーノやほかの大勢の命を救い、英雄として死んだ。ブルーノの頭のなかで、いかにも海軍の元鬼軍曹らしい叔父のどら声が響いた気がした。〝なんだと？〈トニーズ・ダイナー〉を閉めたい？　悪夢のせいで？　ストレスがなんだ。疲れた？　疲れたなんぞ、女の言うことだ！　死んだらゆっくり休める！〟

実際、トニーはゆっくり休んでいるが、ブルーノのほうは休めそうになかった。ルディの夢には悩まされるし、ローザはいない。彼女は数週間前、すでに大勢いるマクラウド家の子孫がさらにひとり増えるからと、食堂をブルーノに任せて出かけていってしまったのだ。ケヴはお役ごめんになった。というのも、ローザはケヴが子供をつくることを強く望んでいるからだ。そのための行為には時間と労力がかかる。だが、ブルーノなら大丈夫。昼も夜も働かせればいい。睡眠不足など心配することはない。凧《たこ》と教育玩具をつくっているブルーノ自身の会社のことなど考えなくていい。

幸いにも、事業のほうは順調だ。いいスタッフを雇い、彼らにやる気を出させるのはブルーノが得意とするところだった。ローザにそれができないのは実に残念だ。

だが、〈トニーズ・ダイナー〉はブルーノにとって、トニーともっとも深くつながることのできる場だった。大叔父が懐かしくてたまらない。トニーは店をとても大事にしていた。そして、彼は何度もブルーノの命を救ってくれた。トニーが店を閉めたのはたった二度で、一度目はルディとその仲間がブルーノを殺すためにさらいに来た日だった。トニーとケヴのおかげで、彼らの襲撃は失敗に終わった。大叔父は自分のピックアップトラックで男たちをどこかに運んでいった。彼らがどうなったかはわからない。わからないが、見当がつかないわけではない。血と恐怖と割れたガラスに満ちた日だった。

二度目に店を閉めたのはトニーが死んだ日だ。またしても血と恐怖と割れたガラスに満ちた日だった。そして、爆弾と銃弾に満ちた日でもあった。

そう考えると、〈トニーズ・ダイナー〉を閉めたら恐ろしいことが起きるような気がしてくる。

とにかく、必要なだけ食堂でローザの代理を務めよう。どうせ毎晩ルディが夢に現れるせいでろくに眠れないのだ。女性とベッドをともにする機会も激減している。錯乱した精神が呼び寄せる怪物たちとの対決が早朝に待っているというのに、女性をベッドに招き入れることはできない。ムードが台なしだ。実際、もう何カ月もセックスをしていなかった。

正直に言えば、したいとも思わない。くたくたでそんな気になれないのだ。

ブルーノはバスルームに入り、洗面台の鏡を見た。ひどい顔だ。目はまっ赤で、頬がこけている。ふたたび夢を見るようになってから十キロ近く体重が落ちた。心を落ち着かせるカンフーを途中でやめてしまったので、まだ頭痛がおさまっていない。彼は棚の扉を開けてなかを探り、輪ゴムでまとめたいくつかの薬瓶を見つけだした。

数週間前に精神科医の診察を受けた。そこですすめられたのが、抗うつ剤に抗不安薬、抗精神病薬を合わせてのむことだった。インターネットで調べたところ、ブルーノに処方された抗精神病薬は、統合失調症の患者に処方される最大量よりも多く、イラク戦争による心的外傷後ストレス障害《PTSD》に苦しむ退役軍人に与えられる量に等しかった。ブルーノは、その医師に強烈な印象を与えたのだろう。予想される副作用には限りがなかった。糖尿病、体重増加、筋肉の痙攣、舌のもつれ、見当識障害、体の震え。この薬をのんで就寝中に亡くなった退役軍人もいるという。

それでもブルーノは今、薬の瓶をとりだし、ラベルを読み直していた。

やめよう。副作用――たとえば死とか――だけでなく、もし自分がルディを夢から追いやって葬り去っても、間違いなく彼に悩まされるであろうことが怖かった。ルディが夢のなかで目の前に現れているときは、少なくとも自分が何を相手にしているのかがわかる。だが、そうでなくなったらどうなる？　おれはどうすればいいのかわからなくて手探りで進んでいる。じっくり考えるのは得意ではない。得意なのは行動すること。休みなく動くことだ。

考えるのはもうやめよう。腹にあいた穴はとても深い。深く探るな。それがこつだ。さらさらと流れる小川のように浅いところだけ見ればいい。それがブルーノの特技だった。これまでつきあってきた女性たちならよく承知していることだ。

手の甲で薬の瓶を払いのけると、さらに棚を探った。アスピリンを見つけてそのままのみこんでから、疲れた表情を顔から洗い流すために水を出した。昔ケヴがしてくれたことを自分ですればいいのだろう。ケヴは、大量の本や医学雑誌を読んで明晰《めいせき》夢や速読について調べてくれた。毎晩、食堂の裏の路地でカンフーの稽古をつけ、檻の猿から離れる方法を教えてくれた。それが終わってブルーノがベッドに入ると、脇に座って、ルディが武器を置いて姿を消すところを思い描く手助けをしてくれた。ルディのあの大声がしだいに小さくなって消えるのを想像する手助けをしてくれた。

その後、ケヴは毛布をかけて床に寝るのだった。ブルーノが夢を見ると、起こして同じことを繰り返す。それが何カ月にもわたって毎晩続いた。やがて、少しずつ効果が現れはじめた。ブルーノがまったく夢を見ない夜が少しずつ増えてきた。学校でパニックに陥ることもほとんどなくなった。最低だった成績も少しずつ上向いてきた。もともと神経質なたちで熟睡できるほうではなかったが、それでもいくらかは改善された。そして、夢はまったく訪れなくなった。ついに治ったのだ。

少なくともそう思っていた——二カ月ほど前までは。

引きこまれるようなケヴの言い方をまねて録音し、ケヴがしてくれたように自分に催眠をかけるという手もある。だが、あれがうまくいったのはケヴのおかげではないだろうか？ケヴはベッドの横で防壁になってくれた。誰も、ケヴに手を出すことはできない。だが、おれにならば手を出すことができるのをルディはよく知っている。波が岩にぶつかるさまや小鳥がさえずるさまをいくら思い描いてみても、それを変えることはできない。おれはどうすればいいんだ？ケヴに電話をかけて、おれを寝かしつけに帰ってきてくれと頼むのか？　はじめて会ったときの臆病な十二歳の少年に戻って、助けてくれと泣きつくのか？

いや、だめだ。大人になれ。しっかりしろ。乗り越えるんだ。

ブルーノはなんとかシャワーにたどりつき、タイルの壁にもたれかかった。そして、閉じたまぶたをシャワーの湯がたたくに任せた。

〝ぐずぐずするな、ブルーノ。さっさと働け〟ブルーノは笑いそうになった。トニーの声だ。大叔父のぶっきらぼうな物言いが懐かしかった。眠れないからどうだというのだ。ケヴはもうすぐ帰ってくる。数週間後に、エディのおばがふたりのために準備している結婚式が控えているのだ。タキシードの試着や式のリハーサルやディナー、パーティーといった、結婚式に伴う用事の折にでもケヴと話をしよう。

それまでは、男らしく怪物に立ち向かおう。

〝勇敢だな。実に勇敢だ〟頭のなかで声がする。

だからなんだというのだ？　ブルーノは言い返した。黙るか、何か役に立つことを言ってくれ。

彼は身支度をしながら、静かにさらなる言葉を待った。だが驚いたことに、頭のなかの声はそれ以上何も言わなかった。

2

リリー・パーはノートパソコンの画面を見つめた。ハイウェイのカーブを曲がるたびにタクシーが揺れ、吐き気がこみあげてきたが、なんとかこらえた。吐き気は不快だが、ノートパソコンの電源を落として目を閉じたら、自分がこれからすることを考えてしまう。そして、それによって自分がどんな思いをするかも。

それなら、よけいなことを考える余地などないほど、頭のなかに心理学の文章をつめこむほうがよかった。卒業論文をたった四日で書くために、六年分の勉強をしているのだ。リリーを雇った学生は今朝、こちらの言い分どおり報酬の五十パーセントを現金で払ってくれた。その分とほかからかき集めたお金を合わせれば、光熱費の支払いは放っておくにしても、限度額まで達したクレジットカードの支払いをまずはすませたあと、ハワードの入院費を払うことができる。新たにお金が入るまでは、地下鉄の切符や食料品といったささいな出費も発生しないと踏んでのことだ。だがお金が入れば入ったで、来月の支払いの予定がすでに決まっている。食料庫の隅に何が残っているのかわからないが、今週はそれですませるつもりだった。それに、地下鉄代など必要ない。マンハッタンに住んでいるのだ。歩けばいい。足腰も鍛えられる。

リリーはノートパソコンの画面に意識を戻した。紙からペンを離さないように、常に論文に気持ちを向けておくのがこつだ。ああ、わたしに体がなければいいのに。そうすれば食費が節約できるし、すべてはもっと簡単になる。

この体がなければ、感情が表に出ることもない。リリーは十歳のころから感情を持つ余裕がなくなったが、感情のほうは歓迎されていないがわからないのか、表に出ようとする。まったく困ったものだ。

それにしても、心理学の論文を書いているとは、なんて皮肉なのだろう。人間の脳の働きを学んでいるとは。個人的にはそんなことを気にかけていられないのに。皮肉という点では、他人に金を払って自分の代わりに勉強してもらい、試験を受けてもらい、レポートや卒業論文を書いてもらう人が、わたしのおかげでおそらくは優秀な成績で博士号をとって卒業するという事実だって同じだ。卒業後は、心理学の分野で職を探し、診断や、治療まで行うかもしれない。

それを可能にしたのは、このリリー・パーなのだ。

やれやれ。こんなことを考えるのはやめよう。好きではじめたわけではない。たまたまやったことが雪だるま式にふくらんでいき、ハワードを抱えている身にとって、今や大切な収入源となっている。この世界の不条理にうんざりするが、そんなジレンマに頭を悩ませる余裕もなかった。

銀行強盗やドラッグの売買よりはましだわ。

前回報酬をもらって書いたのは、倫理学の論文だった。まったく笑止千万だ。だが、少なくともえせ倫理学者は、世間に解き放たれても人を傷つけることはないだろう。それが救いだ。

リリーは毎月、生活費を切りつめて一万一千ドルを捻出し、父が自らの命を絶たないよう二十四時間体制で監視してくれる〈エイングル・クリフ病院〉に支払っていた。〈エイングル・クリフ病院〉の前にもっと料金の安い病院にいたときは、ハワードはしょっちゅう薬を手に入れてのんでいた。どこから手に入れたのかはわからない。彼が〈エイングル・クリフ病院〉に移ってから、もう四年。これまでのところ、しっかりと監視されている。いいことだ。

もっとも、どういう状況を〝いい〟と呼べるのかはなんとも言えない。〝死んでいない〟という意味では〝いい〟と言えるのだろう。

そういうわけで、今、リリーは毎月の拷問に向かっていた。小切手は用意してある。ハワードを閉じこめる——彼女にできるのはそれだけだった。ほかの方法では助けられない。若く愚かだったころには、ハワードを助けようとして自分が死にそうになったこともある。

依存症や共依存のことなどはよく知っていた。そのテーマで論文を書き、オンラインで試験を受けたこともある。もちろん他人のために。すでに知識は持っている。

リリーが会いに行っても、ハワードの慰めにはならなかった。来てほしいと言われたことはない。それどころか、近づかないでくれと懇願された。なんて勝手な人なのだろう。実の娘に、訪ねてくるなと頼むとは。

それなのに、なぜわたしは毎月会いに行かなければならないと感じているの？

虐待を受けた女性のためのシェルターで働き、自己破壊的行為に詳しい親友のニーナは、罪悪感がそうさせるのだと言うが、自分ではそうは思わない。罪悪感を覚える時間などないのだから。わたしは実体のない、空に浮かぶ雲のような存在だ。ニーナを除けば、誰に対しても距離を置き、冷めた態度をとる。かろうじて人間らしくいられるのはニーナのおかげだ。人とかかわる時間はないし、感情を持つ時間もない。

〝違うでしょう〟とニーナは言う。〝感情を持つことを自分に許せば、あなたはあっという間に大変なことになるわ。あなたは自分で感情を闇に追いやったのよ〟

リリーはむっつりと考えこんだ。だから何？　生きるための手段だ。〈エイングル・クリフ病院〉の費用を払うために黙々と働くのだ。皮肉だとか倫理だとかいったことは考えてはいけない。苦い思いをのみこんで仕事をし、払うべき料金を払い、小切手を切る。困難に立ち向かうのだ。負けないように。

病院まであと少しだった。リリーはノートパソコンを閉じると、〈エイングル・クリフ病院〉の私道を走るタクシーのなかから、堂々とした建物を見つめた。

〝エイングル・クリフ〟とはふざけた名前だ。崖《クリフ》などどこにも見えないのだから。むしろ、ボウルの底にあるような場所だった。自殺願望のある人間を閉じこめておくのにふさわしい名前とは言いがたい。クリフと聞いたときにリリーがまっ先に思い浮かべたのは、崖から飛びおり、地面にたたきつけられる光景だった。おそらくどうかしていたのだろう。

タクシーがとまったが、リリーはぼんやりと座ったままだった。

「あの……お客さん」運転手が言った。「おりるんじゃ――」

彼女は財布をとりだした。「一時間後に迎えに来てもらえる？」

運転手は承諾した。リリーは残金がほとんどないのを意識しながら料金を払った。帰りのタクシー代を払うのがやっとだ。チップまでは払えない。どうしよう。

タクシーが走り去ると、彼女はスニーカーで砂利を踏みしめながら、いかめしい建物に向かって歩いた。患者たちが外に出て、午後の太陽の光を浴びている。だが、ハワードはいない。自分を傷つける恐れのある患者は特別病棟に入れられる。たしかにハワードは特別だった。これまでに八回自殺をはかっている。いや、それ以上かもしれない。いつ何があったか、記憶があいまいになってきていた。

最初はリリーが十五歳のときだった。学校から帰ると、まっ青な顔で息も絶え絶えになっているハワードを発見した。その日、予定どおり学校から直接家庭教師の仕事に出かけていたら、死んだ彼を見つけることになっただろう。もちろん、それがハワードの意図するところだった。

その日から、リリーは彼をパパと呼ぶのをやめた。大人なのは父ではなく、リリーのほうだった。何年も前からそうだった。母はリリーを産んだ日に亡くなったので、母がいないのはあたり前のことだった。ずっとハワードとリリーのふたりだけだった。いや、ハワードではなくパパだった。昔はそう呼んでいた。前は。

でも……〝前〟っていつ？　その疑問が今もリリーを苦しめていた。昔からそうだったわけではない。父は、当時注目を集めはじめていた体外受精研究の第一人者だった。料理は下手だし掃除にいたってはさらにひどかったが、愉快な人だった。頭がよくてユーモアがあった。

父とは仲がよかった。ふたりだけに通じるジョークがあって、まるで親子でコメディを演じているみたいだった。ふたりだけの世界があった。土曜の午後には、古いホラー映画を見たりトランプをしたり中華料理を食べたりした。日曜日には、デリで買ったサンドイッチとチョコミントクッキー、それにジュースを持って公園でピクニックを楽しんだ。

だが、リリーが十歳になったころにすべてが変わった。父は突然働かなくなり、一日じゅう家にいて、バスローブ姿でバーボンを飲むようになった。状態はさらに悪化し、強いドラッグを摂取するようになった。リリーが夜中に目を覚ますと、ベッドの横にひざまずいて涙を流していることもあった。そんなときは、ひどく怯えたものだ。

リリーは面会簿に記帳してから事務室へ行き、最悪の事態を阻止するための月々の支払いを小切手ですませた。職員とのあたりさわりのないおしゃべりを終えると、それ以上先のばしにする理由が見つからなかったので、エレベーターに乗り、ハワードの病棟がある四階へ向かった。

四階の病棟には守衛がいる。リリーは守衛と笑みを交わした。彼は病棟の入口の鍵を開け、入るよう合図した。

ハワードの部屋まで行くと、ドアが急に開き、リリーは後ろに飛びのいた。ハワードの担当看護師のひとり、ミリアムが出てきた。リリーはミリアムのことが好きではないが、そんなふうに考えるのはよくない。褐色の肌をしたミリアム・ヴァーガスは、まるでスーパーモデルのような美人だ。豊かな唇。ぶかぶかの白衣を着ていてもセクシーな体。だが、ミリアムに対していらだちを覚えるのはそのせいではない。ミリアムの明るさがつらいのだ。その愛想のよさをうとましく感じる自分が、血も涙もない冷たい女に思えてくる。だが、どうしてもそう感じてしまうのだ。

ミリアムが白い歯を見せて微笑《ほほえ》んだ。「リリー！　お元気？」

「ええ」リリーは形だけの笑みを返した。「ハワードはどんな様子？」

ミリアムの笑みが消えた。「ここ二日ほど、少し興奮した状態が続いているわ。今日、ドクター・スタークが来たら相談しようと思っているの。薬を変えなければならないかも。でも、あなたに会ったらきっと喜ぶわ！　会ったとたんに元気になるわよ」

まさか。だが今日は、ミリアムに異論を唱えるつもりはない。リリーはため息をついてから部屋に入った。部屋は居心地がよく、木の茂った敷地がよく見渡せるが、ハワードはその景色を見ていなかった。背中を丸め、膝を抱えてベッドの上に座り、前後に体を揺すっている。

リリーのなかで警報が鳴り響いた。何かにとりつかれたかのように体を揺らすのは、自殺をはかる前兆だ。「ハワード？」彼女はやさしく声をかけた。

ハワードが顔をあげた。疲れ果てた青白い顔は涙で濡れている。

「どうしたらわたしを許してくれる、リリー？」

リリーはあきれた顔をしてみせたいのをこらえた。いやみな態度をとって、ただでさえ惨めな彼にさらに追い打ちをかける必要はない。彼女はベッドのそばに座った。「もう許しているわ」そう言ったものの、実際に許しているのかどうか自分でもわからなかった。本当の感情は闇に隠れているのだから、わかるわけがない。

でも、そんなことはどうでもいい。ハワードを許している。わたしがそう決めた。決めるにあたって感情は関係ない。頭が決めたことに従えばいいのだ。

だが、ハワードは首を振っていた。「いいや」かすれた声で言う。「おまえは絶対にわたしを許せない。知っていたら……」

リリーはひそかにため息をついた。「知っていたらって、何を？　言ってみて」

「頼むから……頼むからきかないでくれ」

またしても堂々めぐりだ。ハワードの話の流れはいつも決まっている。まずは許してくれと懇願し、怯えた口調で何かをほのめかし、結局何も話してくれない。「わかったわ」リリーはなだめるように言った。「とにかく大丈夫だから」

「いや、大丈夫じゃない。決して大丈夫じゃないんだ」血走った目が、絶望をたたえて大きく見開かれる。「これ以上耐えられない。胸がえぐられるようだ。骨が砕けるようだ。息ができない」

リリーはなすすべもなくハワードを見つめた。これまでに、異常心理学、ユング心理学、フロイトに関する論文を書いた。世界の主だった宗教についての知識もある。それならハワードの妄言を読み解いたり、彼を安心させる方法を知っていたりしてもよさそうだが、リリーはそういった主観的で不確かなことがらは苦手だった。常に好成績をとることはできてもだ。厳密に言えば、好成績をとるのはリリーを雇う学生たちだが、それでもリリーは、いつもAをとることにひそかな誇りを持っている。

本当のリリーは実際的なタイプなのだ。冗談やおふざけ、見え透いた嘘《うそ》やごまかしは苦手。

言い訳も苦手だ。

でも、ハワードが苦しむのを見るのはつらくてたまらない。

リリーは彼の手に触れた。氷のように冷たい手だった。「じゃあ、話してちょうだい、ハワード。何に悩んでいるのか聞かせて」

ハワードの湿って冷たい手が、彼女の手のなかでぴくりと動いた。「おまえの身に危険が及ぶ」ささやくような声だった。身をかがめなければ聞きとれないほどだ。「やつらは聞いている。いつも聞いているのだ。わたしが話したら、やつらに知られてしまう。やつらはおまえをつかまえに来るだろう」しわがれ声が咳《せき》に変わり、目が左右に動いた。「わたしは殺される。ふたりとも殺されてしまう」

リリーはハワードの手をやさしくたたいた。「いいえ、殺されないわ。ここなら大丈夫」きっぱりと言った。「ここは安全よ」そのために大金を払っているのだ。

彼のグレーの髪が揺れた。「安全なところなどない。娘だ。おまえをそんな目にあわせられない。わたしにはおまえに対する責任がある。今も昔も。それが……それがすべての理由だ」

リリーは顔をしかめた。責任ですって？　ハワードが薬を乱用しはじめたせいで、わたしは十歳のころから自分を孤児みたいに思っていたというのに。聞き流すのよ、リリー。自分にそう言い聞かせる。「わたしはもう幼い子供じゃないのよ、ハワード。自分の身は自分で守れるわ」

「そんなふうに考えるな。絶対に。わたしたちは今も危険にさらされている。マグダが警告した……やつらが聞いていると。これだけ長い時が経《た》った今でもそうなのだ」

「マグダ？」聞いたことのない名前だった。自分以外にハワードを訪ねてくる人がいるとは思ってもみなかった。彼ははるか昔に世間との交流を絶ったのだから。「マグダって誰なの？」

「マグダ・ラニエリだ。連中に殺された」ハワードがささやいた。リリーの背中を悪寒が駆けのぼる。死んだ人々の訪問……いい兆候とは言えない。

「ハワード？　いったいなんの話？」

ハワードが彼女の指をぎゅっと握った。「マグダはやつらをとめようとした」堰《せき》を切ったように話しだす。「わたしに助けを求めたが、わたしは怖かった。わたしと彼女は証拠を手に入れようとしたが、連中に見つかってしまった」

「なんの証拠？」

「わたしがしたことだ。やつのために。誓って言うが、やつが何を考えていたか、わたしは知らなかったのだ。やつが悪魔だと知らなかった。それを知ったときにはすでに遅かったのだ。おまえのことを考えなければならなかったし、やつは――」

「やつ？　やつって誰なのよ？」リリーは鋭い声で言った。「それに、マグダ・ラニエリっていうのはいったい誰?」

「その名前を大きな声で言ってはだめだ!」その声は意外なほど力強かった。だが、ハワードの声はまた震えだした。「やつらは彼女を殺したのだよ、リリー。わたしの目の前で、彼女を殴り殺した。そして、次はおまえだと言った。もし……もしわたしが……」彼はいったん言葉を切った。「今もわたしには見えるのだ。目を開けていても閉じていても。あの血。もう耐えられない。おまえを守るためにわたしは死のうとした。死んだら自分を罰する理由もなくなるし。だが、わたしにはそれをやりとげる勇気もなかった……」ハワードの声がかすれながら消えた。

リリーはハワードの指を握った。彼の目に浮かぶ苦悩は本物だった。苦悩の原因となった出来事が本物かどうかは疑わしいが、だからといってハワードの苦しみが軽くなるわけではない。

それに、彼の言葉は妄言には聞こえなかった。本当のことに思える。

リリーはハワードを見つめた。医学生のために戦闘によるPTSDやレイプなどの被害者に関する卒論を書いたことを思いだす。ハワードはひどく血を恐れる。わたしが思いだせる限り、ずっと昔からそうだ。もしかして……。

いいえ、そんなはずはない。ハワードは心の病にかかっているのだ。長年にわたるドラッグの乱用が、彼の脳に穴を開けたのだ。本気にしてはいけない。わたしは分別のある大人なのだから。

だが、それにしてもハワードは、妄想の内容を細かく説明している。これまでなかったことだ。主治医のドクター・スタークはいつも、ハワードが話しあい療法《トーク・セラピー》を拒むという。この情報をドクターに伝えれば治療に役だつだろう。おぞましい内容だが、絶好のチャンスを逃す手はない。

「マグダというのはどういう人なの？」リリーはもう一度尋ねた。「もっと聞かせて」

ハワードは首を振ったが、話を続けた。まるで、ハワードのなかに自暴自棄になった彼がいて、恐怖という檻を抜けだそうとしているかのようだ。「マグダは何度もわたしのもとを訪れては言うのだ。息子を見つけて伝えてくれ、と。だが、わたしにはできない。リリー、おまえなら彼を見つけられる」

「わたしが？　マグダの息子って誰？　彼に何を伝えるの？」

「しいっ」ハワードは、リリーが椅子から滑り落ちそうになるほど強く彼女の手を引っ張った。リリーはベッドに移り、かすれた声を聞きとれるよう顔を近づけた。「彼に伝えてくれ。彼はそれをロックしなければならない、と。鍵で。それがすべての鍵になる。マグダの息子なら、それを見ればわかるはずだ」

ハワードは白目をむいた。勢いを失い、動揺している。リリーはあわてて、彼に話を続けさせようとした。「何を見ればわかるはずなの？」

「彼にはわかるはずだ」ハワードがつぶやいた。「マグダが言ったんだ、息子ならそれを見ればわかるはずだ、と。そして彼は――」

「何をしているの？」

リリーとハワードは驚きのあまり飛びあがりそうになった。

ドアが開いてミリアムが立っていた。大きな目が怒りに燃えている。「どういうこと？」かみそりのように鋭い声できく。

ミリアムの不可解な怒りを前に、リリーは何か言おうと口をぱくぱくさせた。「ただ話していただけで――」

「話していた、ですって？」ミリアムはリリーをさえぎるように言った。「ハワードを見てごらんなさい！ あなたはわざと彼を動揺させているわ！」

リリーはハワードを見た。彼はすでにリリーから手を離し、両膝を抱えて涙を流しながら目をぎゅっと閉じていた。

ハワードが心のなかを見せた希少な瞬間が終わろうとしている。何もかも、あのばかな看護師が最悪のタイミングで入ってきたせいだ。

「違うわ。彼はなんの問題もなかった。急に入ってきて興奮させたのはあなたよ！ ハワード、最後まで聞かせて。マグダと息子の――」

「いいや！」ハワードが、殴られたかのようにリリーから身を引いた。「わたしは何も言っていない！　くだらない戯言《たわごと》だよ。わたしは老いぼれのドラッグ依存症患者だ！　こんな人間にならないためにもわたしから離れろ。会いに来るな！　いつも言っているだろう。頼むから帰ってくれ」

たしかに何度も言われている。でも、小切手を切るのをやめろと言われたことはない。もっとも、ハワードはリリーが入院費を払うために心血を注いでいるとは考えてもいないだろうが。

「帰れ。もう来るな。すべて忘れるんだ。わたしのことも。頼む」ハワードはふたたび体を前後に揺らし、肩を震わせて泣きはじめた。

「さあ」ミリアムが言った。「聞いたでしょう？　帰ってちょうだい。今すぐに！」

リリーはショックと屈辱に駆られて立ちあがった。「いいえ、帰らないわ！　わたしは父と話をするために来たの。プライバシーを要求するわ」

「好きなものを要求すればいいわ」ミリアムが言い返した。「でも、今はわたしが担当している時間で、わたしは彼に対する責任を果たすつもりよ。出ていって！　早く！」

リリーはハワードのほうを向き、肩に手を置いた。「ハワード――」

「だめだ！」体をぴくぴくさせ、うめきながら、彼はリリーの手を払いのけた。

ミリアムがつかつかと近づいてきた。リリーが気づく前に、ハワードの腕に注射針が刺される。彼は体をこわばらせ……ふいにぐったりとした。

「さあ」ミリアムが勝ち誇って言った。「これでゆっくり休めるわ」

リリーは愕然《がくぜん》とした。「どうしてこんなことができるの？」震える声で言う。「わたしは血のにじむような努力をして毎月の入院費を払っているのに」

「そんなのわたしには関係ないわ。文句があるならわたしの上司に言ってちょうだい。でもわたしのほうも、今日あなたが彼を虐待しているのを目撃したことを報告するわ。故意に興奮させていたってね」

リリーはあんぐりと口を開けた。「虐待？　わたしはただ話を――」

「出ていきなさい！　今すぐ！」ミリアムが命令口調で言った。「出ていかなければ強制的に追いだしてもらうわよ！　はったりだなんて思わないでちょうだい！」

リリーは怒りに顔を紅潮させてミリアムを見つめた。横になったハワードを見ると、彼はぜーぜーと音をたてて息を吸っている。なかば閉じた目は、リリーが物心ついて以来ほとんどずっとそうだったように、薬のせいでぼんやりしていた。自分にとって安全な場所に逃げこんで、リリーを寒いところにひとり置き去りにしたのだ。昔と同じように。

ここ何年ものあいだではじめてのハワードとの有意義な時間を台なしにされた。ミリアムの首を絞めてやりたい。でも、そんなことをしてもなんにもならない。ハワードは殻にこもってしまった。今日はもう、そこから出てはこないだろう。何が言いたかったのかしら？正式に病院にクレームを入れたほうがいいだろう。そのほうが真剣にとりあってもらえる。

適切な対応が得られなかったら、ハワードを別の病院に移そう。

ミリアムはリリーを病棟の入口まで押しやると、乱暴にドアを閉めた。

リリーは途方に暮れてドアの外に立ちつくした。守衛が妙な目で見ている。彼女は一歩一歩エレベーターに向かった。すぐにでもクレームをつけたかったが、今は怒りが激しすぎて、ただのヒステリーだと思われてしまうかもしれない。しばらく待ったほうがいい。気持ちを落ち着かせるのだ。

そこで、誰にも話しかけずにロビーを抜けて外に出た。夏の終わりの太陽が、今の自分の状況にそぐわない気がする。虫や鳥の楽しげな声も、そよそよと吹く風も、揺れる枝も。明るさはそぐわない。リリーの体はピアノ線のように張りつめていた。

自殺願望を持つドラッグ依存症の父親を持つだけでも大変だというのに、それだけでは足りないらしい。亡霊に不気味な警告、そして謎めいた頼み。大量の血。ハワードと、そしてわたしを連れだそうとする、殺人もいとわない悪人たち……。ああ、いやだ。

ハワードの状況が今以上に悪くなることがあるとは思っていなかったが、こんなふうに怯えさせられたのははじめてだった。距離を置かなければ、わたしまでどうにかなってしまう。ハワードと違って自分には頼れる家族が残っていないから、いくらでもおかしくなれる安全で快適な場所に閉じこめてもらうことができない。ぶつぶつひとり言を言い、ごみ箱から食べ物をあさる自分の姿を想像して、リリーはぞっとした。

体の震えがとまらない。傷ついた動物のように、茂みの下にもぐってうずくまりたかった。空がからっぽに見える。何かの予兆のようだ。

彼女は、行きのタクシーの電話番号を聞いていなかったことに気づいた。運転手の名刺をもらっておけばよかった。病院のなかに戻ってタクシーを呼んでもらうこともできるが、それには心の安定と、きちんとしゃべれること、そして落ち着きが必要だ。それがいやなら、観賞用の岩に座って四十分待つしかない。

リリーは建物を見あげた。ミリアムが、四階の部屋の窓から見おろしながら携帯電話に向かってしゃべっている。

わたしのことを話しているんだわ。わたしをヒステリックな女にしたてあげて、さっきの出来事を上司に報告しているのだ。いいえ、こんな考え方はやめよう。とんでもない被害妄想だ。世界じゅうがわたしを見て、わたしを陥れ、破滅させようとしているなんて。たとえそれが本当だとしても、屈するつもりはない。

ミリアムが話を続けながらこちらを見た。ミリアムの表情ははっきりとは見えないものの、これだけ離れていても、彼女からあふれだす敵意が伝わってくる気がした。リリーは立ちあがり、敷地のなかを歩いた。雲ひとつない空の下にいるのが無防備に感じられる。今にも鷹《たか》か鷲《わし》が舞いおりてきて、その鉤爪でわたしをずたずたに引き裂くのではないかしら。

〝やつらは彼女を殺したのだよ、リリー。わたしの目の前で、彼女を殴り殺した。そして、次はおまえだと……〟

気が遠くなり、リリーは近くの枝につかまった。もしかしてハワードは本当に……。いいえ。そんなことは考えたくない。その考えの先には狂気が待っているだけだ。ふたりそろって病院にお世話になる余裕はない。それにしても、何がハワードをあんなふうに変えたのだろうか？　それは長年の謎だった。なぜ、成功し、比較的幸せだった普通の人間が、急に壊れてしまったのだろう？　しかもある日突然に。

よほどの理由がなければこんなことは起こらないはずだ。マグダという女性がむごい殺され方をするのを見たとしたら……それは〝よほどの理由〟と言えるだろう。

だが、論理的な説明がついたからといって飛びつくのは危険だ。それがいかに危険かは充分わかっている。すべてを疑ってかかること。自分の思考も例外ではない。

きれいに刈ってある芝生の先は森になっていた。うなじに鳥肌が立ち、思わず走って隠れたくなる。穴に逃げこみたいなんて、愚かな衝動だ。自分は生来、そういう性分ではない。それに、誰にも追いかけられてなんかいないじゃない。世界はわたしに注意を払っていない。わたしはレーダーの届かない低空を飛んでいるようなものだ。わたしがどうやって生計を立てているかを知る人はほとんどいないし、その性質上、仕事の紹介も秘密裏に行われる。多くの人と知りあいになる時間がない。例外はニーナと、たまにデートをしたくなったときに相手となった男性たちぐらいだ。

リリーは病棟を見あげた。ミリアムはまだ窓際で電話をかけている。

あのいやな女ににらみつけられながらこの場に立っているのは、カーペットに粗相をして外に出された犬になったみたいでばつが悪かった。ここから出ていこう。今すぐに。徒歩で。どこまで歩いていけるだろう？　今日はスニーカーをはいているし、車の音が聞こえることを確かめながら道路に平行に歩けば、道に迷うことはないだろう。頭をはっきりさせるために森のなかを歩く。それだけのこと。もちろん、牙をむく野獣に食べられなければの話だが、ニューヨークの森に熊やクーガーやいのししがいるとは思えない。それに、タクシー代の十ドルが浮くし、運転手にチップが渡せなくてきまりの悪い思いをする必要もなくなる。浮いたお金は夕食にまわそう。ありがたいボーナスみたいなものだ。

リリーは生け垣を抜けて森へ入っていった。

3

「彼女をつかまえに来て、キャル。急いで」看護師のミリアム――実際は看護師ではないし名前もミリアムではない――は、あいている病室に滑りこみながら、携帯電話に向かって噛みつくように言った。

「彼女をどうしたらいいか、キングから聞いているのか？」退屈そうにキャルが尋ねた。

「キングはまだ話していないわ。でも、彼女を見失ったと報告するのはいやなのよ！　そうなったら、あなただって困るでしょう。とりあえず急いでここに来て！」

カチリ。キャルが電話を切った。いまいましい。彼のことは好きではなかった。

〝落ち着け、ゾーイ。集中するのだ、ゾーイ〟頭のなかで、キングの声色をまねながら自分の名前を呼んで命令を繰り返した。プログラミングを行うときに彼がするように。こうすると、メッセージがより深く伝わるのだ。

まだなんとか収拾がつきそうだ。かなり厳しいけれど。ハワードがしゃべるとは驚いた。それに、思っていた以上に処理が遅れてしまった。高感度集音マイクがゾーイのノートパソコンにデータを送り、単語認識装置を通して警告音を発したのだが、ハワードがキーワードである〝マグダ・ラニエリ〟という言葉を発してからゾーイが警告を受けるまでにひどく時間がかかったのだ。四分近くかかっている。ゾーイが部屋に到着したのは、ハワードが洗いざらいぶちまけたあとだったようだ。

大急ぎで後始末をしなければ。

キングがなぜ、もっと前にハワードを殺すよう命じなかったのかはわからないが、彼なりの理由があってのことだろう。それにもちろん、最後までハワードに対して優位でいたいのだ。ハワードは、誰がボスなのかを理解しなければならない。死ぬその瞬間まで、キングに従うのが当然だ。そして、罪を犯したら罰を受けるのも。それだけは、ゾーイにもよくわかっていた。

よくわかっているから、不安のあまり胃がむかついている。キングはひどく怒るだろう。今回の任務はうまく進めたかった。前回は、感情を抑えられなかったせいで失敗した。その欠点を克服するために、キングの最新プログラムである〈ディープ・ウィーブ8〉を受ける苦行のような日々を送った。毎日、仕事前の二時間と就寝前の二時間の計四時間のプログラムを受ける。それは、訓練にかけるのと同じ時間だった。

どうかキングを怒らせないでください。わたしが悪いわけじゃない。単語認識に時間がかかったせいだ。でも、彼は言い訳には耳を貸さない。

携帯電話の短縮番号を押しながら、ゾーイは窓から外を見た。ハワードの娘が、長い赤褐色の髪を風になびかせて薔薇園《ばらえん》の入口に立っている。ゾーイが見つめていると、彼女はこちらが落ち着かなくなるほどまっすぐ見つめ返してきた。

ゾーイは窓からあとずさりしたい衝動を抑えた。この場を支配しているのはわたしであり、誰もわたしをおじけづかせることはできない。

どうやらハワードの娘は、看護師の失礼な態度に今すぐクレームを言うのはやめることにしたらしい。幸運だった。というのも、ゾーイは今日以降、二度とここに顔を出すつもりはないからだ。ことが起こったのが自分の勤務時間外でなくて助かった。とはいえ、ハワードの娘の行動パターンは頭に入っていた。ハワードの娘は決まった日に面会に来る。毎月第一火曜日だ。週末は決して来ない。ほかの訪問者が来ることもない。この習慣を考慮した結果、長期にわたるハワードの監視をゾーイひとりで行えるとキングが判断した。ゾーイは今の今まで、キングが自分を懲らしめるために退屈で不要不急の任務を与えたのだと思っていた。だが、文句を言ったことは一度もない。看護という、不快でつまらない仕事を強要されてもだ。快活に、プロとして完璧な仕事をすることを何年ものあいだ強要されても。

キングに許してもらうためなら、もう一度認めてもらうためなら、何をするのもいとわなかった。

電話の呼び出し音が続く。十回、十五回。ゾーイは、花壇をぶらぶらと歩くリリーを見なかった。

がら辛抱強く待った。キングは多忙だから、やらなければならないことをたくさん抱えている。わたしは自分の番が来るのを待たなければならない。

ハワードの娘がふたたび顔をあげた。ゾーイは気持ちを落ち着かせて彼女を見おろした。冷静になろうと努めて、〈ディープ・ウィーブ〉の緊急介入コードを頭のなかで唱えはじめたそのとき……。

カチャ。「ゾーイ」いとしい声が言った。「全部話してくれ」

ゾーイは大きく息を吸いこんだ。ああ、この声。深くて豊かで生き生きとした声。それを聞いただけで気持ちがほぐれる。彼女は興奮を抑え、体に力をこめた。

「ハワードが過ちを犯しました」ゾーイの声はかすかに震えていた。

電話の向こうに一瞬、沈黙が流れた。「娘に話したのか?」

「ええ」ゾーイは覚悟を決めて言った。「名前を言いました」

「そうか」ふたたび沈黙が流れる。「どうしてそんなことになったのだ?」キングの声は驚くほどやさしかった。「自分の任務を忘れたのか?」

「いいえ!」ゾーイはごくりとつばをのんだ。「いつものように部屋でふたりきりになったときに……彼が驚くようなことを言ったんです。この四年間、彼女が面会に来たときのやりとりを記録して調べていますが、これまで彼が何か言ったことはなかったので、わたしは

――」

「ゾーイ」キングは彼女の言葉を静かにさえぎった。「落ち着きなさい。何を言っているのかわからない」

ゾーイは歯を噛みしめた。「彼がマグダ・ラニエリの名前を口にしたら警告がわたしに届くよう、単語認識装置を組みこんでいましたが、予期しなかった遅れが生じたんです。つまり……技術面での不具合だったんですが。時間がなくて、わたしはまだふたりのやりとりのデータを聞いていません。先にあなたの指示がほしくて。今、データをそっくりお送りしましょうか？　すぐに――」

「いいや、大事なことからはじめよう。今、ハワードの娘はどこにいる？」

「外でタクシーを待っています」ゾーイは答えた。「わたしは窓から彼女を見張っています。キャルが駅で彼女を拾い、ここまで乗せてきました。彼には、すぐに戻ってきてまた彼女を乗せるよう、すでに指示してあります。彼女のほうはキャルに任せましょう。でも、彼女がハワードの話を信じたとは思えません。誰も信じないでしょう」

「信じるかどうかは関係ない」キングの声は不機嫌そうだった。「この件に時間と金を無駄にかけるのは、もううんざりなのだ。やっとすべてがうまくいきそうになった今、このくだらない案件にわずらわされるのだけはごめんだ」

「もちろんです」ゾーイはあわてて言った。「むろん、おっしゃるとおりですわ」

「もっと前に片づけておくべきだった」キングが先を続けた。「今日でけりをつけてくれ。

そのあとは、この件については二度と聞きたくない」

「わかりました。わたしからキャルに——」

「キャルにはわたしが連絡する。きみはハワードに専念しろ。用意はできているのか？」

ゾーイの心臓が、出走ゲートに入った馬のように跳ねた。「ええ、もちろん」

興奮に震えながら携帯電話をポケットにしまった。やっとそのときが来たわ！　罰として過ごしてきた退屈な日々が終わった。やっと、そのために訓練を受けてきた任務を遂行できるのだ。うまくやろう。キングはわたしを誇りに思ってくれるに違いない。

うれしさのあまり、数秒間集中がとぎれた。ゾーイははっとわれに返り、スタッフルームのロッカーから用意してあったスポーツバッグを出した。ハワード・パーの部屋まで行き、廊下を見渡して誰もいないのを確認してからなかに入った。さっき注射した鎮静剤の効果で、ハワードはぼんやりしている。わたしが準備をしても気づかないだろう。あるいは、気づいてもそれが何を意味するかはわからないはずだ。

それでもゾーイは手早くことを進めた。新しいラテックスの手袋をはめ、白衣の上からビニールの軽いポンチョをはおる。白いスニーカーにしみをつけてはいけないと思いつき、ポリ袋を二枚とりだして足首まで覆った。念には念を入れよう。

ベッドの下に手をのばし、枠にテープで貼りつけてあった小型の高感度集音マイクをつまんだ。ハワードの娘が面会に来る日だけこのマイクの電源を入れる。そうすると、スタッフルームのロッカーに入れてあるスポーツバッグのなかのノートパソコンにデータが送られるのだ。このマイクの役目も終わった。

ゾーイは伸縮性のある包帯をとりだし、ハワードの両肘をまとめて包帯をしっかり巻きつけた。彼はそわそわした様子を見せたが、声はあげなかった。

彼女がプラスチックの玉を口に押しこむと、さすがにハワードも悲鳴をあげかけたが、ときすでに遅かった。ポンと音をたてて、ピンポン玉の猿ぐつわが彼の口におさまった。ゾーイは、ずいぶん前からマットレスの下に隠しておいたガラスの破片を引っ張りだし、ハワードの上に座った。彼の片手をとり、ガラスの破片に指を押しつける。ハワードは弱々しい声をあげながら体をばたつかせて抵抗したが、ゾーイは身長が百七十五センチあり、見た目はほっそりしているものの、ジムで鍛えた体は筋肉質で、体重が七十キロある。弱りきったハワードよりもはるかに重かった。

ゾーイは恐怖に満ちた彼の目に向かって微笑んだ。「かわいそうなハワード」やさしく言う。「今日は幸運な日よ。あなたが何年もやろうとしてきたことをやりとげるのを、わたしが手伝ってあげる。うれしいでしょう?」

ハワードが目を激しく左右に動かし、首を振った。

「あら」彼女はささやいた。「あなたがそんなふうに思うなんて残念だわ。口をつぐんでさえいればよかったのに」

ハワードの抵抗は弱々しかった。たやすい仕事だ。自分はもっと難しい仕事だってこなせる。ガラスの破片が、ハワードの青白くて冷たく湿った肌を、長く深く切り裂いた。ゾーイは彼の腕を動かして、赤黒い血が床に落ちるよう向きを変えた。彼はせいいっぱいの抵抗をしたが、血圧が急激にさがり、それとともに力も抜けていった。

ベッドの下に血だまりができた。それが広がるのをゾーイは見つめた。ものすごい速さだわ。決してはじめての経験ではないものの、いつもはじめてのような気分になる。おそらく戦闘プログラムが、わたしを殺しに駆りたてるのだろう。心のなかの黒い何かがふくらみ、熱に浮かされたように気持ちが高ぶって息ができなくなる。心臓が激しく高鳴る。腿に力が入り、抜ける。

しだいに遅くなるハワードの脈に指をあてながら、強くあてすぎないように注意した。あざを残すわけにはいかない。

終わると、ゾーイは血だまりに足を踏み入れないよう注意しながらハワードの体からおりた。自分がまっ白なままなのがうれしかった。汚れひとつない白いポンチョ。スキーのコースのように白いスニーカー。ラテックスの手袋だけが赤くてぬるぬるしている。

ゾーイ自身は汗だくだった。ドアが開いているバスルームの洗面台の鏡を見ると、まっ赤な顔は暑さのあまり汗で光っていた。人前に出るにはもう少し時間を置かなければならない。これはよくないわ。プログラムか薬に少し変更を加えてもらったほうがよさそうだ。キングに話をしよう。それを考えると尻ごみしたくなるが、彼に秘密を持つなど問題外だ。

訓練を受けていたころのゾーイの欠点は、興奮しすぎることだった。訓練生を選別するための間引きが行われる日はいつも、自分が間引かれるのではないかと恐れた。だがキングはそのたびに、彼女の持つほかの才能がその欠点を補うと判断した。

これからもそう判断し続けてくれるといいのだけれど。

手袋をはずし、用意しておいた袋に入れる。ポンチョも脱ぎ、慎重にたたんだ。次に、新しいラテックスの手袋をはめ、ハワードの猿ぐつわをはずして包帯をほどいた。

血のついたガラスの破片をハワードの手に握らせ、ふたたび指紋をつける。そして、その手を血だまりのなかにそっと落とした。

もう一度窓から外を見たゾーイは、ふいに不安に襲われた。リリー・パーの姿は庭になく、キャルのタクシーも見えない。

わたしがハワードにかかりきりになっているあいだに、キャルが来て彼女を乗せていったのかしら？　そうであってほしい。ゾーイは道路に目をやった。キャルに電話をかけたほうが……。だめだ。自分の仕事に集中するのだ。気をそらしてはいけない。それが失敗につながる。

ドアを閉め、ロッカーにスポーツバッグを静かにしまうと、彼女はナースステーションに顔を出した。「移動パン屋でコーヒーとマフィンを買ってくるわ」同僚に声をかけながら、自分のさりげない口調に驚いた。「よかったらあなたの分も買ってくるけれど？」

「わたしはいらないわ」同僚が答えた。「じゃあ、あとでね」

ゾーイは病棟の鍵を開け、守衛と軽い冗談を言いあってからエレベーターのボタンを押した。うまくいっているわ。あとは炭水化物をとって神経を静め、鼓動を落ち着かせたら、お楽しみの時間だ。ハワードが血だまりのなか息絶えているのが発見されるのだ。

キングのためにその光景を録画できないのが残念でたまらない。

想像すると笑いがこみあげるのを、彼女は必死にこらえた。


アップタウンに向かうウエスト・サイド線の急行に乗るころには、リリーの気分は最悪だった。足が痛くてたまらない。衝動的な行動のおかげで、自分が自然と触れ合おうとしない理由にたくさん気づかされた。シェイバーシャム・ポイント駅までかかる時間を二時間も少なく見積もったため、転がりこむようにして駅に着いたときには、疲れ果てて、体の芯まで冷えきっていた。靴は泥だらけで、服の下がむずむずしている。ダニだろうか？　それとも蜘蛛《くも》？　ああ、いやだ。

それでもなんとか幸運にも、ニューヨーク行きの最終電車が発車しようとしているところに飛び乗った。ニューヨークまでの道中は、ハワードの打ち明け話を記憶に刻みこむためにノートパソコンに入力して過ごした。途中、ドクター・スタークの留守番電話に三回メッセージを残し、その後、ウエスト・サイド線に向かって街を横切るように地下道を延々と歩きながら、さらに二回メッセージを残した。忙しすぎてかけ直せないというの？　医者というのはなんて腹の立つ人種だろう。

唯一の救いは、ニーナがインド料理と、すべてを洗い流してくれる冷たいマンゴーラッシー、そして同情を約束してくれたことだ。今のリリーにはその三つすべてが必要だった。力をかき集めて地上への階段をのぼりかけたとき、電話が鳴った。ハワードの主治医からだ。やっとかけ直してきた。彼女は大急ぎでバッグから携帯電話をとりだし、片方の耳を手で押さえて電車の発車ベルをさえぎろうと無駄な努力をしながら叫んだ。「ドクター・スターク？　電話をくださってよかったわ！　ハワードのことでお話があるの」

「リリー、悪い知らせがある」医師の声はいつになくこわばっていた。

悪い知らせ？　わずかに残っていた力がまたたく間に脚から抜け、リリーはよろめいた。ハワードの状態がこれ以上悪くなるとしたら、それは……。

恐怖に胃をつかまれたような気がした。「悪い知らせって？」

「気の毒だが、今日きみが帰ったあと、ハワードは……ハワードは自分の命を絶った」

「自分の……」リリーの声はとぎれた。「なんですって？」

「残念だがそうなんだ」

残念だがなんだというの？　この人は何を残念がっているの？　十八年間恐怖とともに生

きてきたのはこのわたしだというのに。

相手の言葉の選び方ばかりが気になって、実際に主治医が言ったこと、それが自分にとって何を意味するかまで頭がまわらない。

ああ、なんということかしら。これまでずっと、ハワードがそうするのをとめることがわたしの存在意義だった。それなのに彼はやってしまった。今になって。あれだけ安全策をとってきたのに。それでも彼を救えなかった。すべては無駄だった。大変な努力をして、ばかみたいにあがいてきたけれど。

ドクター・スタークはだらだらしゃべり続けていたが、彼の言葉はリリーの耳には入ってこなかった。目の前にこれまでのことが浮かぶ。床で寝ているハワードを見つけ、何時間も一緒に座って彼が目を覚ますのを待ったこと。ハワードの脈をはかり、眠っているうちに回復する程度の薬の摂取量なのか、命にかかわる事態なのかを判断してから、毎度のように救急車を呼び、救急救命士の貴重な時間を割き、乏しい家計から治療費を捻出したこと。

自殺を試み続けた人生。

そしてハワードはやりとげた。なんて自分勝手なの？　リリーは叫びたかった。銃で手あたりしだいにまわりのものを壊したかった。胸が焼けるように熱く、喉をかきむしりたくなる。自分が愚かに思えた。

ドクター・スタークの声がふたたび意識のなかに入ってきた。「手続きが必要なので事務室に連絡をとって――」

「どうやって？」リリーはさえぎった。

「ええと……何がだい？ 事務室への連絡のとり方なら――」

「違います。どうやって死んだんです？ 薬ですか？ どこで薬を手に入れたんですか？ なんのためにわたしはお金を払っていたの？ 閉じこめられていたんでしょう？ ずっと守衛が監視していたんじゃないんですか？ そういう契約だったはずでしょう？ わたしはお金を払い、あなた方は見守る。その契約に、どこか曖昧《あいまい》なところがありました？」

ドクター・スタークはためらい、しばらく咳払《せきばら》いをしてから言った。「いいや。薬ではない。わたしだって悔しいんだ、リリー。みなショックを受けている。どうやって見つけたのかわからないが、ハワードはどこかでガラスの破片を手に入れたらしい。どこから手に入れたのか見当もつかない。彼は外出しなかったし、面会に来るのはきみだけだった。常に監視されていたのだ。本当に気の毒だが、彼はガラスの破片で手首を切った」

「そんなわけないわ」リリーは言った。

その言葉にドクター・スタークは驚いて口ごもった。「な……なんだって？」

「そんなわけがないと言ったんです」彼女は繰り返した。「ハワードが手首を切るはずがないわ。絶対にありえない。彼は血を恐れていたんですから。血を見ると失神するんです。ハワードが薬をのむことはあっても、手首を切ることは絶対にないわ」

「彼は手首を切ったんだ」医師の声が大きくなった。「間違いない。わたしがこの目で見た」

じゃあ、誰かがハワードを殺したのよ。リリーはそう口走りそうになったが、思いとどまった。ハワードの言葉が頭のなかにこだまする。

〝やつらは聞いている。いつも聞いている〟

周囲の世界が後退していく気がする。階段に立った自分の脇を人々が通りすぎるのは感じられるが、彼らはとても遠くにいて、本当のリリーは自分の奥深くの、息もできない冷たい静けさのなかにいる気がする。

〝わたしが話したら、やつらに知られてしまう。やつらはおまえをつかまえに来るだろう。わたしは殺される。ふたりとも殺されてしまう〟

リリーはわれに返ると、なんとか息をして階段をのぼった。ドクター・スタークの話に耳を傾けようと努めるが、耳鳴りがしてよく聞こえない。よろけるようにして歩道までのぼりきると、足が自然にニーナのアパートメントへ向かった。

「最後に彼に会ったのは誰？」電話から聞こえる言葉をさえぎってリリーは尋ねた。

ドクター・スタークはむっとしたように答えた。話を邪魔されるのが嫌いなのだ。「さっきも言ったように、勤務中だった看護師のミリアム・ヴァーガスが彼を発見した」

リリーのなかで、何か冷たいものが広がった。「彼女と話をさせてちょうだい。すぐにそちらへ向かうわ。次の電車で」

「だめだ」医師が嚙みつくように言った。「今は話せない。ショックを受けていて涙がとまらないんだ。鎮静剤で落ち着かせている」

「あら、そう？　気の毒で胸が張り裂けそうだわ」

ドクター・スタークが大きく息を吸いこんだ。「リリー」非難するようなかたい声だった。「きみがショックを受け、傷ついているのはわかる。一度に受け入れるのは難しいだろう。受け入れるには助けが必要だし、誰もそれできみを責めたりはしない。よければ、カウンセラーの電話番号を――」

「ミリアムだって明日には泣きやむはずよ。そうでしょう？」とげのある口調を和らげることはできなかった。「そのころには薬も抜けているかしら？」

「尋問は専門家に任せるんだ」医師が厳しい声で言った。「警察の尋問があるはずだ。とり乱した家族に押しかけられることは、ミリアムにとって――」

「正直に言うと、ミリアムのことなんかどうでもいいのよ」

「ハワードのことだってどうでもよかったようじゃないか」

リリーは驚きのあまり足をとめた。「なんですって？　どういう意味？」

「ミリアムから、今日きみと彼女とハワードのあいだで何があったか詳しく聞いた」

「彼女は噓をついているわ！」無駄な抵抗と知りながら、リリーは気持ちを抑えることができなかった。「ハワードを興奮させたのはわたしじゃなくて彼女よ！　それに、ハワードは絶対に自分で手首を切ったりしない！」

「ミズ・パー？」

携帯電話から聞こえるドクター・スタークの声とは別の声がした。リリーはあたりを見まわした。

グレーのパーカーを着た男が、ニーナのアパートメントの玄関に立ってこちらを見おろしていた。黒っぽい髪をした、若くてハンサムな男だ。曖昧な笑みを浮かべている。どこか見覚えがあった。誰とははっきり言えないが、たとえばいつもバナナを買う街角のスタンドの売り子みたいによく見る顔――そんな相手だ。たしかに知っている顔だが、いったいどこで会ったのか……。

その瞬間、頭のなかで警告音が鳴り響いた。シェイバーシャム・ポイント駅で乗ったタクシーの運転手だ。いったいここで何を……ああ、大変だわ。

ここはニーナのアパートメントだ。わたしの家ではない。どうやってこの場所を……。頭がまわらない。

彼はどうやってわたしの居場所を知ったのだろう？

リリーは手のなかの携帯電話を見つめた。今もかすかな声が聞こえてくる。ドクター・スタークが何やらわめき続けているが、もうリリーの耳には入ってこなかった。もっと大きな問題が目の前に立ちはだかっていた。

心臓が激しく打っている。目の前の男から目が離せない。

男が一歩近づいてきた。「ちょっと話せますか？」

リリーの背後で車のドアが開く音がした。大型のＳＵＶがエンジンをかけたまま角にとまっている。うなじの鳥肌。ハワードの意味をなさない打ち明け話。信じがたい彼の自殺。すべてが同時に彼女を襲った。

そして今、うわべだけの笑みを浮かべて近づいてくる男と、後ろでドアを開けて待ちかまえているＳＵＶ……。

どうとでもなればいい。リリーはできる限りみだらな笑みを男に向けた。「まあ！　運転手さんよね？　シェイバーシャム・ポイントの」甲高くて軽薄な声が出た。「迎えに来てと言ったのにごめんなさい。いろいろと大変だったのよ！　でも、待っていてもらった分の料金とチップを払うわ。今すぐ出すから。ね？」彼女はにっこり微笑んでからバッグに手を入れた。

そして、催涙スプレーをすばやくとりだした。スプレーが男を直撃する。

男が目を押さえながら、よろよろとあとずさりした。リリーは振り返り、すぐ後ろに迫ってきた別の男の顔に向かってノートパソコンの入ったバッグを振りあげた。男が腕をあげて攻撃を防ごうとする。彼女はその隙をねらって男の股間を蹴った。男は怒りに満ちたうめき声をあげて後ろにさがった。

最初の男が片足をあげるのが見えた次の瞬間、リリーは手首を思いきり蹴られた。催涙スプレーの缶が彼女の手から落ちて転がる。リリーは背後に並ぶごみ箱まであとずさりすると、ごみ箱のひとつを男のほうに蹴り飛ばした。男はそれを飛び越え、ナイフの刃をきらめかせて切りつけてくる。

彼女はとまっている車まで走り、屋根を転がるようにして乗り越え、全速力で通りを走った。鳴り響くクラクションや急ブレーキの音もおかまいなしに車のあいだを駆け抜ける。ふたり目の男も、シェイバーシャム・ポイントで見かけたタクシー運転手だった。現実世界に裂け目ができて、地獄から悪魔が送りこまれてきたかのようだ。なんとかして大きな通りから地下鉄の駅にたどりつきたい。目撃者がほしい。リリーは携帯電話をつかもうとしたが、電話はどこかに消えていた。

インド料理店、寿司バー、コインランドリー、ブティック、花屋の前を走る。このあたりには、911に通報して警官の到着を待つまでのあいだ、ナイフを振りまわす悪魔たちからわたしを守れる人はいない。わたしはずたずたにされるだろう。守ってくれようとする人たちも。

振り返ると、男はもう追いつきそうになっていた。リリーは地下鉄の階段にたどりついた。飛び越えられる回転バー式の改札であることを祈りながら階段を駆けおりる。ありがたいことに回転バーだったが、窓口は閉まっていて駅員はいなかった。この窮地を目撃する人も、警官を呼んでくれる人もいないのだ。音をたてて電車が入ってきた。彼女は回転バーを飛び越えて、開いている電車のドアに向かって走った。そしてドアが閉まりかけたところで飛び乗った。

ドアが肩にあたり、体をはさんだまま閉まろうとして苦しげな音をたてる。リリーは身動きがとれないまま頭だけ後ろにひねって、死が階段をおりてまっすぐこちらへ向かってくるのを見た。ふいにドアが開いた。彼女はなかに入り、蟹《かに》のように這《は》いながら車両のまんなかまで進んだ。脚が震えて立ちあがれなかった。男も乗りこもうとしている。

だがそのとき、彼の目の前でドアが閉まった。男はドアにぶつかり、ゴムの合わせ目に指をさしこもうとした。だが電車は走りはじめ、徐々にスピードをあげていく。

男は何やら叫びながら一緒に走った。歯をむきだし、敵意に満ちた声をあげながら股間をつかんでいる。

リリーは床にうずくまったまま激しく息をついた。車両にはわずかな乗客しかいなかった。イヤフォンをつけた十代の少女が、目を閉じてiＰｏｄの音楽に合わせて体を揺らしている。ホームレスの男性が、席を一列占領して寝ていた。仕事帰りの疲れた様子の中年女性は、用心深く顔をそむけている。早く家に帰ってゆっくり座りたいのだろう。

リリーの手が、あたたかくて濡れたものに触れた。見ると、腕の切り傷から血が床にしたたっていた。

ニーナのアパートメントの前で切られたらしい。夢中だったので気づきもしなかった。呆《ぼう》然《ぜん》としたまましばらく傷を見つめてから、パーカーを脱ぎ、シャツの袖をたくしあげて、傷口に直接パーカーを押しあてた。パーカーを脱いでしまうと寒かった。体が震えるが、それがショックのせいなのか寒さのせいなのかわからない。おそらく両方だろう。

それにしても、彼らはなぜ、わたしがまっすぐ家に帰らないことを知っていたのだろう？ニーナとは、電車に乗っているときに携帯電話で今夜の予定を決めた。わたしの電話を盗聴していたのかしら？

あるいは、ニーナの電話を盗聴していたのかもしれない。そう思うと、恐怖はさらに大きくなった。殺人者たちがニーナのことを知っている。わたしのいちばんの親友のことを。たぶん、わたしが助けを求めて電話をかけそうな知人全員を知っているのだろう。今のところ、その人数はさほど多くない。

ニーナが無事かどうか確かめる電話すら、かけることはできなかった。連絡をとれば、その分よけいに友人を危険にさらすことになる。床の血を見ると、ハワードが手首を切ったというガラスの破片に思いがいき、怒りとショックはより深く大きい悲しみのなかに吸いこまれていった。

ふとわれに返ると、リリーは身を縮めながらあえいでいた。無意識のうちに体が揺れている。薬をのんで自殺をはかる前のハワードもそうだった。彼が体を揺らしていた理由がやっとわかった。今のわたしと同じ気持ちだったのだ。

電車がどの方向に向かっているのかわからなかった。乗客がリリーを避けながら乗りおりする。立ちあがりたかったが、体が動かなかった。恐怖のあまり凍りついていた。

リリーはいつも、執拗《しつよう》に体を揺らすハワードを怒っていた。腹が立ってしかたがなかった。子供じみた、身勝手な行動に思えたのだ。

だがハワードは、一度体を揺らしはじめるととめることができなかった。

今になってその理由がわかった。ああ、パパ。わたしにもやっとわかったわ。

4

六週間後
オレゴン州ポートランド

〝わたしには大事なことがいくつかあるけど、あなたはそれに含まれない〟

高慢そうに背中を向けたブルネットの女から伝わる無言のメッセージは、とり違えようがないほどわかりやすかった。だがそれが逆に、ブルーノの下腹部を奮いたたせた。

女は午前三時四十五分に〈トニーズ・ダイナー〉に入ってきた。誓って言うが、彼女が角を曲がって店の外の日よけの下に立つ前から、ブルーノには彼女がやってくるのが感じられた。このふた晩、苦しみとじれったさに悩まされてきたが、今夜は彼女を迎える心の準備ができていた。

そして、運命の女神は微笑んだ。期待に胸をふくらませはじめて数時間後、ついに肌がざわついて彼女が来ることを知らせた。ドアの上のベルが鳴った。ほら、来た。

肌がざわついたといっても、はたから見てわかるほどではない。それよりも、ジーンズの上にエプロンをつけていたのがありがたかった。顎までの黒髪を内側にカールさせた彼女が気どった足どりで入ってきた瞬間、ブルーノは寝不足でぼんやりしていたにもかかわらず、全身に活力がみなぎり、古い映画のダンスナンバーに合わせて踊りだしたくなった。下腹部がうずきだし、体の奥底から畏敬の念がわいてくる。

今日の彼女は、カウンターではなくテーブル席を選んだ。席によって彼女をいろいろな方向から見ることができ、それぞれ長所と短所がある。ブルーノはまだ、どこから彼女を見るのがいちばん好きか決めかねていた。後ろからだと、脚とヒップ、背中から腰にかけての美しいくびれ、柔らかそうな細いうなじを、忙しく動きまわりながらも遠慮なく眺めることができる。彼女がテーブル席に座ったときは正面から見られるが、思春期のころに身につけた技を駆使しなければならない。一度ちらりと目をやったあと、その姿を頭のなかでじっくり反芻《はんすう》するのだ。だが彼女の場合、一度見ただけではすべてを把握することはできない。できることなら向かいに座り、獲物をねらう野獣のように、まばたきひとつせずにじっと見つめたかった。

もちろん彼女は気づかないに違いない。顔をあげさえしないだろう。彼女の集中力は世界最強クラスだ。

ブルーノは、なぜ彼女が気になるのか突きとめようとしていた。なかなかの難題だった。間近でじっくり観察し、分析する必要がある。できれば、ベッドのなかがいい。高い頬骨と、弧を描く眉。金色がかったグリーンの大きな目は少しつりあがっていて、アイライナーで縁どられ、まつげにはたっぷりマスカラが塗られている。端にイミテーションの宝石が入った細いフレームのめがねは、一歩間違えば悪趣味に見えそうなのに、粋で遊び心に満ちて見え、彼女の美しさを際だたせている。彼女なら、何を身につけても美しいだろう。いや、何も身につけていなくても。

そしてあの唇。女性を強く見せるまっ赤な口紅で彩られているが、彼女はそんなふうには見えない。ふっくらした上唇のせいで、まるで子供のように無防備に見える。そして、漆黒の髪に、輝くような肌。

見た目はとにかくセクシーだ。くたびれた黒いレースのシャツはストレッチがきいていて、胸の頂が突きでているのがはっきり見える。すり切れたデニムのミニスカートは、豊かなヒップには少々小さいようだ。ローライズになったウエストとシャツのあいだから、まっ白な腹部が少し見えている。そそるようなオープントウの赤いパンプスはすり減っていて、驚くほどヒールが高い。引きしまった脚を包む黒いストッキングは伝線がひどく、わざととしか思えない。普段のブルーノは、女性がその服装で何をしようとしているかを読みとるのが得意だが、この女性に関してはまったくわからなかった。注意を引こうとしているように見えるが、一方で、ノートパソコンを命綱のようにのぞきこみながら、黒いマニキュアを塗った指を休みなく動かしている。めがねのレンズに、ノートパソコンのブルーの画面が反射していた。

食べ物を注文しているくせに、まったく関心を示さない。チップの支払いも悪い。だが、あの突きでた胸の頂が充分にその埋めあわせをしている。

そのほかに、どう説明したらいいのかわからない雰囲気を持っている。いつもどこか不穏で危険な空気を漂わせていたケヴと過ごすうちに、ブルーノにはそのようなものを感じとる感覚が身についた。何かが起きそうな気がする。いいことと悪いこと、そして大きなことが。

だが、このブルネットに何が起きるにしても、ブルーノ・ラニエリとのロマンティックな出会いはそれに含まれそうになかった。この三日間、彼女は毎晩店を訪れているが、ブルーノのことを完全に無視している。普段女性に注目されることに慣れている彼としては、プライドが傷つけられた。彼女だって少しぐらいこちらに注意を向けてもよさそうなものだ。

それにしても、体まで彼女に反応するとは驚きだ。この一カ月、昼だけでなく夜も働きづめだというのに。大叔母のローザは、マクラウド家の生まれたばかりの赤ん坊の面倒を見るために留守にしている。マクラウド家の誰の子供だったかは思いだせない。ケヴの長いこと生き別れになっていた兄弟、そしてその子供たちの区別がつかないのだ。どこを見ても、くすんだブロンドに明るいグリーンの瞳ばかりが目に入る。そのうえ彼らは、まるでねずみみたいに次から次へと子供をつくる。ますます区別がつきにくくなるばかりだ。

ブルーノは食堂のスタッフを増やそうとしたが、二週間前に雇ったある若者は、コスタリカにいる元恋人から電話をもらったとたん彼女のところへ行ってしまった。そんなとき、エルサがスケートボード中に膝の腱《けん》を痛めた。そういうわけで今、ブルーノはエプロンをつけ、寝不足で目をまっ赤にしながら食堂にいるのだ。昔のようにバーガーを引っくり返し、フライドポテトを揚げ、テーブルのあいだを動きまわり、パイを焼いている。日中はダウンタウンにある自分の会社で仕事をし、その後、夢にうなされながら仮眠をとり、夜明けまで食堂で働く。それが最近の日課だった。

だが、今夜は見事に目がさえている。彼女のストッキングの伝線を見ているだけで、てのひらがじっとりと汗ばんでくる。

もしかしたら彼女は同性愛者なのかもしれない。だが、ブルーノにはそうは思えなかった。レズビアンの友人が何人かいるから、その醸しだす雰囲気は知っているが、彼女にはそれがない。

彼女にあるのは甘いものへの情熱だ。毎晩、デザートのメニューにじっくり目を通す。もっとも、今はローザがいないので、ブルーノが提供できるデザートは限られているが。即席料理をつくるのは得意だし、本気でやれば焼き菓子もうまくつくれるが、ローザは焼き菓子の名人だ。その名人は今シアトルで、マクラウド兄弟の誰かの妻が産んだ子のために牛肉のスープをつくっている。母乳の出をよくすると言って、イタリアの祖母がつくっていたらしい。

母乳のことを考えたら、彼女の胸の先端に目がいった。その瞬間、彼女がなんの前触れもなく顔をあげた。

目と目が合う。それだけでブルーノはどうかなりそうだった。熱いナイフがバターに刺さるように、彼女の視線が脳にまっすぐ突き刺さる。彼は思わず声をあげそうになった。

目が合ったことで、彼女の瞳が黄色とブラウンとグリーンがまざった美しい色をしているのがわかった。彼女が微笑む。誘惑するのではなく、自分に近づくなと言いたげなかたい笑みだ。

めがねをはずしてテーブルに置くと、彼女は言った。「何かしら？」

ブルーノは、何か罠《わな》でもあるのではないかと周囲を見まわしたくなった。「ああ……ええと……何にする？」つい、しどろもどろになってしまう。

彼女が顎をあげた。「何があるの？」

とても適切とは言えない答えが、蜂の群れのようにブルーノの頭のなかを飛び交った。唇を嚙みしめ、プロらしくふるまうように努める。「大叔母のローザがいないから、今はメニューを少し減らしているんだ。今夜はライスプディング、バナナクリームパイとココナッツクリームパイ、チーズケーキ、それにブラウニーサンデーしかない。でも、どれも絶品だ」

彼女はまばたきもせずにブルーノを見つめた。その姿はまるで、真昼に決闘する銃の達人だ。「そのローザという方はいつからいないの？」

彼女の質問に、ブルーノは頭をしぼらなければならなかった。全身の血がすべてほかのところにたまっていたからだ。「そうだな……五週間前ぐらいからかな」

「そんな古いデザート？　冷凍してあったの？」

ブルーノは憤慨して言った。「まさか！　いつだってつくりたてだ」

彼女の大きな目がさらに大きくなる。「怒らせちゃったわね」彼女がつぶやくように言った。「つくったのは誰？」

ブルーノは胸を突きだした。「おれだ」

彼女が目を細めた。「嘘でしょう？」

「なんで嘘をつく必要がある？」

彼女が頬杖《ほおづえ》をついてブルーノを見あげた。「わたしを感心させるためとか？　その他大勢の汗っかきの男たちとは違うと思わせるためとか？」

「汗っかきか何か知らないが、自分がその他大勢と競っているとは知らなかったよ」ブルーノは言った。「それに今まで、女性を感心させるためにそこまでがんばる必要はなかった」

「ふーん」次の攻撃を考えるかのように彼女が目を伏せる。「つまりあなたは、簡単に喜ばせることができる女性が好きなのね？」

彼女の態度に、ブルーノはいらいらしてきた。「簡単に喜ばせられることの何がいけないんだ？」

彼女が無邪気そうに目を見開いた。「いけないなんて言った？」

ブルーノは口を閉じた。「まあいい。こんなわけのわからない会話をしていてもしかたないからね。だが、女性を感心させようと思ったときにおれがまず思いつくのは、つくってもいない焼き菓子をつくったと嘘をつくことじゃない」

「わかったわ。じゃあきくけれど、最初に思いつくのは何？　ぜひききたいわ」

彼はしばらく考えてから首を振った。「そんな見えすいた手にはのらない。それも、長い勤務の果ての午前四時にはね。やめておくよ」

「好きにすればいいわ」なんでも見通しそうな彼女のまなざしが脳に突き刺さり、ブルーノは赤くなった。「あなたみたいな男性が、おばあちゃんがつくるようなライスプディングやバナナクリームパイをつくるなんて想像できないのよ。ブラウニーサンデーならもしかしたら……いいえ、やっぱり想像できない。もちろん、ゲイなら話は別よ。あなた、ゲイなの？」

ブルーノはゆっくり息を吐き、頬の内側を嚙んで笑いを嚙み殺した。「おれは菓子づくりが得意なんだ。パイ皮なんか、ローザよりうまい。厨房《ちゆうぼう》に来ないか？　目の前でチョコレートクリームパイをつくってあげよう。そして、手で食べさせてやる。そうしたらきみだって、二度とゲイかどうかおれにきかなくなるはずだ」

彼女が目を伏せて咳払いをした。「本当？」

「ああ。さあ、立って厨房においで。おれは本気だよ。ぜひおれの腕を見てくれ」

彼女が赤く塗った唇を噛みながらブルーノを見あげた。「けっこうよ。きっととっても上手なんでしょうね」静かな口調で言う。挑発的な雰囲気は消えていた。

ブルーノは腕を組み、いらだたしげに注文伝票で腕をたたいた。彼女は引きさがったが、あまりに早すぎる。こっちの怒りはまだおさまっていないのに。「どういう意味で言ったんだ？」

彼女はまばたきを繰り返した。「なんのこと？」

「〝あなたみたいな男性〟と言っただろう。どういう男だというんだ？　おれの何を知っている？　おれがどんな男か、まったく知らないだろう？」

まるで仮面をはずしたかのように、彼女がまったく違って見えた。「ごめんなさい。あなたの言うとおりね。外見だけであなたを判断した。浅はかだったわ。自分が同じことをされたらすごくいやなのに。あなたのことは何も知らない。あなたが話してくれること以外はね」

これは脈がありそうだ。このあとどんな方向に会話を進めるか、ブルーノはすばやく考えをめぐらせた。少しやり方を変えてみよう。和解を申してるのだ。「何が知りたい？」急いで尋ねた。「なんでも話すよ」

彼女の目がきらりと光った。ふたたび顎をあげ、値踏みするようにブルーノの全身に目を走らせる。「まず、バナナクリームパイやブラウニーを大量につくっているのに、どうしてそんなに体が引きしまっているの？　週に三十時間ジムでトレーニングしているとか言わないでね。そんなの聞きたくないから」

ふたたび冷たい態度に戻っている。「わかった。それは言わないよ」ブルーノは軽い口調で言った。「おれは代謝がいいんだ。好きなときに好きなだけ好きなものを食べる。それも、クリームをたっぷりのせて。女性がうらやましがるのはわかるが、誰にだって天からもらったプレゼントというものがあるはずだ」

ブルーノはデザートのカウンターに向かうと、大きな深皿にライスプディングを盛りつけ、シナモンを振った。それから、バナナクリームパイを大きくひと切れ切り、ふたり分のコーヒーを注《つ》ぐ。神経がますます高ぶる。彼女が自分の存在を認めようとしていると思うと、何かしていないと落ち着かなかった。

それに、どうでもいいことをしゃべり続けてしまいそうだ。

彼はデザートをテーブルに置いた。ブルーノが股間の高まりを隠すために向かいの席に座ると、彼女の皮肉めいた笑みが消えた。ほかに、何か用がありそうな客はいない。いたとしても無視していただろう。

張りつめた沈黙のなかで、彼女がコーヒーを飲んだ。煎りたてのフレンチローストを濃く入れて、ミルクを少しだけ加えてある。ブルーノが好きなこの飲み方を、彼女も気に入ったようだった。

彼を興奮させる女性を前に、自分がいかにユーモアがあるか、あるいは魅力的か、有能かを彼女に伝えようともせず、黙ったまま座っているのが不思議だった。以前のおれなら自分の魅力を伝えようとするだろう。だが、最近の一連の出来事を機に、その種の情熱は冷めてしまった。ケヴと悪人との決死の対決や銃撃戦、爆弾、そしてトニーの死を目のあたりにしてからは。

あの騒ぎで、ブルーノはケヴとその生き別れになっていた兄弟たちと一緒に手錠をかけられ、地元のマスコミの記者たちの前で連行された。あとで無実が証明されたが、しばらくは不愉快な思いをした。

そのせいで、普段の生活にも大きなしわ寄せが生じた。二度と、〝ポートランドの結婚したい独身男性ナンバーワン〟に選ばれることもないだろう。けっこうなことだ。あれはもう昔のこと。『ポートランド・マンスリー』がブルーノの記事を載せたあと、ローザはその表紙を食堂の壁に飾った。ブルーノははずしてくれと何度も言った。恥ずかしくてしかたがなかったからだ。だがローザはその写真をひどく気に入っていて、いくら言っても耳を貸さなかった。

悪党との対決とトニーの死で、自分の何かが変わった。何とははっきり言えないが、ときおり黙りこむようになった。しょっちゅうではないし長い時間でもないのだが、数分のあいだ口を閉じておくことができるようになった。

だから、もし目の前の彼女がおれのことを知りたいと思うなら、ただ尋ねてくれればいい。自分からブルーノ・ラニエリを売りこむつもりはない。

ブルーノはライスプディングをさして言った。「シナモンがかかっている。コレステロールをさげてくれるんだ。『男の健康』のサイトで見た」

彼女が唇をゆがめた。「ばかばかしい」バナナクリームパイを見てさらに言う。「こっちには、どんな怪しげな科学的根拠があるの？」

パイを見つめてからブルーノは答えた。「バナナは体にいい。カリウムが体内の水分を排出してくれるからね。それに、パイ皮にはトランス脂肪酸が含まれていない。誓うよ」

「そう？」彼女は笑みをこらえるように唇をすぼめた。「じゃあ、何が入っているの？」

ブルーノはいたずらっぽい笑みを浮かべた。「ラードだよ。動脈硬化を引き起こす、コレステロールたっぷりの豚の脂だ。きみはベジタリアンじゃないだろうね？」

彼女がついに微笑んだ。何もかも忘れさせるような、とびきりの笑みだった。「あなたが正直なのは確かかね」

「いつだって正直だ」

「嘘つきは嫌いなの」

「おれも嫌いだ」

ふたりは黙ったまま、お互いを見ながらさらにコーヒーを飲んだ。ブルーノは、まばゆい光の下で無言の尋問を受けているような気持ちになった。だが、不快感や恐怖はなく、ただどきどきした。まるで、裸で女神の前の祭壇に横たわっている気分だ。

いつでも仕えられるよう準備万端で。

彼女が指先でスプーンを持って、ふりこのように振った。スプーンの背がぼんやりと光って揺れる。その向こうに見える彼女の胸もとに、そばかすが散らばっていた。ブルーノの目はいやでもそこに吸い寄せられた。

「全部は食べられないわ」彼女が言った。

「食べてごらん。きみは代謝がよさそうだから」

彼女がスプーンをさしだした。「手伝って」

親密な誘いに、高まりがぴくりと跳ねた。「いいや、きみの分だ」

「多すぎるわ。無駄にしたくないのよ」

ブルーノはしぶしぶスプーンを受けとった。「きみが先だ」

彼女はまずライスプディングに手をつけた。赤くて柔らかそうな唇がゆっくり開いて、とろりとしたプディングを受け入れてから、驚いたように閉じる。ひとときの至福に目が和らいだ。よかった。ブルーノはほっとして緊張を解いた。

「おいしい。あなたがつくったの？」

さっき言ったことを繰り返す必要はない。ブルーノは、彼女がパイを口にするのを待った。彼女がひと口大に切ったパイにフォークを刺して見つめる。そのあいだの沈黙が耐えがたかった。

彼女がそれを口に運び、目を閉じて味わった。まぶたを震わせて鋭く息を吸いこむ。「最高。本当においしいわ」

ブルーノは得意げな顔にならないよう注意しながらコーヒーを飲んだ。「言っただろう？」

「男の人がこんなデザートをつくれたら、ずいぶんポイントが高いわよ」

ブルーノはスプーンでライスプディングをすくった。自分で言うのもなんだが、うまくできている。ローザの教えの賜《たまもの》だ。「それはありがたいな。ほかにはどんなことでポイントをあげられるんだ？　教えてくれ」伝票とペンをとりだして言った。「メモしておくよ」

彼女がコーヒーを見おろした。「正直であること」

もっと色っぽいことを期待していたが、彼女に合わせよう。「心配ない。おれは正直だ」

彼女が目をくるりとまわした。「何が〝心配ない〟よ」

「どうした？　最近嘘つきと出会ったのか？」

彼女はもうひと口パイをすくいながらブルーノの目を見つめた。「というか、嘘をつくのはみんな男よ」

「おれは嘘をつかない」ブルーノは請けあった。「なんでもきいてくれ。ありのままの真実を包み隠さず話す。誓うよ」

「本当？　じゃあ、今何を考えているか教えて」

彼女の言葉にブルーノは不意をつかれた。「ええと……」

「嘘はだめ」鞭《むち》のように鋭く彼女が言った。「嘘をついたらすぐにわかるわよ」

そうだろう。彼女は賢いし、察しがいい。そもそも、おれは普段から嘘が苦手なのだ。ブルーノはため息をついて言った。「考えているというのとはちょっと違う」

「好きな言葉を使ってちょうだい」

彼は覚悟を決めた。「きみとのセックスを想像していた。三日前の晩にはじめて見たときからだ」

彼女のまなざしにたじろいだ様子はなかった。「あら、そうなの」

「ああ。きみに無理強いされなければ絶対に白状しなかっただろうが。まだお互い自己紹介も終えていないしな」

「知っていたわ」彼女はこともなげに言った。「さっきも言ったように、正直に言ってくれるのは大歓迎」そう言って手をさしだす。「リリー・トランスよ」

ブルーノはその手をとった。冷たくてなめらかな手に触れたとたん、全身に電気が流れたような気がした。「ブルーノ・ラニエリだ」

リリー。ついに名前がわかった。彼女によく似合っている。花は美しくて女性らしくてやさしいが、百合《リリー》は控えめではない。堂々としていて威厳があって、女王のようだ。人が何を言おうと気にしない。尊敬され崇拝されることを求める。背が高く、官能的でほっそりしていて、高慢だと言ってもいい。教会の祭壇にふさわしい花だ。女神にふさわしい花。

だが、何かおかしい。話ができすぎている。ブルーノは輝くようなリリーの肌を見ながら思った。彼女はまだ未成年かもしれない。もしかして家出少女だろうか？「いくつだい？」

「二十九歳よ」

信じられない。十歳は若く見える。ブルーノはリリーを見ながら顔をしかめた。「おれと寝るかい？」

「自己紹介が終わったばかりで？」彼女がスプーンを渡した。「お願いだから、おなかが痛くなる前にわたしをとめて。食べてちょうだい」

「おれも正直な人間が好きだ」ブルーノはそう言ってバナナクリームパイをすくった。

リリーが親指についたホイップクリームをなめるのをやめて、顎をつんとあげる。「わたしは嘘つきじゃないわ」

「じゃあ、答えてくれ。嘘はなしだぞ」

「嘘はつかないわ。でも、答えるという約束はしない」

「とにかく」ブルーノはテーブル越しに彼女の手をとった。「教えてくれ。何かがおかしいんだが。いったいなんだ？」

　リリーはショックを受けたように体をこわばらせると、手を引き抜こうとした。だが、ブルーノは放さなかった。彼女の指がブルーノの手のなかでもがく。

「どういう意味よ」嚙みつくようにリリーが言う。

「おれにはわからない。きみが説明してくれ。きみにはどこか妙なところがある。セクシーで頭がよくて魅力的なのは確かだが、何かおかしい。いったい何があったんだ？」

　彼女が勢いよく手を引き抜いた。「何もないわ」

「ほら、嘘をついているじゃないか」ブルーノは静かに言った。

　リリーの顔から血の気が引いていった。彼女が目を落とし、ナプキンをつかんで顎についたクリームか何かをふきとる。ブルーノはそのあいだ待ち続けた。

「家から逃げだしてきたのか？」

　苦々しい笑いがリリーの口から飛びだした。「そうならいいんだけど」彼を見ずに言う。

「逃げだそうにも、今のわたしには家そのものがないの」

「それだけでも大きな問題だ」ブルーノはふたたびリリーの手をとろうとしたが、彼女はすばやく膝の上に手を置いた。「誰かに傷つけられたのか？　夫とか恋人とかに？」

「いいえ。そうじゃなくて……」リリーの喉がつばをのむように動く。「本当に大丈夫なの」

　その声は震えていた。「お願いだからやめて。やめてくれないと出ていくわよ」

ブルーノはコーヒーを飲んで、彼女が落ち着くのを待ってから言った。「何かおれにできることはあるか?」

「なんのことで?」

「きみの抱えている問題だ」彼は引きさがらなかった。「誰かの尻を蹴飛ばしてやろうか? それなら得意だから任せてくれ」

リリーの笑い声は明るく魅力的だった。「まあ。わたしのためにそんなことをしてくれるの? 知りあってまだ十五分か二十分しか経っていないのに?」

ブルーノは少し考えてから、ありのままの真実を包み隠さず伝えた。「ああ。するよ」

リリーは一瞬、口を開けた。完全にとまどっているようだ。そして、魅了されている。

「蹴らなきゃならないお尻がいっぱいあったら?」

「全部蹴ってやる」

「すごいわ。たくさんのお尻を蹴って、わたしの王子様になる。親切ね。賢明ではないけれど親切だわ」

ブルーノは何も言わずにコーヒーを飲んだ。だが、リリーの言葉で何かが変わった。心のなかのドアが開き、光がさしこんでくる。内側から光がさして、自分の考えがはっきり見えてきた。

おれは本気だ。本気で彼女のために誰かの尻を蹴るつもりだ。

リリーの言うとおり、賢明ではない。まったくもって賢明ではないのだが、それでもやるつもりだ。

ブルーノはさらにライスプディングを食べ、しゃべることで当惑を隠した。赤面する前にとにかくしゃべるのだ。「ほかにどんなことを正直に話せばいいんだ？　ほかにも、男のひそかな思惑できみが知りたいことはあるかい？」

リリーがあきれたようにふふんと笑った。「男の思惑はどうでもいいわ。男なんて、たいていは犬か豚みたいなものだもの。あなたのことを聞かせてちょうだい」

「どんなことだ？」

「生まれたときのことから。簡単にね」

「たいした話じゃない。生まれはニューアークだ。十二歳までそこにいた」

「ご両親は？」彼女が短くきく。

「ほとんど、このポートランドで大叔父のトニーと大叔母のローザに育てられた」

「その前のニューアークでは？　誰に育てられたの？」

ブルーノはその質問にひるみ、答えるのを避けた。「今度はきみの番だ。そうだろう？」

「順番に話すなんて誰が決めたかしら？」リリーが手を組んでその上に顎をのせた。「あなたはわたしの質問から二回逃げた。たくみにというわけでもないけれど、つまりあなたは嘘をつくほうに傾きつつあるということよ。正直でいるのはあきらめたの？」

ブルーノは大きく息を吐き、緊張を解いた。「父親は誰だか知らない。おれは婚外子なんだ。母は父親について一度も話してくれなかった。母の家族はおれの存在を恥だと思っていたから、母は誰も頼ることができず、ひとりでおれを育ててくれたんだ」

リリーは驚いたようだった。「そう……」

「母は、おれが十二歳のときにろくでなしの恋人に殺された。おれがニューアークを出たときだ。ニューアークのことでおれに言えるのはそれだけなんだ。悪いがね」

彼女が目を落とした。「悪くないわ」

重苦しい沈黙が続いた。リリーにはそれを破る気はないようだ。破るのはおれの仕事らしい。

ブルーノは口を開いた。「きみの質問から逃げるつもりはなかった。ただ、きみとの会話が楽しかったんだ。だが、こういう告白は会話をとめてしまうだろう？　テーブルに爆弾を投げるようなものだ。雰囲気がすっかり壊れる」

リリーは唇を嚙みしめ、目を合わせようとしない。

彼はため息をついた。まあ、いい。これでおしまいだ。人は勝つこともあれば負けることもある。そろそろ現実を受け入れて仕事に戻ろう。

ブルーノはスプーンをおろし、立ちあがろうとした。

そのとき、リリーが彼の手首をつかんだ。「あなたの時間を無駄にしちゃってごめんなさい」ハスキーな声だった。黒く長い爪がブルーノの手首に食いこむ。「そしてお母様のこと、お気の毒に思うわ」彼女はおずおずとつけ加えた。

ブルーノはひそかに歓喜しながらふたたび腰をおろした。「父は？　父のことは気の毒に思わないのか？」

リリーが微笑んだ。「どうして気の毒に思わなくちゃいけないの？　とんでもないわ。いいところだけ見せて、ぼろを出さないうちに姿を消したんでしょう？　ほら、やっぱり男は犬か豚みたいなものだわ」

「みんながみんなというわけじゃないがね」ブルーノは手を滑らせて、彼女の手を下から包みこんだ。リリーに触れたてのひらがぞくぞくする。「あと二十五分で日勤のスタッフが来る。散歩でもしないか？　男というものについて、もっとおぞましい真実を聞かせてあげよう。『コスモポリタン』には載っていないような真実をね。それで本が書けるぞ。きみが聞きたかったらの話だが」

「自分でも不思議だけど……」彼女が言った。「聞きたいわ」

5

リリーは、ブルーノが仕事に戻る前に投げかけた笑みに気づかないふりをした。輝くような笑みだった。この人は危険だ。ただし、予想していたのとは違う意味で。この数週間、わたしは地獄の苦しみを味わった。だけどわたしを見る限り、誰もそんなことは想像しないだろう。くすくす笑ったり、おどけたり、気を引いてみたり。わたしったら、ホルモンのせいで頭がどうかしたに違いないわ。最高にすてきな男性ほど危険なものはないのに。

もっとも、ブルーノ・ラニエリはただの男性ではない。彼は特別だ。六週間のあいだストレスにさらされ続けてきたなか、かろうじて残っていた理性も、ブルーノの前では吹きとんだ。学生の論文を書くことにストレスを感じていたかつての自分に、一文なしで逃亡生活をしてみろと言ってやりたい。

地下鉄のなかで行くあてもなく呆然としていたとき、まず考えたのは警察に行くことだった。だが、何かがそうさせなかった。身の危険が悪臭のように周囲に迫りくるのを感じた。悪人たちはわたしのあとをつけ、電話を盗聴していた。わたしが夕食を一緒にとるためにニーナの家へ向かっていたのを知っていた。そしてニーナの住所も。さらにハワードを殺し、やすやすと偽装工作をした。

警察はだめだ。自分の力でなんとかしなければならない。リリーはライスプディングをすくいながら、腕についた赤い傷跡を見た。腕を動かして傷を隠す。長袖を着るべきだったのだろうが、服の数は限られている。

破傷風《はしょうふう》にかからなかったのは運がよかった。ガーゼと消毒薬を買い、〈スターバックス〉のトイレで手当てした。傷を縫ってもらうのに何百ドルとかかるだろう。それに、救急治療費の高さは思い知らされている。何回にもわたるハワードの自殺未遂で、黙っていろとハワードを脅し、彼がその約束を破ったその日に殺した直後にわたしに接触してきた人間なら、あちこちの病院の救急治療室を監視することだってできるに違いない。警察署だって。

もっと言うなら、警察に何ができるというの？　わたしに護衛をつける？　あるいは隠れ家を提供するとか？　そんなことはしてくれない。重要証人ではないのだから。マフィアのボスを有罪にする証言ができるわけではない。せいぜい被害届を書くぐらいで家に帰され、ひとりで震えながら、いつドアや窓ががたがた鳴りだすかと怯えて待つことになるだけだ。

そう考えたリリーは、銀行に寄ってクレジットカードで借りられるだけの現金を引きだし、つばの大きな帽子とサングラス、それにぶかぶかのジャケットを買った。そして、ポート・オーソリティーからフィラデルフィア行きの夜行バスに乗った。ニーナの仕事を手伝ったときに、そこのシェルターの住所を覚えたのだ。

傷とあざのおかげで、嫉妬深い恋人にナイフで襲われたというつくり話を本気にしてもらえた。眠る場所ができ、カウンセリングを受けることもできた。だが、ここでも話すことはできなかった。ニーナに電話できないのと同じで、シェルターの人々を危険に巻きこんでしまうからだ。

そこで、早々にシェルターを出た。以来、逃げ続けている。

ニーナに連絡して、自分の身の安全を知らせたかった。だが、郵便もメールも、家の電話も携帯電話も監視されたり盗聴されたりしている可能性がある。

そもそも、自分は安全ではない。嘘をついてもしかたがない。何も言わないのがいちばんだ。

どこから手をつければいいかもわからなかった。なんの手がかりもないし、敵は巨大で謎に満ちている。だが、ハワードが最初のとっかかりを教えてくれた。それも、自分の命を犠牲にして。

マグダ・ラニエリとその死が、この問題に関係している。どう関係しているかは誰にもわからない。でももしかしたら、マグダの息子のブルーノ・ラニエリが知っているかもしれない。

ブルーノが、心をとろかすような笑みを見せながら通りすぎていった。リリーは思わず微笑んでいた。気のあるそぶりを見せてはだめ。彼女は自分に言い聞かせた。

調べられることは調べてある。マグダ・ラニエリは一九九三年に、ニュージャージー州ニューアークで殺された。死亡記事によると、遺《のこ》された近親者は母親のジョゼッピーナ・ラニエリと息子のブルーノ・ラニエリ。犯人が見つかったとか、あるいは処刑されたとかいう記事はなかった。殺された原因についての憶測記事もない。図書館にある新聞の縮刷版で見つけられたのはそれだけだった。

だが、ブルーノが手がかりを持っているかもしれない。彼はそれをロックしなければならない。それが何かはわからないが、ブルーノなら知っているはずだ。そして連中が誰なのか、彼らが何を求めているかも。そうに決まっているわ。

調査はここ、〈トニーズ・ダイナー〉で壁にぶつかった。ブルーノに手がかりを持っているかどうか尋ねるのはそう簡単なことではない。むしろ問題外だ。リリーはその様子を想像してみた。

〝はじめまして、ブルーノ！　ちょっと前からあなたのことをつけまわしていたの。誰かがわたしを殺そうとしていて、どうやらそれはあなたの子供時代の悲惨な出来事が関係しているらしいのよ。お母さんがむごたらしく殺されたときのことを、見ず知らずのわたしに詳しく話してもらえる？〟

まさに会話をとめてしまうだろう。

真実を話して助けを乞うことも考えたが、即座に断られるような危険は冒したくない。断られるどころか、〝とっととおれの前から失《う》せろ〟とか〝接近禁止命令を出してもらうぞ〟と言われるかもしれない。自分自身、以前だったらそんな頼みごとをしてくる相手には同じことを言っただろう。

とにかく、ほかに手がかりとなる人はいないのだ。慎重に近づいて、ブルーノの信用を得る。それが当初の計画だった。だが彼の見事なヒップを見た瞬間、そんなことは頭のなかから消えてしまったようだ。性的魅力に惹《ひ》かれるなんて自分らしくない。普段の自分は、男性とベッドをともにすることに恐怖と嫌悪を覚える。これまでつきあってきた男性たちはそれしか興味がなかった。もっとも、男性とつきあうこと自体ほとんどなかったのだが。

リリーはバナナクリームパイをもうひと口味わった。どちらのデザートも半分以上食べてしまった。命を追われて逃亡生活を続ければやせるものだと思われるだろうが、それは残念ながら間違いだ。逃げている人間は、コンビニエンスストアやバスの停留所の軽食、ホットドッグ、ハンバーガー、ピザが主な食事になる。冷蔵庫に食料が用意されているまともなキッチンとは無縁の生活だし、野菜も食べられない。常に炭水化物ばかりとっている。そして、孤独感と恐怖心が糖分を求める。

そして今、リリーはデザートをふたつ食べるという罪を犯していた。ブルーノ・ラニエリの魅力をもってしても、食欲を抑えつけることはできなかった。

ブルーノを見つけるのは難しくなかった。彼の会社は立派なウェブサイトを持っていたし、彼自身もフェイスブックをはじめ、さまざまなソーシャルメディアを使っている。そして食堂の壁には、にっこり微笑むブルーノが写った雑誌の表紙が額に入れて飾ってある。『ポートランド・マンスリー』の記事は、リリーもすでに十回は読んでいた。彼のことを調べはじめたときに、インターネットでまっ先に見つかったのがこれだった。ブルーノのことを知りたい人なら誰でも簡単に知ることができる。

ただし、リリーが必要とする情報は別だった。彼の心の闇に隠れている怪物のことは。なんにせよ、今のわたしは間違った理由でブルーノを追っている。つまり、彼をもっとよく見るために追っているのだ。ブルーノがすてきに見えるのは照明のいたずらなのか、それとも本当にすてきなのか確かめたい。彼の全身を見たい。わたしの嫌いな、いかにもジムで鍛えましたというマッチョな体つきではなく、筋張って引きしまった体であるのを確かめたい。パンサーのような長い脚に、力強い腿。張りだしたヒップを見ると、そこに爪を立て、引きしまった背中に触れて悦《よろこ》びの声をあげたくなる。

三日前の夜、リリーは最初の接近を試みた。現実を目のあたりにする覚悟を決めてのことだった。口臭、開いた毛穴、体臭などといった致命的な欠点が見つかってほしかった。そうすれば魔法がとけるからだ。

だが、欠点はなかった。ブルーノが注文をとりに来たとき、リリーは歯を嚙みしめて目をそらさなければならなかった。息をするのも忘れそうだった。

彼を無視しているあいだも、さまざまな情報が頭のなかに流れこんできた。たくましい胸。短く刈った黒髪。まぶたを半分閉じたイタリア人らしい目は、ココアをまぶしたラム酒入りのトリュフチョコのようななめらかなブラウンをしている。白いTシャツの下で腕の筋肉が盛りあがっている。引きしまった腕や手の形についうっとりしてしまう。そして彼のにおい。タピオカとコーヒー豆と食器洗い用洗剤のまじったにおいに、膝から力が抜けそうになる。

幸い、もともとの計画でも無言でいることになっていた。睡眠の組みこまれていない、ブルーノの一風変わった毎日のスケジュールを把握したあと、リリーは彼とどう接しようか時間をかけて考えた。自分のスケジュールにも睡眠は組みこまれていない。細かい分析をして出した結論はこうだ。あれほどハンサムな男性は、自分を天からの贈り物と考えているに違いない。だから、無関心を装って冷たい態度をとるのがいい。彼のプライドを傷つけ、わたしに対して好奇心を抱かせることになるはずだ。

もちろん、そのためにはわたし自身がセクシーな女神でなければならない。予算のないリリーにとっては難しい注文だった。美しくセクシーであるためには、お金と心の余裕が必要だ。色気を見せ続けるには気力がいる。

だが、リリーはやる気だった。どうしても生きのびたかった。

無関心を装ったことはこれまで何度もあるが、今夜は大失敗だ。顎を縁どるセクシーな無精ひげを盗み見ずにはいられない。高い頬骨とふたつのえくぼも。

だがそれは、孤独や恐怖をしばし忘れるための気晴らしにすぎない。おかげで、ストレスでおかしくなることもなく、ハワードとガラスの破片のことをいつまでも考えることもなくなった。ブルーノの見事な体のことを考えたり、彼にどうやって接近するかを考えたりするほうがはるかに害がない。

問題は、ブルーノの注意を引いたはいいが、そのあとどうすればいいかわからないことだ。わかりきったことは別にしての話だが。

リリーは息を吸いこんだ。彼に近づかなければならない。誘惑すればいいのだろうが、セックスは必ずしも相手に近づくことにはならない。

ブルーノ・ラニエリは結婚も婚約もしていない。その点はしっかり確認しておいた。まずは友達になることも考えたが、それすらどうすればいいのかわからなかった。彼の行っているジムに入るとか、ジューススタンドでおしゃべりをするとか、書店で出会うとか。だが、それではあまりに偶然に頼りすぎだ。何年もかかってしまうだろう。

リリーにはそんな時間はなかった。無駄に時間が流れて、頭がどうかなりそうだった。バーのホステスをして、ダウンタウンのむさくるしいユースホステルに泊まった。安心して置いていける場所がないので、ノートパソコンはいつも持ち歩いた。SUVの男たちがあとをつけていないか、しょっちゅう後ろを振り返った。彼らはいつかわたしを見つけて車の後部座席に押しこみ、串刺しにするだろう。そうなるのも時間の問題だ。

ブルーノ・ラニエリが何を知っているのか急いで探りださなければならない。だから、彼と親しくならなければならない。今すぐに。男性を誘惑するのは簡単なことだ。想像力を働かせながら、ひとつひとつ段階を踏めばいい。

命を守るために自分の身をさしだすつもりだ。償いはあとですればいい。あとがあればの話だけれど。

そして今日、ブルーノのえくぼとヒップを見た。においもかいだ。挑発するような親密な会話も交わし、それが楽しくなってきている。ふいに、自分が何をなしとげようとしているのかわからなくなった。計画が引っくり返ってしまった。

リリーは、カウンターの客にコーヒーを注ぐブルーノを見て、ライスプディングの最後のひと口をすくった。十五分の会話を経て、ひとつ上の段階まで進んだ。明るく軽い調子を守らなければならない。でも、どうやって？　思わず手が震えた。いや、震えたのは全身だ。彼に気づかれるだろう。見落とすはずがない。

ブルーノは怖くなかった。とてもやさしく感じられる。それに彼は、あのバナナクリームパイをつくった。なんてすてきな人だろう。ああ、キスをして、抱きしめて、舌を這わせたい……。

落ち着きなさい。リリーは手を口に強く押しあてた。歯が唇の内側に食いこむ。待てばいいのよ、もちろん。でも何を？　ブルーノに腹を立てて、そのせいで彼のほうから離れていくことを？　それは避けられないことだろう。これまでつきあった男性はみなそうだった。ブルーノがこちらを見た。口の両脇にくっきりえくぼが刻まれている。リリーは胸いっぱいに熱いものが広がり、息ができなくなった。

ああ、なんてこと。わたしはこの人に恋してしまったらしい。

彼が時計を指さしてから五本の指を立てた。リリーは腿をかたく閉じた。不覚にも脚のつけ根がすでに濡れていることに気づいた。脳味噌《のうみそ》がぐるぐると小さな円を描くようにざわつく。だがそれ以外の場所は、よだれを垂らさんばかりにしてブルーノ・ラニエリを見つめていた。

彼そのものを求めて。リリーは生きていることを実感したかった。希望を持ちたかった。〝彼とベッドをともにしなきゃいけないなんて規則はないのよ〟頭のなかで声がした。〝少なくとも、彼のことをもっとよく知るまでは。彼は助けてくれると言った。たぶん守ってもくれるわ。なんてやさしい人なの。選ぶ権利はあなたにあるのよ〟

黙って。リリーはその声に言った。今は選ぶ権利のことなんか考えたくない。どっちみち頭が働いていないから考えることなんかできない。

それよりも、体のなかの、まだ働いている箇所を使ったほうがいいだろう。

糊《のり》のきいた白いドレスシャツとぴったりした黒いズボンという洗練された服装の若者が、音をたてずにチーズとフルーツの皿をさげた。そして新しいワイングラスを置き、ワインを注いだ。

ニール・キングは値踏みするように若者を見た。一瞬の間を置いて、記憶のなかから彼の名前を引きだす。ジュリアン。たしかそうだ。十七歳かそこらだった。遅い夕食での給仕を務めるほど信頼されているのは、順調に育っている証拠だ。

ジュリアンはキングの特別グループに属するひとりだった。キングは若者の背の高さと顎の線、そしてえくぼに目をやった。ハンサムだ。そして見事なまでに冷静だ。若くて経験の浅い者たちのなかには、キングの前に出るとそわそわしてぎこちないふるまいをする者が多い。そういう態度を見ると、キングはいらだちを覚えた。

今日のキングは穏やかな気分で、向かいに座っている若いゾーイに注意を傾けていた。彼女がその恩恵に浴しているのは、ハワード・パーの一件を見事に処理したからだ。少なくともゾーイ自身の役割は見事に果たした。それ以外の部分が思いのほか難航したのは彼女のせいではない。

ゾーイはもっとも古くからの工作員で、キングの最初の訓練生のひとりだった。同期のなかで残っているのは彼女だけだ。昔は間引き率が今よりはるかに高かった。ゾーイの正確な年齢はわからない。子宮内にいるときから訓練をはじめた若い訓練生たちと違って、彼女は幼児のころにリオデジャネイロのスラム街で拾ってきたからだ。ゾーイには名字がない。出生証明書もない。貧しい幼少時代を過ごしたにもかかわらず、彼女は美しく成長した。そしてほかの工作員同様、キングにとって都合のいい人間になった。彼女は身も心もキングのものなのだ。

彼は報告会を兼ねたこのディナーをはじめるまで、めかしこんだゾーイを四時間近く待たせた。忙しい一日ですでに深夜をとうに過ぎていたが、ようやくキングが食堂に入ってくると、彼女は喜びを抑えきれずにすばやく立ちあがった。

感情を抑えられないのが、以前からゾーイの欠点だった。それでもキングは彼女に満足していた。ハワードの世話をするのは簡単な仕事ではなかったからだ。特別な訓練と、〈エインググル・クリフ病院〉での長年にわたる退屈なスパイ活動が必要とされた。だが、結果は上々だった。リリー・パーが父親をあの病院に入れたとき、キングはすぐにハワードを殺したくてたまらなかった。だが、それを思いとどまった。一度決めたことを翻すのは好きではない。それにハワードは根っからの臆病者だった。殺しはいつだって最後の手段だ。ビジネスでマフィアと組むことはあるが、キングは不器用な彼らとは違う。彼らよりも慎重にことを運ぶし、金がよけいにかかることもいとわない。

ハワードが〈エインググル・クリフ病院〉に入ったのは、ゾーイがある任務で失敗を犯した直後だった。彼女には長い生き地獄を味わわせる必要があった。そんなゾーイに、ハワードの世話ほどふさわしい仕事はなかった。動きがなく、退屈で、終わりの見えない仕事だからだ。つらい再プログラムを受けながら、この仕事で感情を抑えることを学ぶことができる。

キングの計画は成果を生んだ。何百万ドルという投資を回収することができた。ゾーイは忍耐強く、用心深かった。数分の誤差で、命令されたことをつつがなく遂行した。〈エイングル・クリフ病院〉の誰もが疑わなかった。単語認識装置を調べたところ、誤差が生じたのはゾーイのせいではなく機械の問題だとわかった。すべてを予測することは難しいものだ。

キングは、うれしそうに話し続けるゾーイを満足しながら見つめた。彼女の報告は細かすぎるが、不愉快にはならなかった。ゾーイの胸もとを見つめていた視線をあげた。やせているが、胸は豊かだ。おそらく豊胸手術によるものだろうが、彼女のファイルにそう書いてあったかどうかは覚えていない。褐色の肌と厚い唇が美しい。キングはゾーイの生き生きとした顔を見た。

「心配なのは、任務を終えた直後のわたしの生理反応です」彼女が真剣に言った。「脈拍や体温をコントロールしようとしてもできないんです。それに、汗もかくようになりました。仕事には影響ありませんが、でも……。〈グループ8上級KAM生体自己制御コース〉のAとBを両方とも繰り返しているのですが、ほかにどうしたらいいかアドバイスしていただけたら……」

「きみ専用の新しいプログラムをつくろう」

ゾーイの顔が喜びで赤くなる。「まあ。そんな……そんなつもりでは……」

「喜んでつくるよ」キングは言った。「時間をかけて考えるだけの価値がある投資だ」

「ありがとうございます!」ゾーイが勢いこんで言った。「自分でもそれがいつも気になるので、解決策を探したいと思っていたんです。でも、死体を発見したときは、感情が激しすぎてかえってよかったかもしれません。激しい感情を見せなければなりませんでしたから、思いきり表しました」

有頂天になりすぎているが、キングは見逃すことにした。「それはよくやった。大事なのはバランスだ。それに積極的な姿勢。きみは自分の弱点だと思うところを強みに変えた。すばらしいよ」

ゾーイがキングの貴重な時間をいかに無駄にしたくないかを愛想よく語っていると、彼の電話が静かに振動した。邪魔されたりいらいらさせられたりするのがいやでサイレントモードにしてあるのだが、ディスプレイに表示された名前を見たらやはりいらだった。レジーだ。もっとも初期の特別グループ出身の工作員だ。レジーにはひどく腹が立っている。キングは身振りでゾーイを黙らせた。「なんだ?」電話に向かって言う。

「リリー・パーの居場所がわかりました」レジーの口調は淡々としているが、緊張がいくらか解けたように聞こえる。失敗をとり返したことで窮地から脱したとでも思っているようだ。なんと愚かなのだろう。

「本当か」キングは言った。「どこだ?」

「トニー・ラニエリの食堂です。ポートランドの」

「そうか」鋭い声で答える。「ふたりはすでに接触したんだな。おまえはそれを防げなかったわけだ」

「ええ」レジーが認めた。「今、ふたりは一緒に店のなかにいます」

キングは時差を計算した。今、オレゴンは早朝だ。「おまえもそこにいるのか?」

「いいえ」レジーは一瞬の間を置いてから答えた。「シアトルから車で向かっている途中です。もうすぐポートランドです。トム、キャル、マーティン、ナディアを送りこみました」

何をしているのだ。キングはうめき声を抑えた。キャルとナディアも、レジー同様、特別グループの出身だ。わたしならこの仕事にその三人をまとめて注ぎこんだりはしないが、もう遅い。彼らと交代できるほど近くにいる工作員はほかにいない。「どうやって見つけたんだ?」

「ラニエリの食堂に仕掛けた単語認識装置のおかげです。三十分ほど前に警告が来ました。彼女はそこでラニエリと話していて、キーワードをいくつか口にしたんです。装置がそれを探知して——」

「装置を仕掛けた? ブルーノ・ラニエリをもっと積極的に監視していなかったのか? リリー・パーが自由に動きまわっていたというのに?」

レジーが口ごもった。「ええと……その……ラニエリには四週間尾行をつけ続けたんです。その後、ほかをあたったほうがいいと判断して人の配置を換え——」

「映像はあるのか?」キングは、だらだらと言い訳するレジーをさえぎった。

「あと二、三分で手に入ります。部下たちがじきに店に着いて——」

「ラニエリの車は監視しているか?」

「もちろんです。車、コンドミニアム、店、会社。全部監視しています」レジーが答えた。「彼がしゃべったことはすべて拾ってフィルターにかけています。装置を仕掛けたことには、今のところ気づかれていません」

「機械に頼りすぎるなよ、レジー」キングは諭した。「人間の知能の代わりにはならないからな。おまえはそんなことはないと言うかもしれないが」

キングはレジーが答えるのを待った。

レジーは困ったように咳払いをしてもごもご何やらつぶやいたが、そうするうちにキングの我慢の限界が訪れた。彼はブルーノ・ラニエリを殺したくなかった。今はまだだめだ。マグダが昔キングを脅したあの秘密が公になる可能性を消せるかもしれないのだから。

宙ぶらりんの状態は嫌いだ。リリーとブルーノ・ラニエリなら、マグダが残した謎を解決するかもしれない。

だが、あのふたりを野放しにするわけにはいかない。ふたりが接触したというのならなおさらだ。「ふたりをつかまえてわたしのもとに連れてこい」キングは言った。「けがはさせるな。もうミスはするんじゃないぞ」

「われわれは、彼女が姿を消してからできる限りのことをしてきました。そして――」

「われわれ？〝われわれ〟とはなんだ？　責任者はおまえだぞ、レジー。おまえはリーダーだ。責任を持て。〝おれ〟と言うんだ。計画どおり順調に進んでいたら、おまえははじめから〝おれ〟と言っていたはずだ。違うか？」

「ですが、われわれ……いや、おれは――」

「女ひとりだぞ」キングは言った。「武器といえば催涙スプレーしか持っていない。その彼女が、厳しい訓練をして底なしの予算をかけ、無限の手段を与えたわたしの工作員ふたりから逃げ続けたのだ。四十二日間も。その失敗をとり返したからといって、ねぎらいの言葉を期待するんじゃない。生きていられるだけでもありがたいと思え」

キングはゾーイがいるのを思いだして電話を切った。彼女はワイングラスの縁から、考えこむようにこちらを見ていた。

「彼女を見つけたんですね」ゾーイが静かに言った。「やっと」

「ああ、やっとだ。ポートランドのラニエリの食堂で。信じがたい無能ぶりだよ。長いこと集中的に訓練してきたというのに、がっかりだ」

ゾーイは、仲間に対する批判を自分への賛辞と受けとめたようだ。キングはそれをうまく利用することにした。飴《あめ》と鞭の微妙なバランスが必要だ。工作員のなかでも上級の者たちはいい見本になるが、慎重な扱いを要する。ゾーイはよくやった。今回は。

「リリー・パーは並みの相手じゃないと、彼らに言っておいたんですけど。彼女はとても有能です。もっと強調して伝えておいたほうがよかったのかしら。ファイルには入っていたはずです。彼女が面会に来るたびに、報告書をつくりましたから」

「彼女の尾行はきみに任せればよかった」キングは言った。「あの愚か者たちじゃなくてね」

ゾーイがむきだしの肩を小さくすくめる。「レジーは愚かじゃありません。それにわたしは、一度にふたつの場所にいることはできませんし」

「残念だ。きみの仕事ぶりはすばらしいのに」

彼女の顔が輝く。キングはうずくような快感を覚えた。今夜この場で性的行為にふけることは特に考えていなかった。生来禁欲的なたちなので、そういう行為にふけること自体めったにない。だが、ゾーイにはほうびをやってもいいだろう。彼女のために努力してやってもいい。

キングは工作員を性の対象として見ないように気をつけていた。ほんの数百ドル払えば娼《しょう》婦《ふ》にさせられるようなことを、何千万という大金と長い年月を注ぎこんだ工作員にさせるのはもったいないと感じるのだ。

だが、ゾーイの目はとろんとしているし、胸は大きく上下している。彼女は感情的にも生理的にも自分を抑えることができないのだ。キングはそれに気づいて、ついとがめたくなったが、なんとかこらえた。今はそのときではない。

ゾーイはどんな高級娼婦にも負けないテクニックを持っている。彼女には、キングを悦ばせたいという熱烈な欲望を植えこんできた。娼婦にいくら金を積んでも、ゾーイほどのことはしてくれない。彼女はよちよち歩きのころから〈ディープ・ウィーブ・プログラム〉を受けてきた。このプログラムは、キングの心理学および薬理学における人並みはずれた才能を駆使してつくられたものだ。ある特質をのばし、それ以外を抑えるようつくってある。都合の悪い、倫理的および道徳的な制約とはいっさい無縁だ。

すべての実験がうまくいったわけではなかったが、このプロジェクトは成功だと言えるだろう。何度も試行錯誤を繰り返した結果、今ではうまくいく秘訣《ひけつ》がわかっている。

ゾーイのまつげが揺れた。「ひとつ質問してもいいですか?」

キングは笑った。「答えるかどうかはわからないが、質問はいつだってしてくれていい」

「なぜこんなに長いこと待ったんですか?」彼女が目を見開いて尋ねた。「ハワードと娘とブルーノ・ラニエリを破滅させるのに」

今夜の結果によっては、レジーに代わってゾーイがリーダーになるかもしれないことを考えれば、不適切な質問ではなかった。

だが、ゾーイにはまだ真実をすべて知る資格がない。キングはワイングラスをあげて微笑んだ。「きみのことを話そう」

ゾーイは、立ち入った質問をしてしまったことに気づいて赤面した。「ええ、そうですね。すみません。わたしはただ、最新の情報を知って……」

「すぐに仕事にとりかかれるようにしたかった？」キングはやさしい声で先を続けた。「そうか。だが、きみなら大丈夫だ」

彼のかすれた声に、ゾーイのブラウンの目が黒っぽい光を帯びた。

ジュリアンがパンナコッタとエスプレッソをテーブルに置いた。

「行っていい」キングは彼に言った。

ジュリアンが出ていくと、ゾーイがコーヒーにスプーン一杯の砂糖を入れてかきまぜた。キングはろうそくの火のぱちぱちという音を聞きながら、彼女のまつげが赤く染まった頰に影を投げかけるのを見つめた。

「ドアの鍵をかけましょうか？」ためらいがちなゾーイの声は、まるで少女のようだった。

「ここにいる人間は、ドアを開けるようなばかなまねはしない。そんなことをするようなやつは、死んでもたいした損失ではないさ」

ゾーイはくすくす笑うと、よろめきながら立ちあがった。不安を覚えているのだ。彼女は、不安に気づかれたかどうか確かめるためにキングをちらりと見た。彼は微笑んで、もちろん気づいたと伝えた。だが、かまわない。完璧な人間などいないのだ。そしてわたしの手を借りて、ゾーイは誰よりも完璧に近づいた。

それでもまだ改善の余地がある。努力が必要だ。

ゾーイの呼吸が速くなった。彼女の興奮は本物だ。キングは五十代後半にしては若々しいし、体は引きしまっていて力強い。自分が持つ莫大《ばくだい》な富と権力が女性にとっていかに魅力があるかもわかっている。もちろん男にとってもだが。若いころ、いっときドラッグや乱交に溺れたことはあるが、キングに偏執的な趣味はなかった。あのころのようなドラッグの使い方には、今は嫌悪感しか覚えない。ドラッグとは、力をもたらす道具であり、愚者が斧《おの》を振りまわすみたいに乱用するものではないのだ。

ゾーイがおぼつかない足どりで一歩近づいた。

「服を」キングは言った。

ゾーイが顔を伏せてファスナーと格闘した。彼女の顔のまわりに髪がかかり、ドレスの胸の部分がぴんと張る。ドレスは豊かなヒップで一瞬引っかかったあと、足首のまわりに落ちた。その下は何も着ておらず、身につけているのはヒールの細いサンダルとダイヤのイヤリングだけだった。イヤリングは、女性工作員がはじめて外で仕事をするときにキングが贈ることにしているものだ。女性たちはみな大事にしている。ゾーイの胸は豊かで、形も完璧だった。脚のつけ根の茂みは丁寧に整えてあるし、筋肉はよく引きしまっている。

キングは、どちらも手をつけていないふたりのデザートの皿を腕でテーブルの片側に押しやってから言った。「片足をテーブルにのせるんだ」

ゾーイは言われたとおりにした。キングは、素足に爪先のあいたまっ赤なサンダルをはいた足をじっくり見つめた。爪は唇と同じ真紅に塗られている。まぶたはなかば閉じられており、胸が大きく上下していた。細いヒールの靴をはいた片足だけで立っているので、体がふらついた。テーブルが揺れ、ワイングラスが震える。

キングはゾーイの体を支えなかった。彼女は自分をコントロールするすべを身につけなければならない。

「言ってほしいか？」彼はささやいた。

ゾーイのまぶたが激しく震えた。「え……ええ。お願い」あえぐように息を吸って言う。

キングがゾーイの腿の内側を上に向かってさすると、彼女は身震いし、脚を震わせた。脚のあいだを指でなぞると、熱くて湿っていてなめらかだった。彼はすばやくなかに指をさし入れた。

ゾーイが発した声は、キングには不満だった。大きすぎる。彼女は、常に調整を必要とする計器だ。安定性と一貫性を高めるために、薬で微調整する必要があるかもしれない。だが、それでゾーイの鋭さを鈍らせたくない。

少し考えたほうがよさそうだ。

ゾーイが求めているものを与えるのに、厳密には挿入は必要ない。声だけで充分だった。

実際のところ、海の向こうにいても電話を通して彼女を満足させてやれる。実際、キングはよく、男女問わず現場にいる工作員に離れたところからほうびをやることがあった。だが今夜は違う。今夜は湿ったぬくもりを感じたかった。ゾーイの筋肉が彼の指を締めつける。

「今か？」キングは言った。

涙で落ちたマスカラが、涙と一緒に彼女の頬を伝っていく。ゾーイは声にならない声で言った。「お……お願い」

キングは微笑んで、彼女のクリトリスを親指で愛撫しながら彼女を操る暗号となっているフレーズを唱えた。古代アラム語で書かれた旧約聖書の一節だ。暗号を決めるときは、少なくとも八百年以上前から使われていない古い言語を使うことにしていた。

一文ごとにゾーイの緊張が高まっていく。激しく体を揺らすので、倒れるか、少なくともテーブルを引っくり返すかするに違いないとキングは思ったが、彼女は踏んばった。最後の文を唱えると、ゾーイは頭をのけぞらせ、悲鳴をあげながらクライマックスを迎えた。

驚いたことに、彼女は体を大きく揺らしながらも、立ったままの姿勢を保った。顔をほてらせ、全身汗だくだ。涙を流しながらゾーイは静かに言った。「我慢できないんです」

キングは彼女の体から指を抜き、白いリネンのナプキンでふいた。「そのうちできるようになる」そう元気づけた。

次はどうしよう？　自分の下腹部をさすりながら彼は考えた。勃起しているが、今日は長い一日だった。セックスは激しい運動を伴う。

フェラチオのほうがよかった。キングはゾーイをひざまずかせた。彼女がズボンの前を開けるあいだ、その髪に手をさし入れた。ペニスをしっかりくわえこんだ彼女の豊かな唇をキングが満足げに見つめたそのとき、ドアをノックする音がした。ふたりは凍りついた。

この無礼きわまりない邪魔にゾーイの目が大きく見開かれる。

「誰だ？」キングはうなるように言った。

「ジュリアンです」こわばった声が申し訳なさそうに答えた。「申し訳ありません。マイケル・ラニエリがお見えです」

こんなときに。キングは舌打ちをした。ゾーイに立つよう身振りで命じ、高まりをズボンのなかにしまいながら、いらだった目を時計に向けた。午前一時二十七分。人を訪ねる時刻ではない。だが、マイケル・ラニエリはこの世でただひとり、キングとの面会を強要できる人間だった。こんな時刻であろうとも。

この頑固で愚かな老人の相手をするのが、キングにはしだいに耐えがたくなってきた。腹だたしいことに、マイケルは自分をキングと同等だと思っているのだ。

大学で一緒になって以来、ふたりの利害は一致している。ニール・キングのドラッグをつくる能力と、マイケル・ラニエリのドラッグへの並々ならぬ欲求が結びついて、大きな利益を生む長いつきあいへとつながった。キングは大学院での研究をマイケルの提案する事業に向け、キングのおかげでマイケルは、従来売春やゆすりを中心としていたラニエリ一家のマフィア家業に新しい風を吹きこんだ。現在、マイケルはラニエリ一家のトップに君臨しており、キングがつくる人気の高い危険ドラッグを売っている。

熱心な愛好者は増え続けており、それに伴って利益も大きくなる一方だ。だがキングは、大金持ちの友人の身勝手な夢を実現させるだけで終わるつもりはなかった。キングの夢は、人々が自分は完璧だと思えるドラッグを合成することだけではない。それではまだまだ物足りない。

キングは本物の完璧な人間をつくりたかった。生まれつきどこかに欠点を持つ普通の人間の設計図を改良したいのだ。人間の設計図には偶然の要素が多い。それをつくり変えなければならない。高い利益をあげるために、慎重につくり変えるのだ。

キングのプロジェクトは年月をかけて育ち、花開いた。その輝ける実例がゾーイだ。興奮している彼女は暗がりのなかで文字どおり輝いて見える。彼の体が、満たされなかった欲望にうずいた。

キングの工作員たちは今、マイケル・ラニエリが想像もしていない何百ドルという利益を生みながら、ひそかに世界の歴史をつくっている。その利益はすべてがキングのものだ。

だが、それはマイケルには関係ないことだ。マイケルはキングの個人的なプロジェクトのことをおぼろげながら知ってはいるが、その詳細を理解できるほど聡明《そうめい》ではない。そんなマイケルにわざわざ秘密を明かすこともないだろう。

ゾーイはドレスを身につけているところだった。キングは片手をあげた。「いいや、そのままでいろ」

ドレスは床に落ちた。彼女が背筋をのばして胸を突きだしたのと同時に、ジュリアンがドアを開けた。ジュリアンはゾーイが全裸なのに気づいて許しを乞うような表情を見せたあと、横にどいてマイケル・ラニエリを通した。

マイケルは長身で、キング同様、五十代だががっしりした体つきをしている。日に焼けた端整な顔だちはラニエリ一族の特徴だ。マイケルは文句を言おうと口を開いたが、ゾーイを見た瞬間、そのまま凍りついた。彼が言いたかった言葉は頭からすっかり消えてしまったようだ。

キングはにやりと笑った。なんとわかりやすい男だろう。

マイケルが咳払いをした。「お邪魔だったかな？」

くだらない質問だ。キングはマイケルに親しげな笑みを向けた。「いいや、大丈夫だ。あとでゆっくり楽しめばいいことだからな。わざわざ訪ねてきてくれるとはなんの用だい、マイケル？　それもこんな遅くに」

「彼女の前で話していいのか？」マイケルがゾーイをさした。

「ゾーイには全幅の信頼を置いている」キングは言った。ゾーイの目が喜びに輝く。

マイケルは手を振った。「父の八十歳の誕生パーティーだったんだ」機嫌が悪そうだ。「なかなか出てくることができなかった。まわりからいろいろ言われてまいってる。ハワード・パーが病院で自殺したのがわかってからずっとだ」

キングは口を引き結んだ。「残念なことだ」

「ふん」マイケルは鼻で笑った。「ハワード・パーが死に、娘が姿を消すとしたら、理由はたったひとつ、ハワードがしゃべったからだ。しゃべったんだろう？」

マイケルはたまに、よけいなひらめきを見せることがある。「わたしに任せてくれ」

「くそっ」マイケルがうなるように言った。「やっぱりしゃべったんだな。パーの娘の……名前はリリーといったか？　彼女は死んだのか？　死んだと言ってくれ、ニール」

「わたしに任せろと言っただろう」

マイケルが両手をあげた。「けっこうなことだ。彼女は野放しで、ブルーノ・ラニエリを捜しているんだな？　きみはブルーノに手を出すことはできない。覚えているな？　そんなことをされたら、わたしたちはおしまいだ」

キングはため息をついた。「あのふたりを殺すつもりはない」すらすらと嘘をついた。

「じゃあ、本当なんだな？　ハワードを殺したのはきみなんだな？」

キングはゾーイをさした。「いや、彼女だ」

ゾーイが誇らしげな顔になり、無頓着に完璧な裸体をさらす。それを見て、マイケル・ラニエリは襟を引っ張った。

キングはゾーイの視線をとらえ、指をぐるぐるまわすしぐさをした。彼女はあいまいな笑みを浮かべると、その場でくるりとまわった。一周まわってから、さらに半回転し、両手を壁につく。そして背中をそらし、脚を広げた。まったく、なんとふしだらで賢い女だろう。

マイケルは催眠術にかかったようにゾーイのヒップを見ていたが、やがて目をそらすと頭を振った。「ブルーノのことだが、覚えているか、あの――」

「手紙のことだろう？　ああ、覚えている。トニー・ラニエリが殺されてから一年以上が経つが、まだ送られていない。なぜそんなに心配しているんだ？」

「リリー・パーが野放しになっているからだ！」マイケルが叫んだ。「それに、ハワードが娘に秘密をもらし、彼女がそれをブルーノに話したとしたら、きみだって何か手を打とうとするだろう？　ところがきみが手を打とうとすると、非常に困ったことになるんだ！　ローザ・ラニエリが腹いせにあの手紙を送るかもしれない」

「イタリアの家族というのはおもしろいものだな。いとこへの愛情というわけか」

「またいとこだ」マイケルがその違いを強調するように言った。「いとこじゃない。厄介な連中だ。二十年前にトニーから送られた包みを開けたのはわたしだよ、ニール。覚えているか？　切断された指が入っていた」

キングはなだめるように静かな声で言った。「マイケル、頼む。考えてみてくれ。これだけ年月が経っているのだ。あの手紙のことなんか誰も気にしないだろう」

「いいや、気にするに違いない。ソニー・フランゼーゼを知らないか？　九十三歳で刑務所に入れられた。父を刑務所などに行かせたくないんだ、ニール。父は八十だぞ！　体調だってよくないんだ」

ワインで赤くなったマイケルの顔を見れば、すべてキングの問題だと感じているのがわかる。だが今は、それをはっきりさせるべきときではないだろう。いつか暗い晩にゾーイを送りこんでメッセージを伝えよう。長いナイフも持たせて。

今は、ゾーイにはマイケルの気をそらしてもらいたい。「ゾーイ」キングは言った。「マイケルにワインを注いでくれ」

ゾーイが言われたとおりにした。マイケルが彼女の胸を見つめた。その顔は欲望にほてり、やにさがっている。「彼女はきみの、その……」マイケルは口ごもり、ワインのグラスを持った。言うべき言葉が見つからないようだ。「彼女は……」

「なんでもわたしが頼んだとおりにするかききたいのか？」

マイケルがごくりとワインを飲んでゾーイを見つめた。下腹部が痛いほど硬直しているのが見てとれる。

キングはため息をついた。しかたがない。ゾーイだって生身の人間だ。それに、これならマイケルはうめき声をあげたり汗をかいたりできる。こっちは壁にもたれて、ゾーイのほうびとなるフレーズを唱えるだけでいい。「きみも楽しみたいかい?」キングは誘った。

マイケルの目が輝いた。「そうしてもいい。あいている部屋があれば――」

「ここでだ。わたしもそばにいないと、彼女に暗号を使えない」

「暗号? なんのことだ? きみの目の前で彼女を抱けというのか?」マイケルはかぶりを振った。「冗談じゃないよ、ニール。わたしたちはティーンエイジャーじゃないんだ」

「暗号は、きみがこれまで感じたこともないほどのオーガズムを彼女に与える。なかに入っている男にとってはなんとも言えない快感だ」

マイケルの顔が赤くなった。「わたしには変態的な行為にしか思えない」

ゾーイのために、キングは経皮薬を収納した本を引きだしてページをめくり、性感を向上させる薬をひとつとった。それをマイケルの手首の裏に貼る。

「なんだ、これは?」マイケルがグリーンの薬を疑わしげに見つめた。

「きみへの敬意のしるしだ」キングは身振りでゾーイを示して言った。「ご自由に」

ゾーイが向きを変え、テーブルに両手をついて、美しいヒップを誘うように見せた。マイケルがズボンの前を開き、かたくなった男性自身を出す。そして、豚のように鼻を鳴らしながら彼女を貫いた。

キングはゾーイの向かいに座り、励ますように彼女の手を軽くたたき、さらに暗号を唱えた。二十秒も経たないうちに、彼女は息をはずませたマイケルに背後から貫かれながら、悦びの声をあげ、快感の波に震えた。

うるさくて不快だったが、キングは辛抱して暗号を唱え続けた。

6

あと少しで夜が明けるという時間に、リリーはブルーノと一緒に散歩に出かけることに同意した。散歩だけにとどまらないことは彼女もわかっているはずだ。エロティックな想像が次から次へと浮かんでくる。

落ち着け。散歩は散歩だ。

そんな厳しい指令が、ブルーノの頭のなかでラジオの雑音のように続いた。

ただの散歩ではない。リリーの何もかもが、見かけだけでは判断できないことばかりだ。リリーが困難を抱えているのが、彼には感じられた。自分自身も山ほどの困難を抱えてきたからだろう。少年のころにはじまり、今もそうだ。だが彼女が困難を抱えているからといって、距離を置く気にはならなかった。むしろその逆だ。

おれはひねくれ者だ。少なくとも、とんでもない愚か者だ。

ブルーノは緊張していた。自分がぺらぺらと意味もなくしゃべりはじめるのが目に見えるようだ。おそらく、自己防衛本能がそうさせるのだろう。家族を思い返してみると、みんながみんな口が重い。トニーは低い声で注文を繰り返し、下品な冗談を言うだけだった。ローザはレードルでブルーノをたたき、イタリアのカラブリア地方の方言でわめく。そしてケヴは、ニューアークからトニーのもとに来た日から一年間は、ひと言もしゃべらなかった。脳の損傷が激しかったためだ。

生活が落ち着き、悪党を倒し、生物学上の家族を見つけ、本当の愛に包まれている今も、ケヴはおしゃべりではない。おしゃべりなのはブルーノのほうだった。

彼は外の温度計に目をやった。リリーの隣に丸めてあるコートは、この気候には薄すぎる。車に乗せてやればいいだろう。シートヒーターを入れ、新しい革のシートのにおいをかがせる。ブルーノにとって車は誘惑するための道具だった。

だが、彼女にはすでに散歩と言ってある。散歩のままにしておいたほうがよさそうだ。自宅のコンドミニアムは街の反対側にあるため、歩いてそこまで彼女を連れていくのは難しい。部屋は女性を喜ばせられるよう隅から隅まで計算されていた。ポートランドの街とフッド山を臨むテラス、ジェットバス、ハイテク機器、ごちそうのつまった冷蔵庫、そしてトリュフチョコ。それからオークの床にレール式照明、テラコッタタイルを貼った巨大なキッチン。すべては非情なジャングルの掟《おきて》に基づいている。雌は、最大で最新の娯楽設備を家に備えている雄に惹かれるのだ。

くだらない。安っぽい子供だましだ。いや、とても高価な子供だましだ。だが、リリーはそんなものではだまされないだろう。

最近、特にルディの夢をまた見るようになってから、そこは居心地が悪くなっていた。トニーの死や一連の事件のあと、暗がりのなかに座って考えることが多かったせいだろう。裸で縮こまり、震えながら、あの部屋の真の姿を見ていたからだろう。意味のないがらくたに大金を注ぎこんできた。そのがらくたは自分を安心させてくれるわけでもないし、煙が渦巻き、悪人どもの叫び声が聞こえてくる崖の縁から救ってくれるわけでもない。崖っ縁はいまだに存在している。うまくいかないものだ。安全などどこにもないのだ。

マンマの死でそれを学んだ。

魂をつかまれる前に、ブルーノは暗い思いを頭から追い払った。リリーをコンドミニアムに連れていきたくない。彼女はエスプレッソマシンにもバーにもテラコッタタイルにも心を奪われたりしないだろう。あの燃えるような厳しい目で、おれを見透かすに違いない。おれがいかに努力しているかを。そしてその努力がいかにむなしいかを。

どこかに連れていくならトニーのアパートメントにしよう。トニーが食堂を開いたときから住み続け、ブルーノ自身も二十歳のときにひとり暮らしをはじめるまで暮らしたあの部屋なら、くだらないがらくたはほとんどない。

ようやくシドが仕事に入り、疲れた目をして不機嫌そうなレオナが遅れてやってきた。ローザが帰ってきてこのふたりをなんとかしてくれるのが待ち遠しい。おれは食堂の経営に向いていない。食堂を経営するというのは、猫の群れを世話するみたいなものだ。ブルーノが革のジャケットをはおりながら奥の部屋から出ると、リリーが立ちあがり、薄いキャンバス地のコートに袖を通した。コートはぶかぶかで肩が落ちている。これなら、あのセクシーな服もうまく隠れるだろう。

彼女はコートのベルトを締め、ブルーノに見つめられているのに気づいた。赤い唇がカーブを描く。彼は顔が熱くなった。リリーといると、どうもぎこちなくなってしまう。いつもの器用さがどこかへ行き、態度がぎくしゃくして岩のように黙りこんでしまうのだ。

ブルーノは彼女のためにドアを開け、腕をさしだした。リリーがその腕につかまる。革と布を通して、触れあったところがうずいた。空気は湿っていて肌を刺すように冷たい。靄《もや》でかすむ通りには街灯が薄いオレンジの光を投げ、走りすぎていく車のヘッドライトが揺れる。ふたりは黙って歩いた。彼は会話のきっかけを探したが、何も見つからなかった。

先に沈黙を破ったのはリリーだった。「わたし、あなたが家に帰って寝るのを邪魔しているんじゃないかしら」

ブルーノは鼻で笑った。おれは寝るのがどういうことか忘れているというのに。「いや、おれの一日ははじまったばかりだ。いつもなら、今ごろ家に帰ってシャワーを浴び、そのままた仕事に出かける」

リリーが興味を引かれたように彼を見た。「ほかにも仕事があるの？」

「おれの本業だ。凧《たこ》や教育玩具の会社を経営しているんだ」彼女は混乱した顔をしている。

「きみのききたいことはわかるよ。なぜ深夜に食堂で働いているのかと言うんだろう？ ローザの代わりなんだ。あの店は大叔母がやっているんだが、今は留守にしているし、スタッフが足りなくてね」ため息をついた。「だからおれがひと肌脱いでいるというわけだ」

「それが、焼き菓子の上手な叔母さんね？」

「ああ、そうだ。おれになんでも教えてくれた。今シアトルに行っているんだ。いつ帰るかわからないが、いつまでも帰ってこないようだったら、食堂を閉めてしまうつもりだ。あとのことは知らないよ」

ローザはおばあちゃんごっこを楽しんでいる。それが兄のトニーを失った心の穴を埋めていると思うと、責める気にはなれなかった。人がどう悲しみを乗り越えようと、とやかく言う資格はおれにはない。

「さぞかし疲れているでしょうね」

だが、ブルーノは疲れていなかった。腕が触れあっている箇所があたたかく、全身に電流のようなものが走る。そのうち、体のあちこちが引きつったりむずがゆくなったりしそうだ。

「さっきみたいにしゃべらなくなってしまったのね。どうしたの？」リリーが尋ねた。

ブルーノは大声で笑いだしたかったが、なんとかこらえた。頭がどうかしたのかと思われては困る。「緊張しているんだ」正直が好きな彼女のために、偽りない事実を明かした。「緊張しすぎてしゃべれなくなった」

「あら」リリーの髪が揺れて、一瞬顔が隠れた。彼女はふたたびブルーノを見た。「緊張しないで。噛みついたりしないから」

全身にリリーの噛み跡がついた自分の姿が目に浮かんだ。

「どうしたらあなたをリラックスさせられるかしら？」彼女が考えこむように言う。

もうやめてくれ。ブルーノは急に足をとめた。リリーが彼の腕をつかみながらよろめく。

「おれをはめようとしているのか？」

「いいえ。そんな下心は――」

「やめろ。おれに正直でいろと言ったじゃないか。どうしたらおれをリラックスさせられると思うんだ？　なんでもいいから言ってみろ」

彼女がグリーンの目を細めた。「つまりあなたが言っているのは、いきなり、その……ベッドに――」

「そんなことは言っていない」ブルーノは意地悪く言った。「きみがおれを好色な男だという目で見ているんじゃないか。驚くかもしれないが、おれはきみという人間に興味がある。おれの体は今、緊張しっぱなしだ。普通に出会ったのなら、それもいいだろう。きみをディナーや映画や薔薇園に連れていってもいいし、きみのために料理だってつくろう。焼き菓子だって。政治や食べ物について語ってもいいし、四、五回デートするまでキスを待ってもいい。きみがその気になるまで、緊張を高めておくよ」

「すてきね」リリーがささやいた。

「とんでもない！　そうはいかないぞ！　きみは口を開いた瞬間から、おれを振りまわしている。緊張しているのはきみのほうだ！」

「ええ」彼女の顔が髪で隠れた。「そうかもしれないわ」

「朝四時にそんな格好で突然おれの目の前に現れて、おれの頭を引っかきまわしはじめたんだ。きみと行動をともにするとどうなるのかわからない。だから教えてくれ。リリー、きみはおれに何を求めているんだ？　はっきり言ってくれ。おれに推測させるんじゃなく」

リリーが唇をすぼめた。腹だたしいことに、笑いをこらえているのだ。「そんな格好？」

彼女はおうむ返しに言った。「じゃあ、どんな格好をすればいいの？」

ふたたび話をはぐらかされたが、ブルーノは答えた。「セーターだ。それに、フランネルの裏地がついたジーンズ。毛糸のソックスにあたたかい靴をはき、帽子とマフラーを身につけ、分厚いダウンジャケットをはおって、ドアの閉まったあたたかい家のなかにいるのがいいんじゃないか」

リリーが震えているので、ブルーノは彼女がつかまっていた腕をはずし、肩にまわした。

「少し寒いみたい」リリーが小声で言った。

よし、誘ってみよう。名目は気づかいとでも言えばいい。

「なかに入りたいか？」

「あなたの家にってこと？」

「いや、おれの家は街の向こうだ。だが、大叔父のアパートメントが店のすぐそばにあるんだ。紅茶か何かをいれよう」

「でも、大叔父様は？」リリーは尋ねた。「お邪魔をするのは――」

「亡くなった。去年のことだ」

「まあ、お気の毒に」

その話はしたくなかったので、ブルーノは彼女の肩を抱く手に力をこめた。「どうする？来るかい？」

リリーがうなずいた。ブルーノは彼女がほかにも何かするのではないかと待ちかまえた。痛烈な言葉を投げかけるか、あるいは考えを翻すか。

だが、何もなかった。ふたりは今来た道を戻り、食堂の裏の脇道に入った。互いに気おくれして黙ったままだった。

古ぼけた階段をのぼり、ペンキの塗り替えが必要な傷だらけのドアの前を歩くのは、きまり悪かった。建物全体がじめじめしていて、トニーの部屋も例外ではなかった。

だが、もう話はついているのだ。ブルーノはドアの鍵を開け、リリーを質素な部屋に通した。トニーは必要最小限のものしか置いていなかった。天井からさがる裸電球。壁の十字架。

しかめっ面をしている年老いた両親の写真。セピア色の写真には、くすんだ黒い服に身を包み、やはりしかめっ面をしているトニーの祖父母が写っている。チェックのくたびれたソファ。がたがたのコーヒーテーブル。旧型のテレビ。灰皿にはまだトニーの吸い殻が山になっている。それを見ると、ブルーノは胸が痛くなった。

部屋は埃《ほこり》くさく、空虚さが漂っていた。寒いので、ブルーノはハロゲンヒーターのスイッチを入れた。ヒーターが働きはじめると、埃の燃えるにおいが鼻を刺激した。「すまない」彼は言った。

リリーがバッグを置いて窓に向かった。「何が?」

ブルーノはソファの脇のランプをつけようとしたが、電球が切れていた。天井の裸電球が唯一の照明だ。疲れた目が痛み、涙が浮かぶ。「ここがひどく――」

「充分よ。細かいことは気にしないたちだから」リリーはブラインドの端を開けて外をのぞいた。見えるものはない。明るくなるまでにはまだ時間がある。彼女はハロゲンヒーターのそばに戻り、両手をこすりあわせた。ブルーノの目を見ようとしない。

「紅茶の湯をわかそう」彼は言った。「食堂まで行って、何か――」

「いいえ、わたしはけっこうよ」

ブルーノは言うことがなくなり、途方に暮れた。することもしゃべることもない。リリーを笑わせる方法をいくつか考えては却下した。やがて口から出た言葉は、自分でも予想外のものだった。「髪は染めているのか?」

彼女が目を細めた。「なぜそんなことをきくの? おかしい?」

「いや、そんなことはないさ。ただ、きみの肌に対して黒すぎる気がして。もちろんきれいだし、セクシーだが、ちょっと強く見える。それだけだ」

リリーが顎をあげた。「わたしは強いのよ。とっても」

「そうだろう。一秒たりとも疑ったことはないよ」ブルーノは急いで答えた。

リリーは長いこと彼を見つめてから白状した。「実はかつらなの」

「なるほど」ブルーノはしばらく人工の髪を眺めた。そして、思いきって尋ねた。「本物の髪を見せてもらえるかい?」

リリーは断るかと思われたが、マスカラをたっぷり塗ったまつげを伏せ、めがねをはずして両手を髪に持っていった。

彼女がかつらを脱ぎ、開き直った目でこちらを見たときほど官能的な瞬間はないだろう。本物の髪は、赤みを帯びた金色だった。カールした髪が、一九二〇年代にはやったピンカールのように頭に張りついている。

ブルネットのリリーも美しかった。だが、赤みがかったブロンドの彼女は、こちらの思考力を麻痺《まひ》させるほどの美しさだ。濃いアイメイクとまっ赤な口紅は黒っぽいボブによく似合っていたが、今では違う効果を発揮している。今のリリーは無防備で繊細で、とまどっているように見えた。まるで無邪気な子供のようだ。彼女が教えてくれた年齢は嘘に違いない。

リリーが後ろに手をやって、絡まった髪をほぐした。くるくると巻いた髪が、なまめかしく肩に落ちる。彼女の美しさに、ブルーノは息ができなくなった。あの細くて柔らかい髪に触れたくて指がうずく。「きれいな髪だ」

リリーがふふんと笑った。彼の賛辞をなんとも思っていないようだ。

ブルーノはまた、何かが引っかかるのを感じた。悪と危険のにおいがする。何かがおかしい。そこで、さっき彼女が答えようとしなかった質問をもう一度してみた。違う言葉で、違う口調で。

「おれに何をしてもらいたいんだ、リリー?」やさしい声で尋ねる。

リリーがコートを脱いでソファの背に放り、頭を振った。「電気を消して。教えるから」

ブルーノは彼女を見つめた。おれらしくない。なぜそのまま素直に受けとめないんだ? よく知らない美しい女性が、おれを求めている。これまでにもあったことだ。死ぬほど怯えるようなことじゃない。彼はぎこちなく時間稼ぎをした。「きみはその……」

「わたしがどういうつもりかはわかっているでしょう?」

体じゅうの血液が下腹部に向かい、何も考えられなくなった。楽にしろ、とブルーノは自分に言い聞かせた。彼女はただの女だ。生と死をつかさどり、おれの運命をてのひらの上で転がす愛の女神ではない。彼は咳払いをした。「きみは本当に……つまり、もう少し時間をかけて——」

「これは、おれの望むのと違うやり方で——」

「いいえ」リリーが言った。「いいえ、あなたはこれを望んでいる」

彼女の落ち着いた様子がブルーノを困惑させた。こっちはまともにしゃべることもできないのに、リリーは自信にあふれている。「おれを惑わせないでくれ。自分でもどうして抵抗しているのかわからない。体のほうは爆発寸前なのに。だが、きみとのことは大事にしたい。誤ったはじめ方をしたくないんだ」

リリーは腕時計を見るかのように自分の手首を見た。「はじめるも何も、あなたが文句があるというのなら何もはじまらないわ」

ブルーノはもう一度、根気強く言ってみた。「一回やってしまったらもうとり消すことはできないし、もう一回やり直すこともできない」

「そう?」彼女が唇を嚙んで目をぱちくりさせた。「それは残念だわ」

「おれをばかにするんじゃない。おれの言いたいことはわかっているはずだ。一回目は一回限りのこととして終わるが、もし失敗したら——」

「黙って、ブルーノ」リリーがさえぎった。「あなたが思うより、わたしにとっても難しいことなのよ。もう我慢も限界に達しそう。そうなったら、わたしはパニックに陥って煙のなかに姿を消すわ。さようならって。わかる?」

「偉そうに言うな。おれは正しいことをしようとしているんだ。あとにも先にもこの一回だけだ。それなのにきみはおれをなじる」

彼女が一歩つめ寄った。「そんなにがんばらないで。わたしは正しいことをしろなんて頼んでいない。電気を消してと言ったの」

最後にもう一度だけ言っておこう。「料理と同じだ。シチューに塩を入れすぎたら、もうとりだすことはできない」

リリーはしばらく考えた。「そうね。でも鍋にもっとシチューを入れることはできるわ」

ブルーノの体を熱いものが包んだ。彼は驚いた。普段は女性の前でこんなふうにはならない。もっと軽い調子で、女性を悦ばせる。金を使い、笑わせ、夢を見させ、絶頂に導く。互いの満足感が消えるまで。満足感が消えれば、そこでおしまいだ。

なのに今おれは、目の前のリリーが朝になって自分を見限るのではないかと怖くて、電気を消すことができずにいる。おれを支配する力を彼女に与えるのが怖い。

ふとマンマとルディのことが頭に浮かび、胸をつかまれるような痛みを感じた。マンマを妊娠させた男は、息子が生まれる前にマンマを捨てた。最後につきあった男は、マフィアの一員で、素手とナイフでマンマを殺した。

人との関係という点では、おれは生まれつき困難を抱えていたわけだ。

ルディはマンマを幸せにできるような男ではない。ブルーノは十一歳にして、それを悟っていた。ルディはハンサムできざな男だったが、いいところと言えばそれだけだった。一方、マンマのほうは美しくて強くて賢かった。

ただ、賢さが足りなかった。

当時、ブルーノはそのことに気づかなかった。今でもよくわからない。まれに自己分析をするときに思うのは、女性と軽いつきあいしかしてこなかったのはそのせいだろうということだ。軽いつきあいなら、さほど大きな間違いを犯さずにすむ。なぜなら、自分の愚かさを正しく認識できる人間などいないから。マンマは自分の愚かさがわからなかった。おれはどうだ？　自分のことをよくわかっているとは言えない。ただ、つまずきながらも最善をつくして生きている。あまり大きな過ちを犯さないことを願いながら。

ブルーノはドアの横に行き、照明のスイッチを切った。振り向くと、リリーがハロゲンヒーターの金色の光に浮かび、壁に映った影が彼女の肩のあたりにのしかかるように見えた。黒い外套《がいとう》を着た人間のようなその影は、古代神話の運命と破壊の前兆のようだった。

ブルーノはまばたきをした。人間の影はふたたび、ただの影に戻った。

あれはいったいなんだったんだ？

ブルーノは困惑していた。神経がざわつき、ひどく怯えていた。だが、これ以上リリーにノーと言うことはできなかった。

7

　ブルーノが電気を消したと同時に、大粒の涙がリリーの頰を伝った。まっ黒なアイライナーとマスカラは、涙に弱い。何を考えているのかわからないずる賢い雌狐《めぎつね》の仮面をかぶっていたのが、あっという間に濡れそぼったアライグマに変わってしまった。雌狐は涙を流したりしない。

　彼女ははなをすすって涙を隠し、勇気を奮い起こした。体が震え、胸の先端がかたくなる。部屋は薄暗く、ハロゲンヒーターの明かりだけが、涙に曇ったリリーの目にゆらゆらと見えた。震える足でブルーノのほうへ歩いていく。途中でとまってパンプスを脱ぎ捨てた。彼と相対するのに本当はヒールの高さがほしかったが、転びたくはなかった。

　ヒーターの明かりは青白い肌をきれいに見せてくれるだろう。リリーは髪を後ろに払うと、ストレッチのきいた黒いレースのシャツを頭から脱いだ。肩を後ろに引いて胸を突きだす。上半身をそらし、おなかを引っこませた。いい姿勢をとれば、胸がつんと上を向いて見えるものだ。

ブルーノの目がぎらぎらと輝き、室内が急に暑く感じられるようになった。

リリーは涙が乾くよう、目を大きく開けたままにした。今しゃくりあげてはいけない。自分からはじめたことだから、最後までやりとおそう。デニムのスカートのファスナーをさげ、スカートをつかんで引きおろす。スカートは音をたてて床に落ち、彼女は黒いレースのTバックと太腿までのストッキングだけになった。ストッキングはガーターなしでとまるようゴムが入っているが、あまり効果はないようだ。伝線や破れが、雌狐らしく見せるのに役だっていればいいのだけれど。実際は新しいのを買うお金がないだけなのだが。

ブルーノが一歩近づく。肺が動きをとめたかのように、リリーは息苦しくなった。

「シャワーを浴びなければ」彼が言った。「揚げ油みたいなにおいがしてるからね」

「そんなことはないわ。あなたはコーヒーと、それに洗剤のにおいがする」

「洗剤？」ブルーノが残念そうな顔をした。「それは魅力的なにおいだ」

「ええ、そうよ」リリーは請けあった。本気でそう思っていた。

ブルーノは彼女に触れられるぐらい近づいているが、すぐに触れようとはしない。それでも彼が発するエネルギーと体温はしっかり感じられた。ブルーノが彼女の肩に両手を置いた。リリーは息をのんだ。彼の手はとてもあたたかい。こんなに寒いのになぜあたたかいの？きらめきに満ちたうずくようなぬくもりが体に流れこみ、彼女はうっとりした。

リリーが緊張をゆるめかけたとき、ブルーノがひざまずいた。彼女はふたたびパニックに襲われた。彼の熱い息がへそをくすぐる。ブルーノの手がリリーのヒップをつかんだ。

「何をしているの？」彼女は甲高い声できいた。

ブルーノがTバックに小指を引っかけて引っ張った。「これを」

ああ、それね。自分が彼に求め、指示したのに、今になって怯えているとは。

ブルーノがTバックをおろすと、リリーは身を震わせた。しっかり閉じた腿のあいだでTバックがとまる。

「本当に大丈夫なのか？」彼が問いかけるようにTバックを引っ張った。

急に怒りがこみあげてきた。大丈夫か、ですって？　どういう意味？　めちゃくちゃになってしまったわたしの人生が、また大丈夫と言える状態に戻るとでもいうの？　でも、それはブルーノのせいではない。

今やめられるのは死ぬほどつらい。「大丈夫よ」声をしぼりだすようにしてリリーは答えた。

「じゃあ、力を抜くんだ」彼がやさしく言った。

簡単なことみたいに言うのね。ブルーノが彼女の腿をゆっくりとさすった。リリーは彼のたくましい肩につかまると、腿の力を抜いた。ついにTバックが下まで落ちた。

ブルーノは彼女の足首を順にあげて脱がせると、そのTバックを自分の顔の前まであげ、目に笑みをたたえながら息を吸いこんだ。それからリリーのへそに顔をあてて鼻をすりつける。そのまま下に移動し、口が秘所にあたるところでとまった。規則正しい彼の呼吸がやさしい愛撫になる。「きみを感じさせたい」

リリーは笑おうとしたが、声がつまった。「楽しみにしているわ」

「違う、今すぐにだ。口で」リラックスさせるように腿の両脇を撫《な》でながらブルーノが言う。

彼女は咳払いをした。「今はいや。あとがいいわ。あなたが上手なら」

「とてもうまいぞ」彼の声がリリーの脚のつけ根を震わせる。

ブルーノはリリーをソファに座らせ、脚のあいだに滑りこんで彼女の頭を引き寄せた。キスをするために。

リリーはあわてて顔を離した。「だめよ!」

ブルーノが体を引いた。ハロゲンヒーターを背にした薄暗がりのなかでその表情は見えないが、とまどいといらだちが波となって彼から伝わってくる。「いったいどうした?」

また涙が出そうだった。口をきくのが怖い。リリーは激しくまばたきをしながら首を振った。キスをしたら、すべてががらがらと崩れてしまいそうな気がする。

「前戯やキスがいやなのか? 何をしたいんだ?」

ブルーノは怒っている。でも彼を責めることはできない。リリーは自分に腹が立った。

「それを消して」ヒーターをさして言う。「明るすぎるわ」

「明るくて何が悪いんだ? 誰から隠れている? 凍えてしまうぞ」

「凍えたりしないわ」それどころか熱っぽかった。今にも燃えあがりそうだ。

ブルーノがヒーターのスイッチを乱暴に切った。明かりが消え、暗いグレーの影が広がる。彼が立ちあがった。

ブルーノが逃げてしまうのではないかと心配になり、リリーはその手をつかんだ。「どこに行くの？」

「ヒーターがいやだと言うなら毛布が必要だ。それに、ソファのスプリングが飛びでているところがある。きみの体に引っかき傷をつくりたくないからね」

熱を発してくれていたブルーノがいなくなるとても寒かったが、彼はすぐに毛布を抱えて戻ってきた。そして、ソファの背と座面を覆うように広げた。

ブルーノがリリーに座るよう身振りで示した。まるで、不安を感じさせる夢を見ているみたいだ。ストッキング以外は何も身につけていない自分の前に、燃えたぎるマグマのようにセクシーな男性がいる。口論をして気まずい雰囲気になった相手が、闇のなかで自分にのしかかるように立っている。やれやれ、アプローチのしかたを間違えたようだわ。

リリーは彼のジャケットの裾を引っ張った。「脱がないの？」

ブルーノはジャケットを脱ぐと、靴とソックスも脱いで放った。それからTシャツを頭から脱ぐ。リリーは、思い描いていたセクシーな体が次々と目の前であらわになるのをうっとりと眺めた。暗闇のなかでも、筋骨たくましいのがわかる。彼はベルトをゆるめてジーンズをおろし、足を抜いて立った。男性自身がこちらに向かって突きだしている。

まわりの女性同様、欲望と好奇心のかたまりだったリリーは、これまでにたくさんの男性自身を見てきたが、これほど立派なものははじめてだった。別に大きいのが好きだというわけではないけれど、それにしても……すごいわ。

彼女がじっくり見て尻ごみするまで、ブルーノは挑発するように黙ったまま足を広げて立っていた。

「触れてくれ。本当にこれがほしいなら」

「わたしの手は氷みたいに冷たいわよ」

「じきにあたたかくなるさ」

リリーはおずおずと両手をあげた。ブルーノがその手をつかんで自分の高まりを包む。ふたりは同時にあえいだ。ブルーノは冷たさに。リリーは熱さに。最高だわ。彼のものは大きくてかたくなっている。彼女の腿に力がこもった。

全身がこわばり、肌が張りつめる。ブルーノが頭をのけぞらせた。リリーはその喉にキスをしたかったが、彼の手の力が強くて自由に動けなかった。ブルーノの手は彼女の手を包んだまま、男性自身をゆっくりと愛撫している。

静かだった。聞こえるのは、夜明け前の街の音とふたりの荒い息づかい、そして彼の高まりを愛撫する音だけだ。思っていた以上に激しかった。興奮のあまり息が苦しくなり、脚のつけ根に力が入る。リリーは片方の手を引き抜き、彼のヒップをつかんだ。そして引きしまった脇腹に爪をくいこませ、自分のほうに引き寄せた。彼のなめらかで塩からい味を楽しみたかった。

彼女は顔を近づけたが、ブルーノの手にさえぎられた。「だめだ」

リリーは不意をつかれた。口での愛撫を断る男性ははじめてだ。「だめですって?」

ブルーノは彼女の顔を押さえて自分から離した。「おれがだめと言われたのだから、きみだってだめだ。お互いが同等であること。それがセックスのときのおれのモットーだ」

「冗談でしょう」

「公平にしよう。妥協はなしだ。やるかやらないか、選んでくれ」

リリーは脈打つ男性自身を強く握った。「やるわ」

「本当に?」ブルーノは彼女の手の上から高まりを握った。「不思議だ。おれの思考力は全部こっちに行ってしまったが、留守になった頭でも、きみがおれをからかっているのがわかる」

「あなたをからかってなんかいないわ」あせりから胃が痛くなる。「本当よ」

「そうか」ブルーノが言った。「おれはやる。したいんだ。だが聞いてくれ。もし、あとになっておれに後悔させたら、おれはものすごく怒るぞ。きみが想像もつかないほどな」

「後悔なんかさせないから」

「本当か？　よし。もし迷っているなら、今ならまだ服を着て出ていくことができるぞ」

リリーは彼の手をつかんでふたたびひざまずかせた。「迷いはないわ」ブルーノの手を脚のあいだに導きながら言う。「わたしにさわって」

彼の指が熱くなめらかな秘所に触れた。鋭い息がその口からもれる。

ブルーノが彼女を毛布に押し倒した。ごつごつしたクッションが沈み、古いスプリングがギーギーと音をたてる。彼が親指で秘所を探りながらほかの指をなかに滑りこませると、リリーは快感に身を震わせた。

彼が愛撫しながら、おなかから上に向かって熱いキスをする。ブルーノの唇が胸まで達すると、リリーは熱いものがこみあげ、彼の情熱的なキスにこたえようとした。思わず声をあげる。

ブルーノが顔をあげた。「どうした？　胸もだめだなんて言わないでくれよ」

苦々しげな声に、リリーは思わず笑った。「言わないわ」

「助かった」彼がふたたび胸に唇をつけた。

リリーにとって、前戯はいつも退屈なものだった。だが今は、これまで経験したことがないほどの悦びを覚えている。

ブルーノの指が入ってくるたびに、体が震え、こわばる。リリーは彼の熱い口に胸を押しつけながら身もだえし、ヒップを突きだした。「もういいわ」息も切れ切れに言う。「お願い……あなたがほしいの」

「きみが先だ」

彼女はとまどってまばたきをした。「なんですって?」

「達してくれ。先に」

リリーは笑おうとしたが、息ができなかった。簡単にオーガズムを得られるみたいな言い方ね。「命令されてできるものじゃないわ。わたしはなかなか達することができないの。でも、最高に楽しんでいるし、あなたはよくやってくれている。だから、もしわたしが達することができなくても——」

「しいっ」ブルーノが彼女の唇を指でふさいだ。「いいんだ。戦うのはやめて、とにかくリラックスしなければならないよ。おれを信じてくれ」

信じてくれ、ですって? 彼にしろ誰にしろ、人を信じるのがどういうことかさえわからないというのに。

ブルーノは愛撫を続け、リリーの快感は抑えきれないほど高まっていく。やがて、感情も感覚も何もかもが圧倒された。こんな快感はこれまで経験したことがない。

しばらくしてから彼女はわれに返った。体から力が抜け、何も考えられない。自分がまだここにいて生きているのが不思議だった。

ブルーノは床にかがんでジャケットのポケットを探っていた。アルミの袋を破る音がする。

責任感のある人でよかった。リリー自身は、避妊のことなどすっかり忘れていた。ショックだった。なんて愚かなのかしら。

ブルーノが彼女をふたたびソファに横たえた。リリーは身震いし、ぐったりと彼に体をあずけた。いけにえとして祭壇に横たえられた処女のように無防備だった。ブルーノが彼女の脚を大きく広げてそのあいだに入る。

はじめはゆっくりしたペースだった。ブルーノが高まりの先端で秘所をゆっくりとなぞる。リリーは悦びに身もだえし、彼を求めて腰を動かした。だが、ブルーノは体を引いた。彼はじらしているんだわ。彼女は背中をそらして手をのばし、ブルーノの尻をつかんで引き寄せた。

彼の白い歯が光る。ブルーノは高まりの先端をリリーのなかにうずめ、途中で抵抗を感じるとそこでペースを落とした。腰を揺らしながらなかに入ってくる。彼女はのけぞり、あえいだ。ああ、なんてかたいのかしら。だが、リリーのほうも準備ができていた。いつでも声をあげられる。

ブルーノの体重がのしかかってきて、彼女のなかにさらに深く沈みこんでいく。リリーはブルーノの腕をつかんで押し返すと、背中を弓なりにそらし、彼に向かって激しく腰を押しつけた。ふたりの目と目が合う。ブルーノの顔はこわばり、からかうような表情は消えていた。

彼が熱い体を落とし、全体重をリリーにあずけた。ソファの背にかけてあった毛布が落ちてブルーノの肩と後頭部を覆い、わずかな明かりもさえぎられた。

ブルーノは彼女の目を見つめたまま動きはじめた。彼が腰を押しだすたびに、言葉にするようにはっきりと伝わってくる。〝おれのもの、きみはおれのものだ〟と。

リリーは、ブルーノに限らず誰のものにもなったつもりはなかったが、それでも今は彼のものになっていた。とてつもない快感だった。ブルーノの動きひとつひとつがとろけるような熱い悦びをもたらす。

われに返るために一度距離を置こうとしたが、まるで山に抵抗するようなものだった。彼の体重がソファにリリーを押しつける。脚のあいだの官能の泉に高まりが出たり入ったりを繰り返し、彼女のなかの特に敏感な部分を刺激する。ああ、もう一回……。

ブルーノの腰に脚を巻きつけてさらに深く導く。もっとも望ましい場所に導こうとリリーが身をよじらせると、彼はすぐさまその望みにこたえるように動いた。彼女の目からまた涙が流れたが、メイクが崩れることはもはや気にならなかった。左右に首を振りながら、彼の動きに合わせて声をあげた。

ブルーノはリリーの頭を手で包むと、目を見つめてからキスをした。魂を抜きとるようなキスだったが、彼もまた自分の魂をリリーにさしだしていた。そして、ブルーノの心の声が〝おれのものだ〟と叫ぶのと同じように、リリーの心の声も〝わたしのもの。あなたはわたしのものよ〟と叫んでいた。

そのとき、ふたりは毛布を巻きこみながらソファから滑り、ブルーノを下にして床に落ちた。彼の腕がコーヒーテーブルにあたる。テーブルはぐらぐら揺れてから引っくり返った。

リリーはふたりを隔てる毛布をはぐと、ブルーノの腕をつかみ、頭をのけぞらせて、彼の上で激しく動いた。ブルーノがリリーのヒップをつかみながら、腰を何度もつきあげる。そのたびに、リリーの欲望は高まっていった。

ブルーノが彼女の体を引っくり返して自分が上になった。そしてリリーの舌に舌を絡ませ、腰を上下に動かし……。

次の瞬間、大きな悦びが容赦なくふたりのからだを突き抜けた。

ふたりは汗にまみれた手足を絡めあったままあえいだ。体がぐったりし、心地よい脱力感に包まれる。

しばらくするうちに汗は引いた。ブルーノはそっと手足をほどき、リリーから離れた。残された彼女は、捨てられたみたいな孤独感を覚えた。

そして、急にひどく悲しくなった。

リリーは真実を悟る瞬間が来るのを待ちかまえた。どんな真実かはわからないが、自分が期待するものでないことは間違いない。

ブルーノが両手で頭を抱えた。「ああ。いったい……いったい何が起きたんだ？」

リリーは体を起こしてひざまずいた。いつのまにかストッキングの片方が脱げていた。もう一方は足首までおりている。「さあ……」

「痛い思いをさせたかい？」

「いいえ」彼女はあわてて答えた。「とんでもない。その逆よ」

ブルーノがほっと息を吐いた。「よかった」

ふいに、リリーはやさしい気持ちになった。なんて無邪気な人なのかしら。性の達人とはほど遠い。手をのばして彼の顔に触れてみる。あたたかくてしなやかな肌。少しのびた無精ひげが指をこする。ブルーノがいやがるそぶりを見せる前に彼女は手を離した。彼にきまりの悪い思いをさせたくない。

ブルーノがリリーの手をつかんで引き寄せた。次の瞬間、ふたりはふたたびキスをしていた。車の後部座席でキスをする欲情したティーンエイジャーみたいに。彼女は胸の奥が痛くなるのを感じた。彼がしっかり抱きしめて、無言のまま親密さを求める。これほどの親密さが存在することすら、リリーは知らなかった。

だが、今知った。心の目が開き、はじめて知る感情を目のあたりにした気がする。そしてはじめて知る危険も。危険のほうは知りたくもなかったが。

でも、そんなことは関係ない。キスをやめることはできなかった。ブルーノの首に腕をまわすと、彼もそれを喜んでいるようだった。ブルーノが笑みをたたえたまま言う。「これでひとつタブーを犯した。もうひとつにもとりかかろうか？」

リリーは愚かな娘みたいに笑った。「それは……つまり……」

「口を使わせてくれ。絶対に後悔させない」

思わず赤面し、神経質な笑いがもれたのを隠すために、彼女はブルーノの首に顔を寄せた。塩からい汗の味がする。「ひと息つかせて。すごかったから」

彼の体がこわばった。「乱暴すぎたかい？」

「そういう意味じゃないわ。わたしが言ってもいないことを口にしないで」

沈黙が流れる。口にするには危険すぎる言葉を彼に伝える方法をなんとか見つけたい。だが、自分の表現力には限界がある。

リリーは深く息を吸いこんだ。なにもせずに、タイミングを待とう。糊みたいにブルーノにくっついていることは苦にならない。

「じゃあ、どうする？」彼女はためらいながら尋ねた。

ブルーノが一方の手でリリーの胸のふくらみを包んで愛撫した。「考えがあるんだが、きみしだいだな」

「どんな考え？」

「きみをおれのコンドミニアムに連れていく。おれは、体調不良だと電話をして仕事を休む。そしてジェットバスに入る。きみを膝にのせてね。それから、ふたりで舌を絡ませながらキスをする」

リリーは弱々しく笑った。「これまでのところはいい感じ」

「そのあと、全裸のままおれは朝食をつくる。思いつくものすべてが入ったオムレツにフライドポテト、ソーセージ、しぼりたてのオレンジジュース、チェダーチーズのスコーン、それにコーヒーだ。食べたらベッドルームに行く。そして、あとは一日じゅうきみを悦ばせて過ごすんだ」

「まあ、すてき」

「そこからすべてがはじまるんだ」

リリーはばかみたいに微笑んでいた。幸福感が体のなかでふつふつとわきたっている。それが彼女は怖かった。その幸福感をしまっておく場所がない。しまっておいて、育てる場所がないのだ。今同様これからも、わたしの人生に幸福感の居場所はない。

やがてそれは苦しみに変わるだろう。何もかもがそうだった。でも、今そんなことを気にするのはやめよう。こんなに幸せな思いをするのはこれが最後かもしれない。それなら今を楽しんだほうがいい。

「すてきな計画ね」リリーは息をはずませ、高い声で言った。

ふたりは黙ったまま互いを見ずに服を着た。ふたたび気恥ずかしさに襲われたのは、あれだけ親密な行為のあとだけに不思議な気がした。彼女が髪をブルネットのかつらのなかに押しこみ、細いフレームのめがねをかけるのを、ブルーノが片方の眉をあげて見つめる。

階段の前に立つと、彼がリリーの手をとった。

ブルーノについて狭くて古い階段をおりながら、リリーは胸のなかにあたたかいものが広がるのを抑えようとした。こんなことは間違っている。どうかしているわ。もっとしっかりしなければ。彼女は顎が痛くなるほど強く歯を噛みしめた。

それを感じとったブルーノが振り返った。「大丈夫かい？」

リリーは笑みをつくった。「ええ、もちろん」

彼は心配そうに眉をひそめながら、ドアを肩で押した。そして、後ろ向きのまま通りに出ながら、何か言おうと口を開いた。

そのとき、リリーはドアの開いたＳＵＶを見た。そして次の瞬間、黒い人影がふたりに飛びかかってきた。

8

車をどこにとめているのかきこうとしたとき、ブルーノはリリーに強い力で横に押された。その瞬間、棍棒《こんぼう》が鈍い音をたててブルーノの頭の代わりに彼女の肩にあたった。リリーがすばやく足を前に蹴りだす。男はその足をよけてつかんだ。パンプスが脱げて飛ぶ。彼女はバランスを失い、大きく揺れながら倒れた。

襲ってきたのは三人だった。ブルーノはパンチやキックをさえぎってから、別の棍棒を持った腕をつかんでそれをひねりあげながら横へ押した。その手を離すと、後ろによろめきながら、頭と首への攻撃を防ぐ。襲撃者の膝を蹴り、別の方向から顔をねらって振りおろされた棍棒を防ごうと向きを変えたが棒はあたり、ブルーノは額に激しい痛みを覚えた。棍棒をつかんでひねり、相手の腕をつかまえる。男を押してレンガの壁にたたきつけると、自分も飛びかかった。

湿った不快な音がして、男は倒れたまま動かなくなった。

もうひとりがリリーに馬乗りになって、棍棒を振りおろした。彼女は肘でそれをさえぎり、足をばたつかせながら抵抗している。ブルーノは防御のかまえをやめて三人目をおびき寄せ、相手のキックをよけて、喉に二発、右手でパンチをお見舞いした。そして、相手が地面に倒れこむ前に向きを変えて、リリーに馬乗りになっている男に飛びかかっていった。男の首に腕をまわし、顔をそむけて攻撃をよける。腕に力をこめると、骨の折れる音がして男の体から力が抜けた。

ブルーノは男をリリーから引きずりおろした。男は音をたてて地面にくずおれた。顔はこちらを向き、口がだらしなく開いている。その目は何も見ていなかった。

リリーが激しく息を吸いながら、驚いた顔で彼を見あげた。目に恐怖が浮かんでいる。顔に血が飛び散っているのを見てブルーノは一瞬はっとしたが、彼自身が動いた拍子に新たな血が彼女のコートに飛んだ。おれの血だ、リリーのではない。おれの額から血が出ているのだ。

ブルーノは地面にどすんと座りこんだ。脚が小刻みに震えていた。

なんということだ。喉の骨をつぶした男を見る。それから、壁にたたきつけた男を見た。頭蓋骨が陥没し、大きく見開かれた目は血走っている。

三人の死体。わずか一分あまりで、おれは三人を殺した。震えが全身に広がっていく。誰かの糞尿《ふんにょう》が垂れ流しになり、あたりには悪臭が漂っていた。

ブルーノはけんかが強かった。ケヴに教えこまれたのだ。人を殺せるほどだとよく言われてきた。それを喜び、自慢に思っていた。人を殺せるほどだなんて、実にクールでセクシーじゃないか、と。

その言葉の本当の意味を深く考えたことはなかった。それが現実となってみれば、クールでもセクシーでもない。へどが出る。

これまで人を殺したことはなかった。いや、悪人たちの大虐殺があったあの日、アーロの隠れ家での銃撃戦で誰かを殺しているかもしれない。だが、森に向かって銃をぶっ放すのと、自分の手の下で骨が砕けるのを感じるのとは別の話だ。

自己防衛だ。いや、自分を守っただけではない。やつらはリリーを殺していたかもしれないのだ。だが、本当にそうだろうか？　棍棒を使っていたのが妙だった。銃やナイフを使ったほうが手っとり早い。もし殺すつもりだったなら。

まさか。ブルーノはリリーから離れ、胃の中身を吐いた。コーヒー、ライスプディング、バナナクリームパイが、まだ新しい死体の上にばらまかれた。吐き気はなかなかおさまらなかった。

「行かなきゃ！　すぐに！」リリーが肩をつかんだ。「ブルーノ！」

ブルーノは不快な味をできるだけ口から吐きだすと、ジャケットの袖で震える口をふいた。そして、ぼんやりと彼女を見あげた。リリーの言葉が理解できなかった。「行くって、どこへ？」

「どこかよ！」リリーが彼の肩を揺さぶる。「早く！」

ブルーノはじっとしたまま、頭をはっきりさせようと努めた。「リリー」ゆっくりと慎重に言う。「この男たちは死んでいる」

「ええ！　そしてわたしたちは生きている！　早く行きましょう！」

彼は手をあげた。「路地で男たちが死んでいるんだ。殺したのはおれだ。人殺しはほめられることじゃない。きちんと説明しなければ。犯罪なんだぞ。何年も刑務所に入れられる。おれの言うことがわかるか？」

「でも、あなたが悪いんじゃないわ！　向こうが襲ってきたんだもの！　だから――」

「おれが自分でそれを話さなければ、警察にはわからない。きみも話をきかれるだろう。何度も何度も、頭がどうかなってしまうまでな。そして、現場検証をした鑑識官も話をきかれる。おれたちの弁護士もだ。長くてうんざりするような手順を踏むんだ。何年とは言わないまでも、何カ月もかかる。近道はない」

「わたしたちにはそんな時間はないわ！」リリーは泣き叫んだ。隣にひざまずいて言う。「お願い、ブルーノ！　逃げましょう！」

「逃げる理由がない」ポケットに手を入れて、そこにまだ携帯電話があることに驚いた。ブルーノは電話番号を押しはじめた。

彼女がその腕をつかんだ。「何をしているの？」

「警察に電話しているんだ、もちろん」

リリーが携帯電話をつかんで、レンガの壁に投げつけた。プラスチックと金属が割れ、ほかのごみにまぎれる。ブルーノはあっけにとられて彼女を見つめた。「いったいどういう――」

「警察にはかけちゃだめ！　全部盗聴されているのよ！　わたしたちがたった今、階上《うえ》でしていたことも、たぶん聞かれているわ。わたしのことも、そうやって見つけたの。監視していたのよ！」

「誰がきみを見つけたって？」ブルーノはショックを受けながらも、自分のなかで何かが惨めにしぼんでいくのを感じた。「ああ、なんてこった。わかっていた。わかっていたのにのってしまったんだ」

「何がわかっていたの？」リリーが叫んだ。

ブルーノは荒々しく手を振った。「こんなにうまい話があるはずがないってことだ！」

「これが？」彼女が死体を示した。「これがうまい話だっていうの？」

「違う！　そうじゃない！　きみのことだ！　わかっていたはずなんだ！　きみが危険だってことは。きみはいかれているんだ！」

リリーが血にまみれた手を握りしめた。拳は震え、髪はライオンのたてがみのように広がり、メイクは落ちて頬を流れている。恐ろしい形相だが、それでも美しく輝いていた。

「いかれてなんかいないわ」自分を抑えて正確に答えることで主張を通そうとするように、彼女がきっぱりと言った。「それに危険でもない。わたしはただ運が悪いだけ。わたしは逃げているの……彼らから、もう六週間になるわ」

ブルーノはよろめきながら立ちあがった。「ああ、そうか。わかったよ」まったくわかっていなかったが、そう答えた。

「あそこの男は……」首を折られた男をさしてリリーが言った。「ニューヨークでわたしを刺そうとした」袖をまくり、曲線を描く醜い傷跡を見せる。

「それ以来、きみは逃げているのか？」

何か言おうとしたらしく口が動いたが、彼女はうなずいただけだった。

ブルーノは血が流れる額を手で押さえた。指のあいだを血がしたたり落ちる。「殺し屋に追われているとおれに警告しようとは思わなかったのか？　それが礼儀ってものじゃないのか？」

リリーの顔がこわばった。「そんなことを言ったら会話をとめてしまうじゃない。〝おいしいバナナクリームパイね。ところで、わたしは今、殺し屋グループから逃げているの〟とでも言えばよかったの？　まったく、最高におもしろい話題だわ。男性をくどくのにぴったりね」

「おれをくどくだと？」怒りがこみあげてきた。「本気か？　殺し屋から逃げているときに、街で知らない男を見つけてくどくなんて！　ストレス発散のためか？」

「違うわ！」彼女が自分の口に手をあてた。「誰でもよかったわけじゃない。あなたよ。あなたを見つけたかったの」

どういうことだ？　説明を求めながらも、ブルーノの頭のなかではふたりで過ごした時間が順不同によみがえっていた。「リリー、おれたちはこれまで会ったことがあったか？」

リリーが首を振った。「いいえ。でもわたしたちには共通しているものがあるの」

「なんだ？」

彼女が死体を示した。「まずは彼ら」

ブルーノは歯噛みした。「おれのことを話そうか。おれはまじめな人間で、法にそむくようなことはしない。公正な手段で金を得ている。税金はちゃんと払っているし、ホームレスのシェルターや無料食堂、世界自然保護基金に寄付している。この連中が何をしていたか知らないが、おれとは関係ないことだ！」

「でも、わたし……彼らは……」

「くだらない話はたくさんだ！」彼は怒鳴った。「殴られるのも飛びかかられるのも、棍棒を振りおろされるのも嫌いだ！　たとえ殺し屋でも、朝の六時前に人を殺すのは嫌いだ！おれは日ごろから、こういったことにかかわらないよう、意識して慎重に行動しているんだ。わかったか？」

「怒鳴らないで、お願いだから」リリーが不安げにあたりを見まわす。

「怒鳴っちゃいけない理由を教えてくれ。おれは機嫌が悪いし、きみはおれを怒らせている」

「たぶん……」彼女がかたい声で言った。「たぶん、あなたのお母様と関係があることだからよ」

ブルーノは顔から血の気が引くのを感じた。

自分が風の吹きすさぶ荒野にひとりで立っているような気がする。リリーはまだ目の前にいて、必死な目をして何か言っているが、彼には聞こえなかった。冷たい風の音と、激しく打つ心臓の音しかしない。

昔おなじみだった感覚だ。つらかった日々とまったく変わらない。一度も消えたことはなく、陰にひそんで、表に飛びだす機会をねらっていたかのようだ。

リリーが彼の手首をつかんだ。「話を聞いて！　わたしの父は――」

ブルーノが乱暴に手を引いたので、彼女はよろけた。「おれにさわるな」

リリーが縮みあがる。ブルーノは麻痺したような唇を動かしてなんとか言葉を紡いだ。

「母のことは言うな。そこには踏みこまないでくれ。絶対に」

「ええ、でも――」

「おれを怒らせるな」

リリーは両手を握りあわせた。「怒らせるつもりはないわ。お願いだからわかって。この人たちはわたしの父を殺したの。同じ連中よ……あなたの……」彼女の勇気がくじけ、言葉がとぎれた。

ブルーノは声が震えないよう努めて言った。「おれの母は、ろくでなしの恋人に殺された。大昔のことだ。この男たちはまだ子供だったはずだ」

彼女は首を振った。「この人たちは雇われているだけ」死体をちらりと見て言う。「雇われていた、と言うべきかしら」

上等だ。マンマがあんなことになったあと、長年の努力でなんとか正常な状態に戻ったのに、このいかれた女の言葉ですべてが水の泡だ。

「いいか、よく聞け。きみが何に巻きこまれているのかは知らない。こいつらに金を借りているのか、売春の仲介人から逃げているのか、ドラッグ絡みなのか、おれは知らないし、知りたいとも思わない。とにかくきみは厄介の種だ。おれはいっさいかかわりたくない」リリーの腕をつかんで引っ張りながら、食堂に向かって歩いた。

彼女が抵抗した。「ちょっと！　どこに連れていく気？」

「食堂の電話で警察を呼ぶんだ。おれの携帯電話を壊してくれたからな」

「だめ！」リリーは身をくねらせて抵抗したが、ブルーノは放さなかった。「聞いて！　ブルーノ、お願いだから、とまってちょっとだけ聞いて！」

彼は足をとめ、愚かな自分をのろった。「さっさとすませてくれ」

「わたしは悪いことは何ひとつしていないわ。娼婦じゃないし、ドラッグの売人でも常習者でもない。それに、生まれてこのかた、大学の学費以外で借金をしたこともない！」

リリーの声にこめられた怒りに、ブルーノは笑みを浮かべそうになった。「全部嘘かもしれない」

「嘘じゃないわ！」彼女が言い返した。

「そうか？　大事な事実を隠していたじゃないか。おれを誘惑する前に、何やら事情があることを話してくれてもよかっただろう」

「黙ってよ」リリーが嚙みつくように言った。「あなたが法を犯したくないのはわかるわ。わたしだって、できるものなら法を犯したくなんかない。でも、今あなたが警察に電話をしたら、わたしは死ぬの。たぶんあなたもよ」

「ばかばかしい」

「いいえ、間違いないわ。生きるためには姿を消すしかないの。わたしはこの六週間そうしてきたのよ」

ブルーノは背後で倒れている三人の死体に、あてつけがましく目を向けた。「自分で思うほど完璧に姿を消せていなかったようだな」

「そうみたいね。おそらくあなたを監視していたんだと思う。わたしがあなたに接触するのを待っていたのよ。たぶん、あなたの携帯電話を盗聴していたんだわ。わたしにデザートを出してくれたとき、携帯電話を持っていた？」

「つまり、きみは全部解き明かしたというわけだな。この大きな陰謀説を」

リリーが目を丸くした。「説？　これが単なる説だというの？」震える指で死体をさす。「あの人たちは実際に襲ってきたじゃないの！」

「そうかもしれないが、きみは自分の暗黒世界との個人的な問題におれと死んだ母を引きずりこんだ。陰謀説という以外ないね」

それにこたえるかのように、ＳＵＶのヘッドライトがふたりの目をくらませた。ＳＵＶがフロントグリルを光らせながらこちらに疾走してくる。ブルーノはリリーを突きとばした。車は死体を轢《ひ》きながら、ふたりが立っていたレンガの壁に向かってきた。金属の甲高い音がして火花が飛び散る。そのあと、ＳＵＶはがたがた揺れながら向きを変えた。テールライトが角を曲がっていく。ナンバープレートは見えなかった。暗かったし、速すぎた。そして揺れが激しすぎた。

車の確認を忘れていたとは、おれはなんと愚かで不注意だったんだ。まだ生きている資格がない。ブルーノは地面にうずくまって震えているリリーに駆け寄った。足の傷が増えている。「大丈夫か？」

彼女が顔をあげ、まばたきをしてつばをのんだ。「ええ、たぶん」

リリーは怯えている。心に傷を負って。リリーが何をしてこんな地獄に足を踏み入れたのか知らないが、彼女をこんな目にあわせた連中にとてつもなく腹が立っていた。「救急車を呼んでやろう。医者に診せなければ」

「だめ！」リリーはブルーノを押し、バランスを崩してまた膝をついた。「緊急治療室は警察より危険だわ。どっちみちお金もないし。ああいうところは高いのよ。あなたがわたしを信じられないのはわかるけれど、行かせて。逃がしてちょうだい」

逃げる？　歩くこともできないのに？　ブルーノは彼女の赤みがかった金色の髪を見つめた。「それはできない。できるわけがない」

リリーが彼を見あげた。マスカラとまじった涙の跡が頬を伝っている。「警察はやつらからわたしを守れない。わたしはただ生きのびたいの。それだけ」

「でも、もうぼろぼろじゃないか。警察の助けが必要だ！　そのための警察なんだから」

「わたしを信じてくれないなら、あなたはもう関係ないわ。姿を消させて」彼女はもう一度立ちあがろうとした。

「くそったれめ」ブルーノはふくれあがったごみ袋のひとつを蹴り飛ばした。袋が破れ、腐った液体がこぼれる。彼はオレンジがかった空を見あげ、カラブリア地方の方言で次から次へと悪態をついた。トニーがこれを聞いたらおれを誇りに思うだろう。

「なぜだ、リリー？　どうしてきみはこんな目にあっているんだ？」

リリーが彼の背後の通りに不安げな目を走らせた。「たいしたことは知らないけれど、知っていることは全部話すわ。でもここはだめよ。連中が戻ってくるでしょうから」

ブルーノは罠にはめられた気がした。以前の事件で、たとえ短期間でも法にそむいた側にいるのがいかに不愉快なことかを知った。誰が誰を殺したかを警察が整理するには時間がかかった。そのあいだ、ブルーノとケヴたちは、閉じこめられてありとあらゆる質問を浴びせられた。そのときの窒息するような苦しさがよみがえる。

刑務所は最悪だろう。大昔にトニーがそれまでの生活から足を洗った理由がわかる。トニーは昔、いとこでニュージャージーのマフィアのボスだったガエターノ・ラニエリの右腕だった。だが、ヴェトナムの戦争に行くほうを選んだのだ。

「きみと一緒に行くと、犯罪の現場から逃げることになる。おれの血と吐瀉物《としゃぶつ》があちこちに飛び散っている現場から。まずはおれが殺したと思われるだろう。おれはそれに反論することもできないんだ」

冷たい風が、リリーの疲れきっているが美しい顔から髪をなびかせた。「でもあなたは生きることができる。それっていいことじゃない？」

ブルーノはうめいた。美しくてせっぱつまった様子に惹かれてリリーにかかわり、抱いた。だから今、彼女に対して責任を感じている。だが、武器も持たないたったひとりの女性が三人の大きな男たちに襲われた。おれにはどうすることもできない。

「こうしよう」彼は言った。「きみのために新しい服を手に入れて、どこかゆっくりできる安全な場所を探してやる。きみがそこから出ていったあとに、おれは警察に行ってすべて話す。どうだい？」

リリーが震える笑みを浮かべた。「いいわ」

「待て」ブルーノは路地にばらまかれたごみのあいだを歩き、自分の携帯電話の残骸を見つけてメモリーチップを抜いた。

「ちょっと、何をしているの？　それは――」

「メモリーチップだけだ」彼はポケットに入れながら言った。「これはおれのものだから、ほしいんだ」できるだけ早く普通の生活に戻りたかった。連絡先を集め直してこちらの新しい電話番号を知らせることに無駄な時間をかけたくない。絶対にごめんだ。

ブルーノはさらにごみを蹴りながら探った。リリーのノートパソコンが入ったバッグが見つかったので拾いあげる。ごみ箱の隣に赤いパンプスが片方見つかった。もう一方は、死体のすぐそばに並べられたごみ袋のあいだに挟まっている。彼はパンプスを拾うと、リリーの前にひざまずいて血にまみれた彼女の手を自分の肩にかけた。そして、小さな足を片方ずつ持ちあげてパンプスをはかせた。「逃亡には向かない靴だな。これじゃ逃げるのに不便だろう。おれの車が――」

「あなたの車はだめ」

「え？」ブルーノは怒りを覚えた。「どういう意味だ？　おれの車じゃだめだって？」

「あなたの車も家も、職場も電話もコンピュータも全部だめ。どれも監視され盗聴されていると思ったほうがいいわ」

「じゃあ、どうやって――」

「工夫しないといけないわね」リリーが彼の手をつかんで、路地の奥へと引っ張っていく。

「どこへ向かっているんだ？」

「わからないわ。でも狭い路地にいたほうが、彼らが捜しに来たときに見つかりにくいでしょう？　キーなしで車のエンジンをかけられる？」

ブルーノは足をとめた。「できるわけがないだろう！　おれは法にそむくようなことはしないと言った。聞いていなかったのか？」

「ちゃんと聞いていないのはあなたのほうだわ！　わたしたちが話しているあいだも、恐ろしい運命がわたしたちをねらっているのよ」

「その明るい態度と模範的なふるまいを見れば、きみが大勢の友達に囲まれている理由がわかるというものだ」

リリーの目が光った。「父が殺されたとき、連中にナイフで殺されかけたとき、わたしはひどい目にあったのよ！　そんな冗談につきあっている余裕なんかないわ！」彼女は石を拾って頭の上に掲げた。「これがいいわ」古いステーションワゴンに近づきながら言う。「ボルボは好きよ。安心感があるもの」

ブルーノはリリーの肩をつかんだ。「自分が何をしようとしているのかわかっているのか？」

「車を手に入れようとしているのよ！」彼女は叫んで石をかまえた。「見てて！」

「だめだ」ブルーノは石を奪った。「よく考えよう」

リリーの顔がゆがんだ。「時間がないの。ほかにどうすればいいのか思いつかないわ。もうだめ。向こうが勝つのよ、ブルーノ。わたしはもう逃げられない」

彼女は正気を失っている。ブルーノはリリーを抱きしめた。彼女が身をよじる。

「放して！」

ブルーノは放さなかった。「車を盗むのはやめよう。愚かだし、乱暴なことだ。それに、警報装置がついているかもしれない。すぐに警察に追われてしまう」

リリーがはなをすすった。「じゃあ、どうするの？」

「おれの車では何がいけないんだ？　きれいだし速いし快適だ。キーもあるし、法に触れることなく使える」

「あなたの車は死を意味する。必ず訪れる突然の死をね」

「物騒だな。じゃあ、タクシーは？」

「彼らに聞かれるわ。わたしたちの行き先の記録も残る。彼らはわたしたちの知りあいを残らず監視するでしょうね。友人も家族も」

「彼ら？　彼らというのは誰なんだ？」

リリーの口が震えた。「わからないの。あなたが何か知っているんじゃないかと期待していたけれど、そうではなかった。わたしはあなたに彼らの注意を引きつけてしまったの。もし今あなたが殺されたら、全部わたしのせいだわ。行きどまり、それでおしまいよ！」

「おしまいだと？　おれはそんなのはいやだ！」

彼女の笑いが振動となってブルーノの胸に伝わる。「笑わせないで。笑っているうちに泣いてしまいそう。わたしが泣いたら厄介よ」

「そうだろうね」ブルーノは、震えている彼女の背中を撫でた。なんて細いのだろう。リリーの言っていることが本当なら、彼女は六週間以上あの連中から逃げ続けている。そして今も元気でいる。

「きみはずいぶんけんかが強いな」

「そう？　女性にしてはっていう意味かしら？」

「そうは言っていないが。だが、たしかにそうだな。きみは強くてすばしこくて、度胸がある。武道でも習っていたのか？」

「ずいぶん前に大学で少しかじったわ。いくつか技を覚えていたのね」

それでひとつ思いだし、ブルーノは尋ねた。「肩はどうした？」

「肩がなんですって?」

「おれの頭をねらった一撃を肩で受けたじゃないか。見せてごらん」

彼が襟のあたりに手をのばすと、リリーはびくりとして体を引いた。「いいえ、あれはわたしをねらっていたの。あなたはただその邪魔をしていただけ。わたしがあなたを見つけなければ、そんなことにならなかったのに」

「いいから見せてくれ」

彼女はブルーノを押しのけた。「わたしたちには、やさしくしたりされたりしている時間なんかないのよ!」

ブルーノは両手をあげた。「強いな、きみは」

「ええ! だからまだ生きているのよ!」

彼はじっくり考えた。「きみは、キーなしで車を動かす方法を知っているのか?」

「理論上は」

「知っているのか、知らないのか?」

「やり方はインターネットで調べたわ。図を見たし、原理はわかる。最終的にはできるはずよ。頭はいいの」

ブルーノは笑ったが、それを見てリリーは腹を立てたようだった。「最終的には、か。そのあいだに警報装置が鳴り響き、車の持ち主がバットを持って駆けつけてくるだろうね。

ちょっと行ったところにガソリンスタンドがある。そこなら血を洗い流せるし、公衆電話が使えるだろう」

「どこに電話をかけるの？」

「おれの助けが必要なら、おれを信頼してくれ。いいね？」


信頼する。すてきな考えね。

リリーはふらふらと歩いた。足首がゴムになったみたいだ。信頼するというのがどんなことなのかすらわからないが、今こうしてブルーノのペットの犬みたいに彼と並び、道路標識も見ずに歩いている。これが信頼なのかしら？

いいえ、違う。これは疲労だ。燃えつきた証拠だわ。もう元気もないし、何も思いつかない。できるのは、誰かに命をゆだねることだけだ。

そんな贅沢《ぜいたく》ができるのは、ハワードがおかしくなって以来はじめてだった。ブルーノがわたしを運命に導いてくれるというのなら身を任せよう。大歓迎だわ。

これまで他人に頼ったことはなかった。これほど強い人に出会ったこともなかった。行動が速く、素手での戦いに強い。ブルーノの戦い方は超人的だった。自分も応戦するのに忙しくて彼の戦いぶりはほんの一部しか見ていないのに、それでもわかるほどだった。

大学にいたころ、当時ルームメイトだったニーナと一緒によく武道の試合を見に行った。

道場で練習もした。道場に通うのは楽しかったが、数年でやめざるをえなかった。〈エイングル・クリフ病院〉の支払いにお金が必要になり、そちらにお金をかける余裕がなくなってしまったからだ。

道場での稽古でひとつ身につけたものがあるとしたら、本物を見る目だ。人がエネルギー――〝気〟――を操っているときは、それが感じられる。ブルーノは〝気〟に満ちていた。

ガソリンスタンドに着いたころには、夜はすっかり明けて、陰鬱な朝に変わっていた。一日がはじまり、仕事に向かう車が次々に走りすぎていくなかで、サングラスも帽子もなしに歩いているのがひどく無防備に感じられて、リリーは落ち着かなかった。

ブルーノが彼女を連れて、ガソリンスタンドの裏の何も書かれていないドアに向かった。鍵が壊れている。ドアを開けた瞬間ひどい悪臭が漂ってきて、彼はあとずさりした。「ひどいにおいだな。数分だけなかに入れるか？　一瞬でもきみから目を離したくないんだ。息をとめるといい」

リリーは思いきり息を吸いこんでから、狭い部屋に体を滑りこませた。「傷を洗うには不衛生だわ」

「傷は洗わない」ブルーノが水を出しながら言った。「顔についた血を落としたいだけなんだ。人目を引かないように」

「人目を引かない才能はあまりないみたいね」

汚い洗面台にかがんでいたブルーノが顔をあげ、顎を洗いながら鏡のなかのリリーの目を見つめた。彼が手にすくった水がピンク色に染まって洗面台に流れる。

「いったいどういう意味だ？」

彼女は後悔した。「侮辱しているわけじゃないわ」

「たしかにきみの言うとおりだが」ブルーノが水を顔にかけた。目はリリーを見つめたままだ。「ほかにおれにはどんな才能がある？　大きいとか？」リリーは笑いを抑えて、いつもの無関心さを装った。「ただあなたを観察してそう思っただけよ。単なるたくさんある。彼の大叔父のアパートメントで過ごした三十分でわかった。

「中立的か」ブルーノは顎をふいた。長く黒いまつげが水に濡れて光っている。「きみには中立的なところなんてかけらもない。中立という言葉の意味も知らないいんじゃないか？」

正直なところ否定できなかったので、リリーは黙っていた。

「おれを観察していたんだな。いつからだ？」

リリーは心を落ち着けようと息を吸いこんだ。手を拳に握り、爪先を丸める。フローズンモカみたいに冷たくなっていた。「二、三週間前から」彼女は白状した。「まずインターネットで調べたの。実際にあとをつけたのはここ一週間ぐらいよ。車がないからできる範囲でだけれど。あなたを見つけるのは簡単だったわ。食堂の深夜シフトのおかげでよけいに簡単だった」

ブルーノが手で顔をぬぐった。「いやな気分だな。ずっと観察されていたとは。ガラスケースのなかの虫を研究する昆虫学者みたいに、きみはおれを観察して評価していたんだ」

「評価はしていないわ」少なくとも悪いほうには。リリーはそうつけ加えたかったが、彼に非難めいた目でにらまれると言えなかった。

ブルーノがジャケットを開けてTシャツの裾を破り、長細い布きれをつくった。それを、まだ血のにじんでいる額にあてて顔をしかめる。

短くなったTシャツからのぞく引きしまった腹部に、リリーは目を引かれずにはいられなかった。まぶたのように横に長いへそは、男性向け健康雑誌のモデルによく見られるタイプだ。アパートメントの暗がりのなかで、すてきな部分をいろいろと見落としていたらしい。

ブルーノがリリーを見ながら、ふたたびTシャツを破った。これで、腹筋がほとんどあらわになった。彼が布きれを水で濡らした。「おいで」

リリーはあとずさりした。「わたしは大丈夫よ」

「いや、ホラー映画から抜けでたみたいに見えるぞ」ブルーノは彼女を引っ張ると、布きれで顔をふきはじめた。

子猫みたいに誰かに世話をしてもらうのは心地よかった。

「ほとんどがおれの血だ」彼が言った。「病気は持っていないから安心しろ」

「わたしもよ」ブルーノの手のなかにある布きれは、血と化粧品のせいでピンクがかったグレーになっている。鏡に映る自分は、ひどく具合が悪そうに見えた。

「きみだっておれのことは言えないはずだ」ブルーノがリリーの顔をふきながら言った。

彼の男らしさに気をとられて、リリーは話を聞いていなかった。「え？　なんの話？」

「人目を引く、引かないという話だ」ブルーノが彼女のコートを開き、胸の血をふく。「きみの服を見ろ。きみを見た男は誰だって二度見するだろう。そうしないわけがない。きみがそうするよう誘っているからだ。相手はきみの顔も体も詳細まで記憶する。間違いないね。人目を引きたくないなら、もっと地味な服を着たほうがいい」

「でも、あなたに気づいてほしかったのよ」リリーは思わず言った。

ブルーノが手をとめて、かすかにとまどった顔で彼女を見つめた。「ああ、そのことだ。そのことで話を――」

「だめ。今、ここではだめよ」リリーは急いで言った。「あんなことを言うべきじゃなかったわ。けんかを売るつもりはないのよ」

彼がうめいた。「きみはいつだってけんか腰だ。おれを挑発するようなことばかり言う」

リリーはぎざぎざになったTシャツの裾から目を離せなかった。「そうかもしれないわね。もともとそういう性格なのよ。だからひとりぼっちなのかも」

「それが、きみを殺そうとしている人間がいることに関係している可能性はないのか？」

彼女は傷ついてブルーノから離れた。「そんなことはないわ！　たしかにわたしは口が悪いかもしれないけれど、あの連中に関しては、侮辱する機会すら与えられたことがない！　彼らがなぜこんなことをしているのか、わたしにもわからないのよ！」

「落ち着け。大きな声を出すんじゃない。注意を引いてしまうぞ」

リリーはすり切れて血まみれのコートの前を閉めると、震えて言うことを聞かない手でベルトを締めた。「わたしに腹が立つのはわかるわ。今までだって男の人から怒られたことは何度もあるから。でも、外でやらない？　これ以上ここの空気を吸うくらいなら、外に出て撃たれたほうがましだわ」

ブルーノは彼女が出られるよう場所をあけた。「そんなことはしなくてもいい」

「何を？」リリーはドアを開けて息を吸いこんだ。排気ガスとガソリンのにおいが甘い香水のように感じられる。「何をしなくていいの？」

「攻撃的になることだ」彼女のすぐ後ろにつきながらブルーノが言った。「おれの前では攻撃的にならなくていい。おれは礼儀を守る男だからな」

「それは知っているわ。そうでなきゃ、あなたと寝たりしないもの。わたしにだって選ぶ基準があるのよ」

ブルーノは公衆電話の前で足をとめ、ポケットを探った。「それはよかった」

「攻撃的な態度をとるのをそう簡単にはやめられないだけ。だから悪く思わないで。正直に言うと、死ぬまでこの態度は直らないんじゃないかと思っているの」そんなに長く生きられるとは思っていないけれど。

「それは残念だな」彼が二十五セント硬貨を数えながら言った。「今夜チップをもらっておいてよかったよ。いつもはこんなに小銭を持っていないんだ」

リリーはさらに続けた。「たぶん、またすぐにあなたを怒らせるわ。だから今のうちに、次の……そうね、次の五回分謝っておく。五回が終わったら、また交渉するわ。それでいい？」

ブルーノが微笑んだ。「きみは実に変わっているな」

「そのおかげでわたしは――」

「ああ、そのおかげできみはまだ生きているんだろう。さあ、もう黙って、電話をかけさせてくれ」

「なんの電話？　誰にかけるの？」

彼があきれた顔で言った。「おれを信じてくれと言っただろう？」

「大叔母様のローザにかけるんじゃないわよね？　食堂のスタッフとか、玩具の会社とか、ケヴ・マクラウドとかその兄弟とかに」

ブルーノが厳しい顔になって受話器を戻した。「どうしてマクラウド家のことを知っているんだ？」

リリーはいらいらした。「もっとまわりをよく見てよ！　あなたの人生のそこらじゅうに彼らの名前が出てくるわ。調べればいいだけ。自分で調べればわかると思うけれど、連中も調べているわ。誰でも見られる情報だもの。情報収集が得意でないわたしにだってわかるわ！」

ブルーノの険しい顔に、彼女は落ち着かなくなってきた。

「やめて、ブルーノ。そんな顔しないで」

「ほかにおれの何を知っている？　最新の血液検査の結果は？　おれの去年の課税控除額は適正だと思うか？　おれのメールも読んだのか？」

リリーはため息をついた。「あなたはなんの防御もしていなかったもの」

「誰かがおれに興味を持つとは夢にも思わなかったからな」

「お願い。いつまでも怒ってないで」

「おれを見ろ」ブルーノの声はこわばっている。

「もう謝ったでしょう？　さっき五回分謝ったから、あと四回分残っているわ」

「だめだ」彼が苦々しく言った。「スパイ行為は二回分にあたる。いや、それ以上かもしれないな」

「そんなのずるいわ！　好きでやったわけじゃ――」

ブルーノがリリーの唇に指をあてた。「黙れ。集中しないと電話番号を思いだせない。

怒っていたら集中できない。口を閉じてくれ」

「お気の毒」彼が指を離した瞬間にリリーは言った。「若くして脳が委縮しちゃってるのね。数学パズルとかクロスワードパズルをやるといいわよ」

ブルーノが公衆電話のほうを向いた。「これで謝罪を四回分使ったな。おれはこれから電話をかける。あとで、口げんかができる安全な場所を探そう。いいな？」

ふたりが来た方角から、パトカーのサイレンの音がかすかに聞こえてきた。ブルーノはあたりを見まわし、音がするほうを見つめた。

「死体を見つけたようだな」彼が言った。

「ここから逃げなきゃ」

「そのための手を打っているところだ。邪魔しないでくれ」

ブルーノが公衆電話に向き直った。その背中は広くて品がある。リリーは、黒い革のジャケットに覆われた力強い肩を見つめた。冷たくあしらうつもりで背中を向けたのだろうが、弱くなっている今の彼女には、それが誘いに感じられた。

リリーはその背中にもたれた。ブルーノは体をこわばらせたが、離そうとはしなかった。ああ、なんていい気持ちなの。彼の力強い体にさらに身を寄せ、息を吸いこむ。まるでブルーノを自分のものにしようとしている女吸血鬼みたいだ。

頭のなかにある考えが浮かんだ。彼女はそれを追い払いたかった。データの処理、それも感情的なデータの処理をする元気はない。だが、リリーはその考えを受け入れ、つなげ、まとめた。

ブルーノに関することだった。彼と言いあいをするのがとても正しいことに思える。彼といると楽しかった。

なんて妙な話だろう。襲撃されて、殺されかけて、血だらけになったというのに。このようなことに関して、普通〝楽しい〟という言葉は出てこないはずだ。彼が、わたしをしっかりさせておくためにわざとそんなふうにしているのかしら？　本当に、そんなに頭がよくて直感が働いて、わたしのことをすぐに理解し、上手に扱うことができる人なの？

それとも、ただの偶然？

リリーは、電話の会話が聞こえてしまうかもしれないのも気にせず、さらに身を寄せた。どうせ、今の頭が働かない状態では、ブルーノが何を話しているのかもわからないだろう。

自分の問いに対する答えがほしいわけではない。きっとどんな答えを得ても動揺するし、わたしはすでに充分動揺している。

ブルーノはわたしの仲間ではない。わたしと一緒に闇の力と戦ってくれるわけではない。彼はただ、頭のいかれたかわいそうな女を気の毒に思って助けてくれようとしているだけだ。あわれみを持つのは仲間になるのとは違う。セックスも同じだ。いくら激しくて、何も考えられなくなるような最高のセックスをしたとしても、彼はわたしの仲間ではない。

わかっている。わかっているわ。でも……。リリーはブルーノのあたたかい背中に鼻をつけて息を吸いこんだ。ああ、なんていいにおいなの。

しかたがない。とにかくわたしは、ブルーノといることで慰められている。

9

レジーは遺体を見つめた。パーとラニエリを妨害するために自分が送りこんだチームが、ごみのなかで死んでいる。野次馬《やじうま》が集まって、興奮しながら携帯電話で話していた。自分の失敗をひとつひとつ並べて公的記録に残すために、警察がこちらへ向かっている。

大失態だ。レジーは〈ディープ・ウィーブ〉不測事態発生時プログラム5・5・2で神経を落ち着かせ、集中しようとした。だが、あまり効果はなかった。自分が今何をするべきかわかっていたが、動けなかった。ただ、麻痺したように立っていた。マーティン、トム、キャルの遺体をただ見つめていた。

キャルはグループの仲間だった。ナディアと同じだ。自分にとっては弟同然だった。トムとマーティンはもっと若かったが、工作員として仕事をはじめたときから、一緒に学び、訓練し、働いてきた。彼らは、普通の人間が異常と呼ぶほどの能力に恵まれていた。それが無駄になってしまった。ブルーノ・ラニエリが彼らを殺した。あのすばしこいリリー・パーも一緒に。

ナディアがあのふたりを撃ち殺してくれればと思ったが、彼女には、命を危険にさらすぐらいならその場を去れと言ってあった。ラニエリにあれほどの力があるとは予想していなかった。ナディアは優秀だが、トムとキャルとマーティンがやられたとなっては、ラニエリに勝つことはできなかっただろう。銃を使えば話は別だが、彼らをまだ殺すなと、キングからかたく言い渡されていた。レジーは遺体を見た。怒りのあまり体の震えが抑えられない。

不測事態発生時プログラム5・5・2はうまく作用していない。

遠くからパトカーのサイレンが聞こえてきた。警察はおれを見つけ、証言と説明、身分証明を求めるだろう。ここにいてはいけない。後始末をするにはもう遅い。遺体を運び去るべきだが、誰のかわからない血がそこかしこに飛び散っている。言葉にならない惨状だ。誰かが責任を負い、報いを受けなければならない。誰が？

動かなければ。拘束されるわけにはいかない。自分たちのグループは、実験段階だった予防的緊急プログラムを受けている。警察が介入するような状況になると、一分以内に痙攣発作を起こし、体が内部から裂かれて死ぬことになっていた。

キングは、危険と無駄が多すぎるとして、その後のグループではこのプログラムを省いた。だが、自分のグループには組みこまれている。一度組みこまれた〈ディープ・ウィーブ〉は、無効にすることができない。

レジーは愚かな野次馬を見まわした。その顔に浮かぶ表情を見るだけでも殺してやりたくなる。恐怖と衝撃の下に、興奮と邪悪な喜びが見られる。老女がパニックを起こし、その老女を若い女が落ち着かせようとしていた。ふたりともただ注意を引きたくて、おれの兄弟たちの死を気にかけているふりをしているのだ。公衆の面前で、おもしろ半分に感情的なマスターベーションをしているようなものだろう。レジーは、普通の人間に嫌悪感を覚えた。やつらは自制心に欠ける。床に粗相をする、しつけのされていない動物のようだ。仕えるために生まれること、高い理念に身を捧《ささ》げることの意味を知らない連中だ。神の手で磨かれた危険は道具であることの意味を知らないのだ。

もちろん、彼らが悪いわけではない。慎重に選抜され、〈ディープ・ウィーブ・プログラム〉を長年にわたって受けてきたおれたちとは違うのだから。彼らは天才による訓練を受けていない。彼らの発育不全の頭のなかにあるのは、手をかけずに育った雑草のような精神だけだ。タンポポやアザミやブタクサと変わらない。

〝全員殺せ〟頭のなかで小さな声がささやいた。〝目撃者を全員殺せ。殺せ、殺せ。近づく者はみな殺せ〟そうしてはじめておれは安心できるだろう。あのやかましい老女に本物の悲鳴をあげさせ、その悲鳴を沈黙に変えてやりたい。

だが、あたりが明るすぎる。もう遅い。人が大勢集まりすぎている。そしてサイレンは大きくなっている。〝動け〟

それでもまだレジーは動けなかった。〈ディープ・ウィーブ〉と自分の感情の相互作用に何かトラブルが起きたらしい。もちろんキングのプログラムのせいではない。それは絶対にない。問題は人間に備わっている欠陥だ。間引きから逃れた者が少ないのはそのためだ。そして免れた少数の者たちも、決して完璧ではない。キングはそれを悲しんでいた。

恥ずかしさが刺激となり、レジーは手を動かすことができた。こわばって震える手をポケットに入れ、緊急時用の経皮薬をとりだす。カリトランR35。感情が高ぶりすぎたときに体の勢いを弱める薬で、彼に合わせた量に調整されている。レジーはひとつをはがすと、皮膚がもっとも薄い手首の内側に貼った。

すぐに安心感が訪れた。数秒で口のこわばりが和らぐ。レジーはあとずさりした。一歩進むごとに、しだいに体が言うことを聞くようになる。彼は向きを変え、隣のブロックにとめてある車に向かって走った。

車を十分走らせて、用意されていた家に着いた。脇道に車をとめると、ロックはおろか、キーをイグニションから抜きもせずに車を離れた。もうこの車を使うことはない。回収することはできないだろう。食堂に張りこんでいたチームが使っていた車同様、入手経路はたどれないようになっている。ナディアに電話をかけよう。レジーはぼんやりと思った。

だがなんのために？　もう終わった。主導権を握るにはもう遅い。おれは崖からまっ逆さまに落ちている。玄関ドアにはめこまれたガラスに映る自分の姿が目に入った。意外にも普段と様子は変わらない。浅黒く、端整な顔。カールした黒い髪。彫りの深い顔に黒い目。

笑っていないときでも刻まれているえくぼ。

何が見えると思っていたんだ？　しゃれこうべか？　それとも腐った死体？　それとも、何も見えないと思っていたのか？　そう、おれは無の存在だ。おれの身元はすべて、パスポートも何もかも偽造されている。おれはキングのためだけに存在している。キングから与えられた名前だけが、おれという人間を定義する。そして今、おれは何者でもない。なんでもないのだ。

レジーは苦しみにとらわれた。痙攣がはじまりそうだ。カリトランをもうひとつはがして、ひとつ目の隣に貼る。危険なほどの量だが、今となってはそんなことはどうでもよかった。

彼は二階のマスター・ベッドルームに向かい、ゆっくりと服を脱ぎはじめた。脱いだものをことのほか丁寧にたたみ、最後には全裸になった。

ベッドカバーをめくってまっ白なシーツに座ると、自分の片側に携帯電話を、もう一方の側にシグ229を置いた。脳のなかのほんの小さな部分が、実現不可能な計画を練ってはあきらめる。逃げる。新しい身分を買う。十五カ国語を流暢《りゅうちょう》に話せるのだから、どこへでも行って、自分の能力をもっとも高く買ってくれる相手に売ることができるだろう。鳥のように自由に、王のように裕福に生きることも……。

王《キング》。すべてはキングにたどりついてしまう。おれの憧れ、おれの神に。

腹部が痙攣した。涙が流れる。キングに認められなければ生きていけない。自由を熱望する脳の一部は、電気的刺激を筋肉に送るほど強くはなかった。遠い、夢のような話だった。意識の隅の冒瀆《ぼうとく》的な思いつきに、レジーは罪悪感を覚え、自分が穢《けが》れたような気がした。

頭をはっきりさせようと努める。キングの工作員のなかでも選《え》りすぐりのメンバーとして、威厳を持って静かに待つのだ。だが、苦しみは耐えがたかった。レジーは体をふたつに折って揺らしはじめた。喉がつまり、息が苦しくなる。

何時間とも思われたが実際は四分も経たないうちに、携帯電話が振動した。電話に出ないということは考えられない。そんなことを思うだけで、頭に激痛が走った。

レジーは折りたたみ式の電話を開いた。大きな画面いっぱいに、キングの人のよさそうな顔が現れる。彼を見たとたん、レジーは懐かしさに声をあげて泣いた。

そのあと、羞恥心に襲われた。キングは、感情の爆発を、たとえそれが献身から来る感情であっても好まない。工作員はみな、感情を抑えようと努める。

「レジー、どうした？」キングの穏やかなバリトンが、レジーの神経をシルクのようにやさしく撫でた。感情に体を引き裂かれ、レジーは身震いした。おれは強くなり、威厳をもって最期のときと向きあうのだ。今おれがキングのためにできることはそれだけだ。

絶望のなかでも、守るべき水準は守らなければならない。

レジーは口を開いた。「ラニエリとパーを制圧するために送りこんだチームが、彼らにやられました。ふたりは逃げました」

キングの目が大きく見開かれた。キングの沈黙がレジーの頭を満たし、しだいに広がっていく。まるで、開いた動脈から流れる血の海のようだ。

「チームはどうした？」キングの鋭い声に、レジーは平手打ちをされたかのようにびくりとした。「彼らの状態は？」

「マーティン、キャル、トムは死にました。ナディアは生きています」どうやって酸素をとり入れればいいのかわからなかったが、なんとか肺が働いた。レジーの体は、無意識のうちに動き続ける機械と化していた。

「遺体は？　回収したのか？」キングの目が光った。

レジーの顔を涙が伝ったが、キングの前ではまばたきをしないようプログラムされている。創造主を見ると、自動的に瞳孔が開くようになっていた。「いいえ。目撃者が八人いましたし、警察が近づいていました。サイレンが聞こえたんです。だから――」

「わたしに言い訳をしようなどと考えるな」

レジーは鞭で打たれたかのようにたじろいだ。

「これからどうなるかわかるな、レジー？」キングが言った。「おまえのお粗末な判断によって三人の工作員が死んだ。おまえを入れれば四人だ。そのせいでわたしは危険にさらされた。許されることではない。わかるか？」

「ええ」レジーの声はかすれていた。「わかります」涙で目が見えない。最期のひとときに愛する顔を見られるよう、涙をふいた。キングの目が非難に光っていても、レジーは目をそらすことができなかった。激しい痙攣が筋肉を裂き、器官を砕く。

「覚悟しろ」キングの険しい声は容赦なかった。「わたしに見えるよう、電話を掲げるんだ」

レジーは言われたとおりにした。キングが暗号を唱えはじめた。古代ギリシア語で書かれた『イーリアス』の一節だ。レジーの体が震えた。一文ごとに緊張が高まる。クライマックスとなる一文で、彼のなかで何かが壊れた。

体の力が抜け、何も考えられなかった。ただ命令を待つ無の状態だ。

「銃をとれ、レジー。とって口にくわえろ」

レジーはためらうことなくしたがった。

「撃て」

彼は敬愛する顔を見つめたまま引き金を引いた……。

サム・ピートリー刑事は、ストレッチャーにのせられ、検死を受けるための最後の旅に向かう遺体を見つめながら、息を吸わないようにした。腐ったごみと死臭のまじったにおいは強烈だった。

鑑識官たちは証拠集めと記録に忙しい。友人のトリッシュもそのひとりだった。彼女は血まみれの棍棒を乾燥庫に運ぶよう指示し、ＤＮＡ鑑定のための血液サンプルをとるのに必要な書類を書いていた。

妙な話だ。ナイフと銃を持った三人の大男が、どういうわけか棍棒だけで身を守り、明らかに素手と見られる襲撃者に殺されている。素手だったとまだはっきりしたわけではないが、ピートリーにはわかった。間違いない。

ふたつの棍棒が血にまみれていた。血はアスファルトに飛び散っている。ひとりは首を折られ、もうひとりは喉を砕かれていた。そして三人目は頭蓋骨を割られている。目撃者はいない。

これをやった人間は、とてつもなく力が強く、体が大きく、ドラッグでハイになっていたに違いない。ドラッグの取り引きでもめたのだろうか？

常習者ではなさそうだ。あたりに散っている吐瀉物から判断する限り、ドラッグはやっていない。だがドラッグも使わずに、三人の大男を素手で殺せるとはどんな人間だろう？　なぜ、三人は銃やナイフを使わなかったんだ？『X－ファイル』ばりの超常現象だ。異星人のしわざか？　下水管に忍ぶ怪物か？　ああ、そうに違いない。

鑑識官のチームは片づけに入っていた。ブロンドの髪を一本の三つ編みにしている小柄なトリッシュは、黄色いテープをくぐってピートリーに近づくと、食堂のほうを顎で示した。

「コーヒーでもどう？　朝いちばんに呼ばれて、コーヒーを飲む暇もなかったの」

「鑑識課に戻らなくていいのか？」

「いいの。今日は当番じゃないから。人間が足りなくて応援で来ただけよ」彼女は、車にのせられるストレッチャーのほうに目をやった。「生きている人間という意味よ、もちろん。コーヒーを飲む？」

「ああ」ピートトリー自身もコーヒーを必要としていた。トリッシュのあとから角を曲がり、明るいクロームとピンクのプラスチックで飾りたてられた食堂に入った。壁には奇妙な絵がかかっている。インクだけで自然を描いた日本画っぽい風景画だ。

ピートトリーはパートナーのJ・Dに食堂のスタッフの事情聴取を任せていた。スタッフは誰もが怯えきっている。コックのフリオは白髪まじりのヒスパニック系で、カウンターの向こうで肘をついていた。カウンターのスツールにはウエイターたちが座っている。ひとりは髪の薄くなった大柄な男で、背中を丸めてコーヒーを飲んでいた。もうひとりは赤毛を三つ編みにした三十代の女性で、大声で泣いている。

ピートトリーとトリッシュがカウンターに近づくと、何も言わないうちにフリオがコーヒーを注ぎ、菓子パンののった皿を押してよこした。トリッシュはドーナツをとってかじると、幸せそうに息をついた。

「彼が店を出たのは五時十五分前ぐらいだ」フリオがJ・Dに話しているところだった。

「シドとレオナが三十分遅れでやっと店に来てから十五分ぐらい経っていた。ふたりが遅刻するのはいつものことだけどね」

シドは暗い目でフリオを見たが、赤毛のレオナは彼の皮肉に気づかなかった。「すぐそばでこんなことが起きるなんて信じられないわ！　壁の向こうで人が殺されるなんて！　わたしが厨房のドアから出ていたら殺されていたかも！」

「五時十五分前に出たというのは誰の話だ？」ピートリーは尋ねた。

「ブルーノ・ラニエリだ」J・Dが答えた。「この食堂の経営者、ローザ・ラニエリの姪《めい》の息子だ。ローザ・ラニエリは、今、シアトルの親戚のところへ行っている。ブルーノは深夜勤務をしていたんだ。おそらく事件の直前にここを出ている」

「彼と話したのか？」

J・Dが肩をすくめた。「携帯にも家の電話にも出ない。もうひとつの仕事場の電話は、まだ営業時間外で通じない。全部にメッセージを残しておいた」

「そりゃあ出ないだろうよ」シドが言った。「あの女と一緒だからね」

J・Dとピートリーは同時に振り返った。「女？」

「一緒に食堂を出ていったんだ」シドは説明した。「この数日、おれが仕事に来るといつもその女がいた。今朝、彼女はブルーノと一緒に出ていったよ。ブルーノはしばらく電話に出ないだろうね」眉をつりあげてみせる。「おれだったらそうする」

J・Dとピートリーは顔を見あわせた。「誰なんだ？」ピートリーは尋ねた。「名前を知っているか？」

「知らない。いい女だよ。黒髪でめがねをかけていて、いい胸をしている」

「やめなさいよ、シド」レオナが怒って言った。「ブルーノがここにいればいいのに。今、黒帯のニンジャみたいな彼がいてくれたら安心できるわ」

ピートリーはレオナを見つめた。「誰が黒帯のニンジャみたいだって？」

「ブルーノはすごいのよ。筋肉がもりもりしていて、カンフーをやるの。テレビで見るみたいな。ケヴもやるけれど、彼はブルーノより年が上だし、先約ずみだし」

「つまり、ブルーノ・ラニエリは武道が得意なんだな？」ピートリーは尋ねた。

「レオナ！」フリオが叫んだ。「よけいなことを言うな！」

レオナは目を見開き、マスカラをたっぷり塗ったまつげをしばたたかせた。「まあ、大変」金切り声をあげる。「まさか……大変！　そんなはずないわ！　ブルーノがそんなこと……彼は世界一すてきな男性よ。決して――」

「心配しないで」ピートリーはなだめた。「事実を知りたいだけだから。今きみが言ったケヴというのも、ラニエリ家の人間かい？　親戚なのか？」

「ある意味ね」フリオが答えた。「養子なんだ。今の名字はマクラウド。もとはラーセンだった。話せば長くなる。でも彼のことは考えなくていい。恋人と外国に旅行中なんだ。オーストラリアだかニュージーランドだかに行っている。だから彼のことはほうっておいてくれ」

「別に誰かを悩ませようとしているわけじゃない」ピートリーは穏やかに言った。「だが、電話番号を教えてもらえるか？　ローザ・ラニエリとブルーノと、それからケヴ・マクラウドも」

フリオはぶつぶつ言いながら立ちあがって、厨房の入口近くの壁掛け電話まで行った。その下にテープでとめてあった紙を破りとり、カウンターの上に置く。「ブルーノの家と会社と携帯。ローザの家と携帯と、マクラウド家の全員の電話番号。それからケヴの携帯だ。だが、ケヴは国内にはいない」

ピートリーは紙をポケットに入れた。「ありがとう」

「これがブルーノね？　すてき」トリッシュの声に全員が振り返った。彼女はコーヒーを飲んでドーナツをかじりながら、デザートカウンターの上の壁に額に入ってかかっている雑誌の表紙を見ていた。

「ああ、それがブルーノだ」フリオがしぶしぶ答えた。

ピートリーは近づいた。黒い髪のハンサムな男性が、『ポートランド・マンスリー』の表紙でえくぼを見せて微笑んでいる。

「この表紙、覚えているわ」トリッシュが言った。「ものすごくハンサムね。〝結婚したい独身男性ナンバーワン〟？　まさにそのとおりだわ」

ピートリーが身をのりだした。「待てよ、見たことがある。去年のビーヴァートンの事件にかかわっていなかったか？　億万長者が殺された件だ。なんという名前だったっけ？」

「パリッシュだ」ふたりのところに来て写真を見つめていたJ・Dが答えた。「だが誰も有罪にならなかった」

「ああ」ピートリーはブルーノ・ラニエリの白い歯を見つめた。「おもしろいな」

トリッシュの携帯電話が鳴った。「はい。え？　まさか……。はい。わかりました。すぐに行きます」彼女はポケットに電話を戻すと、目をくるりとまわして言った。「呼びだしよ。ワイガント通りで自殺ですって。どこかのばかが自分の脳を吹きとばしたと同時になんかの起爆装置を作動させて、近くの家のベッドルームの窓までぶち抜いたらしいわ。ひどい話ね」

「すごい才能の持ち主だな」

「ええ」トリッシュは自分の指先にキスをしてから、それを雑誌の表紙が入った額のガラスに押しつけた。「さよなら、えくぼくん」甘い声で言う。

「えくぼが、皮下組織の遺伝的欠陥でできるものにすぎないのは知っているよな？」ピートリーは言った。

トリッシュはドーナツの残りを口にほうりこむと、無表情のまま噛んだ。「もう一度言って」

「えくぼとは、大頬骨筋……つまり、頬骨についている筋肉が二分されることによってできるものにすぎない」ピートリーは自分の顔をさして説明した。

トリッシュがなだめるように彼の頬をたたいて言った。「自分にないからやきもちをやいているのね。心配しないで、サム。えくぼがなくてもハンサムよ」

「事実を言っただけだよ」ピートリーは去っていく彼女の背中に向かって言った。

トリッシュが振り返って片目をつぶってみせる。「やったのはブルーノじゃないわ。ありえない。あの二分された大頬骨筋は魅力的すぎるもの」

トリッシュの背後で、ベルの音とともにドアが閉まった。そのとたんに訪れた静寂のなかで、フリオがつぶやいた。「まったく、女ってやつは」

画面のなかの画像が回転してからぼやけた。携帯電話は脇に落ち、レジーの大きな足の一部だけが映っている。その足と画面の時刻表示のあいだに血が流れていた。

キングは、画像が崩壊するまでの秒数を数えた。

そういうしくみになっているのだ。レジーの心臓がとまると、機械は爆発する。機械が完全に破壊され、決して第三者の手に渡らないようにするためだ。

これまでこのプログラムを実際に使ったことはなかった。だが今回は、前例のない出来事ばかりが続いている。しっかりとした訓練を受けている、成熟した工作員なら、九九・九パーセント信頼できるものと思っていた。

わずかに残る〇・一パーセントの部分をブルーノ・ラニエリに突かれた。驚くことではないはずだ。だが、ブルーノは長年にわたる集中訓練も、〈ディープ・ウィーブ〉も受けていない。ブルーノのことは、はるか昔にこれ以上進化しないだろうと見限った。厄介な親戚がいるせいで、彼の価値以上に面倒が多いと判断したのだ。

だがブルーノはブルーノなりのやり方で、非凡な存在となった。

キングは怒り狂っていた。工作員を殺したブルーノに。導火線に火をつけたハワードとリリーに。輝ける星から地に落ちたレジーに。親愛の情を持つのは危険なことだが、自分だって人間だ。それに、レジーは特別グループの一員だった。そのグループは特別な訓練を受けるグループの第一弾であり、全員が遺伝的にすぐれていたため、キングとしては多くの働きを期待していた。

レジーの命を絶つ以外の選択肢はなかった。厳しいところを見せなければ、ほかの工作員に何を伝えられるというのだ？　わたしは彼らの精神的な安定を崩し、彼らを破滅させることができるのだ。

ゾーイはまだ裸であえぎながら床にうずくまっていた。キングは彼女を蹴り飛ばして静かにさせたかったが、その衝動を抑えた。何千万ドルという価値を持つ精巧な機械を蹴り飛ばすものではない。

ゾーイが動揺しているのは理解できるが、死んだ工作員たちとは同じグループですらない。

キングは、訓練生たちを小さなグループに分けて育て、家族意識を持たせていた。家族の絆《きずな》が団結心をもたらすとともに、知性と感情を健やかに育てることを経験上知っているからだ。だが、レジー、キャル、マーティン、そしてトムはゾーイよりだいぶ若かった。ゾーイは彼らとともに仕事をしたことはない。それなのに彼女はいつものように泣いている。

自分が直面している悪夢を思うと、キングの怒りはしだいに大きくなっていった。すでに、多国籍企業〈エイムズベリー・グループ〉に向こう二年間レジーを貸しだして、多額の見返りを受けとる契約を結んでいる。再交渉が必要だ。失敗すれば、この二年だけで三億ドルを優に超える収益を失うことになる。

まずは、基本的な大掃除が必要だ。キングは、コンピュータにナディアのコードを打ちこんで呼びだした。彼女がすぐに応じる。「はい？」

「今どこにいる？」キングは尋ねた。

「エアポートウェイを走行中です。レジーからの指示を待っているところで――」

「レジーは死んだ」彼は厳しい声で言った。

ナディアは小さく声をあげたが、すぐに黙った。

「ナディア？ 聞いているか？」

はなをすする音に続いて、震える声が聞こえた。「あなたの命令を待っています」

キングは歯嚙みした。ナディアも動揺しているのだ。へどが出そうだ。だが少なくとも、ナディアはショックを受ける資格がある。ふたりの仲間をいっぺんに亡くしたのだから。彼らのグループの四人めは女性だったが、十年前に十四歳で間引きされた。残ったのは、レジーとキャルとナディアだけだった。

かわいそうなナディア。仲間を失ったのはたしかに悲しいことだ。だがそれは、自己憐憫《れんびん》に浸る言い訳にはならない。「ワイガント通りの家に行って、レジーの遺体を片づけてこい。痕跡を残して警察に見つかっては困る。髪の毛一本、皮膚一片残すな」

「それにはどうすれば——」

「自分で考えろ」キングはぴしゃりと言った。今日は、どいつもこいつもひとりで考えることができないらしい。「酸、フードプロセッサー、ごみ粉砕機、好きなものを使えばいい！とにかく完璧にやるんだ。ほかの者たちが死体安置所に向かっているだけでも厄介なんだからな」

「はい」ナディアが答えた。「あの……キング……わたしは……」

キングはため息をついた。「いいや、ナディア。きみに非はない。チームリーダーの指示にしたがっただけだ。責められるべきはリーダーであり、彼はその代償を支払った。わかったか？　さあ、言われたとおりにしろ」

「はい。ありがとうございます」

指示にそむいて、その場でリリー・パーとブルーノ・ラニエリの頭に弾丸を撃ちこむだけの積極性がナディアにあればよかったのだが。だが、チームリーダーの指示にしたがったからと彼女を責めることはできない。

ゾーイの泣き声が神経にさわる。薬を調整して、攻撃性を高めなければならない。セックスによるほうびを与えすぎたかもしれない。マイケルに見せつけるために、ゾーイに二十分間のオーガズムを与えた。そのせいで今、彼女は立つこともできない。脳内成分に変化をきたしているとしてもおかしくない。

ゾーイを見つめながら、キングはふと思いついた。ゾーイなら、レジーの契約を引き継げるかもしれない。向こうが女性を受け入れると仮定しての話だが。ゾーイの能力は確かだし、欠点は見過ごせる程度のものだ。彼は、身もだえする汗ばんだ体を見つめた。ゾーイなら〈エイムズベリー・グループ〉の最高経営責任者《CEO》に、レジーにはできないサービスを提供できるかもしれない。

CEOのルフェーヴルとは長年の知りあいだ。ルフェーヴルは百三十キロを超える巨体で、髪はわずかしか残っていない。そして七十四歳という年齢にもかかわらず、若く美しい女性が大好物だ。

ルフェーヴルは、若い女性の偽りのない情熱と本物のオーガズムを経験したことがあるのだろうか？　ゾーイの〈ディープ・ウィーブ〉の性コマンドを使えば、そのふたつを彼に提供できる。彼女はルフェーヴルの愛情あふれる奴隷になるに違いない。

ルフェーヴルは絶対に拒絶できないだろう。金額をつりあげることにも同意するかもしれない。これまでキングは、工作員の性関連のプログラムを契約に絡めたことはない。危険なうえに不安定だし、レベル8、9、そしてたった今レジーに発動したような死にいたる10は、自分ひとりの秘密にしておきたかった。だが、ゾーイも最終的には失敗するかもしれない。性的興奮が高すぎること、いつまでも泣いていることを考えると、根本的に不安定なのかもしれない。一気に利用しつくしてしまうのがいいのだろう。これまで投資したものをとり返す。そうやって損失を減らすのだ。

だがまずは、ゾーイにリリー・パーとブルーノ・ラニエリをこの世から消させよう。

怒りが新たにこみあげてきた。レジー、キャル、トム、マーティン。成熟した男性工作員四人が死んだ。うちふたりは特別グループで訓練した。大変な損失だ。

レジーが自分の脳味噌を吹きとばすのを見ても、怒りはまったくおさまらなかった。ただ、あの役たたずを何度も殺せたらと思うだけだ。キングは下腹部に目をやり、自分が勃起していることに気づいた。怒りに活力を呼び起こされることはよくある。ペニスをさすりながら、床で泣いているゾーイに近づいた。

だが、精根つき果てて汗だくになったマイケルが出ていってからまだ十分も経っていないし、彼女は入浴すらしていない。このままでは不衛生だ。

インターフォンが鳴った。ナディアだ。任務完了の報告にしては早すぎる。つまり、何か問題が起きたということだ。

「なんだ？」キングは吠《ほ》えるように言った。

「今、ワイガント通りの家の外にいます。わたしが着いたときには、もう警察が来ていました」

キングは驚きのあまり言葉が出なかった。「どうして……」

「レジーの撃った銃弾がベッドルームの窓をつき破ったみたいです」ナディアが申し訳なさそうな声で言った。「そして、通りを挟んだ向かいの家のベッドルームの窓も。その家の女性が警察に通報しました。彼女は割れたガラスでけがをして、緊急治療を受けています。今、レジーの遺体が運びだされているところです」

キングは目を閉じた。血圧があがり、耳鳴りがする。レジーのやつ、死ぬときまでしくじるとは。

「わたしはどうしたらいいですか？」ナディアの声が数秒遅れで耳に届いた。「キング？聞こえますか？」

「本部へ行け。明日、新しいチームリーダーを送る」

「はい。残念な――」

キングは彼女が何か言おうとしているのもかまわず通話を切った。そして、ゾーイを爪先でつついた。「立て」

彼女が涙に濡れた目で見あげた。鼻水が垂れている。「でも、レジーが――」

「黙って立つんだ。それとも、ショックが大きすぎてレジーのあとを継いでチームリーダーを務めることはできないか？」

ゾーイは息をのみ、よろめきながらもすばやく立った。「もう大丈夫です」にわかに声がはっきりした。

やっとだ。やっと、わたしの好む態度になった。「リリー・パーとブルーノ・ラニエリを消したい。痕跡を残すな。誰にも見られず、注目を集めず、死体も見つからないこと。すみやかにやれ」

「はい」

キングは怒りに息を切らしながらゾーイを見つめた。衝動的に、テーブルの上のものを払い落とす。デザート皿、コーヒーのセット、ワイングラス、火のついたろうそく。すべてが音をたてて床に落ちた。ズボンの前を開け、ゾーイをテーブルに押し倒す。彼女はテーブルに体をあずけて脚を開いた。

はじめは安らぎを得たが、やがてうんざりしてきた。ゾーイの体は潤って、しきりにキングを求めている。彼の残忍さに悦びを感じているのだ。鞭で打たれれば、もっと打ってほしいと懇願するだろう。今キングが求めているのは抵抗だった。抵抗する者を征服したいのだ。

キングの男性自身は力を失った。ゾーイの首を絞めてやりたくなった。

五回目のオーガズムを迎えようとして泣き声をあげている彼女から離れた。オーガズムを引きだすための暗号を唱えもしなかった。やりすぎだ。性への情熱と過剰な感情があふれている。いかにもゾーイらしい。淫靡《いんび》でかわいらしい、ふしだらな女め。「服を着ろ」キングは命じた。

彼女がはっと体を起こして肘をついた。「でも……お願いだから……」

「だめだ」彼はズボンのボタンをはめ、ベルトを締めた。「今夜はもう充分なはずだ。ほうびをもらいたければ働くんだ」

「はい、キング」ゾーイがタイトなドレスを着るあいだ、キングは関連ファイルへのアクセスを彼女に許可するコマンドを入力した。

「体を洗ってこい。二十分後には、きみを空港まで乗せる車の用意ができているはずだ。車のなかでファイルに目を通せ」

ゾーイは混乱しているようだった。彼女を落ち着かせるために、キングは笑顔をつくった。「きみの任務がうまくいったら、またディナーをともにしよう。そのときは、レベル10のほうびをあげよう。三十節すべて唱えてやる」

ゾーイの目が大きく見開かれ、きらきらと輝く。「ああ、キング。本当ですか？」

性的なほうびを乱用するのは若干問題があった。これほど強烈な経験をしてしまうと、彼女をだめにしてしまう可能性がある。だが、セックスはゾーイにとってもっとも強力な動機づけとなるようだ。そして、事態は急を要する。

「これまで、全部の節を唱えてやった工作員はひとりもいない」キングは彼女の頰を撫でながらかすれた声で言った。「だが、きみは特別だ。きみは真の宝物だ。だから、この仕事を終わらせて、早く帰ってこい」

ゾーイは彼の期待にこたえるために、急いで出ていった。

10

「ここでとめろ」ブルーノは言った。「ショッピングモールだ」

「ここでか?」アレックス・アーロが肩越しに振り返って顔をしかめた。「殺し屋に追われているっていうのにエッグマックマフィンがほしいのか?」

ブルーノは歯のあいだから息を吐いた。アーロに電話をかけたことを後悔していた。アーロは自分の友人でもなければ、ケヴの友人でもない。ケヴの兄、デイビーの軍隊時代からの友人だ。悪党との対決に協力し、そのせいで自宅を爆破されたので、態度が悪くても大目に見られていた。それに、マクラウド兄弟やその友人たちにも協力して功績をあげているということだが、どれもあまりにありそうもない話で、ブルーノはまだ信じられずにいた。マクラウド家の人間はみんなどうかしていて、こっちが面くらってしまう。だが十八年間の空白を経ても、ケヴは彼らのなかにぴったりおさまった。そのことがブルーノをよけいいらだたせた。

アーロは断じて友人ではない。だがだからこそ、リリーの言う監視や盗聴を信じるなら、この男がいちばん安全に電話をかけられる相手なのだ。ブルーノはまだ彼女の話を信じきれずにいるものの、襲ってきた男たちは特別な訓練を受けたプロだった。錯乱したドラッグ依存症患者ではない。それだけでも充分、注意を払う理由になる。

人里離れた森のなかの自宅で銃撃戦や爆発騒ぎがあったにもかかわらず、アーロはマスコミにとりあげられることもなく、ひっそりと生きている。とんでもない偏執狂だからな、とマクラウド兄弟は言う。

彼らがそう言うと、何やら深い意味があるように聞こえた。

「グレシャムのアウトレットで服を買いたい。ひどい格好だからな」

「ストレス発散のための買い物か？　何がいい？　〈ビクトリアズ・シークレット〉の下着か？」

ブルーノは挑発にはのらなかった。「服だ」淡々と言った。「冬用の、普通のあたたかい服だ。何が起きているのかはっきりするまでおれのカードは使えないから、金を貸してくれ」

アーロはショッピングモールの入口に車を向けた。「整理させてくれ。あんたは朝早くに電話をかけてきて、ポートランドの通りに転がっている死体の話をした。そして、自分と統合失調症のガールフレンドが世界じゅうから命をねらわれているから、タクシーの代わりをしてほしいと言った」

リリーが口をはさんだ。「わたしは統合失調症じゃないわ！」

「そして今度は、おれの金で買い物をしまくるという。コーヒーショップでカフェラテを飲みながらジンジャーと干しぶどう《カランツ》のスコーンか何か食べようか？　鍼《はり》でも打ってもらいに行くか？　あるいはマッサージなんてどうだ？」

ブルーノはアーロを見つめた。「ミニスカートとパンプスのままでは彼女をトニーの山小屋まで連れていけない。向こうは雪が降っているに違いないからな」

「ブルーノ、彼の言うとおりよ。服を買うためにとまるなんてばかげているわ。それはあとにして――」

「きみは血だらけなんだぞ！　きみのコートはキャンバス地で裏地もない！　下着だって着ていないじゃないか！」

リリーがブルーノの腕のなかから逃れた。「失礼ね！　着ているわよ！」

「あのTバックは数のうちに入らない」ブルーノは言い返した。

アーロが車をとめて、訳知り顔でふたりを見た。「殺し屋も、お楽しみの邪魔にはならなかったらしいな」

「襲われる前の話だ！　殺し屋が来たのはそのあとだ！」

アーロがたじろいで両手をあげた。「事細かに説明してくれなくていい。禁欲生活を送っているおれが惨めになるじゃないか。あんたの尻丸出しのガールフレンドのためにホットな下着を買わされるんだぞ」

「買ってくれなくていいわ。そんなの着るぐらいなら死んだほうがましよ」

アーロが目を細めてリリーを見た。「きみは死にたかったかもしれないが、この男が食堂の外で見せたたちまわりできみのその願望を台なしにした。何を買ってきたらまた生きる気になるか教えてくれ。トランクスか？　ストレッチのきいたレースか？　赤いサテンか？それとも、Tバックが好きなのか？」

「アーロ、言葉に気をつけろ」ブルーノは言った。

アーロの視線がリリーの脚のつけ根あたりに動く。血にまみれたキャンバス地のコートで隠れているが、それでも彼女は、けがをした膝をしっかりと閉じた。

「ああ、そうするよ」アーロが言った。「なるべくな」

リリーがアーロに向かって冷たく微笑む。「永遠にそうしてちょうだい」

「おっかないな」アーロがつぶやいた。「ブルーノ、彼女に面と向かって言うのは怖いから、あんたから伝えてくれ。危険が迫っているときはパンティをはいておいたほうがいいってね」

「よけいなお世話よ、ろくでなし」リリーが言い返した。

ブルーノはリリーの口に指をあてた。怒りで彼女の顔に赤みがさす。好ましいことだ……ある程度までは。アーロが口を開いた。どんないやみを言おうとしたのかわからないが、ブルーノは片手をあげて彼を制した。「言いすぎだ。黙ってくれ」

アーロの口がこわばった。「わかっていたんだ、誰からの電話か知った瞬間に。また厄介ごとを持ちこまれるってな。マクラウド家とかかわるといつもそうだ」

「おれはマクラウド家の一員じゃない。あのいかれた連中と同じ遺伝子は持っていない」

アーロが否定するように手を振った。「マクラウド家の一員も同然だ。連中とかかわると呪いが移る。あんたもかかわっているから、すでにいかれているはずだ。おれもだよ」そう言うと、同情するようにリリーを見た。「どうやらきみもそのようだ」

「ばかばかしい」ブルーノはつぶやいた。

「そうか？　前回あんたたちのひとりから電話をもらったときは、おれの家も車もプライバシーもこっぱみじんにされたんだぞ！」

「全部補償してもらったじゃないか！　彼らはそのための金を払った！　あんたが自分をあわれむ理由はない」

「プライバシーを補償することはできない」アーロがむっつりと言った。「あんたたちの頼みを聞くと、あらゆる意味で大きな犠牲を払うことになる」

「こう考えたらどうだ」ブルーノは言った。「おれをクライアントだと思うんだ。時間給を請求してくれ。それから領収書はとっておくこと。それなら頼むことにならないから、呪いも移らない。単純だ」

「通りに倒れている死体がかかわっているんだ、単純なわけがない」

「言ったはずだ。やつらがおれたちを殺そうと――」

「ああ。白馬の騎士を気どった話は聞いた。だが、本当に殺す必要があったのか？　頭がどうかしていたんじゃないか？　そいつらが誰なのか、何が望みなのか、次はどこから襲ってくるか、何もわからないんだろう？」アーロがリリーを見た。「それとも、きみが知っているのか？」

彼女が口をかたく閉じたまま首を振った。

「なぜ痛めつけるだけにしなかったんだ？　おまえの失態だぞ」

ブルーノは言い返したかったが、我慢した。あのとき自分の体にのり移ったものがなんだったのか考えるのが、まだ怖かった。それに、くどくど説明したり自分を正当化したりするのもいやだった。時間と呼吸の無駄だ。アーロに言えるのは、泣き言や言い訳だけだ。ブルーノは首を振った。そんなものはあとで言えばいい。

「わかったよ」アーロがしぶい顔で言った。「時間給にして、領収書を整理しておくんだな。何を買ってくればいい？」

「実用的な冬の靴だ」ブルーノはリリーを振り返った。「サイズは？」

「6よ。でも本当に、わたしは――」

「彼女には大きなセーターを。色は地味なほうがいい。ニットの帽子に冬のコート。ダウンでフードつきのがいいな。黒で大きくて分厚いやつだ。それからふたりの分のジーンズ。おれのサイズはあんたとだいたい同じだ。彼女は……」ブルーノはリリーをじっくり見てから言った。「10だな。あと、おれにはスウェットシャツを」

彼女が飛びあがった。「ちょっと、そんな大きいのは――」

「わかっている、きみに合うのは8ぐらいだろうが、ゆったりしているほうがいい。ヒップを見せびらかす必要はないからな」

「ヒップと言えば」アーロが口を挟んだ。「どんな下着がいいか、まだ聞いてないぞ」唇を噛みながらリリーを見る。

彼女はドアを開けようとした。「もういいわ。ふたりとも、お元気で」

ブルーノはリリーをつかんで引き戻した。大きく上下する胸を包むように腕で抱く。

「放して。今すぐに」

「放せない」ブルーノは答えた。文字どおり、放すことができなかった。

アーロが不満げに言った。「正気じゃないな。ホルモンのせいで正常な判断ができなくなっているらしい。見ていられないな」

「とっとと時間給を稼ぎに行け」ブルーノは言った。

みだらな連想は、バンのドアを力いっぱい閉める音に断ち切られ、そのままはるか遠くに消えていった。

沈黙のなか、リリーの荒い息づかいだけが聞こえる。脈も速い。彼女は今にも爆発しそうだ。きつく抱きしめるだけでは助けにならないかもしれないが、やめることはできなかった。ブルーノ自身も震えていた。鼓動も激しい。

リリーが彼の手首をつかんで放させようとした。彼女の手は氷のように冷たかった。ブルーノはその手を自分の手で包み、ジャケットの前を開けると、体温で直接あたためられるよう彼女を引き寄せた。体が触れあうと、予想どおりの効果が現れた。

欲望を自分の頭のなかだけにとどめておこうとしたが、リリーは感じとってしまったようだ。彼女が重々しく脈打つブルーノの下腹部の上でもぞもぞと体を動かした。

「すまない」彼は言った。「ヒップだの下着だのの話をしていたものだから。おれは暗示にかかりやすいんだ。それに、戦ったあとの興奮のせいもある。悪いな」

リリーが顔をしかめた。「単なる生理現象なの？　個人的な理由はないわけ？　がっかりだわ」

ブルーノは笑いだした。肩を抱く手に力がこもり、彼女がびくりとする。彼は、リリーが肩を殴られたことを忘れた自分に腹を立てながら手をあげた。

彼女のコートを開き、シャツをおろす。肩にはあざができていた。ブルーノはそこにそっと手をあてた。「こんなことになって悪かった。氷があればいいんだが」

「わたしは後悔していないわ。殴られたのがあなたの頭だったら、あなたはそのまま気を失って、今ごろふたりとも死んでいたもの。いいえ、もっとひどいことになっていたかもしれない」

「もっとひどいことがあるか?」ブルーノは微笑んだ。「まあ、そう考えれば、大きなあざができたことを楽観的に考えられるな。きみは楽天家かい?」

リリーはふふんと笑った。「そうでもないわ。それはともかく、アーロっていやな人ね。どこで知りあったの? 最低だわ!」

「悪かった。いつもは無口なんだが、今日は相当機嫌が悪いようだな。だが、今のおれには彼が必要だ。おれのことを調べたときにアーロの名前は出てきたか?」

「いいえ。聞いたことがないわ」

「つまり、電話をかける相手としてふさわしかったわけだ」

ふたりは見つめあった。熱く張りつめたエネルギーが流れる。間違っているし愚かだし無責任なことだが、ブルーノは前に身をのりだしてリリーに顔を近づけた。彼女の唇が開く。

彼はリリーにキスをした。触れあった瞬間の衝撃が檻の扉を開け、大きくてたくましい何かが飛びだしてきて、鼻を鳴らし、前脚で地面をかく。ほしいものを求め、当然のことをするのを気にしない何かが。ブルーノは、破れたレースのシャツを、胸の先端が飛びだすまでおろした。顔をたたかれたが、それにもほとんど気づかずに、夢中で頂を味わう。やがてリリーの爪がジャケットに食いこんだ。

彼女の脚を座席の上にのせ、スカートを押しあげる。リリーはセクシーな女性の香りと入浴剤のにおいがした。Tバックが、潤いを帯びた秘所にくいこんでいる。ブルーノがそれを横に引っ張ってどけ、濡れた茂みをじっと見つめると、リリーは荒い息を吐いた。

「今はだめよ、ブルーノ。もし、わたしたちが抱きあっているときにアーロが帰ってきたら、わたしは面目を保つために死ななければならないわ！」リリーは彼を押しのけた。

「その代わりにおれが彼を殺すというのはどうだい？」ブルーノは提案した。「バンを奪って彼の死体を捨て、逃げるんだ。死体があとひとつ増えたって、たいした違いはないだろう？」

リリーはしばらくのあいだまばたきを繰り返しながら彼を見つめた。「冗談よね？　そうでしょう？」

まいったな。ブルーノは座席に頭をあずけて目を閉じた。おれはそんなに恐ろしいのか。なんとも気のめいる話だ。

「今はそういう冗談を言っていいときじゃないのよ、ブルーノ」

「わかった。アーロを殺したりしない」彼はリリーの頰についたマスカラを拳でぬぐいながら言った。「怖がらないでくれ。おれは危険じゃない」

「そう？　ものの一分で三人を殺したのに？」

ブルーノはひるんだ。あの出来事は、おれが思っている自分という人間とはまったく関係のないことだ。けんかが強い、それは確かだ。だが武道はスポーツとしてはじめたにすぎない。おれは危険じゃない。クラスの道化役で、うぬぼれ屋で、笑いをとるためならなんでもやるお調子者だ。殺人者ではない。

だがあの男たちは死んだ。正当防衛と呼ぶこともできるが、あのときはそんなことは考えなかった。まったく考えなかった。

ただ殺したのだ。いとも簡単に。あっさりと。まるで、自分のなかの一部はああいうことに慣れっこになっているかのように。

リリーの唇と、もつれたつややかな髪を見つめる。ブルーノには普段から、いやな気分になると無理やりほかのことで気をまぎらわせる傾向があった。そしてセックスは見事なまでに気をまぎらわせてくれる。

彼はなんとか無害に見えるように努めた。「きみに対しては危険じゃない」

「ひとでなし。わたしをばらばらにできそうなくせに」

ブルーノは眉をひそめた。「そんなひどいことを言わないでくれ。怒るぞ」

リリーが笑った。いい兆候だ。「わたしを責められるの?」

彼は座席から床におりた。それでどうするんだ? 今、彼女を抱けるとは思えない。無理強いするのでない限りは。そして、無理強いなどすればこれまでの自分と完全に決別することになる。古いブルーノと新しいブルーノ。三人の男を殺せる自分を、これまでの自己イメージと結びつけることは難しい。女性を無理やり抱く自分は……やはりこれまでの自分とは結びつかない。

リリーの膝を閉じ、その腿に頭をのせた。汚れたコートに冷たい頬を押しつける。トニーのアパートメントで過ごした時間が頭のなかによみがえった。うずく高まりを包んだ熱くなめらかな彼女が記憶に焼きついている。ブルーノは両目に拳を強く押しあてた。閉じたまぶたの裏側に、万華鏡のような模様が見えてくる。

血のような赤い模様。リリーのコートを汚している血。地面に倒れた男の口から流れてくる血。別の男の砕けた頭蓋骨からにじみでてくる血。

ひどくなじみ深い感覚だ。ロボットのように戦う。何かにのっとられて自制心を失う。ルディの悪夢にそっくりだ。ただし今回は敵が本物であり、実際に死んだ。殴られ、血を流して。

ブルーノの頭にリリーが手を置き、後頭部に顔をのせた。彼女の熱い息が頭にかかると、ブルーノはどうかなってしまいそうだった。

カチッ。ドアが開くと同時に、ふたりはあわてて離れた。

アーロが車のなかに頭をつっこんで言う。「見たぞ」

「何をだ？」ブルーノは身がまえながら尋ねた。

アーロが買い物袋を車内に放りこんだ。「今のところ三百九十ドルの貸しだ」そう言って食べ物が入った袋をさしだす。

ブルーノは受けとった。「ああ、ありがとう」

「礼なんか言うな。頼まれてやっているわけじゃないんだから、礼はなしだ」

「そうだな」ブルーノは買い物袋のなかからコーヒーをとりだした。

「彼女の血圧がさがる前にカフェインと糖分をとらせたほうがいいと思ったんだ」アーロがリリーを見た。「だが、大丈夫みたいだな。あんたが、もっといい方法で彼女の血圧を正常に戻してやったらしい」

「アーロ、黙れ」ブルーノはうなるように言った。

「はっきり言っておくぜ、色男。おれの車のなかで乳繰りあいはなしだ」

「うるさいわね」リリーが大声で言った。「何もしていないわよ」

「ブルーノの頭がきみの膝の上にあった理由がよくわかったよ」アーロは買い物袋のなかからコーヒーを出した。「楽しんでくれ。礼はいらない」

リリーはアーロをじっと見つめた。「あなたにお礼を言う必要はないのよ。忘れた？　あなたはわたしに何も頼まれていないんだもの」

「そのとおりだ。残念だが。さあ、コーヒーを飲め、かわいこちゃん」

彼女が目を丸くした。「今、かわいこちゃんって言った？」

「いいや」ブルーノはアーロの手から紙コップを奪ってリリーに渡した。「空耳だろう。サンドイッチを食べるんだ」

「ああ、おれの言うことは気にするな」アーロは買い物の袋の山から、ハートの模様がついた袋を見つけだした。「ところで、きみはサイズを教えてくれなかった。きみのピンク色した柔らかい尻にくいこまないことを祈るよ」そう言って、リリーの膝に袋を放る。

彼女は毒蛇を投げられたみたいに身をすくめた。袋が膝から床に落ち、扇情的なショーツが外に飛びだした。サテンに、レースに、シルク。色も赤、黒、ピンクとそろっている。

ブルーノはショーツを袋にしまいながら、カラブリア地方の方言で悪態をついた。緊張をほぐすいつもの手段だ。悪態をつかれている相手は、〝おまえのばあさんは羊とやるのが好きなんだろう〟と言われているとは夢にも思っていないだろう。

「その汚らわしいものを着るつもりはないから」リリーが高飛車に言った。「あなたがさわったと思うと、なおさらいやだわ」

アーロが楽しげに言った。「癇癪《かんしゃく》を起こした彼女はなかなかいいな」

11

バンのドアが開いた。冷たくて甘い空気が何かの音と一緒に流れこんでくる。音は、鳥の鳴き声だった。そして空気は清潔で甘い。目を覚ますのがいやで、リリーはぐずぐずしていた。そんなことは実に久しぶりだった。寝るのはとても気持ちがよかった。目をこすっていると、ブルーノがのぞきこんできた。「大丈夫か？　何時間も眠っていたが」

「大丈夫よ」かちかちと歯を鳴らしながら彼女は答えた。

「じゃあ、おりよう」リリーを助けおろすとき、彼のジャケットの前が開いて、割れた腹筋とへそが見えた。ブルーノも寒いはずだが、そうは見えなかった。彼のなかには核融合炉でもあるに違いない。

でこぼこした地面におりたった瞬間、リリーはふらついた。髪が冷たい風にあおられて後光のように広がる。騒音もオゾン層の破壊も、炭化水素も煙もないのが不思議な気がした。風がうなる。文明の存在を示すのはジェット気流だけだ。「ここはどこ？」彼女は尋ねた。

「ホワイト・サーモンから直線距離にして三十キロほどのところだ」ブルーノが答えた。

「トニーの山小屋がある」

「山小屋なんて不動産記録に載っていなかったわ！」

「そうだろうね。三十五年前に、トニーが自分の手でつくったんだ。トニーにはヴェトナム戦争の前に波乱に満ちた過去があって、隠れる場所がほしかったんだ。法からもラニエリ一族からも隠れられる場所がね」ブルーノがあたりを見まわした。「実のところ、ケヴとおれはここをどうすればいいのか途方に暮れているんだ。誰の名義になっているのかわからなくて。トニーは一度も話してくれなかった」

「それでは、わたしたちがここで何をしているかの説明にならないわ！」リリーの声は震えた。

彼が眉をひそめた。「ゆっくりできる安全な場所を探すと言っただろう？　クレジットカードを使えないとなると、ここしかないんだ」

「でも、ここでは袋のねずみよ！　インターネットは通じてるの？　電話は？　タクシーは？　無線は？」

ブルーノの顔に答えが表れていた。

「まあ。あなたはわたしを井戸の底に落としたのね！」

アーロがリリーから少しずつ離れた。「おれはもう行くぞ。請求書はじきに送る。だが、あんたたちは逃亡中だ。どこに送ればいいかわからないな」

ブルーノがうなった。「金はちゃんと払うよ」

「わたしたちを置いていくの？」恐怖のあまり金切り声になった。「わたしたちを、車もないまま置いていくわけ？」

「ああ、もちろんだ」アーロが運転席のドアへ向かった。「じゃあな、お嬢さん。いい子にしてるんだぞ」

「いやよ！　あなたと一緒に行くわ！」

アーロが車に乗り、リリーを見る。「離れてろ」

「行かないで！」彼女はバンに駆け寄った。

アーロはエンジンをかけると、窓を少しだけさげてブルーノに捨てぜりふを吐いた。

「言っちゃあなんだが、あんたのガールフレンドを見ていると、独身もいいものだと思えてくるよ」

「ろくでなし！」リリーはドアの取っ手をつかんだが、その寸前にドアがロックされた。タイヤが泥と砂利をはねとばす。アーロは彼女の足をひかないよう、窓の外をのぞいた。

リリーは車にしがみついたが、アーロはとまろうとしなかった。パンプスで走るのは問題外だ。彼女はつまずき、膝をついた。バンはカーブを曲がり、丘をくだり、干あがった川にかかる橋代わりの板を音をたてて渡っていく。そして角を曲がり、行ってしまった。

膝が痛い。すでにけがをしていたのに、またすりむいてしまった。

　ブルーノが手を貸して立たせ、抱きしめようとした。まったく、卑劣なろくでなし。だがリリーは興奮のあまり、パンプスでうまく立っていることもできなかった。強い風に体が揺らぐ。

「落ち着いてくれ」ブルーノが懇願するように何度も繰り返した。「とにかく落ち着くんだ。ここは安全だから」

　だが、彼は心配して恐れているように見えた。そしてすてきだ。リリーは息を整えようとした。安全ですって？　彼女は笑った。笑いながら泣いた。結局ブルーノに抱きしめられ、リリーにはそれに抵抗する気力も残っていなかった。

「こんなところにいられないわ」しゃくりあげながら言う。「どうかしてしまいそう」

　ブルーノは周囲を見まわした。ふたりを囲むものといえば、木々に虫、岩、そして空ぐらいだ。「自然に満ちていてきれいじゃないか。そして安全だ。何が気に入らないんだ？」

「わたしがこれまで生きのびてこられたのは動き続けたからよ！」リリーは叫んだ。「泳ぎ続けなければ死んでしまう鮫《さめ》のようなものなの。連中が殺しに来るのを、景色を眺めながら待つなんてできないわ！」

「やつらは来ない」低く穏やかな声でブルーノが言った。「おれがそうはさせない。誰もこのことは知らないし、誰にも見られていない。それに、おれの友人たちが助けに来てくれるはずだ。まずは食事をしてシャワーを浴びよう。それから昼寝をしよう。昼寝は悪いものじゃないだろう？」

「昼寝している時間なんかないわ！」

「今だって寝ていたじゃないか。それは必要だったからだ」ブルーノが勝ち誇ったように言った。「また寝ればいい。今度は、ベッドの脇で実弾の入った銃を持って守る人間がいるんだ。いつからゆっくり休んでいないんだ？」

リリーは驚いて彼を見た。「実弾の入った銃？　そんなものを持っているというの？　身につけているの？」

ブルーノがいらだったように答えた。「もちろん。アーロのおかげでね。それも一丁だけじゃない」

「あなた、銃を使えるの？」

リリーの胸に押しつけられている彼の胸が震えた。「決まってるじゃないか」

「冗談でしょう！　実弾の入った銃なんかがあったらゆっくり休めないわ」

「何をしても喜ばないんだな。きみの調査で明らかになっているかどうか知らないが、おれは平均以上の知性を持っているんだ。考えることだってできるし、銃も扱える。だから安心しろ」

「でも、何もしていないと頭がどうかなっちゃうわ！」

「じゃあ、おれが忙しくさせてやろう」

その言葉をどう受けとればいいのかわからないので、リリーは無視することにした。「とにかく怖いのよ」

「おれを信じろ」ブルーノがふいに彼女を抱きあげた。

「ちょっと！　やめて！」リリーは暴れた。

「その靴じゃ歩けないし、裸足《はだし》になるわけにもいかないだろう。足が凍えてしまう。暴れるな」

ブルーノは狭い玄関ポーチに彼女をおろすと、ドアの南京錠《なんきんじょう》をいじりはじめた。またやられてしまったわ、とリリーは思った。彼にからかわれて、怒りが静まってしまった。知りあってまだ数時間なのに。どうやらブルーノとはうまが合うらしい。彼はわたしを恐れていない。

でも長くは続かないだろう。長く続いたためしがない。わたしは男性にとって扱いにくい相手だった。男性をおじけづかせたり怒らせたり、男としてのプライドを傷つけたりしてしまう。普段でさえ関係を築くのが苦手なのに、今は非常事態だ。

これまでを振り返ってみれば、わたしはブルーノを調べ、だまし、嘘をつき、利用した。殺し屋を招いた。襲撃にあわせ、すんでのところで死なせるところだった。大金を使わせた。そのうち彼はわたしにうんざりするだろう。

考えると気がめいる。わたしの脳細胞は、恋の予感にストレスを感じるようにできているのかしら？

少なくともセックスはわたしに有利に働く。男性はいつでもセックスを重要視する。彼らにとって最優先事項なのだ。

それを考えると元気が出た。

南京錠が開いた。ブルーノが開けたドアの先は暗い洞窟のようだった。リリーは何も見えない暗闇に足を踏み入れた。薪《まき》の煙と埃のにおいがする。ブルーノが鎧戸《よろいど》を開け、カーテンを引くと、ビニールで覆われたダブルベッドが見えた。寝具もビニール袋に包まれている。目が慣れてきて、彼が袋から毛布を引っ張りだしているのが見えた。ブルーノは、一枚の毛布をビニールの上からベッドに敷いた。

「横になるといい。おれが準備をするあいだ、毛布にくるまっているんだ。火をおこして、プロパンガスの温水器も使えるようにする。食事も用意するよ」

「手伝うわ」

「ひとりでやるほうが早い。何がどこにあるかよく知っているからね。きみはあたたかくして休んでくれ。リラックスするんだ」

リラックスしろ、ですって？　複雑な荷物を抱えて生きてきたわたしは、これまでの人生でリラックスしたことなんか一度もないのに。殺し屋たちが近づいてくる前でさえそうだったのだ。リリーはベッドに腰をおろした。ブルーノが靴を脱がせ、脚をベッドに持ちあげる。

そして、彼女の上からもう一枚の毛布をかけた。

それから彼は、山小屋のなかを生活しやすく整えはじめた。

毛布は分厚くて柔らかかったが、リリーは体のなかから冷えきっていた。体を丸くして、歯を鳴らしながらブルーノを見つめる。

彼はストーブに火をおこしながら何度もリリーを見た。炎が音をたてて燃えあがると、ベッドに近づき、ジャケットと靴を脱いで毛布のなかに入ってきた。

リリーの体が敏感に反応する。ブルーノの体重でベッドがきしみ、ビニールが音をたてる。彼は汗と血、そして、彼特有のにおいがした。ブルーノが彼女を抱きしめる。そのとたん、彼女の体の緊張が和らいだ。とてもいい気分だ。

「凍えているじゃないか」とがめるように彼が言った。

「ええ。でもあなたのおかげであたたかくなってきたわ」

「もっと早くあたためたいな」ブルーノが彼女の上にのった。リリーは息ができなくなった。ベッドがたわみ、きしむ。「これでどうだい?」

厚い雲が広がるように全身がほてってった。何かそっけない言葉を吐きたかった。わたしの運命を握る彼にベッドの上で押しつぶされたって、別に大騒ぎするようなことではない。

ブルーノがベッドに肘をつき、彼女は息が吸えるようになった。リリーが体を動かすと、脚のつけ根に彼の高まりがおさまった。外では風がうなっている。その寂しげな音が、親密な雰囲気をかきたてる。この世にふたりだけが残されたみたいだった。

ブルーノがジーンズの前を開け、Tバックを脇にずらしてなかに入ってきてはいけない理由は何もない。リリーはそうしてほしくてたまらなかった。狂おしいほどの欲望がこみあげてくる。

彼がその無言の求めに応じた。驚くほど遅く、官能的なリズムで動く。リリーは顔が熱くなり、呼吸が浅くなった。ふたりは互いから目をそらすことができなかった。ああ、ブルーノから、あの甘美な苦しみを与えられたい。もう一度……。

リリーは彼に体を押しつけた。ブルーノがそれに合わせてゆっくりと円を描くように腰を動かす。

次の瞬間、彼女は爆発した。エネルギーが手と足の先まで、さらにそこを突き抜けて無限に広がっていく。

リリーがきまり悪さを感じる程度まで自分をとり戻したとき、ブルーノはキスをしていた。やさしく、神経を慰めてくれるようなキスだった。何かを――名指しすることが怖くてできない何かを――求めるキスだった。もちろん自分には、それを彼に与えることができない。自分にはないものだから。リリーは顔をそむけた。だがブルーノはそれを許さず、彼女の顔を両手ではさんで自分のほうを向かせた。「あたたかくなったかい？」

リリーはうなずいた。

「おれはきみをあたためようとしただけだ。誓って言う。服も脱がずに抱くつもりなどなかった。なりゆきでこうなったんだ」

ブルーノが体を離しかけた。リリーは自分でも気づかないうちに彼を引き戻していた。ブルーノが肘をつく。「なんだい？」

「したくないの？　もっと……」それ以上言えなかった。彼の腿に両脚を巻きつけて、問いの続きは体に任せた。

ブルーノが冗談だろうと言いたげに彼女を見た。「もちろんしたいさ。だが、きみは襲われたときからずっと、ぎりぎりの状態にある。今はやめておいたほうがいい」

「わたしは大丈夫よ」

彼が首を振った。「そうとは言いきれない。それに、いったんはじめたら、おれは途中でやめられないだろう」

だから？　誰があなたにやめてほしがると思うの？　リリーは大声をあげてブルーノの頰をたたき、いい人ぶるのはやめてと言いたかった。だがそんなことをしたら、頭がどうかしたのかと思われて彼を遠ざけることになる。

「あたたかくするんだ」ブルーノが言った。「新しい服を着て何か食べるんだ。そのあとで、きみの知っていることや考えていること、恐れていることを話しあおう。それが終わったら、崖をのぼる」

リリーは肘をついて起きあがった。「冗談でしょう？　散歩なんかしている場合？」

「崖の上まで行かないと携帯電話の電波が届かないんだ。アーロからもらった、暗号化できる携帯電話が使える」

「誰にかけるの？」

「おれの兄の兄弟だ。養子だった兄のケヴが、数カ月前に血のつながった家族と再会したんだ。だが、おそらくきみは全部知っているんだろうな」

彼女は視線を落とした。「ある程度は」

ブルーノが眉をつりあげた。「そうだと思ったよ。とにかく、彼らと話をすれば、おれは次にすることを決められる」

リリーはまばたきをした。「ちょっと待って。あなたが決めるの？」

「そうだ」ブルーノがまっすぐ彼女を見つめた。「おれが決める。おれが巻きこまれたのはきみのせいなんだから。我慢するんだな」

「わたしに偉そうにしないでちょうだい。そういう態度は好きじゃないわ」

「きみには、自分の代わりに決めてくれる人間が必要だ。もっとも、すべて決めさせろと言っているわけじゃない。ほんのいくつかだけだ。それも、しばらくのあいだのことさ。今はとにかく休め。おれを信頼してくれ」

リリーはかぶりを振った。「信頼しろなんて言わないで。できないから。あなただからというわけじゃないのよ。わたしは人を信頼することができないの」

「ほかに選択肢はないんだ」

そのとおりだった。わたしは他人の力に身を任せた。人里離れたこの山小屋で、その気になればてのひらの上でわたしを転がせる人とふたりきりでいる。それでも、すべてを任せきりにすることはできない。

「マクラウド家の電話も盗聴されているかもしれないわ」彼女は言い張った。

「電話での会話は暗号化される。彼らは警備コンサルタント会社を経営しているんだ。軍や特殊部隊にいたような連中だ。そのうえ、地球陰謀論を唱える偏執狂に育てられた。わかるだろう、きみに似ているんだ」

リリーは怒って言った。「いやな人ね」

ブルーノが中断していた仕事に戻った。彼女は窓からさしこむ光のなかで躍る埃を見つめながら、用心しようと心に決めた。

次に気づいたときには、コーヒーと玉ねぎのいい香りがした。リリーは顔をしかめないよう注意しながら、片肘をついて体を起こした。肩がかなり痛む。部屋はあたたかかった。外からさしこむ日ざしが壁の上のほうまで照らしている。

ブルーノはガスレンジの前に立ち、玉ねぎを炒《いた》めていた。いいにおいだ。彼は新しい黒のスウェットシャツを着ていた。シャワーを浴びたのだろう、髪は濡れているし、血で汚れていない。とても魅力的だった。

リリーは目をこすった。「ねえ」

彼が金属も曲げてしまいそうなほど熱い笑みを見せた。「シャワータンクの湯は熱くなっている。ステーキは好きかい？」

「おいしそう」おなかが鳴った。たんぱく質はこの六週間一度もとっていないし、それ以前もとる機会はめったになかった。香ばしい香りに頭がくらくらする。「これだけのごちそう、どこから手に入れたの？」

「アーロが買ってくれたんだ。あと十分で食べられるよ。そのあいだにシャワーを浴びてこられるか？」

「ええ」リリーは立ちあがり、ブルーノがさしだした着古しのバスローブを受けとって狭いバスルームに入った。

シャワーは天国のようだった。湯がしだいにぬるくなり、冷たくなるまで彼女は浴び続けた。メイクを落とすには、かなりこすらなければならなかった。だがメイクが落ちると、鏡に映ったのはリリーの本当の顔だった。マタ・ハリでもなければ、マスカラで汚れた老婆でもない。

バスルームから出ると、テーブルにふたり分の料理が並び、湯気を立てていいにおいを漂わせていた。「座ってくれ」ブルーノが言った。

リリーは、バスローブの下が裸なのをいやというほど意識した。「服を着たほうがいいかしら？」

「部屋はあたたかいし、料理もできたてだ。それに、ここにはおれしかいない」

そのとおりだわ。リリーは椅子に座ってむさぼるように食べた。肉汁たっぷりのステーキはとろけるようで、あめ色の玉ねぎがそえられている。パスタはバターとチーズであえてあり、とても濃厚だった。それから、胡椒《こしょう》をきかせたコールスローサラダに、トマトのスライス、歯ごたえのいいサワーピクルス。パンは、肉汁をつけて食べると最高だ。ブルーノはリリーの皿に料理がなくなるとすぐに補充し、彼女は食べ続けた。

「ビールを出してもいいんだが、やめておいたよ。崖をのぼる気がなくなってしまうからね。今は水にしておこう」

「いいのよ、お酒は飲まないから」

「そうか」ブルーノは自分のパンにバターを塗った。「いつも飲まないのか？　それとも今だけ？」

「いつもよ」リリーはうつむいた。よけいなことを言わなければよかった。

「何か理由があるのか？」

「理由がなきゃだめ？」

彼が肩をすくめた。「言いだしたのはきみのほうじゃないか」

リリーはため息をついた。飲まないのには苦い理由がある。「わたしの父がアルコール依存症だったの。ドラッグの常習者でもあったわ」

「そのお父さんというのは……」

「ええ。六週間前に殺された父よ。たぶんわたしたちを襲った連中に、あるいはやつらを雇った組織によって」

「そうか」ブルーノが立ちあがって棚を探った。そしてプラスチックの箱を見つけると、彼女の前にひざまずいて、バスローブの膝のあたりを開いた。

リリーは体をすくめた。「何をしているの？」

「きみの脚の傷を消毒するんだ。おれが消毒しているあいだ、きみは話を続けてくれ」

「そんなのいいわよ！ 貸して。自分でやるから」

「黙って」ブルーノが彼女の手を払った。「おれにやらせてくれ」

リリーは彼の後頭部を見おろし、どこから話しはじめようかと考えた。「わたしの名前はリリー・パー。トランスではないの。父がおかしくなったときのことから話すのがよさそうね。わたしは十歳だった。一九九三年のことよ」

ブルーノが一瞬、目をあげた。それは彼の母が殺された年だった。「どうおかしくなったんだ？」

彼がアルコールに浸したコットンで傷口をふく。リリーは歯を嚙みしめた。「さっきも言ったように、お酒の量が増えたの。次はドラッグ。主にヘロインだと思うけれど、白い粉は全部同じに見えてよくわからないわ。痛っ！」

「動かないで」ブルーノがピンセットを持って身をのりだした。「砂が入っている」

彼がピンセットで砂をとり除こうとすると、リリーは悪態をついた。だが、彼は気にせず手もとに集中している。「仕事は何をしていたんだ？」

「不妊治療の専門医だった。体外受精の研究者だったの。おかしくなってからしばらくして、早期退職をしたわ。五十になるかならないかだったけれど、年金をもらっていたの。それなりの金額だったものの、ドラッグを調達するには充分とは言えなかった。わたしは、父に見つかる前に小切手をしまうようになったわ。電気やガスをとめられないよう、食べていけるよう、料金を払った。父は食べることには興味を失っていたけれど」

ブルーノが眉をひそめながら彼女の膝にガーゼをあて、うなずいた。そして、リリーを見あげた。

彼女は悲しみに満ちた声で過去の出来事を話した。数回にわたるハワードの自殺未遂のこと。病院に入れようと決めたこと。自殺を防いでくれる完璧な病院を探したこと。そして最後の、あの恐ろしい面会のこと。ハワードの暗号のような警告と、マグダ・ラニエリとその息子に関する伝言のこと。ロックしなければならない謎のもののこと。ミリアムが邪魔したこと。

そして、ドクター・スタークからの電話と、ハワードの自殺のこと、ニーナのアパートメントの外でナイフを持った男たちが待っていたことを。

だが、ブルーノはもっと聞きたがっている。リリーにはそれが強く感じられた。

「逃げながら、あなたのことを調べようとした」彼女は続けた。「看護師のミリアム・ヴァーガスのことも調べようとしたけれど、わかったのは、ボルチモアの看護学校に通っていたという記録だけだった。マグダのことももっと調べようとしたけれど、新聞記事と死亡記事を見つけただけで終わったわ。次にするべきだったのが、あなたと話すことだったの。だから、今ここにいるというわけ」

ブルーノが大きくてあたたかい手をリリーの膝にやさしくあてた。そのあたたかさが傷に心地よかった。

ついにそのときが来た。この六週間心のなかでくすぶっていた疑問――尋ねることをあきらめかけていた質問をするときだ。

「あなたは何か情報を持っている？　何か思いあたることはない？」

ブルーノが彼女の目を見つめる。リリーは心臓が引っくり返るような気がした。

「おれにはさっぱりわからない」

彼女は身震いしてバスローブの前をしっかりと重ねた。「でも……」

「きみに話したとおりだ。何も脚色していない。おれの母は殺された。よくある家庭内暴力の結果だ。母は男の趣味が悪かった。おれは、何かをロックしろと母から言われたことはない。母からは何ももらっていないし、何も聞かされていない。母はある晩、おれが殺されないようにとポートランド行きのバスに乗せた。それで話は全部だ」

リリーはうなずいた。喉がつまって何も言えない。

ブルーノがさらに続けた。「いちばん大きな疑問は、なぜ母がおれと一緒にバスに乗らなかったかだ。それだけはいつまで経っても理解できないだろうな」

彼女は明るく言った。「たぶんそこよ。それが答えなのよ。お母様がなぜ乗らなかったかを突きとめれば――」

「だめだ」ブルーノがさえぎった。「やめてくれ、リリー」

「何を？　わたしはただ推測を――」

「推測しないでくれ。おれの母の身に起こったこととときみの問題を重ねて考えないでほしい」

「ブルーノ、わたしはただ――」

「解かなければならないような謎などないんだ。おれはもう何年も前にやってみた。ひどくつらかったよ。また繰り返すつもりはない」

リリーはバスローブの下で手を組みあわせ、現実を直視しようと努めた。

「おれを見つけだしてうまく罠に誘いこんだが、どうやら無駄だったみたいだな」しばらくしてからブルーノが言った。「きみがそれだけ苦労したのに、何も報いることができなくてすまない」

「どういう意味?」リリーはいらだって言った。

ブルーノが彼女と目を合わせずに肩をすくめる。「きみが後悔しているのではないかと思ったんだ」

「何を?」リリーは恐る恐る尋ねた。

「おれと寝たことだよ。だが、何も手がかりがないことがわかった。落胆したかい?」

彼女は立ちあがってブルーノから離れた。「娼婦になった気分にさせないでよ」

「娼婦なんておれはひと言も言ってないぞ」

リリーは自分の言いたいことを整理しようとしたが、どうしても頭からすり抜けてしまった。彼に聞かせた話は、自分の耳にもばかげて聞こえた。とりとめのない嘘に聞こえる。

「でも、ハワードの話は? 関係がないのなら、なぜ父はあなたとお母さんのことを話したの?」

「ハワード・パーという名前は聞いたことがない」

「でも、それならなぜやつらはハワードを殺したのかしら?」

「殺していないんだろう」ブルーノが言った。「きみの説明だと、お父さんは精神的な問題を抱えていた。自殺願望を持つドラッグ常習者の話でおれの人生を引っかきまわさないでくれ。それも、長年病院に閉じこめられていたドラッグ常習者だ。何年だっけ？」

「ほぼ六年よ。あなたはわかっていない。わたしにはわかるのよ、ハワードは殺されたって」

ブルーノが首を振る。リリーは彼に怒鳴り、平手打ちをして、あの悲しげな表情を顔から追い払いたかった。「現実を見ろ、リリー」彼が静かに言った。

「現実なのよ！　わたしはハワードのことをよく知っている。何があろうと、手首を切ることは絶対にないわ」

「お父さんは本当につらかったんだとも考えられる」ブルーノが言った。「きみには想像もつかないほどのつらさだったのかもしれない。自分の恐怖と向きあい、チャンスが訪れたからそれに飛びついた可能性もある」

「いいえ、ありえないわ。ハワードに限ってそれはない」リリーは顔を隠した。ブルーノに信じてもらえないことにひどく傷ついていた。信じてくれるとは思っていなかったが。それでも裏切られた気がした。心の底まで傷ついていた。

「受け入れるのがつらいのはおれが誰よりもよくわかっている。だがときに、偶然ばかげたことが起きる場合もある。そこに意味なんかないんだ。謎も説明もない。ただ運が悪いだけだ。おれは自分の運命を受け入れた。もう一度過去をほじくり返す気はない」

リリーは首を振り続けていた。とめることができなかった。

「きみの身に起きたことについては本当に気の毒だと思う。恐ろしい話だ。だが、おれの母とは関係ない。おれともだ」

「それなら、やつらはどうやってわたしを見つけたのよ？　あなたを監視していたからだわ。関係がないならどうしてそんなことをするの？」

「やつらはただ単にきみを見つけたんだ」ブルーノの声は険しくなっていた。「おそらくきみが何か失敗したんだろう。運が悪かったんだ。きみが仲間を求めているのはわかる。だが、おれをきみの運命に結びつけるのはやめてくれ。おれはもうたくさんだ」

「じゃあ、やつらはわたしをどうしたいの？」

ブルーノが黙って気まずそうにリリーを見つめる。

リリーははっと気づいた。「なんてこと」胃が締めつけられるようだ。あんなにたくさん食べなければよかった。「わたしを嘘つきだと思っているのね？」

ブルーノが長いこと彼女の目を見つめた。「いいや」静かに言う。「そうは思わない。思っていない」

「そう。よかったわ。じゃあ、どう思っている……」つらい事実に思いあたって、リリーの言葉は途中で切れた。「ああ、わかったわ。頭がどうかしていると思っているのね？」

彼が悲しげに口を引き結んでから言った。「きみは混乱し、怯えているし、睡眠も足りていない。そのうえ、ストレスも限界に達している」

たしかにそのとおりだったが、ブルーノのやさしい口調と慎重な言葉選びが、リリーには侮辱に聞こえた。「わかったわ」苦々しく言った。「つまりわたしは、どうかしているというわけね」

ブルーノが手に顔をうずめた。「知るか。だが、あの殺し屋たちは本物だ」

耐えがたいほど重い沈黙が流れた。リリーは肩をそびやかした。ごちゃごちゃ言わずに前に進まなければ。「よかったわね、もうあなたの問題じゃなくなったわ」彼の脇を通りすぎて、買い物袋が積みあげてあるベッドへ向かった。「あなたの時間を無駄にしてしまってごめんなさい。わたしは目の前から消えるわね」

「今そんなことはさせられない」

「あなたに買ってもらったものが必要だわ」彼女は衣類をベッドに出して引っかきまわした。「お金は返すから。アーロはいくらって言ってた？　四百ドル？」ショーツのなかからもっともおとなしいデザインのものを選びだした。ピーチ色のレースのものだ。それをはき、次にジーンズをはいた。

「金のことなんかどうでもいい」

「あなたがどう思っているかなんて関係ないわ。ガソリン代は？　ほかにアーロから請求されたものがあれば全部教えてね」

「殺人で訴えられたときの弁護士費用は？」

今はそこまで考えられなかった。「とりあえずは単純なことだけ考えましょう」Tシャツとセーターを引っ張りだす。一度バスローブを脱がなければ着ることができないが、自分のことをどうかしていると思っている相手の前で裸になるのはためらわれた。でも、どうせ一度見られているのだから気にすることはないわ。リリーはバスローブを脱いだ。

そしてTシャツとセーターを着ると、ベッドに座ってソックスと靴をはいた。自分が愚かに思える。出ていくのがきまり悪かったが、それでもコートを着た。しっかり着こむと、鎧に包まれているようで安心できた。

「文明があるところまでおりるわ。これならあたたかいから大丈夫ね。いろいろとありがとう」

「ここからおりるには一日かかる。それも土地勘があって近道を知っていればの話だ。きみは知らない。ばかなまねはやめろ」

「ばかなんじゃなくて頭がどうかしているの。それに、さっきも言ったけれど、もうあなたの問題じゃなくなったのよ。わたしが迷惑をかけたことは忘れて」

「だめだ。危険だ」

「それはわかっているわ。何か言うなら、わたしが知らないことを言ってちょうだい。恥ずかしさで死んでしまう前に行かせて」今のリリーにとっては、ブルーノにあわれみに満ちた目で見られるよりも、クーガーに食べられて死ぬほうがましだった。

だが、ドアまで行かないうちに、後ろからブルーノに抱き寄せられた。今は思いだしたくないさまざまなことがよみがえる。

「あと二時間で日が暮れる。頼む、リリー。やめてくれ」

「わたしをとめることはできないわ」言った瞬間に後悔した。もちろん彼はわたしをとめられる。いとも簡単に。

だが、ブルーノはそれを口にはしなかった。彼から顔をそむけていてよかった、とリリーは思った。すすり泣くところを見られずにすむ。

ばかね。あれだけ自分に警告してきたのに、ブルーノとタッグを組むことを夢見たなんて。ふたりで究極の悪に立ち向かうのと、ひとりで立ち向かうのとではだいぶ違う。

彼は、リリーが逃げるのを恐れるように用心深く手を離した。「きみもコートを着ていることだし、このまま崖までのぼろう」ぶっきらぼうに言う。「電話をかけなければならないからね」

リリーは首を振った。「あなたはわたしをどうかしていると決めつけたのよ。わたしのことは放っておいて！　自分のことだけ考えてちょうだい！」

「それでも、きみをどうするか考えなければならない。きみをねらう悪人たちがおれと関係ないからといって、やつらが危険なことには変わりないからな」

「やめて！」彼女は激しく指を振った。「わたしにかかわることは何もしてくれなくていいわ。自分でなんとかするから」

ブルーノは耳を貸さずにジャケットを着た。リリーは怒りに任せて叫んだ。「わたしはどうかしているんでしょう？　だから放っておいて！　自分の人生を複雑にしないで。わたしが殺されてもあなたのせいじゃないわ！　罪の意識を覚える必要もない。あなたをすべての責任から解放してあげる！」

「きみには、食堂の外で起きたことの証人になってもらわなければならない」ブルーノは食いさがった。

「わたしと寝たからね。そうでしょう？」

図星だわ。彼の顔にそう書いてある。

「黙れ、リリー」

「ああ、わかった！　あなたは罪悪感に駆られているんだわ。そうでしょう？　なぜ自分がねらわれているのか理解できない、ストレスでどうかしてしまった女にすまないと思っているのね。無防備で助けを必要としている、どうかした女の弱みにつけこんだから、後悔しているんだわ。このひとでなし！」

ブルーノが険しい顔で彼女をドアのほうに押した。「黙って歩くんだ」

12

不公平だ。ベビー用品の店を歩くローザのあとを追いながら、マイルズは思った。つまらない雑用はいつもぼくの仕事になる。〝単調な仕事？　時間だけかかる退屈な仕事？　じゃあ、マイルズを呼べ〟ってわけだ。

彼はローザの背中を見つめた。彼女は豹柄のブラウスに身を包み、金のチェーンのネックレスをじゃらじゃらとさげて、ストライプのプラスチックのバッグを持っていた。まるで店の経営者のように、大股で通路を進んでいく。

買い物リストに載っているものは全部見つけたかと、マイルズは四回ローザに確認した。もしまだだったら、頼むからぼくにとってこさせてくれと言った。だが彼女は、自分の目ですべての商品を見て、忘れているものがないかどうか確認せずにはいられないらしい。彼は、リードにつながれたチワワになった気分だった。ぼくの言葉を、ローザはたいして聞いていない。そして自分の理解したいことだけを理解するらしい。

今日は、エイモン用のゆらゆら揺れる椅子と、デイビーとマーゴットのあいだに生まれたばかりのヘレナのベッド用にクッションを買わなければならない。スタジオの機器のトラブルで、シンディのバンドのレコーディングがキャンセルになったというのに。本当なら、シンディと家で過ごせるはずだった。裸で思う存分楽しめるはずだったのだ。それなのに、アーロからの謎めいた電話で台なしになった。ケヴの短気な義理の弟、ブルーノが何やら面倒に巻きこまれたらしい。そのせいでマクラウド家に非常事態宣言が出された。状況がはっきりするまでは、誰もが家で待機していなければならない。ところがそれをローザに説明しようとしても無理だった。マクラウド家の男たちの魅力を総動員しても、彼女にしたいことを我慢させることはできなかった。ローザは彼らにまったく負けていない。問題解決に駆りだされたのが自分でなければ、大いに愉快な話なのだが。

ケヴ・マクラウドのおまけとしてローザがマクラウド家に現れてからというもの、すべてが変わってしまった。彼女はマクラウド一族、少なくともそのうちの、子供ができて間もない家族——つまりはほぼ全家族だ——の生活に首を突っこみはじめた。赤ん坊の世話を手伝ってもらったリヴとマーゴットとエリンはすっかりローザを崇拝しているし、子供たちもなついている。タマラでさえローザには一目置いていた。

それに食べるものも変わった。レストランで食べるような、最高のイタリア料理だ。ローザが料理をつくっているときは、みんながディナーのあとでひそかにおなかの肉をつまみ、パスタやカスタードクリームのタルトで増えた脂肪を燃やすべく、ジムで長い時間運動しようと心に決めるのだった。

マイルズは一度、トラックのオイル交換をしているデイビーに、〝若いうちに子供を持たないと後悔するわよ〟というローザの説教への不満をもらしたことがある。〝なぜ、とっとと家に帰れと彼女に言わないんだ？　そうすればみんな息がつけるのに〟マイルズがそう言うと、デイビーは立ちあがり、顔をしかめながら空を見あげて手についたオイルをふいた。そして、いつものように簡潔に説明した。

〝おまえには母親がいる〟デイビーは言った。〝子供ができれば、その子たちにはおばあちゃんができる。だが、おれたちにはいない。そこへ、強烈なスーパーおばあちゃんが現れた。そりゃあ、すぐさま飛びつくさ。飛びつかなかったらおれたちはばかだ〟

マイルズは何も言えなくなった。デイビーの言うとおりだ。マクラウド兄弟のまわりには祖父母という存在がほとんどいない。エリンの母親ぐらいだ。リブのおっかない母親は数に入らないし、レインの母親にはみんな――特にレインの夫のセスは――蕁麻疹《じんましん》が出る。ロンドンにいてくれるのがせめてもの幸いだ。親切で、おむつを替えてくれて、うまい料理を食べさせてくれるおばあちゃんは、ローザ以外には期待できなかった。そういうわけで、マイルズはそれ以来、ローザへの不満は自分の心にしまっていた。

ローザの背中にぶつかりそうになり、マイルズはわれに返った。彼女はふたり乗りのベビーカーに乗った双子の赤ん坊をあやそうと足をとめ、イタリア語で話しかけていた。

「まあ。《ディオ・ミーオ》そっくりだわ。《ウグァーリ》信じられない《インクレディービレ》」

ローザは彼を見あげて、何か言えと言わんばかりに目を見開いた。だがマイルズの知っているイタリア語といえば料理の名前ぐらいだ。マクラウド家の全員が、イタリアの料理の名前を覚えかけていた。

「なんです？」

ローズが顎の肉を揺らしながら鼻で笑った。「この子たちよ。なんてかわいいの《パッゼスコ》。女の子は、わたしの姪のマグダレーナの小さいころにそっくり。そして男の子はブルーノよ。わたしのブルーノとうりふたつだわ。ぞくぞくしちゃう《ミ・ファ・ブリヴィディ》」彼女は十字を切ると、バッグのなかの財布から古い写真を二枚とりだした。

双子の母親は愛想がよかった。若くて美しい彼女は、写真を見ると、感傷的に言った。「まあ、本当に信じられないほどそっくりだわ。不思議だこと」目がうるみ、声がかすれている。そしてあろうことか、マイルズがもっとも恐れていた言葉を口にした。「この子たちを抱いてくださる？」

なんてことだ。マイルズは眉根を寄せて、悪態をつきたいのをこらえた。

もちろんローザは喜んで応じた。赤ん坊をあやし、くすぐりながら、母親相手に、なぜエイモンに揺れる椅子が、ヘレナにクッションが必要かを話しはじめた。母親も、夜のあいだ双子がベッドから出ないようメッシュのベッドガードが必要なのだと話し、そこからブルーノのやんちゃだった赤ん坊時代の話が延々と続いた。

若い母親の夫はうんざりだなと言いたげにマイルズに目配せしたあと、退屈したらしくマイルズをその場に置き去りにして離れていってしまった。勝手なやつだ。団結したかったのに。ローザと母親のおしゃべりは、赤ん坊の話から、授乳で乳首が切れたときにはラノリンがきくといった話にまで及んだ。双子の女の子が泣きはじめると、ヨーグルトやらクラッカーやらおしゃぶりやらを出してなだめた。双子の男の子がベビーカーをおりてベビーフードの並ぶほうへ歩いていく。何かがつぶれる不吉な音が聞こえると、ローザが手でマイルズに合図した。「マイルズ、見てきてちょうだい」

マイルズは男の子を追って粉ミルク売り場を走りながら、粉ミルクの容器はサッカーボールじゃないことを教えようとした。男の子がマイルズの顔を見て笑う。店員がこちらに来た瞬間、箱が開き、白い粉が舞い散った。女性店員は父親だと思ったのか、マイルズに文句を言いはじめた。本物の父親はどこに行ったんだ？　おーい！　誰かいないか？　そのあいだ、ローザと母親は女の子が泣いているのはうんちをしたためだと発見した。おむつを替えるのにはふたり分の女手が必要だ。

やれやれ。シンディが早く子供を産みたいなんて言わなくて本当によかった。マクラウド家の小さな子供たちのことはひとり残らず愛しているが、一方で、がんがん音楽をかけながらトラックを走らせるのも大好きだ。それは、マイルズが自由になれる時間だった。

ようやく母親が男の子のもとへ来た。彼女はローザに向かって、〝お話しできてよかったわ〟とか、〝いいお尻ふきを教えてくださってありがとう〟といったことをまた長々と話した。ついにふたりは別れ、レジの列に並んだ。やっとだ。マイルズの頭のなかに歓喜のコーラスが響く。雲に覆われた空から光がさしこんだ。

彼は荷物がのったカートを押して駐車場を進んだ。ローザが買ったものをトラックにつめこんでいるとき、叫び声が聞こえた。「ちょっと！　すみません！」

双子の父親が携帯電話を掲げながら走ってくるところだった。「ベビーカーのなかに落ちていたんです。ケイトを手伝っておむつ替えをしてくれたときに落ちたんでしょう」

ローザは携帯電話を受けとり、走り去っていく男性を見送りながら微笑んだ。「すてきな家族ね」何か言いたげだ。

マイルズは彼女のためにドアを開け、次に来るだろう言葉に身がまえた。

彼が運転席に座った瞬間、それが来た。「それで、あなたとシンディにはいつ赤ちゃん《バンビーノ》ができるの？」

「永遠にできませんよ」マイルズは乱暴にドアを閉めながら言った。

「そんなことを言うもんじゃないわよ。すぐにできるわ。それもふたり以上。すぐにね」

呪いをかけられている気がする。マイルズは指で呪いよけのサインをつくった。ローザ自身が、故郷のブランカレオーネの祖母から教わったと言って教えてくれたサインだ。

彼がエンジンをかけるあいだに、ローザはバッグのなかから財布を出した。そして、双子の母親に見せた写真を引っ張りだした。「本当にぞくぞくしたわ。見てよ。マグダとブルーノにそっくりだったでしょう？　見て」

見ないわけにはいかない。マイルズはブレーキをかけて写真を見た。そして、もう一度。

これは……驚いた。本当にさっきの双子に似ている。

似ているどころじゃない。うりふたつだ。こっちまでぞくぞくしてきた。さらにじっくり写真を見る。一枚は白黒で、一九五〇年代後半か六〇年代前半に撮られたものだろう。きちんとしたポートレートだ。女の子はまじめくさった顔で写っている。男の子のほうは八〇年代にとられたらしいカラーのスナップ写真で、さっきの乱暴な男の子とどこもかしこもそっくりだった。ふっくらした頰のえくぼも、目に宿る腕白そうな輝きも。

ぞっとする。

マイルズはローザの勝ち誇った顔を見た。ぼくの驚いた様子を見て満足しているのだ。

彼はトラックのギアを入れた。赤ん坊なんて、みんな同じように見えるものだ。そうだろう？　丸いほっぺたに、明るく輝く目。ぽっちゃりした薔薇色の唇、シルクみたいな柔らかい巻き毛、ボタンみたいな小さな鼻。だが、あんなに似ているはずがない。ぼくは暗示にかかってしまったのだ。お尻ふきを買いながら、子供がいないことの言い訳をし続けなければならなかったから。ストレスにさらされて脳味噌がふやけてしまったのだろう。

ピートリーは腕時計を見ながら監察医のオフィスに入った。トリッシュが足で床をたたきながら待っていた。まるで、誰かさんの不可解な思いつきのせいでクラカマスまで引っ張りだされたのが、ぼくではなく彼女みたいだ。

「おかげで祖母とのランチに遅刻だよ」ピートリーは不機嫌に言った。「〈ベンソン・ホテル〉の〈ロンドン・グリル〉で待ちあわせているんだが、全然間に合わない。血を見ることになりそうだ」

トリッシュは来客用のバッジをピートリーのジャケットの襟にとめると、彼を見つめた。その大きなブルーの目は冷静で真剣だった。「信じて。それだけの価値があるから。あなたも見るべきよ、サム」

「電話で話してくれればよかったのに。なぜこんな謎めいたことをする？　ダウンタウンからここまで呼びつけるなんて」

「見ればわかるわよ」彼女が振り返らずに言った。

ピートリーはトリッシュについて、検死が行われるオフィスの奥まで行った。彼女はある検死台の前でとまり、死体にかけられたカバーをとった。

死体を見た瞬間、彼は凍りついた。あんぐりと口を開ける。

「わたしは写真を撮るために呼ばれたの」トリッシュが言った。「ワイガント通りで今朝、自殺騒ぎがあったの覚えているでしょう？　彼は銃を口にくわえた。後頭部の頭蓋骨は吹きとんだけれど、顔はきれいなままだったの」

ピートリーは目をあげた。彼女の顔は曇っているが、その目は興奮で輝いている。「これは彼よね？」

彼は死んだ男の顔をただ見つめた。ブルーノ・ラニエリだった。髪は写真より三センチほどのびているが、えくぼも何もかも、間違いなく彼だ。トリッシュはブルーに塗った爪でえくぼを指さした。「この二分された大頬骨筋を見てちょうだい」

「ああ」ピートリーは言った。「誰が見つけたんだ？」

「バーロウよ」

「彼に話したか？」

「いいえ、まだ。確信がなかったから。先にあなたに見てもらいたかったの」

彼はトリッシュの目を見つめた。「よし、おれがバーロウに話そう。ローザ・ラニエリを呼んで確認してもらわないとならないな」

そのあと、ピートリーは十月の冷たい雨のなか、長いこと外に立っていた。レストランで待っている祖母のことも忘れて、ローザ・ラニエリの連絡先を書いた紙を見つめた。

愛する人が亡くなったと伝えるのは、いちばん嫌いな仕事だった。いつまで経っても慣れない。いつまで経っても楽にできるようにならなかった。

彼はマクラウド兄弟の番号のひとつを押して、待った。若い女性の声が応じた。「はい、マクラウドです」

「こちらはポートランド警察のサミュエル・ピートリー刑事です。ローザ・ラニエリをお願いします」

13

　ブルーノはリリーのむきだしの足首をマッサージした。彼女が複雑骨折でもしたみたいに顔をしかめて身をすくめる。弱虫め。本当はとても強いはずなのに。

「腫れていない」彼がそう言うのはこれで十回目だ。「ねんざじゃないよ」

「でも痛いのよ！　わたしの体のことはわたしがいちばんわかるわ」

「リリー、わかってくれ。じきに日が暮れる。きみが動かないと、おれたちは氷点下の闇のなかで強風にさらされることになるんだぞ」

「じゃあ、わたしをここに置いていってよ！　帰りに迎えに来て。絶対にここを動かないと約束するわ。動いたら熊に食べられるか道に迷うかのどっちかだもの。さあ、行ってちょうだい！」リリーが手で追い払うしぐさをした。「じゃあね！　またあとで！」

　ブルーノは無表情で彼女を見つめた。「きみはおれにくっついているんだ、糊みたいにな」

　リリーの目に炎が燃えた。怒っているのだ。彼女の立場を考えれば当然だろう。自分がろくでなしになった気がする。だが、リリーと一緒に狂気の世界に入りこむわけにはいかない。

マンマが悪の黒幕の計画に巻きこまれていた、だって？　ばかな。単に男を見る目がなかっただけだ。とにかく今リリーは怒りが激しくて、さわったらやけどをしてしまいそうだ。

だから、さわらないことにした。

だが、リリーの言うことを信じて助けてやれないのなら、次におれにできるのは、彼女が必要とする助けを得られるまで命をねらうあの連中から守ってやることだ。リリーが本当に必要とする助けにはとうていなれないが、殺し屋連中をやっつけるぐらいならやってやろう。

ブルーノは体温であたためるように彼女の細い足首を両手で包んでから、その足にふたたびソックスをはかせようとした。だがリリーに胸を蹴られ、尻もちをついた。この恩知らずが！

「ソックスぐらい自分ではけるわ。ご親切にどうも」

「じゃあ、はくんだ。急いで」

リリーが立ちあがるのを手伝おうと彼は手をさしだしたが、彼女はその手を振り払った。

ブルーノは分岐点で立ちどまり、このままのぼるべきかどうか迷った。この状況では賢明とは言いがたいが、強い衝動に駆られて道をはずれることにした。結局、こうするのがいいのだ。彼は、岩が割れて不安定な斜面を横断するように進んだ。

「ねえ！」リリーが叫んだ。「携帯電話の電波は崖の上でないと届かないって言わなかった？」

「ちょっと寄り道する。先にやらなければならないことがあるんだ。ついてこい」

「寄り道？　こんなに寒くてなんにもないところで何ができるの？」

ブルーノは振り向きもしなかった。「個人的なことだ」

「そう！　悪いけど、なんでわたしがこんなところを横断させられているのかわからないわ」

その苦しそうな息づかいで、リリーがどのくらい後ろを歩いているかがわかった。どうやら足は大丈夫そうだ。ブルーノはそのまま進み続け、急な斜面をよじのぼって小さな谷の上に出た。

ここは水平と言ってもいいぐらいゆるやかな斜面になっていて、高くて大きな木が広い帯状に生えている。美しい場所だった。

ブルーノはトニーの赤松に近づき、手をあてた。そうすることで気持ちが落ち着いた。トニーを失ってから、四、五回はここに来ている。それが自分には役に立つのだ。ほんのしばらくのあいだだけだが。

リリーもよじのぼってきたが、この場所の美しさにはまったく惹かれていないようだった。両手を膝についてあえぎながら、ブルーノをにらんでいる。この寄り道のおかげで自分は落ち着くことができたが、それももうおしまいのようだ。

「ちょっとのあいだあっちを向いていてくれるか？」

彼女が眉根を寄せた。「なんですって?」

「あっちを向いてくれと言ったんだ」

リリーは腹を立てたようだ。「それは聞こえたわ。理由がわからないのよ」

ブルーノはため息をついた。「小便をしたい。いいかい?」

「冗談でしょう? そのためにここまでわたしを引っ張ってきたの?」

彼は背中を向け、リリーを怒らせたまま用を足した。コーヒーをたっぷり飲んだあとなので長かった。ズボンのボタンをかけ終えたときには、彼女に説明すべきだと心が決まった。

「子供のころ、トニーがよくケヴと一緒に連れてきてくれたんだ。雪が降っていない時期の週末に。来るたびにここまでのぼり、あの木の下で小便をした。なんというか、トニーとの儀式みたいなものだった」

リリーの表情が和らいだ。「そうなの」

「とにかく、それが理由だ。つきあわせてすまなかった」

彼女は鋭い言葉を浴びせかけることなく、岩のあいだを広い道まで戻った。

「あそこで用を足すと、彼が近くにいるような気がするのね?」リリーが尋ねた。

ブルーノは肩をすくめた。深く探りたくなかった。衝動は衝動だ。抑えるか従うかのどちらかだ。深く考えても頭が混乱するだけだろう。

「わたしの家のほうにはリバーサイド・パークというところがあるの」彼女が言った。「父とよく行ったわ、父がおかしくなる前に。トランプをすることもあったし、父が仕事をするあいだわたしが漫画を読むこともあった。九番街のデリで買ったサラミのサンドイッチやミントクッキーを食べたりジュースを飲んだりしたものよ」

「そうか」ブルーノは用心深く言った。「それがどういう関係があるんだい？」

「今もときどきそこへ行くの。ミントクッキーとジュースを買って、ノートパソコンを開いてそのとき書いている論文を書くのよ」リリーが息を吐いた。「それに耐えられるときだけだけど」

ブルーノは彼女を見つめた。喉が締めつけられる気がする。「行こう」

「いいのよ、あなたがここにいてほっとできるなら」リリーがやさしく言った。「わたしもわかるもの。父とつながる気がするの。記憶のなかの……昔の父とね」

「おれの話で感傷的になるな。同じことではないんだから」

「そう？　どうして？」

彼は鼻で笑った。「ジュースと小便じゃ、全然違うじゃないか」

「だってあなたは男だもの。どっちも体の働きにかかわることだわ。入るものか出るものかというだけの違いよ」

ブルーノは片手をあげた。「その話はもう終わりにしてくれ。頼む」

「はじめたのはあなたのほうでしょう」リリーの視線が彼の股間に落ちた。

ブルーノは彼女が終わりにしてくれることを祈りながら歩きはじめた。少なくとも、おれに同情したことでリリーの態度は和らいだ。それはいいことだ。

「なぜあの木なの？」彼女が声をかけた。「あの木の何が特別なの？」

「そんな質問はトニーにしたことがない。だが、考えられる答えはふたつだ。機嫌がよければ低くうなっただろう」

「まあ」リリーはブルーノの後ろで息を切らしている。「機嫌が悪かったら？」

「手の甲で殴られただろうな」

砂利を踏む彼女の足音がとまった。「厳しい人だったのね」

ブルーノは立ちどまってリリーが追いつくのを待ちながらトニーのことを思った。おれたちを救うために爆弾を抱えて窓から飛びおりたトニー。ルディとその仲間をどこかへ運んだトニー。気難しくて凶暴だったが、それでも……。「ああ」ブルーノは静かに言った。「厳しいがいい人だった」

リリーがよろめき、膝をついて小さく声をあげた。ブルーノは斜面をおりて彼女の肘をつかんだ。

リリーが肘を引き、その拍子にまたバランスを崩しかけた。「放して！」

「まだ怒っているのか？」ブルーノは傷ついていた。「穏やかに話しあっていると思ったのに」

彼女がにっこり微笑みながら立ちあがった。「そうよ。でも、その汚い手を洗うまでは、わたしに触れないで」

勝手にしろ。ブルーノはふたたび歩きはじめたが、崖をのぼりきるまで顔はにやけたままだった。

アダムズ山には霧がかかっていた。グレーの雲が蜘蛛の巣のように、崖と近くの火山の斜面とのあいだに広がっている。残念だ。山が見えれば、さまざまな努力が報われるのに。ブルーノはリリーをいちばん風が吹きつけてこない風下へ連れていった。そしてしゃがんでいる彼女をそこに残し、自分は次に風がましな場所を探した。

プリペイド式の携帯電話にメールが届いていた。ひとつ目はアーロからだ。短く簡潔でつっけんどんだった。電話番号とともに〝ポートランド警察サム・ピートリー刑事の番号だ。せいぜい楽しめよ〟とあった。ふたつ目はケヴからで、こちらはもっと短かった。〝どうした？　電話をくれ〟さらにショーン・マクラウドからも来ていた。〝連絡を待つ〟

いやなものから片づけよう。ブルーノはしゃがむと、アーロがくれた新しい携帯電話に自分のチップをさしこんだ。逮捕状が出れば、警察は発信地を特定することができるだろうが、そのころにはおれもリリーもとっくにどこかへ消えているだろう。できれば、その前にすべて解決していてほしい。

ブルーノは息を吸って、刑事の電話番号を押した。

自殺行為かもしれないが、自分は犯罪者ではないし、犯罪者みたいに逃げるつもりもない。真実を警察に伝えるのは市民としての義務だ。彼らは最善をつくしてきつい仕事をし、ポートランド市民を守っている。電話をかけるのは正しいことだ。

それで自分が困ったことになるかどうかはまったく別の話だ。彼は顎が痛くなるほどぎゅっと歯を嚙みしめた。

電話がつながり、相手が出た。「サム・ピートリーです」

「もしもし。ブルーノ・ラニエリだ。あんたの担当する事件のことで電話した」

電話の向こうで沈黙が流れた。「誰だって?」

「ブルーノ・ラニエリだ」ブルーノは繰り返した。「今朝、サンディ大通りの〈トニーズ・ダイナー〉の外に転がっていた三人の死体の件で話したい」

ふたたび沈黙が流れてから声がした。「聞こう」

「おれがアパートメントのドアから出たところで、彼らが襲ってきた。身を守るうちに、おれは……」

「彼らを殺した」刑事が先を引きとった。「そして、そのまま置き去りにした。道端に。近所の人々が発見するように」

こんな方向に話を進めるつもりではなかった。「あれは正当防衛だ」ブルーノは努めて落ち着いた声で言った。「向こうは武器を持っていたが、おれは何も持っていなかった。現場には血が飛び散っているが、一部はおれのものだ。吐瀉物も。一応言っておくが」

「なぜ通報しなかった？　なぜその場にとどまらなかった？」

ブルーノはとめていた息を吐きだした。「自分たちの身がまだ危険だと信じるに足る理由があったからだ」

「自分たち？」ピートリーがきき返した。「その理由というのを聞かせてくれ」

「まだよくわからない」ブルーノは言葉を濁した。「わかればいいのだが」

「ひとつずつ進めよう。〝自分たち〟というのは誰のことだ、ミスター・ラニエリ？」

隠す理由はないだろう。リリーは警察沙汰を起こしたことはないはずだ。それに、敵はすでに彼女の身元を知っている。この刑事なら、リリーのために解決策を見つける手伝いをしてくれるかもしれない。

「彼女の名前はリリー・パーだ。ニューヨークから来た。連中は彼女を殺そうとしている。やつらは高い能力を持ち、高度に組織化されていて、彼女は六週間前から逃げ続けているんだ」

「なるほど」ピートリーの声は無慈悲なほど感情がこもっていなかった。「連中というのは誰だ？　名前はわかるのか？」

ブルーノは歯嚙みした。「いや、わからない。彼女も知らない」

「彼女も、か」ピートリーがゆっくりと繰り返した。「興味深いな。彼女はなぜ自分が追われているか知っているのか？」

「いいや」そう答えたが、間違っているように思えてしかたがなかった。おれみたいな、女に言いなりの愚か者しか信じない壮大な嘘に聞こえる。

ピートリーがうめいた。おれと違って愚か者ではないらしい。「彼女には何か思いあたるふしがあるはずだ」

「いいや、ない」けんか腰にならないよう気をつけながらブルーノは答えた。「なんとか突きつめようとしているが、わからない」

「リリー・パーとはどういう関係だ、ミスター・ラニエリ？」

知るか、まったく。「今朝の明け方に知りあった」

「その彼女を守るために三人の男を殺したのか？　そして、なぜ襲われたか見当がつかないという彼女の言葉を信じるのか？」

ブルーノはつばをのんだ。「そうだ」

「さぞかし口がうまい女性なんだろうな」

やはり電話などかけなければよかった。「鑑識で、おれの話が正しいことが証明されるはずだ。鑑識官に聞いてくれ」

「いつもそうしている」ピートリーが穏やかに答えた。「とにかく、あんたとミズ・パーに至急尋問をしたい。いつ来られる？」

「さあ。今は車がなくて動けないんだ。それに、先にリリーの身を守れる場所を確保したい」

「話を聞いていなかったのか、ミスター・ラニエリ？　ミズ・パーにも尋問したいんだ。こちらから迎えに行こう。どこにいる？」

「彼女は何もしていない！　襲われただけだ！」

「そうか」ピートリーが言った。「ミスター・ラニエリ、きみには双子の兄弟がいるか？」

唐突な質問だった。「いいや。なぜだ？」

「兄弟はひとりもいない？」

ブルーノは風に向かって目を細めた。「ああ、ひとりも。いったいなんだっていうんだ？」

「あんたが興味を持ちそうな話をしよう。今電話をくれるまで、あんたは死んだと思われていた」

ブルーノはわけがわからず眉をひそめた。「死んだだって？　なぜ？　おれは……」

「今朝、ある男が自殺した。その男があんたとうりふたつなんだ。いますぐ大叔母さんのローザに電話をし、生きていることを知らせたほうがいい。というのも、たった今彼女と連絡がとれて、遺体の確認に来てくれるよう頼んだところなんだ」

ブルーノはあわてて立ちあがった。「なんだって？」

「あんたは三人の遺体を残して殺人現場から逃げたんだ。間違いも起きる。大叔母さんに連絡してくれ。頼む。彼女はひどくショックを受けているから」

「殺人じゃない！」ブルーノは言い張った。「おれは犯罪を行っていない。自分が殺されるのを防いだだけだ！」

「わかったよ。大叔母さんに電話をかけてから、こっちに来て全部話してくれ。DNAサンプルを提供してもらうことになるかもしれない。そうすれば――」

「おれのサンプルはすでに持っているはずだ。去年起きた事件絡みで」

ピートリーがしばらく黙ってから言った。「わかった。今回のことが去年の事件とかかわりのある可能性は？」

「絶対にない。ありえないね」

「あんたの人生は実ににぎやかだな、ミスター・ラニエリ。もっと話を聞きたい。すぐに来てくれ。待たせれば待たせるほど、あんたの立場は悪くなる」

「今すぐには行けない。心からすまないと思っている。あんたに迷惑をかけたいわけじゃないんだ。また連絡する」

ブルーノは電話を切り、両手に顔をうずめた。

どんどん問題が増えていく。自殺と見られる死。パニックを起こしているであろうローザ。法を遵守することとリリー・パーを助けることは両立しないようだ。逃亡者として生きるのは気が進まない。まして刑務所のなかで生きるなんてごめんだ。

ローザに電話をかけなければならないが、大騒ぎになってこっちがまいってしまうのが目に見えている。それに直面する心の準備ができていない。少なくともあと一、二分は必要だ。次はショーンにかけることにした。携帯電話の暗号化機能を作動させてから番号を押す。

「そろそろかかってくると思った」ショーンが短く言った。「どうした？　おまえが脳味噌を吹っとばしたと、警官がローザに連絡してきたぞ。ローザは文字どおり卒倒した。とんだ騒ぎだったよ！」

「わからないんだ。言えるのは、おれじゃないってことだ。おれの脳味噌はちゃんとここにある」

ショーンがうめいた。ブルーノの脳味噌がどこにあるかにはたいして関心がなさそうだ。

「で、何があったんだ？　そのあとアーロが電話をかけてきて、知っていることを話してくれた。たいして多くはなかったが、とりあえずおまえが生きていることはわかったから、ローザもそれで少し落ち着いたんだ。アーロはおまえに頼まれてピートリーの番号を調べたと言っていたが。電話をかけたか？」

「ああ。あまりうまくはいかなかったけれどね。だが、死体がおれじゃないことは向こうにも伝わった」

「そうか。いったい何がどうなってるんだ？」

「アーロが話したとおりだ」ブルーノは用心深く言った。「連中がおれと、今朝知りあったばかりの女を襲ってきたんだ。おれは自分の身を守って――」

「連中を殺したというわけか」ショーンの口調は非難めいていた。「その部分はもう聞いた」

「ありがたいことにおれは生きている。彼女もな」ブルーノは嚙みつくように言った。

「ああ。それだけが不幸中の幸いだな」

「説教を聞くために電話したわけじゃないんだぞ」

「おれの手を借りる代償だと思え」ショーンが言った。「話は戻るが、おまえが殺した男たちは誰だ？　思いあたるふしはあるのか？」

「リリー絡みだ」ブルーノは認めた。「彼女は驚かなかった」

「なるほど」ショーンがしばらく考えてから口を開いた。「彼女は連中に何をしたんだ？」

「何も。彼女は何もしていない」ブルーノはけんか腰で答えた。

「そうかっかするな」ショーンはいらだったように息を吐いて言った。「ブルーノ、少しは協力してくれ」

「彼女も知らないんだ！　気にかかっていることはあるようだが、それは……」

「それは、なんだ？」

「それは参考にはならない」

「それじゃあ、いったい何が参考になるっていうんだ」

「彼女は、おれに関係していると言う。彼女の父親が、一カ月以上前に精神科の病院の病室で自殺したんだ。彼女は殺されたんだと言っている。古い話だが、おれの母が……。母が殺されたのは知っているか？　おれを追ってきたマフィアの連中のことは？」

「ああ、ケヴがちらっと言っていた」ショーンが言った。

あの恐ろしい出来事が、〝ちらっと〟話題にする程度のことだったというのか。

「それで、どう思うんだ？」ショーンが促した。

ブルーノはリリーのほうを見た。彼女は崖を背にしゃがみこんでいる。肩を落とし、手に顔をうずめていた。フードの両側から髪がなびいている。目に映った光景のなかで、そこだけが明るかった。

ブルーノは心を鬼にして言った。「ばかげた話だ。母の身に起きたことは特に裏なんてない、見たとおりのことだと思う」

「彼女のことはどうだ？」

「嘘をついているとは思えない。自分の言っていることを信じている」

「おまえに腹を立てているだろうな。隠しごとをしていることに」

ブルーノは言い返そうとした言葉をのみこんだ。

「で、おれたちにどうしてほしい？」

「リリーを守るのに手を貸してほしい。彼女を追っているのが誰なのか突きとめたいんだ」

ショーンはしばらく黙ってから口を開いた。「じゃあ、おまえは十字架を背負うことにしたんだな？　本当にやる気なんだな？　ひと筋縄ではいかないと思うが」

「ほかにどうしようもないんだ！」ブルーノは声を荒らげた。「彼女を襲った連中は訓練されれ、組織化されていた。あれはビジネスだ」

「考えたことはないのか、彼女が――」

「もちろん考えた。そして決めたんだ。おれは彼女を助ける。手伝ってくれるか？　いやなら口を出すな」

「おまえの頭は性欲に支配されているようだな」

ブルーノは怒りのあまり鼻をふくらませた。「それは、手伝わないということだな？」

「落ち着け。性欲についてはおれも人のことは言えない。それでおまえを判断したりしないよ」

「好きにしろ」ブルーノはうなった。

「怒るな。明日迎えに行く。安全な場所を見つけておまえのガールフレンドを――」

「ガールフレンドじゃない」

「セスとレインの島がいいんじゃないかな」ショーンが考えながら言った。「それから、答えを探る。どうだ？」

「ああ。いつ来られる？」

「今夜遅くにこっちを発《た》つ。夜が明けるころには着くだろう」

「もうひとつあるんだが」ブルーノは遠慮がちに言った。「リリーはあんたたちが監視されているると思っている。それが本当かどうかはわからないが――」

「目くらましの用意はしてある」ショーンが言った。「ダウンタウンの〈マリオット〉に部屋を予約しておいた。深夜にマイルズと会うことになっている。おれは彼のジープでそっちに向かう。マイルズは明日、おれの車にリヴとエイモンを乗せてタマラのところへ連れていく。だから、たとえ車を追跡されていても心配ない」

ブルーノは安堵《あんど》のため息をついた。「ああ。ありがとう」

「なぜアーロのところに泊めてもらわなかった？」ショーンが不服そうに言った。「サンディのほうが行きやすかっただろう。道路がつながっているんだから」

「アーロが招待してくれなかった」

「いつから、人の人生や土地や生活をめちゃめちゃにするのに招待が必要になったんだ？」

「それはマクラウド家の信条であって、おれのではない」

「そうか？」ショーンはおもしろがっているようだ。「まあ、楽しみに見守ろう。待て、まだ切るな。ローザがおまえと話したがっている」

ブルーノはピンで刺されたみたいに飛びあがった。ローザと話す心の準備はまだできていない。「ローザがそこで何をしているんだ？」

「おれはデイビーの家にいるんだ」ショーンがひどく楽しそうに言った。「デイビーとマーゴットのいちばん下の赤ん坊が生まれてからというもの、ローザはずっとここにいる。今やヘレナがナンバーワンのアイドルだ。エイモンはその座をおろされた。かわいそうに」

「だめだ！　まだローザを出さないでくれ！　待て」

「ブルーノですよ」ショーンの声がそう言ったかと思うと、その三倍の大きさでローザの声が響いた。

「ブルーノ？　いったい何をしているの《ケ・カッソ・スタイ・ア・ファーレ》？　あなたが死んだって電話をかけてきたあの刑事はなんなの？」

「すまない、叔母さん。おれは死んでいないから――」

「まったく！　心臓発作を起こすところだったわよ！」

「わかるよ、でも神にかけて言うが、おれは――」

「もう二度と、あなたが自分の頭を吹きとばしたなんて話は聞きたくないわ。血圧があがって、発作が起きるところだったんだから！」

「本当に悪かった。もう二度とこんなことは起きないから」本当に頭を吹きとばしたことを謝っているみたいにブルーノは繰り返した。

「それから、死体がどうのっていうのはなんなの？　あなたが殺したの？　店の外で？　賢明とは言えないわね」

「殺すつもりじゃなかったんだ」ブルーノは説明した。「おれはただ――」

「それに女性が関係しているって聞いたわよ。誰なの？」

ローザは遠まわしな言い方は絶対にしない。「知りあったばかりだから、あまり――」

「いい子なのね？」

ブルーノはリリーがいたほうに目を向け……その姿が消えていることにぎょっとした。あわてて周囲を見まわすと、彼女は高いところにいた。

崖のてっぺんまでよじのぼって、霧に覆われた渓谷を見おろしている。激しい風が吹いて霧が切れ、雪をかぶったアダムス山の美しい姿が一瞬見えた。リリーはそれを見つめていた。風にあおられた髪が、白い雪に鮮やかな旗のように映えている。彼女の姿は美しく、孤独だった。誇り高く、力強い。

「ああ、叔母さん」ブルーノは静かに言った。「いい子だと思う。だが、助けを必要としているんだ。面倒に巻きこまれている」

「じゃあ、助けてあげなさい。ラニエリ一族にけんかを売る者はいないわ。連中の汚いお尻を蹴ってやるのよ。いいわね？」

ローザの血の気の多い言葉に、彼は笑った。「そうするよ。約束する」

「彼女は赤ちゃんが好きかしら？」

叔母さんときたらあきれたものだ。「おれたちはまだそんな関係じゃない。追いかけてくる殺し屋に気をとられているからね」

ローザが舌打ちした。「若い人たちときたら、すぐに何が大切かを忘れちゃうんだから。あなたは――」

「その話はやめよう、叔母《ティ》さん」ブルーノは大きな声で言った。「おれは忙しいんだ。もう切るから。愛している《ヴオッリオ・ベーネ》よ。それじゃあ」

大叔母がまだ何かわめいている途中で電話を切り、その場に座って岩のまわりに吹きつける風の音に耳を傾けた。その甲高い音が神経を静めてくれる。ケヴに電話をかけてみようか？　でもなぜ？　説教をする以外に、彼に何ができるというんだ？

崖のてっぺんにいるリリーに目をやった。彼女の全身からにじみでている挑戦的な態度が、無言の非難を伝えてくる。

まあ、いい。ケヴへの電話はあとにしよう。ひとりの男が一日で受けられる文句の量は決まっている。リリーにはまだ、おれに言い足りないことがあるだろう。

まだまだあるはずだ。

14

ゾーイは長い脚を組んで、デイビー・マクラウドのリビングルームで録音された会話をふたたび聞いた。聞きながら、腿に力をこめて、脚のあいだのうずきをひそかに楽しんだ。

ベビー用品店での任務をこなした工作員のメラニーが、キーボードをたたいて特定の音を抽出するプログラムを操作した。ナディアとホバートはそれを横から見ている。

作戦はうまくいった。ローザ・ラニエリのバッグに入っている携帯電話のスピーカーから、遠隔操作で音を拾うことができた。バッグはマクラウド家のがらくたにまぎれてどこに置かれるかわからず、不確かな要素が多かったが、ゾーイは賭けに出た。そして、それは吉と出たのだ。

長時間眠っていないにもかかわらず、彼女は驚くほどすがすがしい気分だった。頭もしっかり働いている。ローザとお供のマイルズ・ダヴェンポートがマクラウド家から出るのを長距離監視カメラで確認するやいなや、機上からメラニーとホバートにベビー用品店での作戦を指示したのだ。ゾーイは自分に満足していた。キングもそうだった。彼はわたしを特別だと言ってくれた。チームリーダーにしてくれた。今夜、電話でごほうびの一節を読むと約束してくれた。

ゾーイの腿とヒップに力がこもり、オーガズムを引き起こした。腿が熱くなる。オーガズムは声が出るほど強烈ではなかったが、彼女は録音された音声の一部を聞き逃してしまった。

「もう一度再生して。最後の二十秒だけ」

メラニーはとまどったようだが、指示にしたがった。ふたたび声が聞こえてきた。ショーン・マクラウドだ。雑音のせいできんきんした声になっているが、一方的な会話はなんとか聞きとることができた。

〝……ダウンタウンの〈マリオット〉に部屋を予約しておいた。深夜にマイルズと会うことになっている。おれは彼のジープでそっちに向かう。マイルズは明日、おれの車にリヴとエイモンを乗せてタマラのところへ連れていく。だから、たとえ車を追跡されていても心配ない……〟

赤ん坊の泣き声が響き、老女のイタリア語が聞こえた。〝ダイ・ピッチーナ・ノン・ピアンジェレ、ダイ……〟

「赤ん坊の声を消せないの？」ゾーイはいらいらしながら言った。

メラニーの指が忙しくキーをたたく。「やってるわ」

ショーン・マクラウドの声がまた聞こえてきた。〝……いつから、人の人生や土地や生活をめちゃめちゃにするのに招待が必要になったんだ？……そうか？　まあ、楽しみに見守ろう。待て、まだ切るな。ローザがおまえと話したがっている〟

「そこでとめて」ゾーイは言った。「マイルズ・ダヴェンポートのトラックに追跡装置をつけた？」

「マンフレッドがすぐに行ったわ」メラニーが答えた。

「セスとレインの島っていうのは？　セスとレインって誰なの？」

「セス・マッケイとレイン・レイザー」ホバートがすかさず答える。「マッケイはマクラウド兄弟の仕事仲間だ。ふたりはサン・ファアンに島を持っている。ストーン島だ。ここに地図がある。衛星写真も」

　ゾーイはホバートがさしだしたプリントアウトをちらりと見てから指を振った。「あとで見るわ。アレックス・アーロのことは何かわかった？」

「残念ながらあまりわかっていない」ホバートが答えた。「軍隊でデイビー・マクラウドと一緒だったのはわかったが、それ以前の情報を探すのは手間がかかった。改名しているんだ。元の名字はアルバトフ。ニューヨークのコニーアイランドの出身で、ウクライナ系だ。彼の一家は武器の密売で有名だったが、父親のオレグ・アルバトフが癌《がん》と診断されてから勢いを失った。今のボスはアレックスのいとこのディミトリ・アルバトフだ」

「アレックスは軍隊に入ってからはまったくだし、その前もあまり家族のビジネスにはかかわっていなかったようよ」ナディアが言った。自分も役に立つところを見せたいようだが、ホバートが彼女に向けた表情を見ると、調査はすべて彼がしたようだ。「家族からは厄介者扱いされているらしいわ。完全に足を洗ったみたい」

「ご立派だこと」ゾーイは言った。「今は何をしているの？」

「ひとりで警備コンサルタント会社をやっている」答えようとしたナディアをさえぎってホバートが言った。「個人的に紹介を受けて、私企業のサイバーセキュリティなんかを担当しているようだ。だから彼の個人データを探すのはことさら難しいんだ」

「でもあなたはやりとげた」ゾーイは猫撫で声で言った。「そうでしょう？」

ホバートが得意げに微笑んだ。「もちろん」

「誰か、やる気ある？」きくまでもないが。

「わたしがやる」ナディアが勢いこんで言った。「今からポートランドに向かうわ」

「サム・ピートリー刑事は？　誰か彼についている？」

不意をつかれたらしく、メラニーの口があんぐりと開いた。「ええと……」

「ローザ・ラニエリの携帯電話に仕込んだのと同じソフトを彼の電話にも仕込んでほしいの」ゾーイは言った。「言わなくてもわかると思っていたわ。今日、ブルーノ・ラニエリがピートリーと話したけれど、その会話をぜひ聞きたかったわね。ピートリーのところにわたしたちの仲間四人の遺体があるのよ。それを知っているのはわたしだけかしら？　考えればわかることだと思うけど」

メラニーの口が動いた。「ええと……今夜わたしが行くわ。そして——」

「違う」ゾーイは鋭い口調で言った。「あなたじゃない」

「でも——」

「だめよ」ゾーイはメラニーをじっくり見ながら言った。「あなたの外見はこの仕事に合わない。あなたに合うのは、清潔感のある郊外の母親役。尻軽女の役は無理よ」ゾーイの視線はナディアに向いた。ナディアが、尻軽女役に選ばれたのを自慢するように顎をあげる。ゾーイはこの女が嫌いだった。特別グループ出身の女たちはみんな感じが悪い。優秀だけれど。

メラニーが顔を赤くして言った。「わたしだってできるわ！」

「たぶん、彼が寝ているあいだに家に忍びこんで、電話にソフトを仕込むだけですむと思う。でも、もし個人的なアプローチが必要になったら……」ゾーイは途中で言葉を切った。「わたしがやるわ。あなたはマクラウド兄弟のすべての車に追跡装置をつけてちょうだい。見つからないような装置をね」

「何週間も前にマンフレッドがやったじゃないの」メラニーがふてくされた様子で言った。「彼らの動きは全部追ってきたでしょう？　見たければ——」

「いいえ、あなたが優秀なのは見なくてもわかる」ゾーイは手を振って断った。メラニーは傷ついたようだった。厳しすぎるかもしれないけれど、わたしはリーダーとしての威厳を身につけなければならないのだ。そのためには無慈悲にならなければ。

「ローザ・ラニエリがリビングルームにバッグを置いてくれて助かったわ」メラニーが言った。自分の欠点ではなく成功に注意を引きたいのだろう。「それも、ショーン・マクラウドの今夜の計画を聞けるタイミングで。子供たちの声がなければフィルタリングもなしで聞こえたんだけど」

「子供たちといえば」ゾーイは、隣の部屋との境のドアに目をやった。隣室にはベビーカーが置いてある。赤ん坊たちはさっきまで寝ていたが、男の子のほうがちょうど目を覚まし、大声で泣いていた。その声はゾーイをいらだたせた。集中するには静かな環境が必要だ。続いて女の子も目を覚まし、泣き声は倍になった。工作員たちはベビーカーのなかの赤ん坊たちを途方に暮れた目で見つめた。

「どうしたのかしら?」ゾーイは言った。「おなかがすいたのかしらね。黙らせて。ベビーフードを持っている？　哺乳瓶は？」

「それはシッターの仕事よ」メラニーが身がまえて言った。「わたしたちの仕事じゃない。それに、ほしければベビーカーに哺乳瓶が入っているわ」

ホバートが腕時計を見た。「とっくにシッターがあの子たちを連れに来ている時間だ。四十分遅れている」

「シッターに電話して」ゾーイは命じた。「それまで、あの声をなんとかしてちょうだい。薬か何かあるでしょう。我慢できないわ」

メラニーがためらった。「それは規則で禁じられているじゃないの。過去に、鎮静剤の使用でよくない結果が出たから」

「じゃあ、何かほかの手を打って。なんでもいいから、とにかく静かにさせてよ」ゾーイはいらだった。

「ベビーカーをバスルームに移してみるわ」ナディアが言った。「あいだのドアを閉めれば、二枚のドアで音をさえぎることになるでしょう」

「ふたり乗りだから大きすぎてバスルームのドアを通れないよ」ホバートが口を挟む。

「じゃあ収納庫にするわ」ナディアが言った。「そっちのほうがドアが大きいもの。横にして入れれば大丈夫よ。ホバート、手伝って」

ゾーイは、ナディアとホバートがふたり乗りベビーカーを泣き叫ぶ赤ん坊ごとまっ暗な収納庫に入れるのを見守った。ドアが閉まり、泣き声は三分の一の大きさになった。続き部屋のドアも閉めると、ほとんど聞こえなくなった。だいぶましになったわ。

「これでいいわ。明日ショーン・マクラウドを尾行するときは、ジェレミーとハルとマンフレッドがチームに加わる。わたしはピートリーの件を片づけたあと、彼らとここポートランドで合流するわ」ゾーイはメラニーを、続いてホバートを見てさらに続けた。「あなたたちはここに残ってわたしたちの動きを確認して」次にナディアを見る。「あなたはアーロに専念してちょうだい。さあ、行って」

ナディアは尻軽女を演じるためにいそいそと出ていった。メラニーが顔を赤くして唇を噛みしめる。ゾーイは満足してその様子を見つめた。ピートリーを監視網に加えることを思いつかなかった罰よ。ホバートも同じ。彼らは恥をさらして本部に残るのだ。いい教訓となるだろう。ゾーイは地域内にいる工作員を全員自分のチームに加えた。だが、このふたりの愚か者だけは別だ。

ホバートは何も言わずにコンピュータの画面に顔を向けた。戦闘に出なくてすんでほっとしているのだろう。インテリぶった意気地なしだ。

「必要な供給品のリストをあなたのコンピュータに送ったわ。ほかに役に立ちそうなものがあったら、つけ足してちょうだい。全部用意して、今晩までに荷づくりしておいてね。午後九時に、ここでチームに指示を出すわ」

「ひとつちょっとした問題がある」ホバートがリストを見ながら言った。

「問題のことなんて聞きたくないわ」

彼が申し訳なさそうに目をあげる。「それだけの時間で武装したＳＵＶを用意するのは無理だ。その手のものを調達するには時間が必要だよ。明日の午後までには用意できるかもしれないが――」

「前もって用意していなかったなんて信じられない。チャンスを逃してしまうでしょう？」

「多めに金を払えば午前中に――」

「普通のＳＵＶでいい」ゾーイは怒鳴った。「武器なしでなんとかするしかないわ。いいわね？　じゃあ、はじめて」

　ふたりは仕事にとりかかった。

　やっとひとりになったゾーイは、長い脚をデスクにのせて、白いウェッジソールのサンダルに包まれた爪先までをうっとりと眺めた。マウスをクリックして、音声をはじめから再生し直す。ローザ・ラニエリがベビー用品店から意気揚々と帰ってきたところ。その後、ピートリーから電話がかかってきたところ。イタリア語で嘆き悲しむ声が続く。

　ゾーイは今夜への期待に気をそらされないように努めた。今夜、ひとりの部屋にかかってくる電話のこと。ベッドに横たわり、自分の見事な成果をキングに話すこと。

　武装したＳＵＶが手に入らないのは残念だ。安全に進めたいところだが、本音を言えば、そこまでやる必要もないと思っている。

　明日、わたしはキングに与えられた任務を成功させる。レジーの失敗をすべて帳消しにできる。

　キングは喜んでくれるだろう。そして、レベル10のごほうびとして三十節を全部唱えてくれる……。

すてきだわ。ああ、なんてすてきなんだろう。

リリーはストーブの横の椅子でもぞもぞと体を動かした。山腹での穏やかな時間は長く続かなかった。彼女に聞かせまいとした携帯電話での会話のあと、ブルーノは石のように黙りこくってしまった。リリーが驚いたことに、崖をくだるのはのぼりよりつらかった。自然の法則に矛盾している。物理の法則と逆の現象が起きるなんて、侮辱されている気分だった。いったいどういうこと？　膝と足首がいまだにぶるぶる震えている。

でも考えてみれば、ここ最近のわたしの生活はすべてが自然の法則に矛盾している。論文を書いて生計を立てている温厚な――温厚とは言えないまでも比較的無害な――若い女が、残酷な殺人の標的になるなんておかしいわ。ブルーノが言うとおり本当にマグダとはなんの関係もないとしたら、彼らはわたしに何を求めているのだろう？　なぜわざわざそんなことをしなければならないの？　わたしを殺して得をするとは思えない。それに、たしかに思ったことを口にしてしまう傾向はあるけれど、わたしは誰かにそんなにひどいことを言った覚えもない。それは間違いないわ。

そしてブルーノの沈黙。これも自然の法則に矛盾している。山小屋に帰ってくると、彼は働きはしたが、不気味なほど静かだった。火をおこし、三つの拳銃を手入れして弾をこめ、ベッドの用意をし、ふたたび火をかきたてた。それから、おいしい料理をつくった。それをふたりは黙って食べた。食べ終わるとブルーノは皿を洗った。どれもわたしには手伝わせなかった。レタスを洗ったりマットレスにシーツをかけたりすれば、わたしの心の安定がさらに失われると思っているのだろうか？　リリーは手伝おうとしたがかたく拒絶され、結局今は、椅子の上で体を丸めていた。ああ、ドアの下から出ていけるほど体が小さくなれればいいのに。沈黙が耐えられなかった。

彼女は躍る炎を見つめることに没頭しようと努めた。ブルーノはシンクで音をたてながら皿を洗っている。やがて音がとまった。

リリーはうなじがぞくぞくして振り返った。彼がビールの六缶入りパックを持っていた。ブルーノはビールを見てから彼女を見て、冷蔵庫にビールを戻した。「どうぞ飲んでちょうだい。わたしは自分の意思で飲まないのだから。ほかの人がビールを飲んだからってとやかく言わないわ」

「そうじゃないんだ」ブルーノが言った。「こんなときに酒を飲んでいるところをケヴに見つかったら、尻を蹴られる。警戒を怠ると命を落とすぞ、と言われるだろうね」彼は肩をすくめた。「もっともケヴも、恋をしてからはあまりそんなことを言わなくなったが。どうやら今の彼にとって、世界は以前ほど危険じゃないらしい」

「あの連中もここには来ないから、どうぞ飲んで」

ブルーノは火の近くのスツールに座った。「いいや。連中が何人で、どこにいて、何を持っているかわからない。そのせいでおれはひどく緊張しているんだ」

「気づいていたわ」

「そんなにひどかったか?」

「ええ、とっても。有害ごみみたいに」

彼は笑ったが、その声もすぐに小さくなった。「悪かった」

「いいのよ。わたしも普段よりちょっとだけ意地悪になっていたから」

ブルーノが片方の眉をつりあげてこちらを見た。「ちょっとだけか?」

「ちょっとだけよ」リリーはきっぱりと答えた。「わたしは普段から不機嫌で気難しいの。覚えておいてね」

彼がえくぼを見せた。「警告してくれるとは親切だな」

リリーは鋭く息を吐いた。「親切にしようと努力しているの」

ふたりはしばらく、火のはじける音に耳を澄ました。

「普段、か」ブルーノが言った。「どんなふうなんだ?」

「え?」彼の鋭い目に見つめられて、リリーは混乱した。「なんのこと?」

「きみの〝普段〟がどんなふうなのか見当もつかない。出会った状況が異常だからね。だからヒントをくれ。きみにとっての普段とはなんだ?」

彼女が長いことためらっていたので、ブルーノは不安そうな顔になった。娼婦をしているとか、地下室でドラッグをつくっているとか言いだすとでも思っているのかしら？

まあ、いいわ。白状しよう。「論文を書いているの」

ブルーノは眉根を寄せた。「なんの？」

「なんでも。どんなテーマもありよ。代金を払ってくれる人の求めに応じて書くの」

彼のとまどいの表情が驚きに変わった。「つまり……ずるをする学生のためか？」

「そうよ」リリーは非難されるのを覚悟して答えた。

だが、ブルーノはただ興味をそそられただけのようだ。頭を傾けて彼女をじっと見つめる。

「誰に雇われているんだ？　大学生か？」

「ええ。いろんなタイプがいるわ。英語が苦手な外国人学生とか、外国人じゃないけど英語が苦手な学生とか。あとは、パーティーで忙しい金持ちの学生とか。彼らのおかげでわたしはいつも忙しいのよ」

「驚いたな」彼がつぶやいた。「きみはなんの学位を持っているんだ？」

リリーは首を振った。「何も。とることができなかったの」

ブルーノが眉をひそめた。「だが……論文を書くのが上手なら――」

「コロンビア大学に行ったの」彼女は説明した。「奨学金で。四年間で文学の学士号と博士号をとるつもりだった。あと一年を残し、卒論の準備もできていたのに、ハワードが家の固定資産税を払っていなかったことがわかったの。何年も滞納していたのよ。わたしが一万八千ドルつくらなければ、ハワードは家を失うところだった」

「ひどい話だな」

「ドラッグ依存症だというだけで厄介なのに。でも、ホームレスにはさせたくなかったのよ」

「わかるよ」

「ちょうど、知りあいのギリシャ人が薬物学史の博士論文に苦しんでいたの。代わりに書いてくれたら三千ドル払うって言われてね」リリーは肩をすくめた。「断れなかった」

「そりゃあそうだろう。おれだって断れない」

彼女は目をぱちくりさせた。わかってくれるのね。「それから噂《うわさ》が広まって、紹介で頼まれるようになったの」

「固定資産税は払えたのか？」

「ええ。でも学位はとれなかった。時間がなくて。一日十二時間論文を書き続けていたから。それに、ハワードにまた別の問題が起きたの」

「問題？」ブルーノが静かにきき返した。

「薬を大量に飲んで自殺をはかったのよ。それで、彼を病院に入れることにしたの。やっとその料金を払う方法が見つかったからね。あと、彼に監視がつけばわたしは夜眠れると思ったの。論文を書いていないときは、という意味だけど」

「大変だったんだな。気の毒――」

「同情してほしくて話しているわけじゃないわ」リリーはさえぎった。

ブルーノが両手をあげる。「わかった。同情なんかしないよ」

重い沈黙のなかで、火が音をたててはじけた。今こそ、肝心な部分を話すときだわ。「ハワードを病院に入れたらますます忙しくなったの。自分の生活費と、病院に毎月払う一万一千ドルを、その仕事だけで稼がなきゃならなかったから」

彼が顔をしかめた。「一カ月でそんなにかかるのか」

「それでも比較的安いほうなのよ。これがわたしの〝普段〟だった。不正を働く学生のために論文を書くことが。言いたいことがあったら言って。覚悟はできているわ」

「そうか？」ブルーノは笑いをこらえようとしている。「なんの覚悟だ？　おれは何を言えばいいんだ？」

「言わなくていいわ。これまでに何度も言われているから。能力の無駄づかいだ。豚に真珠だ。金のために才能を売っている。罰あたりだ。いろいろ言われたわ。親友のニーナが胸を痛めてくれてね。ハワードのことなんか放っておいて、なりゆきに任せればいいと言ったわ。でもわたしには……できなかった」リリーは目を伏せた。「ところがそれが裏目に出てしまって。どっちにしても最悪のことは起きてしまった。ハワードは死んだ。あれだけの努力が全部水の泡よ」

「いいや」彼が毅然《きぜん》とした声で言った。「きみの友達の言うとおり、もっと賢いたちまわり方はあったと思うが、おれはきみの努力を称賛するよ」

リリーは不意をつかれた。「ええ……ありがとう」

「どこかに書いてあったが、愛のために何かをするなら、その努力は決して無駄にはならないそうだ」

頭のなかに記憶がよみがえる。遠い昔の、リバーサイド・パークで過ごした日曜日。ハワードとトランプで遊び、冗談を言いあい、笑い、通りすぎる人々を観察した。目に涙がこみあげ、リリーはブルーノから顔をそむけた。

「グリーティングカードに書いてありそうな陳腐な言葉はごめんだわ」

彼が笑いをこらえて言った。「強いな、きみは」

「ええ、それがわたしなの」彼女はこれ以上深い話はしたくなかったが、沈黙には耐えられなかった。「それで、あなたは？　あなたにとっての〝普段〟はどんな感じ？」

「なぜ聞くんだ？　おれのことはなんでも知っているんだろう？」

リリーはひどく傷ついた。「そんなことないわ！　あなたが食堂の共同経営者なのは知っている。爪や教育玩具を売る会社を経営しているのも知っているわ。でも、それだけよ。すごく表面的なことだけ」

「ほかに何があるというんだ？」

「あなたはわざと愚かなふりをしてわたしをいらだたせようとしている」

「ああ、そのとおりだ。おれは普段でも愚かで人をいらだたせる。それで、きみは何を知りたいんだ？」

「今の自分をどう思っている？　気に入っている？　満足している？　それが、子供のころに夢見ていた自分の姿？」

ブルーノが火を見つめた。「わからない」不本意そうな声だった。「ビジネスはうまくいっている。会社を経営して指揮をとるのは好きだ。だが、もともと明確な計画があってはじめたことではなかった。ただ、ケヴのデザインに可能性を見いだしてはじめたことだ。とにかく稼ぎたかった。金があれば自分が……」

「何？」彼が黙ってしまったのでリリーは先を促した。「自分がなんなの？」

ブルーノが手を振った。「わからないが、自分が守られている気がしたんだと思う」

「何から？」

彼が顔をしかめた。「なんだろう。自分を価値のない人間だと感じることとか、恐怖を感じることからじゃないかな」

次の質問をする勇気を奮い起こすのに一分はかかった。「うまくいった？」

ブルーノの顔は石のように無表情だ。「いいや」

リリーは時間をかけて涙をこらえた。「あなたもわたしもとんでもなく惨めね。虫とり網で月を追いかけているみたい」

彼の顔にえくぼが浮かんだ。「ずいぶん詩的に表現したな」

「わたしたち、頭のいかれた詩人タイプね」

頭のいかれたと聞いて、ブルーノの顔から笑みが消えた。彼はふたたび無表情になって立ちあがった。「もう遅い。明日は忙しい一日になるから、少し寝たほうがいい。マクラウド兄弟を相手にするのはエネルギーを使うからな」

失敗だわ。せっかくの穏やかな時間をひょんなことで台なしにしてしまった。でも、このまま追い払われる気はない。「マクラウド兄弟の話をするときのあなたって、いつも苦い薬を嚙んでいるみたいな顔をするのね。彼らとのあいだに何があるの？　そんなに嫌いなの？」

ブルーノは落ち着かない様子を見せた。「いいや、嫌いではない」

「嘘よ」リリーはきっぱりと言った。「白状しなさい」

「本当だ。彼らに問題はない。問題があるのはおれのほうなんだ。去年のパリッシュ家の事件を知っているだろう？　ケヴの記憶喪失のことも、彼が血のつながった兄弟を見つけたことも」

「新聞に載ったことは全部読んだわ」

「それなんだ。ケヴの兄弟は――彼らはケヴにそっくりだ。賢いし、ケヴ同様、博識だ。ケヴとその兄弟はみな一風変わった子供時代を過ごし、ケヴはそれを思いだした。おれがそんな彼らにどんな思いを抱くと思う？」

「彼のために喜ぶことはできない？」リリーは思いきって言ってみた。

「ああ、無理だな」

「そんなにいやなの？」

「ああ。ケヴはおれにとってただひとりの兄弟だった。それなのにある日突然、彼に三人の、もっと優秀な兄弟ができたんだ。おれよりも射撃がうまくて筋骨隆々で、何かあれば彼の身を守れる兄弟がね。そして家族で親睦を深め、美しい妻たちがケヴにキスをし、甥《おい》や姪たちが行方不明だったケヴおじさんを囲む。おれはまるでばかみたいに、よかったなとケヴに言うんだ」

「自分が心の狭い人間に思えるのね？　それがあなたの問題なの？」

「そうだ。自分でも未熟だと思うよ。話題を変えないか？　これ以上続けたら、ますます落ちこみそうだ。おれは自分勝手なろくでなし。以上だ」

「そんなことないわ。誰だって同じように感じるわよ。自分でそれを認めるか認めないかの違いだわ。あなたは自分の気持ちを正直に言った。それだけのことよ」

「それがろくでなしの定義だ」ブルーノが苦々しげに言った。「黙っていられない愚かな男というのがね」

「違うわ。それはろくでなしの定義じゃない」リリーは静かに言った。

「そうか？　とにかく、おれは自分を心の狭い人間だと思いながらもマクラウドの連中を利用している。彼らはおれにノーと言えないんだ。ケヴのために。だから、おれは自分勝手な目的のために彼らを利用する。おれにはろくでなしとしか思えないね」

「どうやって利用するの？」

「彼らにきみを助けてもらうんだ。ケヴの双子の兄が迎えに来る。彼らはきみが隠れる場所を見つけてくれるだろう。そして、きみをねらう連中の正体を突きとめる手助けをしてくれる。彼らはおれを悩ませるかもしれないが、同時に役に立ってくれるんだ」

リリーは彼を見つめた。「ブルーノ、彼らはわたしを知らないのよ。わたしを助ける義理なんかない。わたしには彼らに払うお金もないわ。彼らがいつまでそんなことをしてくれると思うの？」

「おれがもういいと言うまでだ」

「あなたにそれだけの影響力があるわけ？」

「ありとあらゆる影響力を使うよ。なんとかなるだろう。彼らが助けるのにうんざりしてきたら、別の方法を考えるさ」

ブルーノが挑むように彼女を見た。言いたいことがあれば言えと挑発している。

「もうひとつききたいことがあるわ」リリーは静かに言った。「あなたとわたしは知りあったばかりで、あなたはわたしのことをほとんど知らない。あなた自身はいつまでこんなことを続けられるの？」

彼が肩をすくめた。「そのうちわかるだろう」

リリーは首を振った。「だめよ。わかるまで待つんじゃ、わたしがどうかなってしまう。助けると言ってくれるのはありがたいけれど、もっといい考えがあるわ。わたしをバス停まで送って、国内のどこかまで行く切符とサンドイッチを買えるだけのお金を貸して。そして幸運を祈ってちょうだい」

「それはできない」

彼女は顔を手で覆った。「ああ、ブルーノ。お願いだから——」

「きみはわかっていない、リリー」ブルーノがさえぎった。「おれは気難しくて言ってるわけでも頑固で言ってるわけでもない。文字どおり、できないんだ。きみと離れて、きみをバスに乗せることなんてできない。そんなことは考えられない。すまないが」

「もし、わたしがただ姿を消したら？　そうしたら、あなたは強迫観念から解放される？」

「いいや。きみを追うだろう。そして、ひどく腹を立てる」

「このところ腹を立てている人たちに追われっぱなしだわ。あなたにまでそんなことされたくないわ」

「よし。じゃあ、黙っておれの助けを受けろ。きみにはほかに選択肢がないんだから」ブルーノは近づいてくると、リリーの肩に手を置いた。彼のエネルギーに圧倒されそうになる。

彼女は目を細めてしばらくブルーノを見つめた。「わたしを怖がらせようなんてしないで」

噛みしめた歯のあいだから言う。

「どうするのがきみにきくか試しているんだ」

「永遠にきかないわよ。わたしを怒らせるだけだわ。わたしを守らなければならないという強迫観念は、わたしとベッドをともにしたから生まれたものなんでしょう？　わたしに対して責任があると思っているんでしょう？」

ブルーノの指に力がこもった。「やめろ、リリー」

「そんなのばかげているし、間違っているわ。古くさい考え方よ」

薄暗い部屋が急に狭く、暑くなった気がする。ブルーノの手を肩から払いのけると、リリーは彼を見つめようとした。だが、ブルーノの目の底知れぬ闇に引きこまれそうになる。

「その話はやめよう」彼が言った。

「悪いけど、わたしもあなたと同様、口をつぐんでいられないの。あなたは万物の王みたいな雰囲気を漂わせているけれど、それがうっとうしいのよ。そんなふうにされても、わたしは性的興奮を覚えないから。ただ皮肉を言いたくなるだけ。そこからだんだんエスカレートして、汚い言葉を気がすむまで叫んで終わるのよ」

「おれはそれから逃げられそうにないな。なんて運がいいんだ」

「決めるのはあなたじゃないのよ。あなたはわたしの命の恩人だし、この恩は一生忘れない。でも、あなたが背を向けたとたん、わたしはここを出ていくわ。頭のいかれた人間らしく」

「じゃあ、おれは背を向けないようにしよう。永遠に」

リリーは顎が痛くなるまで歯を噛みしめた。「無理よ」

「きみは疲れている。寝なければいけないよ。どうせ今夜は決着がつかないんだから、横になれ」

彼女はベッドに目をやり、唇を噛んだ。

「心配するな。きみひとりで使っていい」

失望が下腹部で冷たいかたまりとなった。どれだけブルーノとの体の触れあいを望んでいるか、はじめて自覚した。なんでもいいのだ。抱きしめてくれるのでも、背中をさすってくれるのでも、寄り添ってくれるのでも。とにかく何かしてほしかった。彼が与えてくれる感覚がほしくてたまらない。ブルーノのことを追いかけはじめた数週間前からそうだった。

「あなたはどこで寝るの？」

「心配しなくていい」ブルーノがぶっきらぼうに答えた。

「ばかげているわ！　ベッドはひとつしかないのよ。疲れているのに椅子で寝るつもり？　わたしがそんなに怖い？」

彼の顎が引きつった。「ああ、かなりね」

「安心して、ブルーノ！　あなたの貞操を脅かしたりしないから」

「そんなことはどうでもいい。誰かが起きていなければならないんだ。そして、それはきみじゃない」

リリーは冷静な声を出そうと努めた。「あなたが椅子に座って銃を握りしめながらあたりをにらんでいたら、わたしは眠れないわ」

「静かにするから」

彼女は首を振った。「あなたが横になるまでわたしも横にならない。絶対に」

ブルーノが顔をしかめて火を見つめる。リリーはその肩に手を置いた。彼の筋肉がぴくりと動く。

「お願いよ、ブルーノ」彼女はささやいた。「お願いだからあなたも休んで」

ブルーノは目をこすった。「わかったよ」うなるように言う。

三十分後、ふたりはともに靴以外はすべて身につけたままベッドに横になっていた。ブルーノはリリーに上掛けのなかに入るよう言ったが、自分は上掛けの上で彼女に背中を向けて横たわり、体に革のジャケットをかけた。

リリーは、防壁のような彼の肩を見つめた。ブルーノは眠っていなかった。動かないが、頭のなかがフル回転しているのが感じられる。

彼女も眠るどころではなかった。頭がくらくらする。どういうわけか、ブルーノが自分をどう思っているかはもう気にならなかった。そんなことを気にしてどうなるの？　わたしには隠すものはない。彼はわたしについて、ほかの誰も——ニーナでさえ——知らないことを知っている。ブルーノを誘惑するまで、わたし自身も知らなかったことを。たとえば、彼とベッドに入ると野生の猫みたいなあばずれになってしまうこと。誰がそんなことを想像しただろう？　これまでの自己イメージとはまったくそぐわない。性に貪欲なリリー。そして、彼がわたしをどうかしていると見なしているという事実。それがとてもつらかった。

考えたくなかったが、どうしても考えてしまう。ハワードは統合失調症と診断された。彼は何年も前からおかしかった。

でも、なぜわたしはナイフを振りかざす暗殺者に追われなければならないの？　ハワードが聞かせてくれたマグダの話が戯言だったとしたら、連中はどういう理由でわたしを追っているのだろう？　何か、わたしが忘れていることがあるのかしら？　危険な人々を怒らせて、その理由を覚えていないとか？　記憶喪失とか？　あるいは二重人格とか？

いいえ。そんなことは絶対にない。ばかげているわ。ハワードはおかしかったけれど、わたしは違う。わたしはハワードとは違って論理的な思考ができるし、くだらない戯言《ざれごと》なんか言わない。

そうだ。本当に頭のいかれた人々は、自分がいかれているのかもしれないという可能性を決して受け入れない。考えに柔軟性がないのが、頭がどうかしていることの証拠だ。

やれやれ。これ以上考え続けても底なしの地獄にはまるだけだわ。考えるのをやめないと、いつまでも眠れなくなる。

リリーは、冷静な考えもそうじゃない考えも頭からぬぐい去ってくれるたったひとつのことをした。

手をのばしてブルーノの肩に触れたのだ。

15

ブルーノが電気ショックを受けたみたいに体をそらした。「リリー、驚かさないでくれ」

「わたしのことがそんなに怖いなら、背中を向けちゃだめよ」

彼は息を吐き、首を振ったが、向きは変えなかった。

「リラックスしなきゃ」リリーはブルーノを撫でながら言った。「でも、そう簡単にはいかないんでしょうね。頭のいかれた女と一緒のベッドにいるんだもの」

「やめろ。黙るんだ」

「いいえ、やめられない。ごめんなさい。ストレスのせいで神経が高ぶって、くだらないおしゃべりをしちゃうの。わかるでしょう？　あなたもそうなるわよね？」

「ときどきな。けど、最近は口を閉じるようにしている。なかなかうまくいっているから、きみにもおすすめするよ」

リリーは彼にすり寄った。ブルーノの体がこわばる。「よりによってあなたが、自制心があると言い張るの？」彼のジャケットの下に手を滑りこませる。「笑っちゃうわ」

「やめろ。頼むから」

だが、リリーはやめられなかった。彼のスウェットシャツの裾を見つけ、なかに手を入れる。ブルーノが息をのんだ。彼女は熱くなめらかな肌と、大きな背中、ごつごつした背骨、かたい筋肉に触れた。力強くたくましい体。最高だわ。

肩甲骨から肋骨へとリリーが手を滑らせると、ブルーノはあえぎながら背中をそらした。彼女は背骨に沿って下から指を走らせ、うなじに触れた。髪はきれいに刈ってあるが、わずかに巻き毛になっている。それがリリーの欲望を募らせた。

そこにキスをしたかった。でもその勇気がない。ブルーノを苦しめることになる。彼に厳しい態度でたしなめられることは覚悟できる。でもやさしさを拒絶されたら、わたしは恥ずかしさのあまり死んでしまうだろう。

ジーンズのウエストから手を入れて尻の割れ目に触れる。

「何をしている?」彼が抑えた声で言った。

「きかなくてもわかるでしょう?」

「だめだ」ブルーノが懇願するように言う。「やめてくれ」

リリーはさらに体を寄せた。「これはある意味、解放よ」彼の首に唇を押しつけて男らしい香りを吸いこむ。

「解放?」

彼女はそっとブルーノを噛んだ。「あなたはわたしのことを頭がどうかしていると思っている」

彼女が体をひねってリリーをにらむ。「そんなことは言っていない！」

「言葉にしなくても行動でわかるわ。言いたいのは、わたしは頭がいかれているから、何に対しても責任がないということよ。なんでもできるの。すてきでしょう？」手をブルーノの前にまわし、胸板をなぞる。「これまで経験したことのない新しい世界が開けるのよ」

ブルーノは彼女の手をつかむと、それ以上、下に移動しないよう自分の腹部に押しつけた。「やめろ」

「そしてこの状況では、あなたは成熟した大人としてふるまわなければならない。その役割には慣れていないでしょう？」

「何が言いたいんだ？」

「悪いことは何も」リリーはなだめるように言った。「あなたはあまり自分を否定しないわね。でも、それは責められないわ。あなたはお金持ちだしハンサムだし、女性を悦ばせることができるんだもの。そのお返しに女性たちもあなたを悦ばせる。そこにあなたが負うべき責任はない」

ブルーノは体を起こして彼女をにらんだ。「つまり、軽薄なプレイボーイだと言いたいんだな？」

「静かに。わたしに怒鳴らないで、ブルーノ。わたしは精神が不安定なのよ。忘れた？　興奮しだすかもしれないわ」リリーはからかうように言った。「だから静かにして。わたしを刺激しないで」

彼が立ちあがり、ふたたび背中を向ける。「挑発しないでくれ。頼む」

ブルーノの緊張した声に、リリーは自分をとり戻した。「やめられないわ」そっとささやく。「ごめんなさい。でもやめられそうにない」

彼が振り返った。「抱いてほしいんだな」

それは質問ではなかった。答える必要はない。ありがたいことだわ。声が出なくなっているから。リリーはただ息を吸って待つことしかできなかった。期待に胸を躍らせて。

「避妊具を持っていない。今朝、ポケットのなかに入っていたひとつだけだ」

ああ。なんてこと。

「朝、食料品を買うときに一緒にアーロに買ってきてもらうべきだったな。セックスに備えて。そのときはそんな気はさらさらなかったが」

リリーは咳払いをした。「あなたを責めたりしないわ」

「きみはピルはのんでいないだろうね。逃亡生活中だものな」ブルーノが期待をこめてさらに言った。「避妊リングをつけているとか？」

「いいえ」彼女は静かに答えた。「何もしていないわ」

ブルーノがため息をつく。「残念だな」

「だめかしら?」リリーは手をひらひらさせた。「言いたいことわかるでしょう?」

「ああ、わかるよ。普通の状況なら、おれだって大丈夫だと言うだろう。普段はコントロールがきくほうだから。だが、きみが相手だとだめだ」

怒るべきなのかどうかわからない。「なぜ? わたしのどこがそんなに特別なの?」

「さあ、どこだろう? きみとベッドに入るのはジェットコースターに乗るようなものだ。扉が閉まると、すっかり圧倒されてしまう。そして、すべてが終わるまでは終わりにできない」

「ああ、そういうことね」彼女はまっ赤になっていた。

「トニーのアパートメントで過ごしたときと同じ状況だったら、おれはきみのなかに入るよ。そうしてはいけない理由も見つからないはずだ。自分の名前も思いだせないほど何も考えられなくなり、ただ声をあげるばかりだろう」

考えるだけでリリーは下腹部がうずいた。

「少し大げさね」

ブルーノが首を振った。「そんなことはない。全然大げさじゃないよ」

ふたりは見つめあった。リリーはうなじがぞくぞくし、震えが走るのを感じた。下腹部が熱くなってくる。ふたりのあいだで希望が現実に近づきつつあった。

そして、確かな現実へと変わった。リリーにはその瞬間が感じられた。エネルギーが変わったのだ。ブルーノは筋肉ひとつ動かさず、ひと言も発しなかったが、彼のエネルギーがとめどなく襲いかかってきた。

「聞いてくれ、リリー」ブルーノの声は低かった。「本当にこのジェットコースターに乗りたいか？　きみの言うとおり、おれは成熟した大人ではない。きみに抵抗できないと思う。心の底では抵抗したくないから。きみは自分が冒している危険をわかっているはずだ」

「せめてその口を閉じて――」

「なんの約束もできない。わかってくれ」

リリーは彼を見つめた。頭のどこか隅のほうで、わたしはなんて愚かで無責任で常軌を逸しているのだろうとあきれていた。

わたしったらまるでドラッグ依存症患者みたいだ。恐怖と虚無感をいやというほど味わったあとだけに、ブルーノの誘惑に勝つことができない。彼の腕のなかにいると、自由で強くなった気がした。そんなふうに感じさせてくれるのはこの世でブルーノだけだ。ドラッグ依存症患者も、ドラッグによる高揚感をこんな言葉で説明する。でも、それすら今のリリーには気にならなかった。

彼女は上掛けをはいでブルーノを招いた。

彼の革のジャケットが音をたてて床に落ちる。ブルーノは、怒っているのかと思うほど荒々しい手つきでスウェットシャツを脱ぎ、ソックスを脱いだ。ジーンズをおろして足を抜き全裸になった彼は、とても美しかった。自分の身をさしだしているが、そこに傲慢さは感じられない。強いはずの彼の心にどこか繊細な部分があり、それがリリーに屈していた。

ブルーノもわたしを求めているのだ。顔に、目にそれが表れている。わたしの抱える問題をどう思っているかに関係なく。彼もこの欲望を味わっているのだ。喉が熱くなり、涙で視界がぼやける。リリーは立ちあがって彼から顔をそむけた。わたしの誘いにブルーノが応じてくれたからといって、感傷的になるのはばかげている。普通の男なら誰だってすぐさま応じるはずだ。これで何かが変わるわけではない。でも少なくとも、彼は傲慢な態度をとるのをやめるだろう。頭のいかれた女の愚行をとめようとしていないのだから、それだけで充分だわ。

顔をぬぐい、はなをすすって涙をのみこむと、リリーは彼をじっと見つめながらベッドをまわった。めまいがしそうなほどすてきだわ。どこをとっても完璧だ。ああ、こちらに向かって突きでている彼自身に早く触れたくてたまらない。

彼女は指で涙を払い、なんとか自制心を失うまいと努めた。そんなことは不可能だとわかっていながらも、自分の性格上やってみないわけにはいかない。それに、ブルーノは待っているのだ。ふたりのあいだには、蜂蜜のように濃厚で官能的な沈黙が流れていた。リリーはそのなかを泳ぐようにゆっくりと彼に近づいた。

ふたりの距離が数センチに縮まった。ブルーノの体が発する熱が彼女を愛撫する。リリーは彼の胸の先端を見つめた。へそを、そして肩と胸のほくろを見つめた。

ブルーノが彼女の手をとって自分の顔に持っていった。そしててのひらに、次いで親指の腹に唇を押しつける。その手を今度は自分の胸板にあてた。その瞬間、互いのあいだを行き交ったエネルギーの強さに、ふたりはともに息をのんだ。そのエネルギーが全身を駆けめぐり、リリーは体が星のように輝いた気がした。

キスを交わすのは時間の問題だったが、ふたりは恐れるかのように回避していた。実際、ひとたび唇が触れあうと、もうとまらなかった。

ブルーノがセーターをつかんで脱がせ、下着も脱がせる。リリーは髪を乱したまま震えながらその場に立ちつくしていた。腕で胸を隠したものの、自分がばからしく思えた。この期に及んで、動揺してはにかんでいるなんて。

セーターが放られ、彼が彼女の顔にかかる髪を払った。彼の高まりがリリーのジーンズにあたる。ブルーノは彼女の髪を耳にかけ、頬骨をなぞった。三つ編みを結んでいたゴムをはずし、カールした柔らかい髪をほぐす。

「見事な髪だ」顔をすり寄せながら彼が言った。「きれいだ」

リリーは笑ったが、ブルーノがボタンもはずさずにジーンズをさげはじめると、笑い声はあえぎに変わった。彼の手を借りながらリリーはジーンズから足を抜いた。「いいショーツだ」ブルーノはヒップを手で包みながら言った。「実に刺激的だよ」

彼女は目をまわしてみせた。「思いださせないで」

ブルーノがショーツを引きおろした。「わかった。これもとってしまおう」

リリーはショーツから足を抜いた。全裸で彼の発散する熱を浴びる。もし自分の肌に雪が落ちたら、熱い鉄板に落ちたみたいに音をたてて蒸発するだろう。

そのとき、何かがはじけた。どちらから先にはじめたかはわからないが、ふたりは互いをつかみ、その瞬間、重い沈黙は壊れた。

まるで攻撃しあっているかのようだった。ブルーノの体に包まれると、裸でいることをことさら強く意識する。思いも感情もあらわになる。ふたりの口が動き、舌が絡みあう。激しい渇望に、体がうずき、燃える。体だけではなく心も彼を求めていた。ああ、ブルーノがほしくてたまらない。彼のなかにもぐりこみたい。彼の体と心のなかに。彼の夢のなかを歩きたい。彼の未来を独占したい。毛布のように彼に包まれ、彼の体に絡みつき、彼の人生に編みこまれたい。離れられなくなるほどに、彼の血管に、血のなかに入りこみたい。

リリーはブルーノに抱きあげられベッドに寝かされたこともほとんど気づいていなかった。リリーは彼に包まれ、涙を流していた。それでも、自分の上に覆いかぶさっているブルーノの体をさらに求めた。彼の体がリリーをベッドに押しつけ、口が彼女の魂を引きだして自分のものにしようとする。

リリーは自ら魂を渡した。そうしなければ死んでしまう気がした。

ブルーノの唇が喉もとへと移る。そこから胸に移り、その先端を吸った。まるで胸のなかで太陽が光を放っているみたいな気分だ。その光の強さに目がくらみ、体のなかの感覚はさらに鋭さを増していく……。

突然エネルギーが全身を駆け抜け、あちこちで爆発が起こった。

われに返ったとき、リリーは震えていた。ブルーノが強く抱きしめているせいで息苦しい。ああ、絶頂に達したのね。とても激しかった。まだ胸にしか触れられていないのに。まさにジェットコースターだわ。

ブルーノはまだ足りないかのように、ひげがのびかけた顎をやさしく胸にすりつけながら下へと移動した。

リリーは彼の顔を押さえてそれをとめた。「やめて」

ブルーノが顔をあげた。「なぜ？」

リリーは彼のたくましい肩に指を食いこませて言った。「ひとりでジェットコースターに乗る気はないわ。一緒に乗る人がほしい」

「おれはどこにも行かない」ブルーノが彼女の脚を開き、秘所を手で覆う。「きみのすぐそばにいるよ」

「違うわ。わたしが言いたいのは、対等に楽しみたいということよ」

ブルーノは驚いたようだった。「何を細かいことを言ってるんだ？　あと何回かきみをいかせたら、今度はおれが達する。それでいいだろう？」

「わたしもあなたに触れたいわ」リリーは彼の頭を押さえたまま言い張った。

ブルーノはしばらく抵抗していたが、やがてあきらめた。リリーは男性自身を手と口で愛撫できるよう、向きを変えた。見事な高まりが、目の前で液をしたたらせている。そのあたたかくて男らしい香りに、彼女の口のなかにつばがたまってきた。

リリーは何度か位置を調整して、ちょうどいい角度を探した。ブルーノを愛撫するには両手を使わなければならなかった。彼は大きく、熱くてなめらかで、岩のようにかたかった。握ると、手の下で血管が脈打つのが感じられた。彼女はその先端に舌を走らせてから、口のなかへ導き入れた。手でさすりながら、舌を這わせる。彼がどんなに震え、うめき、身をよじっても、リリーはまだ物足りなかった。自分が女神になったみたいに強く感じられる。

ああ、なんて幸せなのだろう。

幸せ？　わたしには幸せなんて無縁だわ。セメントを積んだトラックの車輪にひかれるみたいに心を粉々にされるのよ。

突然の恐怖に、募っていた興奮が冷めそうになったが、ブルーノがそれを防いだ。彼はリリーの腿のあいだに顔をつけ、口で愛撫しはじめた。

リリーには、ベッドに体をあずけてめくるめく快感にあえぐことしかできなかった。彼の口がやさしく秘所を覆い、舌がさまざまに動く。

やがてふたりは最適な体勢を見つけた。リリーはブルーノの頭に腿を巻きつけながら彼を吸った。ブルーノが腿のあいだをなめながら微笑んでいるのがわかる。彼女のほうはもちろん、そんな余裕はなかったが。

彼は、リリーが降参してベッドに手足を投げだすまで攻め続けた。彼女は光り輝く波にのまれたあと、やさしい波に洗われた。

しばらくして虹色の余韻から覚めると、ブルーノが隣で脚を組んで髪を撫でてくれていた。彼の目を見てリリーは怯えた。自分がむきだしになっている気がする。希望に満ちている気がする。

「達したときのきみはとても美しい」

リリーは咳払いをした。「ごまかさないで。あなたはまだ達してないわ」

ブルーノが微笑んだ。「そのほうがありがたいね。頭が爆発してしまうだろうから」

リリーは彼の高まりをつかみ、ふたたび口のなかに招き入れた。ブルーノが片手をリリーの髪にさし入れ、もう一方の手を、高まりをつかむ彼女の手に重ねる。彼の口から荒い息がもれた。

長くはかからなかった。ブルーノが叫びながら精液をほとばしらせる。リリーは動きがおさまるまで彼を口のなかにとどめ、最後の一滴までしぼりださせた。

彼はリリーの隣に横たわった。ちらちらと揺れるランプの明かりのなかで、ふたりは何も言えずに見つめあった。鼓動が静かになり、代わりに夜の音が聞こえてきた。ふくろうの鳴き声。消えかかった火の音。風に揺れる木々の枝は、つぶやきのような、ため息のような音をたてている。

ブルーノは立ちあがると、ストーブの前でしゃがんで薪を足した。そして、食器棚からグラスを出して水を入れた。ベッドに戻ってきて、リリーに水をさしだす。彼女はありがたく受けとった。リリーが水を飲むあいだ、彼は彼女の腕に蛇のように張りついている髪にゆっくり指を通した。

水を飲み終えると、リリーはブルーノに向かって微笑んだ。「ふたりとも、危険なジェットコースターを無事乗り終えたみたいね」

ブルーノは首を振り、グラスを受けとって床に置くと、彼女の手を自分のほうに引っ張って高まりを包ませた。またかたくなっている。そして力強く脈打っていた。

「あれはジェットコースターの導入部分にすぎない」

リリーは息ができなくなった。「まあ……そうなの……」

ブルーノが彼女の膝を開かせ、二本の指でひだを開く。「きみのここを柔らかくするための」

リリーは引きつった笑い声をあげた。「柔らかくする必要があるなんて思いもしなかったわ。かたすぎるの?」

「いいや」ブルーノはリリーの肩の後ろに枕を重ねると、彼女の上にのしかかり、腿を大きく開かせながらそのあいだにおさまった。「締まっているだけだ。そして小さい」高まりの先をリリーの秘所にあててゆっくりと円を描く。「でも、今ならおれを迎え入れてくれる。そうだろう?」

リリーは背中をそらし、無言のまま彼を受け入れようとした。

ブルーノが彼女の顎をつかんで無理やり自分の目を見つめさせた。「そうだろう?」

リリーはうなずいたが、それでも彼は満足できないらしく、さらに待っている。彼女はつばをのんでからささやいた。「そうよ」

「よし」ブルーノは彼女のなかにゆっくりと入っていった。

彼のものが、リリーの内部を広げるようにしながら出たり入ったりする。ひとつひとつの動きが、甘く濡れたキスのようだ。彼女は悦びに身をよじらせ、さらに多くを求めた。

ブルーノがむさぼるようにキスをする。リリーは彼に脚を巻きつけてもっと自分のほうに引き寄せた。

彼が深く身をうずめ、ふたりの腰がぶつかる。リリーはあえいだ。

「さあ、ここからが本当のジェットコースターだ」ブルーノが言った。

ナディアは、松の枝のあいだに隠した車のなかで待った。車内はまっ暗だ。〈ディープ・ウィーブ〉の鎮静コマンドを繰り返して催眠術にかかったような状態で、とぐろを巻いた蛇のように神経をとがらせている。レジーとキャルを失った悲しみに感情を揺さぶられないよう、エンドルフィンとセロトニンを普段の倍量にして貼った。喪失感を覚えているが、薬のおかげで遠い昔の出来事のように感じられた。

うっそうとした木々のあいだからヘッドライトが通りすぎていくのが見える。落ち着きを失う前に、興奮を抑えこんだ。ナディアは幸運だった。二時間待っただけで、標的が行動を開始した。

ホバートがアレックス・アーロに関するわずかな情報を集めるのに、永遠とも思える時間がかかった。それでも彼は、情報収集にかけては誰よりも優秀だった。アーロの住居は特定できたが、ナディアはそこから半径一・五キロ以内に近づくほど愚かではない。居場所を突きとめるのに時間がかかったということは、彼は偏執的と言えるほど用心深いということだ。武器を扱うマフィアの家で育った元軍人で、警備コンサルタント会社を経営している。こちらも用心するに越したことはない。

巧妙に近づかなければ。それには運と忍耐と狡猾《こうかつ》さが必要だ。そして今、たったの二時間で彼は隠れ家から出てきた。車が向きを変えるのを見ながら、ナディアの心臓は早鐘を打った。暗視双眼鏡で車を調べる。グレーともブロンズともつかないシボレー・タホ。そして、運転席にいるのは間違いなくアーロだった。しかもひとりだ。またまた運がいい。

希望に胸が躍った。この仕事を成功させればキングに注目してもらえるだろう。注目以上のものをもらえるかもしれない。

ゾーイみたいに。噂は本当なのだろうか？　ゾーイがキングから寵愛《ちょうあい》を受けているという噂は。あの女の四年前の失敗を考えれば、不公平だ。ゾーイは看護師のふりをするために精神科の病院に葬り去られたというのに、今になって、彼からごほうびをもらっている。そしてチームリーダーになった。わたしは特別グループに属し、いくつもの成功を重ねてきたのに。非の打ちどころのない実績があるのに。不公平だわ。ゾーイがチームリーダーとして偉そうにしている今は、キングのお気に入りの愛人みたいにふるまっている今は、特にそう思う。まったく、ばかで高慢な女。

砂利をタイヤで踏みながら、松の枝のあいだから道路に出てアーロを追う。わたしの時代は来るかもしれないし、来ないかもしれない。見返りを期待せず、心をこめて義務を果たすだけよ。

もっとも、レジーとキャルがあんなことになったから、ふたたび自分の実力を示さなければならないというあせりはあった。キングが、グループ全体の能力に疑問を持っているかもしれないからだ。

実は、ナディアには後ろめたい秘密があった。グループの仲間を裏切ったわけではないが、レジーがひそかに反逆していたことを知っていたのだ。そしてナターシャが反逆していたことも。ナディアと一緒のグループだったこのふたりは、十四歳で受けることになっている大事なテストの一年前から、こっそり外部の本を読んでいたのだ。すぐに間引きされるべき恐ろしいルール違反だった。レジーはわれに返って言い逃れをしたおかげで間引きを免れた。だが、ナターシャは彼ほど運がよくなかった。彼女の顔にすべてが表われていたのだ。

でもわたしは、そんな愚かな過ちを犯したことはない。一度も。常に純粋で、従順だった。完璧だった。

暗視双眼鏡をかけて、アーロの車のテールライトから目を離さないようにする。彼が大きな交差点に出て曲がると、ナディアもヘッドライトをつけて急いであとを追った。

アーロが車をとめたのは……ああ、よかった！　バーだった。これ以上都合のいい場所はないわ。今夜は運の女神がわたしにキスをしているみたいだ。

ナディアは車を路肩に寄せ、アーロが車から出てきて店に入るまで待ってから駐車場にとめた。バッグを開けて準備をする。彼の携帯電話にソフトを仕込むには、ふたりきりにならなければならない。できればアーロの家で。運命の女神が味方を続けてくれるなら、ほかのものも仕掛けられるだろう。手もとには、スプレーセットに即効性の睡眠薬、無味無臭の催淫薬を用意してある。運がよければどれも使わずにすむかもしれない。わたし自身の魅力が催淫薬の代わりになるかもしれないのだ。

彼女はミラーをのぞいて身づくろいをし、口紅を探した。つやつやした真紅の口紅を塗り直すと、ふっくらした唇はよりいっそう魅力的になった。マスカラを重ね、ビスチェを直して胸の谷間を強調する。そして、長く輝く栗色《くりいろ》の髪をほぐした。

人さし指のつけ爪の下に錠剤をふたつ、弱い糊で貼りつける。こっそり酒にまぜるのにちょうどいい。それから、アーロの車につけるGPS装置の剝離紙《はくりし》をはがした。車からおり、ぶらぶらと歩いて彼の車の横を通る。そこでよろめき、十センチあるハイヒールのストラップを直そうとかがみこんでバランスを崩した。その拍子に、シボレーのバンパーにつかまった。ナディアは優雅に立ちあがった。誰も見ていないのにお芝居をするのはばからしいが、少なくとも誰かにおっちょこちょいな女だと思われることもない。

さあ、次は第二幕に移るわよ。彼女は腰をゆっくり振りながらバーのなかに歩いていき、目が慣れるのを待った。挑発的な服は両刃の剣となる。まっすぐアーロのところへ行かないと、周囲の好色な男たちをひとりひとりかわさなければならなくなるだろう。

アーロはカウンター席の隅に座っていた。ナディアはひしめきあう体と熱い視線のあいだを抜けて彼に近づいた。隣の席に座り、マスカラをたっぷりつけたまつげをアーロに向かってしばたたく。そして、誘うような笑みをゆっくりと浮かべた。

「一杯おごってくれる？」ナディアはささやいた。

アーロは彼女をちらりと見て目を離してから、もう一度見た。ナディアはさらに微笑んだ。

全身を見ようと視線をおろした彼に、胸の谷間をちらつかせる。

「あいにく予算がないんだ」

ナディアの笑みが凍りついた。怒りが押し寄せる。ユーモアのかけらもない礼儀知らずな男だわ！

彼女はバーテンダーに合図した。「ジントニックを」そしてアーロに向かって言った。「自分で払うわ」

「それはありがたい」

やれやれ、本当につけ爪の下の薬を使わなければならないかもしれない。でも、キングの工作員としては、チャレンジ精神を見せないわけにはいかない。ナディアはカウンターに両肘をつき、手に顎をのせて誘うように微笑んだ。

なかなかすてきだわ。背が高くて力強くて筋肉質で。普通の女性と同じく、ナディアもそんな男が好きだった。たくましい肩に厚い胸、引きしまったウエスト、形のいいお尻。そして、顔にも惹きつけられる。高い頬骨、まぶたを半分閉じたグリーンの目、濃い眉。鼻はごつごつしていて、過去に折れたことがあるようだ。長い髪は安っぽいゴムバンドで後ろでまとめてある。特徴のないブラウンだが、つやがあって豊かだ。口はかたく閉じられている。危険で、態度が悪い。

なかなか楽しめそうだ。仕事と楽しみを一緒にするのは悪くない。それでわたしの、そしてキングの目的が達成できるなら。

ナディアはわざとらしく挑発することにした。「愛想が悪いのね。何しにここに来ているの？　暗い家のなかで、ひとりですねていたってよさそうなものなのに。そのほうがお金もかからないわよ」

アーロの口もとがこわばった。「時間の無駄だよ、かわいこちゃん。何が目的か知らんが、おれからきみにあげられるものはない」

ナディアは彼の黒いTシャツから色あせたジーンズへと視線を走らせた。股間のふくらみを見る限りでは、物言いはぶっきらぼうでも本当はそんなに愛想が悪いわけではないのかもしれない。「たくさんあるわよ」彼女はささやいた。

アーロはウィスキーを飲むと、音をたててグラスを置いた。「そうは思わないね」そっけなく言う。

「あらあら」ナディアは大げさに唇をすぼめた。「なんでそんなに気難しいの？」

「おれは女に好かれるような男じゃないからだ。おれは、会った翌日に電話をかけたりしないし、花を贈ったりもしない。きみの子供に会いたくないし、旦那と争いたくもない。おれはただ、バーボンを飲みたいだけなんだ」

ナディアはまっ赤なマニキュアを塗った指を一本、アーロの手にあてた。彼が凍りつく。

「お花はいらないわ」彼女はひと言ずつ区切り、そのたびに爪を食いこませながら言った。

「電話番号は教えない。それに子供はいない。今夜どうしてここに来たか、聞いてくれる?」

アーロがあきれた顔になった。「本当に興味がないから――」

「いいのよ。とにかく言わせて」

しばらく間を置いてから、彼は先を続けるよう顎で合図した。興味があるんだわ。

ナディアはその場で考えついた話をはじめた。「たった今、夫の尾行を頼んでいた私立探偵に会ってきたところなの。探偵は夫の浮気現場の写真を持っていた。相手はわたしの妹。生々しい写真だったわ」かすかに唇を震わせてから、きつく閉じた。強く見せるためだ。

アーロが肩をすくめた。「ひどい話だな。で、それがおれとどう関係あるんだ?」

「今から話すわ」ナディアはかたい声で答えた。「今夜はそのふたりのどっちにも会いたくないし、電話もかけたくない。気をまぎらわせたいの。わたしの気をまぎらわせてくれたら、あなたはとても思いやりのあるサービスを提供してくれることになるし、ポートランドの今年の犯罪率をさげることになるのよ」

アーロは無表情で、グラスの縁から彼女を見つめた。「おれには、思いやりのあるサービスを提供する習慣はない」

「じゃあ、もっと基本的なサービスでいいわ」ナディアはカウンターの下に手をのばしたが、股間をつかむ前に、その手を彼につかまれた。

「だめだ。さわるな」

「さわらせて」彼女はかすれた声でささやいた。「あなたはとても強そうに見える。きっと、いやなことを忘れさせてくれるわ」

アーロの目が見開かれ、頬が赤くなった。もう少しだわ。だが、彼は首を横に振った。

「いいや。きみはトラブルのもとになる」

「だからなんなの？　いいじゃないの。そのころにはわたしはどこかに行ってるんだから。あなたが無礼で女嫌いなのはわかったから、礼儀とかやさしさとか、気のきいた会話とか甘い言葉なんか期待しない」そして、顔を近づけて彼の耳もとにささやいた。「言葉にならないうめき声だけでいいわ。後ろから激しくファックしながらね」

アーロがひどく驚いたように体を後ろにそらした。「何を言いだすんだ」

「わかってるわ」ナディアはささやくように言った。「今夜のわたしはとっても悪い子なの」

今度は、アーロも股間に触れるのをとめなかった。そこにあるものに触れて、彼女は思わず声をあげそうになった。大きくて熱くて、岩のようにかたい。

「それが、写真に写っていたのか？　旦那が妹に後ろからファックする姿が」

ナディアはたじろいで顔をそむけ、落ちてきた髪で、意のままに出せる涙を隠した。感情を抑えるふりをして酒を飲みながら、一分ほど沈黙を守る。

それからはなをすすった。不誠実な夫。嘘つきで裏切り者の妹。ふたりとも死んでしまえばいいわ。

彼女は髪を後ろに振り、大きな冒険に出た。「よかったら写真を見せてあげる」マスカラが落ちないよう、拳で涙をぬぐいながら言う。「バッグに入っているの」

存在しない卑猥《ひわい》な写真を見るかどうかアーロが考えるあいだ、ナディアは息を殺して待った。心臓が大きく音をたてている。

「やめておこう」しばらくして彼が言った。「そういう刺激はいらない」

ほっとして、目に涙が浮かんできた。彼女は仰々しくはなをすすって涙をこらえた。「わかったわ。わたしも二度と見たくないの」

アーロは同情しているように見える。うまくいっている。最高の出来だわ。

「誘いにのるかのらないかはあなたしだいよ。後腐れはなし」

「女はいつもそういうことを言うが、本当だったためしがない」

「そんなにしょっちゅう女性と話すの？」彼の口の端があがる。ナディアは体を寄せてさらに言った。「信じて。あなたの名前だって知りたくないわ。だから教えないで。たいして興味ないから」

ふたりはしばらく見つめあった。アーロがグラスを持ちあげた。彼が中身を飲み干すあいだ、ナディアの手は彼自身を握っていた。高まりが強く激しく脈打っているのがわかる。

「あなたの家に連れていって」彼女はささやいた。

アーロの目が険しくなる。「おれは誰も家に連れていかないことにしている」

軌道修正が必要だわ。ナディアはいらだちを隠して笑みをつくった。「もっといい方法があるわ。ハイウェイの向こうのホテルはどう?」

アーロはうなずいて立ちあがった。まるで山がそびえるみたいに背が高い。ナディアも立ちあがった。任務の成功を報告している自分の姿が目に浮かぶようだ。それだけでなく、キングから電話をもらえるかもしれない。ディナーに招待されて詳しく報告し、もしキングが満足してくれたらそのあとは……。

それを考えるだけで脚のつけ根が湿り気を帯びる。そのおかげで、アーロとの激しいセックスに向けて欲望が高まった。息もつけない、身もだえするようなセックス。ナディアは彼のたくましい腕をとった。

なんて大きな男なの。薬の量を二倍にしなきゃだめだわ。アーロの二頭筋に触れながらナディアは思った。ミニバーの飲み物に入れればいい。それがだめならスプレーがある。これほどの巨体なら三押し必要だろう。でもまだだ。まだまだ先だ。

この男を眠らせるのは、何戦かまじえたあとでいい。

16

ブルーノは、ルディの棍棒の先につながっている鋲《びょう》つきの鉄球をよけた。目の前には、中世の鎧をまとった三人のルディがいる。ふたり目のルディは斧を持ち、三人目は刀を持っていた。ブルーノは後ろに飛びのいた。刀がブルーノの喉もとをかすめる。ブルーノは斧をよけて横によろめいてから、棍棒を持つルディの足もとに飛びこんで倒した。

そのとき、柱が見えた。

柱にはリリーが縛りつけられていた。白いドレスは破れて泥で汚れている。彼女は目隠しをされていて、油をしみこませた薪が彼女のまわりに積みあげられていた。ぼろぼろのスカートが風になびいている。編んだ髪も。

ブルーノは恐怖のあまり体が引き裂かれそうになった。戦おうとして立ちあがったが、ルディは六人に増えていた。その集団につめ寄られて、ブルーノはあとずさりした。ひとりが、火のついた枝を振りながらリリーに近づいていく。ルディが振り向き、汗ばんだ顔に嘲るような笑みを浮かべた。そして、枝を薪のなかに投げこんだ。

火はすぐに燃え広がり、リリーのスカートの裾をなめた。ブルーノは彼女の名前を叫びながら、なんとか近づこうとした。

リリーも叫び返したが、その声ははるか遠くから聞こえ……。

頭のなかの光景がばらばらに砕けた。ドシン。ブルーノは闇のなかで床に落ちていた。全裸で汗まみれになっている。襲撃者を捜してあわててあたりを見まわした……。

リリーが裸のまま、壁を背に身を縮めていた。両手を鼻にあて、目を大きく見開いている。ああ、おれはいったい何をしたんだ?

彼はやっとのことで、ひどく震える声で言った。「だ……大丈夫か?」

リリーが片手を鼻から離した。そこから血が流れている。ブルーノの恐怖は恥ずかしさに変わった。

「おれがやったのか?」

「大丈夫よ」彼女が鼻に触れた。指が血で赤く染まる。

「きくまでもなかったな」ブルーノは立とうとしたが、尻もちをついた。まだ体が震えている。悪夢のことをすっかり忘れていた。それがリリーにとっていかに危険かを。警告すらしていなかった。なんという大ばか者なんだ、おれは。行為のあとの気だるさのなかで居眠りをしてしまった。大失態だ。

「わたしがいけないの」リリーがやさしく言った。「もっと考えるべきだった。あなたはひどい悪夢を見てわたしの名前を叫んでいた。だから、わたしはあなたをつかもうとしたの。起こそうと思って。それがいけなかったんだわ」

「ああ、リリー。悪かった」

「いいのよ、本当に。わたしは――」

「きみを殺すところだった！　わかるか？　もう少しできみは死ぬところだったんだぞ！」

リリーがたじろいだ。「でもあなたは殺していない。だから落ち着いて。何も危害を加えていないんだから」

「危害を加えていない？」ブルーノの声は割れた。「鼻を折られたのに、危害がなかったっていうのか？」

彼女が鼻に触れる。「折れてはいないわ。ただ、あたっただけ」

「おれの拳がだろう？　それはあたったとは言わない。殴られたと言うんだ！」

「だから何？　わたしに怒鳴ったってどうにもならないわ。あなたは夢を見ていたのよ。あなたが悪いんじゃない。乗り越えなきゃ」

ブルーノは絶望的な気分になっているのに、リリーのほうはとても落ち着いている。それが彼に不思議な影響を与えた。結び目がほどけていくような感じだ。

ブルーノは崩れ落ちた。体を震わせて声を出さずに泣く。屈辱のあまり、両手に顔をうずめた。リリーが肩をつかんだが、彼はその手を振り払った。「さわるな！」

「いやよ！」彼女が叫び返した。「わたしを追い払うことはできないわ。そんなことさせない。もう二度と！」

「おれはただ、きみを傷つけたくないんだ！」

リリーがふたたびブルーノに手をのばした。おれはどうすればいいんだ？　もう一度彼女を殴るのか？

だめだ。リリーが危険を冒してでもおれを抱きしめたいというのなら、そうさせよう。彼女の肌が体に触れる。ブルーノは手で顔を覆ったまま、黙って泣きたいのをこらえた。喉がしだいにつまってくる。もう我慢できない。喉が焼けるように熱く、ずきずき痛む。彼は涙をとめようとしなかった。自分が限界を超えたのがわかった。

やがて、背中にまわされたリリーの腕の重みを感じた。彼女は頬をブルーノの肩につけている。冷たい水滴が背中を流れた。彼女も泣いているのだ。だが、どうすることもできなかった。彼女を怖がらせて鼻を殴ったおれは、何か言える立場ではない。しかも、とり乱したところを見せてしまったのだから。

リリーがバスルームへ行き、すぐに出てきた。彼女が座るとマットレスがたわんだ。あたたかい体がブルーノの体に押しつけられる。腿と腿、肩と肩が触れあう。リリーが彼の手にティッシュを押しつけた。ブルーノは顔をそむけたまま鼻水をぬぐった。ルディとマンマが争っているあいだ、なすすべもなくうずくまって頭を枕で覆っていた子供に戻った気がする。

リリーが冷たい指をブルーノの指に絡ませた。「話してくれる?」

「何をだ?」無愛想でけんか腰だったトニーがブルーノにおりてきた。ストレスを感じると、不作法にふるまうよう生まれついているのだ。

「悪夢のことよ」リリーが臆することなく言う。

ブルーノは首を振ったが、彼女は手を引いて言い張った。「話して」

彼の背筋を震えが走った。「古い夢だ。子供のころから見ている。おれが十三歳のとき、ケヴがおれにまじないをかけてくれた。毎晩、催眠術のように話しかけてくれたんだ。おかげで夢は消えた」つばをのもうとしたが、喉にダイヤモンドのようにかたいかたまりがつかえている。「それがよみがえったんだ」

「なんの夢なの?」

ブルーノは肩をすくめた。「戦いだ。おれはビデオゲームみたいなまっ白な空間のなかにいる。そこに怪物が襲ってきて、おれはそいつらと戦うんだ」

リリーは咳払いをした。「怖いわね」

「ああ」言葉が勝手に飛びだした。「ほかの悪夢とは違うからな。目覚めると、まるで……」そこでブルーノは口をつぐんだ。あまりに奇妙な話なので続けられなかった。

「まるで何?」彼女が促した。「教えて、ブルーノ」

「まるで現実だったみたいな気がするんだ」ブルーノは恥ずかしさを覚えながら言った。

「本当に戦っていたみたいに筋肉がこわばっているし、汗をかいているし、あざもできている。ねんざをしていることさえある。たぶん、暴れながらいろいろなものにぶつかっているんだろう。今みたいに床に落ちていることもある。おれにはわからないが」

「どんな怪物？」

「母の恋人。母を殺したやつだ」

リリーの柔らかい頬が彼の肩に押しつけられた。「ひどい夢ね」

「ああ。だが信じられないかもしれないが、今夜の夢が特にひどかったのはそいつが原因じゃないんだ」

彼女はしばらく間を置いてからブルーノをつついた。「じゃあなんなの？」

「きみだよ」彼は答えた。「きみが出てきたんだ。みんな中世の衣装を着ていた。きみも白いドレスを着て、火あぶりの柱に縛りつけられていた。おれが連中に押さえつけられているあいだに、ルディが……」喉がつまった。「ルディが燃えている枝を薪に投げ入れた」

「まあ。わたしがあなたを起こそうとしたときね。そうでしょう？」

「そうだ」ブルーノはリリーがもっと何か言うかと待ったが、彼女はただ抱きしめただけだった。「きみは……」咳払いをした。「きみはおれほど怯えていないようだな」

「ここ最近の出来事で、めったなことでは怯えないようになったから。一度にたくさんのことには怯えられないし……ごめんなさい、あなたの夢はそれほど怖くはないわ」

「ああ」ブルーノはきまり悪くなった。「そうだな」

「悪く思わないでね。優先順位の問題なの。あなたにとっては大問題なのはわかるわ」

「まあいい」彼は笑いだしたかったが、笑うというよりは泣き笑いしたい気分だった。「あの十字軍の騎士みたいな衣装はなんだったんだろう。ルネッサンスの仮装パーティーか？おれの潜在意識が夢を華やかにしようと決めたのか？　次はフラメンコ？」

「いいえ」リリーは静かに言った。「お姫様を助けるのよ」

ブルーノの動きがとまった。彼女の言葉が頭のなかにこだまする。「なんだって？」

「古典的なテーマじゃない？　おとぎ話でも映画でも。あなたが子供のころに遊んだビデオゲームでも。お姫様を助けるゲームをしたことがあるでしょう？」

「そうだが……」彼は落ち着かない気分だった。たしかに小さいころはゲームセンターで遊んだ。だが、悪夢を見るようになってからはやめた。ビデオゲームは大嫌いだった。

リリーがブルーノを包みこむように顎の下に抱いた。柔らかい豊かな胸が、目の前で誘うようにはずんでいる。

「あなたはわたしの王子様よ。夢のなかでも、今朝と同じように王子様だわ」

「だが、おれは……」

「今までわたしには王子様なんかいなかった。いつもひとりで戦わなければならなかったの。王子様がいるっていいものね。ありがとう」

「いいや」緊張で声が震える。「おれは失敗したんだぞ。夢のなかで。彼らはきみに火をつけた。いいもんか」

リリーが彼の顔を上向かせた。彼女の目に涙が光っている。「今朝はそうはならなかったわ」ブルーノの額に指を走らせ、髪にさし入れた。「あなたは助けようとしてくれた。わたしにはそれがわかったわ。必死で助けようとしてくれた。それで充分よ。これまでそんなことをしてくれた人はいなかったから」

ブルーノは彼女を抱きしめた。リリーの体から力が抜ける。

「まだ充分じゃない」彼は荒々しく言った。「おれはもっとほしい」

リリーが当惑したように見あげる。ブルーノはじれったかった。彼女を小さく揺さぶって、今度はもっと大きな声で言う。「もっとほしいんだ」

リリーはとまどいながらも喜びの表情を浮かべた。「ああ……ええ、いいわ」恥ずかしそうに言う。「あげるわ。全部あなたのものよ。何もかも」

何もかも。ありがたい。それが心のよりどころになる。

そして、ふたりはキスをした。エネルギーと熱と欲望からふたりでつくりだした魔法を求めて。

ブルーノは唇と体をしっかり重ねたままリリーをベッドに押し倒した。背中をそらし、脚を広げて身をよじるリリーの無言の誘いに応じ、彼女の入口を見つけてゆっくりなかに入る。

かたく抱きあい、脚を絡ませあいながら、ふたりは動き、あえいだ。テクニックなど関係なく、感情の赴くままに動く。リリーの爪が背中に食いこんだ瞬間、彼は大きな渦に巻きこまれた。ふたりは声をあげながら、強烈なクライマックスを迎えた。

現実が容赦なく戻ってきた。汗が冷え、ブルーノの背中を流れる。これまでは、彼女のなかで達しないよう気をつけてきた。

いや、おれは彼女に警告した。とはいえ、自分がとんでもなくひどい男に思えた。リリーから離れ、横向きに転がった。灯油ランプのほのかな明かりのなかで、彼女が輝いて見える。なんて美しいのだろう。おれは今すぐにでも、同じ過ちを繰り返すことができそうだ。

「悪かった」さっき泣いたせいで、声がかすれていた。

リリーはたいしたことではないというように黙ってうなずいた。危険にさらされることに慣れているのだ。めったなことでは怯えないようになったのだ。彼女はブルーノの頬に触れた。〝問題ないわ〟とは言わなかった。問題だらけだから。〝大丈夫よ〟とも言わなかった。大丈夫ではないから。

〝あなたはわたしの王子様よ〟

その言葉に、ブルーノは心底怯えた。これまでは常に、責任を負うのを避けてきた。今、なぜ自分がそうしてきたかを悟った。責任とは十トンの大きな岩のようなものだ。リリーを失望させること、彼女を失うことへの恐怖に押しつぶされそうだ。

のだから。

だが、おれにできるのは戦い続けることだけだ。そのためにたくさんの練習を積んできたのだから。

ばかばかしいほど簡単な仕事だった。ゾーイはいらだった。おつむのからっぽなメラニーにやらせてもよかったぐらいだ。サミュエル・ピートリーは警報装置すらつけていなかった。都合よく生えている木があって、それにのぼればどんな侵入者でも簡単にキッチンの屋根からバスルームの窓まで這っていくことができる。サミュエル・ピートリーが普通の警官ほど警戒心が強くないのは明らかだ。

ゾーイは侮辱されたような気がした。

窓を開け、そっとなかに滑りこむ。どうやらピートリーは、警戒心が強くないわけではなく、策を講じる暇がなかったようだ。あちこちに箱が積まれている。どの部屋もからだった。調べたところ、ピートリーは二十九歳で独身だった。裕福な家の出で、アイビーリーグの大学を卒業している。大学卒業後、家族の反対を押しきって、警察に入ることを決めた。最近、中流階級が住むノースポートランドの一画にはじめての持ち家を買った。

マスター・ベッドルームは廊下のつきあたりにあった。午前三時だというのにテレビの光と音がもれている。ゾーイは最後の最後まで待ったが、もうすぐマクラウドを尾行してシアトルから向かっている仲間と落ちあわなければならない。もしピートリーが起きていたら、このまま帰ろう。睡眠障害に悩む警察官は多い。明日また来ればいい。彼女は小さな鏡を使って室内の様子をうかがった。

よかった。彼は両手足を広げ、腰にシーツを絡ませてベッドに寝ていた。テレビの音が聞こえてくるなかで、ぐっすり眠っている。ゾーイは覆面の下で微笑みながら、煙のように静かにベッドに近づいた。

無精ひげがうっすらのびた顎を称賛の目で見つめながら、ピートリーの顔のそばで瓶を傾ける。ポタポタポタポタ。

彼は何やらつぶやいたが、すぐに薬の効き目が現れた。これから数時間はぴくりとも動かないだろう。あれだけの量だから、目覚ましでも起きず、起きたときはひどい頭痛に悩まされるはずだ。かわいそうに。

ゾーイはベッドのピートリーの隣に座った。部屋にある家具は、大きなベッドと低いチェストぐらいだ。どちらもまだ新しいにおいがする。鏡はなかった。彼の生活に女性がいない証拠だ。洗面台の鏡だけですんでしまうのだろう。

壁際には衣類の入った箱が積まれている。ベッド脇のテーブルには、手の届くところにグロック19が置かれていた。まったく警戒心がないというわけではないらしい。

銃の隣にスマートフォンがあった。ゾーイはそれを手にとり、自分のものにつないでホバートのハイスピード・パスワード解読プログラムを起動した。

わずか十分ほどでパスワードを解読し、ゾーイは遠隔スパイプログラムをダウンロードした。読んで楽しむために、彼のデータを自分のスマートフォンにコピーする。ハッキングはゾーイの専門外だ。ホバートのような頭でっかちが存在感を発揮するのがその分野だった。それでも普通のサイバー犯罪者以上に彼女は豊富な知識を持っている。時刻を見ると、あと数分時間があった。ゾーイは今日のショート《S》・メッセージ《M》・サービス《S》のやりとりを調べることにした。送信記録と受信記録を切り替えながら見るうちに、おもしろそうなものを見つけた。トリッシュという同僚とのやりとりだ。

ピートリー：頼みがある。
トリッシュ：いつもそうでしょう。
ピートリー：明日、監察医のオフィスから鑑識課にＤＮＡ鑑定用のサンプルを運ぶ。そこで会えるか？
トリッシュ：誰のＤＮＡ？
ピートリー：大頬骨筋の割れている男と三人の名なしの遺体のだ。早く結果が出るよう手をまわしてくれないか？
トリッシュ：なんで急いでるの？
ピートリー：悪い予感がするんだ。頼むよ、トリッシュ。一生きみの言うことを聞くから。

トリッシュ：なんだかこっちまでむずむずしてきたわ。

なるほど。ＤＮＡ鑑定の結果はすぐに公になるということね。ゾーイは自分のスマートフォンをしまい、ピートリーのものもとどおりの場所に置いた。ほかに何かすることはあるだろうか？

彼女はピートリーを見つめた。力強い顎。のびかけたひげ。ローマ人のような大きな鼻。瞳は何色なのだろう？　背が高くてやせている。裸の上半身は引きしまっていて、まさに好みのタイプだ。筋骨隆々の大男よりずっといい。ゾーイは、革の手袋をはめた手を胸板に走らせた。腰を覆っているシーツを引きおろす。彼は全裸で寝ていた。なかなか、いい感じだ。ゾーイは腿の上に力なく落ちている男性自身をさすった。

それはゾーイの手のなかで勢いよく起《た》ち、ふくらんだ。こんなふうに勃起させるのがもったいなかった。三回たくみに撫でると、これ以上ないほどかたくなった。薬のせいで、呼吸と血圧はこれ以上ないほど低いというのに。起きているときはどんななのかしら？

ゾーイはピートリーの上にまたがった。革手袋をはめた手で彼の銃をとり、もう一方の手で男性自身を愛撫しながら、銃身を顎の下にあててかたい無精ひげにこすりつける。

ふと、彼の高まりに避妊具をかぶせ、その上に馬乗りになって動きながら、目を閉じてキングのことと彼からのほうびのことを夢見る自分の姿が頭に浮かんだ。

でもわたしはチームリーダーだ。みんなのお手本にならなければならない。それに、ピートリーと寝る正当な理由はない。それはただのわがままだし、キングの不興を買うだろう。ゾーイはピートリーからおり、銃をもとの場所に戻した。そして最後にもう一度、かたくて太い高まりを名残惜しそうに撫でてからシーツを引きあげた。

ここでの仕事は終わった。ピートリーのかかわりはそれほど深くない。役に立たないデータの処理に工作員の時間を費やしても得るものはないはずだ。彼のスマートフォンを盗聴するだけで充分だろう。ゾーイはピートリーをそのままにして廊下を進んだ。性欲を満足させられなかったせいで心が乱れていた。ピートリーはナディアに任せて、わたしがアーロを担当すればよかった。今ごろどこかのホテルの部屋で声をあげているのはナディアのほうだ。

なんて不公平なのだろう。

17

　翌朝、ブルーノは機嫌が悪く、口を開けばリリーにあれこれ命令した。服を着ろ。これを食べろ。コーヒーを飲め。急げ。そして、銃を片手にしきりにカーテンの隙間から外をのぞいていた。

　車のエンジンの音と、砂利を踏んでとまる音が聞こえ、ふいに彼の緊張が和らいだ。来るべき車で、来るべき客が来たのだ。

　リリーはブルーノのあとから、針葉樹の香りが漂う、薄暗くて寒い夜明けのなかに出た。シープスキンのロングコートを着た、背が高くてたくましい男性が、赤いジープの脇に立っていた。ウールの帽子を目深にかぶっている。鋭い頬骨に、鷹のような鼻、かたく結んだ唇。顔は引きしまり、金と銀がまじった無精ひげがのびている。色の薄い目がリリーを見つめ、好奇心に輝いた。「おはよう」彼が言った。

　リリーは用心深く微笑んだ。「こんなところまで迎えに来てくれてありがとう」

　彼が横目でブルーノを見た。「いいんだ。出迎えてくれてありがとう。夜通しかけてここまで来たのが無駄じゃなかったことを祈るよ」

ブルーノがうめき声をあげた。雪が風に舞いあがる。緊張のあまり、リリーはうなじの毛が逆立つのを感じた。

「二時間ほど前にケヴと電話で話した」ショーン・マクラウドが言った。

「それはよかった」それがブルーノの返事だった。

「クライストチャーチからかけてきたんだ」ショーンが続けた。「ケヴとエディは、ポートランドかシアトルに向かうできるだけ早い便を探していた」

ブルーノが咳払いをした。「それはいい」

「本当にそう思うのか?」ショーンの声が厳しくなった。「おまえから電話が来ないと言っていたぞ」

ブルーノが肩をすくめた。「知っているだろう。ここは携帯電話が通じないんだ」

「おまえのことをひどく心配していた」

「おれとケヴのあいだのことはふたりだけの問題だ」

ショーンの目が光った。「なんでもいいが、おまえはその欠点を直したほうがいいぞ」

ブルーノは銃をジャケットのなかにしまった。「行こう」

「いつでもいいぞ」ショーンがつぶやいた。「いつでも」

ブルーノは峡谷の端まで行くと、双眼鏡を目にあてて山腹を調べた。双眼鏡をおろしたとき、彼の顔色が変わっていた。「やつらがこっちに向かっている」

その静かな口調がリリーを震えあがらせた。

ショーンは驚いたようだ。「誰が?」

「あんたは尾行されていたんだ」ブルーノが言った。「やつらはおれたちを見つけて追いつめた」

「そんなはずはない。この車には何も仕掛けられていない。話をするときには暗号化された電話を使った。マイルズのジープに発信器がとりつけられていないことも、気が遠くなるほど入念に調べた。そいつを貸せ!」ショーンは双眼鏡を引ったくると、道路を見おろした。

「何も見えないぞ。どこだ?」

「あそこの、山脈の切れ目のそばの、小川がカーブしているところを見ろ」ブルーノが説明した。「ヘッドライトはつけていない。動いているものを探せ。ちょうどヘアピンカーブを曲がったところだ。こっちに向かっている。わかるか?」

ショーンはしばらく黙ったまま探していたが、やがて息を吸いこんだ。「なんてこった。あいつら、いったいどうやって――」

「彼らはなんでも知っているのよ」リリーは胃のむかつきを覚えながら言った。

一瞬沈黙が流れたあと、ショーンが呪いを払い落とすように体を揺すった。「よし」奇妙なほど何気ない口調で言う。「はじめるか」

「何を?」リリーは尋ねた。

「われわれの計画だ。やつらがここまで来るのにどれぐらいかかると思う?」

ブルーノは計算した。「あの速度だと二十五分かな。おれは、アーロから借りた銃と銃弾を持っている。グロック19、ベレッタ92、H&K USP。あんたは何か持っているか?」

「ああ」ショーンは上の空で答えると、腕を組んだ。「車は一台か。まったく思いあがった連中だ。誰を相手にしているのかわかっているんだろうか?」目を細めて山を見おろす。

「二百メートルほどくだったところに橋がある。仕掛けるならあそこだな。鎖を持ってるか?」

「何を仕掛けるの?」

「爆弾だ」ショーンがあたり前だと言わんばかりに言った。「硝酸アンモニウムと燃料油を使う。ディーゼルでも灯油でもいい。トランクに含水爆薬が入っているから、それで強化しよう。ケヴはここに肥料を貯蔵していたか?」

ブルーノはとまどったようだ。「ええと……」

「まあいい。忘れてくれ。地雷をつくろう」ショーンが続けた。「道路に穴を掘り、爆薬につないだ燃料の容器を埋める。ドカン! これで問題解決だ。次のまぬけがおまえを見つけるまでだが」

「そんなに短時間で仕掛けられるのか?」

「おまえがさっさと動けばな」

「待って！」さっそく仕事にとりかかろうとする男たちに向かってリリーは叫んだ。「ちょっとだけ。お願い」

ふたりは足をとめて振り返った。そろいもそろって、いったい何が気に入らないんだと言いたげな顔をしている。

「時間があまりないんだ」ショーンが言った。「早くしてくれ」

「あの車に乗っているのがわたしを追っている連中じゃなかったら？　ただの通りすがりの人だったらどうするの？」

ブルーノとショーンが顔を見あわせた。「いいかい、リリー」ブルーノがのみこみの悪い子供に言い聞かせるように言う。「夜明けにヘッドライトを消してこんなところを通りかかるやつはいない。この道は、あと三百メートル進めば鹿の通り道に変わる。どこにも通じていないんだ」

リリーは手振りでショーンを示した。「彼が自分で言ったじゃないの。尾行されているはずがないって。無実の人を殺す危険は冒せないわ！」

「じゃあ、道端で待つのか？」ショーンが言った。「そしてコーヒーとデニッシュをごちそうするのか？」

彼女は手を振った。「間違った時間に間違った道に迷いこんでしまっただけの人を死なせたくないのよ！　そんなひどいことはいや！」

ショーンが肩をすくめた。「わかった。別の作戦でいこう。山の百メートル地点にM21狙撃銃で穴を掘る。望遠鏡で見れば、車内が見えるはずだ。乗ってるのが無害なおばあちゃんだったら、コーヒーとデニッシュをごちそうしよう。悪人どもだったら、ひとりを残して殺し、生き残ったやつにすべて白状させる」

ブルーノの顔が晴れた。「そりゃいいな」

「そして、生き残っているやつをあとで警察に突きだす。警察の怒りをなだめるプレゼントってわけだ」

「なおのこといい」興奮を募らせながらブルーノが言った。

ショーンが厳しい目でリリーを見た。「向こうが三人以上だったら、即座にみんな倒す」淡々とした口調だった。「危険が大きすぎるからな。おれはまだ死にたくない。子供がいるんでね」

リリーは大きく息をのんでうなずいた。異論はなかった。

「鎖はどうなっている？」ショーンはふたたび仕事に戻っていた。

「橋の脇にある」ブルーノが答えた。「トニーはいつも、ここをあとにするときに鎖で道を封鎖したんだ」

「鎖をかけろ。おれは必要なものを集める」

ブルーノは道を走っていった。彼が行ってしまうと、リリーはジープの後部から必要なものを探しているショーンの背中に向かって尋ねた。「その……どうやって、彼らの何人かを生きたまままつかまえるつもり？」

ショーンが肩越しに振り返って笑みを見せた。そして、両手いっぱいの、小さくて黒っぽい円筒形のものを見せる。「見て覚えるんだ。おもしろいぞ。ただし、おれの妻には言わないと約束してくれ」

リリーは恐る恐る尋ねた。「それはなんなの？」

「手榴弾《しゅりゅうだん》だ。さあ、黙っておれに仕事をさせてくれ」

眠ったふりをするのにはこつがいるが、アーロはそれを得意としていた。ベッドをともにしたばかりの女の相手をしたくないときにいつも使う手だ。鍵となるのは呼吸。深くゆっくり、安定した呼吸をする。口を開け、顔から力を抜く。そして落ち着く。心が騒いではいけない。女はそういうのに敏感だ。賢い女は特にそうだ。そしてこの女は賢い。互いに会話を避けていたが、それでもわかった。

アーロが眠るのは不自然なことではなかった。彼女のおかげで何度も何度も行為を繰り返さなければならなかったのだから。文句を言いたいわけではない。彼女が求める、激しくて単純なセックスは嫌いではなかった。彼女は激しいのが好きだった。そして、まだ足りないと言っては何度も求めてきた。

六回終わったところでアーロは悟った。彼女はまるでブラックホールだ。彼女を満足させようとすれば、男は死んでしまうだろう。だが久しぶりだったから、彼は燃えた。彼女は見事なまでに美しかった。はりのある胸、引きしまったヒップ。ピンク色をした締まりのいい性器。思いだすだけで下腹部がかたくなる。それならなぜ、また彼女の上にのってもっと与える代わりに寝たふりをしているのか？

それは、腹の奥に何か小さな拳のような違和感を抱いたせいだった。あれだけ何度も射精をしたあとだから、ぐったりしてもいいはずだ。だが、彼女の死にもの狂いな様子が、アーロを不安にさせた。クライマックスを迎えているときでさえ、彼女はそれ以上のものを求めていた。彼女が決して手に入れられないものを。

おそらく、ふしだらな妹と寝ている夫に関係することなのだろう。とにかく、おかげでアーロはむしゃくしゃした。できるなら、セックスなど避けて通りたい。理解不能な要求をしてくる女なんてものとはかかわらず、修道士のようにひとりで心穏やかに生きていきたかった。だが、自分には立派に機能する分身があり、折に触れてそいつを満足させてやらなければならない。困った状況だ。

だから、眠ったふりをするのが得意なのだ。自分をコントロールする訓練をしてきたのが役だっている。脈拍や血圧を自分で制御できるのだ。アーロは寝たふりをしながら彼女の動きを追った。シーツをめくる音がして、マットレスがたわむ。バスルームに向かう足音。湯を出す音。カチッ。電気がつく。たっぷりの湯気が立っている。彼女が着替える音に耳を傾けながら、アーロのなかで安堵と警戒心がせめぎあった。彼女は本当に出ていくのだ。そうに違いない。

彼女はしばらくバッグを探っていた。わずかな時間だが、完全な静寂が訪れた。アーロは鳥肌が立った。いったいなんだ？　彼女が立ったまま見つめているのか？　おれを起こしてさよならを言うべきかどうか迷っているのだろうか？

頼む、起こさないでくれ。そのまま行ってくれ。自分の抱えている問題と一緒に消え去ってくれ。何か言いたいならメモを残せ。そして……出ていってくれ。

彼女が忍び足で近づいてきた。親指のつけ根が静かにカーペットを踏む。ベッドの脇にいる彼女の体温が感じられ、シャワージェルの香りと革の靴のにおいがした。だが、呼吸は感じられない。彼女は息をつめている。

アーロは目を開けたくてたまらなくなったが、開ければ彼女と話さなければならない。それどころか、もう一度抱かなければならないかもしれない。

奇妙な静寂だった。空気を震わせる静寂だ。ためらいに満ちた静寂。

あるいは期待に満ちた静寂か。

アーロの鼓動が速くなってきた。じきに息を吸わなければならなくなる。どうもおかしい。

彼女は身をかがめてさよならのキスをするのだろうか？　それとも……。

ナイフをおれの喉に突きつけているのか？

体が縮こまった。アーロは彼女が持っているものを顔から払いのけた。それは彼女の手から飛んでいった。

彼女はアーロの顎を拳で殴った。さらに肋骨を肘で突く。くそっ。アーロは股間をねらってきた膝をかろうじて阻止し、あとずさりする彼女に飛びかかった。彼女はすばしこかったが、こっちは手が長いうえに体重がある。彼女のパンチをかわし、腕をつかんで投げとばした。そして、百キロを超える巨体で彼女の上に飛びのった。彼女は息ができなくなったようだが、良心の呵責《かしやく》は覚えなかった。

彼女はあえぎながら抵抗した。アーロはその手首を押さえてあたりを見まわした。おれは全裸だし、ホテルの部屋には彼女を縛るようなものは転がっていない。そこで、片手で彼女のブラジャーのホックをはずした。レースのブラジャーをはぎとり、それで彼女の手首を縛った。荒々しく手首をひねり、かたく結ぶ。情けは無用だ。

アーロは手を下にして彼女をあおむけにし、その上にのしかかった。やがて彼女の顔が蒼白になり、額に汗が浮かんだ。

「名前を教えあわないというルールを考え直すことにしたよ。こんなことになってしまっては、名前をきかないわけにいかない」

彼女の目が光り、胸が大きく上下する。「うるさい」

アーロはさらに強くのしかかり、苦しそうにあえぐ彼女の目から目を離さずに、さっきその手から払い落としたものをつかんだ。小さなスプレーだった。

「これはなんだ？　睡眠薬か？　なんのためだ？」

彼女が首を横に振った。

アーロはじっと見つめた。「おれは現金で百八十ドル持っている。だが、おまえのその靴だけでもその五倍の値段はするだろう？　金がほしいなら、カジノかインド人街をうろつくはずだ。おれみたいな負け犬が集まる道路沿いのバーじゃなくてな」

彼女が反抗的な目で見つめ返してきた。この女は、手っとり早く薬を手に入れるために徘《はい》徊《かい》するドラッグ依存症患者ではない。見るからに健康的で輝いてる。それにこれほどの顔と体があれば、睡眠薬なんか使わなくても男をだまして金をしぼりとることができるだろう。いったいなんなんだ？　金目当てじゃないなら、別の目的があっておれに近づいてきたはずだ。アーロの頭にふたつの仮定が浮かんだ。

どちらも好ましいものではない。

ふたたび彼女にのしかかり、ひとつ目の仮定を試してみた。

「親父《おやじ》に送りこまれてきたのか？」ウクライナ語で尋ねた。

彼女のまぶたが震えたが、理解しているようには見えなかった。アーロはこれまでの生涯をかけて、無表情の人間の顔からわずかな感情を読む力を身につけてきた。一家が生き残るために必要な能力だった。彼女の顔は何も語っていなかった。まったくの無表情だ。アーロは平手で打ってから、さらに険しい声で言った。「話せ、売女《ばいた》め!」ウクライナ語で怒鳴る。

「親父か? おじか? 言わないと、舌を引っこ抜いてやるぞ!」

彼女はアーロめがけてつばを吐いたが、それは平手打ちへの仕返しだった。

どうやらこっちの線ではないようだ。彼女はウクライナ語を理解していない。家族から送りこまれたわけではないらしい。ひとつ目の仮定はこれで消えた。どっちにしろ、美女を送りこんでなんとかしようというのはオレグ・アルバトフらしくない。長男に対する彼の憎しみを考えれば、棍棒を持った大男を六人送りこんでくるほうが彼らしい。

アーロは床に落ちている彼女のバッグを開いた。化粧品、財布、パッケージに入った小さな錠剤がふたつ。錠剤は、パッケージについている点の色が分かるだけだ。それから、見たことのないデザインの電話。彼は財布のなかを調べた。ワシントン州ベリンガムのナオミ・ヒリアー名義の運転免許証。同じ名義のクレジットカードにデパートのカード。現金の束。ぱらぱらとめくってみると八百ドルある。財布には、駐車場のチケットやレシート、走り書きのメモ、クリーニングの受けとり票といった、日常生活の残骸と言えるものは何ひとつなかった。裏切り者の夫とふしだらな妹が後背位で楽しんでいる写真が入った封筒も。

アーロがスプレーをナオミの目の前で振ると、彼女は暴れ馬のように抵抗した。もしかして致死性の薬なのかもしれない。だが、いったいなぜ？　たしかにおれは人を怒らせることがよくあるが、誰かをそれほど怒らせているなら少しは心あたりがあるはずだ。ふたつ目の仮定を試すときが来た。

アーロはゆっくりナオミの上からおりた。「よく聞け、ナオミ。一ミリでも、おれが動けと命じない方向に動いたら、このスプレーの中身をおまえの顔にかける。わかったか？」

彼女がうなずく。

片手で服を着るのはなかなか難しかった。Tシャツはあきらめた。ほんの一瞬だが、目が見えなくなるからだ。アーロはジーンズをはき、裸の上半身にジャケットをはおって、Tシャツをポケットに押しこんだ。ブーツに足を入れたが、紐《ひも》は結ばなかった。「立て」

ナオミがよろよろと立ちあがった。「どこに行くの？」

「警察だ」

彼女が笑いだした。「わたしが悪い子だから？　あなたが今夜どんなふうに過ごしたかを話したら、さぞ警察官の同情を買うでしょうね」

アーロは、ナオミの背中で縛った手をひねりあげた。「黙って歩け」

「襲われたって話すわ。わたしがなぜ激しいのを望んだかわからないの？　ごみ箱からあなたの避妊具をひとつ拾って、精液を体のなかに入れておいたのよ。わたしの勝ちよ、おばかさん」

ほら来た。「連れていくのはサンディの警察じゃない。ポートランドのダウンタウンの警察本部にいるピートリー刑事のところだ」

かすかにだが緊張が走るのが感じられた。ナオミのまぶたが震え、瞳孔が収縮する。アーロにはこれだけで充分だった。なんということだ。ふたつ目の仮説が正解だった。ブルーノと、あの統合失調症のガールフレンドにかかわること——ポートランドに現れた殺し屋たちの死体絡みだ。大きなトラブルだ。愚かにも、おれはそいつに鼻をつっこんでしまった。

アーロはナオミの喉をつかんでベッドに押し倒し、ポケットから飛びだしナイフを出した。刃を出して回転させる。

彼女の目が見開かれ、光る刃に釘《くぎ》づけになった。

「きれいな顔だ」彼はやさしい声で言った。「傷つけられたくないだろう？　ブルーノ・ラニエリになんの用があるのか言え」

「なんの話かわからないわ」

「それが嘘なのはお互いわかっている。どこからはじめようか？」アーロは刃先でナオミの頬を撫でた。「まぶたはどうだ？　整形手術で再建するのが難しいところだ」彼女の目の下で、模様を描くように刃先を滑らせる。女をいたぶるのが好きな男みたいに邪悪な笑みを浮かべながら。そういう連中はよく知っていた。獲物をいたぶるときにやつらがどんな笑みを浮かべるかも。

自分で浮かべるのはいい気分ではなかったが。

ナオミのこめかみが脈打ち、嚙みしめた唇が震えている。時間が流れた。どうやらおれは彼女を甘く見ていたようだ。

アーロは臆病者のようにナイフをおろした。父にもよく、臆病者だとばかにされたものだ。顔を切るのも辞さないと、ナオミに信じこませることができなかった。信憑性《しんぴょうせい》に欠けたらしい。

スプレーを彼女の顎の下に押しつけたが、今度は反応がなかった。「行こう。よけいなことを言おうとしたらこの中身をかけるからな」

ナオミはアーロと並んで歩いた。体をこわばらせているが、抵抗はしなかった。コンクリートの階段をおり、ホテルの駐車場を歩く。あと少しで太陽が地平線から顔を出すだろう。アーロがシボレーの助手席に押しこんでシートベルトをかけるころには、彼女は激しく震えていた。

ナオミが襲ってきそうにないので、彼は手早くTシャツを着た。あの震えは芝居に見えない。彼女はおれの存在を忘れている。混乱しているのだろう。

アーロは彼女の手を縛っていたブラジャーを切った。自分のジャケットをナオミにかけ、顎の下にたくしこむ。こうすると、いかにも本物のひとでなしらしく見える。車を走らせながら、アーロは温風を彼女のほうに向けた。ナオミが金切り声で叫んだり、次から次へと嘘を並べたりするか、あるいは少なくとも悪態ぐらいはつくだろうと思っていたが、聞こえるのは歯をかちかちと鳴らす音だけだった。

彼女をどうしようか。アーロは運転しながら何度も何度も考えた。走るうちに、目に見えてナオミの具合が悪くなっていく。そして、彼の選択肢はしだいにせばまっていった。

警察の取り調べを受けるのはいやだった。それぐらいなら手足を失ったほうがましだ。だが、今のおれにはほかにどうすることもできない。ナオミをそのへんの道端に捨てていくわけにはいかないのだ。しかも今は、彼女の体のなかにおれの精液が入っている。

アーロは歯を噛みしめ、携帯電話を手にとって、昨日調べたばかりのサム・ピートリー刑事の番号にかけた。

八時にもなっていないわりには、刑事はすぐに電話に出た。「サム・ピートリーだ」

「おれの名前はアレックス・アーロだ。昨日〈トニーズ・ダイナー〉の裏で三人の死体が見つかった件で、興味深い人物をつかまえている」

「ほう」ピートリーが期待をあらわにして言った。「それで、なぜ興味深いんだ?」

「彼女はおれを殺そうとした」

「もっと聞かせてくれ」

「ああ。だが、この女をどこかに連れていきたい。あんたは今警察本部にいるのか?」

「ほぼ着いている。あとは車をとめるだけだ。どこにいるんだ?」

「そこまで十分ほどのところだ。本部の外かロビーで会えるか？　彼女を連れたまま駐車スペースを探したくない」

「ああ……」ピートリーは何かおかしいと思ったらしく、尋ねた。「女性に何かあったのか？　けがをしているのか？」

「彼女にコーヒーを用意してくれ。あるいは焼き菓子でもいい」アーロはまっ青になったナオミの顔を見た。相変わらず歯をかちかち鳴らしている。「糖分がたっぷり入ったものだ」

「ミスター・アーロ――」

アーロは電話を切った。ナオミにかけていたジャケットは床に滑り落ちていた。シートベルトの下で、彼女は激しく震えている。本当はドラッグ依存症患者なのかもしれない。

彼は車の速度をあげ、赤信号を走り抜けた。さっさと終わらせたい。ピートリーがすぐに現れるのを祈った。

サウスウエスト三番街の、堂々とした警察本部の前で車をとめた。ナオミをおろしてピートリーに引き渡してから、駐車場に入れ直せばいいだろう。ピートリーに渡せるよう彼女のバッグを持ったが、電話は自分の目で調べたかったので前部座席に放った。

ナオミをせきたてて幅広い階段をのぼり、ガラスドアを通って建物に入る。彼女は足もとがおぼつかず、よろめいた。

アーロは、せっぱつまっているのが周囲にばれないよう注意しながらあたりを見まわして、電話の声の主にふさわしい体形の男を探した。あれだ。背が高い三十代の男。顎がしっかりしていて髪はもつれている。無精ひげを生やし、コーヒーの入った紙コップと白い紙袋を持っていた。いいやつだ。糖分の入ったものを持ってきてくれた。男の目が問いかけるようにこちらを見る。アーロはそちらへ向かい、ナオミの体を彼のほうに押した。「ピートリー刑事？」

男は、今やぜいぜい音をたてて息をしているナオミを見た。「ああ、そうだ。あんたの友達は、緊急治療室に連れていったほうがよさそうだな」

「友達じゃない」アーロは嚙みつくように言った。「おれを殺そうとした女だ」

突然、ナオミが激しく動いて彼の手から逃れた。胃の中身を噴水のように宙に向かって吐きながら、両腕を振り、体をふたつに折る。周囲の人々が悲鳴をあげて飛びのいた。彼女は音をたてて膝からくずおれ、体を引きつらせながら床に倒れた。

アーロはナオミの脇にひざまずいて頸動脈《けいどうみゃく》に触れた。視界の隅に、反対側にかがんでいるピートリーの姿が映る。不規則な脈が感じられ……そしてとまった。何秒か待ったが、そのまま動かなかった。彼女は死んだ。

激しい痙攣で背骨が折れていた。

ナオミの遺体のまわりに人々が集まってきた。誰かが乱暴にアーロを押しのけた。誰かがナオミの胸を押している。大声で指示やアドバイスをしている者もいた。ひとりが救急車を呼んでいる。女性がやかましく泣きわめいている。

バンッ。突然、爆発音がして、アーロははっとした。外からだ。叫び声や悲鳴があがる。警報装置が耳ざわりな音を響かせた。

アーロはほかの人々と一緒によろめきながら立ちあがり、ドアの外を見た。ただあっけにとられて、目の前の通りで起きていることを見つめた。自分のシボレーの窓が吹きとび、もくもくと煙が出ている。爆破されたのだ。

誰かが肩に手をかけた。アーロは振り向いて、ピートリーの血走った目を見つめた。

「あんたの車か?」刑事が尋ねた。

アーロはうなずいた。「この半年で二度目だ」深く理由も考えずに言った。まるで、ピートリーにも関係があることだと言わんばかりに。

外の様子を見に来た背の低い太った男が、楽しんでいるかのように口笛を吹いた。「なんてこった。そりゃひどい。えらく刺激的な生活を送ってるんだな」

アーロは深々とため息をついた。「あんたには想像もできないほどな」

「保険のことでこれから面倒だぞ」男がうれしそうに言う。

「ああ」アーロはぼんやりと答えた。「そうだな」

「緊急医療チームがあんたの友達を運びに来るまで少し話をしよう」ピートリーが言った。

「友達じゃない」アーロはまた言った。「彼女はおれを殺そうとしたんだ」

ピートリーがアーロを見つめた。「わかった。じゃあ、これがおれの担当する事件とどうかかわっているか話しあおう。このコーヒーはあんたが飲むといい」そう言って紙コップをさしだす。「しばらくここにいてもらうことになるからな」

ブルーノは茂みのなかに身をひそめて、道から聞こえるエンジン音に耳を澄ました。無線をつないだあと、ショーン・マクラウドはあまりしゃべらなかった。彼は山の上のほうで身を隠し、望遠鏡をのぞいている。じきに、悪人と思われる連中がヘアピンカーブを曲がってきて橋を渡るだろう。そこから……ショーがはじまる。

〝いい子でいるんだぞ。一生に一度でいいから言われたとおりにしろ〟ブルーノはリリーを置いてきた方角に無言のメッセージを送った。ショーンが持ってきたなかでいちばん小さいサイズの、それでも彼女には大きすぎる防弾チョッキを着て、その上から迷彩柄のポンチョをはおっている。リリーには、弾をこめたグロック19と予備の弾倉を渡し、細かい指示をしてあった。はじまったらすぐに山へ逃げること。ブルーノとショーンがショーを繰り広げようとしている場所から充分離れたところにいること。

彼女は崖の上でふたりを待つことになっている。ブルーノたちがリリーを迎えに行かなかったら……その場合は、彼女は身を隠しながら、ブルーノから渡された専用の携帯電話でショーンの兄弟に電話をかける手はずになっていた。

リリーがとりわけ強力な防弾チョッキをつけていると思うと安心できた。

彼女は隠れるのをいやがった。勝手なものだ。地雷作戦をやめさせたのはリリーなのに。ブルーノ自身は、すべてのけりがつくその作戦が気に入っていた。車が宙に浮き、美しく爆発する作戦が。いや、そんなに簡単にいくはずがない。

エンジンの音がした。タイヤが砂利を踏む音が聞こえる。ブルーノは意識を集中させた。ショーンは自然にそういう状態になるようだ。彼の脳のその部分は、ケヴ同様、常にスイッチが入っている。マクラウド家の不思議のひとつだ。爆弾や地雷を十五分で仕掛けられるのと同様に。

この十五分で、ブルーノは爆薬の使い方を大急ぎで学んだ。ショーンの指示で、高いボルトを得るために九ボルト電池をいくつもまとめてワイヤーでつなぎ、音と光だけで威嚇する手榴弾《スタングレネード》を用意して、電話線で電池と携帯電話と連結させた。それから、まとめた電池と、細工をしたショーンの携帯電話を橋の下にテープでとめた。橋は山小屋から二百メートル離れており、今は干あがっているが、春には急流となる川にかかっている。スタングレネードは、橋と鎖のあいだの土の下に隠してあった。風に揺れる松の葉が、なんとか電話線を隠してくれている。

タイヤが岩を踏む。エンジンのうなりをあげ、重い荷物を積んだ車が凹凸の激しい道を進んでくる。車が見えた。黒っぽいＳＵＶが最後のカーブを曲がる。車は速度を落とし、ぎりぎり通れる幅の板を渡しただけの橋を渡った。車の重みで、板が今にも折れそうなほどしなった。

SUVは橋を越えると、ブルーノが道路に渡した、人の手首ほどの太さがある鎖に行く手を阻まれてとまった。

鎖は、防腐剤をしみこませた枕木でできた大きな柱につながれていた。柱の根もとはセメントでかためられていて、長年のあいだにそのセメントのまわりの地面が崩れたせいで、汚らしい台座から突きだしているみたいに見える。かつてはそこに門がとりつけられていたのだが、蝶番《ちょうつがい》ははるか昔に錆《さ》びてとれた。トニーはそれを直そうともしなかった。山小屋をあとにするときに鎖をかけるだけだった。守るべきものなど何もなく、粗末な山小屋が立っているだけなのだから。

ブルーノの携帯電話は、震えている冷たい手のなかにあった。画面にショーンの番号が光る。ブルーノは自分の携帯電話を大義のために犠牲にするかのように掲げ、穴を開けて電話線をつないだ。ブルーノが通話ボタンを押すと、タンブラーがまわってワイヤー同士が接触し……バンッ！　ダンスがはじまる。

望遠鏡がなくても、色つきガラスの窓を通して、車内に複数の人間が乗っているのが見えた。彼らは熱心に話しあっている。鎖に不安を覚えているのだ。道路自体も気に入らないらしい。Uターンできるだけの幅がある箇所は鎖の先だ。鎖の手前は車軸の幅ほどしかない崩れかかった道で、両側に断崖絶壁が続いている。前進するか、長い距離をひたすらバックで戻るしかない。運転席の後ろのドアが開いて、迷彩服を着た男がおりてきた。明らかに、ピクニックに来た無害なおばあちゃんとは違う。

無線が音をたてた。「やつはM4カービンに弾を装塡《そうてん》している。なかにあと三人いるぞ。おれは運転手を引き受ける。いいか？」

「ああ」ブルーノは答えた。

「数えるぞ」

1、2、3。

パン！

銃弾がフロントガラスを突き抜けた。ガラスに血が飛び散る。ブルーノは通話ボタンを押して耳をふさいだ。

車のドアが開いた。武器を持った男たちが飛びだしてくる。

ひとりが車に激しくぶつかって跳ねた。

バン、バン、バン！

スタングレネードが爆発した。目がくらむばかりの閃光《せんこう》が走る。

SUVにぶつかった男がよろよろと歩き、崖の縁の今にも落ちそうな岩にしがみついている。

パンッ。

鎖を調べていた男が、突然脚を押さえて道端に倒れた。

「防弾チョッキを身につけているようだ」ショーンの言葉が耳に届く。「腿をねらえ」

パン、パン。

ショーンは発砲を続けたが、ブルーノには彼が誰をねらっているのかわからなかった。

車のこちら側でけがをしている男たちを見つめた。鎖を調べた男は、赤く染まった腿をつかんでいる。もうひとりは、岩から道路によじのぼろうとしていた。ブルーノは息を吸って吐いてから、その男の脚をねらい、引き金を引いた。パン。男が悲鳴をあげた。驚いたことに、的にあたったのだ。

次が厄介な部分だ。「やつらに手錠をかける」

ブルーノはプラスチックの手錠を出すと、隠れていた場所から飛びだして、倒れた男たちに向かって急いだ。

18

ゾーイはあえぎながら、急いで安全なところまで移動した。受けた銃弾は防弾チョッキにあたり、彼女は倒れて息ができなくなった。肋骨が一、二本折れているかもしれない。息をするたびに痛む。

狡猾な連中だわ。怒りのあまり、舌を噛みそうだった。鎖に足どめされたときから、うなじのあたりがざわついていた。そして、ハルは頭の半分を吹きとばされて死んだ。ゾーイは彼の血と脳味噌を浴びた。あとのふたりも使いものにならない。

ジェレミーとマンフレッドが情けない声を出しながら倒れていた。やられることに慣れていないから、実際にやられたときの身の処し方がわからないのだ。ゾーイは自分の手でふたりを撃ち殺して黙らせたかった。何か動きが見えないかと、岩の陰からのぞく。

見えた。迷彩柄のポンチョを着た男が、倒れている仲間たちのほうに向かっている。ゾーイは引き金を引いた。ブルーノ・ラニエリは飛びのいたが、そのまま這いながら進んだ。

ダダダダダ。

敵が応戦してきたので、彼女は後ろにさがらざるをえなかった。

相手も防弾チョッキをつけている。鎖を見たときに気づくべきだった。衛星写真には、鎖は写っていなかった。

それもそうだわ。そのときは鎖なんかかかっていなかったんだから。

非武装のSUVでなんとかなると思ったわたしは、なんて思いあがった愚か者だったのだろう。とりわけ優秀な人材を集めたチームが充分な数の銃を持ってのりこめば、うまくいくものと信じていた。それがこのありさまだ。

しかもわたしは、少人数ですばやく動くことと、多少時間がかかっても人を集めることをはかりにかけ、慎重に考えたのだ。このあたりにいる工作員で残っていたのは、負け犬のホバートとメラニー、それに日和見主義の尻軽女のナディアしかいなかった。どのみちナディアはアーロと寝るので忙しくしていた。もっと人を集めるには何日もかかるだろうし、どうしても、リリー・パーとブルーノ・ラニエリがふたりきりで比較的無防備でいる今日のうちに行動を起こす必要があった。ふたりがマクラウド家の面々に守られてしまったら、こちらが失敗するリスクや、身をさらけださなければならないリスクが飛躍的に大きくなる。

わたしときたら、自分の失敗を正当化して時間を無駄にしている。

レジーに対して優越感を抱いていたが、彼とまったく同じ失敗を犯してしまった。あのこそこそ逃げまわるのが得意なくずどもを見くびっていた。またしても。

別の計画もいくつか準備してあった。どれを採用することもできたのに、道路の上に狙撃手を配置して、彼らをねらい撃ちするという単純な計画を選んだ。

彼らがたった今わたしのチームにしたように。

ゾーイは大きな岩のあいだを這って進み、向こうの様子をうかがえる割れ目を見つけた。ブルーノはすでに、ジェレミーの手首にプラスチックの手錠をかけていた。彼との距離は四十五メートルぐらいだろう。彼女は立ちあがってねらいをつけた。

パン。

ねらいははずれ、銃弾はブルーノの胴の中心にあたった。防弾チョッキを着ているので、後ろにのけぞっただけだった。彼は地面に伏せ、安全な場所に向かって這った。

パン、パン。

ブルーノがマンフレッドに近づくあいだ、ショーン・マクラウドがゾーイをあとずさりさせた。

彼女は灌木《かんぼく》の茂る小さな峡谷に身をひそめ、岩や木の根や棘《とげ》のある葉のあいだを這い進んだ。そして、崖の縁まで来た。藪《やぶ》のなかを移動して、下を見おろせる場所を見つける。百メートルちょっとはありそうだ。だめだわ。ああ、胸が痛い。

ジェレミーが手錠をかけられて倒れていた。血だまりのなかにいるが、まだ動いている。ブルーノはマンフレッドにも手錠をかけていたが、彼は出血多量ですでに死んでいた。べレッタで撃つには、ここからでは遠すぎる。ほかのＭ４やＭ１１０は、車のなかにあって手が届かない。行きあたりばったりで行動するしかない。土に汚れたブルーノの顔に意識を集中させ、ねらいを定める。緊張を解き、ふたたび意識を集中させた。だが、ブルーノは常に動き続けていた。ブルーノがジェレミーの脇の下を持って支え、マンフレッドの隣まで引きずっていく。ジェレミーは、仲間のぱっくり開いた腿の傷と血を見た。そして、その弛緩《しかん》した顔と一点を見つめているような目を見た。

ジェレミーが次に自分の身に起きることに気づいたのとゾーイが気づいたのは同時だった。彼は飛びあがり、体を弓なりにそらして……。

ドン！

大きな音とともにマンフレッドの携帯電話が爆発し、彼とジェレミーの体が宙に飛んだ。携帯電話は、マンフレッドの鼓動がとまってからしばらくのちに自爆したのだ。

爆発でジェレミーも死んだはずだ。ゾーイは身がまえた。

ドン！

ジェレミーの携帯電話も爆発した。ゾーイはのぞいてみた。仲間の体の残骸が転がっているだけだった。ブルーノは死ななかったのだ。隠れたんだわ。岩陰に隠れる蜥蜴《とかげ》みたいに意気地なし。

彼はひどく驚き、とまどっているはずだ。

静かな笑いとともに体が震えた。まったく、笑っちゃうわ。これまで、携帯電話の自爆システムを危険だなんて考えたこともなかった。あっさり勝利をおさめてきたからだ。これまでは、何か失ったことも、ライバルに会ったこともなかったから。

ふたりが吹きとばされたときにブルーノがふたりにかがみこんでいなかったのが本当に残念だ。どんなに愉快だっただろう。わたしは大笑いしていたはずだ。でも今は、笑うと折れた肋骨がひどく痛んだ。自分に最適な量に調整したカリトランZを手探りで探した。剝離紙をはがし、手首に貼る。

今やゾーイはひとりぼっちだった。持っているのは、ピストル一丁と首にかけた暗視双眼鏡と……待って。ちょっと待って。ちょっと待って！

興奮が体を駆け抜けた。リリーは今、男たちと一緒にいない。だが、男たちが彼女を山小屋に残してきたはずはない。生きのびられるよう、逃げ道を用意したはずだ。でも彼女は感情的な人間で、ブルーノと親しくなっている。たぶん、すでに何度も寝ているだろう。そして彼女も強い。臆病なうさぎではない。

銃声と爆発音はリリーにも聞こえているに違いない。不安と好奇心に駆られてここに来るだろう。木々は茂っているし、おそらく彼女は迷彩服を着ているはずだ。でも問題ないわ。ゾーイは暗視ゴーグルをかけて山腹を調べた。リリーをつかまえれば、助けに来るはずのブルーノとショーン・マクラウドをねらい撃ちできる。

いた。五十メートルほど上だ。裸眼では見えないが、自分には見える。リリーは、木々のあいだでオパールのように輝いていた。

血を浴びた頬が痛くなるほどゾーイはにっこり微笑んだ。


落ち着くのよ、リリー。だが、それは難しかった。汗ばんで滑る手は、ブルーノが簡潔な指示と一緒に渡してくれたグロックを握っている。〝ねらって撃つ。銃を発射させたくなかったら引き金を引くな〟とてもわかりやすい指示だが、鼓動が速すぎてめまいがしそうだ。自分のことでこれほど恐怖を覚えたことはなかった。だが、ブルーノが地面に横たわって血を流していると思うと、膝から力が抜けそうになる。

ブルーノに命じられたことはできなかった。逃げて隠れることなどできなかった。あの音が聞こえてからは。わたしは銃を持っている。引き金を引くことができる。ほかのみんなと同じように。

何を目にすることになるのか心の底から恐怖を覚えながら、リリーは山の斜面をおりた。崖の縁の下の岩棚で四つん這いになり、身を隠しながら様子をうかがえる場所がないかと探った。

あたりはしんと静まり返っていて、それがひどく怖かった。

岩だらけの斜面にしがみついている木々を風が揺らす。リリーが張りだした岩の下にしゃがみこんだとき……。

コウモリの群れが飛びたった。彼女は不意をつかれてよろめきかけた。

ダダダダ。

たった今リリーの頭があった場所の後ろの岩壁に弾があたった。彼女は滑ってつまずいた。片足が岩棚からはずれ、その拍子に土と岩が斜面を落ちていく。いったいどこから……。

リリーは灰色がかった茶色い葉を見つめた。前にのりだしたとき……。

ダダダダ。

次の銃弾は彼女の耳の脇をかすめて崖にあたり、岩や土を跳ね飛ばした。危なかった。

もう我慢できなかった。逃げるのはもうたくさんだ。やつらを追いかけてやるわ。リリーは腹這いになり、片手にピストルを握りながら、高くそびえるふたつの黒花崗岩《くろかこうがん》のあいだに体を引きあげた。斜面をのぼってくる男が見える。

男は思ったよりも小柄で迷彩服を着ていた。急な山腹を、オリンピックでメダルをねらう体操選手みたいに優雅にのぼってくる。男が顔をあげた。ふたりの目が合う。

なんてこと！　男じゃなかった。ミリアムだわ！　ハワードの看護師の！

ミリアムはにっこり微笑むと、銃を持ちあげた。リリーは首をすくめた。

ダダダダ。

弾丸が、リリーの頭があった場所の岩を砕く。

リリーの全身がこわばった。今日はだめよ。今日はあなたはわたしを倒せない。ミリアムが両手を使って這いのぼってくる。リリーは必死で岩棚の上にのぼり、木々のなかにまぎれた。できるだけ静かに腹這いで進んだが、それでも枝にぶつかったり小枝を折ったりして音をたててしまう。心臓の音も、雷のように大きく響いている気がした。何年も前に倒れたらしい古い木の白い根が、空に向かって扇子の骨のように広がっている。ここならうまく身を隠せそうだ。いや、だめだ。今にもミリアムがここまで来るだろう。

自分の鼓動が大きくて、ほかの音が聞こえなかった。リリーは折れた木の切り株の後ろで丸くなり、耳を澄ました。

小石を踏む音がする。リリーはもっと音を聞きとろうと、耳に神経を集中させた。ミリアムがつけているあのゴーグルだと、絡みあって広がる根の裏に隠れているわたしの姿も見えるのだろうか?

リリーは空気になろうとした。根の隙間から空が見える。まるでレースのようだ。

「いるのはわかっているのよ、リリー」嘲るようなやさしい声が、四、五メートル離れたところから聞こえた。「その、折れた木の根の後ろでしょう? 立ちなさい。終わりにしましょうよ。すぐ楽にしてあげるわ」

リリーは震える歯のあいだからゆっくり息を吸いこんだ。

考えるのよ。考えるの。ミリアムは猫みたいな女だ。猫は獲物をいたぶり、食べる前にその内臓を抜きだす。すぐに殺すなんて言っているのはまっ赤な嘘で、楽しみたいはずだ。

「さ……先にひとつだけ、き……聞かせてもらえる？」小さくあわれっぽい声を出した。ひげを震わせて怯えているねずみみたいに。

ミリアムが笑った。「もちろんよ。なんでもきいて」

リリーは、グロックを根の下で真上に向けてから、顔が出るところまで立った。

ミリアムがリリーに銃を向けて、用心深く待った。

「その……知りたいのは……」ぱちぱちとまばたきをした。

ミリアムの官能的な唇が弧を描いて微笑んだ。「何？」

リリーは銃を水平にして引き金を引いた。

反動で腕が跳ねあがり、リリーは後ろによろめいて岩につまずいた。地面に転んだが立ちあがり、ふたたびねらいを定める。

パンッ。

ミリアムが地面に倒れ、立ちあがろうともがいた。

リリーはまた撃った。

パン、パン、パン。

銃弾が倒れた木に穴を開け、木片が飛び散る。リリーは腕が震えた。指の感覚がなくなった。

ミリアムが不死身の悪魔のように立ちあがった。「それだけ?」息を切らしながら言う。「ばかな尻軽女!」ミリアムは歯をむきだしにして笑うと、銃をあげた。

バン!

胸に強い衝撃を受けて、リリーは地面にたたきつけられた。

ピストルが手から飛んだ。下生えを手探りしてグロックを探しながら、リリーは立ちあがろうとした。火がついたように胸が苦しい。「このばか女!」リリーは必死で息を吸いこんだ。「わたしの何が気に入らないっていうのよ?」

ミリアムがねらいをつけた。「あなたがまだ息をしていることよ」

銃声が響いた。リリーはよろめいた。

一瞬の間を置いてから、自分が撃たれていないのを悟った。回転して横向きに倒れたのはミリアムのほうだった。彼女の銃が枯れた枝にあたり、茂みに飛んでいく。ミリアムは立ちあがり、必死で銃を探した。ミリアムがリリーのグロックを見つけたと同時に、リリーが銃に飛びついた。

ミリアムが金切り声をあげ、リリーに飛びかかる。

その勢いでリリーは後ろに倒れ、ふたりはそのまま渓谷の縁まで転がっていった。爪をたてたり叫んだりぶつかったりしながら。

ふたりは断崖の縁にどんどん近づいていった。その先は、九メートル下の川床まで落ちるだけだ。

リリーは転がりながら小さな木につかまったが、木はリリーとミリアムのふたり分の体重に耐えることができず、リリーの手のなかで折れて顔にあたった。ふたりは、崖の縁に露出している岩にぶつかってとまった。先にミリアムの背中があたり、リリーはその一瞬の隙をついて彼女の手から逃れ、つかまるところを探した。

最初につかんだのは、斜面から突きでている古い木の根だった。もう一方の手は、六十センチほどの高さの若木をつかんだ。根はかたい岩の表面にゆるく張っているだけなので、長くはもたないだろう。

ミリアムがリリーの足首につかまった。リリーの手首と肩がふたり分の重みに悲鳴をあげる。ミリアムはリリーの脚をよじのぼろうとした。ミリアムの爪が、ヒップまで落ちているリリーのジーンズにくいこむ。

リリーは蹴ったり体をひねったりしてミリアムを振り落とそうとした。若木が音をあげはじめた。一本の根が完全に抜け、ほかの根も引っ張られている。ミリアムはただでさえ重いうえに、リリー同様、重い防弾チョッキをつけている。ミリアムは今、熟した果実が枝にしがみつくように、リリーの膝につかまって揺れていた。

渓谷に銃声が鳴り響いた。ミリアムの手が離れ、彼女は斜面を滑って崖の縁から落ちていった。長い悲鳴がふいにとぎれた。

リリーは根にぶらさがったまま、凍った泥と岩の壁を見つめた。冷たい土のにおいが強く感じられる。手から血が出て袖のなかに流れていく。ジーンズが腿まで落ちていて、むきだしのヒップに氷のように冷たい岩があたる。

リリーを苦しめる相手は消えた。だが、リリーは動けなかった。

何時間もぶらさがっていたような気がするが、やがて音が聞こえてきた。誰かが名前を叫んでいる。何度も何度も叫んでいる。

「大丈夫か？　リリー！　返事をしてくれ！　リリー！」

ブルーノの声だった。恐怖にかすれている。

リリーは答えようと息を吸いこんだが、声にならない声しか出なかった。唇が麻痺したように冷たい。唇が閉じないので言葉が出ないのだ。

ブルーノは呼び続けている。リリーも答えようとし続けた。やっとのことで、小さいが聞こえる声が出た。「ブ……ブ……ブルーノ？」

一瞬の静寂のあと、小石がリリーの上にぱらぱらと降ってきた。すでに痛んでいる目に土が入りそうになり、彼女はまばたきをして払おうとした。

「リリー？」ブルーノがふたたび叫んだ。「リリー？　大丈夫か？」

リリーは涙を流しながら見あげた。まぶしいまっ白な空を背景に、大きな黒い影が斜面にしがみついている。「え……ええ」

「遠すぎる」ブルーノの声が震えた。「届かないな。ロープがあればいいんだが、山小屋まで行ってとってくるには二十分かかってしまう。まだそうしていられるか？　なんとかもっと近づける方法を考えるから」

「うう……」質問が複雑すぎて答えられない。ぶらさがる——わたしが今、集中すべきことはそれであって、話すことではない。

ブルーノが悪態をつきながら奮闘するあいだ、リリーは岩や土を浴び続けた。やがて、彼がふたたび何か言っているのが聞こえた。彼女はブルーノの言葉に神経を集中させた。

「……それがいい。やってみるよ。いいかい？　あと二十センチ、二十五センチ手をのばせるか？　リリー！　返事をしろ！　聞こえてるか？　リリー！」

リリーは咳払いをした。「ええ」かすれた声で答える。

「何が〝ええ〟なんだ？」ブルーノが怒鳴った。

彼女は歯嚙みしながら息を吸いこんだ。「やってみるわ」

血の出ている手が痛かったが、つるつる滑る岩壁を手で探り、感覚のない足をかけようとした。膝まで落ちたジーンズのせいで足の自由がきかない。やっとのことで足がかりになるところを見つけた。

体を引きあげながら、腕、肩、手に広がる痛みに声をあげそうになった。新たに痛む箇所に、激しい勢いで血液が流れこむ。リリーはよじのぼり、手をのばした……。

ブルーノの大きくあたたかい手が彼女の手首をつかんで引っ張る。

リリーはこらえきれずに悲鳴をあげたが、足がかりをひとつひとつ見つけながらよじのぼった。

足がかりが見つからないときも、ブルーノの力強い手は決して揺るがなかった。

そしてふたりは斜面に這いつくばっていた。ここはもう、断崖絶壁ではない。ブルーノは岩棚にリリーを引きあげ、ふたりでそこに並んだ。彼女はジーンズを腰まであげた。

「服を脱がずにいるのに苦労しているようだな」

「原因をつくったのはあなたよ」

ブルーノの歯が光った。「これからゆっくり脱がしてやるよ」

「そういう意味じゃないわよ、セックス好きのおばかさん。大きすぎるジーンズを買ったあなたのせいだってこと。サイズは六だって言ったのに」

ブルーノがリリーを引き寄せ、長く激しいキスをする。リリーは、生命の泉の水を飲むように、彼のキスをむさぼった。

彼が体を離した。「セックス好きと言えば、あのショーツはなかなかいいぞ。冬の背景に赤いレースがすごく印象的だった。それにきみの尻。満月みたいに輝いていたよ」

リリーは笑いをこらえた。「お尻のことは言わないで。今はだめ」

ブルーノがふたたびキスをした。「きみは特別だ、リリー」

「あら、そう？　感動しちゃった」

「これまでデートしてきた相手のほとんどとは──ひと晩続いたらの話だが──朝になってコーヒーと焼き菓子を食べたらさよならだ。勇気を出せたときには電話番号の交換ぐらいはするが。だがきみと過ごした翌朝は、たいてい人を殺すはめになる」

リリーは肩をすくめたが、とたんに痛みが走った。「チャンスがあるうちに、わたしを国内のどこかへ行くバスに乗せたほうがいいわよ」

ブルーノが彼女の顎をあげさせた。「もう遅いよ。おれはきみを放せない」

「もしもし？」頭上から、不機嫌そうなショーンの声が聞こえた。「いちゃつくなら別のところを探してくれ。ほら、早く！」

ブルーノはリリーを引っ張りながら斜面をよじのぼった。リリーは彼の言葉をほとんど聞いていなかった。ただ、その低い声が耳に心地よかった。その声と彼の手が、リリーをしっかりと、だがやさしく引きあげてくれる。

「この手をそこにつけ。この足はそっちだ。右にのばして。もうちょっとだ。ほら届いた。よくやった……」

実際の距離はたいしてなかったが、山肌を横向きにのぼっていくには、永遠とも思える時間がかかった。

やっとのことで平らな地面にたどりつき、ブルーノはじゃがいもの入った袋みたいにリリーをかついだ。リリーは彼の首に腕をまわした。ブルーノがまだ生きているのがうれしくてたまらない。みんな生きていた。嘘みたいだわ。

ブルーノが、橋のそばの切り株にリリーをおろした。ショーンは見るからに恐ろしい大きなライフルを抱えている。彼は値踏みするようにリリーを見た。

「撃たれていないか？　どこも折れていないか？」ショーンが尋ねた。

リリーはうなずいた。けがやねんざやあざはあるかもしれないが、撃たれていないし骨も折れてはいない。「あなたたちは？」

「大丈夫だ」ブルーノが答えた。「ふたりとも運がよかった」

リリーは目をこすって土や埃を払った。「正確な射撃をありがとう。おかげで助かったわ」

ブルーノが親指でショーンを示した。「撃ったのは全部彼だ」ぶっきらぼうに言った。「おれはあんなに正確にねらえない」

「あら、そう」彼女はショーンを見た。「ありがとう」

ショーンが重々しくうなずく。「どういたしまして」

「それで……」リリーはSUVを示して言った。「彼らは？」

「三人は死んだ」ブルーノが答えた。「ふたりは、持っていた携帯電話が爆発したんだ。きみの相手の男はまだ生きていると思う。死んでいれば、小川から爆発音が聞こえたはずだ。全員が携帯電話を持っていたらの話だがな。運転手は持っていなかった」

「男じゃないわ」リリーは言った。「看護師だった」

ブルーノが当惑した表情を浮かべた。「看護師？」

「ミリアム。父の担当だった看護師よ。精神科病院の。父を殺したのは彼女に間違いない」

ショーンがうなった。「ややこしい話だな。ひとまずここを離れよう」

「たぶん衛星でわたしたちを監視しているのよ。彼らから逃げることはできないわ」

ブルーノが空に向かって中指を突きたてた。「くたばっちまえ」わざと大げさに言う。「やつらに見せてやろう」

「やつらの車を動かさないとここから出られないな」ショーンが言った。「ここは道路からはずれては走れないからな」

「崖から落とそう」ブルーノが言った。

ショーンは疑わしげな顔をしている。「爆発して、こっちまで吹きとばされるかもしれない」

ブルーノが空を見あげた。血で黒くなった手をあげて、落ちてくる雪のかけらを受けとめる。そしてリリーを見た。

「いちばん近いハイウェイまで十五キロだ。歩いて向かったりしたら、余裕でやつらに殺されてしまう」

ショーンもうなずいた。ＳＵＶを見る。「コインを投げて決めようか？」

「いいや」ブルーノが言った。「おれがやる。おまえはリリーを連れて離れていてくれ」

リリーはあわてて立ちあがった。「だめよ！　ブルーノ、やめて。お願いだから」

「さっさとやってしまおう」ブルーノは車に向かった。

彼女は泣きながら、ショーンに導かれてその場を離れた。

ブルーノは死んだ運転手の上から覆いかぶさるようにして、ギアをバックに入れた。そして、緊急ブレーキを解除した。ボンネットの前にまわり、崖に向かって車を押す。車は崖から滑り落ち、転がったり跳ねたりしながら木のあいだをはるか下まで落ちていった。

ショーンとリリーは道路の端まで行って下をのぞきこんだ。

「すごいな。頑丈な車だ」

「警察にはぜひ見てもらいたいな」ブルーノが言った。「だが、悪党連中がとり返しに来るのは困るし、看護師が使うのも困る。彼女には、もし生きているなら雪のなかでハイキングをしてもらおう。さあ、行こう。やつらが襲ってくる前に」

「その、やつらっていうのはいったい誰なんだ？」ショーンの声はいらだちでかすれていた。

「それがわかれば万々歳なんだがな」ブルーノが答えた。

三人は鎖をはずし、急な坂道をのぼって山小屋に着いた。ブルーノはリリーをショーンのジープの後部座席に乗せると、自分も隣に乗りこんだ。そして彼女にシートベルトをつけさせた。

ショーンの目は、ブルーノがまるで自分のもののようにリリーを肩にもたれさせたのを見逃さなかった。

「休むんだ」ブルーノが彼女に言った。

ショーンが微笑んだ。「休めるならな。高速でぶっ飛ばすつもりだが」

「さっさと出せ」ブルーノは言った。

車は急発進し、その拍子にリリーの頭はのけぞった。

がたがたと走る車のなかで、ブルーノが前に身をのりだした。「おい」

「なんだ？」ショーンが叫んだ。「大きな声で頼む」

「ありがとう、助けてくれて。悪かったよ、以前のことは」

ショーンはヘアピンカーブを曲がり、道が直線になるとすぐさまスピードをあげた。「本当に安全になるまで礼を言うのは待て。そのほうが、こっちもゆっくりおまえの感謝の言葉を楽しめる」

「待つことないわよ」リリーは口を挟んだ。「感謝の言葉を聞けるうちに聞いておいたほうがいいわ」

男たちがリリーを見た。リリーは彼らを見返した。あたり前のことを言っただけだわ。

もはや安全なんてどこにもないのだ。

「もう一度呼んでみろ」キングは怒鳴った。

「呼びました」ホバートが答えた。「返事がありません。わからないんです、ぼくには——」

「あと一度でも〝わからない〟と言ってみろ、すぐさまレベル10の致死コマンドを発動するぞ。わかったか？」

「はい」ホバートが必死になってキーボードをたたいているのがマイクを通して聞こえてくる。

キングは大きな画面を見つめた。端に副画面がいくつか開いていて、そのひとつにホバートのあせった顔が映っている。なぜか、彼とメラニーだけが残された。そのほかの副画面には、この失敗に終わった任務についていた四人の工作員の生命兆候《バイタルサイン》が映しだされている。三人はすでに心肺停止状態だ。もうひとりもそれに近い。

キングの怒りはすさまじかった。考えることはおろか、息をするのも難しい。わたしの工作員たちが、こんな重大な失敗を犯すとは信じられない。いったいどうして……？　頭が痛くなってきた。

画面の残りの部分は、うっそうと茂る針葉樹を映した衛星映像だった。ゾーイの鎖骨に埋めこまれたマイクロチップが、小川のそばの岩がかたまったあたりで鳴っているが、彼女の姿は見えない。彼女のバイタルサインは、不安定な心拍と体温の低下を示している。マンフレッド、ジェレミー、ハルはどんどん冷たくなっている。三億ドルが禿鷹《はげたか》の餌になってしまった。「ゾーイの通信機からの映像を見せろ」キングは怒鳴った。

「はい」ものすごい勢いでキーボードをたたく音に続き、画面にはぼやけた映像が映った。ゆらゆら揺れる藻に覆われた岩が見える。

なんと、水中だった。ゾーイが応答しないのも無理はない。通信機は川に落ちたのだから。

「キング？」おずおずした声が言った。「コーヒーをお持ちしま――」

「忙しいんだ、邪魔をするな」キングは、コーヒーとチョコクッキーの皿をさしだそうとしていたジュリアンを怒鳴りつけた。

ジュリアンがあわてて出ていく。キングは、自分が軽食を持ってくるよう命じたのを思いだした。だが、訓練もほぼ終わりに近づいている特別グループの訓練生なら、食べ物を出すタイミングをはかるだけの気配りを見せるべきだ。

「おまえとメラニーが、この悲劇から車で六時間離れたタコマにいる理由をもう一度説明してくれ」

「ええと……その……ゾーイがチームリーダーで……ぼくは……彼女はスピードが肝心だと言って……その……われわれの集めた情報《インテリジェンス》によると、マクラウドが――」

「知性《インテリジェンス》の話はするな」キングはさえぎった。「わたしは高い知性を見せてもらったことがない。少なくともおまえからはな。ほかにあいている者はいないのか？　ナディアはどうした？　彼女にはおまえやハルやジェレミーの三倍の戦闘経験がある。なぜ彼女はチームに入っていなかったんだ？」

「あの……それは……ゾーイがナディアをアーロの担当にしたからです。そして――」

「アーロとは誰だ？」

「マクラウド兄弟の知りあいです。食堂での襲撃のあと、ブルーノ・ラニエリとリリー・パーを山小屋まで送った男です。ゾーイは、彼の携帯に追跡ソフトとスパイソフトを仕込むようナディアに命じたんです」

「この任務より、追跡ソフトを仕込むほうを優先させたというのか？　ナディアは山小屋からどのぐらい離れたところにいる？　すぐに彼女を呼びだしてくれ」

「それが……ナディアにも……問題がありまして……」

「なんだ？」

「その……彼女は死にました」ホバートがかすれた声で言った。

キングは凍りついた。「説明しろ」

「彼女の携帯電話が爆発したんです。二十分前のことです」

キングは必死で自制心を働かせた。「この事実にわたしが興味を持つだろうという結論に達するのに二十分を要したのか？」

ホバートはしどろもどろで言い訳をはじめた。キングは自分の目で確かめようとナディアのバイタルサインを呼びだした。やはり、彼女は死んでいた。「遺体はどこにある？」

キングは、ホバートに向かってレベル10の致死コマンドを唱えるのをなんとかこらえた。呼吸をする資格もないこの能なしに、これ以上酸素を吸わせるのは無駄としか思えない。

「彼女は、サウスウエスト三番街の警察本部にいました」ホバートがためらいがちに言った。「発信機は今移動しています。たぶん、郡の監察医のところに運ばれているんでしょう」

レジー、キャル、トム、マーティンに続き、またしても監察医のもとに遺体が運ばれた。処分することも破壊することもできない。

「ゾーイの上空の衛星映像をもう一度見せてくれ」

揺れる針葉樹が画面いっぱいに広がる。冬の森に何が見つかるか確かめるように、キングは黙ってそれを見つめた。

そして見つけた。迷彩服を着ているのでひどく見にくいが、張りだした崖の下から人の姿が現れた。転がった岩の上に這いつくばっている。

ゾーイは苦労して立ちあがると、よろよろと小川へ向かい、水のなかに入った。彼女がバランスを崩して倒れるのを、キングは顔をしかめながら見守った。ゾーイは立ちあがり、大きく揺れた。ブラウンの大きな目で何かを懇願するように空を見あげる。彼女は通信機を拾い、それを耳にあてた。

「ゾーイにつなげ」キングは命じた。

音質が変わった。雑音の向こうに、鳥の声と水音、それにマイクに吹きつける風の音が聞こえる。

「ゾーイ?」キングは声をかけてから叫んだ。「ゾーイ! 聞こえるか?」

「覚悟はできています」蛙《かえる》の鳴き声のようにかすれた声が、やっとのことで聞きとれた。

「なんの覚悟だ?」いらいらとキングは言った。

ゾーイがまばたきをしながら空を見た。「わたしは失敗しました。覚悟はできています」目を閉じて、レベル10の致死コマンドを待つ。

ゾーイの傷だらけの顔に浮かぶ殉教者ぶった表情に、キングは歯嚙みした。簡単に発動してもらえると思っているのか。今は、ゾーイの死を見守る贅沢を楽しんでいる場合ではない。

「いいや、ゾーイ」キングは鋭い口調で言った。「水から出ろ」

彼女があっけにとられたようにこちらを見た。それを見たとたん、キングは激怒した。現場でたったひとり残った道具が、青い唇をして、でくのぼうみたいに冷たい水のなかに突っ立っている。

「動け、ゾーイ」彼は命じた。「失敗の埋めあわせをしろ」

ゾーイが前に出て膝をついた。冷たい水が胸や肩にはねかかる。彼女はなかば泳ぐようにして岸まで這っていった。

「通信機を耳にあてろ。早く」

ゾーイは岩に這いのぼり、携帯電話を高く掲げた。彼女の荒い息づかいが聞こえるようになった。

「ゾーイ、よく聞くんだ」〈ディープ・ウィーブ〉のコマンドを録音するときに使う低い声でキングは言った。彼女は子供のころ、毎日何時間もそれを聞いて育った。「メリミトレクスを出して腿に入れろ」

すでにゾーイの頭に埋めこまれている命令だった。それを繰り返しているのは、自分の声に彼女を引きつけておくためだった。ゾーイの手は激しく揺れたが、それでもなんとかスポンジ製のケースから注射器をとりだした。針先をはじいて液を飛ばす。看護師として働いただけのことはある。彼女はびしょ濡れの服の上から針を腿に刺し、頭をのけぞらせて歯をむきだした。

キングはゾーイのバイタルサインを見守った。メリミトレクス8はこれまでの七世代よりもすぐれているが、それでもこれを使うのはいつも賭けだった。長年にわたる試行錯誤を繰り返した末に完成した。ひとりひとりの身長、体重、体質に合わせて量を調整してあり、分泌腺を容赦なく刺激する。強力な鎮痛効果と、コカインに似た精神高揚効果もある。キングはよほどのことがない限り、この薬は使わないようにしていた。うまくいくのはだいたい六十パーセントで、不運だった四十パーセントがどうなるかは……見るのもつらいがありがたいほどすぐに終わる、とだけ言えば充分だろう。

だが、選択肢はなかった。ゾーイはじきに意識を失うだろう。すぐに薬がききはじめた。

彼女の呼吸が深くなり、心拍数が安定する。

ゾーイはふたたび空を見あげた。鼻の穴が広がっている。彼女なら、舞台に立っているかのようにすばらしい働きをしてくれるだろう。

キングは心配しているような声を出した。「気分はよくなったかい？」

「ええ。最高の気分です」

「それはよかった。聞くんだ、ゾーイ。これからきみに唱えるフレーズは、きみに実行する力を与える。いいかい？」

「はい」ゾーイの声は感情的に揺れていた。「もちろんです。どうぞ」

キングはゆっくり、レベル10の忍耐コマンドを唱えはじめた。このコマンドには絶対的な自信を持っている。隠れたエネルギーを解放し、情熱と似た効果を持つエンドルフィンを放出する。エンドルフィンがもたらす力は、『リーダーズ・ダイジェスト』の記事によると、たとえば八十歳の老婆が、車にひかれた孫の体から、車を持ちあげられるほどだという。だが、薬物で刺激された情熱と本物の情熱にどんな違いがあるというのだ？　違いはない。すべては化学作用なのだ。

「よく聞け」キングは言った。「車に戻って――」

「武器がありません。わたしから武器を奪ったんです。ブルーノが――」

「彼はもういない」キングはさえぎった。「彼のことはもう気にするな。やつらは車を道路から落とした。きみは持てる武器を持ち、残りを隠せ。ハルとジェレミーとマンフレッドの遺体も、できるだけうまく隠すんだ。処分班が到着するまで見つかりたくない。隠した場所を発信機で知らせろ。落ちあう場所までの最適な道筋を計算して知らせる。これから二、三時間は、まだ誰のところにもたどりつけないだろう」おまえの誤った計画のせいでな。

ゾーイが口ごもった。「でも……」

「強くならなければいけないよ、ゾーイ。救出班がきみのもとに着けば、きみは飛行機に乗せられてわたしのところに戻ってくる」

彼女は空を見ながら激しくまばたきをした。目に涙が浮かぶ。「本当ですか？」迷子になった子供が希望を見いだしたような声だった。

「もちろんだ。きみは実に勇敢だった。ほうびをやろう。約束するよ」衛星が拾える情報には限りがあるが、キングにはゾーイの瞳孔が開き頬が赤くなるのが見えるようだった。「さあ、行け！」

彼女は走りだし、山羊《やぎ》のように山をのぼりはじめた。レベル10のほうびは、山でも動かせる。

今は効果があるものはなんでも使いたかった。細かいことにこだわっている場合ではないのだ。

19

リリーは集まった人々を見渡した。部屋はランプのほのかな明かりに照らされ、柔らかくて大きなソファがひしめきあっている。

「彼はそれをロックしなければならない」リリーは繰り返した。「父はそう言ったの。そしてその何かは、彼が見ればわかるはずだ、と」

「だが、わからなかった。おまえはいったい何をロックすることになってるんだ？」ショーンがほとんど責めるような目つきでブルーノを見た。

ブルーノが首を振る。「さっぱりわからない」

「妙だな」ショーンが考えこむように言った。「ロックを解除する、というほうがまだ意味が通る。暗号、ドア、金庫、それともパスワードだろうか？」

「父が言ったのはそれだけよ」リリーは、どういうわけか自分がへまをしでかしたような気がした。「わたしにも意味がわからなかった。そのとき、あの看護師に邪魔されたの。父を殺したあの女に」彼女はソファの上で両膝を抱えた。何週間も人目を避けて生きてきたのに、ここでは全員から熱い視線を注がれている。今にも気絶し、痙攣して泡を吹いてしまいそうだった。

彼らの態度も気がかりだった。無礼なことをされたわけではない。その逆だ。彼らはリリーを救い、傷の手当てをし、食事をさせ、服を着せ、痛みどめと抗生物質と抗炎症薬を与え、砂糖入りのコーヒーをしきりにすすめてくれた。それでもまだ彼らは彼女に対してどこか警戒している雰囲気を漂わせている。リリー・パーを心から信じるにはいたっていないのだ。

ブルーノもそんな空気を感じているのだろう。彼はリリーを守るような態度をとっていた。彼女のすぐ横に座り、彼女をかばうように肩を抱き、彼女の言葉を信じないとは言わせないぞとこの場にいる全員に挑みかかっているようだ。まったくなんて感動的なの。昨日はブルーノ自身もわたしを信じていなかったのに。もっとも、誰が信じるというのだろう？　わたしが彼らの立場なら、自分だってこんな女の言葉を信じない。

ケヴ以外のマクラウド兄弟の全員がここに集まっていた。デイビー、コナー、ショーン、そしてショーンの妻のリヴ。クレイズ湾の岸辺の村落にほど近いワシントン海岸の崖の上に立つこの家の女主人は、恐ろしいほどの美貌を誇るタマラ・スティールだ。

アーロもいた。午前中のひどい体験のショックから立ち直れていないらしく、むっつりと不機嫌な顔をし、目は落ちくぼんでいる。彼は誰とも視線を合わせようとしなかった。部屋の隅には、スヴェティという名の黒髪の美少女が座り、話に耳を傾けていた。悲しげな目をしていて、かすかに訛《なま》りがある。リリーにはまだスヴェティとほかの人たちとの関係がよくわからなかった。それからマイルズもいる。筋肉質のたくましい体つきをした、内気な青年だ。そして部屋のなかでいちばんの存在感を放っているのがローザだった。彼女はまるで旧石器時代の女神のようだった。黒髪をふくらませ、濃いピンクの水玉模様のシャツを着て、ピンクのプラスチックビーズのネックレスをしている。ローザになめまわすように見られ、リリーは落ち着かなかった。

「リリーはくたくたに疲れているし、けがをしているんだ」ブルーノが言った。「彼女には睡眠が必要で――」

「きみのお父さんは、ブルーノならわかると言ったんだな」ショーンの上の兄のデイビーが口を挟んだ。その目は心のうちまで見通すほど鋭い。「だが、何がわかるというんだ？〝それ〟とはなんだ？　物か？　場所か？」

リリーは両手を組み、記憶をふたたび呼び起こした。あまりにも何度もこねくりまわしたせいで、記憶を自分が勝手に書き換えていなければいいのだけれど。彼女は角張った顎と兄弟たちと同じ明るいグリーンの瞳をしたマクラウド家の長男に向かって言った。「父の言葉はこうよ。〝マグダが言ったんだ、息子ならそれを見ればわかるはずだ、と〟でも父には〝それ〟がなんなのかを言う暇はなかった。ちょうどそのとき、ミリアムが邪魔をしたの」

「看護師のミリアムか。そのあと、そいつは特殊部隊の兵士に変身したってわけだ」コナー・マクラウドが言った。

ブルーノが気色ばんだ。「何が言いたいんだよ？　おれはあの女の戦いぶりを見たんだ。言っとくが、あの女は最悪だぞ」

「別に何も言うつもりはないさ。おれはただ、すべてをはっきりさせたいだけだ」

「今夜わかるところまではは っきりしただろう」ブルーノが言った。「ショーンもその場にいた。疑うなら、彼に逐一きいてみろよ」

「ちょっと」リリーはブルーノの腕をつかみ、いきりたつ彼をなだめた。「わたしなら大丈夫。コーヒーを飲んだら眠気が覚めたわ。ぞくぞくするほど」

「みんなが猟犬みたいにきみをしつこく追いまわすのが気に入らないんだよ」ブルーノはいらだっている。

「しつこく追いまわせば、救いの道が見つかる」タマラが静かに言った。

リリーは振り返ってタマラを見た。その両手は丸々としたおなかの上にのせられている。

「そのとおりね」リリーは言った。「とことん追いまわして。やっと一緒に脳味噌を使ってくれる人たちが見つかったと思うとうれしいわ」

タマラの目はとらえどころがなかった。それはこの部屋にいるほとんどの人にもあてはまる特徴だった。いろいろなことを乗り越え、生きのびてきた人たちだ。その目は仮面の奥を見透かし、当人が隠しておきたい、ぞっとするようなものまでも見てしまう。

タマラ・スティールはとても美しかった。誰もが最初は磁石のように目を吸い寄せられる。だが、すぐにその目をそらしたいという奇妙な気持ちに襲われるのだ。金色のレーザー光線に切り刻まれて自分の正体が知られてしまう前に。

コントロールパネルのついたスライド式ドアが開いて、リリーには見覚えのない男性が入ってきた。漆黒の髪に、彫りの深いハンサムな顔、エキゾティックな黒い目。彼は全員に向けて会釈をすると、リリーとブルーノをじっと眺めた。彼女は、人をエックス線にでもかけるような目つきにも慣れてきた気がした。

彼はそれから部屋を横切り、タマラの後ろに座ると、両腕を彼女のおなかにまわし、うなじに鼻をすりつけた。

リリーはブルーノが横目で見ているのに気づいた。「何?」

「いや、ただきみの反応が気になって」彼が答えた。「ヴァルに対する反応がね。普通の女は彼が部屋に入ってくるとぽかんと口を開ける」

思ってもみなかった言葉にリリーは驚いた。

「何を言っているの?」彼女はひそひそ声で言った。「見知らぬ男性に色目を使うほど、わたしに元気が残っていると思う？　今こんなときに?」

ブルーノが肩をすくめた。「色目を使うのに元気は必要ない。おれだっていつも元気なわけじゃないが、しょっちゅう色目を使ってる」

リリーは彼の胸を突いた。「いい加減にしてよ！　こんなときにそんなばかげたことが言えるほどあなたに余力が残っているなんて、わたしには信じられないわ！」

「わたしもよ」リヴが言った。ショーンの妻で、セクシーなブルネットの女性だ。たっぷりしたデニムのシャツの前を開けて赤ん坊を胸に抱き、めがねのフレームの上から厳しい目でショーンをにらんでいる。そのショーンは彼女の横にぐったりと疲れきった様子で座り、片手で息子のぽちゃぽちゃした脚を握っていた。「信じられないもののリストに、それも加えておかなきゃ。だいたい、あなたはわたしに、渓谷へ行ってケヴのもうひとりの兄弟にちょっとした親切を施してやるんだと言ったのよ。それがあんなにひたすら車を走らせる羽目になって。しかも、銃撃戦だの爆発する死体だの、そんな話を聞かされるとは思わなかったわ」

「本当にちょっとした親切のつもりだったんだ！　彼らを拾って、ここまで乗せてきてやろうと思っただけだ！」ショーンが傷ついた顔をした。「銃撃戦があったり死体が爆発したりするとおれが知っていたと思うのか？　誤解だよ！」

「ふうん。ちょっとした親切のために、あなたはマイルズに八種類もの銃火器に大砲に閃光弾、雷管や爆薬や催涙ガスまでジープに積みこませたわけ？」

「抜かりなく用意しておいたからっておれを責めるなよ！」ショーンが抗議した。「しかたないだろう。おれはそういうふうに育ったんだから」

タマラはふたりに向かって手を振った。「その話はあとでベッドのなかでして。というわけで、話をまとめるわね。そもそものはじまりは、六週間前。あなたのお父さんが――」

「違うわ」リリーがさえぎった。「はじまりは十八年前よ。専門医だった父が、いきなり酔っ払いのドラッグ依存症患者になってしまったとき。何か悪いことが父の身に起こったんだわ。わたしには何が起きたのかわからなかった。父は今になってやっとわたしに話してくれようとしたけれど、そのせいで殺された。わたしにわかるのは、ブルーノのお母様と何か関係があるということだけ。彼女が非業《ひごう》の死を遂げたのは同じく十八年前よ。すごく奇妙な偶然だと思う」

タマラが一瞬考えてから口を開いた。「それにアーロのあのすてきな、自爆したセクシーなお友達のことも忘れてはいけないわ。バッグには爆発する仕掛けが施された電話も入っていたのよ。これまた奇妙な偶然ね」

アーロはタマラをにらんだが、見るからに疲れきっていて、その目には力がなかった。隣に座っているローザが舌を鳴らし、彼の腿をぽんぽんとたたく。

「あなたは自分の問題がどこにあるかわかってるんでしょう、アレックス？」

アーロが追いつめられたような顔をする。「やめてくれ、頼む」

「あなたの問題は、すてきな女性を選べないってことよ。ここにいる人たちをごらんなさい。

みんな幸せでしょう？　彼らは、ちゃんと相手を見つけたわ。あなたには誰もいない。いい子を見つけて、その子のいる家に帰りたいと思っていれば、あなたは性悪な雌犬《プッタネッラ》に下着をおろされてとっつかまることもなかったのに。そうでしょう？」

「叔母さん、今は家族の大切さを説く時間じゃないぞ」ブルーノが口を挟んだ。

ローザは手を振って彼を黙らせた。「しいっ。ブランカレオーネにいたころ、祖母がよく言ってたわ。アテンタ・レ・フォッセ」

リリーはブルーノのほうにかがみこんだ。「どういう意味？」

ブルーノがため息をついて訳した。「穴には気をつけろ」

アーロが両手で顔を覆う。「そんなことはわかってる」

ローザがふたたび彼の腿をたたき、たくましい筋肉を称賛するように撫でた。「どうやら、ときが来たようね」重々しい声で告げる。「わたしたちはラニエリのいとこたちと話をしなきゃ」

「ラニエリのいとこたち？」リリーが言った。「誰なの？」

「正確には、またいとこよ。曾祖父母《そうそふぼ》が同じなの。ニュージャージーの大きな犯罪組織のひとつよ。ドン・ガエターノの父親は、イタリアのカラブリアでマフィアのドンだったの。ブルーノの大叔父のトニーは昔、ドン・ガエターノの右腕と呼ばれていたのよ。でもトニーはそんな人生が好きじゃなかったから、逃げだした」

リリーは続きを待ったが、ローザは期待に満ちた目で彼女を見ただけだった。「ええと、その……ニュージャージーにいるラニエリ家の人たちが、わたしとどう関係しているのかしら？」リリーは尋ねた。「わたしは彼らのことを知らないわ」

ローザが肩をすくめた。「彼らはマグダのことなら死ぬほどよく知ってるわ」

ブルーノは勢いよくソファから立ちあがった。「いったいなんの話をしようってんだよ？ ラニエリ一家のために働いていたのはルディだ！ マンマじゃない！」

「わたしに悪態をつくのはやめて」ローザが叱責した。「ちゃんと敬意を払いなさい。わたしは今こそトニーの手紙を送りつけるときが来たと思うの。あの薄汚れた畜生どもが協定を破ったのよ。刑務所に行ってもらうわ」

ローザの言葉に、部屋のなかは静まり返った。全員が顔をあげて彼女を見つめている。

「協定ってなんのことだよ、叔母さん？」ブルーノの声はこわばっていた。

ローザが肩をすくめた。「トニーがマイケル・ラニエリに送った手紙にまつわる協定よ。もう何年も前にね。トニーがあなたを追いまわしたちんぴらどもの指を切り落としたのを覚えてる？ トニーはそれを手紙にくるんで、マイケルに送りつけたのよ」

ブルーノは自分の声が遠くで聞こえているように感じた。「ちんぴらどものことは覚えてるが、切り落とされた指のことなんて知らない。手紙のことも」

「そうでしょうね。トニーはそんなことは話さなかった。でも、わたしに話さないわけにはいかなかったのよ。連中がトニーに手を出してきたら、その手紙を誰に送ればいいか、わたしは知ってなきゃいけないから」

まだ赤ん坊に母乳を飲ませていたリヴを除いて、全員が前に身をのりだした。ショーンさえもしゃんと体を起こしている。

「その手紙のことを話してくれ」デイビーが促した。

ローザが丸々とした両手をひらひらさせた。「ええ、いいわ。トニーは、たくさんの死体が埋められている場所を知っていたの。どうやって、どこに埋められたか、そして金がどこにどう流れたかも。彼が自分で掘った穴もいくつかあったわ。それがどんなものか、わかるわよね」そう言って部屋を見渡す。「まあ、わからないかもしれないけど」

「おれにはわかる」アーロが静かに言った。

ローザはまた彼の腿をたたいた。「彼はそのすべてを文書にした」彼女は話を続けた。「そして協定では、もしラニエリの連中がトニーに手を出したら、あるいはブルーノをまた追いまわすようなことがあったら、わたしが手紙をあちこちに送ることになっているの。マスコミ、検察、ニューアークの地方検事、現在の地方検事にも」甲高い声で笑う。「トニーの手紙を読んだら、みんなおもらししちゃうでしょうね」

「今までは送っていないんだな？」コナーが言った。「まだ持ってるんだろう？」

「今のところはね。トニーはマイケルに、弁護士にコピーをあずけてあって、自分が死んだら各方面に手紙が送られる手はずになっている、と言ったわ。でもトニーは弁護士なんて信じちゃいなかった。彼はそれを安全な金庫にしまっておいたの。何かが起こったら、わたしがそれを送ることになっている。でも、トニーが死んだのは……」ローザが肩をすくめ、悲しみに顔を曇らせた。「ラニエリ一家とはなんの関係もない事件でだった。だからわたしは、もう終わったんだと思っていたわ。でも、まだ終わってはいなかったようね」そう言うと、バッグからティッシュを一枚とりだしてはなをかんだ。

「その安全な金庫ってのはどこなんだい？」コナーが穏やかに尋ねた。

ローザは目もとをぬぐった。「もう安全な金庫なんてものはないわ。トニーが死んで、わたしは手紙をとりだしたの。もし連中がブルーノをねらって動きだすとしたら、それはトニーが死んだときだろうと思ってね。わたしは銀行の営業時間の心配なんかしたくなかったのよ」

「それで？」今度はヴァルが先を促した。タマラの肩にのせた顔は興味津々に輝いている。

「その手紙はどこにあるんだ？」

「このバッグのなか」ローザはきくまでもないと言いたげだった。

ブルーノは自分でも気づかないうちに大叔母の前まで動いていた。両膝をついて片手をさしだす。「おれにそれを見せてくれ」

ローザが困り顔で彼を見つめた。「トニーは、あなたにはこの手紙を読ませたがらなかった。自分のやった悪事をあなたに知られたくなかったのよ」

「おれは叔父さんがしたことをどうこう言ったりしない。叔父さんはおれの命を救ってくれたんだ。いいから見せてくれ」

ローザは重いため息をつくと、バッグを開けた。静まり返った部屋に、彼女のつぶやきとがさごそ引っかきまわす音だけが響く。

とうとうローザはぼろぼろの封筒を引っ張りだし、ブルーノに渡した。

ブルーノは薄い紙を一枚とりだした。手書きの文字が行間も空けずにびっしりと並んでいる。彼は頭のなかに光明がさすのを感じた。手紙は十枚ほどもある。最初の一枚に目を走らせると、煙草の煙にまみれたトニーのしわがれ声が聞こえてくる気がした。

関係各位
これはアントニオ・ラニエリについての真実であり事実に基づく報告である。イタリアのカラブリア州ブランカレオーネにて一九三八年十一月十四日に生まれたわたしと、マフィアのボスであるガエターノ並びにマイケル・ラニエリとのかかわりは、一九五五年から一九六八年に及んだ。この文書は一九八七年一月十六日、オレゴン州ポートランドで作成されたものである。その証人は……

待て。これはおかしい。ブルーノはもう一度読んだ。「手紙の日付は一九八七年だ。

「違う。叔母さん、これは間違ってる」彼は言った。「手紙の日付は一九八七年だ。連中が連中が来たのは一九九三年だぞ。おれは一九九三年までポートランドには来たこともない。そうだろう？　おれはここに来たとき十二歳だった」

ローザが手紙を引ったくって老眼鏡でじっくりと見た。「いいえ、正しいわ。これが原本よ。九三年にトニーが指と一緒に送ろうとしていたのは、以前に送ったもののコピーだわ。マイケルとガエターノに、協定はまだ有効だと思いださせるためにね」

ブルーノは当惑した。「協定って？　どうしてそれを八七年に送ったんだ？」

ローザがぽかんと口を開け、それから目を丸くした。「ああ、神様《オ・クリスト・サンティッシモ》」彼女はあえいだ。「つまり、あなたは覚えてないのね？」

ブルーノは彼女に向かってわめきたい衝動をこらえた。「何をだよ？」

誰もが息をつめていた。

ローザが十字を切った。「どこかのくず野郎があなたをマンマのもとから連れ去ったの。あなたが七歳のときよ」彼女が言った。「あなたのマンマとトニーがあなたをとり戻すのに一カ月かかった。七歳なら充分記憶が残ってるだろうとばかり思ってたわ」

ブルーノは頭を振った。そんな記憶はない。しかし話を聞いて、何かを思いだしかけているようなもやもやした気持ちになった。凍えるほど寒い季節。まだ幼かったころの自分。

「マグダはトニーに助けを求めた」ローザが続けた。「犯人は、マイケルと寝ていた男だったわ。マイケルのドラッグ販売の片棒をかついでいた男よ」

「誰なんだよ？」ブルーノはわめいた。「そいつの名前は？　おれをどうするつもりだったんだ？　誘拐したって、マンマには金なんてなかっただろう？」

ローザが頭を振った。「トニーは詳しくは教えてくれなかった。そのほうが安全だと思ったのね。マグダはトニーにあの手紙を書かせた。あなたを返すよう、マイケルに圧力をかけるために」

ブルーノは、新たに飛びこんできた情報に一致するものを自分の記憶のなかに探そうとした。体が揺れる。彼が見つけたのはぽっかりあいた空白と、恐怖がじわじわ這いのぼってくる感覚だけだった。ブルーノはそれを振り払い、手紙をふたたびローザの手から引ったくった。

「でも、もしトニーがこれを使ってラニエリ一家を脅していたのなら、なぜ彼らはルディがマンマを殺すのをとめなかったんだ？」ブルーノは問いつめた。「その手紙でマンマも守られていたんじゃないのか？」

ローザの目の輝きが失せた。彼女はいきなり年老いたように見えた。「トニーがマグダのためにしてやれることはなかったのよ。マグダが協定を破ったんだから。わかるわよね？」

「どういう協定だよ？」ブルーノは怒鳴った。「なんの話かさっぱりわからない！」

「お黙《ジット》り。大叔母さんにそんな口をきくもんじゃないわ」だがローザは口調を和らげ、彼の頰をそっとたたいた。「トニーが連中に突きつけた取り引きでは、マグダは息子をとり戻し、それ以上首を突っこまないことになっていたの。そして、連中は彼女とその息子には誰も手を出さないことに。トニーはその手紙をお守りにして、万事丸くおさまったように見えた。でも、マグダの怒りはおさまらなかった。彼女は首を突っこむのをやめようとしなかったの」

「首を突っこむって、どこに？」ブルーノの声が割れた。「マンマは何をつつきまわしていたんだ？」

ローザが頭を振った。「わたしが知ってるのは、トニーが心配していたってことだけ。マグダがあの薄汚れたやつのあとを追い続けていたから。マグダはあいつに、あなたにしたことへの報いを受けさせようとした。そして、あいつらにつかまった。少なくとも、マグダがあなたを遠くに追いやっていたのは賢明だったわね。彼女がしたことのなかで唯一賢明なことだわ。神様、マグダの魂が安らかでありますように」

「でも、おれは……マンマは……」ブルーノはなんとか言葉を吐こうとした。胃が引っくり返りそうな結論を避ける方法はないかと、頭はめまぐるしく回転している。

「トニーはマグダにやめろと言った。でもマグダにはそれができなかった。あなたを愛すぎていたのね。だからってマグダを責めてるわけじゃないわよ。あのばか《テスタ・ディ・カッツォ》がやったことを考えたらね。彼女は言ってたわ……戻ってきてから何カ月も、あなたはひと言もしゃべろうとしなかったって」ローザはふんと鼻を鳴らした。「想像もできないわ、しゃべらないあなたなんて。でも、本当にあなたはひと言も口をきかなかった。夜は別だけどね。あなたは家も壊れよとばかりに叫んだ。それでマグダは家を追いだされそうになったくらいよ」

「ああ、なんてこと」リリーが小声で言った。「ブルーノ、悪夢を見たのね」

ブルーノはそれには答えなかった。先に片づけるべき話がある。「でも、おれは裁判で証言することになってた。ルディに不利な証言だ。覚えてるだろ？　ルディがマンマを殺した。証拠があったのに、汚い警官どもがもみ消したんだ」

ローザはルディを追い払うようにさっと手を振った。「手をくだしたのはルディよ、もちろん。でも、襲撃を命じたのはルディじゃない。ルディは頭の悪いただの子分《スカニョッツォ》だった。そもそも、どうしてマグダがそんないかがわしい男と仲よくなったと思う？　マグダは、望めばどんな男だって手に入れられた子よ。好きこのんであのばかとつきあったと思うの？」

いや、好きこのんでのはずがない。ブルーノは母の目のまわりのあざを思いだした。

「彼女がそうしたのは、あなたのためよ。彼女は潜入するためにルディを利用していたの」

ブルーノはかぶりを振った。胸がむかつき、後ろめたい気持ちがこみあげてくる。彼は手紙を高く掲げた。「どうしてトニーはこれを使わなかったんだ？　これを連中のケツに突っこんでやりゃよかったじゃないか」

「トニーはあなたに生きていてほしかったの」ローザが淡々と言った。「もしトニーがそれを送っていたら、連中はそりゃもう大打撃を受けたでしょう。でも、きっとトニーは殺されていたわ。もしかしたら、あなたも。トニーはマグダを愛していたけれど、あの子は逝ってしまった。だから、自分が代わりにあなたを守ってやらなきゃと思ったのよ。トニーを責めないで。彼は最善をつくしたんだから」

「叔母さんがおれに話してくれればよかったのに」ブルーノは言った。

「あなたは充分すぎるほど問題を抱えていた。話せばどうなったというの？」

「おれはずっと、マンマを殺したやつは死んだと思ってた。もう終わったことだ、と。でも、そうじゃない。そこが問題だ」

「そうね」ローザが同意した。「でも、そうだと知ったらあなたはどうしてた？」

ブルーノは手紙を見おろした。「そのくそ野郎を見つけだして、すりつぶしてぺしゃんこにしてやったさ」

「ほらね」ローザが勝ち誇った表情を浮かべた。「だから、わたしたちは何も言わなかったのよ」

ブルーノは意味がわからず、大叔母を見つめた。「なんだって？」

ローザがじれったそうに舌打ちした。「考えてもごらんなさい。あなたはあの卑劣なくずども新たな復讐劇《ふくしゅうげき》を繰り広げることになる。わたしたちはそんなのは見たくなかった。あなたはよくやったわ、ブルーノ。過去を乗り越えた。ケヴと仲よくなって、お金を稼ぎ、まともな暮らしを手に入れた。どうしてそれを捨てなきゃならないの？　なんのために？　過去は過去よ。終わったことは終わったこと」

「でもまだ終わってない。全然終わってない」ブルーノはちらりと目をあげ、全員の注目を浴びていることに気づいた。

何人かがさっと目をそらす。

ブルーノの怒りにふたたび火がついた。「自分の人生の土台にあるものが嘘だったと、こんなふうに知ることができて最高だよ。みんなのいい余興になったな」

ローザが舌を鳴らした。「ばかなことを言わないで。みんな家族なのよ」

「ケヴの家族だ」ブルーノは釘を刺した。「おれの家族じゃない」

沈黙が流れる。やがてショーンが口を開いた。「おまえ、またよたよたした歩き方になってるぜ、相棒」

「ほっとけ」ブルーノは食いしばった歯の隙間からこたえた。

「誰もかもがあなたのばかさ加減にあきれ果てたあとでも、あなたのそばに残ってくれる人のことを家族と言うのよ」タマラが言った。「あなたのために残ってくれるのが誰なのか、今にわかるわ、ブルーノ」

無礼な反論が口をついて出そうになったが、それを察したローザがブルーノをさえぎった。

「黙りなさい《スタイ・ジット》、このばか《イディオタ》。ケヴがここにいたら、おまえはなんて情けないんだってきっと嘆くわよ」

ブルーノはなんとか口をつぐんだ。顔は熱く、顎はこわばっている。

「さて、次に何をすべきかはわかってるわ」ローザが力強い口調で言った。「わたしはドン・ガエターノとマイケルに会って話をしてこなきゃ。もうトニーにはやってもらえないんだから」

「いや、だめだ」即座にブルーノは言った。「それはおれに任せてくれ」

「無理よ。ドン・ガエターノがあなたと話すわけないもの」ローザが一蹴した。「あなたじゃ彼の部下どもに川に沈められるのがおちよ。ドン・ガエターノに言うことを聞かせられるのは、このわたしだけ。彼は今でも罪の意識を感じてるのよ。わたしの目をまともに見ることもできない」

「マンマのことで?」ブルーノは尋ねた。

「違うわ。彼はわたしと結婚するはずだったの」

全員がローザを見つめた。ローザに結婚という言葉はあまりにも似つかわしくなくて、誰もが虚を突かれていた。

ローザがわずかに得意顔になった。注目されるのを楽しんでいるようだ。「わたしの父が決めたのよ。見合い結婚《ウン・マトリモニオ・コンビナート》ってやつ。わたしは十七歳で、古くさい田舎に住んでいた。そこを出ていきたくなかったの。ブランカレオーネにわたしのことを好いてくれてる男がいてね」彼女は物思いにふけるような表情になった。「でも彼には金がなかった。そして父は、まあ、そういうこと。父には口答えできない。それでわたしは結婚するためにアメリカに渡った。ところが着いてみたら、何が待っていたと思う？　いとこのコンスタンティーナがガエターノの子を身ごもっているとわかったのよ。ふしだらな女《トロィア》よ。そして、彼女のおなかには長男のマイケルがいた」

「つまり、今のボスだな？」ブルーノは尋ねた。

「そう。コンスタンティーナは何年も前からアメリカにいたの。着いたばかりで右も左もわからないわたしと違って、英語を話し、場違いじゃない服を着て、正しいダンスのしかたを知っていた」ローザが肩をすくめた。「そして彼女はかわいかった」

　全員が目をそらした。

　ローザは咳払いした。「で、とにかく。あの老いぼれと話をしなきゃならないのはこのわたしなの。事態を進展させたいならね」

「もういいよ」ブルーノは言った。「進展なんてしなくていい」ローザに頬をぴしゃぴしゃたたかれて、彼は激昂した。「本気で言ってるんだ！」

「よくわかってるわ、ブルーノ」ローザはなだめながらトニーの手紙をブルーノの手からとり戻し、膝の上でしわをのばした。「マグダがあんなことになって、トニーはとても悲しんだ」声がしわがれた。「あんなに美しい子だったんだもの。あなたはマグダによく似てる。それがわたしには切なくてたまらないわ。見てごらんなさい」彼女は財布を引っかきまわして写真を一枚とりだし、前かがみになってデイビーとコナーに見せた。彼らが同意を示すと、ローザはアーロにもその写真を見せた。「これがマグダ。ブルーノのマンマよ。美人でしょう?」

アーロは見るなり息を吸いこんだ。「ああ、なんてこった」

アーロがローザの手から写真を引ったくって見つめる。その声は大きくはなかったが、部屋を静まらせるには充分だった。

「いったい、どうしたんだ?」ブルーノは吐き捨てるように言った。

「おれが会った女だ。死んだ女」アーロが写真を掲げた。「髪以外は、彼女はこの写真の女性にそっくりだった。これが彼女でもおかしくない」

ブルーノはアーロを見つめた。ふたりをざわめきが包みこむ。

「マンマは十八年前に死んだんだ」ブルーノは言った。「おれは遺体を見た。マンマが地面に埋められるのも見た。おれの頭を混乱させせないでくれ」

「待て、違うんだ。あの女があんたの母親だなんて思ってるわけじゃない」アーロがあわてて言った。「おれが会った女はまだ二十代のはじめだった」

「だったら偶然だ」コナーがむなしい希望にすがるように言った。

部屋は急に騒がしくなった。誰かがトニーの手紙をつかむ。ローザは声をあげて泣いていた。みんながいっせいにしゃべっている。ブルーノは何も考えられなかった。聞こえる声は意味をなさない騒々しい響きでしかない。心臓が大太鼓のような音をたてて激しく打っていた。頭のなかには、棺桶《かんおけ》に横たえられ、顔のあざを隠すために死に化粧を施された母の姿が浮かんでいる。その様子はブルーノの脳裏に克明に刻みつけられていた。時を経ても薄れることはなく、悲しい気持ちが和らぐこともない。

これまでずっと、おれは誤解していた。トニーとケヴがルディとちんぴらどもを始末してくれた、正義がなされたのだと、自分に言い聞かせていた。

しかし、心のなかではわかっていた。正義はとっくの昔に堕落していたのだ。

そのとき、誰かの手に腕を引っ張られた。リリーだ。ブルーノは引かれるままにおとなしく立ちあがり、部屋を出た。彼女が気づかってくれるのがありがたかった。

スライド式ドアが背後でカチリと音をたてて閉まった。リリーが両腕をブルーノのウエストにまわし、彼を抱き寄せる。ブルーノはリリーの頭の上に顎をのせ、きつく抱きしめて彼女をつぶさないように気をつけた。リリーはけがをしているのだ。

本当は、彼女にしがみつきたかった。子供のように。ブルーノはリリーの目の下のあざを見た。髪はポニーテールに結ってある。あざのほとんどはセーターの下に隠れているが、目の下のものだけは隠しようがなかった。それはほかならぬ彼自身がリリーにつけたものだった。悪夢で半狂乱になっているあいだに拳を彼女の鼻にぶちあててしまったときに。

今にも壊れてしまいそうなリリーは見たくなかった。こんなに疲れきった様子の彼女は見たくない。リリーを守るべき自分がいかに無力かを見せつけられるのはたまらなかった。おれは必死でがんばったのだ。自分の持てる力のすべてを注いでがんばった。しかし、その努力はまったく的はずれだった。

ドアがさっと開き、タマラが声をかけてきた。「何かほかに必要なものはある？　痛みどめとか、睡眠導入剤とか？」

ふたりとも首を振った。

「なるほど。できたてほやほやのカップルに必要なのは愛の巣ね」タマラが言った。「ついてきて。かなり階段をのぼることになるけれど、アドレナリンが体内を駆けめぐっていれば疲れやしないわ」ブルーノをつつく。「ベッド脇のテーブルにはいつでも避妊具が用意してあるわ」

「よけいなお世話だ」ブルーノはぴしゃりと言った。

タマラがくすくす笑ってコントロールパネルを操作すると、壁が動き、らせん階段が現れた。

「まさかきみもその階段をのぼるつもりじゃないよな、最愛の人《カリッシマ》」

騒々しいリビングルームからこぼれた光を浴びて、ヴァルが立っていた。

振り返ったタマラの目がきらめく。「雌鶏みたいに口うるさい人は嫌われるわよ」彼女は言った。「わたしがわざわざ階段の上まで案内すると思う？　そんなおもてなしをするタイプじゃないわ」

「ぼくが鷲のように見張っていないと、きみは何をするかわからないからな」ヴァルがわずかに訛りのあるなめらかな声ですごんでみせた。

タマラは頭を傾けた。かすかな笑みが唇の端に浮かぶ。「鷹よ」彼女は言った。「正確には〝鷹のような目で見張る〟と言うの」

「鷲でいいんだ」ヴァルが頑固に繰り返した。「鷲のほうが大きい」

タマラがくすくす笑った。「あら。大きいほうがいいと言いたいの？」

「そうだ。ぼくはきみに対して使える武器はなんだって使う。いつだって」

「男っていつもこうだから」タマラはそう言うと、リリーとブルーノのほうを向いた。「タオルはバスルームの外にある戸棚のなかよ。よい夜を」

「いろいろありがとう」リリーが言った。

しかし、タマラはもう聞いていなかった。ヴァルが彼女を守るように抱きすくめ、ブルーノにはどこのものともわからない外国語でささやきかけている。タマラが手で口を覆って笑い声を押さえた。あらゆるしぐさが、交わされる微笑みと視線が、泡のようにふたりを包んでいる。魔法の親密な空間。そこではふたりとも、安全な感覚に身をゆだねられる。
ブルーノはこれまで、そんなものがあるとは思ったこともなかった。
それなのに、今、それをうらやんでいる自分がいた。

20

らせん階段をのぼって行き着いた先には、どんな状況であろうとも呆然と見入ってしまうようなすばらしい部屋があった。八角形で、どの面にも大きな三角窓があり、日中ならどこからでも見事な景色が楽しめそうだ。コーヒーテーブルのまわりに椅子やソファがあり、薄型テレビが一台置かれている。豪華だが落ち着きがあって、居心地のいい部屋だ。錬鉄製の階段をさらにのぼると、ロフト式のベッドルームがあった。

ブルーノは窓辺へ行って夜の闇を見つめた。雲間から月がのぞき、眼下の海岸に白い泡を立てて絶え間なく打ちつける波を照らしている。

リリーが彼のウエストに抱きついた。「あのことについて話したい?」

「いや」ブルーノは投げつけるように言った。そんな言い方をするつもりはなかったのに。まるで、胸のうちできりきりと巻かれていたばねが、ぱっとはじけてしまったかのようだった。不審者が侵入したとたんに鳴り響く警報のように即座に反応してしまったのだ。リリーがブルーノの操縦法を探ろうとすればするほど、彼には自分の内側でギーギーきしむハンドルの音が聞こえる気がした。自分でも自分をコントロールできずにいるのに、彼女なら操縦法がわかるとは思えない。

「わたしは自分の母を知らないの」彼女は言った。

ああ、なんてこった。まずいことになってきたぞ。ブルーノは歯を嚙みしめた。「そうなのかい？」

「母と父は妊娠するべく何年も努力した。不妊治療薬ができたばかりのころよ。父がその研究をしていたことは、前に話したでしょう。母は体外受精を七回試みて、ついにわたしを身ごもったの」

「それはよかった」ブルーノは小声で言った。

彼のウエストに巻きついていたリリーの腕に力がこもった。「あなたがそう言ってくれてうれしいわ」彼女が言った。「両親も喜んだ。最初はね」

リリーが言葉を切り、心を落ち着かせようとした。ブルーノは叫びだしたかった。またしても衝撃的な話を聞かされるのなら、それを乗り越える力がほしかった。「さあ、さっさとやってくれ」

「やってくれって、何を？」

「痛烈な一撃ってやつだ」彼は言った。「今夜はショッキングなことばかり聞かされた。次から次へと肝臓を直撃してる感じだ。どんな話を聞かせようとしているのか知らないが、とっとすませてくれ」

リリーは身をこわばらせ、顔をそむけた。「あなたの言うとおりよ。今はこんな話をするべきときじゃない」

ブルーノは彼女を自分のほうに向かせた。「いや、そうでもない」彼は言った。「おれたちには今しかないんだ。いいから話してくれ。頼むよ。聞きたいんだ」

「母はお産の途中で死んだの。子宮頸部に大きな血腫ができていたのよ。母は出血し、二分で失血死してしまった。早めに帝王切開していたら、母は生きていたでしょう。でも、当時はそんなことはわからなかったの」

ブルーノはリリーを抱きしめ、髪に鼻をすりつけた。ラベンダーの香りがした。

「父はずっと、わたしが生きていることに罪悪感を覚えていた。母を妊娠させるために無茶をさせなければよかった、と……」彼女が肩をすくめた。「わたしもあなたと同じように罪の意識を感じていたわ。そんなのばかげてるってわかってるけど、そういうものなの」

ブルーノはリリーの言いたいことを理解しようとした。「きみのはぼくと同じじゃないよ。きみは赤ちゃんだった。きみのご両親は自ら決断し、危険を冒したんだ。ふたりで」

「あなたのお母様もそうよ。どこが違うの？」彼のシャツに顔を押しつけているせいで、リリーの声はくぐもっていた。「お母様はきっと、ものすごい人だったんでしょうね」

「ああ。まさにそんな感じだった」笑い声がブルーノの体を震わせた。張りつめた甲高い笑い声は、いつ涙に変わってもおかしくなかった。

「お母様はとても、とてもあなたを愛していたのね」リリーがささやく。

「それほど愛さずにいてくれたらよかったのにと思うよ」そんな言葉がついもれていた。

「まあ」彼女の声がかすれた。「そんなことを言わないで」

「もう何年もずっと……」ブルーノの声は喉にこみあげた熱いかたまりにさえぎられた。

「ずっとわからなかったんだ、母みたいな女性ならもっと……ああ、くそっ。母は特別だった。わかるかい？　おれを産んだことで母の人生は狂った。でも、母は一度も不平を言わなかった。自分の母親にはとんでもなくいやなことばかり言われたのに。祖母のピーナはすさまじく性悪な女でね。ローザとトニーはそのせいでピーナとは三十年も口をきかなかった。母は美人だったよ。頭もよかった。何もできないか弱い女じゃなかった。その反対だ。きみみたいに」

リリーはなかば笑っているような、なかばすすり泣いているような音をたてた。「ありがとう」

ブルーノはさらに続けた。「母は強かった。どうして耐えられたのか、おれには理解できなかった。ルディに罵声を浴びせられ、殴られても、彼といちゃいちゃしてさ。ああ、まったく」彼は毒ガスでも吐きだそうとするかのように息をついた。「今ならわかる。けど、納得はできない」

「ブルーノ、それはきっと——」

「当時のことを考えるとむかむかするよ」彼は言い捨てた。「男を見る目がないとかそんな理由なら、まだよかった。あるいは、寂しがりやだったとか、ひとりでいるくらいなら誰でもいいから男といたいタイプだったとかなら。でも、ルディと一緒にいたのはおれのためだという。まったく、頼むよ。おれはそんな贈り物は望んでない。そんなのは贈り物じゃなくて呪いだ」

リリーがブルーノの両手をつかんだ。その目には炎がめらめらと燃えていた。「わたしだってきっとそうするわ。わたしがお母様なら、そしてあなたがわたしの息子なら。ええ、きっと、あなたのためにそうするはずよ」

「そんなことは言わないでくれ。母がそうしなきゃならない理由なんてなかったはずだ。誰かが母を助けるべきだった。母を救うべきだったんだ」

リリーが震える彼の拳を持ちあげ、そっとキスをした。「そしてあなたは自分こそお母様を救うべきだったと思っているのね？」

ブルーノは答えなかった。答えるまでもない。

「あなたは子供だったのよ！」リリーが声を荒らげた。「犯罪組織にひとりで立ち向かうなんてできるわけがないわ！　現実を見て！　自分を許すのよ！」

笑い声がふたたび彼を震わせた。「あれから十八歳も年をとったというのに、おれは十二歳のころからちっとも成長していない。まさに既視感《デジャ・ヴ》だ。同じことの繰り返しだ。この三十六時間のあいだに、きみは殴られ、銃でねらわれ、崖から落ちかけた。それを阻止するために、おれは何もできなかった」

「あなたはわたしを救ってくれたじゃない！」リリーが怒鳴った。「あなたは自分に多くを求めすぎなのよ！」

ブルーノは額を彼女の額にくっつけた。「どうしようもないんだ」それから、唐突に言った。「おれはきみを愛している」

リリーの体がこわばった。パニックに襲われながら、ブルーノは悟った。自分が本気でその言葉を口にしたことを。そう、本気だ。おれは本気でそう言った。おれはリリー・パーを愛している。

だが、これはまずい。こんなことを言いだすこの口をどうにかしなければ。

ブルーノは彼女の冷たい指をぎゅっと握りしめた。恐怖がこみあげてくる。おれは負け犬だ。こんなタイミングで言うとは。最低だ。「何も言わないでくれ」彼は懇願した。「急ぎすぎだってことはわかってる。でも、あまりにめちゃくちゃなことばかりが起きるものだから」

リリーが頭をあげ、彼にキスをした。だが、彼女はお返しにキスしようとしたブルーノを避け、体を引いた。まだそこまで心の準備ができていないのだろう。

「口にしたからって、それに縛られなくてもいいのよ」

見こみがないと言われたような気もするが、それでもかまわない。おれは思いきって言ったまでだ。「きみは気にしなくていい。なるようになる」

リリーが腕を彼の首にまわした。ブルーノは彼女の目の端に口づけた。やっぱりだ。濡れている。熱くてしょっぱい。彼はキスで涙をぬぐった。涙をひと粒なめるごとに、魔法がかかる。ブルーノはリリーを抱きしめた。

「わたしも言っていいかしら……怒らないで聞いてくれる？」

ブルーノはたちまち身をこわばらせた。「おれはそんな約束はできない」

「じゃあ、思いきって言うしかないわね」リリーは彼の顎にキスをした。「あなたが恐怖を感じていたのは、お母様を守れなかったから？　そしてわたしのことも守れなかったから？」

「ここまで聞いただけでむかむかしてきたよ。腹の底に渦が巻いているみたいだ。それで？」

「お母様もあなたのことで同じように感じていたと思うの」リリーが言った。

ブルーノはそれを考えまいとした。どう考えるべきかわからなかった。何を否定しているのか自分でもわからないまま首を振る。この話はおしまいだ。

リリーは答えを待ったが、ブルーノは筋の通った答えが出せないのだろうと結論づけたのか、黙りこんだ彼をあとにしてバスルームへ向かった。ブルーノは冷たい窓ガラスに額を押しあて、息で窓が曇るのを見つめた。やがてバスルームのドアがガチャリと開き、暗い部屋に明かりがさした。リリーが後ろに来て、彼の背中を撫でる。香水の香り漂う湯気が立ちのぼった。

ブルーノが振り向くと、そこに生まれたままの姿の彼女がいた。

彼ははっとした。完璧な曲線を描くシルエットがバスルームからの光を受けて輝いている。なんて美しいんだろう。実に優雅だ。喉が締めつけられ、下腹部がうずきだす。

「リリー」ブルーノは警告するように言った。「きみはあざだらけだ」

リリーが首をかしげた。いたずらっぽく目がきらめく。「しいっ」彼女は小声で言うと、ブルーノがマクラウド兄弟の誰かから借りたフリースのシャツのボタンをはずしにかかった。「わたしなら大丈夫よ。でも、あなたに無理をさせるつもりはないわ。あなたがどれほどくたびれているかは知っているもの。特にさっきの話しあいは疲れたはずよ。だから、そう、ただ抱きあいましょう。肌と肌を触れあわせて。きっと、とても気持ちがいいわ」

「そんなことができると思うか?」

「わたしたちならできるわ」リリーがシャツを脱がせ、ベルトにとりかかりながら言い張った。そして、ジーンズをさげ、ショーツを引きおろす。

「そう思うか?」まるでばねでも仕掛けられていたかのように、彼のものが勢いよく飛びだした。

リリーがそれを見つめた。「まあ。ほんの好奇心で質問するのだけれど、これだけストレスの多い状況でもこうなるものなの？　それとも、ストレスが多いからこそ？」

「どっちだとどうなんだ？」ブルーノは思いのほかけんか腰になった自分の口調にうんざりしながら、蹴るように靴を脱ぎ、途中までおろされていたジーンズも脱いだ。

彼女が肩をすくめた。「ちょっと気になっただけよ」

「ひとつ、おれはすっかりその気になっていて、ほかに何も考えられない。ふたつ、きみがすてきすぎて、おれは歯どめがきかなくなってしまった。だからといって、それがいい考えだということにはならないが」

リリーがブルーノの手をとり、階段へと導いた。「まあ、いいじゃない。あなたの言うとおりかもしれないわ。とにかくこの階段をあがって、シーツにくるまって話の続きをしましょうよ」そう言うと、張りつめた彼自身をちらりと見た。「あたたかい上掛けをかぶって、いろんな、その、事態のなりゆきを話しあえばいいわ」

ブルーノはためらった。「それだけじゃすまない」惨めな気持ちで言う。「夢のことがある。きみはおれと一緒に寝てはいけないよ、リリー。安全とは言えない。おれはあのソファで寝ることにする」

「そんなことをしたら許さないから」リリーの声はガラスのように冷たかった。「わたしと一緒にあの階段をあがるのよ、今すぐ。さもないと……わかるわね？」

こうなったら、しかたがない。おれのハンドルは彼女に握られている。ブルーノは従順な猟犬のようにリリーのあとについて、曲がりくねった階段をのぼった。彼女の見事なヒップには抗《あらが》えなかった。それはベルベットのようになめらかで、洋梨のようなカーブを描いている。彼はリリーのヒップを手で包み、愛撫し、なめたかった。何時間でもあがめていたかった。

おれには正しいことをする強さがない。リリーを守るためであっても。なのに、おれは彼女を愛している。なんと愚かで弱虫で身勝手な人間なんだ。

「もしおれが夢を見たら、おれから離れて逃げろ。いいな？」ブルーノは言い渡した。「おれを起こそうとするな。さわろうとするな。いいか？　わかったな？」

「もちろんよ」リリーが肩越しに謎めいた笑みを見せる。「約束するわ。どんな肉体的接触も持ちません。ガールスカウトの名誉にかけて」

ブルーノは目を細めて彼女をにらんだ。「おれをからかっているのか？」

リリーが笑いだす。「こんなのフェアじゃないわ。わたしを愛していると言ってくれた男性がわたしに手も触れず、一緒に寝てもくれず、その気になって襲ってもくれないなら、なんの意味もないじゃない。ばかみたい！」

「きみが同じようにおれを愛しているのかどうか、きみはまだ言ってくれてない」

その言葉が口をついて出たとたんにブルーノはおじけづき、手を彼女の口にあてた。「すまない。こんなことを言うつもりじゃなかった。ついうっかり口をついて出てしまったんだ」

リリーが彼の手をおろさせた。「でも、わたし――」

「おれはときどきしゃべりすぎてしまうんだ」ブルーノはらせん階段の手すりに彼女をもたれさせ、両脚を開かせた。「これは衝動のなせるわざだ。おれはそれに従う。そしてきみを襲う。思いっきり。信じてくれ」

ブルーノは身をかがめ、彼女の体の中心に口づけをした。リリーが抗議し、くすくす笑って身をよじったが、彼は自分のやるべきことに集中していた。彼女が何を考えようとしていたにせよ、その思考の流れを断ち切りたかった。

人さし指と中指で彼女の秘所を包み、もてあそぶ。目のくらむような気晴らしを与えて、考えるなどということをリリーに忘れさせてやろう。ひどいストレスを受けた女性が考えてもろくなことにならない。それよりも、すすり泣き、手足をばたつかせ、官能の渦にのまれるほうがいい。おれに愛されるとどんないいことがあるのか、その手がかりを与えてやろう。ブルーノは長い時間をかけて、激しく舌を動かした。彼女の味も感触も香りも、どんなに味わっても足りなかった。頰にあたるリリーの腿が柔らかい。秘所は甘くてしょっぱい液で濡れていた。ブルーノは指を彼女の体の奥にさし入れた。

数分後、ブルーノは彼女の体からこわばりが消えるのを感じた。震える腿がブルーノの頭を締めつけ、あたたかな彼女の体が飢えたように彼の指をしぼりあげる。ブルーノがリリーをじらすと、肩に爪を立てられた。彼は秘所に顔をうずめながら、笑みを浮かべた。

そのとき、彼女の体の奥に強烈なうねりが走り、彼の指を締めつけた。歓喜の波が彼女を襲っているのだ。

ブルーノは顔をぬぐった。「さてと。事のなりゆきを話しあうんだっけ？」

リリーは動けずにいた。ブルーノは彼女を肩にかつぎあげた。リリーが声にならない笑い声をあげて体を震わせる。

階段の上のベッドは三方に大きな窓があるスペースにおさまっていた。そこに寝ると宙に浮いている気分になれそうだ。ブルーノは上掛けをめくり、雪のように白いシーツの上にリリーをおろした。

その傍らに座り、彼女の手を握る。ブルーノは待った。

リリーが上半身を起こし、息を整えようとして顔を彼の肩にうずめる。数分後、彼女は顔をあげた。「ふと思ったんだけど、こんなめちゃくちゃな状況にも希望の光があるかもしれないわ」

ブルーノは彼女の腿をつかんで高くあげ、秘所を指で撫でた。「まさか！　本当に？」

「わたしはセックスのことだけを言ったんじゃないのよ」リリーがぴしゃりと言った。「信じないかもしれないけれど」

「おれはまだそんなに激しくしようとはしていないんだが」

彼女がブルーノの手を払いのけた。「黙って。わたしが言いたいのは、あなたについにチャンスが訪れたってこと。あなたの存在に対するつらいジレンマを払拭できるチャンスが。その機会が得られる人がどれだけいると思う？　いないのよ、ブルーノ。たいていは、自分の荷物がなんであれ、あきらめて受け入れるしかない」

あきらめて受け入れる。そう、おれはそうしてきた……この十八年のあいだ。「おれたちがこの絶好のチャンスをどう生きのびるかという質問は置いておくとして、きみはいったいどうしてしまったんだ？　今手にしているもので充分満足だと思えというのか？」

リリーはするりとベッドをおりると、膝立ちで彼に向きあった。「もちろん、そうよ」かすれた声で言う。「そしてあなたにもそう思ってもらえるようにお手伝いをするつもり」

その魅力的な目をのぞきこむと、ブルーノの血が騒いだ。熱く柔らかな唇に目が吸い寄せられる。「そうなのかい？　どうやって？」

「こんなふうにして」リリーはかがみこみ、彼の高まりをくわえた。

リリーのねらいは場の空気を明るくして、楽しい時間にすることだった。ブルーノを笑わせたかった。だが、その官能的な攻撃は逆の効果をもたらした。

彼があえぎながら息を吸いこみ、体を弓なりにして両手でシーツをつかんだ。体が震え、ぴんと張ったケーブルのようにこわばる。手と舌を駆使してブルーノを愛撫していたリリーは、彼の張りつめた様子が心配になった。

彼女は顔をあげた。「ねえ、ブルーノ。リラックスして。息をして」

ブルーノがリリーの顔を包んでキスをした。やさしく懇願するようなそのキスが、彼女を完全に解き放った。言葉でどう彼を操ろうとしていたにせよ、それはもう終わりだ。ブルーノは生々しい感情を高ぶらせている。もう駆け引きはなし。むきだしのふたつの魂が永遠にひとつになろうとしているだけ。

リリーの胸に、熱い渇望がわきあがった。そしてそれは何かもっと大きなものへと広がっていく予感がした。すべてをのみこみ、受け入れる人間になれそうな気がする。よいものも悪いものも受け入れて、愛することさえできる人間に。

ブルーノが彼女をベッドに寝かせた。リリーは彼を完全に信頼して体をのばした。ブルーノが上から覆いかぶさってきて、彼女にキスをする。

そしてリリーの口のなかに舌をさし入れ、彼女の舌と絡みあわせながら、高まりの先端で彼女の秘所を愛撫した。リリーはびくっと体を震わせ、腰をあげた。なかに突き入れて終わらせて、と声にならない懇願をする。

彼女が呼吸できるよう、ブルーノが頭をあげた。彼の顔は陰になっていたが、生々しい欲望がふくれあがっているのが感じとれた。リリーは胸がいっぱいになり、弓なりにしならせた体を押しつけた。そして、彼が入ってくると、悦びの声をあげた。

ブルーノがゆっくりと引き抜いては突き入れる、そのたびにふたりはあえぎ、吐息をもらした。

リリーは体を揺らして、彼をもっと奥へと導いた。体の奥が熱くうずいているのを感じる。ブルーノが彼自身でリリーをかきまわすたびに、彼女は彼をしっかりとつかみ、うめいた。どちらが上でも下でも、誰が与えて誰が受けとるのでもかまわない。ふたりは激しく、かつやさしく、互いにすべてを与え、すべてを受けとった。嵐が彼らを連れ去り、荒れ狂う波にさらわれた木の葉のように放り投げる。

ふたりはすっかり流され、力を奪い去られていた。

リリーが漂うように現実の世界に戻ってきたとき、彼女はブルーノの上に横たわっていた。背中の汗が冷えかけていたが、彼の体温でリリーの体はあたためられていた。彼自身を体の中心に感じる。それはまだ奥深くまでしっかりと埋めこまれていた。ブルーノの鼓動がゆっくりと、ずっしりと彼女の子宮に、そして心臓に響く。彼の呼吸のリズムに合わせてリリーの体が上下した。

冷えきった汗に寒気を覚えてやっと、リリーは慎重に体を持ちあげた。半分かたくなっている彼自身がするりとはずれる。

そして次の瞬間、自分が精液にまみれていることに気づいた。

リリーは空気を吸いこんだ。現実が襲ってくる。横向きになってブルーノの隣に寝そべり、息をしようとした。ベッドの脇に避妊具が用意されていた。タムはわざわざそれを教えてくれていたのだ。

それなのに、わたしたちは考えもなしに体を重ねた。またしても。

脳味噌が情熱で焦げついてしまったに違いない。熱くなって、濡れて、だめになってしまったのだろう。

誰にも言っていないことだが、もしも赤ん坊を授かるとしたら、リリーはブルーノにその子の父親になってもらいたかった。もし運命の魔の手から逃れられたら、彼とならうまくやっていけるだろう。そんなシナリオは、以前の自分には想像すらできないものだった。けれどブルーノとならやれる。本当に、そう思えた。

それを現実にするためなら、なんでもするつもりだし、どんなことでもがんばれるだろう。だからといって、こんなタイミングで愛を交わしたことに恐怖を感じずにすむわけではない。自分自身の責任や考えのなさを反省せずにすむわけでもなかった。

リリーは爪先でつまんだ上掛けを引きあげて、ふたりの体にかけた。階段をおりていって体を洗おうかとも考えたが、どうにも脚に力が入らない。階段を転げ落ちて首の骨を折るのがおちだ。体はうずき、ほてっている。この二日間でけがをしたところは痛みが和らいでいたが、体のほてりは強まっていた。

リリーはブルーノのほうを向いて、ただ見つめた。その美しさに、思わず打ちのめされそうになる。官能的な唇。羽根のような形の黒い眉。目尻には笑いじわが寄り、鼻は高貴さを漂わせている。顎の無精ひげがセクシーだ。いつまで見つめていても、彼に飽きることはなかった。

ブルーノはぐっすり眠っているが、それでもかまわなかった。リリーはその言葉を声に出して言った。「わたしもあなたを愛しているわ」

彼はぴくりとも動かなかった。言葉は相手に届かなければ意味がない。朝になったら、ブルーノに面と向かって言おう。何度でも何度でも。叫ぶように、歌うように。そう思うと、自分が強くなった気がした。このめちゃくちゃな状況を打破できそうな気がする。どんなことでもできる気がする。

リリーはくすくす笑いだした。それから、声を殺してすすり泣いた。上掛けにくるまって、涙でシーツを濡らす。まるで泣き虫の楽天家になったみたい。情熱の力はすごいわね。

そして愛の力も。そうよ、もちろんこれは愛の力だわ。

21

その少女のせいで、ブルーノは神経質になっていた。

朝食のテーブルについた彼はさっきからそわそわして、マグカップの後ろに隠れるようにしていた。タマラとヴァルの六歳の娘レイチェルがじっとこちらを見つめている。細くてかわいらしい子だ。ふさふさのまつげに彩られた目は大きく、唇は薔薇のつぼみのようだ。黒くつややかな巻き毛が顔を縁どっている。ピンク色のフレームのめがねをかけ、シリアルの皿からピンクに色づいたミルクをすすりながら、少女はブルーノを観察していた。まるで標本にして解剖しようともくろんでいるどこかの沼の生物でも見るように。

キッチンは腹をすかせた人間でいっぱいで、騒がしかった。ブルーノの隣に座ったデイビーはステーキと卵とベーグルをぱくついている。デイビーは無口で、その沈黙が今のブルーノにとってはありがたかった。ローザは有頂天だ。てきぱきと指示を出しながら、ジュージュー音をたてるフライパンを上機嫌で振っている。

ブルーノはにぎやかな音が渦巻くまんなかでむっつりと座っていた。まだ眠っているリリーを置いてベッドを抜けだした自分の臆病さばかりを考えてしまう。彼にはわからなかった。ゆうべ、彼女がこう言うのを聞いた気がしたが、あれは夢だったのだろうか。

〝わたしもあなたを愛しているわ〟

現実だったのかもしれない。本当にリリーがそう言ったのかもしれない。だとしたら、おれはこのまま突き進んでもいいだろう。だが、もしもそうでなかったら、この場でどこまでも穴を掘って、自分を知る人がひとりもいない別世界へと逃げたくなるに違いない。ゆうべは悪夢を見なかったという奇妙な事実にも、ブルーノは驚いていた。この数カ月ではじめてのことだ。

「……をとってくれる？」

ブルーノは無理やりレイチェルに注意を向けた。少女の口調からすると、さっきから何度も彼に訴えていたらしい。「なんだって？」

「シリアルよ」レイチェルがじれったそうに言った。「箱をとってってば！」

ブルーノは少女がさした棚を見た。だが、レイチェルの前には開封した同じ箱があり、ピンク色をしたミルクのなかにまだ何粒か浮いている。

彼はテーブルの上にかがみこみ、箱を持ちあげて振ってみた。まだ大量に入っている。

「開いているこの箱から使うんだ。まだたくさん入ってる」

レイチェルは警戒するようにブルーノを見て、そっと左右を盗み見た。「おまけがほしいのよ」そう言って、箱の絵を指さした。魚と、こぼれんばかりの宝石が入った宝箱が描かれている。「指輪がひとつとブレスレットふたつはもう持ってるの。でも、ロケットがまだないのよ。もしかしたらあの箱に入ってるかもしれないわ」少女はもどかしそうに、そして後ろめたそうに箱をさした。「ね？　とってきて！」

ブルーノはレイチェルの両親を捜してキッチンを見まわしたが、いなかった。自分は重大な過ちを犯そうとしているのかもしれないが、しかたがない。この子をひと目見た瞬間、男なら彼女に嫌われたくないと思うはずだ。

彼はシリアルの箱をさっとつかむとレイチェルに渡した。少女がものすごい勢いで箱を破って開ける。そして中身の袋が破れてシリアルがテーブルや床に飛び散るのもかまわず、おまけをめがけて手を突っこんだ。まったく、なんてこった。

レイチェルがビニール袋を見つけて喜びの声をあげると、ブルーノはほっとした。それはハート形のロケットだった。大きなイミテーションの宝石が埋めこまれている。そのとき、部屋の空気が変わった。あたりが静まり返り、ブルーノのうなじの毛が逆立つ。振り返ったとたん、体じゅうを熱が駆けめぐった。困ったことに、彼は赤面していた。

部屋の入口にリリーが立っていた。おずおずと微笑んで会釈をする。それから、ちらりとブルーノを見た。彼は息がとまった。彼女の湿った髪がねじのようにくるくる巻かれている。唇はふっくらとして官能的だ。彼女の頬も赤く染まっていた。

椅子を引く音がした。デイビー・マクラウドが口もとをぬぐい、ベーグルの最後のひとかけらを口に放りこむと、皿やグラスを積み重ねた。自分の場所を空けた彼はリリーに向かって顎をあげ、ブルーノの隣に座るよう合図した。

彼女は感謝のしるしに微笑み、ブルーノには目を向けずにさっと椅子に腰をおろした。ローザがコーヒーカップをリリーの前に置く。砂糖とミルクは好きに入れられるよう、テーブルに用意されていた。

「たっぷり食べてね」ローザが言った。「なんでもあるわよ。オムレツ、パンケーキ、それともフレンチトーストがいい？　目玉焼きでも、スクランブルエッグでも、ベーコンエッグでも、なんでも出すわ」

リリーが当惑した。「ええと、なんでもいいけれど、そうね、トーストを一枚いただこうかしら。自分でやれるわ。どうぞおかまいなく」

ローザが鼻を鳴らした。「最近の若い子ときたら！　ろくに食べずにどうやって赤ん坊を産むつもり？　赤ん坊がなんでできてると思ってるの？　空気？」

リリーがコーヒーにむせた。

「彼女によけいなことを言うと、叔母さんの頭をガムテープでぐるぐる巻きにしてやるぞ」ブルーノはローザに警告したが、ときすでに遅しだった。

「お黙り。あなたに言ったんじゃないわ」ローザは使命を遂行すべく、リリーに料理をよそうためにガスレンジへと突進していく。

「すまない」ブルーノは小声で言った。「きみに警告しておくべきだった。叔母さんは赤ん坊のこととなるとああなんだ。まったく大迷惑だよ」

リリーが返事をしようとしたとき、ローザが皿を手に勢いよく戻ってきた。ふたりは驚いて目を丸くするしかなかった。巨大なオムレツが皿いっぱいにのり、チーズと野菜とスライスしたハムが添えられている。フライドポテトは山盛りで、トーストは三枚。ローザはそれを置くと、腕組みをして目を細めた。文句があるなら言ってみろというかまえだ。「さあ、食べて《マンジャ》」ローザがきっぱりと言った。

リリーはおじけづいたようだった。「手伝ってくれるわよね？」ブルーノに尋ねる。

「もちろん」シャンプーの香りが感じられるほど近くにいる彼女を見ると、彼の体は張りつめた。

キッチンの外が騒がしくなった。何人かの声がする。そのひとつを聞き分けたブルーノはどきりとした。ケヴだ。ブルーノは椅子を引いて飛びあがった。次の瞬間、ケヴが大股で部屋に入ってきた。

くすんだグリーンのレインコートが膝にまつわりついている。肩の下までのびた金色の髪はくしゃくしゃにもつれていた。ケヴは険しい顔をして、いかにもニュージーランドから飛んできたばかりらしく疲れきって見えた。だが、たとえそうだとしても、ケヴはブルーノがこれまで見たことがないくらい元気そうだった。

未来の花嫁であるエディと何カ月も世界じゅうを旅するのがよほど楽しかったのだろう。ケヴはふっくらとし、肌の色つやもよくなっていた。生物学上の双子の兄であるショーンに、ますます似てきたようだ。頰から顎にかけて走る傷跡は別にして。

エディは端から順に抱擁してまわっていたが、ケヴはまっすぐブルーノのもとへ向かった。シャツの前をつかんで弟を持ちあげ、ほんの数センチしか離れていないところからにらみつける。「いったい何が起きてるんだ？」彼の言葉に、みんなはたちまち黙りこんだ。

「えっと……話せば長いんだけど」ブルーノは言った。

ドカッ。壁に突きとばされ、あばらに負った傷が死ぬほど痛んだ。ケヴは消防ホースから水を浴びせるような勢いでブルーノに言った。「どこかの運命の女《ファム・ファタール》に出会って、彼女のために虐殺をはじめたそうだな。通りには死体の山。おまえをたたきのめそうとねらってくる奇襲部隊。それが全部、おまえが出会ったばかりの女のためだって？」

ブルーノはたじろいだ。「あの、いや……それは正確じゃないけど」

「彼を放して！」リリーがケヴの大きな拳をたたく。そのせいでブルーノはいっそう喉を締めつけられた。

ケヴが険しいまなざしでリリーをにらみ、その激昂した顔と燃えるような目をじろじろ見る。「これが魔性の女《ファム・ファタール》か？」

「ファム・ファタールで悪かったわね！」彼女がぴしゃりと言った。「彼を放しなさい、このとんま！」

ケヴが手を離す。ブルーノはケヴから逃れ、喉もとをさすった。

ケヴはふたたび攻撃しようとはしなかった。「しかもおまえはおれに連絡してこなかった」静かな口調で言う。「いったいどういうつもりなんだ？　なぜ連絡しなかった？」

ブルーノは周囲を見まわした。誰もが耳を澄まして彼の言い訳を待っている。

「その、兄貴を心配させたくなかったんだよ」ブルーノは口ごもりながら答えた。

ケヴの言葉は辛辣だった。「おれのメールを受けとってもか？　放っておけば、おれが心配しないとでも？　あの愚か者は返事をよこさない、だから万事順調に違いない、ビーチに戻って楽しもう。おれがそう思うと考えたのか？」

ブルーノはつばをのんだ。「特に考えてたわけではなくて……その……おれは――」

「あそこでつつきまわすのに忙しかったのか？」ケヴが言う。

リヴがさっと背筋をのばした。「最低！」

「ケヴ！」ショックを受けた女性の声が背後から聞こえ、ケヴはびくりとして肩越しに振り返った。エディが驚いた顔で彼を見つめている。

ケヴは急に弱気になったように見えた。長身でほっそりしたブルネットの女性がグレーの瞳を曇らせて、呆然とケヴを見ている。知らない人でも見るように。まるでケヴの肩の上にもうひとつ頭が生えたかのように、全員が彼を凝視した。

ケヴが両手をぱっと突きだしてにらみ返した。「なんだよ？　おれが腹を立てちゃいけないのか？　ここにいる全員が異常な精神状態になってる。おれもそうなっちゃいけないっていうのか？」

ブルーノは痛む首をさすった。「いつもはこんなふうじゃないんだよ」小声でリリーに説明する。「いつもの彼は冷静で、そう、ミスター・禅なんだ。感情的なのはおれのほうで」

「おれだってたまには感情的になる」ケヴが歯をむきだしてうなった。

長いカウンターの端にいたコナーが声をあげた。「おまえのなかにもまだそんな部分があるとわかってうれしいよ」

ケヴが兄に向き直った。「それ、どういう意味だよ？」

コナーは瞑想《めいそう》にふけっているような顔でコーヒーをひと口すすった。「感情を爆発させるのはいいことだと言ってるんだ。おまえのそういうところはついぞ見たことがなかった。ブルーノの言うとおりだ。おまえはいつだって……とても冷静だった」

「それが問題だとでも？」ケヴがつめ寄る。

「まさか」割って入ったのはショーンだった。コナーと同じくらい落ち着いた声だ。「何も問題ない。ただ感想を言っただけだよ」

ケヴはふたりを順ににらみつけた。「いったいこれはなんなんだよ？　おまえら、おれにどうしてほしいんだ？」

「何も《ニエンテ》」ローザが部屋の中央へ突進し、ケヴの大きな体に飛びついてしっかりと抱擁した。

ケヴもぎゅっと彼女を抱きしめる。「チャオ、叔母さん」

「あなたたちは疲れてるのよ。それだけのこと」ローザが言った。「そして、おなかがすいてる。さあ、座って」彼女は長いテーブルの端にふたりを追いやり、リリーとブルーノからできるだけ離した。「料理はたくさんつくってあるわ。ああ、エディ、よく見せて」エディの顎をつかみ、頬をつねる。「前よりふっくらしたわね」満足げに言い、エディの目を見てチッチッと舌を鳴らす。「またあの目つきをしてる。暗い影のある目を。もしかして朝食を食べ損ねたの？」

エディが微笑んで頭を振った。「いいえ。ただ、三十六時間も飛行機を乗り継いできたものだから」彼女は言った。「わたしの胃は大丈夫よ」

「まあ、今にわかるわよ」ローザはせかせかと料理をとりに行った。明らかに、それを個人的に実証する気満々のようだ。

ブルーノはリリーの手を引いて椅子に座らせ、トーストをつかんでかじった。両手でいじれるものがほしかった。テーブルの端からこちらを見たケヴの顔がこう言っていた。〝まだ話はついてないぞ〟と。リリーはローザが二枚の皿に料理を山盛りによそうのを見ながらオムレツを食べた。

「さっきの赤ん坊の話だけど」彼女は言った。「ローザの口癖なんでしょう？　わたしは気にしていないわよ」

「なんとかのひとつ覚えってやつだ」

リリーがブルーノをきつい目つきでにらむ。「あなたって、からかいがいがあるもの。ローザもからかわずにはいられないわよね」

ブルーノは肩をすくめ、彼女の言葉をやりすごすことにした。「ローザは手に負えない、ものすごい人だよ」

リリーが彼の手をつかんだ。「それがラニエリ家の血なんでしょう。〝手に負えない、ものすごい人〟ってところ。遺伝に違いないわ」

ふたりは見つめあった。ブルーノは、誰かに頭を押さえつけられているかのように動けなかった。

リリーが視線をそらした。「あなたのお兄さんも、ものすごい人ね」彼女の声が鋭くなる。「まったく、実に魅力的だわ」

「誓って言うけど、ケヴは本当にあんなじゃないんだって」ブルーノは反論した。「きっと変なものを吸ってたんだよ。いつもはすごく落ち着いてるんだ」

「わたしのロケットを直してくれる？」そのとき、小さな手が彼の袖をつかんで引っ張った。ブルーノは懇願するようなレイチェルの目を見つめた。「壊れちゃったの！」

さしだされたロケットは、少し力を入れて蝶番をはめただけで直った。「新品みたいになったよ」彼は少女にロケットを手渡した。

レイチェルがチェーンを首にかけて背を向け、留め金を掲げた。「とめてくれる？」栄誉を与えてやったと言わんばかりに言う。

ブルーノは留め金をとめてやり、お礼に目もくらむばかりの微笑みを受けとった。レイチェルはかわいい。だが、胸の奥にはもやもやする気持ちが残った。ロケット、彼女のほっそりした首……。その気持ちを正確に言葉にすることができず、また、そうしたいのかどうかもよくわからなかった。

ふと、古い記憶がよみがえってきた。だが、そのかたまりは表面にまでは出てこない。タイタニック号を沈没させた氷山のように。ああ、まったく。どっちにしてももやもやするのなら、それにまつわる記憶をすっかりよみがえらせてしまうほうがいい。少なくとも、そうすれば自分にはただのもやもやではなく、ちゃんとしたデータが残る。記憶は書き換えられることもあるので、むやみに信用できないが。

彼は心のなかに沈みこみ、その気持ちの源を探った。ロケット、留め金、レイチェルの首。マンマがロケットをおれにくれた日……そう、それだ。それが痛みの根源だ。

まさにその日、マンマはおれをポートランド行きの長距離バスに乗せた。もう夜も遅かった。それまでずっと、町じゅうをタクシーで走りまわっていたのだ。メーターがどんどんあがっていくのを見ていたことを思いだす。どうしてマンマは金を無駄づかいしているのだろうと不思議だった。マンマはまるで追いかけられているかのように、ずっと後ろばかり見ていた。でも、誰も追ってきてなどいなかった。雨に濡れた通りを照らすヘッドライトはひとつも見えなかった。

バス停で、マンマは一枚チケットを買うと、おれを乗降口へとせかした。マンマがどういうつもりなのか尋ねる暇もなかった。マンマは言いたいことだけを言った。ルディを捨てて逃げるつもりだ、と。神様に誓ってそうする、と。だが、それにはブルーノがよい子でいなければならない。何よりもまず、ブルーノが無事でいる必要がある。マンマにはまだいろいろやることがあるのだから、と。

〝それは何？〟おれはそう尋ねた。激しく泣きじゃくっていたせいで、鼻水が垂れていた。

〝まだここでやることがあるって、何をだよ？　どうして一緒に来られないの？〟

〝言葉に気をつけなさい〟マンマはそうしかりつけて、おれをバスのほうへと押しやった。それから、マンマはロケットをはずした。今まで一度もはずしたことのないアンティークのロケットを。マンマはそれをおれの首にかけた。マンマのぬくもりがまだ残っていた。〝これをわたしの代わりに守って〟マンマはそう言うと、後ろからおれを抱きしめた。あばら骨が折れそうなほど強く。早く乗れとかなんとか冷たい口調で言ってきたバスの運転手をマンマはにらみつけたが、いつもの元気はなかった。それから、マンマはおれの背中を押してバスのステップをのぼらせた。〝行って。さあ、早く。急いで！〟

バスのなかはやけに甘ったるいにおいがした。奥へ進むほどに見知らぬ他人のグロテスクな顔がおれを見あげた。敵意に満ちていたり、無関心だったりする顔が。

バスが出発し、がたごと揺れた。おれは外から見あげているマンマの顔を見つめた。黒い目を大きく見開いた、青白くこわばった顔がどんどん遠ざかっていく。それが、おれが最後に見たマンマだった。

それ以来、おれはそのロケットをお守りのように肌身離さずつけていた。マンマが死ぬと、おれはロケットを冷たくしてはいけないと思うようになった。ゴールドのロケットがあたたかい限り、おれはそれをマンマのぬくもりだと思えた。

それ以外は何もかも、かたい地面の下に埋められてしまったとしても。

そして、十八年前のあの朝、ルディとその手下どもが食堂にやってきた。ルディはマンマのロケットに気づき、おれの首からもぎとった。

それでおしまい。なくなった。あのぬくもりが消えてしまったのだ。

「わたしのロケットを見た？」レイチェルがヴァルに向かって鼻高々で話していた。黒い巻き毛を持ちあげ、くるくるまわって見せびらかしている。ヴァルは両手をさしだして膝の上に少女を迎え、キスを受けた。

ブルーノの意識の片隅で、ドラムロールが鳴りはじめた。その音はどんどん強くなっていく。おれは何かをやり、何かを見て、理解しなければならない。だが、何を？　息ができない。感情が渦巻いて、脳味噌のもっと高次元な扉を開けろと激しくノックしているようだ。この感情をちゃんとした言葉に翻訳してくれ、と。

彼は肩の力を抜いて心を開き、その感情の意味をとらえようとした。見てきたもの、考えたこと、覚えていることのすべてをなぞる。マンマ。レイチェルのロケット。マンマのぬくもりの残ったロケット。レイチェルの華奢《きゃしゃ》な首。重たい花をつけた茎のような首。あまりの美しさに、心がぽきっと折れてしまいそうだ。

〝わたしのロケットを見た？〟

ブルーノは目を閉じ、ふたたびとらえどころのない感情を追いかけた。それが何を意味しているのか知りたかった。そのあいだにドラムロールはさらに大きく、ノックの音はより激しくなっていく。マンマの香水の香りに、恐怖に満ちた汗のにおいがまじった。マンマの冷たい手が、暗闇のなかで苦労しながら留め金をはずそうとしている。その手は小刻みに震えていた。マンマがおれのうなじにキスをした。

〝行って。さあ、早く。急いで！〟

「叔母さん」ブルーノは言った。「マンマのロケットを覚えているかい？」

カップケーキに粉砂糖を振りかけていたローザが振り返った。「ええ、もちろん。ルディが奪っていったやつね。あなたのひいおばあちゃんが持ってたものよ。曾祖父《ビスノンノ》から曾祖母《ビスノンナ》への求愛の贈り物」

「それはロケットだったよね？」彼は尋ねた。「ぱかっと開くやつ？」

ローザが眉をひそめた。「ええ。マグダはあなたの写真を入れていた。わたしが財布に入れてるのと同じ写真をね。それと、あなたの髪をひと房。覚えているでしょう？」

ブルーノは頭を振った。「それが開くやつだってことも知らなかったよ」彼は答えた。「開けて見せてくれたことはなかった。はんだ付けされていたのかもしれない」

リリーがブルーノの手首に触れた。心配そうに眉間にしわを寄せている。自分の気持ちに気づかれているようで、彼はどうにも落ち着かなかった。「それはなんなの？」

ブルーノは彼女の手をつかんだ。「もう一度話してくれ、リリー。きみのお父さんが病院で最後に言ったことを、正確に」

リリーがため息をついた。「ブルーノ、お願いよ。もう千回も繰り返したわ。父は言ったの、あなたが何かをロックしなければならないって。でも、それが何かは言わなかったし、わたしにはなんのことなのかさっぱり――」

「違う」ブルーノは彼女をさえぎった。「とにかくお父さんが言ったとおりに繰り返してくれ。一言一句違《たが》わずに。言葉どおりに。お願いだ、リリー」

リリーの顔が青ざめた。つばをのみ、目をしばたたく。そして、集中するように目を細めた。「父が言ったのは……彼はそれをロックしなければならない《ヒー・ハス・トゥ・ロック・イット》」

「彼はそのロケットを持っている《ヒー・ハズ・ザ・ロケット》」ブルーノは静かに繰り返した。

リリーは目を丸くした。両手を口に押しあてる。「まあ、なんてこと。ああ、神様。マグダはロケットを持っていた。それをあなたに渡したのね？」

彼はうなずいた。

「それで？　ロケットは今どこに？　誰が持ってるの？」

ブルーノは首を振った。「もう、ない」

リリーはとり乱したようにあたりを見まわした。まるでそのロケットが近くに転がっているはずだというように。「どういう意味？　なくしたの？　盗まれたの？」

「両方だ、ある意味では」彼は答えた。

ローザが言葉を続けた。「ろくでなし《フィーリョ・ディ・プッターナ》のルディが奪っていったのよ」リリーに向かって言う。「やつらが食堂に来てブルーノに襲いかかった日に。大男が三人がかりで、マンマを亡くしたばかりの男の子を襲うとは。あほたれども《テステ・ディ・カッツォ》」

リリーはブルーノに向き直った。「ああ、なんてこと。あなたはどうやって――」

「ケヴだ」ブルーノは言った。「ケヴが三人ともたたきのめしたんだ。ものの三十秒で。ドカッ、バキッ、それでおしまいさ」

リリーはちらりとケヴを見た。彼が無表情で見つめ返す。「それからルディはどうなったの？」彼女は尋ねた。

ケヴは立ちあがり、テーブルの反対側からあいている椅子をふたつつかむとブルーノとリリーのいる側へ引きずっていった。そしてローザの手から粉砂糖まみれのナイフをとり、それをカウンターに置いて、椅子を彼女の後ろにあてがった。「座りなよ、叔母さん」

ほかの者たちも集まってきていた。ケヴはもうひとつの椅子を引っ張ってきて、ブルーノたちの向かいに腰をおろした。

「それから何が起きたかというと、おれたちはトニーの古いピックアップトラックの後ろに連中を積んで、防水シートで覆った」ケヴが言った。「そしておれたちが血を洗い流しているあいだに、トニーがピックアップトラックで連中を運び去ったんだ」

「ロケットも一緒に？」リリーが反論されるのを期待しているように言った。

だが、その期待にはこたえられない。「ロケットも一緒に」ブルーノは繰り返した。「ルディはそれを自分のジーンズに突っこんだ。トニーは知らなかった。ケヴも知っていたはずがない。おれはショック状態だった」

「彼らは、その、生きていたの？」リリーが慎重にきいた。

「おれたちがピックアップトラックに積みこんだ時点では」ケヴが答えた。「おそらく」

「生きてなかったことを願うよ」ブルーノが言った。「ルディの股ぐらからフォークが突きでていたからな」

部屋じゅうの男性が本能的に身をすくめた。

「トニーを相手に、その日一日もったとは思えないな」ケヴが静かに言う。

ローザが不快そうに鼻を鳴らした。「ブルーノを襲っておいて、生きてられる可能性なんてあるわけないわよ」

ブルーノは熱で頭がふらつくような感じがした。「叔母さん、トニーがやつらをどこに運んでいったかわかるかい？」

ローザは頭を振った。「トニーがどんな人だったか知ってるでしょう。誰かが面倒に巻きこまれたら、代わりにその罪をかぶる人よ。それに、わたしは女だし」彼女はぐるりと目をまわした。「トニーは考えたの……三人のうち、ふたりが死んでいれば秘密は守られる、と。そして、連中を森のどこかに運んでいって、犬みたいに放りだして、穴に埋めた。わたしたちにはそれがどこなのかはわからないわ」

「トニーは朝の六時ごろに出かけた」ケヴが言った。「そして夕方遅くに戻った。どの方角か、あるいはどこまで車を走らせたのか、おれたちにはわからない」

デイビーが重々しく咳払いをした。「森はたくさんある」

みな、どれだけ森があるかを考えた。

「トニーの私有地に埋めたのかもしれない」ブルーノは言った。「それなら人目につくこともないし、誰かが偶然けつまずくこともないと確信できただろう」

「そうだな」ケヴが言った。「それでも、トニーの土地は百四十エーカーもあるし、ほとんどは山の急斜面だ。掘り起こすべき場所が多すぎる。本当にそこに埋まっているという確証もないんだぞ」

ブルーノは肩を落とした。「ああ、まったく！」彼は息巻いた。「ひとつ小さな手がかりが見つかったと思ったら、バタン！　扉はおれの目の前で閉まっちまった。ロケットのことなんて思いつかなきゃよかったよ。状況は前よりいっそう悪くなった」

「わたしにとってはそうでもないわ」リリーが言った。

ブルーノは顔をあげた。彼女の目が輝いている。「わたしは自分がおかしくなっていたわけじゃないって知ってる。あなたたちもみな、わたしが嘘をついていたわけでもないって知っている。それはわたしにとって、とても大事なことよ。どれほど価値のあることか、あなたには想像もつかないでしょうけど」

彼はごくりとつばをのんだ。「おれは前から知ってたよ」

リリーの微笑みに、ブルーノの胸は高鳴った。

「あなたが知ってくれているのはわかっていたわ」彼女が言った。「ありがとう。でも、やっぱり証拠があるというのはうれしいものよ。おかげでわたしは……どう言えばいいのかよくわからないけれど、すべてが自分のせいだとは思わなくてすむようになったわ」

「おれはきみのせいだなんて一度も考えたことがないぞ」

ふたりはしっかりと手を握った。ブルーノの胸の奥に喜びが渦巻いた。

突然、ブルーノの腕の下からレイチェルがひょいと顔をのぞかせた。そして彼にロケットをさしだす。「あなたのロケットをなくしちゃったの？　よかったらわたしのロケットを持っていてもいいわよ」

　喉の奥のかたまりが大きくふくれあがり、ブルーノは言葉が出なかった。めがねの奥で、レイチェルの大きな目が心配そうにこちらを見ている。それが彼の胸をいっそう締めつけた。

　ブルーノは少女を抱きしめ、黒髪のなかに顔をうずめた。

「ありがとう、レイチェル」彼はくぐもった声で言った。「でも、きみが持っていてくれ。おれよりも、きみがつけていたほうが似合うからね。さあ、あっちを向いて。つけてあげよう」彼はレイチェルの首のまわりにチェーンを巻きつけてとめた。バスに乗る直前の母の抱擁のことは考えないようにして、少女の頭のてっぺんにキスをした。

　ローザもすっかり涙ぐんでいた。めがねをずらして涙をぬぐうと、ホルダーからナプキンを一枚つかんではなをかんだ。「かわいい子《チエ・カリーナ》」彼女はまくしたてた。「トニーったら、わたしには話しておけばよかったのに。わたしをもっと信用するべきだったわ。でも彼にはできなかった。彼は誰ひとり信用しなかったから」

「叔母さんのせいじゃないよ」ケヴが言った。

「とにかく間違ってるわ。わたしだったら、あのろくでなし《ストロンツィ》どもをパパがよく言ってたようにしてやったのに。あんたのビスノンノが言っていたようにね」

ブルーノはレイチェルのほうをちらりと見た。「ビスノンノが何を言ってたか知らないが、子供の前では言葉に気をつけてくれ」彼は警告した。家族の伝説が本当なら、曾祖父はかなりいかれた男だったようだ。

しかし、ローザの勢いはとまらなかった。ありがたいことに彼女はカラブリア地方の方言で悪態をまくしたてた。それがわかるブルーノとケヴだけがちらりと目を見交わし、笑みを押し殺した。

ケヴの顔を微笑みらしきものがよぎったのは、彼がここに着いてからこれがはじめてだった。もしかしたら最悪の局面は過ぎたのかもしれない。ブルーノはローザに感謝した。彼女はいつでも笑いで緊張をほぐしてくれる。

ローザが顔をまっ赤にして言い終えると、リリーはブルーノの腕をつついた。「訳してよ、お願い」

ブルーノはうめいた。「それはできないな」彼はレイチェルを示した。「悪態だから」

「じゃあ、要約して。ざっとでいいから」

ヴァルは声をあげて笑い、片手でレイチェルの肩を押した。「おいで、レイチェル」やさしく言う。「あっちの部屋で一緒に遊ぼう」

ヴァルが少女をキッチンから連れだすと、ブルーノは一連の言葉を思いだそうとした。

「オーケイ、最初は、おれを追って食堂にやってきた連中が性的に異常だってことをいろいろ描写した表現が並んでた。それから、あいつらの遠い昔に死んだ先祖にまでさかのぼって、聖アンナと聖ジローラモとともに森で彼らがやった、言葉にできないほど猥褻《わいせつ》なことについてあれこれ言っていた。頼むからそれを説明しろとは言わないでくれよ、おれにもよくわからないんだから。そのあと、血しぶきをあげて歯を吹きとばして、敵の死体を切り刻んでやるってことになって、ばらばらになった骨に小便を引っかけてやるって言って、聖キリスト《クリスト・サント》の二度目の昇天の日まで許さないってのがあって、それから……」

ブルーノは口を開けたまま、ふいに言葉を切った。みんなが見つめるなか、あのドラムロールがふたたび鳴りだした。うなじの毛が逆立つ。気づけば彼は息をするのも忘れていた。

「叔母さん」声を出せるようになるとブルーノは言った。「その、骨に小便を引っかけるっていう部分だけど。それは本当にビスノンノがよく言ってたことなのかい？　それとも、叔母さんが自分でつけ加えたのか？」

「パパはいつでもそう言ってたわ。誰かにいらいらさせられるとね」ローザが彼に請けあった。「パパはくそ野郎《ウン・ウオモ・カッツオーソ》だったの。あらゆることにいらついてたわよ」

ブルーノはケヴを見た。ケヴも笑みを浮かべている。そして、うなずいた。

「トニーもそれを言ってた？」ブルーノはしつこくきいた。

「もちろんよ。トニーもカッツォーゾだったもの。覚えてないの？」

「覚えてるさ」ブルーノは答えた。「もちろん。どんなにくそ野郎だったかも」

ケヴが大笑いする。ブルーノも笑いだした。笑いで体が震えるほどだった。少なくとも、笑い声に聞こえるものになっていることを願った。だが、万が一のことを考えて顔を覆った。肩が震える。

「どうしたの?」リリーが彼の肩をつかんだ。「何か悪いこと?」

「いいや」ケヴが言った。「何も悪くない。すべて順調だ」

「だったらどうしちゃったのよ?」リリーは叫んだ。

ブルーノは顔をあげ、涙をふいた。「どうもしちゃいないさ。わかったんだ。どこを掘ればいいか」

22

「いったいどこがわからないんだ、ホバート？」キングは診療所のベッドにぐったり横たわるゾーイを見おろし、電話に向かって言った。彼女がつながれている機械の作動音やうなりが静かな部屋に響く。

「その……どうやって予想すればいいのか……」ホバートの声がとぎれた。自分の主《あるじ》の声に含まれた死の脅しを聞きとれる程度の知性はあるが、いつまでもぐずっている。「やつらにどれほどのことができるか、もうご存じでしょう！　こちらはメラニーとおれだけですよ！　攻撃を開始するなら応援が必要で――」

「おまえに応援を送る余裕などない」キングはさえぎった。ゾーイにつながれた機械から吐きだされてくるデータを見つめる。彼女の体は回復しつつあるが、集合地点に行かせるにはメリミトレクスをあと二回分は投与しなければならない。ゾーイに自己耽溺《たんでき》の傾向があることは、今となっては驚きでもなんでもなかったが、それでも、彼女が過剰摂取で死なないのは驚異的だ。もしかしたら脳は損傷を受けているかもしれないが、いずれわかるだろう。

ゾーイはげっそりとやせ、顔はやつれて目が落ちくぼんでいた。まぶたは紫色に腫れあがり、こめかみに浮きでた血管は蛇のように顔を這っている。キングはおぞましさに身震いした。ホバートはまだぶつぶつ不平をまくしたてている。この退屈な会話をさっさと終わらせなければならない。

「……今なんですよ、連中も人手が足りていないんですから！　少なくとも八人から十人の工作員が必要です。攻撃を開始するなら――」

「誰が攻撃を開始すると言った？」キングは言った。

ホバートが口ごもった。このばかが間引きを免れてきたとは信じられない。自分はどこを見こんでホバートを処分せずに残したのだろうとキングは不思議に思った。ホバートの前頭葉にクリエイティブな思考力がないことは間違いない。その欠点を埋めあわせるだけのほかの才能があるのだろうが、今日のところはそれが見えてこなかった。ホバートを処分する前に、念のためにスペックを調べてみよう。定期的な大掃除は必要だ。

「今まで、われわれは彼らを真正面から攻撃してきた」キングは子供に言い含めるように説明した。「だが、結果は芳しいものではなかった。ひとりで、あるいは複数で、彼らはわれわれがさし向けた直接攻撃をことごとく打ち破った。これは何を意味している？」

「われわれの数を増やして――」

「違う」キングは鋭い口調で言った。「もう正面からの攻撃はなしだ。彼らの後ろにはマクラウド兄弟がいる。それにタマラ・スティールも、ヴァル・ヤノシュも。そもそも、そいつらの調査はしたのか？　彼らの経歴を鑑みて、何かアイディアはあるか？　やつらはどんな能力を持っている？」

「あの……ええ、でもメラニーとおれは――」

「ひょっとすると、おまえとメラニーはそこまで注意がまわらなかったんだろう。われわれに軍隊を雇う余裕はない。このままでは、こっちはやられっぱなしだ。おまえたちがちゃんと彼らをコントロールしろ。ブルーノがリリーとつながっているのは明白だ。今のブルーノは彼女を守るためなら、なんでもするだろう。これを見ろ」キングはキーボードをたたき、衛星カメラでとらえられた映像の一部分を選んだ。

　それはブルーノ・ラニエリがリリー・パーの手首をつかんで崖を引っ張っていくところだった。リリーを岩棚の上へ引っ張りあげると、彼はそこにしゃがんで彼女の顔を包み、少しのあいだ話をしてからキスをした。とても情熱的に。そして、リリーが両腕をブルーノの首に巻きつけた。

「それで？」キングは促した。「ホバート？　何かわかったか？」

「でも……でも――」

「おまえとメラニーはリリーを捕獲しろ。彼女を餌にブルーノを釣りあげるんだ」

「しかしリリーは、あのスティールって女の要塞にいます」ホバートが訴えた。「あそこの防御システムは芸術の域です。どうやったらあそこを――」

「おまえとメラニーはクレイズ湾に行って拠点をつくれ」キングは言った。「けだものの軍隊など烏合《うごう》の衆でしかない。知性と悪知恵はこっちの得意分野だ。おまえたちは話を聞き、観察し、創造性と、赤ん坊のころからたたきこまれてきた常識にとらわれない思考を駆使しろ。そうすれば、何かいい手を思いつくはずだ。そうだろう？」

「はい……わかりました」ホバートが控えめな口調で言った。

「猫がねずみの穴を見張るように、あの場所を見張れ。出入りするすべての車両を報告しろ。盗聴し、監視するんだ。ローザ・ラニエリの携帯電話に仕込んだ盗聴器を絶えずモニタリングしろ。遅かれ早かれ、彼らは凡ミスをする。そこにつけこんでただちに行動に移れ。おまえはそのミスがなるべく早く起きることを祈るんだな」

「われわれには、その、期限があるんですか？」ホバートは尋ねた。

キングは顎が痛くなるほど歯噛みした。このばかは、前夜タマラ・スティールの家で繰り広げられた会話の記録を届けておきながら、自分ではそのつながりを理解していないのか。

「トニー・ラニエリの手紙はラニエリ一家にとって不都合なものだ」彼は説明してやった。「ローザ・ラニエリが持っている手紙のことだ。彼女のバッグのなかにあっただろう。おまえの手の届くところにあったんだぞ、ホバート。あのベビー用品店で。まったく愉快じゃないか、ん？」

「しかし、さっぱりわかりませ――」

「黙れ」キングはぴしゃりと言った。「わたしの時間を無駄にするな。ブルーノ・ラニエリは今、ラニエリのいとこたちへの襲撃に集中しているだろう。どこを攻撃すべきかわかっているのだからな。ブルーノがマイケルに圧力をかければ、わたしは問題を抱えることになる。だから、そう、期限があるのだよ、ホバート」

「しかし……それなら、われわれがすべきことは――」

「黙れ」キングはまたぴしゃりと言った。「おまえとメラニーはリリーを拉致しろ。彼女をわたしのもとに連れてこい。ほかの誰も連れずに、なんの騒ぎも起こさずに。警察にもかぎつけられるな。そのささいな任務をおまえがこなせたら、もしかしたらおまえは自分の命を救えるかもしれないぞ。どうなるか楽しみだな」

ホバートは恥じ入り、絶望して押し黙った。キングはほんの少しだけ不憫に思った。恐怖と恥辱は強力な動機となるが、自分は怒りをぶつけてしまっている。ごくわずかしか残されていない使える工作員の士気をくじくのは逆効果だ。「ホバート」キングは言った。「待て。まだ切るな」

キングは記憶を探ってホバートの命令コードを思いだし、レベル5の意欲をわかせるシーケンスを選んだ。ジョージ王朝時代に書かれた古い叙事詩の一節だ。それは、アドレナリンを分泌させてやる気を起こさせるためのものだった。これで、ただちに任務にとりかかろうという気分になるに違いない。ほかの何よりもホバートにはこれが効果的だ。

ホバートにほうびがふさわしいわけではないが、キングは現実的な判断をした。その一節を暗唱し、ホバートに心を落ち着ける一瞬の猶予を与える。「わかったら、行け。仕事にとりかかるんだ」

「はい」ホバートはほとんど涙ぐまんばかりの声で答えた。

キングは電話を切り、ゾーイのぐったりした体を見おろした。彼女をリハビリさせることに意味があるのだろうか？　以前なら、これだけ失敗を重ねた者を残しておこうなどとは考えもしなかっただろう。ゾーイはもう疲弊しきっている。現時点で彼女を再使用するのは危険かもしれない。だが、自分は八人もの工作員を失ったばかりだ。そのうち何人かは円熟期にあったし、ほかの者たちもいよいよこれからというところだった。工作員をさらに招集するのは簡単なことではない。いくつもの企業に派遣された者たちは忙しく働いているのだ。キングは彼らを使いもせずに放っておくようなことはしていなかった。

この凄惨な一撃に隠された教訓を学ばなければならない。それでこそ、自分がこの世に使わされた意味があるというものだ。なぜブルーノ・ラニエリを過小評価していたのか。そこが気にかかった。

キングはゾーイの状態を刻々と示している機械に背を向け、山小屋を襲撃した昨日の朝の模様を記録した衛星画像を通信端末に出すと、自分が見たい部分まで早送りした。

ブルーノ・ラニエリが空を見あげている。キングに向かって中指を立てて。

キングは長いあいだそれを見つめていた。巻き戻しては、その部分を何度も再生する。ブルーノの声を聞き、彼の話し方のパターンを分析したかった。ブルーノの頭のなかに入りこみたかった。キングは受話器をとり、ふたたびホバートを呼びだした。

「はい？」ホバートの声は不安げだった。

「レジーがブルーノの食堂に受動監視装置を仕掛けたはずだ。リリーとブルーノの会話は押さえたか？」

「もちろんです」ホバートが答えた。「ただちに送ります」

キングは電話を切り、画面に目をやってブルーノの顔を見た。彼の反抗を。いやはや、この男は本当に称賛に値する。ブルーノは戦う価値のある敵になってきた。わたしが敵を求めているというわけではないが、この男は敢然とわたしに向かってきているのだ。

彼がなおもその映像を見ていると、ピン、と小さな音がして、三日前に食堂でリリーとブルーノが交わした会話の音声ファイルが届いたことを告げた。キングはそれを聞きたくてたまらなかったが、もう一度、再生ボタンをクリックした。

キングはブルーノが手をあげて中指を突きだすのをふたたび見つめた。無力なくせに、実に生気にあふれている。

「好きなだけ戦うがいい」キングは画面に向かって言った。「おまえはわたしのものだ」

リリーは寒いガレージで震えていた。明かりは、家へと続くドアからこぼれてくる光だけだ。ブルーノとマクラウド兄弟は、ニュージーランドから帰ってきたケヴ・マクラウドがシー・タック空港で借りたSUVに乗りこんでいる。男たちがきびきびと集中して動くのを見ていると、自分が部外者のように思えてきた。彼らのせいではないが、それでも気分がよくはなかった。

「わたしにはそこに行く権利があるわ」彼女はまた言った。「わたしだってシャベルで掘れるし、地熱センサーを見ることもできる。見張りにも立てる。銃の引き金だって引けるわ。わたしがそうするのを見たでしょう？　少なくとも、わたしが撃った銃声をみんなも聞いたはずよ」

マクラウドの男たちが目を見交わした。みな、リリーをなだめるのが自分の役まわりでなくてよかったという顔をしている。

ブルーノが腕時計を見た。午後十時。外はまっ暗だ。計画では、衛星カメラの目をすり抜けられるようヘッドライトをつけずにそっと出ていって、何キロか赤外線スコープで運転してから、追跡されていないと確めたあと、ヘッドライトをつけてハイウェイをひた走ることになっていた。それから山小屋に戻り、トニーのかの有名な〝小便を引っかける木〟に夜明け前にたどり着く。ふたりが掘り、三人が警護する。それが彼らの考えた最良の計画だった。

待ち伏せされているところに出かけていくのではないと仮定して。

リリーはそれが気にくわなかった。もっと具体的に言うなら、その計画に自分が含まれていないのがどうしても気にくわなかった。

ブルーノが大きく息を吐いた。「だめだ」

リリーは怒りを爆発させた。「ちょっと。これはあなたの問題じゃないわ、ブルーノ。わ、た、し、た、ち、の問題よ。わたしにだめだと言う権利があなたにあるというの？」

ケヴ、デイビー、コナー、そしてショーンのマクラウド兄弟が、〝やれやれ、困った女だ〟というように目を見交わす。そして沈黙のまま同意すると、彼らは闇のなかへこそこそ逃げだした。

ブルーノが口を引き結んだ。「話は簡単だ。それはきみの車か？　違うだろう？　ケヴが借りたものだ。そして五人乗りだから、マクラウド兄弟とおれが乗る。おれが彼らのうちの誰かひとりを置いてきみを連れていけると思うか？　そんなわけがない。リリー、きみはこの計画には必要とされていないんだ。つらいだろうが、我慢しろ」

リリーはいらだちのあまり叫びださないようにするので必死だった。「あなたがロケットを見つけるときに、わたしもその場にいたいのよ。わ、た、し、にはそうする必要があるわ」

「何も見つけられないかもしれない」ブルーノは値札がついたままの真新しいシャベルを持ちあげ、それを車の後部に突っこんだ。続いて、革の手袋でいっぱいの袋が投げこまれる。

「きみに必要なものを教えてやろう。安全でいることだ。睡眠をとれ。風呂にも入るといい。それから水分をたっぷりとれ」

「睡眠や水分がなんだっていうの？　これまでわたしが参加したのは問題が提起された場面だけよ！　問題が解決されるところも見届けたいの。だめだなんて言わせないわ！」

彼がリリーのほうにかがみ、口をゆがめた。「おれはきみより二十五センチ背が高いし、体重は四十五キロも重い。だから偉いということにはならないが、それだけ強いということは言える。おれならその強さを利用できるんだ」

「ほら、出た。男だからって、くだらない力を誇示してばっかり。わかったわよ。やれるものならやってみればいいんだわ」

ブルーノはとりあわず、肩をすくめた。「おれがきみのためにしたことのなかで、唯一胸を張れるのは、こうして体を休められる場所にきみを連れてきたことだ。よくやったとほめてくれてもいいんだぜ。おれたちはあの骨を掘りださなきゃならない。おそらくあのくそどもが見張っているだろう。何時間もかかるだろうし、そのあいだにやつらが戦闘態勢を整えるのは明らかだ。きみはおれにまた戦ってほしいのか？　おれの心臓が喉もとにまでせりあがっているのを、おれの肩越しに見物したいのか？　おれにとっても危険なことなんだ。それはわかるだろう？」

リリーは唇を噛んだ。道理の通じないことを言っているのは自分でもわかっていた。自分が役たたずであることを強調しているようなものだ。ようやく結ばれかけている絆をより強いものにして、彼の家族にも受け入れてもらえる絶好の機会だというのに、これでは台なしだ。銃を背負ってシャベルを振りまわす百九十三センチの大男が、理性を失っているリリー・パーのために場所をあけて家に残らなければならないなんて、どう考えても間違っている。

こんなにも聞き分けの悪い人間だったなんて。リリーは自分でも驚いていた。両手は氷のように冷たくて震えていた。脚はゼリーのようで力が入らない。ブルーノが車で走り去って二度と戻ってこないのではないかと思うと、とても怖かった。自分がひとりきりでとり残されるのは絶対にいやだった。ブルーノのいない世界はあまりにも広大で無味乾燥だ。その沈黙に耐えるくらいなら、自力で悪党を探しに行くほうがましだった。彼らに向けて広告を出そう。ウェブサイトを立ちあげよう。〝わたしをつかまえて。急いで、お願い〟と。

ブルーノは腹を立てているようだった。わたしが涙で彼を操ろうとしていると考えているらしい。しかし、意図がどうあれ、女がめそめそ泣いてみせれば効果は同じだ。

彼は床に積みあげられたもののほうを顎で示した。地熱センサー、そして黒いプラスチックケースにつめこまれた武器の数々を。どれも重くてリリーには持ちあげることもできない。

「きみが楽々使える道具はどれだ？　きみもシャベルで掘ってくれるんだろう？」

「いいわ。もうわかった。これ以上いやみを言わないで」彼女は鼻をふいた。「チャーミングでやさしいところがあなたの魅力だったのに、ずいぶん意地悪ね」

「やさしさを見せるのは簡単だが、そんなのは出会ったばかりの女をくどくためのテクニックだ。生きるか死ぬかの瀬戸際にいる今、やさしさなど見せている場合じゃない。これが本当のブルーノさ。はじめまして」

「まあ、驚いた」リリーはつぶやいた。「たいした変身ぶりですこと」

「出発の時間だぞ」ケヴが声を張りあげた。

四人の男たちは装備を終えて道具を車の後部に積みこむと、リリーの顔を見ようとせずに車内のそれぞれの位置についた。彼女は腕組みをした。「あいつらは、要塞からあなたたちを連れだしたくてうずうずしているわ」

「やつらが気にかけてくれるだけうれしいね」ブルーノが言った。「それを応援と思って力に変えてやるさ」

「ええ。応援ということでいえば、マクラウド兄弟と仲よくなれるのなら、その関係を大切にして。あなたもそろそろケヴのお兄さんたちと思いっきりやりあってもいいころあいよ」

彼が眉をひそめた。「言っただろう。おれは彼らとはうまくやっている」

「嘘ばっかり」リリーは言った。「でも、わたしが言いたかったことはそれじゃないの。彼らがあなたに対して問題を抱えていると言いたかったのよ」

ブルーノがぽかんと口を開ける。「リリー、おれたちには謎めいた問答をしている暇はないんだぞ」

リリーは肩をすくめた。「謎なんて何もないわ。あなたは彼らに嫉妬していて、彼らはあなたに嫉妬している。まったく、お笑いぐさだわ」

「嫉妬している？　彼らがおれに？　ばかな。なぜ彼らがおれに嫉妬するんだ？」

彼女は頭を振った。「なぜかはわたしにもわからない。でも、嫉妬しているのは明らかよ。あなたが気づいていなかったことに、わたしは驚いたわ。あなたは今、自分のことで頭がいっぱいになりすぎているのかもね、魅力のない新しいブルーノ・ラニエリは」

ブルーノが武器を装着した上に革のジャケットを着こんだ。「これは女が得意とする精神的拷問ってやつなのか？　言葉でおれを懲らしめようとしているのか？」

リリーはかぶりを振った。「女がどうとかっていう話をしているんじゃないわ。性別は関係ないの。今の話は忘れてちょうだい」

彼は不愉快そうにうなった。「ああ、そうしたいね」彼は言った。「集団カウンセリングはあとにしてくれ。今はこんなろくでもない感情論につきあってる暇はない」

リリーは目もとの涙をぬぐった。「わたしがろくでもない女だって言いたいの？」

「ああ、そうだ」ブルーノは言った。「いい加減大人になれよ、リリー」

その言葉は彼女がとめようとする前に口から出ていた。「ろくでなしはあなたよ」

リリーは死ぬほど後悔したが、もちろん、もう手遅れだった。

踵《きびす》を返して車に向かいかけていたブルーノは、その言葉を聞いて戻ってくると、細めた目で彼女をじっと見つめた。

コナー・マクラウドが短くクラクションを鳴らす。ブルーノはそれを無視して大股でリリーに近寄り、彼女をつかむと、覆いかぶさるようにしてキスをした。戦場に出ていく兵士がするような、大げさで熱烈なキスだった。

リリーは驚きのあまり抵抗できなかった。すぐに頭をあげたブルーノが彼女の目を見つめた。「おれもきみを愛している」

リリーは言葉が出なかった。彼は答えなど期待していないというようににやりと笑い、車へと向かった。

彼女はパニックに陥った。思わずブルーノを追いかける。「ブルーノ！」

彼は頭から飛びこんできたリリーを受けとめ、彼女を落ち着かせた。「どうしたんだ？」

口が動いたが、気持ちを表す言葉を見つけられなかった。あまりにも大きな感情だった。月並みな言葉ではとても表現しきれない。リリーの口をついて出たのはこれだけだった。

「ありがとう……ええと、その、わたしの気持ちをわかってくれて」

ブルーノの目に光がきらめく。「あの解釈で正しかったかな？」

「ええ」リリーは喉の奥から声をしぼりだした。「わたしが口にした言葉をうのみにせずに戻ってくれてありがとう。あのままだったら最悪だった」もしもあなたが二度と帰ってこなかったりしたら。

ブルーノが頰を彼女の頰にすりつけた。「あそこで戻るのは勇気がいったぜ」

「わたしと一緒にいるのは勇気がいることなのよ」

そしてふたりはふたたびキスをした。リリーの心臓は胸から飛びだしてしまいそうなほど激しく打ち、魂は彼の魂と絡みあっていた。そして世界が消え去り……。

しかし、世界は車のクラクションとともに戻ってきた。ガレージの壁がヘッドライトのまばゆい光で照らされる。

ケヴがぱっとドアを開けた。「おい！　それはあとにしろよ」

ブルーノがリリーの顔を両手で包み、目をのぞきこんだ。息づかいが荒く、顔は紅潮している。「まったく」彼が悪態をついた。

リリーはその顔を引きおろし、むさぼるようにキスをした。「気をつけて行ってきて。さもないと、わたしがあなたを殺すわよ」

ブルーノはにやりと笑って車に乗りこんだ。ブルーノのいかれたガールフレンドから早く逃れようとばかりに、車はドアが閉じられるよりも先に動きだしていた。ふいにヘッドライトが消えた。ドアがきしんだ音をたててゆっくり開き、バックする。そしてドアがふたたび閉まった。リリーはひとり残され、ばかみたいに突っ立っていた。最後の瞬間にもっとしっかりブルーノを見ておくべきだったかしらと思いながら。あの貴重な瞬間を細かいところまで深く記憶に刻みつけておきたかった。

タマラがドアのそばに立ち、ガレージの扉を閉めるコントロールパネルを操作していた。ケヴのフィアンセのエディも戸口に出てきている。

「大丈夫、リリー？」エディの声は低くてやさしかった。

リリーは首を振り、片手で口を押さえた。足音がしたかと思うと、エディが腕をさっとまわしてリリーの肩を抱いた。

「心配？」

リリーはうなずいた。

「慰めになるかどうかわからないけれど、あの車には彼の仲間が四人もいるわ。あなたが一生のうちに出会うなかでもいちばんタフな男ばかりよ。マクラウド兄弟の誰かに手を出す愚か者がいたら、そいつに同情するわ。ましてやそれが四人もいるんだから」

リリーは涙ぐみながら、感謝のしるしに微笑んだ。エディはそっと腕に力をこめ、リリーをドアのほうへと向かわせた。

「自分が無力に思えてしまうのは、わたしもよくわかるの」エディが言った。「でも、あなたは無力じゃない。きっとチャンスが来るわよ。人生を終えるまでに、もっとたくさん、もっと危険な冒険をするチャンスが。賭けてもいいわ」

「そうよ、ここにいてローザの命令を聞かされるだけでも、かなり危険な冒険よ」タマラが愉快そうにかすれた声で言う。「しっかりしなさい、リリー。ローザにぼろぼろにされちゃうわよ」

三人は並んで廊下を進んでいった。エディがからかうような目つきでタマラを見る。「最近はローザとも前よりうまくやっているようね」

タマラがくるりと目をまわし、丸いおなかをさした。「もちろんよ。わたしは子供を産むという大事な任務をこなそうとしているんですもの。わたしもようやく存在を認められたってわけ」そこで言葉を切り、エディのスレンダーな体をさっと見た。「あなたはまだのようね？」

エディは肯定とも否定ともつかない返事をした。「さあ、どうかしらね」

タマラが視線をリリーに向けた。「あなたは？　気をつけてる？」

リリーは顔が赤くなるのを感じた。

タマラが眉をひそめる。「どうかしてるわ。いったい何を考えているの？」

「リリーの自由でしょう」エディがたしなめた。「リリーにとってつらいときなのよ。それに、これは考えることなんかじゃないわ、タム。感じることなのよ」そう言うと、リリーに向き直った。「両脚を高くあげて、好きなように感じればいいわ！　ことがすんだあとに服用する経口避妊薬もあるわよ？」

リリーは口ごもった。「あの……」

「ちょっと言わせて、リリー」タマラが言った。「わたしはずっとひとりで逃げてきた。自分の子供を抱えて必死で逃げてきたの。ひとりでいるほうがましだったわ。子供を抱えて逃げるのはまさに地獄よ。よく考えて」

リリーは体をすくめてうなずいた。

エディがきっとタマラをにらむ。「話題を変えたほうがいいわ」それからリリーに言った。「いらっしゃい。キッチンへ行ってお茶でもいれましょう。ローザのカップケーキを食べてもいいし。チョコレートをかけたのもあったわ」

リリーはぴたりと足をとめた。「こんなのいや！」彼女は感情を爆発させた。「ここでお茶をすすって、カップケーキを食べているなんて。ブルーノは出かけて大変な思いをしているのに、わたしは白いレースのドイリーでも編んでろっていうの？」

タマラとエディが目を見交わす。

タマラがにこりともせずに言った。「じゃあ、バーボンにする？」

その言葉に、リリーは思わず吹きだした。そして、目に熱い涙があふれるまで笑い、ふたりに導かれるまま家のなかへ入っていった。

23

雨が降りだしていた。強くて冷たい雨がジャケットの襟からどんどんなかに入りこんでくる。ブーツもびしょ濡れで、冷えきった両足は感覚がなくなっていた。ブルーノはまたシャベルいっぱいの岩や土をすくいあげ、泥の山の上に跳ねとばした。かつては山だったが、今では掘ったばかりの穴に戻ってきかねないほど崩れかけている。肩が燃えるように痛いし、両手には水ぶくれができている。彼はジャケットの袖で顔を流れる汗をぬぐった。すでに顔じゅうが泥だらけで、今さら手遅れだとはわかっていたが。

ブルーノの横ではデイビーが例によって黙ったまま働いていた。話が必要なときも、短くうなるだけだ。こんなに無口な男が、マーゴット・マクラウドのように聡明で美しい女性をくどいて結婚できたなんて信じられない。しかも彼女とのあいだに子供までつくっているのだ。

結局、彼らは朝の五時から十時間も働いていた。合間にサンドイッチや栄養補助食品や水分をとるための短い休憩をとっただけだ。ブルーノは謎の襲撃者たちが現れることをなかば期待しはじめていた。今の作業から離れられるなら、たとえ銃撃戦だろうと最高の気晴らしになるだろう。穴は腰の深さまで掘られていたが、そこが限界のようだった。しばらく前から岩盤に行きあたり、彼らは掘る範囲を横に広げていた。約三メートル四方を掘っているが、小便をかけられた骨が出てくる気配はなかった。穴にはしだいに雨水がたまりつつあった。じきに、骨を探してもぐらなければならなくなるだろう。シュノーケルが必要だ。トニーは墓のなかで今ごろめまいを起こしているかもしれない。ブルーノはトニーのざらついた声を思いだした。〝一メートル右だ、このばかども！〟

「シャベルを貸せ。おれが掘る。おまえは見張りに行け」ケヴが声をかけた。ずぶ濡れでも相変わらず冷静だ。彼はライフルを突きだした。「さあ、行くんだ」

ブルーノはシャベルを土に突っこみ、金属が石にあたるのを感じた。その衝撃で体が震える。彼はシャベルの上にかがみ、腕時計を見た。「おれはまだ四十分しかやってない。兄貴はさっき二時間掘ったばかりだろう。あと一時間二十分したら替わってくれ」

「タムからおまえの傷のことを聞いた」ケヴは言った。「おまえはぼろきれみたいだって彼女が言ってたよ。いいから、その穴から出てこのライフルをとれ」

ブルーノは兄と目を合わせた。「おれは大丈夫だ。掘ってるほうがいい」

沈黙が続いた。そのとき、驚いたことにデイビーが口を開いた。

「おやおや、これまたとんでもなく感動的な場面じゃないか」ざらついた声で皮肉っぽく言った。

ケヴがきっとデイビーをにらみつける。「なんだって？」

デイビーがシャベルいっぱいの泥をケヴの足もとに放り投げる。ケヴはひるまず、両膝を汚されても動かなかった。いちばん上の兄を見おろし、答えを待つ。

デイビーが背中をのばし、こわばった筋肉をゆっくりとほぐした。「おまえがブルーノをそんなふうに甘やかすたびに、おれは胸にぽっと小さな灯《ひ》がともってあったかい気分になるよ」

ブルーノはあんぐりと口を開けた。

「甘やかす？」ケヴが歯をむきだしてうなる。「だが、このちびは命をかけて戦ってきたんだぞ！」

「まさにそれが言いたかったんだ」デイビーが言った。「ちび。かわいそうな小さなブルーノ。父親もなしに育った気の毒なやつ」

「なんだと？」今度はブルーノが吠えた。「おれの父親が、あるいは父親がいなかったことが、どう関係してるっていうんだよ？」

しかし、ケヴとデイビーはブルーノを無視してにらみあっている。

「あれは甘やかすっていうんじゃないのか？」デイビーが尋ねた。「おまえがショーンから連絡を受けたとき癇癪を起こしたのも、キッチンで激昂したのも。この生意気で礼儀知らずの青二才のために旅を切りあげてあわてて帰ってきたのも、甘やかしてることになるんじゃないのか？」

ブルーノは息を吸いこんだ。「誰が青二才だって？」

それでもなお、ふたりはまるでブルーノの存在など目に入っていないかのようだった。デイビーは視線をそらすことなく、穴の外にいるケヴを見あげている。泥だらけの顔のなかで、その目は奇妙なほど明るく光っていた。

そのとき、ショーンが重い足どりでやってきた。「おい、ケヴ、おまえは裏の斜面を見張ってるんじゃなかったのか？　泣き言を言ってる暇はないんだぞ。あのくそ野郎どもがおれたちを虐殺しに来たらどうする」眉をひそめて言う。

ケヴが顎をデイビーのほうに突きだした。「あいつの悩みがなんなのか聞こうと思って待ってるんだよ」

ショーンがデイビーに目をやった。「おいおい。なんだよ、今じゃなきゃいけないのか？」

「ああ」ケヴが答えた。

デイビーが、吸血鬼ハンターがゾンビの心臓に杭《くい》を打ちこむようにジャベルを地面に突きたてた。「この数時間、おれはそれをはっきりさせようとしてたんだ。今、ひとつわかったことがある」

「聞こうじゃないか」ケヴが言った。

デイビーが体をそらして空を見つめた。「マーゴットがジニーを身ごもったとき、つわりのときに気を落ち着かせるために聴いていた曲があった」

「それで？」ブルーノはせっついた。「そんな個人的な話が、今のこの状況と具体的にどう関係しているんだ？」

「黙ってろ」デイビーがブルーノに言った。「おれはおまえに話してるんじゃない」

「おっと、すまない！　忘れてたよ。おれはただの〝礼儀知らずの甘やかされた青二才〟だもんな」

ケヴが〝黙れ〟というように腕を振った。「続けてくれ」デイビーに向かって言う。

デイビーが泥だらけの手袋をはずし、手の甲で顔をぬぐった。「マーゴットはもう妊娠していない。なのに、その曲を聴くといつでも顔が青くなる。彼女のお気に入りの曲だったにもかかわらず」

ケヴの顎がぴくりと動いた。「それで？」

「おれが前に森のなかで穴を掘ったのは、おまえの墓穴だった」

その言葉が宙を漂い、邪悪な魔法のようにそこにいる全員を凍りつかせた。彼らが身じろぎもせず立ちつくすなか、雨は相変わらず降り続いている。

コナーが足を引きずって現れ、一同を見渡した。「みんないるのか？　一緒に？　あの畜生どもがこの穴におれたちを追いこんでいっせいに撃ち殺したら、どうするんだ」

誰も言い返さなかった。コナーが警戒するように目を細める。

「それで、あんたはここに何をしに来たんだ?」ブルーノは尋ねた。

コナーが腕時計をちらりと見た。「デイビーを解放しに来たのさ」そう言ってデイビーを示す。「デイビーは二時間掘った。順番で交代する計画だっただろう?」

誰も動かなかった。

「いったいどうなってるんだ?」コナーが怒鳴った。

「おれはデイビーがわかったことってやつを待ってるんだが」ケヴが言った。

「おれはただ、連想の力について考えているんだ」デイビーが言った。「墓掘り、森のなか、雨。あのときも雨だった。八月には珍しい嵐だ。そしておまえはかりかりに焼かれて箱のなかにおさまっていた。おれはおまえの墓を掘るためにイラクから飛んで戻ったんだ」

「それで?」ケヴがじれったそうにせかした。「何が言いたいんだ?」

「何も。ただ、この作業をしていると吐きそうになるってだけだ。そして、誰かを殺したくなる」

ケヴは喉が締めつけられた。雨は絶え間なく降っている。

ブルーノは咳払いをした。「それで、ええと……ケヴが今、その、生きているということがわかって……万事オーケイってことには、その……ならないわけ?」

ショーンが苦々しげに笑った。「そこが問題なんだよ。それで万事オーケイになるはずだった。だが、事態はさほど変わったようには見えない」

ケヴは羽交い絞めにされて殴られるのを待っているような表情を浮かべていた。「事態が変わるって、いつから？」

「おまえが死んでいたときからだよ」ショーンが答えた。

重苦しい沈黙が流れる。ブルーノはその沈黙を破った。「おれはそのライフルを受けとって見張りの任務に行ってくるよ。あんたたちは邪魔者なしで話を続けて――」

「黙れ。さもないとおれがおまえの腕を二本ともへし折るぞ」ケヴがうなった。

ブルーノはたじろいだ。「あ、ああ、わかったよ」

「ほらな？　それがまさにおれが話していることだ！」ショーンがブルーノに指を突きつけた。「ケヴにとって、おまえは生きてる！　おまえはケヴを怒らせてる！」

ブルーノは口をぽかんと開けてショーンを見た。「それはいいことなのか？　それがうらやましいと？　あんたはマゾヒストなのか？」

ケヴはあまりに動揺していて、黙れとブルーノをしかりつけることもできなかった。「おまえたちはおれにいったい何を求めてるんだ？」彼は怒鳴った。

「わかんねえよ！」ショーンが怒鳴り返した。「おれはただ、おまえを感じることができないんだ！　おまえに手が届かない！　長すぎたんだと思う……おまえがおれたちのことを忘れていた時間が。去る者は日々に疎《うと》し、だ。見えなければ、頭のなかから消えてしまう。でもおまえの場合、すべてを頭のなかから消してしまったんだ！　何もかもどうでもいいって感じで！　まさにミスター・禅だ！　いつも冷静で、超然としている！　まったく、おまえはすごいよ！」

ケヴはライフルをおろして歩いていくと、双子の兄のジャケットをつかんだ。「ばか野郎」怒りをぶつけた。「おまえは自分が何を話しているのかちっともわかっていない」

「だったら教えてくれよ、早く！」ショーンが言い返した。「ぜひ聞きたいね！」

ケヴがショーンを大きく揺さぶる。ショーンの頭がぐらりと後ろに倒れた。「おれは脳に損傷を受けたんだ！　わかるか？　その鈍い頭で理解できるか？　おれはおまえのちっぽけな心を傷つけたくてそうしたんじゃないんだよ」

ショーンの拳がケヴの顎の下にめりこみ、彼をのけぞらせる。ケヴは滑って泥のなかに片膝をついた。

「おれの心はちっぽけなんかじゃない」ショーンが言う。

ケヴがさっと離れ、ふたりとも立ちあがって殴りあいがはじまった。

ブルーノは恐怖におののきながらも目を離すことができなかった。このふたりはあまりにそっくりだった。ケヴが自分自身と戦っているのを見るようだ。一方が腿に蹴りを入れると、もう一方はそれをかわして回転し、そしてお互いにみぞおちへの蹴りを繰りだす。ふたりは泥のしぶきをあげて着地した。

ブルーノがふたりのほうへ突進しようとすると、デイビーとコナーに腕をつかまれた。

「やらせてやれ」デイビーが言った。「あいつらにはそれが必要なんだ」

ブルーノは首をひねってデイビーとコナーを見つめた。「あんたたちはどうなんだ？　みんなで順番にケヴに蹴りを入れる必要があるのか？　ケヴはひとりしかいないんだぞ」

コナーとデイビーが、この甘やかされた青二才は本気で言っているのかというように目をまわす。「黙れ」コナーがまた言った。

ブルーノは腕を振りほどくと、デイビーのあばらに肘をたたきこみ、コナーの悪いほうの膝を目がけて蹴りを入れた。ふたりともすばやく飛びのきながら、驚いた顔をしている。ブルーノはH&Kを引き抜き、ふたりにねらいをつけた。「今度おれに黙れと言ったやつには膝頭に銃弾をお見舞いするぞ。わかったか？」

デイビーとコナーが目を見交わす。そして彼らはうなずいた。

よし。こっちは話がついた。ブルーノは穴の端へ歩いていくと、泥のなかでもがき、叫びながらのたうちまわっているケヴとショーンを見つめた。たしかに彼らにはこれが必要なのかもしれない。だが、泥んこレスリングがそんなに効果的なカウンセリングなら、どこか別の穴でとことんやりあってもらおう。何も、マンマを殺したやつの骨の上でやるようなことではない。

ブルーノはH&Kを空に向けて撃った。

バン！

双子が動きをとめた。銃声が山々にこだまするなか、ショックを受けたそっくりの顔がブルーノを見あげる。

「なんなんだよ？」ひとりがつばを吐いた。おそらくケヴだろう。

ブルーノはふたりをにらみつけた。「頭を冷やせ。ときと場所をわきまえろ……おい、嘘だろ……」

ぬかるんだ地面が足もとで崩れ、ブルーノはずるずる滑って穴の底に着地した。体は双子の上になかば覆いかぶさるようにしてようやくとまった。

ああ、なんてことだ。いつだってこういう情けないことになる。威厳のあるところを見せようと思うとすぐこれだ。ブルーノは泥を吐きだしてショーンに話しかけた。少なくとも、話しかけたほうがショーンであることを祈った。泥まみれの双子など見分けられるわけがない。「リリーが言ってたよ、あんたたちがおれに嫉妬しているって。お笑いぐさだと。おれはそんなの信じなかった。だが、今わかったよ。おれはあんたたちに嫉妬し、あんたたちはおれに嫉妬している。まったくお笑いぐさじゃないか。そうだろう？」

泥まみれの双子が互いを見た。一方が体をねじり、デイビーとコナーを見る。それによって、そっちがケヴだとわかった。

デイビーとコナーは表情を変えずに見つめ返してくる。だが、否定の言葉は誰からも出てこなかった。

「嫉妬だって？」ケヴの声がひび割れた。「ブルーノに？　そんなめちゃくちゃな話があるかよ！」

ショーンはなんとかもがいて立ちあがった。「いや、ブルーノの言うとおりだ。おれはおまえを見つけたくてたまらなかった。何年も、ずっと。もう一度あの絆を感じたかった。実際、おまえを見つけられてとてもうれしかった。有頂天になったと言ってもいい。だが、おまえはあまりにも……あまりにもよそよそしかった」当惑し、疲れきったような声を出す。「おれはただ、防弾ガラスの壁を突き破りたかったんだ」ショーンは片手を振ってブルーノを示した。「おまえはブルーノのことは遮断していない。遠ざけていたのはおれたちだけだ」

「おれたちがおまえの兄弟だったのと同じくらいの年月、ブルーノはおまえの兄弟だった」後ろからコナーが言った。「そして、おまえにはブルーノのほうが重要なように見えた」

ケヴが頭を振った。彼はよじのぼって穴から出ようとしたが、膝の下で泥が崩れ、また下へ滑り落ちた。

「おれは、どう説明すればいいかわからない」ケヴが言った。

「説明する必要はない」デイビーがきまり悪そうに言う。「おまえにとって難しいことなのはわかっているんだ。もう大丈夫だ。忘れてくれ」

ケヴはデイビーを無視した。「みんなはおれのことをミスター・禅って呼ぶだろう……その、いつでも冷静だと。オスターマンとのあいだに起きた出来事のあと、おれはしゃべることも、眠ることも、考えることもできなかった。脳の配線が切られた感じだった。おれは悪夢にとらわれた。そこでおれはすべての感情を抑えることにした。さもないと頭がどうかなってしまいそうだった。おれはそうやって抑えた感情をどうもとに戻せばいいのかわからない。マニュアルはないんだ。命じられればすぐにもとどおりってわけにはいかない」

「わかったよ。もういいんだ」コナーが両手を掲げてあわてて口を挟んだ。「おまえが自分を苦しめる必要はない――」

「黙れ！」ケヴが声を荒らげた。「おまえらが求めたことだ。聞けよ！」

「ああ。わかった」コナーが引きさがった。

「おれはおまえたちが恋しかった！」ケヴはひとりずつ順に兄弟を見ながら言った。「ただ、自分が何を恋しがっているのかわからなかった。死ぬほど怯えていたが、何がそんなに怖いのかわからなかった。逃げたかったが、行くべき場所はどこにもなかった。おれは混乱していた。冷静になることは……」腕を振りまわす。「それは生き残るすべだった。おまえたちを締めだすつもりなんかなかったんだ。でも、おれは冷静でいなけりゃならなかった。だからって、おれがおまえたちを気にかけていないってことじゃない。おまえたちを見つけてうれしくなかったという意味じゃないんだ」

「あいつはどうなんだよ？」ショーンがブルーノのほうをちらりと見て尋ねた。「あいつが締めだしをくらわずにすんだのはなぜなんだ？」

ケヴがブルーノを見て鼻を鳴らした。「みんなもブルーノについてわかっておいたほうがいいことがある」

おいおい、なんだよ。ブルーノは自分の体を抱きしめて続きを待った。

「ブルーノはおれを救ってくれた」ケヴが言った。「ブルーノがいなければ、おれは二度としゃべれるようにならなかっただろう。ブルーノなしでは何もやれなかった。だから、おれがブルーノに借りがあるってことは覚えておいてくれ」

それを聞いてブルーノは驚き、感動していた。そのあとに続いた重苦しい沈黙を破ろうとして言う。「兄貴のおかげで、この〝甘やかされた礼儀知らずの青二才〟の胸に小さな灯がともったぜ！」

ケヴがブルーノをにらんだ。「黙れよ、ブルーノ」

「もしかしたら、まだ希望は残されているのかもな、ケヴ」ショーンがいつものほがらかさをとり戻して言った。「おれが思うに、エディも締めだされていないような気がするんだよ。ひょっとしたら、おまえの感情を凍りつかせている氷河はとけはじめているのかも」

「もしかして、エディにも嫉妬しているというのか？」ケヴが困り果てた顔になった。

「そんなわけないだろう？」ショーンがぴしゃりと言う。「いいか、おれはおまえを愛してる。おれはおまえが恋しかった。その気持ちを受けとめるのはそんなにも大変なことなのか？　それほど怯えなきゃいけないことなのか？」

ケヴが目をそらした。「いいや」静かに言う。「怯えてるわけじゃない。おれもおまえが恋しかった。みんなのことが。十八年は恐ろしく長かった」

ブルーノは四人の男を順に見た。ときが過ぎていく。だが、誰も何も言わない。

おいおい、嘘だろ。ブルーノは驚かずにはいられなかった。これだけ？　これで終わり？　頼むよ。こいつら、感情表現ってものを知らなすぎるんじゃないのか？　ひとり残らず。

「じゃあ、これでもう終わりだ」ブルーノは大声であおるように言った。「そして万事オーケイってことでいいんだな？　おれたちみんなハッピーってことで、先に進んでいいよな？」

コナーはまた黙れと言いたげな顔をしたが、その言葉をのみこんで答えた。「ああ」

「ああ」デイビーも言った。いつものように、彼の口からは必要最小限の音しか出てこない。

「じゃあ、もういいよな」ケヴがショーンを見た。「どれだけおまえのことを思っているかを示すために、脚の一本でも引っこ抜いてさしだせばよかったか？　おれは本当にそれぐらいの気持ちなんだぜ」

ショーンがにやりと笑い、泥だらけの顔に白い歯をきらめかせた。「おれはもう大丈夫だ」

ケヴが視線をコナーとデイビーに移した。「おまえたちは？　おれの腹に膝蹴りをくらわせたいとか、あばらを二本ほど折ってやりたいとか、望みがあるなら聞いてやるぞ」

コナーとデイビーが笑いをこらえているような顔をする。

「いや、けっこう。おれたちは遠慮するよ」コナーが礼儀正しく言った。

「よかった！　みんなでハグだ！」ブルーノは泥をまき散らしながら両腕を掲げた。「来いよ、みんな！　みんなをハグしろよ、ケヴ！　仲よくやろうぜ！　愛を感じろ！」

泥まみれのケヴを見たデイビーの口から、笑い声と思われる音がもれた。

「近寄るなよ」ケヴは警告した。「おまえは泥だらけだ」

「ちょっとぐらいの泥がなんだっていうんだ？　あんたたちみんな感情を抑えすぎだよ」ブルーノは文句を言った。「ケツに杭でも打ちこまれてるんじゃないのか？」

コナーがケヴを見た。「おまえ、どうやってあいつに我慢してるんだ？」

ケヴが両手を膝にあてて泥を吐き、笑った。「さあ。さっぱりわからない。親父が今の会話を聞いてたら、おれたちはみんな、ぶん殴られて引っくり返ってるだろうな」

「たしかに」ショーンが言った。「でも親父は心を病んでいた。統合失調症だったんだ」

「トニーはどうなんだ？」ブルーノは言った。「海軍の鬼軍曹で元マフィア。悪党の頭を撃って、そいつらを穴に埋めるようなやつだぞ？」

「おれたちのお手本だな」ショーンがあわれっぽく言った。「彼らがおれたちをこんなにしたんだ。それだけでもあったかい気持ちにならないかい？」

ブルーノが体を揺らして笑った。彼は泥が崩れ落ちてできた新しい縁に片方の腕を置き、厄介な泥から腿を引き抜こうとして……。

そして、とまった。

泥の壁から人間の骨が飛びだしていた。それは植物の細かい根と土のかたまりに支えられていた。頭蓋骨はブルーノを横目で見ながら口いっぱいに土をつめこみ、にやりと笑っているように見えた。

ブルーノがじっと見ていると、それはひとりでに泥の壁から転げ落ち、彼の手のなかにおさまった。

ブルーノはそれを持ちあげ、しげしげと眺めた。もはや下顎はくっついていないが、左の犬歯が欠けているのと、臼歯に金がかぶせてあるのは見間違えようがなかった。彼はその金歯を何度も見たことがあった。その男がブルーノの顔に向かって酒くさい息を吐きながら叫ぶたびに。

眉間には穴がひとつあいていた。

「やあ、ルディ」ブルーノは静かに言った。

「まさか」リリーは恐怖とともにその言葉を吐いた。「あなたの心臓を？」

ソファに腰かけたスヴェティがうなずいた。彼女はタマラとヴァルに引きとられ、アメリカで学校に通うことになっていた。「そうよ。わたしの心臓、肝臓、腎臓、それに角膜、ほかにもいろいろ」彼女の歌うような声にはかすかにウクライナの訛りがあった。「あわやというところで彼らが助けてくれたの。ニック、タム、そしてマクラウドのみんなが。アレックスもいたわ。すごい戦いだったんだから。心臓移植の患者は隣の部屋で、新しい心臓が来るのを待ってたの」

リリーはふと、手のなかにあるバタークッキーがハートの形をしているのに気づいた。食欲が失せて、彼女はそれをナプキンの上に置いた。「それで、その心臓移植の患者はどうなったの？　手術をしたの？」

スヴェティの黒いまつげがさっと下を向き、目の下に紫の影をつくった。「ううん。彼女は死んだわ。まだ十五歳だった。彼女はそれ以上待てなかった。警察が来るころにはもう死んでいたの」

リリーの胸は痛んだ。「むごい話ね」

「彼女のせいではなかったのよ」スヴェティが静かに言った。「彼女はほとんど口もきけなかった。彼女の両親が娘を救うためにわたしを殺そうとしたの。あと、わたしをさらった人たちが。レイチェルとか大勢をさらった人たちよ」

「レイチェル？」リリーは目を丸くしてタマラを見た。「それって、あのレイチェルのこと？　あなたの娘さんの？　彼女は……」

「そう、臓器売買業者にさらわれた」タマラがかたい声で言った。「レイチェルが二、三歳のころよ。肉をグラムいくらで買うみたいに、児童養護施設から買われていったの。施設はその後閉鎖されて、オーナーたちは見つかっていない。あるいはもう死んでいるのかも。わたしはそれを突きとめてやるつもりよ」

「でもほとんどの子はわたしと同じだった」スヴェティがつけ加えた。「ゾグロの機嫌を損ねた人たちの子供」

あたたかいセーターを着て熱い紅茶を飲んでいるにもかかわらず、リリーは身震いした。

「そんなことをした人たちはみな、刑務所にいるの？」

「何人かは死んだわ。ニックとベッカがゾグロと部下の何人かを殺したの。それ以外は刑務所に入ってる。一生そこにいればいいと思うわ」

「同感よ」リリーは心から言った。「心臓を必要としていた子の両親は？」

スヴェティが口を引き結んだ。「逃げたわ。自分たちは臓器のドナーがまだ生きているなんて知らなかったというふりをして。彼らは大金持ちだった」

リリーはそのことをじっくり考えた。「彼らには天罰がくだるわ」

スヴェティが肩をすくめた。「娘を失うという罰？　どのみち彼らは娘を失うことになったわ。でも、気にしないで。わたしは彼らのことは考えないようにしているの。働いて、学んで、未来の計画を立てる。わたし、明日試験を受けるの。運がよければ大学の一年生に編入できるわ。わたしには今考えるべきことがたくさんあるのよ」

リリーは海のほうに目をやったスヴェティを見つめた。部屋の二面の壁が床から天井まで窓になっていて、どちらからも美しい海岸線と何キロ先までも続く針葉樹の森を見晴らせた。スヴェティはそれを見るともなく見ている。彼女はとても若いようにも、とても老けているようにも見えた。学費を稼ぐためにシアトルでふたつの仕事を掛け持ちし、夜はひたすら勉強。若くて美しいスヴェティにはどこか影があったが、ようやくそのわけがわかった気がした。

リリーはほかのみんなを見渡した。ショーンの妻、リヴは長椅子で寝ている。タマラはマグカップで紅茶を飲んでいた。妊娠した彼女は脚を組み、ソファのまんなかに女王然として座っている。エディは大きなコーヒーテーブルのそばの床に寝そべり、片肘で頭を支えてスケッチブックにぼんやりといたずら書きをしていた。黒髪が砂色のカーペットに波のように広がっている。

太陽は空の低い位置までおりていた。リリーは女性たちひとりひとりの物語を聞いたところだった。身の毛もよだつような話ばかりだ。悪の天才が操る恐ろしいマインド・コントロールの装置、奴隷売買をするマフィア、臓器泥棒、謎の超能力、盗まれた赤ん坊……。

リリーはため息をついた。「もしあなたたちがわたしの問題などちっぽけなことだと思わせようとしてくれたのなら、ほぼ成功と言えるわね。ひとつ違うのは、あなたたちの恐ろしい物語はすべて終わったものだということ。そのことでわたしがどれだけみんなのことをうらやましいと思っているか、言葉では言い表せないほどよ」

タマラがうなずいた。「あなたの気持ちはよくわかるわ。でも、わたしたちを見て。みんな無事よ。あなたも恐ろしい物語を切り抜けられるという、生きた証拠でもあるの」

暖炉のそばにいるにもかかわらず、リリーの全身を悪寒が駆け抜けた。そろそろ夕方になろうとしているが、ブルーノからは連絡がない。〝穴を掘っているが今のところ成果なし〟とケヴからメールが来ただけだ。ブルーノが母親を殺した犯人の骨を掘り起こしている限り、彼に手を握ってもらうことはできない。

そのとき、部屋の入口にヴァルが現れた。リヴの息子、エイモンを抱いている。彼は赤ん坊をあやしながら部屋に入ってくると、大股でリヴのほうへ歩いていった。

「彼ったら、これ見よがしに赤ん坊を抱いちゃって」タマラが言った。「あやすことで、おれは女性的なやさしさも兼ね備えた本物の男なんだぞ、どうだ、と言いたいのよね」

ヴァルが赤ん坊をリヴに渡しながら微笑んだ。「この子が昼寝から目覚めて、母親にしか与えられないものを所望したのでね」

リヴも微笑んで息子を受けとり、セーターの胸もとをおろした。赤ん坊が丸々とした小さな拳で胸をつかみ、チューチュー音をたてて吸いつく。このうえない喜びに浸るかのように目を閉じていた。

ヴァルがタマラに向き直った。「レイチェルも昼寝から覚めた。今、ローザとキッチンにいて、ビスケットをつくっているよ」

タマラが不平を言った。「ローザときたら、わたしたちを食べ物で攻めたてて殺すつもりだわ」

「ああ。でもぼくらは太って幸せに死ねるだろう」ヴァルが言った。「もっとひどい死に方はいくらでもある。ローザはオッソブーコ（子牛の骨付きすね肉のワイン煮）とローストしたローズマリー風味のポテト添えを準備しているよ。それはそうと、きみは昼食をとってからどれぐらい経つんだ？」

タマラが金色の目を細めた。「長すぎず短すぎず、食事の間隔は適切よ」

「クッキーを一枚食べるんだ」彼が命じた。「きみはもっとカロリーをとらないと。この前の火曜日、超音波の検診で助産師がそう言っていただろう？」

「大騒ぎしないで」タマラが言った。

ヴァルはピンクの粉砂糖がかかった星形のクッキーをひとつつまんだ。「きみは空腹に慣れている。きみがいくら食事をちゃんととっていると言っても信用できないよ。さあ、クッキーを食べなさい」そう言って、クッキーを彼女の手に押しつける。

「ちゃんと昼食をとったわ」タマラが言った。「言ったでしょう、大騒ぎしないでって」

ヴァルが反抗するように腕組みをした。「さもないと？」

「さもないとあなたの両脚を折るわよ」

「そんなのどうってことないよ」彼が嘲るように言う。「骨はまたくっつく。きみはそれを誰よりもよく知っているだろう。いいからイリーナのためにクッキーを食べるんだ」

タマラの顔を奇妙な表情がよぎった。「その話はしたはずよ」彼女が言った。「彼女を名前で呼ばないで。まだ早いわ。悪い運を呼びこむことになる」

「大丈夫だ」ヴァルが静かに言った。「今のおれたちには運が向いてきている」

「いい気にならないで」

彼が考えをめぐらせた。「きみがクッキーを何枚か食べてくれたら、おれはもう彼女を名前で呼んだりしない」

タマラは目をまわし、唇をゆがめた。「何枚か？　一枚じゃなかったの？」

「おれに言うことを聞いてほしいのなら、二枚だ」

「一枚よ」タマラが言い返した。「わたしはいいばり散らされて言いなりになる女じゃないわ。これは女性だけのパーティーなの。男は招待されていないのよ。エイモンは別だけど。彼はいてもいいわ」

ヴァルが傷ついた顔をした。「つまりきみは、悪の手からきみとレイチェルを救うためおれが勇ましく戦った話を聞きたくないっていうのか？」

「出ていって」タマラが彼の腰を突く。

「クッキー二枚だぞ」ヴァルはそう念を押してから部屋を出ていった。

彼がいなくなると、タマラはクッキーをかじった。「彼、すごく神経質になっているの」リリーに説明しておなかを軽くたたく。「わたしたち、前にふたり亡くしているから」

「お気の毒に」リリーは言った。

タマラがうなずく。「正直に言うと、自分でもこんなことになるなんて驚いているの。自分の子供を持つなんて、考えたこともなかった。わたしはそういうタイプじゃないから。そこへひょっこり現れたのがレイチェルよ。そして、わたしはさっき話した事件で毒にやられ、内臓に損傷を受けた。赤ちゃんはもう無理だろうと思っていたし、それでもかまわなかったわ。わたしたちにはレイチェルがいるんですもの。ところが信じられないことに、この子を授かった。まさにサプライズだわ」彼女は表情を引きしめた。「これまでのところはね」

「今、どれぐらい？」リリーは尋ねた。

「二十八週目」タマラがおなかを撫でて、一瞬ひるんだ。「いたっ。彼女、今日は動きが激しいみたい」

「二十八週目なら、もう安定期ね？」

「ほとんどね」タマラが同意した。「ほとんど」かがんでもう一枚のクッキーに手をのばしたが、おなかに邪魔されて届かなかった。

エディが上半身を起こし、四つ葉のクローバーの形をしたクッキーを渡した。「どうぞ」彼女が言った。「幸運を祈って。二枚も食べたくないんじゃないかと思ったけど」

「あら、あと四枚だって食べられるわ。ヴァルに抵抗してみせたのは、自分の主張を通すためよ」タマラが告白した。「これがヴァルを操縦する第一のこつ」彼女は部屋じゅうの女性たちと乾杯するようにクッキーを掲げた。「幸運を祈って」そう言ってひと口かじり、眉をひそめてエディを見る。「でも、待って。あなたは超能力者でしょう？　千里眼だったかしら？　未来が見えてしまったら、幸運を信じることなんてできないんじゃないの？」

エディが頭を振った。「わたしは幸運を信じているわよ」

「ねえ、エディ、リリーのために絵を描いてあげたら？」リヴが提案した。「何か新しい情報が出てくるかもしれないわ」

リリーは身じろぎした。エディの過去もほかのみんなと同じように悲惨だった。エディとケヴはマインド・コントロールを望む狂人たちと戦ったのだ。しかし、エディが超能力者であるということについては、リリーはどうにも納得できなかった。根っからの現実主義者なのだ。「あなたを攻撃するつもりは全然ないんだけど」リリーはエディに言った。「そうやって得た情報がわたしにとって役に立つものだとは思えないの。そういう霊的なものってあまり信じていないのよ。本当にごめんなさい」

エディがリリーの膝をやさしくたたいた。「いいのよ。わたしは攻撃されたなんて思わないわ」

「本当に？」

エディが指についた粉砂糖をなめてから答えた。「こんなふうに考えてみて。あなたが夕日が沈むのを見ていたとする。あなたは生まれつき目の見えない人と一緒にいて、その人があなたに言うの。〝ごめんなさい、わたしにはピンクがどんな色かわからないの。赤も、オレンジも、紫もわからないわ〟そう言われたからって、あなたは自分が攻撃されたとは思わないでしょう？」

リリーは思案した。「よくわからないわ。わたしは何も見えていない人間だと言いたいの？」

「全然違うわ」エディが言った。「周波数が合わないものがあるというだけのこと。見えないものを信じろと言われても無理な話よね。でも、わたしに見えるものは、わたしにとってはリアルに存在しているの。他人が信じようと信じまいと。みんながわたしを信じてくれなかったときはつらかったけど、今はもうそうじゃない」

「それは単に、あなたが定期的に男と寝るようになったからよ」タマラが訳知り顔で指摘した。「彼がいろいろなことに対するあなたの態度を変えたんだわ」

エディがふふんと笑う。

リリーはくすくす笑いあう女性たちを眺め、夕日について考えた。それを一度も見たことがないというのはどういう感じだろう？　今起きている一連の出来事はわたしを変えてしまうのだろうか？　愛もわたしを変える？　愛によって自分が変わってしまうとき、どう感じるのだろう？　わたしは何を見、何を聞き、何を信じるのかしら？　身を守ることばかり考えて生きていたくはない。疑ってばかりで、世をすねてひねくれた人間にはなりたくない。光を遮断することばかり考えていたら、この迷路から抜けだすことはできないだろう。考えこんでいるリリーをスヴェティが見つめていた。少女の顔に微笑みが浮かび、青白い顔が美しく輝く。リリーも微笑み返した。

心のなかに浮かんだ思いは決意へと変わった。「わたしの未来を見てくれる？」リリーはいきなりそう言って会話をさえぎった。「というか、ええと、わたしの未来を描いてちょうだい、と言うべきかしら？」

エディとタマラが呆然とリリーを見る。エディが気をとり直して言った。「ええ、もちろんよ。喜んで。でも、いくつか約束してもらいたいことがあるの」

リリーは自分の腕を抱きしめた。「どんな？」

エディが言葉を選びながら言った。「ときどきわたしは人が直面したくないことまで見てしまうの。わたしの鉛筆が何を描くかは、わたしにはコントロールできないのよ。だから、警告しておくわ。結果はあなたの気に入らないものになるかもしれない……それがなんであれ」

リリーは安堵のため息をついた。それなら大丈夫だ。「問題ないわ。最近は気に入らないものに対処するやり方にも慣れてきたところよ。悪い結果が出るぐらい、銃でねらわれるのに比べたらどうってことないわ」

「それはそうだけど」エディはまだ不安そうだ。

「心配しないで」リリーは請けあった。「あなたを責めたりしないから」

「わかったわ」エディは優雅に立ちあがった。「じゃあ、大きなスケッチブックをとってくるわね。これだと小さすぎて、自由に描くことができないから」

「未来を見るのにスケッチブックが必要なの？」リリーは尋ねた。

「正確にはそうじゃないの。さっき話した事件の前から、絵を描いていると物語が頭に浮かんだのよ。事件のあとは、絶えず物語が襲ってくるようになった」エディはかすかに微笑んだ。「でも、ケヴが助けてくれたわ。わたしたちはそれを抑えつける方法を見つけた。必ずしも絵を描く必要はないけれど、やっぱり鉛筆を持っているほうが焦点を合わせやすいの」

彼女はリリーにウインクした。「本当に見てほしい？」

「ええ、ぜひ」リリーは答えた。

エディが部屋を出ていくと、タマラは改めて敬意のこもった目でリリーを見た。「あなたはわたしよりも勇敢ね」

「わたしが？」リリーは大笑いした。「あなたよりも勇敢な人がいる？　冗談はやめて。あなたほど胆のすわった人は知らないわ」

「でもわたしはエディに描いてもらったりはしなかった」タマラが静かに言った。「自分のおぞましい過去は見たくないの。それは埋めておいたほうがいい」

リリーはまた身震いした。太陽は地平線の向こうに沈み、部屋には暖炉の火の色が広がっていた。「自分が生き抜く助けになると思えるなら、なんだってのぞくつもりよ」こわばった声で言った。

「リリーを脅かさないで」スヴェティがタマラをたしなめた。「わたしはいいことだと思うわ」

「わたしもよ」赤ん坊を抱いたリヴが言う。

タマラがゆっくりとうなずいた。かすかな笑みが大理石のような彼女の完璧な肌を和らげる。「あなたを思いとどまらせたかったわけじゃないの。称賛しただけよ」

「まあ、ありがとう」リリーはつぶやいた。

だが、エディが鉛筆とスケッチブックを持ってくるころには、リリーは相当怯えていた。エディはランプをつけ、リリーから一メートルほど離れた床に座ると、スケッチブックをめくっていって何も描かれていないページを見つけた。片脚を曲げてスケッチブックを支える。

「本当にいいのね？」エディは尋ねた。

「えっと、その……」リリーはそわそわした。「わたしは何をすればいいの？」

「何も」エディが上の空で言う。「ただリラックスして」

「そう」リリーは答えた。「わかったわ」

「海を見るといいわ」リヴが助言した。「何かほかのことを考えて」

　リリーは今にも痛い思いをさせられるのではないかと気が気でなかった。しかし、そんな気分でも海を眺めていると多少は落ち着いた。広大で、見ていると何かを思いだせそうな気がして、心が穏やかになる。

　誰も言葉を発しなかった。エディの鉛筆がさらさら動く。リリーは好奇心に負けてこっそりエディの顔を見た。

　リリーは動揺して目をそらした。エディはリリーを見ていなかったが、その目は虹色の輝きを放っていた。鉛筆はまるでそれ自体が命を持っているかのように勢いよく動いている。リリーは懸命に気持ちを落ち着かせ、ふたたび海に目をやった。

　時間が過ぎた。苦痛なほど長い時間が。そしてついに、鉛筆の動きがゆるやかになり、とまった。

　エディが困惑した表情で自分の描きあげたものを見つめている。タマラもスヴェティもリヴも、興味津々でエディの肩越しにのぞいた。

「それで？」リリーは鋭い口調で言った。「どうだった？」

　エディが唇を嚙み、一瞬眉をひそめた。「わたしにはわからない。どう考えたらいいのかしら。あなたならきっとわかるのかも」

　リリーは立ちあがったが、情けないことに膝がゴムのようになっていて、体を支えきれなかった。リリーは両膝をついてにじり寄り、エディの横に座った。歯ががたがた鳴っている。

「見せて」リリーは片手をさしだした。

エディがスケッチブックを渡す。リリーは深呼吸をして、それを見た。

熱いような冷たいような闇がどくどくと音をたてながら彼女に襲いかかり、すべてを覆い隠す。

気づくとリリーは横になっていた。遠くから自分の名前を叫ぶ声がする。いくつもの手が自分を揺さぶり、顔をたたいた。少しずつ、リリーは自分をとり戻した。エディとほかのみんなが自分の上にかがみこんでいる。どの顔も心配そうだ。

「わたしは大丈夫」リリーはかすれた声で言い、体を起こそうとした。「心配をかけてごめんなさい」

「そのままでいいわ」タマラが言った。「横になってなさい。力を抜いて、ただ息をするのよ」

「もう一度それを見せて」リリーはもがいた。

タマラがリリーを押し戻す。「だめ。横になってなさいって言ったでしょう」

「いいからそれを見せて！」リリーは体を起こし、タマラの手を払いのけてエディの手からスケッチブックを奪った。

心臓が早鐘を打ったが、今度は気を失うことはなかった。リリーは目をこすった。やっぱり信じられない。

そこには女性の顔が描かれていた。六十代ぐらいで、とても美しい。しっかりした骨格で、口もとに笑みを浮かべている。そして、目……。その目はスケッチブックから飛びだしてリリーをまっすぐ見つめているようだった。穏やかでやさしい、愛情のこもった目。彼女は片手で口もとを押さえた。涙が頬を流れる。

「ああ、神様」リリーはささやいた。体が震える。「ああ、神様」

とうとうタマラが口を開いた。「リリー、誰なの？」

「わたしの母よ」リリーはささやいた。

ほかのみんながすばやく視線を交わす。「あなたのお母様、ですって？　わたしたちはその話は聞いていないわ」タマラが慎重に言った。「彼女は、その……」

「死んでいるかって？　そうよ。二十九年前、わたしが生まれたその日に亡くなったわ」リリーはその絵から目が離せなかった。「母が生きていれば今ごろこれぐらいの年よ。もし生きていたらね」

誰もが絶句し、沈黙が広がった。

「本当なのね？」リヴが尋ねた。

リリーはうなずいた。「家じゅうに母の写真があった。父はカメラが好きで、母の写真をたくさん撮っていたから。わたしは子供のころ、何時間も母の写真を眺めたものよ。でも、どれひとつとして、母がわたしを見ているように思える写真はなかった。でも、これはわたしを見ている。ああ、神様」彼女は怒ったようにはなをすすった。「母はここで何をしているの?」リリーはわめいた。「母になんの関係があるの? 母はわたしのことなんか知りもしないのに!」

涙があふれた。リリーはスケッチブックを押しやった。絵の上に涙をこぼして、こんな貴重な、驚くべき作品を汚したくなかった。彼女は両手で顔を覆った。感情が洪水のようにわきあがる。知りもしない母親のために嘆き悲しむなんて意味がないように思えたが、文字どおり床に押し倒されるほどの圧倒的な感情に襲われたのだからしかたがない。ほかのみんなはリリーを守るようにまわりに集まり、背中や髪を撫でてくれていた。

「彼女もあなたのことを知っていたわ」タマラがきっぱりと言った。

リリーは顔をあげ、はなをすすった。「なんですって?」

「あなたのお母様よ。彼女はあなたを完璧に知っていた。今でもそう」タマラがリリーの手をつかみ、自分のおなかにのせた。ちょうどそのとき、なかにいる赤ん坊が動いた。「あなたはわたしがこの子のことを知らないと思う? わたしは彼女を知っているわ。そして彼女もわたしを知っている。でもそうやってわかりあったのは、ここことは違う周波数の世界でのことなの。今はもうその周波数に合わせることはできないと思っているけれど、本当はできるのよ。あなたにたった今できたように。あなたはお母様を知っているのよ。でなかったら、どうして泣いているの？」

リリーは涙にまみれて笑った。「ストレスのせいかしら？　あるいは、親に見捨てられた悲しみのせい？」

「減らず口をたたくのはおよしなさい」エディがしかりつけ、リリーを抱きしめる。そのやさしさがうれしくて、またリリーは泣いた。

そこにスヴェティも飛びこんできた。彼女は華奢に見えるが、リリーを抱きしめる力は強かった。「お母様はあなたに知ってほしいのよ、ちゃんとあなたを見守っているって。あなたを愛しているって」スヴェティがささやく。「あなたのために、わたしもとてもうれしく思うわ」

次はリヴの番だ。ふたりのあいだでエイモンがもがき、リリーの髪をつかんでよじのぼろうとするなか、涙を流しながら抱擁を交わす。

長い時間が経ったあと、リリーは涙をぬぐってもう一度その絵を見た。驚きと恐怖を感じながら。それは畏怖の念に近いものだった。

どういうわけか、今度は心が軽くなった。リリーはある感情を思いだした。ずっと感じられなかったもの……そう、息もつけないほどの喜びを。

タマラがリリーの顎を上向かせ、微笑んで目をのぞきこんだ。「あなたにとってよい結果が出たみたいでうれしいわ」そう言うと、おなかをぽんぽんとたたいた。「さあ、赤ちゃんに栄養をあげる時間よ。ヴァルはオッソブーコがどうとか言ってなかった？　あなたたち妊娠していない女性は赤ワインを飲んでもいいわよ」

リリーは泣きながらくすくす笑った。「今は食べ物のことなんて考えられないわ」

「においをかいだら考えられるようになるわ。信じて」リヴが言った。

エディが片方の腕でリリーの肩を抱く。そしてみんなで廊下を歩いていった。

リリーはエディのスケッチブックを持っていた。「生まれてはじめてピンクと紫という色を見た気分だわ。これ、わたしが持っていてもいい？」エディにきく。

「ええ、もちろん」エディが答えた。「これはあなたのものよ。あとで定着剤を吹きつけてあげる。そうすれば、にじまないから。よかったら額装もしてあげるわよ」

「ぜひお願い」リリーは言った。また涙があふれた。「永遠の宝物にするわ」

ほかのみんなはうれしそうに目を見交わしている。

「さてと」リヴが静かに言った。「あの音を聞いて。すばらしいわ」

「なんの音？」リリーはまごついてみんなを見渡した。

「永遠の音よ」エディが言った。「とてもいい兆候だわ」

「あの絵は世代を超えて受け継がれていくでしょう」リヴが言った。「みんなが祖先の物語を語り継いでいくわ。生と死の狭間《はざま》を超えて自分の母親とつながり、彼女が庇護《ひご》してくれるのを願うのよ」

どうにも非現実的な話だ。だが、リリーはその音が気に入った。心のなかには実に奇妙な感情が渦巻いていた。それを名づけるにはしばらく時間がかかった。彼女は確信が持てなかった。

けれども、もしかしたらそれが〝希望〟の音だったのかもしれない。

24

コーヒーはすっかり冷たくなっていた。ブルーノも冷えきっていた。彼はコーヒーを吐きだし、口もとをぬぐった。ほかの者たちがいつ見切りをつけるべきか、そしてそれをブルーノにどう切りだそうかと考えているのが、はっきりと伝わってくる。彼はピーナッツバターとチョコレート味の栄養補助食品をひと口かじったが、大豆プロテインとコーンシロップのかたまりは口のなかに居座ったままだった。あまりに疲れていて、嚙む力もわいてこなかった。

彼ははかばかしくない作業の結果を見おろした。防水シートの上には骸骨が三体。骨はだいたい頭から順に並んでいる。ケヴは人間の何百とあるすべての骨の位置を知っているのだ。ついでに彼は第六感も備わっていて、泥まみれでねずみにかじられた中足骨を小枝や石と見分けることができた。死体の右手の指は、もちろんそこにはなかった。トニーが切り落とし、マイケル・ラニエリに送ったはずだ。服はとうに腐って消えていた。彼らは付近の地面を探し、小石ひとつ、砂粒ひとつまでさらった。しかし、ロケットはなかった。

ブルーノは丹念に土を調べた。特にルディの骨のまわりの土は、まずは金属探知機で、それから手でかき分けて、何度も調べた。そのせいで指先が痛い。

骸骨はちっぽけに見えた。彼は巨大な悪鬼どもを思いだした。今ややつらはもろくて汚い棒のかたまりにすぎない。なすすべもなく雨に打たれている。

不気味で物悲しかった。そして不吉だった。

ブルーノはかがみこみ、にやにや笑っているように見えるルディの頭蓋骨を眺めた。それが何かを教えてくれるとでもいうように。ほかのふたりは頭の後ろから撃たれていた。だが、ルディは違う。トニーはこいつの目を見ながら引き金を引きたかったのだ。

ケヴが丘の上に現れ、ブルーノが腰かけている倒木のほうへやってきた。ケヴが隣に座る。沈黙がすべてを語っていた。太陽は沈んだ。雲が流れてきて、木々を飾るように霧が出はじめている。まもなく夜だ。彼らはもう十四時間も作業を続けていた。ばかげている。

ブルーノにもわかっていた。しかし、あまりにいらだたしくて、考えたくなかった。

「そういえば」ケヴが口を開いた。

「やめろ」ブルーノは歯をむきだした。「言わないでくれ。わかってる」

ケヴの答えはなかった。「おれが何を言おうとしていると思ったんだ?」

ブルーノは頭を抱えた。「聞きたくない」

ケヴが座り直した。「さっき、崖の上まで行ってきたんだ」彼がしばらくしてから言った。

「エディに電話した」

「そうなのか？　それで？」

「彼女たちはディナーをとっていたよ」

「へえ。そりゃよかった」

「オッソブーコだとさ」ケヴが夢見るように言った。「ローズマリー風味のポテト添えに、カラブリア流サラダ《インサラータ・カラブリーズ》、それに温室トマトと甘いレッドオニオンが添えてあり、ハーブ味のビスケットもついている。そしてフルーティーなプリミティーヴォ・ディ・マンドゥーリア（イタリア産赤ワイン）がすべての味を引きたたせる」

ブルーノは栄養補助食品を見て、まだ嚙んでもいない口のなかのかたまりを吐きだした。

「兄貴はサディストだな。おれ、そんなひどい仕打ちを受けるようなことをしたか？」

「デザートにチョコレートクリームパイって言ったっけ？」

「こんな扱いはひどいんじゃないか」ブルーノは不平を言った。「兄貴は言っただろう？　おれが兄貴を救ったって。覚えてるか？　おれに借りがあるんだろ？」

ケヴがにやりと笑った。「調子にのるなよ」

「心配するな。死体を掘り起こすことほど自分の卑小さを感じることはないよ」

ふたりはしばらく黙ってそのことを考えた。

ケヴがまた口を開いた。「エディが絵を描いたそうだ」その声はわざとらしいほどそっけなかった。「リリーのために」

　ブルーノはぱっと身をのりだした。「彼女の超能力でか？　嘘だろう？」

「嘘じゃない」

　ブルーノは興奮のあまり飛びあがりそうになった。例の事件以来、彼はエディの能力を心から信じていた。「それで？　彼女は何を見た？　何を描いたんだ？」

　ケヴの口がゆがんだ。「おまえの義理の母親」

　ブルーノはケヴを見つめた。「なんだって？」

「聞こえただろう。リリーの母親の絵を描いたんだ」

「でも……でも……」ブルーノの声がとぎれた。「でも、その人はリリーを産んだときに亡くなったと聞いたが……」

「ああ、知っている。奇妙だよな？　エディは驚いてた。リリーもだ。リリーはずっと泣きどおしだったって、エディが言ってたよ。まったくすごいな」

　ブルーノは骸骨を見おろした。ようやく脳味噌が動くようになった。彼は立ちあがってうろうろ歩きまわり、頭が爆発する前に脳味噌を動かそうとした。「たしかにすごい」彼は言った。「親愛なるお義母《かあ》さんのために、乾杯。でも、まったくもって意味はないな。問題の解決に向けては。なぜエディは、おれたちをこんな目にあわせているやつの絵を描いてくれなかったんだ？　そいつが名刺をさしだしているところを、居場所のグーグルマップつきで描いてほしかったね」

ケヴは目をそらして笑みを押し殺したが、ブルーノは彼のこめかみに寄ったしわでそれに気づいた。「すまないな」ケヴがおとなしく言った。「エディの力は、命令してどうにかなるってもんじゃないんだよ」

「よし!」ブルーノは空に向かって叫んだ。「とにかくすごい! 何しろ、あっち側から霊がおれたちに接触してこようとしてるんだから! そしておれの手に何が残ったかって? とっくに亡くなった未来の義理の母親の絵! おれには休憩が必要だ!」

彼はそう言いながら、先ほどまで骨の上にのっていた丸太のかけらを蹴りつけた。目当ての骨を引きあげるために、その丸太を掘りださなければならなかったのだ。丸太はまっぷたつに割れた。腐っていて、なかはスポンジのようにすかすかだったが、それでも蹴った足はじんじん痛んだ。われながらばかみたいだと思いながら、ブルーノは痛む足を振った。

ケヴは金属探知器をとりあげて、自分の担当している土の調査に戻った。これ以上無駄話をしていてもしかたがないと悟ったのだろう。ブルーノはケヴのそういうところが好きだった。

ショーンも険しい顔をして働いていた。調べ直せるように、いったんどけた泥をならしている。男たちの動きは疲労のせいで鈍かった。デイビーとコナーは見張りをしている。誰も何も言わなかった。ブルーノはみぞおちにずしんとくる思いとともに悟った。自分が、ブルーノ・ラニエリこそがそれを終わりにしなければならない。問題になっているのは自分の命であり、自分のロケット、自分の亡くなった母親、骸骨になった醜い敵、危険にさらされている自分のガールフレンドなのだ。みんなは決定をおれにゆだねている。おれの気がすむまでやらせてやろうと思っている。

その責任の重みに、ブルーノはなんだか胸がむかついた。

腕時計を見た。自分に許した十分の休憩はあと二分残っている。ブルーノは目を閉じた。泥まみれの骸骨が踊るのが見えた。ロケットはここに来るまでの道中でルディのポケットから転がり落ちたのかもしれない。動物に掘り起こされ、新種のくるみだと勘違いしたカササギかリスに持っていかれたのかもしれない。

そして十八年も経って、なかにあるものがなんであれ、それは変わり果てて原形をとどめていないかもしれない。紙なら黒ずんで文字が読めなくなっているだろう。そんな小さなスペースにほかに何が入れられていたというのだ？

この努力のすべてが時間の無駄だったのかもしれない。

たとえそうだとしても、ブルーノはあのロケットがどうしてもほしかった。マンマのロケットをきれいにしてまた身につけたかった……いつでもそれに触れることができるように。あれはマンマとのつながりを示すものだ。それをとり戻したいという思いが頭をしめていた。あきらめるわけにはいかない。

ブルーノは丸太の上から骨を見つめた。リリーがエディのおかげで母親との超感覚的なやさしいひとときを持てたことに腹を立てるのは筋違いだ。彼女を恨むべきではない。少なくとも自分には、マンマが生きていたときの思い出があるのだから。

それでも、ああ、もう少し具体的に役だつヒントが出てくればよかったのに。わざわざ生と死のあいだの深遠なる淵《ふち》をのぞくなんていう難題に挑むのなら、あとほんの少し、別の目的にも役だつような答えを探してくれてもよかったんじゃないか？

しかたがない。相手は死人だ。謎に包まれた世界の住人がどういうつもりで姿を現したかなんて、生きている人間にわかるわけもない。そんなことを考えていると、ブルーノは頭が痛くなってきた。

目にごみが入り、彼は目をこすった。涙があふれる。ああ、まったく。ブルーノは前にかがみ、声を出さずにすすり泣いた。

おい、しっかりしろ。あいつらからはすでに甘やかされた青二才呼ばわりされているのだ。シリアルの箱のおまけがもらえなかったと泣くような。しかしブルーノは真夜中のバス停でマンマに抱きしめられたときのことを考え続けていた。あのロケットが、マンマのぬくもりが、おれの胸をあたためてくれた。

マンマ、あのロケットはどこなんだ？

言葉に気をつけなさい、ブルーノ。

ブルーノは涙をぬぐった。最初に見えたのは、かぶと虫だった。泥のなかを転がり、分厚い羽を懸命にばたつかせていた。

涙が震える笑い声に変わった。見ろ、都会のごきぶりにそっくりな、この尊敬すべき田舎の虫を。こいつの任務は、ものをずたずたにして土に変えることだ。この小さな虫の祖先は、ルディと彼の部下どものために獅子奮迅《ししふんじん》の働きをしたのだろうか。

マンマはごきぶりを忌み嫌っていた。アパートメントに棲《す》みついていたそいつらをやっつけるために、毒や罠を仕掛けたものだ。むなしい戦いではあったが、マンマは決してあきらめなかった。あきらめ方を知らなかった。それがマンマという人だ。オフのスイッチがない。

そろそろ尻をあげなければ。ほかのみんなは今も手を休めずに作業している。にもかかわらず、ブルーノの目はかぶと虫を追った。障害物を避けて突き進んでいく。腐った丸太によじのぼり、てっぺんでとまり、さっき裂けたばかりの細かい穴だらけの木にしがみつく。木は外側は泥まみれだが、内側は赤い色をしていた。

なんとすてきな虫だろう。輝いていて、強そうだ。彼はほとんど魅入られたようになっていた。虫を愛《め》でるとは、殴られすぎて頭がおかしくなったのだろうか。十四時間も死んだ人間の骨を掘っていると、こんなふうになってしまうのか。

そのかぶと虫をつまみあげてケヴになんという種類かきいてみたい気がしたが、知ったところで無意味だ。みんなにおれをこきおろす正当な理由を与えるだけだろう。今日はもう、ばかにされるのはうんざりだった。

ブルーノは最後にひと目見ようとかがみこんだ。

そのとき、泥まみれの糸のようなものが、丸太の割れ目から出ているのが目に入った。おそらく枯れた草だと思ったものの、草ならどの方向かに突きでているはずだ。それはまっすぐ垂直に垂れさがっていた。

繊細な金属のチェーンのように。

ブルーノはそっとかぶと虫をどかして、指でスポンジ状の割れ目を掘った。かぶと虫はあわてたように動いて振り返り、彼を見あげて羽をばたばたと動かした。

「ごめんよ」ブルーノはつぶやき、冷えきってこわばった指をさらに深く突っこんだ。引っかき、のばす……そして腐った木が崩れ、彼の手のなかでばらばらになった。ブルーノはてのひらいっぱいの木のかけらを持ちあげた。

そのなかにマンマのロケットがあった。

ブルーノはそれを見おろした。息をするのも怖かった。ふっと埃を払うだけで消えてしまいそうな気がした。だが、それは冷たくてかたかった。ロケットの表面には土がついていたが、それ以外は無傷に見えた。

彼はかぶと虫を見おろした。かぶと虫はまだこちらを見て、羽と前足をばたばたさせて怒っている。

ブルーノの目にまた涙があふれた。「ありがとうな、相棒」彼はささやいた。

ブルーノは立ちあがり、ショーンとケヴが作業しているほうに歩いていった。彼らを呼ぼうとしたが、胸がいっぱいで声が出なかった。

ケヴがちらりとブルーノを見た。その目が丸くなり、突きだされたブルーノの拳に向けられる。「見つけたんだな」ケヴが言った。

ほかのみんなもブルーノのまわりに集まり、手のなかのものに目を凝らす。

ケヴがブルーノの肩をつかみ、心配そうに言った。「大丈夫か?」

「今はね」ブルーノはかすれた声で言った。「あの腐った丸太の割れ目に引っかかってたんだ。かぶと虫が教えてくれた」ばかみたいに聞こえるのはわかっていたが、かまわなかった。

「見てもいいか?」ショーンの手がブルーノの手の上にのびる。

ブルーノはうなずき、ショーンがてのひらからロケットをつまみあげるのを許した。

ショーンがロケットを眺め、開けようとした。「しっかり閉じられているが、蝶番がついている。おれのナイフでこじ開けられるだろう」

彼らは骸骨を置いてある防水シートのまわりにかがんだ。ブルーノはショーンのナイフを受けとったものの、ためらいを覚えた。彼はこのロケットを壊したくなかった。しかし、それを開けるのを明日まで待つとなったら、どうかなってしまいそうだ。マンマはわかってくれる。マンマもせっかちだった。

ブルーノはかすかな光のなかで目を細め、蝶番の隙間にナイフの先端をさし入れた。ぐいっと圧力をかける。カチッ。次の瞬間、それははじけた。何かが防水シートの上に落ちる。何か黒いかたまりが。彼はロケットのなかを調べた。土でまっ黒に汚れていて、ほかには何も入っていない。

ブルーノはゴールドの繊細なチェーンをジーンズのポケットに入れると、前かがみになり、ナイフの先で小さな黒いかたまりをつついた。裏側は繊維のようにふわふわしている。表側は黒くどろりとしていて、つつくとぼろぼろに砕けた。そのあいだに何か小さくてかたいものがある。彼は形がはっきりするまでナイフで引っかいた。喉が締めつけられる。その小さなものをつまみ、指でこすり、爪で引っかく。やがて黒いかけらがとれ、小さな純金の鍵が現れた。

この鍵のことは知っている。ブルーノの心は沈んだ。

「それはなんなんだ？」ケヴが尋ねた。

ブルーノはふわふわしたものをつついた。「おれの髪の毛だ。これは、おれの赤ん坊のころの写真だったもの。そしてこれは……」彼は鍵を持ちあげた。「マンマの宝石箱の隠し底を開ける鍵。ロケットと同様、それもおれのビスノンノからビスノンナへの求愛の贈り物だったんだ。スライド式の板があって、その奥に隠し底の鍵穴があった」

「で、おまえはその宝石箱を持っているんだな？」ショーンが期待をこめて尋ねた。「先祖伝来のものなんだろ？　ローザが持っているのか？」

ブルーノはがっくりと肩を落とした。「おれは持ってない。ローザもだ」

ケヴがため息をついた。ショーンが立ちあがり、両膝の凝りをほぐす。「ブルーノ、どこにあるか見当もつかないのか？　手がかりなしか？」

「それが一九九三年三月二十八日の夜十時にどこにあったかは知ってる。バス停に行くためにおれたちがアパートメントを出たときだ」ブルーノは言った。「それはおれの部屋のベッド脇のテーブルにあった。マンマがそこに置いたんだ。ルディがマンマの宝石を質に入れないように。そして、おれたちは出かけた。以来、おれはそれを見ていない。マンマの姿もだ」彼は頭を振った。「どこかにあるかもしれない。十八年も経っているけど」

また雨が降りだして、惨めさがいっそう増した。

ケヴが片手を弟の肩に置いた。「いや、どこかにじゃない」彼が言った。「おまえの母親が殺されたあと、彼女のものをアパートメントから持ちだす権利か興味を持っていた人物の手に渡ったはずだ。候補はしぼられる。いちばん可能性があるのは、おまえのピーナおばあちゃんって人だろう」

「そう考えるとうんざりするな」ブルーノは暗い声で言った。「彼女がおれを見るなり殺したりしなければいいけど。あるいは、近所の誰かが盗んでたたき売ったかもしれないぜ。それとも、アパートメントの管理人が片づけてごみの埋めたて場に行ったか」

「それでどうするんだ？　とにかく、何かはじめないと」

たしかにそうだ。少なくとも今、自分にはロケットがある。マンマの小さな形見が。ロケットは二十年近くも地面に埋められていてもなお輝いていた。幸運のお守りだ。だが、ああ、おれのために身を粉にして働いてくれたみんなに、もっと見せられるものがあればよかったのに。

そのあとデイビーとコナーにも事態が進展したことが知らされ、見張りなどどうでもいいからさっさと片づけてここを出ようということになった。五人で動くと作業は速く進んだ。とはいえ、すぐに夜のとばりがおりた。

まず、骨を地面に戻さなければならなかった。シートにくるんで穴の底に置き、掘りだした土をできるだけ多く穴に戻す。広範囲に広がり、雨でぬかるんだ泥をかき集めるのは困難だった。それでもなんとか、穴はへこんだ泥のくぼみに見えなくもないという程度にはなった。

彼らは岩を集めてきて、くぼみの上にのせた。落ち着かない死人の魂を岩の重みで押さえつけるように。そのころにはすっかり夜になっていて、彼らは赤外線ゴーグルをつけた。石が膝の高さまで積みあげられると、彼らは手をとめた。

「満足か?」ショーンが尋ねた。

「ああ、ほとんど」ブルーノはケヴを見た。「兄貴、何かを忘れているぞ」

ケヴが笑った。「ああ、そうだった。もちろんやっていこう」

ブルーノとケヴは下着をおろした。ほかのみんなも従う。彼らは儀式として、ごろごろ置かれた岩に怒りをこめて小便をかけた。

感覚のなくなった汚れた両手で自分のものをおさめてショーツをあげ、ズボンのボタンをとめてベルトを締めるのはひと苦労だった。だが、彼らはなんとかやりぬいた。

「ネララ・ファッチア・ディ・チ・シ・ヴオレ・マーレ」ブルーノが言った。

「アーメン」ケヴが応じた。

「わけのわからない言語でぶつぶつ言われると、いらいらするな。訳してくれよ」ショーンがいらだたしげに言った。

「われらの敵にたじろぐものか」ケヴが訳した。

デイビーがうなずく。「同感だ」

「おれも」コナーも言った。

「これで、ここからおさらばできるのか?」ショーンが尋ねた。

ブルーノはシャベルを集めて肩にかつぎ、ほかの者たちは残りの道具を手にした。ブルーノは先頭に立って、長く危険な道へと向かった。

「それはそうと、手伝ってくれてありがとう」彼は後方に声をかけた。「この甘やかされた礼儀知らずの青二才のために、ここまでがんばってくれるなんて、本当にあんたたちは寛大だよ」

デイビーがブルーノの後方で愉快そうに鼻を鳴らす。「まいったね。まだ根に持ってるんだな？」

「イタリア人の恨みは消えないのさ」ケヴがさらに後ろから声をあげた。「遺伝なんだろうな。恨むのが大好きなんだよ」

「公平に見て、おまえは青二才にしてはちょっとばかり老獪《ろうかい》なところがある」そう言ったのはショーンだった。ブルーノのすぐ後ろを歩いて落石をよける。

「気づいてくれてうれしいよ」ブルーノは言った。

「喜ぶことはない」ショーンが言った。「年とった青二才が何になるか、知ってるか？」

ブルーノは笑って激しくむせた。「年とった青二才って、いったいなんだよ？」

「くそばか野郎だ」ショーンが明るく告げた。

ブルーノは何か言い返そうとしたが、あまりに疲れていたのでもっとも消費カロリーの少ない言葉ですませることにした。「くたばれ《ファック・ユー》」

ショーンがちゅっとキスする音をたてる。「ああ。おれもおまえを愛してるぜ、ハニー」

ブルーノはつまずき、シャベルをばらまきながら三メートルほども斜面を滑り落ちた。必死に腕を突っ張って体をとめる。

死の淵から戻った彼はいつまでもにやにや笑っていた。

「地獄にひとつのチャンスもない。雪だるまほどのチャンスもない」ガレージのドアのそばでヴァルが女たちに向かって怒りをあらわにした。

「雪玉よ」タマラが後ろから彼の肩をとんとんとたたいた。黒く長い爪が光る。「正確に言うと、〝地獄に雪玉ひとつのチャンスもない〟ね。万にひとつの見こみもないという意味よ。正しく言うか、慣用句はまったく使わないか、どっちかにして。いい？」

「雪だるま、雪玉、氷山、どれでもかまうもんか」腕組みをしたヴァルの体から威圧感がにじみでた。この家にかかわる男たち全員が得意とする技ね、とリリーは思った。ブルーノも例外ではない。

「ヴァル、この試験は逃したくないの」スヴェティが説明した。「このために四カ月も勉強してきたんだから。明日の午前中が一度きりの試験日なの。うまくやれば、一年生を飛び級できる。四万ドル、もしかしたらそれ以上の学費を節約できるのよ。わたし、そんなお金は持ってないわ」

「おれが四万ドルをおまえにやるよ！」ヴァルがうなった。

スヴェティが頭を振った。「やさしいのね。でもあなたとタムはもう充分によくしてくれたわ。わたしはあなたたちに借りがありすぎる。だいたい、悪人どもだって、わたしやわたしの試験なんかに興味はないわよ」

「スヴェティが行かなければならないのなら、わたしが一緒に乗っていってもいいわ。どうせ書店に戻らないといけないし」リヴが言った。「店員の数が足りないの。マネージャーは風邪をひいているし。それで、エディに手伝いに来てもらうのよ。マーゴとエリンは今夜、子供たちを連れてくるから――」

「こんなときに外に出るなんて、ばかか！」ヴァルが入口に集まった三人の女性をにらみつけた。後ろのガレージの戸口では、マイルズがいつものようにぐったりと疲れた顔をしている。エイモンがマイルズの耳をおもちゃにして熱心に遊んでいた。

「ヴァル、お願いよ」エディが説得にあたった。「誰もわたしたちをねらいはしないわ。スヴェティは試験を受けなきゃならないのよ。このために必死でがんばってきたんですもの。人生は続くわ。みんなをここに足どめしておくわけにはいかないの。そんなの現実的じゃない」

「現実的かどうかなんてどうでもいい。ケヴに連絡するといい。そして、シアトルまで旅行することについて彼がどう思うかきいてみるんだ」

エディがため息をついた。「ばかげたことを言わないで。ケヴは心配性なの。マクラウド家の男たちと同様にね。そもそも、わたしたちにはマイルズがついているのよ。彼は強いし、武器を持っているわ」

全員の目がマイルズに飛ぶ。より強く見えるよう、彼がしゃんと背筋をのばした。

「連中が戻るまで、どうして待てないんだ？」アーロが尋ねた。

「そうしたら、わたしは試験を受け損なっちゃうからよ」スヴェティが言った。「そうなったら来年まで受けられないの。お願い、ヴァル。これはわたしにとって大事なことなの」

「ああ、まったく」ヴァルが悪態をついた。「おれがついていくこともできない。あの連中が戻るまでは！　まったく、どうしておれがこんな目にあわなくちゃならないんだ！」彼はリヴとエディをにらんだ。「自分たちを置いてきみらが出かけたと知ったらショーンとケヴがどうなるか、よくわかってるだろう？」

「小言はあとで聞くわ」エディがきっぱりと言った。「いいから行きましょう」

女性たちはドアをすり抜けていく。彼女たちのあとを、マイルズがわびるような、しかたがないだろうと言いたげな目つきを肩越しに送ってついていった。

ヴァルが不快感もあらわに踵を返し、ぶつぶつ悪態をつきながら歩み去る。タマラが急いで彼を追いかけ、あとにはリリーだけが残された。車が出ていき、ガレージのドアがきしみながら閉まって、まっ暗になった。もっとも今日は雨降りで、空もどんよりとしていたが。

暗闇にひとり。いつもと同じだ。リリーはため息をついた。ひとり残されたからといって腹を立てるなんて、自己中心的だし礼儀知らずだ。修学旅行に行けなかった少女じゃあるまいし。

彼女はこの三日間、いつ以来か思いだせないほど久しぶりに安全な夜を過ごせたことを感謝していた。気分もよくなってきている。だが、そのせいで動きたい、自分も戦いたいという気持ちがこみあげてきていた。わたしはいつになったら自分の人生に戻れるのだろう？　欠陥だらけの人生とはいえ、花を咲かせるチャンスぐらいはほしい。どうしてわたしだけ、ほかのみんなのようなチャンスが得られなかったの？　いらだちが棘のように心をちくちく刺した。

もちろん、今まわりにいる人たちのせいではない。彼らがわたしを閉じこめたわけではないのだ。実際、自分が今も息をしているのは彼らのおかげだ。感謝しなさい。リリーは歩きはじめた。

幸い、この家は巨大で、なかも外も、見るべきところがたくさんあった。敷地内の別の区画へと渡る浮き橋まである。家のなかをそぞろ歩き、眺めのよい場所で足をとめれば、いくらか時間がつぶせた。

ブルーノに戻ってきてほしくてたまらなかった。彼の笑い声が聞きたい。彼のキスを味わいたい。彼の腕に抱きしめられたい。感情が高まってその腕の筋肉が震えるのを感じたい。そんなに長く彼とつきあったわけではないけれど。昨夜、モーテルから連絡してきた彼と短くではあるが言葉を交わせたおかげで、つきあった長さは問題ではないと思えるようになっていた。しかし、自分のほうは何も変わっていない。彼はパズルの次のピースを見つけ、東海岸へと飛んで、疎遠になっている祖母の屋根裏部屋を引っくり返して古い宝石箱を探そうとしている。そのあいだ、自分はこの安全な要塞に隠れているしかない。自立した女を情緒不安定にさせるには充分だ。彼女はいつも、あらゆるものを求めて戦ってきた。受け身でいるのは、我慢できなかった。

だが、少なくとも事態は進展した。自分の功績ではないけれど。リリーはその事実にしがみついた。そして、ブルーノを信じた。

家のなかを三周するころには、外はまっ暗になっていた。リビングルームのなかでその音を耳にしたとき、リリーは当惑して足をとめた。くぐもった声が聞こえる。怒鳴っていると言ってもいいほど激しい口調だ。女性の声……タムの声だわ。

リリーは部屋から部屋へと走った。閉じられているドアを次々に開けていく。「タム？タム！　どこにいるの？」

「ヴァルの書斎のバスルームよ」弱々しい声が右側の壁越しに聞こえた。

リリーはそちらへと突進し、本が並んだ部屋を見つけた。ドアをぱっと開けると、タマラが床に倒れ、大きなおなかを守るように体を縮めていた。それを奪おうとする誰かをよけるように。タマラが目をあげた。唇がまっ青だ。

「ヴァルを呼んで、早く」タマラが言った。「出血しているの。ただのどうってことない出血かもしれない。ここに来るのに携帯電話を忘れたのよ。なんてばかなのかしら。体を起こすのが怖いの。急いで」

「まあ、大変」リリーは息をのんだ。「わたし……どうしたら――」

「いいから……ヴァルを……呼んで！」

リリーは飛びあがって行動を起こした。家じゅうを走ってヴァルを呼ぶ。彼は家の外にあるジムにいた。「タムが出血してるの」リリーはあえぎながら言った。「書斎のバスルームよ。急いで病院へ連れていって」

「くそっ《オ・カッソ》」ヴァルがさっと踵を返して怒鳴った。「アーロ！」

アーロが廊下の向こうから頭を突きだした。「どうした？」

「みんなで病院に行く。赤ん坊が生まれるんだ」ヴァルが答えた。「急げ！」

「あの……わたしはここに残って、あなたとタムで行くというわけには——」

「だめだ！」ヴァルが廊下を小走りに駆けてきた。「きみとレイチェルとローザを護衛の男ひとりつけただけで残してはいけない！　このあたりには何キロも先まで人がいないんだ。やつらが総動員できみをねらってきたら、山小屋のときみたいに簡単につかまってしまう！　きみはやられてしまうんだ！」

アーロがあとに続き、リリーはその背中を追った。

「おれたちふたりが一緒にいたところでやられちまうよ」アーロが足音を響かせながら言う。

「どうやって彼女を守るかについて今はあれこれ説明している暇はない。アーロ！」ヴァルがアーロに指を突きつけた。「キッチンからローザを連れてこい！　リリー！」リリーに向かって怒鳴った。「レイチェルを起こせ。走るんだ！」

ヴァルの緊張感に満ちた声に、彼らは弾丸のように飛びだした。リリーは少女を肩にかつぎあげた。うたた寝から起こされたレイチェルはむずかりはしなかったが、リリーはレイチェルのスニーカーをつかむと家のなかを走り抜け、ガレージのドアの外のフックにかけてあった子供用のコートをとった。この子がまだ小さくて助かった。

ヴァルは八人乗りの黒いバンの後部座席に青い顔をしたタマラを座らせてシートベルトを締めている。運転席ではアーロがエンジンをかけていた。助手席に座ったローザはバッグを握りしめて後ろにいるタマラを見つめ、祈りの言葉をつぶやいている。

リリーは車に飛び乗って座席にレイチェルを放りだした。スライド式のドアが閉まらないうちに車が急発進する。リリーはべそをかくレイチェルを補助シートに座らせ、シートベルトを締めた。車内の会話がようやく耳に入ってきた。

「……は病院にしては小さすぎる」ヴァルが話している。「ロザリン・クリークの病院に行かないと。ジャンクション13でモスリッジ・ハイウェイを北へ。そこから二十キロだ。急げ」

アーロが指示にしたがった。バンが速度をあげると、重力がリリーを座席へ押し戻した。リリー自身もシートベルトを締めた。

タマラは目を閉じたままだった。美しい顔がこわばって、大理石のように動かない。まるで何かに備えて体を突っ張らせているようだ。

「彼女は……」リリーはつばをのんだ。その言葉を最後まで言うだけの勇気はなかった。

ヴァルはリリーと目を合わせようとはしなかった。タマラを見つめ、彼女の手を握り、もう一方の手を彼女の腹部に置いている。「いずれわかる」

「ママ？」レイチェルも体をひねって後ろを見た。「病気なの？」

タマラはなんとか笑みを浮かべて娘を見た。「大丈夫よ」

レイチェルがタマラを観察した。大きな黒い目は年齢のわりに大人びている。スヴェティそっくりだ。「イリーナは大丈夫？」

タマラはたじろいだ。「すぐにわかるわ。今は話せない。じっとしていて。いいわね？」

レイチェルが膝を抱えて泣きはじめた。

時速百五十キロで走るバンは片方に傾きながらヘアピンカーブを曲がり、木材を積んだトラックが向かってくるのをすれすれのところでよけた。リリーは目に刺されたような痛みを感じていた。

彼女は腕をレイチェルの震える肩にまわした。レイチェルはその手をつかまえ、しっかりとしがみついた。

25

「もっとスピードを出して！　やつらよりも先に着かなきゃいけないのよ！」

「わかってるよ、くそっ！」ホバートは雨で滑る路面にハンドルをとられながら悪態をついた。「落ち着けよ！　これは慎重を要する仕事なんだ。ぼくたちが本当にやれるってことをキングに見せるチャンスなんだよ！　自分たちの価値を証明するんだ！」

しかしメラニーは自分の仕事に気をとられていて、彼に返事をするどころではなかった。彼女はノートパソコンにつないだヘッドフォンを耳にあて、ローザ・ラニエリの電話から聞こえてくる音に耳を傾けていた。

「これが失敗したらどうなるか、わかってるわね？」メラニーがわなわなと震えながら言う。

「メラニー、今そんな話をされても――」

「キングはレベル10の処分を言い渡すわ。そうしたらわたしたちは、自分の墓を掘って自分の喉をかっ切ることになるのよ」彼女の声は悲鳴に近かった。「だって彼は今やわたしたちを憎んでいるもの」声がとぎれとぎれになる。「彼は、とにかくわたしたちが、き、嫌いなのよ」

ホバートはちらりとメラニーを見て失望した。赤ん坊のころから同じグループで育ったので、彼女の弱点は自分のことのようにわかっている。メラニーはストレスを感じると意気消沈してしまうのだ。テスト期間中は鬱の傾向をキングに知られないよう隠していたが、同じグループで育った仲間にまでそれを隠すことはできない。

状況は危機的だった。彼らはここ三日間ろくに寝ることもできずにクレイズ湾にひそんでいた。タマラ・スティールの家は軍隊でもなければ落とせない要塞で、こっそり忍びこむことも不可能だった。その門が開くのを、時計の針がカチカチ動くのを見ながら指をくわえて待つしかなかった。キングの怒りが冷たい霧のように自分たちを包んでいるのを感じながら。睡眠をとろうとしても三十分ほどうとうとするだけで、あとは疲労回復ドラッグに頼っていた。

マクラウド兄弟の妻たちを乗せた車は二時間ほど前に出発していた。それが最初のチャンスだったが、彼らはその機会を活用することはできなかった。人目を忍んで策略を仕掛けるキングのやり方ではうまくいかない。応援に十数人の工作員を送りこんでくれたら別だが。そうすれば、車をとめ、若い男を殺し、女たちと赤ん坊を人質にとって、有利にことを進められたのに。だが、それはできなかった。自分たちは不可能な任務を与えられて懲らしめられているのだ。だが、もしかしたら、その不可能な任務が今、可能になったかもしれない。

ローザ・ラニエリの携帯電話から飛びこんできた知らせに、彼らはろくに準備の時間もとれなかった。タマラ・スティールが病院の緊急治療室に駆けこもうとしている。リリー・パーは彼らと一緒にいる。これ以上のチャンスはないだろう。ここは知恵を使い、蛇のようにすばしっこく立ちまわらなければならない。

もし失敗したら。ホバートはメラニーの潤んだ目をちらりと見た。唇が震えている。ああ、まったく。メラニーがこんなひどい状態では、これは大きな賭けとなる。キングに電話をかけて、かつてホバートにしてくれたようにレベル5の意欲をわかせるシーケンスをメラニーに施してもらいたかった。だが、ホバートはそのことをメラニーに話していなかった。彼女はすでに充分震えている。「薬を貼れ、メラニー」彼は命じた。「きみにはそれが必要だ。ぼくはホテルを出る前に貼ってきた」

「わたしたちは自分で喉をかっ切ることになる」メラニーがうめいた。「間引きの日にほかの処分者たちと一緒に毒ガスを吸わされたほうがよかったわ。そうやって終わらせたほうがましだった。何年も、動けなくなるまでがんばって、なんのほうびもなしだなんて、耐えられない。わたしはもう――」

「いいから薬を貼れ!」ホバートは怒鳴った。車はきしむ音をたてて赤信号でぎりぎりとまった。「落ち着けよ!」

メラニーはキャリトラン・M・ホバートが見つめるなか、まごついて何度もしくじった末にようやく手首の内側に赤い薬を貼りつけた。

「きみは薬のせいで頭が働かないようだ」彼は言った。「計画変更だ。ぼくが看護師の役をやろう。きみが酔っ払いの役だ」

「それはまずいわ」メラニーの声はもう震えていなかった。「ローザ・ラニエリはあのベビー用品店で三十分もわたしと話したのよ。彼女はわたしを気に入った。顔見知りの看護師に会えば好意的な反応を示すはず。すぐに信用するわ。それに、あなたはもう変装したけど、わたしはそうじゃない」

彼女の言うとおりだ。どうやらメラニーは明晰な判断力をとり戻したようだ。彼はバックミラーに映る自分をちらりと見た。急ごしらえにしては悪くない。ホバートは数日前に髪を染め、眉を細くし、生え際のラインを変えていた。くしゃくしゃの黒髪のかつらをつけ、その上からスキー帽をかぶっている。さらにブラウンのコンタクトレンズをはめ、入れ歯をはめ、頬に詰め物をして山羊ひげをつけていた。ローザ・ラニエリもぼくには気づくまい。どうせ赤ん坊とメラニーしか目に入っていなかったのだし。

そういうわけで、彼らはもともとの計画どおりに進めることにした。ホバートは片手をポケットに突っこみ、ホテルの支配人のデスクから奪ってきたガラスのフレームに入った写真をさわって確認した。ホテルのミニバーからとってきた酒瓶もある。彼らは大急ぎでアイディアを出しあって計画を練ったのだった。ふたりともその計画には満足していなかった。

コントロール不能な不確定要素が多すぎる。あまりにずさんだ。しかし、それを実行するために必要な時間を計算すると、すぐに動きださなければならなかった。何もかもがぎりぎりだ。そのリストのいちばん上にあるのが彼らの命そのものだった。

「そこの看護師が男だったらおしまいだぞ、わかってるな?」ホバートは言った。「それから役割を交換するには手遅れだ。それに、看護師やスタッフの人数が多すぎたらどうする? あるいは早すぎるタイミングで誰かにぼくたちのことを見られたら? あるいは警報装置を鳴らされたら?」

メラニーが彼をにらんだ。「どのみちわたしたちはおしまいよ、ホバート。わかってるでしょう。わたしたちはもう失うものなんて何もないの」

口を開きかけたホバートを、彼女は黙らせた。「しいっ、彼らが話しているわ」彼女は集中して耳にヘッドフォンを押しあてた。「ヴァル・ヤノシュが運転手に、トレヴィット・グレードで左に曲がれと指示したわ。まだわたしたちのほうが先行している。約四分ね。ほら、そこよ」

ホバートはアクセルを踏みこみ、しぶきをあげながら水たまりを突っ切って病院の駐車場に向かった。車をとめ、彼とメラニーはお互いの目を見てがっちりと握手した。

ふたりは車を飛びだし、病院の玄関に向かった。

ブルーノはアーロを呼びだそうとしたが、まだ話し中だった。これでもう五回目だ。

エディがケヴに電話をかけて、タマラがロザリン・クリークの病院へ向かったと知らせてからというもの、全員がぴりぴりしていた。特にいらだっているのがケヴとショーンだ。ふたりはただ心配しているだけでなく、怒ってもいた。

「信じられない」ショーンが繰り返した。「言うこととやることが違うじゃないか。おれが危険を冒してばかりいると怒ってたくせに。リヴがエンディコット・フォールズにあわてて帰ったって？　よりによって今日？　まったく、なんの用があるっていうんだよ」

「正確に言うと、あんたが出かけたのは人間を撃ち殺して吹っとばすためで、彼女は書店の仕事に戻るために家に帰ったんだ」ブルーノは指摘した。

「殺人鬼たちが外をうろついてるってときに、用事の内容など、どうだっていい」SUVは濡れた路面で滑り、急な角度で曲がった。

ブルーノは座席に縮こまった。「ああ、たしかに。とにかく車をちゃんと走らせろよ」

彼の隣には、同じようにしかめっ面をしたケヴが座っていた。彼の恋人のエディも、リヴ、マイルズ、スヴェティとともにシアトルに車で帰るという罪を犯したのだ。まったく、話にならない。デイビーとコナーは自分たちの妻がシアトルで子供たちと無事に自宅にいるというので満足げだった。

ブルーノは気が気でなかった。タマラの要塞にリリーを残してきただけでもつらいのに、今や彼女は病院の緊急治療室にいるという。あまりにもタイミングが悪い。飛んできた流れ星が頭にあたるぐらいのタイミングの悪さだ。

「アーロが彼女についている」デイビーがブルーノの心を読んだように言った。「アーロはばかじゃない」

ブルーノは確信がなかったので、コメントをさし控えた。と、そのとき、ケヴの携帯電話が鳴った。困惑した顔でディスプレイを見つめている。

「知らない番号だ」ケヴが言った。「見たこともない」

「こんな妙な事態になってるんだ。電話に出ないわけにもいかないだろう」ブルーノは言った。「いいから出ろよ」

ケヴが肩をすくめ、通話ボタンをタップした。「もしもし？　ああ、そうだが……ああ、わかった。どうやってこの番号を？……なるほど」振り向いてブルーノを見る。その目つきに、ブルーノは胃が凍りつくかと思った。「ああ、彼ならここにいる」ケヴは長い、苦痛に満ちた沈黙の末にしぶしぶ言った。

ケヴが携帯電話をブルーノに渡す。「おまえにだ。ピートリー刑事から」

ブルーノはひるんだが、電話を耳にあてた。「やあ、ピートリー。どうした？」

「あんたにそう尋ねる度胸があるのが信じられないよ、このくそったれ」

ブルーノは仰天した。「なんだって？　おれが事情聴取に出向かなかったから怒ってるのか？　言っただろう、おれは命からがら逃げてたんだって。今もそうだ。あんたを無視したのはそれが唯一の理由だよ。個人的なことだと思わないでくれ」

「おれを無視した？　あんたはこれが個人的なことだと思うのか？　おれが感情を害したと？　そんな小さなことを言っていられる段階じゃないぞ。おまえは三人の殺害容疑で指名手配されている。そして、それはほんの序の口だ。おれは二日前に令状を手に入れた。司法省のシステムにもその情報は入っている。おれたちはあんたを追っているんだよ。もう知っているだろうがな」

ブルーノはびくりとして姿勢を正した。「あれは正当防衛だったんだ」

「五日間も携帯電話の電源を切っていたのも正当防衛だと？」

ブルーノは目をこすった。「あんたがおれに電話しようとしていたっていうのか？」

ピートリーが鼻で笑った。「それで、どこにいたんだ？」

ブルーノは間を置いた。「過去から来た骸骨を掘り起こしていたんだ」

「ふん。そりゃすごい。いい運動になったろうよ」

「ああ、たしかにね」ブルーノは認めた。

「今ごろはクローゼットが骸骨でいっぱいなんだろうな？」

「かなりね」

「骸骨の国では携帯電話が通じなかったか？」

「ああ」ブルーノは答えた。

「なるほど。じゃあ、おれがあんたのコレクションにいくつか加えてやろう。ＤＮＡ鑑定を手配したんだ。食堂の外の殺人現場にあった死体を調べた。アーロのガールフレンドの死体も調べさせた。アーロがあまりにも彼女の関与にこだわっていたからな。それとワイガント通りで自殺したやつ。おれがあんたと間違えたやつだ。そいつらのサンプルを大急ぎで調べてもらって、当局のデータベースに入っているあんたのＤＮＡサンプルと比べてみた。現場から鑑識がこそげとったあんたの体液ともな。そして、おれは今日、予備検査の結果を得た」

ブルーノは待った。「それで？」彼は刑事を促した。「なんだよ？」

ピートリーは沈黙した。「本当に知らないのか？　全然わからない？」

ブルーノの腹のなかでひんやりしていたものがかたまって氷になった。また別の氷山の登場だ。暗い水面の下に隠れている大きな謎。「思わせぶりな言い方はやめてくれ。データベースで照合できたのか？　彼らは誰なんだ？」

「いいや」ピートリーが言った。「身元は特定できなかった。誰ともわからない連中だ。あんたが手を貸してくれないか？　頼む」

「おれが？　なぜ？　何を言おうとしていたんだ？　さっさと吐け！」

車内には沈黙が広がっていた。

「彼らはおまえの兄弟だ。それと、おまえの妹」ピートリーが言った。

ブルーノはただ座っていた。口をぽかんと開けて。胸にハンマーを打ちこまれたようだった。

「なんだって？」ブルーノは声をしぼりだした。「誰が？」

「あの女。ワイガント通りで自殺した、あんたにそっくりな男。そして、外で死んでいた三人のうちのひとり。兄弟関係指数と呼ばれるものがあってな。死んだ連中はおまえと同じ遺伝的要素をあまりにも多く持っていた。あんたの兄弟や妹である確率は驚くほど高い。あるいは二重いとこ。つまり、あんたの母親の兄弟姉妹《きょうだい》があんたの父親の兄弟姉妹と子供を持った場合に匹敵しうる遺伝的要素があったらしい」

「おれの母親には兄弟姉妹なんていなかった」ブルーノは言った。

「だとしたら、シナリオAに戻る。完全な兄弟姉妹だってことだ」

「でもおれには兄弟姉妹なんていない」ブルーノは途方に暮れた。「そんなはずがない。あの連中、おれが戦った連中はおれより若かったし、アーロのガールフレンドは二十代の初めだった。おれの母は十八年前に死んだんだ。おれは自分の父親が誰かも知らない。母が死んだとき、おれは十二歳だった。母がおれを身ごもったのは十九歳のときだ。ほかに子供はいなかった。いたら、おれは知っていたはずだ」

「そう思うのか？　それはおもしろい。判事がじっくりと検討してくれるだろう。おまえがシングルマザーのもとでどんなに恵まれない幼少期を過ごし、そのあいだに生まれた、おまえは存在に気づきもしなかった兄弟姉妹がどのようにして凶悪殺人事件を起こすにいたったのかを。おまえの弁護人は仕事が多くて大変だろうな。精神異常で情状酌量を求めるほうが簡単だろう」

ブルーノは言うべきことを思いつかなかった。口がぱくぱく動いていた。

「今おれの言ったことをじっくり考えてみるんだな」

ピートリーが電話を切った。雨がフロントガラスに打ちつけ、ワイパーがすばやく動いている。ブルーノは携帯電話を見つめた。それが毒蛇となって嚙みついてきたような顔をしていた。

「どうしたんだ?」ケヴが用心しながら尋ねた。

「ピートリーだ」ブルーノはしわがれ声で言った。「ポートランドの刑事だよ。おれの逮捕令状が出たそうだ。そして彼はＤＮＡ鑑定をしたんだ……おれが、その、食堂の外で戦ったやつらの。彼が言うには、あいつらはおれの……」彼はその言葉をすんなりと言うことができなかった。「おれの兄弟姉妹らしい」

沈黙が続いた。導火線に点火され、一秒ごとにダイナマイトの束に近づいていくような気がする。そのダイナマイトはブルーノ自身だった。

「なんてことだ」ショーンがうめいた。「どうも奇妙だと思ってたが」

ケヴは後ろを向いてブルーノを見つめた。「ピートリーはこの電話からおまえの位置を突きとめるだろう。もうすでにわかっているかもしれない」

ブルーノはただ前を見つめていた。まだ力が出なかった。

「いったい全体、なぜフリオはおれの番号を刑事に教えたんだ?」ケヴがつぶやいた。「あいつは何を考えてそんなことを」ブルーノに向き直った。「おれたちはクレイズ湾から半時間と離れちゃいない。ピートリーにはすぐにばれるだろう。おれたち全員に関する充分な捜査資料が彼の手もとにあるんだ。おれたちの行き先だってすぐに突きとめられる。おまえはタムのところに行っちゃだめだ。別の方角に向かわないと」

「刑事はロザリン・クリークの病院のことは知らないはずだ」ブルーノは言い返した。

「時間の問題だ」デイビーが言った。「飛行機は忘れろ。車を使え。捜査の網にかかる前にこの州を出るんだ」

「宝石箱を見つけろよ。さもないとおまえは刑務所で自分の謎に向きあうことになるぞ」ケヴが締めくくった。

「捜査網?」ブルーノは彼らを見つめた。「おれはただ消えるわけにはいかない」彼は抗議した。「そんなことはできない! リリーに会わないと!」

「いや、だめだ」コナーの声は厳しかった。「リリーのことを思うなら、それはやめろ。相手は警察だぞ。つらいだろうが、しかたがない。ほかに容疑がかからなければ、警察はリリーから手を引くだろう。それに、彼女はきっとわかってくれるさ。おまえの代わりにおれたちが彼女の面倒を見るよ」

ブルーノは体をこわばらせた。いらだちのあまり叫びだしたかった。「おれは彼女と話をしなけりゃならないんだ」

ブルーノはもう一度アーロに電話をかけた。だが、相変わらず話し中だった。なんてこった。どうやらアーロは社交性に問題があるようだ。自閉症かと思うほど口数が少ないかと思えば、突然おしゃべりになったりする。

ブルーノはいっそう深く座席に身を沈め、とりつかれたように、十秒ごとに電話の発信を繰り返した。

「だめ、だめ。小指でやるの。それをその外側に引っかけて……そう、そんな感じ、それから……全体に内と外を引っくり返すの。上手ね！」

レイチェルは両手のあいだに巻きつけた靴紐でつくったあやとりの〝猫のゆりかご〟の逆さまになったものを勝ち誇ったように突きだした。リリーはにっこり微笑んだ。五年生のとき以来のあやとりを思いだそうと必死だった。昔よくやっていた〝ヤコブのはしご〟（旧約聖書に出てくる天使が上り下りするはしご）を試すと靴紐がこんがらがり、ふたりはくすくす笑った。

彼らが到着したのは、隣町の端にある小さな病院だった。リリーがシートベルトをはずす前にヴァルはタマラを抱えて車をおり、急患受付へと駆けていった。レイチェルに靴をはかせ、コートを着せて病院内に入ったときには、タマラとヴァルはとうに緊急治療室のなかに消えていた。

その時点でやれることといえば、ベンチを見つけて座り、レイチェルを忙しくさせておく方法を考えることだけだった。彼らはあまりにあわてていて、おもちゃや本や人形やパズルを持ってくることを思いつかなかったのだ。ローザは目をぎゅっとつぶって祈りを唱えるばかりで、助けにならなかった。驚いたことに、アーロはもっと助けにならなかった。鎖につながれた狼のようにベンチのあいだを歩きまわり、携帯電話に向かって何か言い続けている。

「……もちろん違うって……きみたち女性陣がシアトルに飛んで帰るなんて主張しなければ……おいおい、頼むよ、誰も責めてないって！……ああ、とにかくこっちに戻ってくれ！おれたちは絶対にどこにも行かないから……」

娯楽を考えるのはリリーの役目となり、彼女は靴紐をはずしてレイチェルにあやとりを教えはじめたのだった。

アーロはエディに二度目の電話をして、ロザリン・クリークへ来るもっとも近いルートを説明しようとしていた。彼の口調から、エディがちっとも理解していないことは明白だった。そのとき、クリップボードを持った看護師が歩いてきた。初々しい感じのかわいらしい、黒髪の若い女性だ。彼女は眉をひそめて考えこむように待合室を見渡すと、彼らに目をとめた。

「あなた方はミズ・タマラ・スティールと一緒に入っていらした方?」

アーロが足をとめ、携帯電話をぴしゃりと閉じた。「彼女は大丈夫なのか?」

看護師がクリップボードを見おろした。「容体は安定しています」慎重に言う。「われわれはできる限りのことはしています」

レイチェルの両手があやとりをしたまま膝の上に落ちた。少女がわっと泣きだす。

リリーはレイチェルを自分の膝の上に抱きあげ、少女の頭に顎をのせた。ふわふわの黒髪が鼻をくすぐる。「きっと大丈夫よ」リリーはレイチェルにささやきかけた。本当にそうであってほしかった。

しかしその期待が裏切られることもあると、誰よりも彼女自身がよくわかっていた。レイチェルもわかっている。アーロも。リリーはアーロがどんな物語の持ち主か知らなかったが、聞くまでもなく、同じような悲惨な物語があったことは彼が発するオーラから感じとれた。そこにいる全員が、物語のなかにはハッピーエンドではなく、悲しい結末を迎えるものもあることを知っているのだ。

そのとき、ローザが祈りを終えて目を開けた。その目は看護師の上にとまるなり、大きく見開かれた。「まあ！ ベビー用品店にいたあのすてきな奥さんじゃないの！ どうしたの?」

看護師は一瞬ぽかんとしたが、すぐにその顔を輝かせた。「あら、まあ！ またお会いできてうれしいわ！　なんという偶然かしら！」

「ちびちゃんのヘイデンとフィリップは元気？」ローザが笑みを浮かべた。「彼女とはモールのなかのベビー用品店で会ったのよ」リリーに説明する。「双子を連れていてね。男の子と女の子の。本当にかわいらしい子たちだったわ、ブルーノとマグダが小さかったころみたいに。あのとき、あなたは看護師をしているなんて言わなかったわ！　忙しくしているのね！」

看護師が笑った。「ええ。双子は元気ですわ。今は父親と一緒にいて、ビデオを見ているんじゃないかしら。ベビー用品店でお会いしたときはジムの両親を訪ねるところだったんですけど、わたしたちはここに住んでいるんです、クレイグスヴィル・ハイツに」

レイチェルがリリーの膝から滑りおりて尋ねた。「あなたがイリーナを助けてくれるの？」

看護師が少女を見おろした。「なんですって？　イリーナって誰？」

「わたしの妹」レイチェルが説明した。「ママのおなかのなかにいるの」

「あら」看護師が少女の髪を撫でた。「イリーナのためにできる限りのことをするわ、スウィートハート」

ローザは看護師が首からさげているIDカードに目をやった。「シルヴィア・ジェロルド。あなたの名前はケイトだとばかり思っていたわ」

看護師がくすくす笑った。「夫がわたしをそう呼ぶんです。ミドルネームがケイトリンなので。ジムはケイトという名前のほうが好きなんですよ」

「じゃあ、ケイト。この病院にはチャペルはある？」

看護師が一瞬ためらった。「ええと、その、ええ……」

「聖ジェラルド・マイエラに祈りを捧げなければならないの」ローザが説明した。「集中できる教会のほうがいいのよ。案内していただける？」

「わたしも行ってもいい？」レイチェルがローザの袖を引っ張った。

「だめだ」アーロがうなった。「みんなここに残るんだ。応援が来るまでは。ここからならすべての出入口が見えるし、駐車場にも目を光らせておける」

ローザがすっくと立ちあがった。「タムには聖ジェラルドのご加護が必要なの」きっぱりと言う。「わたしのノンナは子供たちが生まれるとき、聖ジェラルドに祈った。そうしたらみな、健康に生まれてきたわ」

看護師がクリップボードを小脇に抱え、アーロになだめるような笑みを向けた。「チャペルはこの廊下のつきあたりですわ」おずおずと言う。「ここからそのドアも見えます。頭を待合室から外に突き出せば。そこは、ええと……そこはとても安全ですよ」

「だめだ」アーロが食いしばった歯のあいだからその言葉を押しだした。「おれに力ずくであんたをとめるようなことをさせないでくれ、ローザ」

ローザの唇が震えはじめる。

リリーはローザの肩を抱いた。「ここで聖なる誰かさんに祈りましょう。神様はきっとわかってくださるわ」

「おれは涙なんかにだまされないぞ」アーロは譲らなかった。「泣きたいだけ泣くがいい。聖人たちはおれに応援が来るまで待てるはずだ」

レイチェルもふたたびわっと泣きだす。

看護師は逃げ腰になった。「わたし、その、あとはお任せしますね。ミズ・スティールについて何かわかったらすぐにお知らせしますので！　では、また！」そう言うと、急いで立ち去った。

そのとき、アーロの携帯電話が鳴った。彼はすぐに電話を開いた。

「なんだ？」吠えるように言う。「もちろんだ」リリーを横目で見た。「ブルーノだ」アーロが彼女に伝えた。「ああ、そうだ、彼をそっちによこすようにするが、ちょっと待ってくれ……ああ、ああ……タムは大丈夫だ、おれたちの知る限りでは。看護師が来て、容体は安定していると言ったんだ。それがどういう意味なのかは知らんが。ヴァルが彼女についている……ああ、リリーはここだ。あんた、いったいなぜそんなにいらついてるんだ？」

レイチェルとローザをなだめつつアーロの会話に聞き耳を立てるのは大変だったが、リリーはひと言も聞きもらさないようにした。

「彼らがあんたの、なんだって？」アーロの声が大きくなる。「そんなばかな！」

リリーは彼の袖を引っ張った。「何がばかなの？」

アーロが彼女に向けて指を振ってみせた。〝黙って待て〟という万国共通のサインだ。「三人全員がか？　そんなのありえない、そうだろう？　どう考えても無理だ！　何かの間違いだよ！」

そのとき、リリーはその男を見た。あるいは、見る前ににおいをかいだと言ったほうが正しいかもしれない。彼はウイスキーのにおいを放っていた。彼女が本能的に嫌っているにおいだ。それは父ハワードが飲んでいた酒だった。リリーは五十メートル先からでもそのにおいがわかった。

男が何やらつぶやきながら彼らのほうへ向かってきた。長身で、グレーのスキー帽から黒髪が飛びだしている。もこもこのダウンジャケットを着て、両手でガラスのフレームに入った写真を握りしめていた。

リリーは男を見たが、レイチェルのすすり泣きや、ブルーノと話しているアーロの反応に気をとられていた。

男が近づいてくるとアーロが身をこわばらせた。「待ってくれ」電話に向かって言う。「すぐにかけ直す」彼はリリー、ローザ、レイチェルと、よろめきながら近づいてくる男のあいだに立ちはだかった。

「あんた、お、おれの、キャロラインを見たか？」男が不明瞭な声で尋ねた。前のめりになって、まぶたは震え、目はぼんやりしている。

アーロが片手をあげた。「それ以上近づくな」

「おれの、キャロラインを、み、見たか?」充血した目が彼らを順繰りに見た。「キャロラインを捜している」男が写真を掲げた。「これが彼女だ。おれの――」

「さがれ」アーロが警告した。「あんたを傷つけたくないんだよ」

「でも、これが彼女の写真なんだ。彼女は……おお!」男はよろめいてゴム製のフロアマットにつまずいた。前につんのめり、手から写真が飛ぶ。フレームが床にあたって割れ、ガラスの破片が飛び散った。男は大声をあげて写真に飛びついた。

リリーの力がゆるんだ隙にレイチェルが逃げだした。「わたしはママのところに行く!」そう言ってドアに向かって駆けだす。

アーロの手がさっとのびてレイチェルの腕をつかんだ。そのとき、リリーはフレームのかけらを握っている男の両手が血まみれなのに気づいた。男も同時にそれに気づいた。

男が悲鳴をあげる。白目をむいてよろめき、倒木のように前へ身を投げだした。まっすぐリリーのほうに向かって。

アーロはレイチェルの腕を放して男をとめようと飛びだしたが、遅かった。

男がリリーを押し倒した。彼女の胸と膝の上ではずみ、ずるずる滑る。とてつもない重みと恐怖に頭が混乱し、リリーはわけがわからなかった。怒鳴り声、衝撃、腕に走った痛み。

アルコールのにおいに胃がむかついた。

やがて圧迫感が消え、彼女は空気を求めてあえいだ。心臓が激しく打っている。男は床にのび、アーロが上からのしかかっていた。アーロが膝で男の胸を押さえ、指で喉を絞めあげている。男は体をよじってうなったが、動けなかった。

「大丈夫か、リリー？」アーロが目を男からそらすことなく尋ねた。

「あの……ええと……」リリーは自分の体を見おろした。ああ、最悪。腕がガラスの破片で切られていた。ニューヨークで切られたのと同じほうの腕だ。今度の切り傷は深くはないが、汚かった。血が指先からしたたっている。セーターとジーンズはぐしゃぐしゃだ。「わたしは大丈夫。ガラスの破片で切られたけど、たいしたことはない」

アーロが外国語で悪態をつく。

ローザがあえいだ。「聖母マリア様《オ・マドンナ・サンティッシマ》！」彼女はバッグに手を突っこみ、ティッシュを探してリリーの腕をふきはじめた。そのあいだもイタリア語でぶつぶつとつぶやいている。

看護師が走ってきた。「まあ、いやだ。ジェイミソン、何をしたの？」

ジェイミソンという名の男が喉の奥から力ない声をあげる。寝返りを打とうとしたが、アーロの体がそれを阻んだ。

「彼を放していいですよ」看護師がアーロに言った。「彼は何もしませんから」

「そうか？　そこで血を流しているおれの友達に同じせりふを言ってやれ」アーロが氷のよ

うに冷たい声で言う。「こいつは何をしでかすかわからない」

「いいえ、そんな」看護師は主張した。「彼は道の先の施設で暮らしているんです。精神に問題を抱えていますが、危険人物ではありません」

「悲しいことだな。警察を呼べ。判事が決めてくれるだろう」

「とにかく、彼のソーシャルワーカーに連絡させてください」看護師がきびきびと言った。「それからあなたの傷を縫合します。ジェイミソンは混乱していますが、人を傷つけることはありません。本当に申し訳ありません。彼のことは何年も前から知っていますから」

ジェイミソンが泣きじゃくりはじめた。「キャロライン？」苦しげに言う。「キャロライン？」

アーロがつらそうに顔をゆがめた。喉を絞めていた手を離し、立ちあがって、ぜえぜえあえいでいる男を解放してやる。

ジェイミソンはたちまち横に転がると、胎児のように丸まった。まだ血まみれの破片を握っている。そして大声で泣きはじめた。彼の下の床に血だまりが広がった。

リリーはひるんで目をそらした。見ているのがつらかった。

「ああ、ジェイミソン」看護師が彼の腕をとった。「いらっしゃい。立つのよ。サンディを呼んであげるから」そう言ってリリーを見た。「ここを片づける人間を見つけて、すぐにあなたの手当てをしに戻りますから。いいですね？」

「無理しなくていいわ。わたしはもっとひどい目にもあってきたから」

彼らが立ちすくんで見守るなか、男は看護師の腕にしがみついてよろよろと部屋を出ていった。その肩は小刻みに震えていた。

沈黙があたりを支配した。レイチェルさえこの奇妙な状況に圧倒されて泣きやんでいた。リリーはゆっくりと息を吐き、腕の上の血まみれのティッシュをとった。「今のは奇妙だったわ」静かに言う。

アーロは看護師が出ていったドアを見つめた。「あの男をきみに近づけさせてしまってすまない。これはおれのミスだ」

リリーは驚いて彼に向き直った。「あなたのミス？　頭がどうかしちゃったの？」

「あの男はきみに切りつけた」アーロの声は荒々しかった。「その気があれば殺すことだってできた。おれがここに、一メートル先に立っていたのに！」

「ええ、でも彼は殺さなかった！　まったく、あなたたちってみんな同じね！　自分に課す基準が高すぎて、正気とは思えないわ！」

「失敗は許されないことだ」アーロが言う。

「ちょっと、黙って」リリーはぴしゃりと言った。「人間だから失敗するのよ。あなたもまだ人間なんでしょう？　多かれ少なかれ、わたしの知る限りではそのはずだわ。だから、そんなことは気にしないで」

「ちょっと失礼、あなた？　ここに来て」

リリーは顔をあげた。医療棟からさっきの看護師が手招きしている。

「あら、心配しないで」リリーは請けあった。「引っかき傷程度だから」

看護師が使命を帯びたかのようにずんずん歩いてくる。「せめてわたしたちにできることはさせてください」リリーの腕をつかみ、ティッシュの山をはぎとる。「なるほど」看護師がゴム手袋をはめた指で傷口をつつくと、リリーは身をすくめた。「だめよ、こちらに来て。手当てをします」

「ひとりでは行かせない」アーロが口を挟んだ。「レイチェル、ローザ、こっちへ。みんなで行くんだ」

看護師はリリーを引っ張って立たせると、アーロをにらんだ。「いいえ、あなたは来てはだめよ。彼女が処置を受けているあいだは。病院の規則です」そう言うと、リリーをせかし、彼女を連れて出ていった。

アーロはローザとレイチェルの手をつかんで一緒に引っ張り、あとを追った。「そりゃ残念だが、おれたちも一緒に行く」

「あなたは彼女のご主人？」看護師が詰問した。

「違う。彼女のボディガードだ！」

「まあ、だったらドアを見張っていて」看護師がぴしゃりと言った。「わたしが彼女の傷を縫っているあいだ、処置室で騒がれては困るんです。それに、小さな子供もだめ！　規則なので。そんなに心配なら外で待っていてください！」

「彼は神経質になっているの。最近、奇妙なことばかりあったものだから」リリーは看護師に説明すると、アーロの肩をぽんぽんとたたいた。「すぐにすむわ。ブルーノに、終わったら電話するからと伝えておいて」

看護師はリリーを引っ張ってドアの向こうに消え、アーロの目の前でバタンとドアを閉めると鍵をかけた。カチリ。リリーには、アーロが外国語でまくしたてるのが聞こえた。このあと、彼の相手をするのは大変だろう。そこには衝立《ついたて》があり、ドアのそばを通る人からベッドが見えないようになっていた。彼女は一歩進み……。

バサッ。顔に白いガーゼの山が押しつけられた。リリーは後ろに突きとばされ、両腕を押さえつけられた。

ああ、なんてこと。彼女はもがき、身をよじったが、上半身を押さえている腕は恐ろしいほど強かった。ガーゼは薬品をたっぷりしみこませてあるらしく、びしょびしょに濡れていた。リリーは息をとめ、薬品を吸いこまないようにした。張りつめた筋肉、じっとりした手。あざがつくほどの強さでつかまれ、体から力が抜けていく。寒気と吐き気が暗い波のように襲ってきた。男は手術用の手袋をはめていた。体をよじって顔を見る。ああ、なんてこと。ジェイミソンだ。彼はスキー帽をはずしていた。髪はブラウンのさっぱりしたスタイルで、山羊ひげが消えている。しかしウイスキーのにおいはまだ漂わせていた。感じのいい、特に特徴のない顔だ。

彼は自分に大いに満足している様子でリリーに微笑みかけた。

ああ、神様。わたしは息をしなければならない。きっと吐くか、気を失うかしてしまうだろう。あるいは死ぬのかも。おそらくはその順番で。あの看護師に警告しなければならない。彼女は……。

シルヴィア・ジェロルドが衝立の後ろから現れた。タンクトップと下着姿で、リリーに待合室で見せたのと同じ親しげな微笑みを向ける。だが今度は、リリーはその笑顔の奥に死が隠されているのを見た。

看護師ははぎとった手袋をナップサックにつめこむと、IDカードをはずして床に投げ、ゴム製のマスクをすばやく頭からかぶった。それは上等なマスクで、肌は生きている人間のように見えた。看護師は二重顎の老女に変身していた。だぶだぶの黒いズボンをはき、肩のラインが丸いウールのコートを着て、グレーのかつらをつける。

「急げよ、メラニー」男がつぶやいた。

女はめがねをかけてリリーに微笑んだ。「行きましょうか、スウィートハート」

リリーは息を吸いこまずにはいられなかった。暗闇が襲いかかってくる。男が彼女を後ろから抱えて椅子に座らせた。車椅子だ。意識を失う寸前、リリーは彼らに髪を持ちあげられ、かつらをかぶせられるのを感じた。めがねをかけられ、顔に酸素マスクがセットされる。冷たい。むずむずする。だが、彼女はもはやまったく動けなかった。

頭のなかにブルーノの顔が浮かぶ。後悔が胸を刺した。何かが永遠に滑り落ちていく。しかし、リリーはつかむことができなかった。それが貴重ですてきなものであることしかわからなかった。そして、それはもう二度と手に入らない。彼女はそれを探したが、跡形もなく消えてしまった。しがみつくべき手がかりもなかった。悲しみ、痛み、恐怖。それらが大きな渦となって、耳のなかで轟々《ごうごう》とうなりをあげる。

やがてリリーはその渦にのみこまれ、奥深くへと落ちていった。

26

「もしブルーノがここにいたら、あのげす野郎《ストロンツォ・ディ・メルダ》をリリーに近づけもしなかったでしょうね」ローザが言った。

アーロは歯を食いしばり、拳を握った。「教えてくれてどうも」抑揚のない声で言う。

「ブルーノなら、あの看護師って女に威嚇されて引きさがることもなかったわね」ローザが続けた。

「ああ、ブルーノは完璧だ。そしておれは最低の男だよ。よくわかった。先に進もう。そのためにも、とにかく黙っててくれ」

「わたしはママに会いに行く」レイチェルが黒い巻き毛を払った。

アーロは少女を見おろし、目を細めた。「いいや、だめだ。そこに立ってろ。筋肉ひとつ動かすな」

レイチェルがはなをすすり、指にリリーの靴紐を巻きつける。そしてあやとりで何かつくり、彼に突きだした。「見て」

アーロはレイチェルの手元を見た。「それはなんだ?」警戒しながら尋ねる。

「〝魔女のほうき〟よ」レイチェルが答えた。「リリーが教えてくれたの」

彼は自分が少女のペースに巻きこまれているのがわかった。「きみは今、魔女なんだな?」

「そうよ」レイチェルが長いまつげをぱちぱちさせる。「あなたを蛙に変身させちゃおうかしら。ううん、豚がいいかな。それとも虫? まだ決めてないわ」

アーロは肺から空気を押しだした。「最悪なやつにしてくれ」彼は言った。事態はこれ以上悪くなりようがない。ブルーノにこの日の出来事を話すことを思うと、気が重かった。ブルーノはすでにおれのことを忌み嫌っている。

「ムカデがいいわ」レイチェルが言った。「気持ち悪い足がたくさんあるの」

「足といえば」ローザがけんか腰で言った。「椅子をちょうだい。これ以上立っていられないわ。ひとつのところにずっと立っていると、むくんでしまうのよ! 風船みたいに! ほら、わたしの静脈瘤《じょうみゃくりゅう》を見て!」彼女は壁にもたれ、ふくれあがった足首を突きだして彼に見せた。

アーロはさっと目をやった。「リリーがあそこから出てくるまでは我慢だ」

「あなたをぬるぬるしたナメクジに変えちゃうかも」レイチェルが提案した。「それか、蜘蛛。大きいやつね、毛むくじゃらの脚をした」

彼は突然、サンディ郊外にある自分の静かな家が恋しくてたまらなくなった。今ごろはそこでひとりきりで過ごしているはずだったのだ。この恐ろしい混乱に首のみならず体のあちこちを突っこまずにいたならば。アーロはドアをたたいた。

「おーい、どんな具合だ？」彼は怒鳴った。

物音ひとつしない。あの看護師め、沈黙で反撃しようというのか？　いや、傷口を縫いあわせるのに集中しているのかもしれない。

そのとき、廊下の先で医療棟と連結しているドアが開いた。老いた女性が現れ、怒った口調で指示を出している。そのあとに、手袋をした背の高い男性が、別の老女がぐったりと座った車椅子を押して現れた。老女の頭ががくりと横向きに垂れた。グレーの髪がうなじのところでもつれている。おそらく心臓発作を起こした患者だろう。三人はゆっくりと廊下を通りすぎていった。歩いている老女は車椅子にしがみついてバランスをとっている。酸素ボンベがつながれていて、台車がガラガラ音をたてて車椅子についていった。

その三人組を見ていると、なぜかアーロの肌が粟《あわ》立った。不吉な予感がする。死、老い、病気への恐怖がわけもなくこみあげてくる。彼は病院が大嫌いだった。病院に来ると緊張する。嫌いといえば、彼は自分の心のうちを観察するのも好きではなかった。外から襲ってくる脅威を警戒するだけで充分忙しく、内なる敵の相手をする余裕はない。

それに、外から攻撃してくる敵のほうが、殺すのは簡単だ。

レイチェルがもじもじしはじめた。「おしっこしたい」

彼はうめき声を押し殺した。「我慢しろ」

「できない！　おもらししちゃいそう！」

廊下の先のドアがバタンと開いた。白衣を着た中年の黒人女性医師が、困り果てた顔をしている。彼女は左右を見まわした。「シルヴィア？　シルヴィア！」ポケットベルをとりだすと番号を打ちこんだ。「アンジェラ？　まったくもう、みんなどこへ行ったの？」

「看護師を探しているんですか？」アーロは尋ねた。

女性が鋭い目つきで彼を見る。「看護師を見ましたか？」

「そこに入っていきました」彼は親指を医療棟との続き部屋に向けた。「われわれの友人が切りつけられましてね。看護師が縫合してくれています」

医師が眉をひそめた。「なんてこと。すでに手が足りないというのに、今度は看護師がわたしの目の前から姿を消したなんて！」

「おしっこしたいの」レイチェルが足を踏み鳴らした。

医師が廊下の先を指さす。「トイレはあっちよ」そうぴしゃりと言うと、部屋のなかに姿を消した。

レイチェルがアーロを探るような目で見る。彼は廊下を大股で歩いてトイレまで行くと、ドアをさっと開け、誰もいないことを確認した。そして、トイレのドアを少女のために開けてやった。「行ってこい」

アーロはふたつのドアのあいだに陣どり、鼻をくんくんさせた。ウイスキーのにおいだ。誰かが仕事中に飲んでいたのだろうか？　ここで？　まさか、あの看護師ではないだろう。もしかしたら、ジェイミソンの亡霊が空中をうろついているのかもしれない。

アーロはまたドアをドンドンたたいた。「おい！　リリー？」

返事はない。彼女はこのドアのさらに奥にある部屋へ行ってしまったのかもしれない。ここに突っ立っているのをやめて、うなじを這いまわる蜘蛛やムカデの声に耳を傾け、直感を信じて、あのドアの鍵を手に入れたほうがいいのかも。

アーロは受付に走っていき、スタッフ専用のスペースに頭を突っこんだ。「おーい！　誰かいないのか？」

誰も答えない。踏みこんでいくと、デスクの下に受付係のズボンをはいた太い脚がぐったりとのびているのが見えた。

なんてこった。恐怖がこみあげる。おい、嘘だろ。まさか、そんな……。

アーロはものすごい速さで医療棟のドアへ駆け戻り、全力で飛び蹴りをくらわした。だが、ドアは開かない。彼は次のドアを試したが、結果は同じだった。だが、その次のドアはロックされていなかった。アーロはなかへ駆けこみ、看護師がリリーを連れていった部屋を探した。

最初に感じたのはにおいだった。見ると、ジェイミソンのウイスキーまみれのコートが床に脱ぎ捨てられていた。その横には、ストラップのついたＩＤカード。ガーゼの山。気絶させる薬品が染みこませてあるのは間違いない。ふと、下着姿の若い女性が床に倒れているのに気づいた。リリーではない。看護師だ。ウクライナ語で悪態をつきながら、アーロは彼女の頸動脈に触れた。幸い、脈があった。

老女ふたりと男の看護師。それだ。おれはなんというまぬけなんだ。

アーロはドアから飛びだした。ローザ、レイチェル、それにさっきの女性医師が、目を丸くして、まるで彼がどうかしてしまったかのように見つめている。

「あんたの看護師は襲われた。受付係もだ」アーロは走りながら怒鳴った。「リリーがさらわれた！　警察を呼ぶんだ！」

アーロは角を曲がった。あの三人組はゆっくりと動いていたから、もしかしたらまだ……。だが、だめだった。廊下にも、待合室にも、車寄せにもいない。駐車場に駆けこんだとき、黒いベンツのセダンが出口に向かって急発進した。白衣を着てひげをきれいにそったジェイミソンが運転している。助手席には帽子をかぶった老女が座っていた。

リリーがいない。意識を失って後部座席に寝かされているのか？　それともトランクに入れられたのだろうか？

アーロはさらに速く走り、ナンバープレートに目を凝らした。だが、泥がなすりつけられていて数字は見えなかった。ベンツは道路に出ようとしてとまっていた。彼は思わず銃を抜いたが、後部座席かトランクにリリーを乗せて動く車を走りながら撃つのはためらわれた。

タイヤだ。アーロは走る速度をゆるめてねらった……そのとき、車が泥を大きく跳ねあげて発進した。彼が引き金を引くと同時に冷たい水しぶきが顔にかかる。弾丸は車の後部にめりこんだが、車はそのまま走り去った。アーロは目から泥をぬぐった。

ああ、神よ。あの弾丸がトランクを貫通したなんて言わないでくれ。あの弾丸がリリーの体にあたったなんて言わないでくれ。頼むから。

アーロは悪夢のような考えを払いのけ、ベンツを追いかけて走った。車はヘッドライトをつけずに直線の道を走っていく。彼との距離はどんどん広がっていった。だが、アーロは走り続けた。頑固な犬のように。失敗は許されない。それなのに、また同じことの繰り返しだ。どうしておれはいつもいつも巻きこまれるんだ？　こうなることはわかっていた。いつだってこうだ。おれはひとりで仕事をし、ひとりで暮らしてきた。できるだけ物事をシンプルにしておきたかった。それはすべて、こうなることを避けるためだったのに。

すべてはこの胸をかきむしられるような、狂おしい感情を避けるためだった。自分が人々を失望させたときに、こんな気持ちを味わいたくなかったから。

助手席の窓が開いた。偽の看護師が手を突きだし、彼に向けて挑発するようにひらひらと指を振った。バイバーイ、と。

彼らはカーブを曲がり、そして、消えた。

「あの野郎、殺してやる」ブルーノは車の座席の上でいらいらと体を震わせた。拳を握り、ゆっくり呼吸をして、吐き気をこらえる。「あいつの手足を引き裂いてやる」

「アーロのせいじゃない」ケヴが淡々とした口調で言う。さっきからもう何度も同じ言葉を繰り返していた。「殺す必要があるのは彼じゃない」

「いったいあいつは何を考えてたんだ？」ブルーノは感情を抑えきれなかった。「酔っ払いをリリーのそばに近づけるなんて。彼女が鍵のかかる部屋に連れていかれるのをむざむざ見逃すなんて。あいつはドラッグでもやってたのか？」

コナーがためらいつつも口を開いた。「想像するに、やつらがうまくやったんだと思う。病院は人手が足りていなかった。条件がそろっていたんだ。医者がタムの治療で忙しくしているあいだに、受付係と看護師をやっつける。そして例の女は何度か姿を見せて自分は看護師だと思わせる。おれだってだまされただろう。アーロを許してやれよ」

「いやだ！」ブルーノは怒鳴った。「やつらの手際がよかったとほめるなんて、おれは絶対にごめんだね！」

「誰もほめろとは言ってないよ、ブルーノ」ケヴが静かに言った。「残念だ」

ブルーノは窓の外を見つめた。ガラスを打ちつける雨粒を見ながら、いらいらと脚を揺する。「やつらはどうやって知ったんだ？」彼は詰問した。「タムが出血したことを。あれは突発的な事態だ！　予測するのは不可能だ！　どうやってロザリン・クリークの病院を選んだことを知ったんだ？　彼らがクレイグスヴィルかドーソン・フォールズの病院に駆けこんだかもしれないのに。どこも同じくらいの距離だぜ！　でも、やつらは正確に場所を知っていて、待ちかまえていた！　どうやって？」

コナーが疲れのせいでくまのできた目をこすった。「どこかに追跡装置が埋めこまれていたとか？　盗聴かな？」

「タムの家に？」ケヴが笑った。「ありえない」

コナーが肩をすくめる。「じゃあ、ほかにどういう方法がある？」

「あいつを殺してやる」ブルーノはまた言ったが、その言葉はむなしく響いた。

「無念さで言ったらアーロのほうが上かもしれないぞ」デイビーがつぶやいた。

ブルーノが見ると、デイビーがさっと目をそらした。「おれにあの無能なくそったれを気の毒に思わせようとしても無駄だぞ」ブルーノは荒々しく吐き捨てた。「あいつには無念だと思うことすら許さない。無念だなんて思っていいのはおれだけだ」

重い沈黙がおりた。この状況で言えることは誰にも何もなかった。何を言っても、慰めにも助けにもならない。

ハイウェイの出口の標識を通りすぎると、コナーが前に身をのりだした。「次の出口でおりろ」彼はブルーノを見た。「そこの通りにはレンタカー屋があるだろう。おまえはこの車で東に向かえ。頼むから警察にとめられるなよ。この車には武器が山ほど積んである。テロリストだと思われるぞ。それにおまえはすでに充分問題を抱えてるんだからな」それからケヴに向き直った。「この車はおまえの名前で借りたんじゃないよな?」

「まさか」ケヴが答えた。「これだけいろんなことが起きてるんだ。足のつかない車が必要になることはわかってた」

「ちょっと待てよ」ブルーノは四人を見まわした。「おれがここから走り去ると思ってるのか? おれはリリーのあとを追わなきゃならないんだ!」

男たちはブルーノと目を合わせようとしなかった。

「彼女を追ってどこにいくんだ?」ケヴが言った。「おまえにやれることはほかに何もない。ロザリン・クリークは警官だらけだ。おまえが助けてやらなくても、彼らは彼らで仕事をするさ。だいいち、おまえはお尋ね者だ。覚えてるか?」

「おれたちはここからできる限りの手がかりを追う」デイビーが言った。

「でも、リリーがやつらに何をされるか……。おれにはできない。リリーがとらわれてるってときに、国を横断して車を走らせる暇なんかない!」

「飛行機が使えないんだ」コナーが言った。「指名手配されている以上、民間航空会社を使えばIDチェックに引っかかるぞ。うまく変装して、偽のパスポートでも持ってるなら別だが。どうだ?」

　ケヴの兄たちが希望をこめた目でブルーノを見る。

「くたばりやがれ《ヴァッファンクーロ》」ブルーノは吐き捨てた。「もちろん無理だ。あんたらマクラウド兄弟と違って、おれはそこまで周到に素性を隠す必要に迫られたこともないからな。だけど、リリーから遠ざかるなんてできない！」

「そうじゃない」ケヴが言い返した。「おまえは世界でたったひとつ残っている手がかりに向かっていくんだ。おまえはすべてがはじまったところに行く。そこで手がかりが得られなければ、どこに行ったたって何も見つからないさ」

「ご高説どうも。実に勇気のわいてくる励ましの言葉だな」

「励まし以上のものをくれてやる」ケヴが言った。「おれも一緒に行くよ」

「おれもだ」ショーンが言った。「このショーを見逃すわけにはいかないからな」

「ばかか」ブルーノは彼らを見据えた。「指名手配犯が百九十三センチのブロンドの双子を連れ歩いたらめだってしかたがない。しかも双子のひとりは顔に派手な傷を負っているんだぜ。こうなったらいっそ、ふたりとも顔をネオンピンクに塗ってみるか？」

　ケヴとショーンが目を見交わした。「三人でいたほうが速く進める」ケヴが言った。「制限速度は守らなきゃならない。スピード違反で捕まったらおまえは一巻の終わりだ。おまえには交代要員が必要だよ」

「いや、必要ない。リリーが拉致されているときにおれが眠れると思うのか？　おれは二度と眠らない。あんたらの助けなど必要ないんだ」

「おれたちはめだたないようにする」

「どうやって？　老女のマスクでもつけるか？」

ショーンはハイウェイの出口をおりて道路沿いのショッピングモールに入った。そぼ降る雨のなか、街灯がかすんだもやを照らしている。

「ドラッグストアの横にレンタカー屋があった」デイビーが言った。「そこで車をとめろ」

「スピードを出すなよ」コナーが注意した。「いつでも携帯電話の電源を入れておけ。もちろん追跡タグは埋めこんであるから、おれたちはそれでおまえを追う」

男たちは外に出た。デイビーが前かがみになり、助手席の窓をトントンたたく。ケヴが窓をおろすと、冷たい空気が入ってきて車内の温度をぐっとさげた。デイビーがいかめしい顔で弟たちを見つめた。「殺されるなよ」

「ああ」ショーンが明るく言った。

デイビーとコナーは踵を返し、連れだって雨のなかを歩いていった。感情を見せずに去っていく、いかにもマクラウド家の男たちらしいやり方だ。マッチョなカウボーイが肩と肩を並べて夕日のなかへと駆けていく。

ブルーノは彼らの後ろ姿を見つめた。ここでもうひと悶着《もんちやく》起こして、双子を追い払うべきだろうか？　問題は、心のどこかに、旅の道連れがいることにほっとしている自分もいるということだ。同時に、彼らを巻きこむことへの後ろめたさも感じていた。

「あんたらは冗談を言ってるんだろ?」ブルーノは一応言ってみた。「おれはひとりで行くよ」

「足のつかない現金をどれだけ持ってる?」ケヴが尋ねた。「おまえの銀行口座もクレジットカードも使えないぞ。おれは自分の名義じゃない口座にごっそり金をためこんであるんだ」

ブルーノはショーンを見た。「奥さんに殺されるぞ」

ショーンが陽気に笑った。「この混乱のさなかにエイモンを連れて車でシアトルまで小旅行しようなんて決めたのは彼女だぞ」

「そうやって正当化する気か? 奥さんにどやされることになるぜ」

「妻の話はこれとは別だ」ショーンが言った。「口の減らない青二才め」

「おれは青二才から先に進んだってことでみんなの合意が得られたと思ったんだがな」ブルーノは反撃した。「おれはまぬけを卒業した。今のおれは〝頭のいかれたまぬけ〟に進級したんだ。だから、あんたらはここで消えてくれていいんだぜ?」

ケヴがブルーノをにらみつけた。「そのつもりはない。あきらめろ」

「とにかくおれにやれるだけのことをさせてくれ。ほかの誰も死なせちゃならないんだ!」

「リリーは死んでない」ケヴが言った。

「そんなのわからないだろう」ブルーノの声が震えた。

ケヴの目は揺らがなかった。「彼女は死んでない」彼が繰り返した。「彼女の命がほしければ、やつらは狙撃手にライフルで彼女をねらわせればよかったんだ。そうすればトラブルも起きなかった。あんな手のこんだ芝居を打ってるってことはつまり、彼女が生きてるってことだ」

ブルーノはそれにはあえて返事をしなかった。「それでも、あんたらはおれと一緒に来るべきじゃない」

「行かなきゃならないんだ」ケヴが言った。「おまえをひとりで行かせるわけにはいかない。おれがそんなことをする人間だと思うなよ」

「そして、おれはこのとんでもないショーを見逃せない」ショーンが口を挟んだ。「あまりにおもしろすぎる。見ずにいられるかってんだ。金を積まれても出ていかないからな」

ブルーノはショーンの目をのぞきこんだ。「あんたにはすでに恩があるんだ。おれに何かを証明する必要はないぜ」

ショーンの笑みがゆがんだ。「おまえ、いまだにしこりが残ってるなんて言うなよな。おれたちはみんな、乗り越えたんじゃなかったのか？」

ブルーノは頭を振った。「あんたがいいなら、おれも何も言わないよ」

「じゃあ、これで決まりだ。行こうぜ。おれたちにはやることがあるんだ」

ピートリーは腹をすかせていた。体はこわばっているし、もううんざりだ。多くの選択肢があったなかから、警官の仕事を選んだ。それを後悔するのは、危機に陥ったときだけだった。

だが、いつかはローザ・ラニエリもあの家から出てくるだろう。ピートリーはコナー・マクラウドの家の正面玄関を木の枝越しに見張るのに最適な横道を見つけていた。これまでは誰にも見とがめられていない。彼が見張っているのがマクラウド家だということを考えると、それは実に幸運だった。

ローザを見失う心配はなかった。彼女の携帯のGPS機能は数メートルの誤差で彼女の位置を突きとめることができる。ローザが契約している携帯会社のセキュリティ部門に勤める友人には先週連絡を入れてあり、書類をなるべく早くよこすと約束してくれていた。そんなわけで、ピートリーはすでに数日間彼女を見張っていた。ありがたいことに、一家のほかの者たちとは違って、ローザは携帯電話の電源を入れたままにしていた。もっとも、彼が電話をしてもローザが出ることはなかったが。彼女を脅したことに今でも腹を立てているのだ。とはいえ、ローザを責めるわけにもいかない。

昨日、何時間も地区検事長のオフィスで過ごして召喚令状を手に入れていたので、捜査は今や合法だった。これでひと安心だ。そして証拠の入手についてもピートリーは無理なく動けるようになっていた。

　クレイズ湾からロザリン・クリークへ、そして今はまたシアトルに戻ってコナー・マクラウドの家の前と、ローザ・ラニエリは動きまわっている。しかし面会のチャンスをうかがうには、クレイズ湾にあるタマラ・スティールの要塞よりもシアトル郊外のほうがいい。というわけで、ローザがシアトルに戻ったとたん、ピートリーは数日間の休暇を願いでていた。上司には事件の捜査のためだとはひと言も言っていない。言えば、上司はそれより地方警察としての仕事をしろと命じただろう。ピートリーはどこにでも身軽に飛べるようにしておきたかった。

　このことで、あとでおとがめを受けることになるのはほぼ間違いないだろう。これがはじめてというわけでもない。子供のころから、規則を破ってばかりいたのだ。

　空は晴れていた。コナー・マクラウドと妻のエリンは職場に出かけている。デイビー・マクラウドの妻マーゴットは、義理の妹の家にふたりの子供をあずけていた。その子供たちが遊び場に連れていってとせがむに違いない。ピートリーはそれを待っていた。ローザ・ラニエリと言葉を交わすチャンスを待って、すでに半日過ぎている。マクラウド家は身内だけでかたまっていた。彼らがそうなるのは無理もない。

　ブルーノ・ラニエリがいつのまにか姿を消していた。リリー・パーもだ。そして、死体が積みあげられていた。しかも、それらの死体はブルーノの兄弟姉妹だという。ピートリーはなんらかの答えがほしかった。頭がどうかなりそうだ。何もかもが不気味すぎる。

　正面玄関に動きがあった。ピートリーは双眼鏡をとりだした。ローザ・ラニエリが出てきた。彼女の広い背中がまず目に入った。緋色《ひいろ》のウールのコートを着ている。彼女はベビーカーを苦労してポーチに出した。そのなかにいるのはデイビー・マクラウドの末娘に違いない。年上の子供たちがふたり出てきた。五歳くらいのブロンドの男の子と、四歳くらいの赤毛の女の子だ。

　そのあと、黒髪の少女が出てきた。腕に幼児を抱いている。黒いウールのコートから形のよい脚がすらりとのびていて、黒いハーフブーツをはいていた。少女はおぼつかない足どりの幼児を下におろすと、ローザがベビーカーを持ってポーチのステップをおりるのを手伝った。

　ピートリーは双眼鏡の焦点を少女の顔に合わせた。陰のある、大きな切れ長の目。高い頬骨。ふさふさとした黒髪。少女はまた幼児を抱きあげてキスをし、微笑んだ。息をのむほどの美しさだ。あと二十五センチ背が高ければスーパーモデルになれるだろう。しかし、少女の身長はせいぜい百五十七センチといったところだった。もっと低いかもしれない。

　彼女はマクラウドの妻ではない。もちろん、マクラウドの妻たちもみな、負けず劣らず美しいが。この二日間、この家に出入りする人間を監視していたので、ピートリーはその美しさに驚いていた。だが、彼女は若すぎる。

小さな子供が四人。ひとりは新生児、ひとりはよちよち歩きの幼児、あとふたりはいたずらざかり。老女が戸外でひとりで目を配るには多すぎる。ピートリーにも甥や姪がいるので、それは自信を持って断言できた。ということは、この少女はローザの手伝いでベビーシッターをしている地元の高校生か何かだろう。

ピートリーは、自分がよだれを垂らして少女を見ている変質者になった気がした。そんな自分にいらだって、車をおりた。子供たちをせかしながら通りを歩いていくローザと少女の後ろ姿を見守る。公園に入ると、男の子はボールを蹴りながら走っていった。その後ろを女の子がついていく。そしてその子たちにもっとゆっくり走るようにと声をかけながら、黒髪の美少女があとを追いかけていった。

ピートリーはゆっくりと公園に入っていった。少女はガゼルのように駆けている。日光を受けて輝くつややかな髪を旗のようになびかせていた。気をつけろ、下半身じゃなく脳味噌を使え。彼は集中力をとり戻して、ローザ・ラニエリが座っているベンチに向かって歩いていった。彼女は足でベビーカーを揺すりながら、膝の上の幼児をあやしている。

「失礼、ミズ・ラニエリ？」ピートリーは声をかけた。

ローザがちらりと目を向けた。たちまち、疑わしそうに目を細める。彼女は赤ん坊を守るように胸に抱いた。もう一方の手を、横に置いてあったバッグのなかに突っこむ。「あなたは誰？　なんの用？」

「サム・ピートリー刑事です。ポートランド警察の」

ローザがめがねの奥で目を見開いた。「先週わたしに心臓発作を起こさせた人？　よくものこのこわたしの目の前に出てこられたものね。今すぐあなたを撃ってやってもいいのよ！」

ピートリーは彼女の手を見つめた。「脅しているだけですよね、ミズ・ラニエリ。赤ん坊の面倒を見ているときに、弾丸をこめた銃を持ち歩いているわけじゃないでしょう？」

ローザが手を引き抜いた。「ええ」彼女は認めた。「子供《ビンビ》は何にでも手を出すから。それより、ここで何をしてるの？　あなたなんかお呼びじゃないわよ」

「あなたに見せたいものがありましてね」ピートリーは言った。「座ってもいいですか？」

「だめ！」ローザが叫んだ。「あなたはお呼びじゃないって言ったでしょう？　どう解釈したらそんなことが言えるの？」

「本当にききたいことがあるんですよ」

「そしてわたしは、本当にあなたに消えてほしいと思っているの」

「誓います。あなたの甥御さんを傷つけるようなことではありません」

ローザは納得しなかった。「そうかしら？　その判断はわたしがくだすわ」

「もちろんですとも。でも質問を聞かないと判断をくだしようがないでしょう？　捜査の手がのびていることを、あなたからブルーノに警告したっていい。そうしたいお気持ちは理解できますよ。逃亡幇助《ほうじょ》や教唆にはなりますが、人はやらねばならないことはやらねばならないものです」

ローザの黒い目が鋭くなる。「わたしを罠にかけようとしているの？」

「まさか。事実を言ったまでです。で、座ってもいいですか？」

「だめよ」彼女はにべもなかった。「赤ん坊に近づかないで。ききたいことをきいたら、さっさと消えて」

ピートリーはコートのポケットから封筒をとりだした。「ＤＮＡ鑑定の結果については、マクラウド兄弟からお聞きだと思いますが」

ローザが冷笑した。「その話だろうと思ったわ。いい？　そんなことありえないわ。わたしはそれを事実として知っているの」

彼は封筒を振った。「この写真を見てほしいんです。もちろん、気軽に見られるようなものではないかもしれません。写っている人たちはもう死んでいますから」

「わたしは七十六歳よ。あなたがマンマのおっぱいを吸ってるころからずっと、死人は何人も見てきたわ。あなたは何歳なの？」

「二十九です」

「はっ！」ローザが甲高い声で笑った。「まだひよっ子ね！　わたしは十三歳のときに、いとこのトルッチオが埋葬されるのを手伝ったのよ！　彼は羊を盗もうとした強盗団に撃たれたの。それに井戸に投げこまれたロザリオおじさんは、発見されるまで六週間もかかった。やっと彼を引っ張りだしたときには——」

「もういいです。話していただかなくてけっこう」ピートリーは急いで言った。「想像はつきますから」

「彼は誰かの女房とよろしくやってた報いを受けたのよ」

ふたりは見つめあった。ピートリーは封筒を手に打ちつけて、ローザの好奇心が募るのを待った。「それで」彼は言った。「これをお見せしてもいいでしょうか?」

ローザがふくよかな手を尊大に突きだした。「見せて」

ピートリーは封筒を振って写真を手のなかに出すと、それを彼女に渡した。

最初の一枚は、ブルーノ・ラニエリとの格闘の直後にワイガント通りで見つかった死体だった。それを見たとたん、ローザは凍りついた。

彼は前かがみになり、写真を指でつついた。「これはわたしがブルーノと見間違えた男です。食堂に飾ってあったブルーノの写真を見ていたんですよ。あの『ポートランド・マンスリー』の表紙をね。間違えたことについては心から謝ります。でも、これを見たら、わたしを責められないでしょう?」

ローザは返事をしなかった。二枚目の写真を見る。アーロの自殺したガールフレンドの写真だ。ローザが息をのむ。彼女の手のなかで写真が震えた。

三人目はもっとも若かった。食堂の外での乱闘のさなかにブルーノが首を折ったと認めた男だ。ブルーノとは目や髪の色が違ったが、それでもやはり似ていた。

ほかの死体については、ローザは何も感じなかったようだった。手をとめずにぱらぱらめくっていって、最初の三枚に戻った。ブルーノと遺伝子を共有する者たちだ。彼女の沈黙は、ピートリーが知りたかったことを告げていた。ローザは顔色を失っていた。汗が額に浮かんでいる。彼女はあえぎ、大きな胸をたたいた。

「ミズ・ラニエリ?」ピートリーは隣にひざまずいた。「大丈夫ですか?」

「聖母マリア様《マドンナ・サンティイッシマ》」ローザがささやく。「この人たちは……そんなのありえない。この写真は最近のもの?」

「数日前に撮られたものです。検死官による身元の特定を待っているときに。それぞれ、数時間と間をあけずに死んでいます。彼らを見たことはないのですね?」

ローザが体を震わせはじめた。ピートリーは不安になってきた。彼女の腕のなかの幼児が身をよじってぐずりはじめる。「わたしは行かなきゃ」

「行くって、どこへ? ニューアークに戻るんですか? ブルーノが子供のころに、あなたの姪のマグダと住んでいたところですよね? 彼はそこに行ったんですか?」

ローザの表情が鋭くなり、唇が引き結ばれる。「いいえ! あなたには何も話すつもりはないわ!」

別にかまわなかった。もう白状したも同然だ。「で、あなたは彼らを知らないのですね？」

ローザの目に涙があふれた。「知らないわ」声が震えていた。「これまで一度も会ったことがない」

ピートリーはそう言う彼女の顔をじっと観察していた。これまで、大勢の嘘つきの話を聞いてきた。ローザ・ラニエリが今言ったことは嘘ではないと賭けてもいい。彼女が嘘をつくときは、大声で騒ぎたてるはずだ。決して泣きだしたりはしない。彼は赤ん坊の泣き声に負けじと声を張りあげた。「でも、彼らに似ている人たちに会ったことはあるでしょう？」

ローザがけんか腰に言った。「だったらどうだというの？　たまたまだわ。そうでしょう？　誰にだってそっくりな人間がいるっていうじゃない」

「次の質問です」彼は言った。「これを見たあとで、ブルーノの母親にはあなたの知らなかった面があったかもしれないと思いますか？」

彼女はひるんだ。「いいえ！　マグダはいい子だった！　それにこの子たちはみな若すぎる。彼女がそんな……ありえない！」

「それは、彼らが彼女の子供だというのはありえないという意味ですか？」

ローザがうなずいた。幼児が火のついたように泣き叫びはじめる。「マグダは死んだのよ！　彼女が遺《のこ》したたったひとりの赤ん坊がブルーノだった。そして、彼女はいい母親だった！　彼女は息子を救うために死んだの！　英雄的な死を遂げたのよ！」

「それは疑いませんよ。でもＤＮＡ鑑定をしたところ、この連中とブルーノが完全な兄弟姉妹である確率はかなり高かった。それは嘘じゃありません」

ローザが激しくまばたきしはじめた。「この子を連れていって」赤ん坊をピートリーに押しつける。「スヴェティを呼んで」写真が彼女の足もとにばらばらと落ちた。

「ですが、おれは……でも……」そのとき、ローザ・ラニエリはベンチの上に横向きに倒れた。「ああ、なんてこった」彼はつぶやき、必死に周囲を見まわした。ベビーカーのなかの赤ん坊も目を覚まし、耳をつんざく叫び声をあげはじめる。

ピートリーはふたりの子供とサッカーをして遊んでいる美少女を見つけ、彼女に向かって叫んだ。「スヴェティ！　助けてくれ！」

スヴェティという名の少女はさっと振り向くと、彼のほうへ走りだし、ふたりの子供についてくるよう叫んだ。ピートリーは抱えている幼児をなだめながらベビーカーを揺らし、ローザがベンチから地面に落ちないよう腿で押さえるのに必死だった。

「ローザ叔母さんに何をしたの？」スヴェティが息をのんで彼に食ってかかった。

ピートリーは少女のかすかな訛りを頭に刻みこみながら、筋の通った説明をしようとした。「別に何も。おれはピートリー刑事だ。ポートランド警察から来た。そしておれは――」

「その子をよこして！」スヴェティが泣き叫んでいる幼児を彼の腕から引ったくると、ピートリーは大いに安堵した。

「おれはただ彼女にいくつか質問を――」

「ぎゃあ!」男の子が叫び声をあげた。ローザが落とした写真を拾い集めている。「この人たち、死んでるの? 死人に見えるよ!」

男の子が扇状に広げた写真を、女の子が首をのばして見て、耳をつんざく悲鳴をあげる。

スヴェティはあえぎ、男の子の手から写真を奪いとった。「これをローザ叔母さんに見せたの?」それをピートリーの面前に突きつける。少女の声は震えていた。「こんな恐ろしい写真を? あなたなんか最低! サディストだわ!」

「ええと、でもおれは……その……彼女が了承して――」

「よくもそんなことを!」スヴェティの目は怒りに燃えていた。まるで復讐の女神だ。

「ローザ叔母さんから離れて! さあ!」

「でも、彼女をどうにかするのに助けが必要では? おれが連絡を――」

「いいから行って!」少女が写真を握りしめた手で彼に殴りかかる。「このおぞましい写真を持っていって!」

ピートリーは写真をつかんだ。「彼女は動けないんだ」スヴェティの拳をよけながら説明する。「脚を動かしたら、彼女がベンチから落ちてしまう」

スヴェティはひざまずいて幼児をそっと地面におろすと、ローザの体を起こそうとした。

だが、どうしても動かせそうにないのを見て、ピートリーはあわてて少女を手伝った。

ローザのまぶたがひくひくして、あわれっぽいうめき声がもれる。その目は彼の上でとまり、さも不快そうに細められた。「あなた、まだいたの？　さっさと消えて」

「ええ、消えてちょうだい」スヴェティがせかした。「早く。さあ！」

ピートリーは名刺を探した。「これを置いていかせてくれ。何かあったら――」

スヴェティが名刺を投げ捨てる。「それを拾ってあなたのよく知ってる場所に突っこんでおきなさいよ！」

「それって、この人のケツにってこと？」男の子が声を張りあげる。

「お黙り《ジット》！　悪い言葉を使っちゃだめでしょう！」ローザが正気をとり戻して男の子をしかりつける。だが、すぐにまたぐったりとなった。

ピートリーは笑いだしたい奇妙な衝動に駆られた。このエキゾティックな怒りの女神を最後にもう一度見つめたいという衝動を抑えつけて、あとずさりする。必要なものは手に入れた。退散すべき時間だ。

ローザ・ラニエリは自分が作戦に参加できないと怒り狂うタイプだ。自分がそうだからピートリーにはよくわかった。そして、彼女が作戦を開始するのを、絶対に見逃すつもりはなかった。

27

リリーはできればいつまでも意識を失っていたかった。しかし光がまぶたを刺激し、心臓が鼓動を打つたびに、頭がずきりと痛んだ。

彼女は目を開ける前にほかの感覚を総動員した。空気は動いていない。ひんやりしている。人工の光。抗菌洗剤の鼻をつくにおい。胃は引っくり返りそうだ。おしっこがしたくてたまらない。リリーは薄目を開けた。頭がハンマーで殴られたように痛む。横向きに転がって起きあがろうとしたが、途中で動きをとめた。目をぎゅっとつぶり、こみあげた吐き気を抑えるためにおなかに手をやる。

彼女がいるのは小さな、窓のない部屋だった。家具はみな金属製で、むきだしの蛍光灯が天井からぶらさがっている。リリーは、マットレスが薄い黒のビニールパッドで覆われている簡易ベッドに座った。コットンの白い病院用ガウンを着ている。背中があいていて、臀部《でんぶ》が丸出しになるタイプのものだ。彼女は身を震わせた。震えるたびに刺すような痛みが全身に走り、歯を食いしばった。

かつて窓があったらしき場所は板が張られて違う色のペンキが塗ってあった。リリーの服は棚に置かれている。彼女はそれをつついてみた。洗濯ずみだ。袖には血のしみが残り、毛玉のできたウールに茶色っぽいしみがいくつもついている。靴はない。

リリー自身も洗濯されたようだった。髪は消毒薬のにおいがした。気絶しているあいだに誰のものともわからない手が体に触れたと考えると寒気がした。

棚にはトレイがあった。ラップをかけたハムサンドイッチに、バナナが一本、水のボトルが一本、ブラウニーがひと箱置かれている。紙ナプキン、ウェットティッシュ、頭痛薬もひと箱あった。どうやら、麻酔薬の二日酔いを治してからわたしの手足をもごうという計画らしい。なんて思いやりのあること。

部屋の隅の高いところにはカメラが据えられていた。隠そうともしていない。それはじっとこちらを見おろしていた。リリーは何か挑発的なことを言いたい誘惑に駆られて見返したが、彼らを満足させてやることもないと思い直した。彼らを楽しませるサーカスの動物ではないのだ。

最低のやつらだ。服を洗って、お菓子と頭痛薬を与えるなんて、ゆがんでいる。ねずみがはびこり、骸骨が転がっている迷宮のほうがまだ我慢できるというものだ。

部屋には小さなトイレもついていた。リリーはなかに入って、そこにもカメラがあるのに気づいた。なるほど。用を足しているところものぞきたいのね。

彼女は用をすませて着替えた。腕には包帯が巻かれていたが、痛みはまだあり、傷口が熱く感じられた。血が包帯に染みだしている。リリーはその下をのぞいた。やっぱり。誰かが縫ってくれている。

可能性はふたつある。ひとつ、彼らは恐怖と不安でわたしをさいなむためだけにわたしを生かしておくことに決めた。ふたつ、わたしはすでに死んでいて、これまでにしてきた悪い行いと言葉の報いを受けて地獄に落ちた。

どちらのシナリオでもたいした違いはない。

リリーは食べ物のトレイに目をやった。自分の胃が食べ物を求めているのか、受けつけたがらないのかがよくわからない。でも、カロリーはとっておいたほうがいいだろう。自分を待っているのが拷問か地獄の業火かはともかく、彼らがここまで手をかけておいて今さら毒を盛ることはないはずだ。

彼女はベッドの上に脚を組んで座り、トレイの上に並んだものをすべてむさぼった。頭痛薬ものんだ。トレイを棚に戻し、またベッドに腰をおろす。

心を無にしようと努めた。今、自分に思いつける建設的なことなど何もない。ブルーノのことを考えるのは胸が痛すぎて耐えられなかった。彼は別の世界にいる。幻の世界に。ここぞというときにわたしに幸運がめぐってきていたら、その幻は現実になっていたかもしれない。でも、そうはならなかった。

つらくてたまらなかった。わたしはここにいる。おそらくこの先もずっと。リリーは壁を見つめた。光にさらされたカメラのフィルムが色あせてまっ白になるように、光を浴びて脳がまっ白になればいい。何も考えず、何も感じなくなれば。

尊厳。落ち着き。冷静さ。大事なのはたぶん、そういうことだろう。リリーは泣きださないように自分に言い聞かせた。わたしはよく逃げたわ。彼らが予想していた以上に、彼らを困らせてやった。わたしがここまでやるとは、彼らは考えていなかったに違いない。賭けてもいい。それはこれまでの人生で彼女がもっとも誇りにできることだった。

リリーは母の絵を思い浮かべた。それから、あの夕日に彩られた、ブルーノと見た眺めを。すると彼女の心は痛み、よじれた……。

いけない、いけない。淡々と、超然としていなければ。心を無にしたほうがいい。

三十分ほどしたころ、入口の鍵がカチリと音をたててはずれ、扉が開いた。

ジーンズにコロンビア大学のロゴ入りスウェットシャツを着た、あの偽の看護師だった。黒髪を高い位置でポニーテールに結っている。健康そうな顔を見ただけでは、バレーボールの大学選抜チームの選手であってもおかしくない。狡猾な誘拐犯、殺人犯としてリリーが想像する人間からはほど遠いタイプだ。

リリーは大きく深呼吸した。尊厳、落ち着き、冷静さ、と心のなかで繰り返す。彼女はわけもわからずにがなりたてたい、懇願したいという衝動を抑えこみ、女が先に口を開くのを待った。

女の黒い目が満足げにきらめく。彼女は湯気のたつ紙コップを掲げた。「コーヒーがほしいんじゃないかと思って。あなたのお好みどおりよ。深煎りで、ミルク入り、砂糖なし」

リリーはつばがわくのを感じた。「わたしのコーヒーの好みをどうやって知ったの？」その声は弱々しかった。

「なんでも知ってるわ。ほら、どうぞ。気分がよくなるわよ」

リリーは立ちのぼる湯気を見つめた。これを受けとることで、尊厳、落ち着き、冷静さをどれぐらい失うことになるのだろう？　数ポイント失ったとしても、カフェインの効力で相殺されるだろうと結論づけて、彼女は紙コップを受けとった。すんでのところで、敵に感謝を述べるところだった。こんなコーヒー一杯ごときで。リリーは相手を見ずにコーヒーを飲んだ。女はおそらく質問攻めにされるものと思っているだろう。

だがリリーは、尋ねても意味はないと腹を決めていた。自分から出す言葉は少なければ少ないほどいい。紙コップがからになると、彼女はそれをトレイの上に置き、両手の指を絡みあわせた。

沈黙に耐えきれなくなったらしく、女が口を開いた。「一緒に来るのよ」

リリーは尊厳、落ち着き、冷静さと繰り返し唱えて心を無にしようとしたが、その境地にいたる前に、女がいらだたしげに舌打ちした。「一緒に来るのよ。でないと、無理やり引っ張っていくわ。わたしは八つの武道で黒帯をとったんだからね」

「どこに行くのか教えて」リリーは言った。

女がぱっと頭を振るとポニーテールが揺れた。「キングがあんたと話したいって」彼女が言った。「キングは望んだことは必ず実現させるお方よ」その名前を言うとき、女のブルーの瞳が暗く陰った。

「つまり、キングというのがわたしにこんなことをした人の名前なのね?」

「わたしと来ればわかるわ」女が言った。「喜んでついてこなくても、やっぱりわかることにはなるけど、もっと痛い目にあうわよ。関節がはずされ、軟骨が砕かれ、骨にひびが入り、歯は欠けて、鼻は折れ、内出血する。わかってもらえた?」

女の言葉が心をかき乱した。リリーは立ちあがった。情報をちらつかせて気を引き、痛い目にあうのは避けたいと思わせる。それが勝利の方程式だ。素足なので、木の床が冷たく、なめらかな感触なのがわかる。おかしいわね、裸足でいるというだけで、自分がちっぽけな人間に思えてしまうなんて。服を置いておいてくれただけでも感謝すべきかもしれないわ。

リリーは膝が崩れそうになり、吐き気もこみあげたが、そんな様子はおくびにも出さないようにした。下手をすれば、さっき口にした食べ物をすべて戻してしまいそうだ。いけない。吐くと尊厳にかかわる。

彼女は意志の力で胃を落ち着かせ、黒帯女のスニーカーがきしみをたてていることに注意を向けた。廊下は長く、ほとんど照明もない。つきあたりから光がこぼれていた。古いアパートメントかホテルの廊下のようにも見える。

入口で足をとめると、リリーはなかへ突きとばされた。広い部屋だ。ここもまっ白で窓がない。奥の壁際にテーブルがひとつ、中央に椅子がぽつんとひとつあって、まばゆい光に照らされている。まるで取調室のようだ。

男がふたりいた。立っているほうは、ロザリン・クリークからリリーを誘拐するのにひと役買った若い男だ。

もうひとりはもっと年がいっていた。見たことのない男だ。座っていても、彼が長身で体格がいいことはわかった。ハンサムで、完璧に整えられた髪はこめかみのところに白いものがまじっている。権力を持った政治家のような、いかにも名士らしい外見をしていた。あるいは、権力を持った政治家を演じる年配の一流俳優と言うべきか。本物の政治家は、こんなに見た目を気にかける暇はない。この男は自分で一日に二度アイロンがけをしているに違いない。日焼けした肌はなめらかすぎるし、顎は引きしまりすぎている。彼が微笑むと、チャーミングなえくぼができた。歯は不自然なほど白かった。

「ああ、リリー。とうとう来てくれたね」男が笑みを浮かべた。「どうか座ってくれ」居心地のよいソファに客をいざなう親切な主人という雰囲気で、無機質な部屋の中央に置かれた椅子をさす。「ホバート、ビデオの用意はいいかね？　きみ、顔が青いじゃないか。メラニー、リリーにコーヒーをもう一杯いれてやれ」彼はリリーに向き直り、心配そうに眉をひそめた。「今度は砂糖をふたつ入れたほうがいい。きみがコーヒーに砂糖を入れないのは知っているが、わたしの言うことを聞いてくれ。きみは血糖値が少々さがっているようだ。何しろ、三日近く意識がなかったのだからな」

メラニーがリリーをどんと押して椅子に座らせた。

「あなたの言うことを聞けというの?」リリーは言い返した。「くだらないゲームをわたしに仕掛けるのはやめて――きゃっ!」

声がつまって悲鳴になった。男がメラニーと呼んだ女がリリーの腕をねじりあげていた。リリーは引っ張られて、ぱっと立ちあがった。ねじられた腕のあまりの痛みに悲鳴をあげる。

「メラニー、もういい」男がたしなめるように言った。

リリーはふたたび椅子に腰をおろした。肩が痛くてたまらない。

「メラニー? コーヒーはどうした?」男が言った。

メラニーの目のなかの獰猛《どうもう》な輝きが、ふいに失せた。まるで誰かにスイッチを切られたかのように。メラニーが大きなコーヒーポットの置かれた部屋の隅に小走りで駆けていく。頭のいかれた殺人者が、たちまちきびきびしたウエイトレスに変身する――それは見ていてぞっとする光景だった。

「メラニーを許してやってくれ」男が言った。「彼女は情熱的なほどにわたしに忠実でね。

わたしの部下はみなそうだ」

「メラニー？」リリーはしわがれた声で言った。「それにホバート。それが彼らの名前なのね」

男が否定するように片手を振った。「ある意味では。彼らの名前はどの公の書類にも登録されていない。わたしが呼びやすいように名前をつけているだけだ。彼らのアイデンティティは、彼らが……わたしのもの、ということだ」彼が歯を見せて笑う。どんどん大きくなるその笑みはまばゆいほどだった。

リリーは男を見つめた。不安が胸のなかで渦巻く。

「ああ、なんてこと」彼女は言った。「これは想像していたよりも悪い状況だわ。あなた、完全にどうかしているのね？　あなたたちみんなそうなんだわ」

今度はホバートがリリーを突いた。その手を避けようとして、彼女は椅子から落ちた。

「さがれ」キングの命令でホバートがとまった。まるで声に反応するロボットだ。「まったく」彼は子分どもをなじった。「リリーの言うことを真剣に受けとめるな。彼女はひどいストレスを受けていたんだ。それに彼女はじきにもっとひどいストレスにさらされることになる。少しは思いやりを見せてやれ」

その言葉はリリーの胃に猛毒《ストリキニーネ》入りの清涼飲料水のように染み渡った。彼女は立ちあがり、用心しながら椅子に座った。メラニーに紙コップを渡され、リリーはコーヒーをすすった。むかむかするほど甘い。彼女は思わず咳《せ》きこんだ。

もう自分を抑えきれなかった。「どういう意味よ、わたしがもっとひどいストレスにさらされるって?」リリーは、尋ねずにいられなかった自分の弱さを憎んだ。キングがくすくす笑うと、いっそう嫌悪感が募った。

「ホバート、固定カメラだけでなく手持ちのカメラでも撮影しているか?」キングが尋ねた。「一瞬たりとも見逃したくないんだ」

ホバートが飛びあがって命令に従う。リリーは三脚にとりつけられたビデオカメラが二台、対角線上の隅から自分を見ているのに気づいた。ホバートが三つ目のカメラを手にかまえる。彼はリリーのまわりに円を描くように動きはじめた。カメラが常に自分のまわりを回転していると思うと、彼女はめまいがした。

「わたしは、ブルーノ・ラニエリがたしかにきみに関心を示しているという可能性に、相当な金と人手を注ぎこんだんだ」キングが言った。微笑みが広がり、えくぼが深くなる。「それで、リリー。じっくり考えてから答えてくれ。彼はきみのことが好きなのか?」

奇妙だ。こんなにもありきたりな郊外の家が、よく手入れされた庭つきの家が、これほど醜く思えるとは。

ブルーノは母方の祖母、ジョゼッピーナ・ラニエリの家の玄関を見つめた。前もって電話も入れずに訪ねていくのは危険だし失礼だが、あらかじめ連絡するほうが危険は大きいと判断した。心の準備をしておれを避ける猶予を祖母に与えてしまう。ピーナは、これまで会ったなかでももっとも嫌いな人間だった。自分を殺そうとする連中は別にして。

「おれたちも一緒に行こうか？　おまえの手を握っててやってもいいぞ。彼女はそんなに恐ろしいのか？」

ショーンがブルーノをからかった。ブルーノを元気づけて、彼が動きだせるようにエンジンをかけてやろうとしているのだ。

残念ながら、それは効果がなかった。ブルーノは疲れていたし、怖がってもいた。

動け、と自分に言い聞かせる。おれは弾丸にも、ナイフにも、棍棒にも、爆弾にも、もちろん拳にも立ち向かってきたのだ。ピーナにだって負けるものか。

「急げよ」ケヴが言った。「空港に遅れるわけにはいかないんだ。それとも、ローザを空港で拾って、一緒にここに戻り、家族の再会のシーンにローザを加えてもいいんだぞ。援軍が必要か？」

ブルーノはその考えにひるんだ。「いいや。あのふたりがどれほど憎みあっているか、おまえらには想像もつかないだろう。こんなときにニューアークに飛んでくるなんて、ローザは何を考えてるんだろう？」

「〝考える〟なんて言葉ではローザの頭のなかで起きていることを説明できない」ケヴが

言った。「誰かに彼女をとめてほしかったよ」

「ローザはタクシーを呼んでこっそり抜けだしたんだ」ショーンがふたりに思いださせた。

「彼らのせいじゃない。誰も知らなかったんだ。まさかローザをガムテープで椅子にしばりつけておくべきだとは思わないだろ。スヴェティによれば、ローザはピートリーに写真を見せられて興奮したらしい。おまえの、その……」言葉を選んで言う。「兄弟姉妹かどうか疑わしい連中の写真だ。その写真にどれほど神経をかき乱されたかはおれにもわかるよ。だって彼らは……おまえにそっくりなんだから」

ブルーノは身震いした。「おれはこれからピーナと話して、片をつける。それからローザを空港に迎えに行く。ふたりはここに残ってくれ。おまえらがいるとピーナが怯える」

「おまえには怯えないってのか？」ケヴが皮肉たっぷりに指摘した。

ブルーノはバックミラーをちらりと見てすぐに目をそらした。ケヴの言うとおりだ。ブルーノはどう見てもひどい顔をしていた。吸血鬼のように青白く、目は血走り、六日分の無精ひげがのびている。絶望が毛穴からしみだしているのが目に見えるようだ。しかも最後にシャワーを浴びてから、かなり日数が経っていた。

ブルーノは歩道を歩いていった。リリーが危機に瀕《ひん》しているのだ。衛生に関する意見は胸にしまっておいてもらおう。だが、こんな無法者のような身なりで祖母の玄関に立つことになったのは不運だった。祖母は人の内面の美しさを見抜いてくれるようなタイプではない。

ドアベルを鳴らす。うつろな音が響いた。数秒が過ぎ、チェーンをかけたドアが五センチほど開いた。

ジョゼッピーナ——ピーナが細目でブルーノをにらみつけた。孫だと気づいた様子はない。

「なんの用？」

ブルーノには笑わないだけの分別はあった。「やあ、ピーナおばあちゃん。おれだよ。ブルーノだ」

ピーナの顔が凍りつき、目が一瞬大きく見開かれて、すぐにまた細められた。顎が前に突きだされる。「からかうのはやめてちょうだい！」

彼は肩をすくめた。「おれだよ。どうして他人がおれの名を騙《かた》るんだよ？」それとも、ほかにも孫だと主張するやつがいるのだろうか？

祖母の顔を見ているとブルーノは吐き気を覚えた。若いころ、ジョゼッピーナ・ラニエリは美しかった。ローザとトニーのいちばん上の兄、ドメニコの求愛を受けて結婚したころは。母はピーナによく似ていた。しかし今、ブルーノは、母が人生の道を踏みはずすことなく生きて、失望させられることばかりの世界を見つめて年をとっていたら、母もこんな顔になっていたのではないかと思うとぞっとした。

マンマが自ら進んで道を踏みはずしたというわけではないが。マンマは本当に世界に失望させられたのだ。考えうる限り最悪なやり方で。マンマは三十一歳の若さで人生を終えた。

ブルーノはふと、自分も次の誕生日を迎えれば同じ年になることに気づいた。今の今まで、自分がもうそんな年だなんて考えたこともなかった。

すべてピーナのせいだ。ブルーノは祖母の顔に刻まれた失望と怒りを見た。眉根を寄せ、唇をすぼめている。母にそっくりだったが、それでもやはり、恐ろしいほど母とは違っていた。

「大きくなったのね」ピーナはまだ疑っているようだ。

「まあ、大きくもなるよ」ブルーノは言った。「最後に会ったときは、おれは十二歳だったもんな。マンマの葬式のときさ」それまでだってしょっちゅう会っていたわけではない。最初におれから会いに行かなきゃ、二度と会うこともなかった。

「昔話はいらないわ」まるで彼の心の声が聞こえたようにピーナが言った。

祖母の横柄な口ぶりにブルーノは身をすくめた。「入ってもいいかい？」

「なんの用？」ピーナがふたたび尋ねる。

彼は唇を噛みしめて言った。「その話はなかでしてもいいかな？」

ピーナがドアをバタンと閉めた。それから、チェーンがガチャガチャ音をたててドアが開く。

ブルーノは祖母の横を通り過ぎて家のなかに入った。家のつくりはほとんど覚えていない。ピーナがおれとマンマを家に招くことはほとんどなかった。おれの存在そのものがピーナをいらだたせていた。娘に対する失望を思いださせる生きた証拠だからだ。それに、おれはよく家のなかのものを壊した。

リビングルームには、てかてかしたビニールの覆いにくるまれた古びた家具がひしめきあっていた。ガラスのコーヒーテーブルの上には、小さなクリスタルの置物や造花が並んでいる。壁には子猫や花、夕日、海の写真が飾られていた。部屋にはちりひとつなかった。生気がなく、まるで防腐処置が施されているかのようだ。

ピーナが殉教者のような面持ちでソファを示した。

「いや、おれは立っているよ」ブルーノは言った。「長くはかからない。ただ、ききたかったんだ。マンマが死んだあと、マンマの持ち物がどうなったか知ってるかどうか」

ピーナがまごついた顔をした。「これだけ経ってから、あのごみのなかにあんたがほしがるようなものがあるとは思いもよらなかったわ！　あんたが何を言おうとしているのか知らないけど、わたしは絶対に――」

「おれは何も言おうとしてないよ」ブルーノは急いで言った。「ただ、まだ持ってるかどうか知りたかったんだ。あるいは、誰が捨てたのか知ってるかなと思って」

「あの子の持ち物を仕分けたのはわたしよ。そもそもわたしのものだったものはいくつかまとめて引きとった。わたしがとり戻したかったものはね！　大半はつまらないものだった」

ブルーノは拳を開き、落ち着いた声を出すよう努めた。「探しているものがあるんだ。古い宝石箱を覚えてるかい？　おじいちゃんの先祖から受け継いだものだ。おじいちゃんの田舎のお母さんから受け継いだもの。マンマがそれを持っていたんだ、おれが子供のころに。これぐらいの大きさで……」彼は両手で示した。「白蝶貝で覆われていた」

ピーナが肩をいからせた。「覚えてないわね。でも、見たいなら箱のなかを探してみるといいわ。見るべきものはたいしてないけど」

ブルーノの心は沈んだ。あの宝石箱は記憶に残るようなものだった。ピーナが見たことがないと言うのなら、それはそこにはなかったのだろう。だが、彼は念のため確認したかった。

「ありがとう。感謝するよ」

ピーナが恐ろしいほどぴかぴかの家を案内し、まっ白でちりひとつないキッチンを通り抜ける。彼女はドアを開け、パチリと電気をつけると、ブルーノと一緒に暗い地下におりていくのを怖がっているかのようにためらった。

彼はため息をついた。「よかったら、おれがひとりで下に行くよ」彼は申しでた。「どの箱かだけ教えてくれ。階段の上からさしてくれればいいから」

ピーナが唇をゆがめる。「いいえ、わたしがあんたに見せるわ」

ブルーノは祖母について地下へおりていった。部屋は裸電球ひとつだけで照らされ、箱がぎっしり置かれている。ピーナは肩の高さまで積みあげられた箱のあいだを通り抜け、暗い隅へと彼を連れていった。

そこには、ぼろぼろになった段ボール箱が積まれていた。まるでそれが汚染されているかのように、ほかの箱とは一メートルほどあけて置かれている。

ピーナが顎をぐいと突きだした。「好きに見てちょうだい」

「ありがとう」

ブルーノはもごもごと言った。いちばん上の箱のガムテープに触れると、胃がむかむかした。ピーナはそこに突っ立っていた。レモンが食道につっかえているかのように顔をしかめている。

「おれが箱を調べるあいだ、もし上でやることがあるんなら、放っておいてくれていいよ」

彼は言ってみた。「一緒に残ってくれなくてもいい」

ピーナが鼻で笑った。「別に用事なんかないわ」

それなら、好きにすればいい。ブルーノは最初の箱をとり、ガムテープをはがした。なかにはキッチン用品が入っていた。エスプレッソのポット、カップ、鍋。羊飼いのカップルをかたどった塩胡椒入れは、おれが子供のころに遊んでいたものだ。男の羊飼いの腕と、女の羊飼いの帽子についた花がとれている。おれのせいだ。さらに、パスタ用のざるや皿が入っていた。ほかに見落としがないのを確認して、彼はそれを床に置いた。

触れるものすべてが記憶を呼び覚ました。プラスチックの皿、ウッドペッカーとワイリー・コヨーテの絵のついたコップ、マンマのお気に入りだったコーヒーカップを手にすると、喉が締めつけられた。マンマとの朝食。シナモントーストにシリアル。スクランブルエッグ。冗談を言い、笑いあった日々を思いだす。

次の箱にはマンマの洋服が入っていた。セーター、ブラウス、ナイトガウン。どれもこれも覚えている。自分の最近の服は思いだせなくても、マンマが着ていた服はよく覚えていた。

ブルーノは紫色のナイトガウンを顔の前に持ってきて、母の香水の香りを吸いこもうとしたが、それはとうの昔に消えていた。今はただかびくさいだけだ。

「みんなあの子がつきあったろくでもない男たちのせいよ」ピーナが吐き捨てるように言う。「十八年も、それを誰かに言う機会を待っていたかのようだった。「あいつらのせいであの子は破滅したのよ。あんたの父親と知りあったときから、坂を転げ落ちていった」

その言葉が彼の好奇心に火をつけた。「おれの父親を知っているのかい？　どういうやつなんだ？」

ピーナがぶっきらぼうに言った。「彼は、あんたがこの世に出てくる前にあの子の人生から出ていった。あんたのためにあの子はたくさんのものをあきらめたのよ。夢をすべてね」

ブルーノは別の箱をつかんだ。そこにはアルバムが入っていた。一冊とりだして開いてみる。それは、彼の赤ん坊のころの写真だった。マンマが小さなブルーノを抱いている。きれいで、幸せそうだ。ブルーノは視界がぼやけるのを感じた。さっとアルバムを閉じる。今見るべきものではない。

彼は涙がこぼれそうな目を閉じて、手探りで宝石箱らしきものがないか確認した。だが、何もなかった。

「わたしはあの子に言ったのよ」ピーナの声は怒りで震えていた。「何度言ったか知れないわ。ルディは危険でろくでもない男だってね。でも、あの子は聞く耳を持たなかった。ばかな子だわ。だからあんなことになったのよ」

「その話をするつもりはない。その話題は終わりだ」

ブルーノのきつい口調に、ピーナが一歩さがった。「わたしを脅さないでちょうだい」

「マンマの悪口を言うな。おれが箱を探しているあいだ、そこにいたいならいてくれてもいい。ただ、口は閉じといてくれ」

ブルーノは目をそらした。ピーナが望むなら好きなだけにらんでいればいい。

彼は箱を順に引っかきまわしていった。開けるたびに希望が薄れていく。最後の箱を開けるときには、希望は消えていた。そのなかはがらくたばかりだった。本、雑誌、詩集。なぜ祖母が箱につめたのか想像できないようなものまであった。ブルーノが昔持っていたフィギュアもある。ルディの真鍮《しんちゆう》のパイプも。マリファナやコカインを吸うのに使っていたものだ。封筒、雑誌の定期購読の申込書、光熱費の請求書、期限の過ぎた支払い通知。借金のとりたて業者から来た、赤いスタンプの押された督促状。ブルーノは箱の底を探った。だが、宝石箱はなかった。

ピーナの前で泣きだすわけにはいかない。しかし、ああ、あんなにも強い希望を抱いていたのに。「これだけ?」きくまでもないことだったが、その問いは無意識のうちに口をついて出ていた。

「それで全部よ。あんたの言ってた宝石箱はごみと一緒に捨てられてしまったのかもしれないわね」

「おばあちゃんがそれを見ていたら、きっと荷物につめていただろう。ごみじゃないのは一目瞭然だった」

「だったら、たちの悪い隣人に盗まれたのよ。あるいはルディに。あの男が質に入れてドラッグを買う金にしたんだわ」

「そうかもしれない」ブルーノは絶望のあまり呆然としてしばし座りこんだ。そのまま冷たいコンクリートと一体化して沈んでいきたかった。だが、彼は最後の箱にかがみこみ、ものをかき分けた。何かがあるはずだ。何かの手がかり、突破口が。ブルーノは手紙の束を引っ張りだした。請求書、クレジットカードの申込用紙。彼の不品行に関する学校のカウンセラーからの手紙。

そのとき、分厚い封筒に目が引き寄せられた。マグダレーナ・ラニエリ宛ではなく、アントニー・ラニエリ宛になっている。ブルーノは封筒を薄明かりに照らしてみた。郡の検死官事務所からだ。

「これはなんだい？」

ピーナがめがねをかけてじっと見た。「ああ、それね。あんたの母親の検死結果の報告書よ。トニーが要求したの」

「トニーが？」ブルーノの声はかすかにひび割れた。「なぜだい？」

ピーナはぱっと手を払うしぐさをした。「トニーは、あの子について記された記録は全部ほしいと考えたのよ。あの子を殺したやつらをどうしてやるべきか考えるためにね。あんただってトニーがどうしたかは知ってるでしょう。あまりにも暴力的だったわ。だけどあのとき、トニーと彼の妹は、あんたを連れてポートランドに逃げ帰ったのよ……その報告書が届く前にね。あんたが危険にさらされているという愚かな考えを抱いてね。まったくばかだわ、どっちも」

「ああ」ブルーノはルディと彼のナイフを思った。「ばかだな」

「それで、結局のところ、わたしがそれを手にするはめになった」ピーナが苦しげな顔でその封筒を示した。「わたしは忘れようと必死だったのに」

「わからないな」ブルーノは封筒を見つめて言った。「おばあちゃんはうまくやったように見えるけど。忘れるって部分に関しては」

ピーナはつめ寄った。「わたしは打ちのめされたのよ！　たったひとりの子供だったんだから！」

「ああ、わかるよ。あまりに悲嘆に暮れていたから、それを決して開封しなかったんだね」「どうして開けられると思う?」祖母の目に涙があふれた。「どうしてそんなことに耐えられるの?」

マンマが誰に似て芝居がかった感情表現を好む傾向にあったのかが、今ようやくわかった。だが幸い、マンマが受け継いだのはそれだけだ。ありがたいことに、似たのはそこだけで、人柄そのものではなかった。

ブルーノは封を開け、書類を引きだした。なぜそうしたかはわからない。だが、母の死に関する公式記録が十八年も無視されていたのは、マグダ・ラニエリに対して失礼なことのように思えた。この封筒を開けようと思うほど母のことを気にかけていた人間はひとりもいなかったのだ。

そこには母の死についての詳細が書かれている。おれにできるせめてものことは、今改めてその中身を読んでやることだろう。

読み進めるのはつらかった。感情を排した、科学的な表現が並んでいるのを見ても、ブルーノはちっとも客観的にはなれなかった。現場がどんな様子だったかを想像せずにはいられなかった。血が見える。殴る音が、悲鳴が聞こえる。

彼は、それが今リリーの身に起こっていると想像せずにはいられなかった。

これ以上読めば、わずかに残っている正気も吹っとんでしまう。文書を封筒に戻そうと思ったそのとき、ある一文が目にとまった。

〝……摘出された左の卵巣の上にある切開手術の跡は完全に治癒しており……〟

摘出された左の卵巣？　妙だ。ブルーノはもう一度読んだ。たしかに母の卵巣の片方はなくなっていた。そして〝切開手術の跡は完全に治癒しており〟というのは、その手術が拷問と殴打による死の前に行われていたことを意味する。

「ママが卵巣摘出手術を受けたことは知ってるかい？」

ピーナはその質問に虚をつかれたようだった。「なんですって？」

ブルーノは検死報告書を掲げた。「これによると、左の卵巣は摘出されていた。切開手術を受けて。なぜそんなことをしたんだろう？　腫瘍ができていたとか？」

「わたしは何も知らないわ」ピーナが憤慨して言った。「たぶん男から性病でも移されたんじゃないかしらね」

祖母にものを尋ねて、まともな答えが返ってくると期待したのがばかだった。ピーナは逆流している下水管と同じで、その口からあふれでてくるのは汚いものばかりだ。

そのとき、階上で電話が鳴り、ピーナがさっと振り向いた。電話に出たい気持ちと、ブルーノを地下室に野放しにしておく危険とのあいだで引き裂かれているのは明らかだ。

「階上に行って電話に出なよ」ブルーノはせかした。「おれはほとんど見終わったから。ちゃんと片づけておく」

ピーナはまた鼻で笑うと、急いで階段をのぼっていった。祖母が行くのを見て、ブルーノはほっとした。ストレスが限界近くに達していて、ピーナがこれ以上そばにいたら爆発しそうだった。

ブルーノは検死報告書をさらに読み進めた。

28

〝彼はきみのことが好きなのか？〟

その問いがリリーの頭のなかにこだました。彼女はコーヒーをごくりと飲みこんだ。嘘をつくのよ。

「いいえ。彼はわたしのことなんて好きじゃないわ」リリーは答えた。「ただセックスをしたいだけ」

そんなことを言ってしまったのは、へそ曲がりな性格のせいだった。その直後に恐怖が襲ってきて、膝が崩れそうになった。自分の死亡証明書にサインしてしまったからだ。その恐怖はじわじわ迫ってくる類《たぐい》のもので、わたしは血まみれになり、悲鳴をあげることになるだろう。

キングが微笑んだ。「おや、リリー。それは本当のことではないな」

彼女は頭を振った。「彼とは出会ってから……そう、一週間かしら？　その半分ぐらいの時間は、彼と肉体関係を持つために一緒にいたわ。でも、彼はすでにほかの女性たちとも寝ていた。彼は女好きなのよ。相手が女なら誰でも、その気になったらおかまいなし。彼は魅力的だもの。わたしが彼と寝たからって、何が悪いの？」

「いや、悪くないさ。彼はよかったかい？」キングが明るく尋ねた。

リリーは言葉につまった。罠を仕掛けられている。床につばを吐いて、それをあんたの下の穴に突っこめとキングに言ってやりたかった。だが、それではブルーノのことなど好きではないという設定にはそぐわない。彼女は明るく微笑んだ。

「とてもよかったわ」かすれた声で言う。「スタミナ抜群で」

「おや、そうなのか？　愛している女性が相手なら、男は全力を出せるものだ。そうじゃないかね？」

リリーは皮肉っぽい笑い声をあげた。「わたしたちはかなり羽目をはずした情事を楽しんだの。彼はおしゃべりだけれど、決して〝愛している〟とは言わなかった。彼の流儀じゃないのよ。彼は深い関係になりたくない人なの。だから、わたしを使って彼をコントロールしようとしてもだめよ」

キングは頭をのけぞらせて笑い、きれいな歯並びを見せつけた。「それはよかった。わたしはうれしいよ、きみが大いに楽しんだようで」

「ええ、とても楽しめたわ」リリーは言った。「銃弾にナイフに爆発……そういうのって本当にわくわくするものね」

その言葉を聞いてキングはまた笑いだした。しまいには目から涙をぬぐう。「ああ、おかしい。きみは実におもしろい女性だな、リリー」

「あなたがそんなにおもしろがってくれてよかったわ。わたしは人を楽しませるために生きているの。あなたがなぜこんなことをしているのか、教えてくれるとは思ってないわ。あなたにはなんの不満もない。ただ、あなたがわたしを殺そうとしているってことを除いては。あなたは何が問題なの？」

キングは後ろ脚二本に体重をかけて椅子を傾かせた。「単純な答えでは納得してくれないだろうな。それはきみにとってフェアではないから」

彼があのいらだたしい半笑いを見せて間を置く。リリーは歯を嚙みしめ、さっさと続けてと懇願したい気持ちを抑えた。

キングがとうとう口を開いた。もしかしたら自分の声が聞きたいという欲求に負けたのかもしれない。「きみが何かしたというわけじゃないんだ、リリー。あるいはきみが何かを知ったからということでもない。そうではなくて、きみが何者かということが問題なんだよ。つまり、ハワード・パーの娘であるということが」

リリーはすでに知っていた。最初から知っていた。それでも、最後のピースがおさまるべき場所におさまった気がした。

「なぜ？」彼女は尋ねた。

「ハワードが何を知ったかが問題だった。わたしが安心していられないほど彼は知りすぎてしまった」

「マグダのこと？　あなたがどうやって彼女を殺したか？」

キングはぽかんとして彼女を見つめ、くすくす笑いはじめた。「なるほど。きみはわたしが思っていたほどは知らないようだ。ハワードは告白する機会がなかったんだね？　あわやというときにゾーイがとめたからな。彼女に幸《さち》あれ」

「ゾーイというのは父の手首をかっ切った看護師の名前ね？」リリーは尋ねた。「わたしを追わせるために山小屋にあなたが送りこんだ人なんでしょう？」

彼が肩をすくめた。「それに関しては――」

「ええ、わかるわ。それに関しては、あなたとはなんの関係もないあわれなロボットたちがやったことだって言うのよね？」彼女はぴしゃりと言った。「わたしはのみこみが早いのよ」

キングの顔が凍りついた。リリーはみぞおちが恐怖で震えるのを感じた。調子にのって言いすぎて怒らせるのはまずい。わたしに苦痛を与えて楽しもうという気にさせてしまう。そしてその苦痛は間違いなく死に行き着く。

「ああ、たしかにきみはのみこみが早い。だが、充分に早いとは言えないな。きみはわたしの急所を突くようなものを何も見つけられなかったのだから」

「どうしてわたしなの？」彼女は感情を爆発させた。「なぜわたしをねらったの？」

キングが悲しげに頭を振った。「ハワードが〝マグダ・ラニエリ〟という言葉を吐いて彼女の息子のことに触れたとき、きみの運命は確定してしまったんだよ」彼が言った。「きみとブルーノとは接触してはいけなかったんだ。別々にいれば、きみたちふたりにはわたしを脅かすようなものは何もない。だが、ふたりが一緒になると……」キングが肩をすくめた。「ブルーノは導火線で、きみはマッチだった。われわれは、きみたちが接触する前にきみを排除することに失敗した。そしてふたりが出会ってしまったからには、われわれにできることといえば、なんとしてでも混乱を封じこめることしかなかったんだ」

「でも、父は……」リリーは頭を振った。「父は不妊治療の専門家だったわ！　試験管で赤ん坊を育てていただけよ！　その父があなたを困らせるような何を知り得たというの？」

キングが頭を振った。「それはきみが心配することではない。今のところは。わたしを信じろ。きみにはもっとほかに心配すべきことがある」

「なぜあなたはブルーノのこともただ殺さなかったの？」リリーは詰問した。

彼がため息をついた。「そうすべきだった、今になって思えば。マグダは排除されなければならなかった。彼女はそういう種類の人間だったんだ。端的に言えば、息子によく似ている。ブルーノが他人の言いなりになって、いい子になりますと約束するところなど、きみは想像できるか？　彼は死ぬまで戦うだろう。マグダも同じだった。彼女は決して屈しなかった」郷愁に浸って夢見るような表情を浮かべる。「そんなところが遺伝するとは驚きだ。すまない、話がそれたね」

「ええ、たしかに」リリーはつぶやいた。

「きみの父親を確実に黙らせるもっとも単純な方法は、もちろん彼を殺すことだ。だが、きみは驚くかもしれないが、リリー、わたしはできれば殺しは避けたかったんだよ。当局がかかわってきたら面倒なことばかりだからな。資産を恐ろしいほど持っていかれるし、暴露されるリスクもある。当時、わたしはきみの父親を脅して黙らせるほうがいいと考えた」キングは後悔しているというような笑みを彼女に向けた。「それは難しくはなかった。ハワードはマグダとは違ったんだ」

まったく、最低なやつだわ。リリーは、関節が白くなるほど拳をかためた。「それで、どうやったの？」彼女は尋ねた。「何を使って脅したわけ？」

キングは彼女の鈍さにいらだっているようだった。「きみだよ、もちろん」

これ以上気分が悪くなることがあるとは思ってもいなかったが、今日は驚きの連続だ。

「でも、わたしはあなたの存在も知らなかったわ！」

「もちろんそうだ。きみたちふたりに知られれば、ふたりとも確実に死んでもらうことになっていた」キングが説明した。「わたしの部下は非常に用心深くてね。ハワードが当局に自分の知っていることを明かせば、かわいい娘がどうなるかを定期的に思いださせるようにしたのさ」

「ああ、パパ」リリーはささやいた。胸が苦しくなるほどの悲しみがこみあげる。

「われわれはときおり、彼に撮りたてのビデオを送った」キングが言った。「わたしはそのオリジナルを持っている。それは非常に効果があった。恐ろしいほどだ。芸術的と言ってもいい。きみも見たいかい？」

「いいえ」

「ホバートに、きみの独房にモニターを届けさせよう。待っているあいだに楽しむといい」まるで彼女に施しを与えるかのような口調でキングが言った。

リリーは、口のなかが血の味がするのに気づいた。どうやらずっと唇を嚙んでいたらしい。

「それはあまりに残酷だわ」

「残酷？」キングがわけがわからないという顔をする。「すでに母親がいなかった十歳の女の子を孤児にすることを、わたしはためらったんだぞ！　孤児にするほうが残酷じゃないか！　わたしは寛大だった！　ハワードは生きながらえたんだ、そうだろう？　きみには父親がいた！」

「生きながらえた？」リリーは繰り返した。「どんな人生を？　わたしには父親なんかいなかった。あなたが父を殺したのよ。十八年もかけてね！」

キングがチッチッと舌を鳴らした。「大げさな芝居はやめてくれ、リリー。聞き分けのないことを言わないでもらいたいな。きみには失望したよ」

「それはうれしいわ」彼女は言った。傷ついた顔をしているキングと、彼の言葉にいちいちうなずいている部下を見つめる。ふと、リリーの頭のなかにある考えが浮かんだ。キングの弱点はそこだ。キングは彼らのことを機械だと思っているのだ。彼らに心が、魂があるとは思っていない。彼らはキングにとっては単なる人形なのだ。

キングは夕日の色を見たことがない盲目の人と同じだ。いや、もっと悪い。彼には大事なものが欠けている。その代わりにあるのは、飽くことを知らない欲求だ。底知れぬ欲深さと自己崇拝の心だ。

「そんなに敵意をむきだしにするとは」キングがむっとして言った。「きみには驚かされるよ」

「それはうれしいわ」リリーは言った。「あなたに感謝しないとね。わたしはついに自分の問題が何かわかった。今までずっと悩んでいたけれど」

キングは期待して目をしばたたいた。「それはなんだい?」

「あなたよ」彼女は静かに言った。「誰を憎むべきか、やっとわかったの。父じゃない。自分自身でもない。あなたを。あなただけでいいの。あなたがくれたすばらしい贈り物に感謝するわ」

彼が眉をひそめた。「どういたしまして」もごもごと言う。

リリーはそれを無視した。「これ以上ほかに責めるべき人を探す必要がなくなった。責任は、すべてあなたに……この怪物にあるのよ」

「メラニー、ホバート、さがれ」キングはリリーに飛びかかろうとした部下を制した。ふたりは拳を握りしめて引きさがる。

彼は両手をこすりあわせた。「それでは、ありがとう、リリー。必要なものすべてがそろったようだ。ホバート、ただちに仕事にかかれ」

「なんの仕事？」

「編集さ」キングが説明した。「このインタビュー映像は編集が必要だ。きみの大切なブルーノに見せるために！」

氷のように冷たい恐怖が胸を刺した。「あなたにブルーノをつかまえることはできないわ」リリーは言った。「彼はわたしを捜しになど来ない。そういう関係じゃないのよ。ただのほろ苦い思い出なの」

「それは嘘だ。やつは来る。愛の力だ。もしかしたら単なるセックスの力かもしれないが、力は力だ。そうだろう？」キングは彼女の顔をぴたぴたとたたき、悦に入った。「われわれは何もかも知っている。ローザ・ラニエリの携帯電話に盗聴器が仕掛けてあるのさ。彼女は一時間おきに電話して、状況がどうなっているか確認するタイプの女性だよ。彼は来る。きみのためにな。すでにこのエリアにいる」

「それはどのエリアかしら？」リリーは彼が答えると本気で期待してはいなかった。

「きみに話しても害はないだろう」キングが言った。「きみがいるのはニューヨークシティから一時間以上も北に行ったところだ。十九世紀の鉄道王の田舎の領地があったところでね。ハドソン川の崖の上だ。すてきな場所だよ。残念ながら、きみが景色を見ることはないだろうが。わたしはいつかそこを改装して、昔の輝かしい姿に戻したいと思っている。だが今はほかに優先事項がある。メラニー、彼女の父親を脅したときのビデオを用意してくれ。ブルーノが来るのを待つあいだ、彼女にはそれを楽しんでもらおう。リリー、これはきみの父親がなぜ廃人になってしまったのか考えてみるいい機会かもしれないぞ。おそらく、これできみもあきらめがつくのではないかな?」

彼の微笑みは、ドアが開いて女性がひとり入ってきたとたん、スイッチを切ったかのように消えた。リリーにはそれが誰なのかしばらくわからなかったほど、彼女は変貌していた。ひどくやつれ、黄疸《おうだん》にかかったような顔色になっている。頬はこけ、目は落ちくぼんでいた。だが、それは彼女だった。ミリアム。あるいはゾーイ。キングの部下のひとりだ。

ふたりの目が合った。ゾーイの顔が怒りにゆがむ。金切り声をあげて、ゾーイはリリーに飛びかかった。

リリーは椅子ごと床に押し倒された。コーヒーカップが吹っとんで、ぬるいコーヒーがそこらじゅうに飛び散る。ゾーイに両手で喉を押さえつけられ、リリーは息をしようとあえいだ。

リリーはゾーイの両手を引っかいたが、それはまるで鉄のようだった。血走った目がやつれた顔から今にも飛びだしそうだ。ゾーイは歯をむきだし、指をリリーの喉に食いこませ、つぶそうとしていた。リリーは世界が遠のいていくのを感じた。あたりが暗くなり、沈黙が訪れる……。

だが突然、世界が戻ってきた。見ると、ゾーイは宙に抱えあげられ、手足をじたばたさせていた。リリーは床に倒れ、喉を押さえて咳きこんだ。

「ゾーイ！　ゾーイ！」キングがゾーイの肩をつかんで揺さぶった。リリーにはわからない言語で怒鳴っている。

ゾーイがくずおれた。ぐったりと力を失い、べそをかいている。

キングがリリーに片手をさしだした。「今のは本当に申し訳ない。ゾーイは山小屋での一件以来、ずっと混乱していたんだ。シーケンス上の問題だと思うがね。彼女は今、時間の流れをきちんと追えていない。かわいそうなことだ。それで、今でも彼女はきみを殺さなければと思っている」

「まあ」リリーはかすれた声で言った。彼の手を無視してあとずさり、壁に手をついて体を支える。「本当に彼女は動転していたのね。かわいそうに。わたしの心はただただ血の涙を流しているわ」

キングが称賛するようににやりと笑う。「おや、きみらしい皮肉が戻ってきたようだ。なぜブルーノがあれほどまできみにご執心なのかがわかるよ」

「いいえ、彼はわたしのことなんか好きじゃないわ」リリーは繰り返した。「絶対に。せいぜい夢を見続けてちょうだい」

キングがゾーイのほうを向き、またあの理解不能な言語で別の言葉を発した。ゾーイは正気をとり戻したらしく、いらだたしげにメラニーとホバートの手を払った。

「ゾーイ」キングが言った。「きみはわれわれに何か知らせを持ってきたんだろう？」

「はい」ゾーイは言った。「ジュリアンによれば、ブルーノはニューアークの祖母の家にいるそうです。マクラウド家の男がふたり、家の外に停めた車で待機しています。ジュリアンはその付近を旋回して指示を待っています」

「そうか」キングがうなった。「彼らは宝石箱を探しているに違いない。ブルーノが鍵を見つけた箱だ。ルディの骸骨の横で見つかったロケットのなかにあった鍵だ……。なるほど」

彼は澄ました顔でリリーにいたずらっぽい微笑みを向けた。

「どうやってそれを知ったの？　ローザの電話から？」

「われわれは注意して観察しているんだよ。ホバート、あの家の衛星画像を映しだしてウェブカメラを用意しろ。メラニー、追跡不能な電話回線を用意して、ピーナ・ラニエリの自宅の電話にかけろ。そしてゾーイ、おまえはナイフを持っているか？」

ゾーイのやつれた顔に微笑みが広がった。「もちろんです」しゃがんで、足首の鞘《さや》からナイフを引き抜く。刃渡り十三センチはあろうかというナイフだ。

「すばらしい」キングがつぶやいた。「ブルーノはきっと山小屋でのきみを覚えているだろう。リリー、また椅子に座りたまえ。そう、それでいい。ホバート、ウェブカメラを彼女の顔のすぐ前に設置しろ。そうだ。そしてゾーイ、リリーの後ろへ行って、ナイフの刃を彼女の顔にあてろ……そう、そんな感じだ、顎のすぐ下にな。すばらしい。ああ、そうだ、そのほうがぞっとする」

冷たい刃が肌にあたり、リリーはごくりとつばをのんだ。「これはなんなの？」

キングが少年のように笑った。「ショータイムだよ」


「あんたにだって！」

母の脾臓《ひぞう》が破裂し、それが内出血を起こした記述を追っていたブルーノは視線をさっとあげた。「なんだって？」

ピーナが階段のいちばん上にいて、コードレスの電話を高々と掲げている。投げつけてやりたいと言いたげだ。「あんたの堕落した友達にうちの電話番号を教えたの？」彼女は孫息子をしかりつけた。「よくもそんなことを」

「そんなことしてないよ、おばあちゃん。おれはここの番号を誰にも教えていない。というか、おれだってそもそもここの番号を知らないんだ」

「嘘に決まってるわ。じゃあ、この相手はあんたがここにいることをどうやって知ったの？」ピーナが非難するように電話を振る。

ブルーノははっとした。それだ。相手はおれがここにいることを知っている。そいつにはすべてがお見通し。リリーを拉致したのはそいつに違いない。

彼は検死報告書をポケットに突っこんだ。「おれが電話に出る」

「それで、わたしは今やなんなの？　あんたの秘書？」ピーナが叫んだ。

ブルーノは階段を駆けあがり、祖母の手から電話をもぎとった。ピーナはまだわめいていたが、彼は遠くで鳴いている雌鶏だと思って無視した。「ブルーノ・ラニエリだ。あんたは誰だ？」

「やあ、ブルーノ」

ブルーノはその先を待った。男の声だ。アメリカ人の標準的なアクセントで、訛りはない。

彼は両手に力をこめた。「いったい誰なんだ？」

「わたしが誰かということよりも、わたしに何ができるかを心配したほうがいいのではないかな」柔らかな声が嘲るように言った。

改めてブルーノは恐怖に襲われた。この声。もしかしたら、聞いたことがある声かもしれない。だが、どこで聞いたのかまでは思いだせなかった。「そうかい？　それで、おまえには何ができるんだ？」

「きみはテレビ電話を持っているか？」

ブルーノはポケットに手を入れ、震える指で自分のスマートフォンをつかんだ。「ああ」

「それはよかった。一枚の写真は千の言葉の価値がある。よく聞け」男はぺらぺらとサイト名、ソフトウェア、ユーザー名を伝えた。ブルーノは震える指でその情報をスマートフォンに打ちこんだ。何度も失敗し、そのたびに震えはひどくなった。

やっとのことで、サイトにつながった。画面に画像が現れた瞬間、心臓が喉もとまでせりあがる。

リリーがカメラを見つめていた。緊張している顔だ。まばゆいライトに照らされた顔は雪のように白く、髪はねずみの巣のようにぼやけて見えた。目は陰って落ちくぼんでいる。しかし、それはたしかにリリーだった。山小屋にいた女が背後からリリーの喉もとにナイフをあてている。だが、リリーはまだ生きていた。

もしもこれが生中継なら、だが。「彼女と話したい」ブルーノは言った。

「話せ」男の声が言った。「好きなだけ話すといい」

「リリー？」ブルーノの声は危険なほどひび割れていた。

リリーは表情を変えず、唇を動かして彼に答えた。「ハイ、ブルーノ」

その声には抑揚がなかった。麻酔薬のせいだろう。「大丈夫かい？」

彼女の喉がごくりと動いた。「大丈夫よ」

「今のところは、ということだが」男の声が横から訂正した。

「おれに何をさせる気だ？」ブルーノは声を荒らげた。

男がまたくすっと笑った。「ああ、やっぱり。おまえはそう言うと思っていた。おまえはなんでもする、そうだろう？　ゾーイ、ナイフを彼女の目にあてて――」

「やめろ！　頼むから、やめてくれ」ブルーノはわめいた。「それだけはやめろ。おまえの望みを言え。こんなことをする必要はない。彼女を傷つけるな」

「よろしい」画像が消えた。「よく聞け。おまえはその携帯電話を置いて、何も言わずに裏口から出ろ。自宅回線電話を持っていけ。ガレージと裏通りのごみ捨て場のあいだを進み、右に曲がり、角まで歩け。そうしたらブロンズ色のＢＭＷがやってくるから、その後部座席に乗れ」

「でもおまえは――」

「二度と口をきくな。さもないと彼女が切られるぞ」男の声が警告した。「この回線はつながったままにしておけ。メッセージを祖母に託して、外で待っているおまえの仲間に伝えようなどと思うな。マクラウドの連中はみなよく似ているから、わたしには見分けがつかないが、たまたま別の情報源から、そこにいるのがケヴィンとショーンだということはわかっているんだ」

ブルーノは緊張が高まるのを感じ、あえて声を出そうとはしなかった。

「おまえは犬みたいにあえいでいるな。おまえが従順な犬であることを祈ろう。携帯電話を置け。こざかしいことをするなよ。おまえの祖母がマクラウドに近づくのを見たら、ゾーイのナイフが動く。わかったな？　さあ、返事をするんだ」

ブルーノは咳払いをした。「わかった」

「ワイヤレスの子機を持っているか？」

「ああ」声が割れた。

「よし。その電波が圏外になったら、子機を地面に落としてそのまま歩き続けろ。さあ……行け」

ブルーノはロボットのようにキッチンを通って裏口を抜け、中庭を歩いて、そこから電話の声が言っていたガレージとごみ捨て場のあいだに行った。ピーナがあわてて追いかけてきたが、彼は祖母の怒りに満ちた言葉など聞いてはいなかった。電話回線のザーザーいうノイズに集中していた。

ピーナがブルーノに飛びかかって電話をもぎとろうとする。だが彼は手を振って祖母の手をよけ、裏道へ出ていった。ピーナはとうとうあきらめ、歩いていくブルーノの背中に向かって怒鳴った。電波は数メートル先で途絶え、彼は子機を落とした。近所の家の裏にとめられた白のバンを通りすぎるとき、その真横を通り、足どりをゆるめて汚れた車体に殴り書きした。

〝リリー　むりやり　ごめん〟

さらに二十メートル進むと、大通りに出た。そこでは男が言ったとおりブロンズ色のBMWが待っていた。ブルーノはドアを開けた。彼が乗りこんでドアを閉めても、運転手は振り向きもしなかった。車は発進し、その勢いでブルーノは革張りの座席に背中を押しつけられた。

電話の声は車のなかで話すなとは言っていなかったので、運転手に思いきって質問をぶつけてみた。単に、ただわめきたい気持ちもあったのだが。

「おれたちはどこに向かってるんだ？」ブルーノは言った。

男が振り向いてブルーノを見た。そして、にっこり微笑んだ。

その顔が答えだった。なんてこった。ブルーノは恐怖のあまり身を震わせた。おれにそっくりだ。だが、もっと若い。まるで魔法の鏡でものぞいているようだ。ただ、この男の髪はおれよりだいぶ明るい色だし、目はブルーだ。だが、その程度では、充分な違いとは言えない。おれをブリーチ液につけて色素を薄めたら、こんな感じになるだろう。

理性はなんとか否定しようともがいていた。しかし、本能ではもうわかっていた。意識のあらゆるレベルで警報が鳴り響いている。彼は死体置き場の死体のことを思った。おれの兄弟姉妹だという死体。ピートリーは嘘をついてはいなかった。それは真実だったのだ。だが、それでも、そんなことがあるとは思えなかった。

「なんてこった」ブルーノはささやいた。「おまえもあの連中と同類なんだ。そうだろう?」少年の大きな口、まさにブルーノと同じ口が、またもや広がって微笑みとなった。えくぼが深くへこむ。まさにブルーノと同じように。

「あんたもな」少年は言った。

「長すぎる」ケヴは言った。これで十度目だ。「長くかかりすぎてる」

「ピーナがあいつを縛りあげてるとでも思うのか?」ショーンが言った。「ブルーノなら、体重五十キロの七十代の女性の相手ぐらい、ひとりでこなせると思うぜ。おまえは時計ばかり気にしすぎだよ。老女の屋根裏部屋を調べるのは時間がかかる。もしかしたら地下室かもしれないが。長くかかっているのはいいしるしだ。何か手がかりをつかんだのかもしれないぞ」

ケヴは頭を振った。ショーンは楽観的に考えようとしているが、彼は無駄にしゃべりすぎている。「とにかくおれは行ってくる」

「あいつはそうしてくれるなと懇願してたじゃないか」ショーンが警告した。

「もう待てない。ローザをとめないといけないんだぞ、彼女が東海岸でもっとも凶暴なマフィアのボスの家に押しかける前に」

「ローザは銃なんか持ってこないよな?」ショーンが希望をこめて言った。

「ローザが荷物をチェックしたかどうかによるな」ケヴは答えた。

「銃を持っているのか?」ショーンはショックを受けていた。「なんてこった!」

「当然だ。ローザはラニエリ家の人間だぞ。トニーの妹なんだ。自分の銃くらい持っているさ。それにトニーのものもすべて。彼女は歩く武器庫だよ」

ショーンが感動したように口笛を吹く。そして腕時計を見た。「急げよ、ブルーノ。おまえのいかれた大叔母さんからマフィアのボスを救わなきゃいけないんだからな」

正面玄関がいきなり開き、ジョゼッピーナ・ラニエリが飛びだしてきた。まるで家が力ずくで彼女を押しだしたかのように。老女はコートを着て、大きなバッグをさげていた。

「ああ、なんてこった」ケヴがうなった。「ブルーノは消えたようだ」

「消えた?」ショーンが混乱してあたりを見まわした。「どこへ行ったんだ?」

ケヴは老女に向かって手を振った。「あいつが家にいるなら、彼女がその見張りもせずに出かけるはずがない!」彼は車を飛びだしてピーナをとめようと駆けていった。「失礼ですが、ミセス・ラニエリですね?」

ピーナがさっと振り向き、目を丸くして催涙スプレーの缶を振りまわした。「近づかないで!」そう叫び、スプレーをかける。

ケヴはスプレーが顔にかかる前に飛びすさり、それから前にまわりこんで彼女の手からスプレー缶を奪った。「ちょっとだけお話をうかがいたいんです。ブルーノのことで――」

「やっぱりあの子は嘘をついていたのよ！　ろくでもない友達にうちの電話番号を教えていたんだわ！　それに住所もね、そうでしょう？」

ケヴには何が何やらわからなかった。「違います。おれたちはブルーノと一緒に車で来たんですよ。ブルーノはどこに？　まだ家のなかにいるんですか？」

「警察を呼ぶわよ！」ピーナが吠えたてる。「あなたを逮捕してもらうから！」

ショーンは後ろからその様子を見守っていた。

「ミセス・ラニエリ、お願いだ。どうか教えてください」ケヴは懇願した。「ブルーノは宝石箱を見つけましたか？　まだ家のなかで探しているんですか？」

「いいえ！」彼女が怒鳴った。「宝石箱なんてなかったわ！　ブルーノはあの電話を受けて、裏口から出ていってしまった！　何も言わずに……さよならも、ありがとうさえも！　まったく、なんて無礼な子なの！」

「裏口から？　ブルーノが出ていった……ああ、くそっ」ケヴはショーンと目を見交わした。

「まさか、嘘だろう」

彼とショーンは隣人宅の、金網のフェンスで区切られている狭い芝生をめがけて走りだした。ピーナが金切り声をあげ、バッグを振りまわして追いかける。

ケヴは中庭を通り抜けて裏道へ出た。ブルーノの姿はない。ケヴはスプレー缶を地面に投げ捨てて携帯電話を引っ張りだすと、デイビーがブルーノに与えた電話の番号を打ちこんだ。

ピーナ・ラニエリのキッチンで呼びだし音が鳴り響く。

ケヴとショーンはぞっとして見つめあった。

「あいつ、携帯を置いていったのか？」ショーンが眉をひそめてつぶやいた。「なぜだ？」

「やつらがそうしろと命じたからだ！　ああ、なんてこった！」

「ええ。そしてあの子はわたしの家の電話を持ったまま出ていったのよ！」息を切らしたピーナが彼らに追いつき、目をむいた。「あの電話は三十四ドルもしたのに！　彼を逮捕させてやるわ！」

「ブルーノはどっちに行ったんです？」ショーンが尋ねた。

老女が目を細めてただ彼を見つめる。

ショーンが微笑んだ。「教えてください。あなたの電話をとり戻してみせますから」そう言いくるめようとした。

ピーナが疑わしそうに鼻で笑い、親指を右に突きだす。

彼らは駆けだした。大通りに出たが、ブルーノの姿はなかった。車通りの多い道で、両方向に車が行き交っている。ケヴはショーンが茂みから電話を拾いあげるのを見た。耳にあて、ケヴに向かってだめだというように頭を振る。電話は切れていた。ショーンが、早口でまくしたてる老女に電話をさしだした。「あなたの電話ですよ」礼儀正しく言う。「無事でした」

それからケヴへ恐怖に満ちた目を向けた。「おい、こっちに来い。これを見てみろ」

ケヴは心の準備をして、バンに書かれたメッセージを見た。

〝リリー　むりやり　ごめん〟

「ああ、なんてこった。ブルーノ」ケヴはうなだれ、額を汚い車につけた。これで平穏無事に暮らせると思っていたのに。エディと自分の家族がいて、やっとすべてが順調に動きだした、と。自分は小さな幸せ、小さな平和を手に入れた、これでやっと何事もなく暮らせるようになるだろう、と。

だが違った。新しい落とし穴が次から次へと現れる。いっそ落ちて、すべてを終わりにしてしまうほうがいいと思えるくらいに。ああ、ブルーノ。

ショーンがケヴの肩をつかんだ。「おい、ケヴ。本当に残念だ」

ケヴは答えられなかった。くずおれないようにするのでせいいっぱいだった。

「たしかにこれは最悪の事態だ。でもおれたちはまず、あのいかれたおばあちゃんが本当に警察を呼ぶ前に姿を消さないと」ショーンが言った。

ケヴはつばをのみ、立ちあがって顔をぬぐった。「そうだな」

「そしてローザを迎えに行こうぜ」ショーンは言った。「ローザがおれたちの役に立つアイディアを思いついてくれることを祈ろう。おれはもう何も考えられない」

彼らはふたたびピーナ・ラニエリの私有地を駆け抜けた。そしてまたもや金切り声の抗議を受けたが、気にしなかった。その声はすでにかすれているし、それが車に戻る最短の道だったのだ。

　しかし彼らはもはや、自分たちがこんなに急いでどこに向かおうとしているのか、さっぱりわからなくなっていた。

29

リリーはつまずいて倒れた。ゾーイに引っ張られて廊下を歩いていたところだった。「ねえ、本当にあなた、ひどいありさまよ。何があったの？　風邪でもひいたとか？」

「黙って」ゾーイがリリーをぐいと引いて立たせた。勢いあまって今度は自分が冷たくかたい床に両膝をついて崩れ、驚くほど鋭い痛みにあえいだ。

「あなたに会ってから一週間かそこらしか経っていないでしょう？」リリーはしつこくきいた。ゾーイは朦朧《もうろう》としているように見えた。ストレスがかかれば彼女はさらに弱るだろう。ゾーイをもっといらつかせてやろう、とリリーは思った。

「あなたは山小屋ではすごく元気そうに見えたわ」リリーは続けた。「あなたに殺されそうになっていたときでも、それはよくわかったのよ。そしてあなたは、わたしの父を殺した日もかなり調子がよさそうだった。どうやら人殺しがあなたの性に合っているみたいね。でも、今はぼろぼろに見える。あなた、十キロはやせたんじゃない？　しぼんじゃったわ。どうしてそんなことに？」

「黙ってと言ったのよ！」ゾーイの声がひび割れた。

「黄疸かどうかチェックしてもらうべきだわ」リリーはよろめきながら進んだ。「肝機能に問題があると肌が荒れるのよ」

「黙れって言ったでしょう！」バシッ。ゾーイがリリーの顔を引っぱたき、彼女を壁にたたきつける。リリーはずるずると床に落ち、体を丸めて、うずく顔に手をあてた。

ゾーイが腰を曲げ、両手で腿をつかんでリリーを見つめた。ゾーイはあえいでいた。だらりとさがっている顎がぴくぴく動いている。彼女の顔には、血管、腱、そして骨がくっきりと浮きあがっていた。まるで黄色いワックスに浸されていた骸骨のようだ。

ゾーイが目をぎゅっとつぶった。まぶたが引きつっている。こめかみの血管がどくどくと脈打っていた。ゾーイはカーゴパンツのポケットに手を突っこみ、小さな封筒を引っ張りだした。歯でシャツの袖をまくりあげる。赤くて円いシールで覆われたカードがひらひらと地面に落ちた。ひとつのシールがすでに手首に貼りついている。リリーが見ていると、ゾーイは一枚のカードから最後のシールをはがして、それを肘の内側に貼りつけた。

どさっと壁にもたれ、激しく息をする。それから下に手をのばし、細めた目でリリーを見ながら、落ちたカードを拾い集めて封筒にしまった。

ゾーイの呼吸がゆっくりになり、額に浮きでていた血管も消える。危機は過ぎ去ったらしい。つまりゾーイはある種の薬物中毒なのだ。特に驚くことでもないが。

「それはいったいなんなの?」リリーは尋ねた。

ゾーイの紫色の唇が嘲るようにゆがんだ。「ちょっとした薬よ」

「わたしにもひとつくれない?」リリーはふいに言った。自分でも理由はわからなかった。

「わたしにも有効だと思うの」

ゾーイがさげすんだ笑い声をあげた。「これひとつであんたが殺せるわ。痙攣を起こして即死よ」

「でも、あなたはなんともないんでしょう?」

「わたしは別よ」ゾーイが人を見くだしたように言った。「わたしたちは違う生き物なの。あんたには理解できないでしょうね、わたしたちがいかに深いところで変わったか」

「醜く変わったのね」その言葉は無意識のうちに飛びだしていた。

ゾーイのブーツがリリーの腹部を蹴りつける。リリーはうめいて体を折り曲げた。

「礼儀をわきまえなさい」ゾーイが言った。「立って」

リリーはなんとか立ちあがった。ゾーイがリリーの腕をぐいとねじる。リリーは悲鳴をあげて痛みを和らげようともがいたが、どうすることもできなかった。痛みが全身を貫く。

リリーは足を引きずって歩いた。やがてゾーイが独房のドアを引き開け、リリーをなかに突きとばした。バタンとドアが閉まる。カチッ。ロックがかけられた。彼女は体を丸めて壁のほうへ這っていき、髪を振っておろした。もつれているが、ベールにはなる。カメラに常に監視されていると思うと落ち着かなかった。リリーは足の裏に触れた。汚れた紙が一枚くっついていたのをとる。そして、髪のベールの奥でそれを見つめた。

ゾーイがさっき腕に貼っていたシール型ドラッグだ。未使用で、シートの上に十六個の小さな赤いシールが並んでいる。ビニールの保護シートが上にかかっていた。リリーはそれを手のなかに隠し、てのひらを下にした。

それをどうするべきかはさっぱりわからなかった。少なくとも自殺用のツールは手に入ったわけだが、彼女にその選択肢はなかった。そもそも、自分はいつも父がそれを試そうとしたことに怒っていたのだ。だが、今では事態はかなり違う様相を呈している。

リリーは泣きだした。そんなちっぽけな勝利でも、つかめたのがうれしかった。恐怖もあった。彼らに反抗するためにあえてそれを使うことを考えるだけでも怖い。父のことを考えると悲しみがこみあげてきたし、ブルーノが無事かどうかが不安でもあった。泣く理由はいくらでもあった。

彼女は小さく丸まって戦利品を握りしめ、嵐に身をゆだねた。

今こそ自制心を発揮するときだ。苦痛を伴うつらい修行のように思える。ブルーノは、自分にこれほど自制心があるとはこれまで考えたこともなかった。ブロンズ色のＢＭＷの運転手は、名前はジュリアンだと言い、十ブロックかそこら走ると車をとめ、頭からかぶれと黒い袋をブルーノに渡して、後部座席に横たわるよう命じた。

ブルーノは渡された黒い袋を見つめた。口を紐で締めるようになっている袋だ。おれはじきに墓に横たわることになるだろう。数秒後、ジュリアンは肩をすくめ、携帯電話をとりだすとそれを耳にあてた。

おい、待て。ブルーノは言うことを聞くと約束した。袋をかぶって座席に横たわる。新車の革のにおいに、むかつきを覚えた。彼はもともと閉所恐怖症だった。外が見えず新鮮な空気を吸えないという状況は耐えられない。ロープで縛られガムテープで口をふさがれたほうがまだましだったろう。

車はハイウェイに乗った。ハイウェイをおりたときには、推定で一時間以上、二時間以内の時間が経っているように感じられた。ジュリアンはヴィヴァルディの『四季』を大音量でかけていた。はずむような甲高いヴァイオリンの旋律がブルーノの神経をいらだたせた。

十五分後、車はとまり、窓ガラスがおろされた。くぐもった声での会話が聞こえ、冷たい空気が入ってくる。それから彼らはまた進んだ。車は落ち着いたペースで走り、やがてとまった。ドアが開く。

ブルーノは複数の人間の手で引きずりだされた。声からすると三人はいるようだ。誰かが彼の両手を背中にまわさせ、プラスチックの手錠をかけた。声がうつろに響く。おそらく室内だろう。しかし空気は穏やかで、とても冷たい。大きなガレージだろうか？

彼らはブルーノを両側からつかんで立たせ、彼はすばやく足を動かしてついていった。木の床の上を歩いたあと、ブルーノはエレベーターに乗せられた。扉がガシャンと音をたてて閉まる。エレベーターはとても狭いため、敵のひとりがブルーノのまん前に来た。香水の香りがする。女性に違いない。

エレベーターはがくんと揺れながらあがっていった。どうやらかなり古い建物のようだ。エレベーターはそう遠くまで行かなかった。一階分あがっただけだ。

扉が音をたてて開いた。彼らはブルーノを押して外に出し、また長い廊下を歩かせた。しばらくしてあるドアが開き、ブルーノはなかに入れられた。あまりに強く突かれたので両膝をつき、腕で支えることもできずに顔から倒れる。彼らはブルーノを引きずって進んだ。やがて彼は椅子に座らされた。座面に強く押しつけられたせいで、背骨から頭蓋骨まで衝撃が響く。彼らが手錠でつながれたブルーノの両手を椅子に縛りつけた。足もそれぞれ椅子の脚に縛りつけた。

顔を覆っていた袋がはぎとられた。

ブルーノはぜいぜい音をたてながら空気を吸いこみ、まぶしさのせいでわきあがった涙をまばたきで払った。

広い部屋だ。数人がブルーノの前に並んでいた。ジュリアンもいる。テレビ電話でナイフを振りかざしていた女も。別の男もいた。若くて大柄な白人だ。全員が目に奇妙な表情を宿していた。うっとりと心を奪われているような表情だ。その一方で、照準を定めた相手に憎しみを向けている。

別の男が照明のなかに進みでた。ブルーノは必死に男に焦点を合わせようとした。大柄で、長身。強力なライトに後ろから照らされている。その男は親指と人さし指でブルーノの顎をつまんだ。男の顔がブルーノの視界のなかでぐるりと回転する。男は澄ました笑みを浮かべ、ぎらついた目をしていた。ブルーノはふと、この男を知っているような気がした。

「ブルーノ」男が言った。「やっと会えたな」

彼の声の響きにブルーノはぎくりとした。男はブルーノの顎をつかむと顔を上向かせた。ここ三日間の疑問がブルーノのなかでふくれあがって爆発した。「リリーはどこだ？　彼女に何をした？」

男はブルーノの頬に平手打ちをくらわせた。「一度にひとつずつだ。わたしを見ろ」ライトを浴びた目から涙があふれ、鼻へと流れ落ちる。だが、ブルーノには顔をぬぐうすべがなかった。

それはあまりにもなじみのある感じだった。ブルーノは叫んでのたうちまわりたかった。男に注意を向け、まっすぐ見返す。「ああ？」ブルーノは挑発的に言った。

「わたしを知っているかね？」男が尋ねた。

イエス。イエス。ブルーノの頭のなかで、知っている、と答える声がした。しかし、いつ、どこで知ったのか、誰なのかまではわからない。「いいや。いったいおまえは誰なんだ？ そして何が望みなんだ？」

またしても平手打ちをくらう。ビシッ。「ばかなふりをするな」男が言った。「おまえがばかではないことは知っている。もう一度よく見ろ。そしてよく考えろ」

恐怖がふくれあがった。おれはたしかにこの男を知っている。記憶は体のなかに、筋肉と骨のなかに埋めこまれている。ブルーノは自分が混乱しているのを感じた。母親に会いたくて、怒りに震えている自分を感じた。しかし、動くことはできない。拘束をほどこうともがいているうちに、腕に針が突きたてられ、神経が麻痺し始めた。そうだ、見たことがある。あの顔。自己満足に浸っているあの顔だ。深く響く、あの恐ろしい声。髪はきっちりセットされていて……。

「〈ディープ・ウィーブ・シーケンス〉、4・2・9開始」男が言った。

ブルーノはまたしてもびくりとした。電気が駆け抜けたように激しく体が動く。重い椅子ががたがた揺れた。「くそっ。やめろ」

「おっと」男が言った。「答えがわかりかけてきたかね？」

ブルーノはそんなことはないと言いたかったが、答えは波のように一気に押し寄せ、吐き気を感じたほどだった。「夢。おまえはおれの夢のなかでしゃべっている男だ」

「わたしが？」男の目がきらめいた。「それを知ってうれしいよ、プログラミングがそこまで深く進行していたとは。まだ研究の実験的段階だったんだがな。驚くべきことだ。種をまいたのがいかに短い時間だったかを考えると」

「種をまいた……なんだって？」その言葉を押しだすには、何度かつばをのんで喉を落ち着かせなければならなかった。「プ、プ、プログラミング？」

頰の上の手がぴたぴたとブルーノをたたく。彼は否定するように首を振るのをやめられなかった。だが、記憶はものすごい勢いでよみがえってきていた。「おまえはローザが言っていた男だ。おれが七歳のときにマンマからおれを誘拐したやつ。そのあとトニーがマイケル・ラニエリを脅しておれを解放させたんだ」

男の顔がこわばった。「わたしはいつまでもそれを後悔するだろう」彼が言った。「わたしはプレッシャーに屈するべきではなかった。あの当時、ラニエリ一家はわたしの研究資金の重要なスポンサーだった。だが、もはやそうではない」

「いったいおまえはおれをどうしたかったんだ？」ブルーノは感情を爆発させた。

「ブルーノ、おまえはわたしのインスピレーションの源だった」男がブルーノの肩をぽんぽんとたたく。「おまえのおかげで新しいアイディアがひらめいて、それが見事な成果を生んだ。おまえはわたしの輝ける星だよ、ブルーノ。わたしの必須条件《シネカノン》だ」

「いったいきさまはなんのくそ話をしているんだ？」

バシッ。男がまたブルーノのこめかみを引っぱたいた。「下品な言葉を使うな。わたしはそれを好まない」

「おまえが何が好きかなんてどうでもいい」

男がブルーノの頬をつまんだ。親指の爪が食いこむ。「おまえは気を使うということを学んだほうがいいな」

ブルーノはその痛みに大きく息を吸いこんだ。「おまえは誰だ？」

「おお、ブルーノ」男はすねたように言った。「わたしはおまえが子供のころにおまえの知能をテストした。大人になったおまえが、自分の潜在能力をどれほど認識しているのかはわからないが――おそらくはほんの一部だろう――おまえならヒントもなしにわたしの問いに答えられるはずだぞ」男がブルーノの頬を放した。親指には血がついている。「名前が必要なら、わたしをキングと呼んでくれ。さあ、そろそろまとめよう。何が見える？」ジュリアンを手で示した。「あれをおまえがピートリーから学んだことに足してみろ。わたしが失った工作員たちの遺伝子構造について、話を聞いただろう？」彼は舌打ちした。「とんでもない浪費だ。おまえには想像できないだろう、あの若い連中にわたしがどれだけの時間と訓練と金を投資したか」

だが、ブルーノはまだジュリアンを凝視していた。「あいつは何歳なんだ？」

キングは少年のほうを振り返った。「教えてやれ、ジュリアン」

「あと二週間で十七歳になります」若者が答えた。

マンマはこいつが生まれる一年も前に冷たくなって墓に入った。ブルーノは頭を振った。そんなデータは知りたくなかった。そこには向きあいたくない結論が待っている。しかし彼がどう思おうと、頭のなかではデータの処理が進められていた。ブルーノは拘束された体をよじった。ジャケットのポケットのなかで紙がかさかさと音をたてる。マンマの検死報告書だ。

その瞬間、ふいにひらめいた。「卵巣」ブルーノは言った。「おまえはおれのマンマの卵子を盗んだんだ！　この変質者！」

「ああ！」キングが手をたたいた。「わたしが二十三年前に見たきみの片鱗《へんりん》が現れたぞ。あの高い潜在能力の一端が。おまえは原子炉のように燃えていたんだ。おまえがどう変わってしまったかを見て、わたしの心は引き裂かれた。あれほどの能力が使われることもなく消えてしまったとは。わたしの誇りと喜びは、できるだけ多くの女を誘惑する以外には何もできない口汚い青二才になってしまった。何も指導されず、規律も与えられず、ヴィジョンもないと、こうなってしまうということか！」

ブルーノは男の不平不満に耳を傾けながら、どこでこの男との接点があったのかを必死で思いだそうとしていた。「いったいどうなってんだ？」

キングは片手を振っていったん口をつぐんだ。「べらべらしゃべってしまってすまない。そのことについて、わたしは何十年も心を痛めてきたものでね。そしてわたしは――」

「ああ、なんてこった」ブルーノの頭のなかに、まるで爆発が起きたかのように答えがひらめいた。まるで電球がピカッとついたようだった。「リリーの父親。接点はそこだ！　彼は不妊治療の研究者だったんだろう？　彼はおまえのために胎芽をつくったんだ。マンマの卵子から！」

「すばらしい、すばらしい！」キングが顔を輝かせた。「そう、それがハワードがわたしのためにやっていたことだ。彼は卵子を育てて、わたしに生存可能な胎芽を何十個とつくってくれた。その仕事に対して、わたしは彼にたっぷり金を払った。彼はすばらしかったよ。時代に先駆けて保存技術を開発した。あの胎芽は今の時代でも生存可能だ。驚異的だよ」

ブルーノはジュリアンを見つめた。この男はおれの弟、おれのマンマの息子だ。あんなうつろな目をしてはいるが。マンマが死んでから生まれた。ゆがめられ、変形させられて。マグダ・ラニエリの愛も庇護もいっさい知ることなく。

「おまえはマンマの腹を切り開いて彼女の卵子を盗んだ」ブルーノは言った。「どうやってそんなことをやりおおせたんだ？」

「簡単だった。当時、おまえの母親はおまえのことを心配するのに忙しすぎて、自分の卵子を心配するどころじゃなかった。だが、わたしがそれをどうするつもりかを知ったときには、彼女は心配したよ。ハワードにも訴え、一緒に心配させた。彼女は心配しすぎたから、そう、始末しなければならなかったんだ」

ている。

「このくそ野郎。おまえを殺してやる！」ブルーノは声を荒らげた。男は落ち着き払っていた。腕組みをして、唇に半笑いを浮かべ、足でとんとんと床を打っている。

「なんだ？」ブルーノは怒鳴った。「何が望みなんだ？」

「続けろ」キングが言った。「答えの続きが聞きたい」

「続きだと？」ブルーノはうなった。「マンマの卵巣を盗み、彼女から生まれたかもしれない子供たちを誘拐し、マンマを殺しただけでは充分じゃないのか？」

「おまえは正解にいたっていない。八年生の生物の授業をサボったから人間再生のメカニズムがよくわからない、などとは言わないでくれ」

「それでも女に文句を言われたことは一度もないぞ」

ブルーノはうなった。

バシッ。平手打ちされて頭がぐらりと後ろにかしいだ。「集中しろ」キングの言葉は鞭のようにピシリと飛んだ。「セックスをネタにした下品なユーモアはいただけないな」

ブルーノはどんな答えを求められているのだろうと考えた。たどるべき論理の道筋はどこにある？　あの胎芽について考えるんだ。だが、まさかそんなはずは……。ああ、またあのドラムロールがはじまった。おれが本当は知っている、けれども思いだしたくない真実がまたひとつ登場しそうだ。

「おまえが言っているのは精子のことだな」ブルーノは言った。「おまえが話しているのは……嘘だろ。まさか、そんな……ありえない」

キングが微笑んだ。そして、うれしそうにブルーノの頭をぽんとたたいた。「あたりだ」

「おまえが？」ブルーノの声が割れた。「おまえが……おれの……」

「父親なのかって？」不自然なほど白い歯を輝かせ、キングはブルーノの言いかけたことを締めくくった。そして、答えた。「そう、わたしが父親だよ、ブルーノ。ほかに誰がいるというんだ？」

30

ローザはケヴにはまったく気づいていなかった。ニューアーク空港の出口を出ると、まっすぐ前を見て進んでいく。静脈瘤が腫れているのか、足どりはぎこちなくがくがくしていた。

ケヴは行く手をさえぎるように前に進みでた。「やあ、叔母さん」

彼女が後ろによろめいた。「ケヴ！　あなた、ここで何してるの？」

「叔母さんに同じことをききたいね」彼は険しい顔で言った。

ローザが鼻を鳴らした。「やらなきゃならないことがあるのよ」声をひそめてささやく。「ブルーノは一緒にいないんでしょう？　あの子に警告してやらないと、ポートランドの警察が――」

「そのことで言っとかなきゃならないことがある」ケヴは彼女をさえぎって言った。早く伝えなければならない。「悪い知らせだ。ブルーノのことで」

ローザが胸に手をあてた。「宝石箱を見つけられなかったのね？」

「ああ、ピーナは持っていなかった。それだけじゃない」

彼女の口がわななきはじめる。「やめて。あの子に限って……」

「連中があいつをさらっていった」ケヴは無力感を覚えながら言った。「すまない。おれがついていながら、ブルーノはやつらにつかまった。そして、今どこにいるのかおれにはわからない」

ローザはがっくりと力を落とし、ぐらりと倒れかかった。ケヴは彼女をつかまえようと突進したが、立っていた位置が悪かった。幸い、ローザの後ろにいた男がぱっと彼女の脇の下をつかみ、彼女が倒れるのを防いでくれた。なかなかたいしたものだ。ローザのような大柄な女性を支えるとは。ケヴは男と一緒に彼女を床に寝かせると、礼を言おうと目をあげた。

相手が先に口を開いた。「彼が誰につかまったって?」

ケヴは凍りついた。男を見つめる。会ったこともない男だ。長身で、自分より若い。黒い髪はもつれ、顎には無精ひげがのびている。そして、厳しく知的な顔。どうやらこの男はこちらの内部事情を知っているようだ。はしばみ色の鋭い目がケヴを見据えた。「あんたは誰だ?」ケヴは尋ねた。

「サム・ピートリー刑事だ」男が答えた。「ポートランド警察の」

ああ、なんてこった。「それで、ここで何してる?」

ピートリーがまっすぐケヴを見すえた。「答えを探してる。そして、あんたの大叔母さんを守ってる。偶然だが。彼女はひとりきりで旅するべきじゃない」

「へえ?」ケヴは噛みしめた歯のあいだから言った。「そりゃどうも。忠告に感謝する。ご親切なことだ」

ローザがぱっと目を開き、敵意もあらわに男をにらみつけた。「わたしを守ってるだって? 嘘をつくんじゃないわよ」

ピートリーが肩をすくめた。「彼女には飛行機で見つかったんだ。だから、もうどうにでもなれと思って、空港におりたら直接あんたに話しかけようと決めていた」

ケヴはうなった。「ポートランド市が、おまえがおれの大叔母を守るために大陸を横断する飛行機代を出してくれるとは思えないが」彼は言った。「どうやったんだ? ローザが家を飛びだしたときに空港まであとをつけたのか?」

「そうだ」ピートリーが彼女の体を持ちあげて座らせてやった。「これは仕事じゃない。自腹で来たんだ。この事件のせいさ。おれは一度気になったら、途中であきらめられないたちでね。それで彼女のあとを追った」

「そんな性格をしているといずれ身を滅ぼすぞ」ケヴは言った。

「わかってる」ピートリーが静かに言った。「だがそのときまでは、おれはこうするよ」

ふたりは見つめあった。やがてピートリーがまた口を開き、ケヴにだけ聞こえるよう声をひそめた。「おれはあんたの弟をつかまえるために来たわけじゃない。彼はおれに、あの男たちを食堂の外で殺したのは正当防衛だと言った。おれは彼を信じる。おれはもっと詳しく知りたいんだ。これ以上死体を見つけることになる前に。もしブルーノの言ったことが本当なら、彼は何も心配することはない。法律的にはね」

「あんたはここでどんな成果が得られると期待しているんだ？」ケヴは尋ねた。

ピートリーが肩をすくめた。「まだわからない。おれはただ、もっと知りたいんだ」率直に言う。「あんたの弟は困っているんだろう？　もしかしたらおれが助けになれるかもしれない。少なくともおれがいれば銃が一丁増える」

ケヴは目をしばたたいた。すっかり面くらっていた。「あんた、武装して来たのか？　あんなにあわただしい状況で？」

「ポートランド空港警察に知人がいるんだ」ピートリーがこともなげに言った。「昔、仕事をしたことがあってね。彼は空港警察のオフィスを通ってゲートを迂回《うかい》させてくれた。子供が生まれたら彼にやらなきゃ、この借りは返せないだろうな」

「それはあんたの問題だ。誰もそんなことをしてくれなんて頼んでない」ケヴはうなった。

「わかってるって」ピートリーが落ち着き払って言った。そして、ケヴが口を開くのをただ待った。

ケヴは困惑した。「いいだろう」苦々しげに言う。「ローザには助けがいるし、警察も助けがいるという。みんながおれの目の前で助けを求めている。だが、おれはそんなに大勢助けられない」

ピートリーは視線をそらさなかった。ケヴは相手を見返し、自分の第三の目が大きく開くのを待った。それは、エディとつきあうようになって身につけたテクニックだった。彼女が絵を描いているときには、ケヴはほとんど彼女の脳波に同調して同じものを見ることができた。彼は常に自分の本能を信用してきたが、エディと時間を過ごすことで、第三の目はいっそうとぎ澄まされたようだ。ケヴはピートリーの本当の姿を求めて、別の次元を探った。彼の目的がなんなのか、どういうつもりで来ているのかを知りたかった。

その結果ケヴが得たのは、しっかりとした手応えだった。ぎっちり中身がつまっていて、岩のようにかたい。それでいて、偏屈にかたまっているというのとは違う。この男はおれをだまそうとはしていない。扱いにくい相手かもしれないが、陰険ではない。ピートリーはここに栄光のにおいをかぎつけて来たわけではない。真実を求めているだけだ。

もしかしたらピートリーは本当に力になってくれるかもしれない。少なくとも、本人が言ったとおり、彼は銃を持っている。「ローザにあの写真を見せるのは、卑劣なやり方だったと思う」ケヴは言った。

ローザの顔を苦悶の表情がよぎる。彼女はピートリーの手を払いのけた。「ひどいショックを受けたのよ。気を失うほど」

ピートリーが肩をすくめた。「申し訳ない」

人々は彼らを避けて歩いていった。カートがいくつもがたがた通りすぎ、人々がキャリーケースを引きながら足早に歩いていく。時間が刻一刻と過ぎていった。

「それで、ブルーノは誰につかまったんだ？」ピートリーが改めて尋ねた。

「誰に、あるいはどこにつかまっているかわかっていたら、おれはとっくにそこにいて、そいつのケツを蹴り飛ばして地獄送りにしてやってるよ」ケヴは言った。「この一週間、ブルーノを殺そうとしていたのと同じ連中だろうな。あんた、その話は聞いてるのか？」

「ブルーノが当局に協力を求めてくれていたら、そのあたりのことをより詳しく聞けたかもしれなかったんだがな」ピートリーが穏やかに言った。

ケヴは大叔母を見た。「ぼんやりしている暇はないぞ」

「わかってるわ！」ローザが苦労して立ちあがった。「この人が離れるのを待ってただけよ」ピートリーをにらみつけ、体をぽんぽんと払う。「どっかに行ってちょうだい。わたしたちにはやることがあるのよ」

ピートリーは立ちあがったが、動こうとはしなかった。ケヴはため息をついた。これから口にする言葉に対するローザの反応は目に見えている。

「彼はおれたちと一緒に来るんだよ、叔母さん」ケヴは言った。

「なんですって？」

ケヴの愚かしさとピートリーのばかげた行為を罵倒するカラブリア地方の言葉は、空港ロビーの外に移動するあいだじゅう続いた。自分の第三の目にピートリーがどう見えたかなど、ローザに説明しても無駄だろう。壁に向かって話すのと同じだ。トニーがそうだったように、ローザも警察に不信感を抱いている。ケヴは右から左に聞き流して演説が終わるのを待った。

ピートリーは横に並んで歩きながら、必死にまじめな顔をとりつくろっていた。おもしろがっているそぶりでも見せたら、演説が長引くのは目に見えているからだろう。

ショーンが車を寄せてきて彼らを拾った。ピートリーがいることについては、ローザほど大きな声は出さなかったものの、同じような反応を示した。荒々しい目でケヴをにらみつけている。

ピートリーがケヴとともに後部座席に乗りこむと、ケヴは言った。「彼のことは無視してくれ。家具だとでも思ってくれればいい。さて、叔母さん、これからどこに行く？」

「ガエターノの家よ」ローザがすぐに答えた。「彼はルパート郊外に引っこんでいるの。彼なら裏で糸を引いているのが誰かわかるはず」

「なぜガエターノなんだ？　マイケルのところに直接行けばいいんじゃないのか？」ショーンが尋ねた。

「わたしはマイケルのことは全然知らないの」ローザは言った。「わたしが言うことを聞かせられるのはガエターノよ。それと、その妻のコンスタンティーナ。わたしの男を盗んだいとこよ。マグダの家から宝石箱を持っていったのがピーナじゃないなら、あの雌犬《ブッタネツラ》のコンスタンティーナが持っているに違いないわ。彼女は昔からあれは自分のものになるべきだと思っていたから。そして彼女は、わたしのものになるはずだった男と結婚した。マグダが死んだあと、あそこに行って宝石箱を失敬したのは絶対にコンスタンティーナだわ。あの泥棒女と、そろそろちゃんと話をしなきゃ」

「その泥棒女はもう八十に手が届くよ、叔母さん」ケヴは言った。

「だからなんだというの？」ローザが首をひねってケヴを見つめた。「泥棒女は泥棒女よ。わたしはガエターノなんか怖くない。あの男ときたら、わたしを振ったのよ。あいつはわたしの目をまともに見られやしないわ。ロ・マンジョ・クルード。生のままあいつを食べてやるって意味よ。朝食代わりにね！」

ケヴは前かがみになり、片手を大叔母の肩に置いた。「なあ、まじめな話、叔母さんは本当はあの男と結婚したくなかったんだろう？　マフィアの縄張り争いに何十年も巻きこまれるなんて、コンスタンティーナ・ラニエリは幸運な女性なんかじゃない。叔母さんは本当に彼女の人生がうらやましいのか？」

そのときのローザの目はまさに真剣だった。冗談をいっさいまじえず、演出でも演技でもない、本気の目つきだ。こんな目をした彼女をケヴが見たのは、この十九年間でトニーの葬式のときだけだった。

ローザは肩をすくめた。「腹が立つったらないわよ！」苦々しい声で言う。「あのくそ女には十一人も孫がいるんだから」

「いやだ」ブルーノは繰り返した。もう十度目だ。「そんなことはできない」

「いいや、できる。それが真実だとおまえは知っている。わたしを見ろ。見えるだろう？」

ブルーノは見た。背筋に悪寒が走ったが、それでも彼はキングを見た。あのえくぼ。自分と同じだ。ジュリアンとも。目の形。歯並び。もっとも、ジュリアンとキングはブルーノとは違って歯列矯正の恩恵を受けていたが。体つきもそうだ。背が高く、肩は広く、ヒップは引きしまっている。顎のライン、手の形もそっくりだ。ブルーノはごくりとつばをのみ、声の震えを抑えようとした。「じゃあ、おまえがおれのマンマを傷つけて逃げた豚野郎なのか」

キングは自尊心を傷つけられたようだった。「そうではない！　わたしはおまえの母親に恋していたんだ。彼女はすばらしい女性だった。しかし、あまりにも妥協を知らない頑固者だった。われわれはお互いの考え方の違いについて何度も話しあった。彼女は怒り、わたしに出ていけと言った。わたしは彼女の言葉を真に受けた。彼女は子供のことなどひと言も言わなかった。わたしは七年後にはじめておまえのことを知ったんだよ、ブルーノ。偶然に！」彼は自分こそ虐げられたと言わんばかりだった。不当な扱いを受けたのは自分のほうだと。

「マンマはおまえが虫けら野郎だとわかったんだ。そして逃げた」ブルーノは言った。「だけど、そのときにはマンマはもう妊娠していた。マンマはおれのことを秘密にしておこうとした。だが、おまえは彼女のことを調べた」

「過去を懐かしむ気持ちがあったのだと思う」キングが言った。「彼女が結婚して太り、六人の子供がいて、ラグー（肉や野菜を細かく刻んで煮込んだソースをかけたパスタ料理）をかきまわし、口ひげを生やしていてくれればいいと思った。だが、違った。そしてわたしはおまえを発見した」彼の目が輝く。「わたしの唯一の種を」

ブルーノはひるんだ。「つまり、これはすべて、おまえの病的なエゴを満足させるためにやったことだっていうのか？」

「わたしはおまえが何からできているかを調べなければならなかった！　わたしはすでに自分の訓練プログラムを立ちあげていた。四つのポッドが育成されていた。ゾーイは三人の仲間とともに訓練を開始した。彼女はわたしの二世のなかでもっとも古い種なのだよ。だが、わたしは自分自身の血と肉から何が生まれうるのかという興味を抑えきれなかった。わたしには確信があったんだ。認識拡張ドラッグとわたしが編みだしたサブリミナル・トレーニングの技術を使えば、おまえはきっと彼らを超越できると――」

「ポッド？」ブルーノは割って入った。「ポッドってなんだよ？」

キングがいらだたしげな顔をした。「わたしは幼児の訓練生を四つのグループに分けた」彼が説明した。「結果は良好だった。訓練生たちは疑似家族の形態で育成されたほうがうまくいったんだ」

「幼児？」ブルーノは自分を見つめている若者たちを見渡し、改めて寒気を覚えた。「おまえはそんな小さいころからこいつらの頭を引っかきまわしてきたのか？」

「啓発だよ」キングが訂正した。「わたしは彼らを啓発してきた。おまえのことは啓発し損ねたがね。おまえが生まれたときからわたしがそばについていたら、おまえはもっといろいろなことを達成できたはずなのに！」

ああ、きっと、このあわれなロボットどもと同じくらい、頭がいかれてひねくれた人間になっていただろうさ。ブルーノは彼らのほうを顎で示した。「彼らはその、おまえの……」

「わたしの遺伝子上の子孫かって？　いや、まったく違う」キングがくすくす笑った。「あれは、わたしがおまえを発見したときに偶然生まれたただのお遊びプロジェクトだよ。いまここにいる工作員のなかで、おまえと血縁関係があるのはジュリアンだけだ」

ブルーノは身震いして、頭を集中させようと努めた。「じゃあ、ほかの連中はどこから来たんだ？」

「出自はさまざまだ。わたしは何年ものあいだにいろいろなことを試した。妊娠した娘たちから直接買いとった者もいる。母親の知的レベルは不明で、その子供たちの公式な出生記録はいっさい残っていない。ゾーイのように、惨劇にあった子供もいる。戦争、地震、津波。そういった悲劇が起きると、居場所を失う者は何万といるんだ。その現場にはたちまちブローカーが現れて孤児たちをさらい、売り払う。セックス奴隷を扱う商人を通じて手に入れようとしたこともあるが、それは問題をはらんでいた。胎児期のケアや栄養摂取をコントロールするのが難しすぎてね。多くのサンプルがダメージを受け、間引き率は非常に高かった。いい結果を出せたのは、おまえを発見したあとだ。わたしはマグダの卵子を使うことに決めた。わたしとマグダの遺伝子が組みあわされた結果、並みはずれた能力を持ったサンプルがすでに誕生していたのだからな」

だが、ブルーノの頭はひとつの恐ろしい言葉に引っかかっていた。恐怖がこみあげてくる。

「間引き率？　なんだよ、その間引き率って」

キングはうとましそうにブルーノを見た。「鈍すぎるのもいい加減にしろ、ブルーノ。その言葉のまんまだ。わたしの試みのすべてがうまくいくわけではない。なかには、うまくいかないこともある」

「つまりそれは間引き率じゃなくて、殺害率ってことか」ブルーノは抑揚のない声で言った。

「全然違う」キングがぴしゃりと言った。「それは穏やかな安楽死だ、殺害ではない。無痛注射か少量のガスで、彼らは漂うように去っていく」

「すばらしい」ブルーノはつぶやいた。「おまえは大量殺人鬼でもあるわけだ」

キングはいらだった。「おまえは母親にそっくりだな。どうでもいいことにこだわる。わざと要点をはずしているんだ、わたしをいらだたせるためだけに」

「そこには何人いたんだ？」ブルーノは尋ねた。「マンマのベイビーは？」

「最初は何ダースもの胎芽が生まれた。しかし、われわれは状態のいいものを十六体にまでしぼりこんだ」キングが答えた。「懐胎されたものの、何年もかけて間引きされ、残ったのは六体だけだった」物思いにふけるように言う。「その工作員のうち三体は今週死んだ。ひとりは食堂の外で。レジーもそのあとすぐに死んだ。それから、ナディアがおまえの友達のアーロに殺された。そしてそこにジュリアンがいる。そして最後のふたり。まだ小さな子たちだ」

ブルーノはただキングを見つめた。「小さな子たち……それはつまり……つまり……ああ、なんてことだ。嘘だろう。つまり、おまえがつくったのはもっといて――」

「そのとおりだ！」キングが顔を輝かせた。「男の子と女の子だ。二十カ月になる。調べた結果、彼らの潜在能力は並みはずれていることがわかった。先輩たちよりもはるかに見こみがあるぞ。おまえよりもな、ブルーノ。だが嫉妬はするなよ！　ホバート、グループ四十二のウェブカメラにつないで、ブルーノに小さな弟と妹を見せてやれ。わたしはプログラミングをはじめるのが待ちきれない。〈ディープ・ウィーブ〉の予備訓練は二十四カ月からはじめるんだ。それより早くはじめてしまうと……まあ、こう言っておこうか、残念な結果になる、と。とにかくもうしばらく我慢しなければならんのだ」

ホバートがタブレット端末を操作して、それをブルーノの顔の前に掲げた。

カラフルな部屋が映っている。保育園のような、おもちゃでいっぱいの部屋だ。そこでは同じようなブルーのスモックを着たふたりの子供が遊んでいた。おもちゃのバイクで走りまわる男の子は、自分の赤ん坊のころの写真を見ているようだった。鉄琴を奏でる女の子はマンマにそっくりだ。ブルーノの喉は締めつけられた。感覚を失った手を握りしめる。「マンマは知っていたんだな？」彼は尋ねた。「マンマは、おまえが無力な子供たちをめちゃくちゃにしていることを知った。おまえが試験管のなかでマンマの胎芽を育てていることを知った。マンマはおまえをとめようとした。マンマはおれを遠くに追い払って、それを阻止しようとしたんだ。おまえの不利になる証拠を集めて」

キングが物思いに沈んだ。「わたしはマグダに、わたしに協力するという選択肢を与えてやったんだぞ。わたしたちの遺伝子の組みあわせが持つ潜在能力の高さに気づいてしまうと、わたしは古典的なやり方を追求したくなったんだ」いやらしい目をして言う。「何しろ、彼女は美人だったしな」

「それ以上言うな。おまえに向かってゲロを吐くぞ」

キングが眉根を寄せた。「だが、マグダだって完璧な人間ではない。おまえもそうだ。わたしは究極の人間をつくりだしたかった。彼女はわたしをとめようとした。彼女がルディを通じてわたしの情報を集めはじめたときには信じられなかったよ。彼女があんな乱暴な男と親しくなるほどの度胸があるとは考えもしなかった。だが彼女はそれをやった」

「おまえの感想など聞きたくない」

「マグダは狡猾だった」キングが感慨深げに言った。「そしてルディは愚かだった。マグダがやつのあとを追い、やつの行動を記録していることに気づきもしなかった。最後の最後まで。当時、ルディはマイケル・ラニエリのところからわたしのもとに派遣されていた。間引きされた訓練生の処分や、そのほかの面倒な仕事をいろいろと手伝っていたんだ。ああいったちんぴらを使わなければならなかったのは遠い昔の話だ。ありがたいことに。幼いおまえを母親のもとから連れ去ったのは謝る。わたしだって何もあんなことはしたくなかった。だが、あれはどうしても必要だったんだ」

「謝罪なんか、てめえのケツに突っこんどけ」

キングが悲しげに頭を振った。「あれほど高い潜在能力があったのに」

ブルーノは目をそむけずにはいられなかった。叫び声をあげたりしたら、嘲られるだけだ。それではなんの目的も果たせない。今できるのは、さらに情報を集めることだ。どんなにむかつくような情報でも。

「おまえがまだ話していないことがひとつある」ブルーノは言った。「非常に重要なことだ。おまえはいったい、おれをどうしたいんだ？」

「残念ながら、おまえは死ななければならないと思う」キングがわびるような口調で言った。「おまえは救済期限を過ぎている。おまえの年齢ともなれば、プログラミングをやり直すのは無理だ。それにマグダの集めた証拠を見つけられなかったとしても、おまえはもう多くを知りすぎている。野放しにしておくわけにはいかないのだよ。そのことについては、わたしは非常に失望した」

「何について？」

「おまえが宝石箱を見つけられなかったことについてだ。わたしはそれをとり戻したかった。わたしにとって不利益になりうる情報がどこかに漂っていると思うと腹だたしい。それがおまえをここまで長く生かしておいた理由のひとつでもある。おまえがわたしのためにその謎を解いてくれると思ったんだがな」キングがため息をついた。「しかし、あきらめるしかないようだ」

ブルーノはキングを見つめた。キングは尊大な表情を浮かべている。

「だがおまえを処分する前に、〈ディープ・ウィーブ〉のプログラミングを受ける次の世代のために知っておきたいことがある」キングが続けた。「この一週間の出来事で、わたしは現在のプログラミングの限界を痛感させられた。腹だたしいことだよ。だが、謙虚に受けとめねばなるまい。自分の過ちからも学ばなければな。そして、おまえがそれを助けてくれるだろう」

「謙虚に？　よく言うぜ」ブルーノはうなった。

「そうだ、ブルーノ。おまえは不利な立場にもかかわらず、いやしい育ちにもかかわらず、知的な刺激を受けてこなかったにもかかわらず、訓練を受けた優秀な工作員をことごとく倒した。おまえの遺伝子上の兄弟姉妹さえも」

「だったらどうだというんだ？　今おれはおまえにつかまっている。それで満足じゃないのか？」

「そういうことではない。話を矮小化《わいしょうか》するな。わたしの工作員たちには、おまえに謎の強みを与えた重要な成分が欠けているのだ。その成分が何かわかれば、わたしはそれを合成してつくりだすことができるだろう。環境を整えて化学物質をそろえ、おまえの持っているものをつくりだす。わたしはアーティストだ。自分の技術が完璧になるまでは、わたしは休みをとるつもりなどない」

ブルーノはキングの目を見つめた。底知れぬ狂気が見える。キングは金の卵をつくろうとしているのだ。「おまえに教えてやりたくなどないが、それは合成してつくれるようなものじゃないと思う。おまえは実体のないものについて話しているんだ」

「ばかげたことを言うな」キングが言った。「実体のないものというのは、これまで適切に理解されなかっただけにすぎない。わたしはそれが人間関係にかかわりがあると思っている。もう気づいているのだよ。同じグループの仲間とのつながりを持った工作員のほうが、あらゆる面で成功している。それに、情熱的な愛に必要な成分ならすでにつくりだしている。実際、わたしの工作員たちはわたしをとことん愛しているよ」

ブルーノはキングの目のなかに躍るうつろでいやしい欲望を見つめた。「そんなのは愛じゃない」静かに言う。「おまえは愛とは何かを知っているとでも?」キングが笑った。「それは笑えるな。愛は強さにも弱さにもなりうる。マグダもそうだった。彼女はおまえと、まだ生まれてもいない子供たちのために超人的なことをなしとげた。だが、おまえは彼女の弱点でもあったんだ、ブルーノ。たとえラニエリ一家が脅しをかけなかったとしても、おまえを使えばわたしは簡単にマグダをコントロールできただろう。そして、リリーはおまえの弱点だ。そうだろう? 彼女がいなければ、おまえはわざわざ死と向きあうためにここに来ていたか?」

頭から血の気が引いて、めまいがした。「リリーはどこだ?」ブルーノは尋ねた。「リリーに何をした?」

キングはブルーノの頬をまたぴしゃぴしゃとたたいた。「悲しいことだが、おまえはショックを受けるのではないかな」

今さらショックを受けることなどあるものか。ブルーノはそう言って笑いとばしたかった。しかし一方で、耐えられないほどのショックを受けるのではないかという恐怖に凍りついている自分もいた。「なんのことだ?」彼はかすれた声で尋ねた。

そのときドアが開き、若い女が勢いよく部屋に駆けこんできた。興奮して、うわごとのように何かしゃべっている。ブルーノはキングの表情が変わったのに気づいた。ふと、ブルーノは思った。このくそ野郎の顔からあのにやにや笑いを消し去ることができるような話なら、ぜひとも聞いてみたいものだ。

「……空港に」女の言葉が耳に入ってきた。「彼らは彼女とニューアーク空港で合流して、ガエターノ・ラニエリの家に向かっています、まさに今！　追跡タグをチェックしました。マイケル・ラニエリもそこにいます！　彼にそこから立ち去るよう警告しましょうか？」

キングが一瞬、宙を見つめた。「いいや」彼が答えた。

若い女は驚いたように、コンピュータを扱っている男と目を見交わした。「いいや？」彼女が繰り返す。

「ああ。われわれは合理化を進めているところだ。ラニエリ一家との協力関係は、今この瞬間をもって終了した。わたしにはもう彼らは必要ない。ゾーイ、血に飢えたいとしきゾーイ。おまえはローザ・ラニエリとマクラウド兄弟がそこにいるあいだに、縄張り争いを装ってガエターノ・ラニエリの家を襲撃するんだ」

ブルーノは胃が引っくり返るのを感じた。

女の沈んだ目が喜びに輝く。「全員の死をお望みですか？」

「全員だ」キングがうれしそうに喉を鳴らした。「やつらを根こそぎ始末してしまえ。大虐殺が見たい。そこらじゅうに血をまき散らせ。だが、すばやく動け。これはほんの束《つか》の間のチャンスだ。おまえが戻ったら……」女に誘惑するような微笑みを向ける。「一緒にディナーをとろう」

女は不健康なほど顔を赤らめ、まぶたをひくひくさせた。「はい。お任せください」そう言うと、彼女はドアのほうに急いだ。

女が消えてドアが閉まると、メラニーとホバートがキングのほうを振り向いた。ふたりとも憤慨し、裏切られたという顔をしている。

男のほうが感情を爆発させた。「お言葉ですが、ゾーイが適任だとお思いですか？　彼女ひとりでできると？　マクラウド兄弟は有能で、彼女には荷が重いかと――」

「わたしを信用しろ、ホバート。わたしはいくつかの面で合理化を進めている」キングがホバートの背中をぽんとたたいた。「ゾーイの利用価値もそろそろ終わりだろう。だからわたしは応援を送らないのだよ。彼女が任務をまっとうするときには……」彼は笑みを浮かべて若者の肩をぎゅっとつかんだ。

ホバートがおずおずと微笑み返す。「ああ、なるほど、わかりました」

それからキングは前かがみになり、ホバートの耳に、ブルーノにはわからない外国語で何事かささやいた。

ホバートが背筋をのばした。先ほどのゾーイと同じように目が輝き、頬が赤く染まっている。やがて彼はあえぎはじめた。胸がむかつくほどの気味の悪さだ。

「ありがとうございます」ホバートが感激して声をつまらせた。

ブルーノが思わず両手に力を入れたため、手錠が揺れた。自分の大切な人たちが殺されようとしている。ケヴ、ローザ、リリー。ショーン・マクラウドさえも。

キングがブルーノに注意を戻した。「ああ、おまえは動揺しているのか？　大叔母や養子の兄貴のことが気になるか？　心配するな」なだめるようにブルーノの肩をたたいた。「おまえはもはや彼らを必要とすることはないだろう」

ブルーノは首をねじってキングの手の甲に嚙みついた。

キングの喉からしわがれた悲鳴がもれる。次の瞬間、ブルーノの頰めがけて拳が飛んできた。ブルーノはゆっくりと弧を描いて椅子ごと倒れ、床にたたきつけられた。頭が冷たいタイルにあたり、世界がぐらりと揺れる。ブーツをはいた足が腿に、それからみぞおちに食いこんだ。そして世界がふたたびぐらりと揺れ、ブルーノを拘束しているロープが引っ張られた。彼らは椅子を戻し、もう一度ブルーノを座らせた。

キングはブルーノの前に立ち、顔を平手打ちした。「さて、どこまで話したかな？」嘲るような調子は消えていた。キングは怒りをあらわにしていた。「おまえのガールフレンドについて話そうとしていた……そうだな？」

ブルーノは身をすくめた。もうおしまいだ。彼はぱくぱくと口を動かした。おれは報いを受けるのだ。この怪物がどんな懲罰を考えているのか知らないが、それがひどいことであるのは間違いない。ブルーノはただ、その報いを受けるのがリリーではないことを祈った。懲らしめられるのは、おれであってくれ。彼女ではなく。

「おまえがガールフレンドについて知らないことがいくつかあるようだぞ、ブルーノ」キングが告げた。「とりわけ、彼女がわたしのプログラムを受けた工作員のひとりだという事実は知らなかったんじゃないかね？　しかも、もっとも優秀なひとりだ」

そう聞いても、ブルーノはなんの反応も示さなかった。その言葉はかたい物体のように彼の頭蓋骨にあたって跳ね返され、鈍って混乱した頭では意味を読みとることができなかった。ブルーノはただ当惑していた。

「なんだって？」ばかみたいな声しか出てこない。

「ホバート、あのビデオを流す準備をしてくれるか？」キングが言った。「こいつに見せてやれ」

31

ケヴはぐいっとキーをひねって車のエンジンを切った。「もう一度おさらいするぞ、叔母さん。銃はバッグにしまっておくこと。よけいな話はするな。おれたちはブルーノと宝石箱の話をするだけ。ドン・ガエターノを豚呼ばわりしない。コンスタンティーナを尻軽女と呼ばない。わかったか？」

「でも彼女は尻軽女だわ！」ローザが反論する。

「おれたちには時間がないんだ！」ケヴは吠えるように言った。「ブルーノを救うためだよ。彼のことを愛しているんだろう？　だったらいい子にするんだ！」

ローザはべそをかくまねをしたが、ケヴは顔をそむけ、いらだたしげに指をダッシュボードに打ちつけた。腹のなかには恐怖が石のようなかたいかたまりとなって居座っていた。

ピートリーとショーンは黙っていたが、ショーンが引きつった笑い声をあげないよう必死に抑えているのはわかった。もしショーンがあの笑い声をたてたら、彼の尻を撃ち抜いてやっただろう。

ケヴはぱっとドアを開けた。「さあ、さっさと片づけようぜ」

彼らは見晴らしのいい広い庭を突っ切って薔薇の茂みに囲まれた大理石の噴水をまわりこみ、豪華な屋敷の正面に向かった。噴水は水も音も出すことなく、大理石の縁に雨だれの跡をつけているだけだった。

ポーチに着くと、彼らはドアベルを鳴らした。侮辱されているのかと思うほど長い時間が過ぎ、そのあいだ軒下に据えられた監視カメラがまっすぐ彼らに向けられる。やがて、がっしりした体格をした黒髪の中年男が顔をのぞかせた。

「なんのご用ですか?」男が尋ねた。

ケヴが答えようとしたとき、ローザがわめいた。「ドン・ガエターノに会いに来たの」

男がぽかんとして彼女を見つめる。「それはわたしの父ですが」彼が言った。「申し訳ありませんが、父は今日は具合が悪くて、どなたもお通しできません」

「わたしになら会えるはずよ」ローザが言い張った。

「ほう?」男の目が鋭くなる。「それで、あなたは?」

「彼が結婚するはずだった女よ」ローザが答えた。「あなたのマンマになるはずだった女。彼にそう言ってきて、マイケル」

男は彼女に撃たれたかのようにぐらりとよろめいた。ドアが彼らの目の前でバタンと閉まる。ああ、まったく、最高だ。「叔母さん」ケヴは歯嚙みしながら言った。「約束したじゃないか」

「わたしは豚だとも尻軽女だとも言わなかったでしょう」

ケヴが答える間もなく、ドアがふたたび開いた。今度はもっと老けた、八十代ぐらいの男が立っていた。息子と同様、体格はがっしりしているが、頭ははげていて、頬は垂れさがっている。男はめがねの奥から彼らを見つめ、ぼさぼさの眉をひそめた。

「ローザ」彼が言った。「きみか」

「チャオ、ガエターノ」ローザの声が響き渡る。「元気そうなあなたに会えてうれしいわ」

「きみも元気そうだな、ローザ」

彼の後ろに年配の女が現れた。小柄で、がりがりにやせている。白っぽいブロンドに染めた髪をふくらませ、じゃらじゃらと宝石をつけていた。「あなた、いったい誰が……あらまあ、ローザ。そんなに大きくなって」

「チャオ、ティッティーナ」ローザが言い返した。「あなたは縮んだようね」

「わたしをティッティーナなんて呼ぶ人は今はいないわ」女が言った。「もう六十年も。わたしはその呼び方が嫌いだった。今はコニーと呼ばれているのよ」

「呼び方なんて好きにすればいいわ」ローザが言った。「わたしはあなたがどんな人間か知ってるんだから」

「叔母さん」ケヴはそっと言った。警告するように腕をつかむ。

「お連れさんを紹介してくれないのか、ローザ」ドン・ガエターノが言う。

ローザは彼らのほうに手を振った。「ブロンドのふたりはわたしの甥っ子。もうひとりは友達よ」

「それで」マイケルが彼らに笑みを向けた。「なんのご用ですか?」

ローザは彼を無視してガエターノに言った。「あなたにちょっと大事な話があってね」そこで間を置いた。「なかに入れてもらえるかしら?」

ドン・ガエターノがぎこちなく後ろにさがり、彼らを手招きした。ローザは吹き抜けの玄関ホールに足を踏み入れた。天井は三階分の高さで、大きなサンルーム風の窓があり、てっぺんには明かりとりの窓もついている。五メートルほどの高さにある鉄の支柱からつりさげられた巨大な錬鉄製のシャンデリアには、電気仕掛けのキャンドルが赤々と輝いていた。

「おやまあ」ローザがシャンデリアを見あげた。「あれはノンノのカンデリエーラね。田舎の屋敷のサローネにあったものだわ」

「そのとおり」コンスタンティーナが勝ち誇ったように言った。「ガエターノとわたしは九年前に休暇でブランカレオーネに行ったの。そのとき持ち帰ったのよ」

「誰があなたに持っていっていいと言ったのよ?」ローザが詰問した。

コンスタンティーナが気色ばんだ。「誰がだめだと言ったの?」

「やめろよ、叔母さん」ケヴがたしなめた。

「サローネに行こう」ドン・ガエターノが言い、彼らを豪華なリビングルームに招き入れた。まっ白な家具を基調にして、ゴールドとブロンズとベージュが配されている。ドン・ガエターノはローザをソファの端に座らせ、一同を見渡した。「きみらもみな、座りたまえ」そう言うと、ローザにいちばん近い椅子に腰をおろす。「コニー、コーヒーを持ってきてくれないか？ そうそう、きみのつくったおいしいピッタンキューザ（ドライフルーツが入ったタルトのような生地を薔薇の花の形に焼くイタリアの地方菓子）も少しお出しするといい」

コンスタンティーナがいらだったようにぶつぶつ言いながら部屋を出ていく。ピートリーは座らず、ソファの後ろに立った。ショーンがその隣に立つ。ケヴはマイケル・ラニエリの様子を観察した。マイケルもまた座ろうとはせず、父親の背後に立って両手を後ろで組んでいる。シャツの下にピストルを忍ばせているのは間違いない。もっとも、それはケヴも同じだったが。

「時候の挨拶に寄ったんじゃないのよ、ガエターノ」ローザが言った。

「だが、コニーのピッタンキューザは食べてみてくれよ、ローザ」ドン・ガエターノが言った。「あれはとびきりうまいんだ。ノンナが昔つくってくれたのと同じ味がする」

ローザがうめいた。「なんだっていいけどね」バッグを開けてなかをかきまわし、くしゃくしゃになった封筒を引っ張りだす。トニーの手紙が入っている封筒だ。「わたしたちはこれの話をしに来たの」

ドン・ガエターノが険しい顔でそれを見つめた。「トニーが亡くなったことは聞いたよ」

「あなたなら知ってると思ったわ」ローザが言った。

「わたしはすべて終わったと思ったんだがね」ドン・ガエターノが重々しい口調で言う。

「言ったでしょう」コンスタンティーナがトレイを手に戻ってきた。「ローザは機会を見つけしだいあなたをやっつけに来るって。言わんこっちゃないわ」

「マンマ、黙っててくれ」マイケルがぴしゃりと言った。

ローザは目を細めてコンスタンティーナを見てから、視線をドン・ガエターノに戻した。

「わたしも終わったと思ってた。わたしはこの手紙をどうにかしようなんて、これっぽっちも思ってなかったのよ、ガエターノ。あなたがわたしたちを放っておいてくれさえすればね。でも、あいつがブルーノをまたもさらっていった。聞こえてる？　前と同じくそ野郎がよ。あなたが二十三年前に彼に圧力をかけ、わたしたちはブルーノをとり戻した。あなたにはまたあいつに圧力をかけてもらわなきゃならないの。もしもやつらがブルーノを傷つけたら……」彼女はその手紙でぴしゃりと手を打ちつけた。「これが世に出ることになる。一枚残らずね、トニーの言ったとおり」

コンスタンティーナはソファのほうへずんずん歩いてくると、トレイをガラスのコーヒーテーブルに置いた。そして、ポットから七つのカップにエスプレッソを注ぐ。トレイには、中央に砂糖漬けのフルーツやナッツが輝いているクッキーが山積みされていた。

コンスタンティーナが音をたててポットを置き、姿勢を正した。「さあ、どうぞ」全員に向かって鋭く言い放つ。「冷めないうちに。わたしがわざわざいれたコーヒーを飲みたくないなんて言わないでちょうだいね」

ケヴはため息をついた。エスプレッソを飲むほどかっこ悪いことはない。銃を握る手だというのに、カップが小さすぎて小指がぴんと立ってしまう。彼はトレイからカップをひとつ引ったくると、砂糖を入れずに喉が焼けつくほど熱いコーヒーをひと口で飲み干し、屋敷の女主人に感謝の会釈をして、もとの姿勢に戻った。これで社交上の義務は果たした。このうえクッキーを食べろと言われても聞かないぞ。おれにだって限界というものがある。

ショーンとピートリーもケヴにならう。ローザはじっくり時間をかけて砂糖をとかし、クッキーをひとつとると、あらゆる角度からしげしげと見て、慎重にひと口かじった。

コンスタンティーナはローザがクッキーを嚙み砕くのをじっと見守っている。「ノンナのレシピよ。同じ味でしょう? こつはワインを入れること。上等なカラブリアの赤ワインじゃないとだめなの」

ローザはいとこの言葉など聞こえなかったかのようなそぶりでクッキーをかじり、のみこんだ。それからコーヒーをすする。

「あなたに料理を教わる必要はないわ、ティッティーナ」ローザが言った。

「話を戻してもいいかな?」ケヴは顔を赤らめたコンスタンティーナが怒りを爆発させる前

に言った。「その手紙のことは知っているだろう？　ブルーノをさらっていったのは誰なんだ？　名前を教えてもらえないか？　おれが知りたいのはそれだけだ」おまえら親子を血祭りにあげてでも、その情報を手に入れてやる。

ドン・ガエターノが咳払いをした。「そのことだが」彼が言った。「長い歳月が過ぎた。状況は変わったんだ。残念ながらもう――」

「わたしはこのいまいましい手紙を持ってるのよ、ガエターノ」ローザの声が震えはじめた。「神様に誓って、わたしはこれを世に出すつもり。もしもあなたがわたしに手を出したりしたら、弁護士からそうさせるわ。そうなったらあなたはおしまいよ」

「わたしがきみを傷つけるようなことをするものか、ローザ」ドン・ガエターノがだみ声で言った。「だが、わたしはもう年寄りだ。その手紙はもう効力がない」

「ばかなことを言わないで」ローザが言った。「あなただって刑務所でくさい飯を食わされるより、すてきな屋敷でティッティーナのピッタンキューザをぱくついて最期のときを過ごしたいでしょう？　わたしをごまかそうったってそうはいかないわよ」

「あなたは父が言わんとすることをわかっていない」マイケルが落ち着いた声で割って入った。「時代が変わったんです。昔と違って、今のわれわれにはもう、この人物に及ぼせる影響力はありません」

「それは問題ない」ケヴは言った。心臓が鈍い音をたてる。「そいつの名前と住所を教えてくれるだけでいいんだ。あとのことはおれたちが自力でなんとかする」

マイケルとドン・ガエターノがケヴを見つめる。

ケヴはふたりを見返した。「名前を教えてくれ。そうしたらおれたちは出ていく」

ローザがカチャンと音をたててコーヒーカップを置いた。「ティッティーナ。あなた、マグダが死んだあと、彼女の家からノンナの宝石箱を盗んだ？」

ああ、なんてこった。ケヴは心のなかでうめいた。まさかこんなタイミングで言いだすとは。

コンスタンティーナが顎を突きだした。「何を言ってるの？」

「あなたが盗んだのね！」ローザがまくしたてた。「そうなんでしょう？」

「わたしは盗んだんじゃないわ！」コンスタンティーナが怒鳴った。「救出したのよ！ろくでもない隣人が盗む前に、あるいはごみ箱行きになる前にね！だいたい、あの宝石箱はそもそもわたしのものになるはずだったんだから！」

「ノンナはわたしにくれたのよ」ローザが言い返した。「あなたにじゃない！」

「でも、わたしのほうが年上だったわ！」コンスタンティーナの顔は紫色になっていた。

「そして、パンティをちゃんとはいたままではいられない薄汚い嘘つきの雌豚《トロイア》だったわね！」ローザが歯をむきだす。

「あなたのローザのパンティのなかにもぐりこもうとする男がいなかったのはわたしのせいじゃない

わよ、この醜い《ブルッタ・》ハイミス《ジテラッチア》！」コンスタンティーナが金切り声で言い返す。

こうなったらもうおしまいだ。ケヴは悪態をついた。ローザの腕をつかんでドアの外へと引っ張っていこうとした、ちょうどそのとき……。

部屋は銃声と爆発音に包まれた。

「ホバート？　ビデオはどうした？」キングは部下をせかした。

ホバートがタブレット端末を操作し、ブルーノの目の前に画面を掲げた。

「これはリリーについての報告だ」キングが言った。「全部となると何時間もかかる。要点を説明するために、ハイライトをまとめておいた」

甲高いノイズが耳ざわりだったが、ブルーノはリリーの柔らかな声ならどこでも聞き分けることができた。スピーカーを通していても、疲れのせいで声がざらついていても。

〝……でも、彼はすでにほかの女性たちとも寝ていた。彼は女好きなのよ。相手が女なら誰でも、その気になったらおかまいなし。彼は魅力的だもの。わたしが彼と寝たからって、何が悪いの？〟

〝いや、悪くないさ〟そう言ったのはキングの声だった。カメラには映っていない。〝彼はよかったかい？〟

リリーが一瞬黙った。微笑みが彼女の唇をゆがめる。ブルーノはその微笑みを見たことがなかった。リリーの目のなかの奇妙なきらめきも。

〝とてもよかったわ〟かすれたセクシーな声で言う。〝スタミナ抜群で〟

カメラが彼女のまわりをさっと回転する。リリーとキング、彼のもうひとりの部下が映った。彼女が軽く笑いを含んだ声で続けた。〝わたしたちはかなり羽目をはずした情事を楽しんだの〟

キングの反応を映したショットに変わる。彼は笑っていた。〝それはよかった〟キングが言った。〝きみは実におもしろい女性だな、リリー〟

カメラにはふたたびリリーの冷たい微笑みが映しだされる。その笑みはブルーノを骨の髄まで凍りつかせた。

〝あなたがそんなにおもしろがってくれてよかったわ。わたしは人を楽しませるために生きているの〟

〝ああ、きみはそういう人だ〟キングが応じた。〝きみはよくやった。わたしの期待以上だ。きみには大満足だ〟

〝それはうれしいわ〟彼女が言った。その声は奇妙なほど抑揚がなかった。

〝実は、これが終わったら、きみにすばらしい特権を与えることに決めたんだ〟キングが続けた。〝栄誉だぞ。わたしが見こんだとおり、きみはこの任務で勇気と狡猾さを見事に発揮した。わたしは新たなポッドで胎芽の育成をはじめようと思う。そこできみの卵子を使うことにした……わたしの精子とともに〟

カメラがリリーの反応を映した。彼女は呆然としているようだった。目もとがきらめく。ひと粒の涙が頬を流れ落ちた。

〝どうしてわたしなの？〟リリーが震える声で尋ねた。

〝なぜならきみが特別だからだよ〟キングが甘い声で歌うように言った。〝言いたいことはあるかね、わたしのかわいいリリー？〟

彼女が目から涙をぬぐった。〝あなたに感謝しないとね。あなたがくれたすばらしい贈り物に感謝するわ〟

キングがやさしい声で言った。〝わたしは忠実さと能力には常にちゃんと報いる人間だよ、リリー〟

リリーがはなをすする。〝愛している〟彼女が言った。〝あなたを。あなただけでいいの〟

〝きみはわたしのものだ。そうだな、リリー？〟

リリーがまっすぐカメラを見据えた。その目は荒々しい感情で燃えていた。〝ええ〟カメラが彼女の優美な横顔を映す。〝すべてあなたに〟リリーがつけ加えた。画面がちかちかして消えた。

ブルーノは息もできなかった。画面を見つめ、目を見開いたまま凍りついていた。ホバートがにやりといやらしい笑みを浮かべる。

「ブルーノ、こういうことなんだ」キングが言った。「彼女は選ばれし者だ。彼女はマグダを思いださせる。おまえならわかるだろう」くすくす笑う。「偶然ではないな。彼女はおまえにもマグダを思いださせたんだ！　だからこんなにも美しくことが運んだ。わたしは彼女をふたたびベッドに迎え入れることができるのをうれしく思う。彼女はすばらしい。とても愛情深く、その情熱はとどまるところを知らない。だが、果たさなければならない職務があった」キングが両手をこすりあわせた。「ついにすべてがおさまるべきところにおさまる」

ブルーノは心のなかにぽっかり穴があいたような気がした。その穴が悲鳴をあげている。彼は押しつぶされそうになるのをこらえた。自分自身を見失ってはいけない。自分が何者なのか、自分が何を知っているのかを忘れるな。「今のは嘘だ」かすれた声で言った。「音声データに手を加えたんだろう。おれをだまそうったってそうはいかないぞ」

キングは、嚙まれた手に抗生物質の軟膏《なんこう》を塗って包帯を巻きはじめたメラニーの肩越しにブルーノを見た。

そして、悲しげな笑みを浮かべて頭を振る。「いいや、ブルーノ。おまえには自分について知らないことがある。二十三年前、わたしはおまえの頭のなかに、ある変化を生じさせた。その命令コードがまだ有効かどうか見てみようじゃないか」キングはブルーノの顎をつかむと、喉に絡んだ声で何やら言った。ブルーノには理解できない、覚えようにも覚えられない言葉だ。

キングが期待もあらわにブルーノを見つめる。

なんなんだよ？　ブルーノは怒鳴ろうとした。だが、そのとき、恐怖におののきながら悟った。しゃべれない。まるで、神経が切り離されてしまったかのようだ。彼はまた声を出そうとしてみた。もう一度。ブルーノはパニックに陥った。汗が噴きだし、悪寒が全身を駆け抜ける。彼はあえぎながら手錠をガチャガチャいわせた。

キングがくすくす笑った。「まだ有効だ！　すばらしい。よく聞け、ブルーノ」また喉に絡んだ声で先ほどより長いフレーズを口にする。「さあ、動いてみろ」彼が促した。「やるんだ。ほら、がんばれ」

なんてこった。ブルーノは叫びたかった。頭を振り、キングの顔につばを吐いてやりたかった。だが、できない。体が麻痺している。頭ががくりと横にかしいだ。

「当時のプログラミングと投薬はわりあい原始的なものだったが、それでもまだ効果があるようだ。おまえは毎日、十時間から十四時間ほど、催眠トランス状態でプログラミング装置につながれていたんだ。不思議に思ったことはないかね、なぜ自分の反射神経がこれほど鋭いのか、なぜ武術があれほど簡単に身についたのか、と」ブルーノの体重で椅子が横に傾く。キングがブルーノを突いてまっすぐに戻した。「それは〈ディープ・ウィーブ〉の戦闘テープを見ていたおかげだ。食堂の外での戦闘を覚えているか？　おまえはあの晩、自分に驚かなかったか？」ブルーノの目を見つめてくすくす笑う。「もちろん驚いたはずだ」

キングはブルーノの返事を待った。

「おお、これは笑える……おまえはまだロックされているんだな！　ちょっと待て。考えさせてくれ……」キングが目をしばたたいた。「ロックを解く暗号をわたしが思いだせなかったら笑い話になるな。おまえは永遠にそのままだ。わたしはおまえになんでも命令できる。銃を自分の頭にあてろ、引き金を引け。自分の手足を切断しろ。息をするのをやめろ。〈ディープ・ウィーブ〉の力はわたしが思ったとおり絶大だ」

ブルーノはキングを見つめた。

キングがゆっくりと、ひとつのフレーズを口にする。そのとたん、ブルーノの全身が激しく震えた。彼は話そうとした。だが、喉を絞められたようなうめき声にしかならない。

「食堂ではじめてリリーと出会ったときのことを思いだせ」キングが言った。「彼女が〝あなたはわたしの王子様よ〟と言ったのを覚えているか？」

ブルーノは咳きこんだ。その言葉が記憶のなかでこだまする。軽快に歌うような声や、黒いかつらをつけ、まっ赤な唇をして、コーヒーカップの上にかがむ姿が。あれはおれの記憶だ。おれだけの、大切な思い出。それをこの男に汚されたくなかった。「言ったとしたらどうなんだ？」

「それが命令コードだったのだよ、ブルーノ」キングが言った。「おまえのなかに何年も前に施されたプログラミングを作動させる。わたしはそれを、おまえの母親のイメージにリンクさせた。おまえは開発段階にあり、そこから徐々に夢を見るようになった。母親を怪物どもから救出する夢を。母親が死んでから何年も、おまえは襲撃者から母親を救う夢を見ただろう？　プログラミングの設定が完璧だったということだ」

何か言い返したいのをこらえると顎がうずくほど痛かった。だが、返事を拒むのが彼にできる唯一の反抗だった。

「あのフレーズがおまえの子供のころのありとあらゆる強力な感情を呼び覚ますとわかっていたから、わたしはその感情をリリーに向けさせるようにしたんだ。それから、もちろん、おまえはすぐさま性的な関係を持った」

ブルーノは歯を嚙みしめた。

「わたしがリリーに命じたおまえとのセックスにより、プログラミングは強化された。そのときから……」キングは包帯が巻かれた手でブルーノの髪をくしゃくしゃにかき乱した。「おまえは彼女の奴隷になった。かわいそうにな」

「それは真実じゃない」ブルーノは言った。「おまえは嘘をついている」だがそう言ったとたん、彼は食堂でリリーがあの言葉を口にしたときのことを思いだした。それが自分をどういう気持ちにさせたかを。彼女はもう一度あの言葉を言った。今度は山小屋で。そこでふたりは激しい、すばらしい夜を過ごした。気持ちが高揚し、燃えるようなセックスを楽しんだ。リリーがあの言葉を、まるで誓いの言葉のように口にした直後のことだ。

あのときの感情がすべて、ただプログラミングされていたせいだというのか？　違う。ブルーノは首を振った。「それは嘘だ。なぜあんなに大がかりな攻撃を仕掛けたんだ？　リリーがおれと寝ているあいだに、おれに毒を盛るよう彼女に命じればよかったんじゃないのか？　彼女にはいくらでもチャンスがあった。おまえは大勢の部下の命を危険にさらす必要はなかったんだ、もしリリーが――」

「あれは計算違いだった」キングが重々しく言った。「わたしはおまえに生きていてほしかった。研究のためにな。そして、おまえにはできるだけ長く、自分が無垢な犠牲者であるリリーを守っていると思いこませておきたかった。おまえをわたしの思いどおりに動かすのがこれほど大変だとわかっていたら……」彼は肩をすくめた。「間違いなく、わたしはおまえが提案したように、リリーにおまえの息の根をとめさせただろう。長生きはするものだな」

「違う」ブルーノは首を振り続けたが、キングは笑っていた。自分の言葉がブルーノを打ちのめしたのを知っているのだ。自分の勝利を。

「わたしにはほかにも今すぐ面倒を見てやらなければならないことがいろいろあるんだよ、ブルーノ。だが、おまえが動揺しているのはわかる」キングが言った。「おまえが望むなら、おまえを深い眠りにつかせるコマンドを発動させてやってもいいぞ。そのフレーズを唱えれば、わたしがおまえを目覚めさせようと決めるまで、おまえは眠ることになる。それとも、ロックされた部屋で苦痛にもだえ、なぜリリー・パーのような裏切り者のために死すべき運命を選んでしまったのかをじっくり考えたいかね？」

「くそくらえ」その言葉がブルーノの口をついて出た。

キングが声高に笑った。「ああ、ブルーノ。わたしは驚かないよ。母親そっくりだ。引き際を知らない。ホバート、ジュリアン、こいつを連れていけ」

彼らはブルーノを椅子に縛りつけていたロープをほどき、彼の両脚と両手を縛りあげた。袋が頭からかぶせられ、紐がきつく締められる。ブルーノは床に引きずられていった。ドアが開き、木の床に放りだされる。ギイッときしみながらドアが閉まった。ガチャンと音がして、ロックがかかる。彼は意志の力で自ら忘却の彼方《かなた》へ逃げだそうとした。だがストレスにさらされた彼の脳は、それを許してはくれなかった。

ブルーノにはただ苦痛にもだえるしか選択肢がなかった。

32

ケヴは床に転がった。ピートリーがローザの膝に突っこんでいくのが見える。見晴らし窓が割れ、ガラスが飛び散った。コーヒーテーブルも粉々に砕ける。

ケヴがショーンのほうに目をやると、ふたりのあいだのカーペットにはカップが落ち、コーヒーがこぼれ、割れたクッキーやガラスの破片が散らばっていた。

それと血も。引っくり返ったコーヒーテーブルの横にコンスタンティーナがのびている。口が開き、喉は鮮血にまみれ、頭の下には血だまりが広がっていた。もつれた金のネックレスが、絞首刑の血に染まった縄のように首に絡んでいる。

ショーンがソファの奥から頭を突きだした。ケヴと目が合う。ローザが叫んでいるのがかろうじて聞こえた。銃声のせいで耳が遠くなっている。だが、叫べるのはいい兆候だ。少なくとも彼女は生きている。ピートリーがローザの膝の上に倒れこんだまま、片手で脇腹を押さえていた。その手が赤く染まっている。それはあまりよい兆候ではなかった。

ケヴは自分自身をさした指を玄関のほうへ振った。続いてショーンをさし、それから壊れた見晴らし窓のほうをさす。ショーンがうなずいた。

ケヴは腹這いでカーペットの上を動いた。ドン・ガエターノは横向きに倒れ、息をするごとにうめいている。少量の血が唇と顎に飛び散っていた。腹をつかんだ手からは血がしたたっている。腹と、どうやら腿も撃たれたらしい。ケヴは申し訳なく思いながら、玄関まで這っていった。この低さでは窓の外が見えず、そこに何人の敵がいるのか、どこから撃ってきたのかもわからない。彼はずるずると這って階段を二階までのぼり、手すりのあいだから窓の向こうを透かし見た。

芝生には誰も見えない。ケヴは注意深く目を配りながら待った……。

いた！　芝生の上を噴水近くの薔薇の茂みに向かって動く人影がある。人影は玄関ドアに向かっていた。ケヴは手すりの上によじのぼった。そして空中にジャンプし、巨大な錬鉄製のシャンデリアをつかんで猿のようにぶらさがる。それは振り子のように揺れ、激しくきしみ、金具がギーギー音をたてた。この揺れをおさめなければならない。

ケヴは足を引きあげ、体を丸めようとした。リビングルームにいるショーンが見晴らし窓のほうへ這っていくのが見える。ショーンが風にはためくカーテン越しに外を見た。顔をあげ、首を振る。ケヴは顎で玄関ドアのほうを示した。

ショーンが銃を抜いてかまえた。シャンデリアの揺れはだいぶおさまったものの、まだギーギーきしみ、動く影を床に投げかけている。ああ、なんとか揺れをとめなければ……。

まだ揺れている。ケヴは息をつめた。そのとき、ドアノブがまわった。

接近戦用ライフルの銃身が先に室内をうかがい、続いて男が……いや、男ではない、ライフルを持っているのはブラウンの髪をした女だった。やせ細った女が戦闘服を着て、くすんだグリーンのキャップをかぶっている。

彼女は揺れる影に気づいて顔をあげた。

バン！

ショーンが撃った。女が後ろによろめき、ダダダダダ、とリビングルームに向かってライフルを撃ちこむ。ケヴはその弾丸がショーン、ローザ、あるいはピートリーにあたらなかったことを祈りながら、殺人鬼めがけてジャンプした……。

ドサッ！

女に命中する。彼らは一緒に床を転がった。

ケヴはベレッタを女の顎の下に突きつけた。彼女は朦朧としていて抵抗する様子もない。

ショーンが腹這いで突進してきた。

「おれたちを山小屋で襲ってきたやつだ」ショーンはそう言うと、自分のバッグからプラスチックの手錠を出した。「望遠鏡で彼女を見た。ほかに何人いる？」

「まだわからない。誰も見えないが」

ショーンが女の両手を背中にまわして手錠をかけた。それから両足にも。

「もう一度見てみよう」ケヴは言った。「おれは玄関を調べる。おまえは窓のほうでいいか?」

ショーンがうなずき、腹這いでリビングルームに戻っていく。そのあいだにケヴは開いているドアへ近づいた。立ちあがり、背中を壁につける。

彼はさっと体を翻した。ベレッタをかまえる……。

だが、誰もいなかった。ただ風がうなり、木々を揺らしているだけだ。ケヴはポーチに一歩出た。めだたないボルボの白いセダンが、通りにアイドリング状態でとまっている。援護はないようだ。あの女はひとりで来たのか? どういうことなんだ?

ショーンもリビングルームで同じ結論にいたっていた。ケヴとショーンはソファのところで落ちあった。マイケル・ラニエリがソファの後ろに倒れていた。額に穴がひとつあいている。彼の後ろの壁に、血が扇のように広がっていた。ドン・ガエターノもうつろな目で宙を見あげ、息絶えていた。

ふたりはピートリーをローザから引き離し、ガラスの破片を払って、ソファのクッションの上に横たわらせてやった。ローザは無事だった。目を見開き、呼吸は荒いが、撃たれてはいない。ピートリーが彼女に代わって弾丸を受けたのだ。貫通してローザに届くことがなかったのは奇跡的だった。おそらくピートリーのあばらにあたって弾道がそれたのだろう。

ピートリーのシャツを引き裂いて前を開けたケヴは、息をのんだ。大きな穴があき、血がどくどくあふれている。呼吸をするたびにシューッと音がした。弾丸が肺に穴を開けたのだろう。意識はあり、ピートリーは目を開けて歯嚙みした。ショーンが自分のバッグから応急処置に必要なものを次々にとりだしている。

「そんな性格をしていると身を滅ぼすって、おれがせっかく忠告してやったのに」ケヴは言った。「好奇心ってやつは危険なんだよ」

ピートリーがケヴをにらむ。

「叔母さん、彼のために救急車を呼んでくれ」ケヴは言った。

ローザがピートリーの血で汚れたバッグをつかみ、手を突っこんで携帯電話を引っ張りだす。彼女が救急車の手配係に矢継ぎ早に命令をくだしているあいだにケヴとショーンがピートリーの手当てをした。

興奮がおさまると、悲しみや怒り、いらだちがこみあげてきた。ブルーノを拉致したやつの名前と居場所を知る唯一の手がかりが、みな死んでしまったのだ。

「なんてこった」ケヴは感情を爆発させた。「あのいかれた女が銃撃を仕掛けてくる前に、名前だけでも聞けていればな。おれが知りたかったのは名前だけだったのに！」

「落ち着けよ」ショーンが両手を忙しく動かしながら冷静に言った。

「なぜ？　どうしたら落ち着いていられるんだ？　もうおしまいだ！」ケヴは歯をむきだした。「最後の手がかりがなくなってしまった。ほかに追跡すべき情報はない。皆無だ！

いったいどうすりゃいいんだ？」

「あの女をとらえたじゃないか」ショーンが肩越しに顎を突きだし、縛られて玄関に転がっている女をさした。

「あの女は役に立たないよ、ショーン！　あいつらは自分で自分を破壊するんだ！　おれが彼女に脅しをかけはじめたとたん、彼女も自分の舌を引っこ抜くか、おれの目の前で爆発をするかだろう！」

「癇癪を起こしてもどうにもならないぞ」ショーンが包帯を巻きながら言う。「おれたちにはあの女がいる。あの女を利用するんだ。おれたちなら何か考えつける。どうにかこうにかピンチをしのげる。ああ、救急車が早く来てくれないかな。おれにできることはもうないよ」彼があたりを見まわした。「おい、ローザはどこに行った？」

「おっと、しまった」ケヴは荒れ果てた部屋を見まわしたが、ローザの姿はなかった。「彼女を捜してくる」

ケヴは一階を駆けまわった。来客用のダイニングルーム、巨大なキッチン、朝食用のスペース、壁にチーク材が張られた書斎。広々としたゲームルームにはビリヤード台と卓球台がある。家の裏にはスイミングプールまであった。しかし、ローザはどこにもいなかった。

玄関を通って家に戻る。ケヴは床に転がされてあえいでいる女スナイパーを飛び越えた。優雅なカーブを描く階段を駆けあがる。

ローザを発見したのは、マスター・ベッドルームだった。白と金とピンクに彩られたバロック調の部屋は、ケーキにかかった粉砂糖のように甘ったるく、三〇年代のハリウッド女優に似合いそうな雰囲気だ。ローザは枕がまき散らされたベッドの足もとに座り、膝の上で宝石箱を握りしめていた。彼女が目をあげてケヴを見つめた。めがねの奥の大きな目は、たまらなく悲しそうだ。涙が流れ、顔に飛び散った血とまじりあっていた。

ケヴは警戒しながらも、希望が全身を駆け抜けるのを感じた。「ああ、叔母さん、それを見つけたんだな？」

ローザは途方に暮れた顔をしていた。「子供のころ、ティッティーナとわたしはこの宝石箱で一緒に遊んだの。お人形と一緒に」

ケヴは彼女の前にひざまずいた。宝石箱をそっとローザからとりあげ、開けてみる。なかは金のネックレスや指輪やブローチでいっぱいだった。

きらきら輝いて絡みあうアクセサリーをベッドの上に投げ捨て、からっぽの箱を振る。なかで何かが動いた。心臓が重い鼓動を打つ。

「何かが入っている」彼は底板を手探りした。案の定、それはスライドして開いた。だが、鍵はブルーノが持っている。

「ノンナがわたしたちふたりに縫い物を教えてくれた」ローザは続けた。「クリスマス《ナターレ》には動物クッキーのつくり方を。あのころ、ティッティーナとわたしは仲がよかった。それが今は……。ああ、神様《ディオ》。かわいそうに《ポヴェリーナ》」

ケヴは彼女の両手をつかんだ。「残念だ。だが、今は嘆いている場合じゃない」

ローザは彼を無視した。「わたしが財布に入れているマグダのあの写真……あれはね、ティッティーナの小さいころにそっくりよ。ベビー用品店で会った小さな女の子にそっくり。あの卑劣な看護師と出くわした店で会った女の子に」

「叔母さん、おれたちは急がないと――」

「あのふたりが卑劣な連中だってこと、わたしはわかっているべきだった。でも、彼女はとても感じがよかったのよ。彼女の夫も！　彼は、ベビーカーのなかに落ちたわたしの電話をわざわざ走って渡しに来てくれたの。ああ、なんて親切な人だろうとわたしは思ってしまった。まさか、あんなことになるなんて。あのふたりが人殺しだなんて、誰が想像できた？　あんなかわいい子供たちといたふたりが。誰もそんなこととは考えもしないわよ！」

ケヴは体をこわばらせた。頭のなかにその様子を思い描く。新しい可能性が、新しいシナリオが浮かんだ。「待ってくれ、叔母さん。その店で、あいつらは叔母さんの電話に触れたのか？　叔母さんが見ていないときに？」

ローザが思いだそうとして目をしばたたいた。「たしかそうだったと思う。ベビーカーのなかに落ちたのよ。彼がそれを見つけて、駐車場まで走って届けてくれた。痛いわ、ケヴ！そんなにきつくつかまないでちょうだい！」

ケヴは手を離した。心臓が早鐘を打っている。「すまない。その電話は今どこにあるんだ？」

「階下《した》のバッグのなかよ。ソファの上」彼女が答えた。「どうしてそんなことをきくの？誰かに電話をするの？　あなたの電話はどうしたの？」

「やつらは叔母さんの電話に盗聴器を仕込んだんだ。あるいは追跡装置を」ケヴの声は興奮で震えた。「だからあいつらはずっとおれたちを追いかけられた。おれたちの行き先がわかったんだ！」

ローザが息をのんだ。「ああ、神様《ディオ》！　すぐに電話をトイレに流してしまわないと！」

「だめだ！　ブルーノにつながる手がかりでおれたちが持っているのはそれだけなんだぞ！利用しないと！」

「どうやって？」彼女が両手を握りしめた。声がかすれる。「どうなふうに利用するの？」

「わからないが、きっと何か考えついてみせる。いいから、よく聞いてくれ。おれたちは階下におりる。おれはこの宝石箱を持っていく。で、バッグの近くで、大声で言うんだ。おれの電話が壊れてしまったから、叔母さんの電話を貸してくれ、と。そしたら叔母さんは大きな声で、ピートリーの電話を使え、と答えてくれ」

「どういうこと？」ローザが尋ねた。「何をするつもりなの？」

「まだわからないけど、おれとショーンはあの女を連れてここから逃げる。叔母さんはここに残って、病院までピートリーに付き添ってやってくれ」

反論しようと息を吸いこんだローザの口を、ケヴは片手で押さえた。「だめだ」彼はきっぱりと言った。「今度はだめだ。ピートリーは叔母さんをかばって撃たれたんだぞ。救急車のなかで彼の手を握っててやってくれ。それが今叔母さんにできるせめてものことだ」

ローザが彼を見つめ、うなずいた。ケヴは、簡単にローザを説得できたことが信じられなかった。

サイレンが遠くから聞こえてきた。よかった、ピートリーはなんとかなるだろう。だが、今ここで宝石箱をこじ開けている暇はない。

「そろそろ行かないと」ケヴは言った。「階下に行こう。さあ、はじめるぞ」


「ゾーイはどこだ？」キングは声を荒らげた。「何に手間どっている？」

ホバートがキーボードをたたいた。「今、データベースの反応を待っているところで――」

ピシッ！

キングはコンピュータのデスクを殴りつけ、一同を飛びあがらせた。「もっと急げ！」

ホバートが何度もパスワードの入力ミスを繰り返した。「はい、承知しました」

キングはホバートの肩の上にかがみこんだ。そばに立っているメラニーとジュリアンは目を伏せ、存在感を消して気づかれないよう祈っている。キングはさっとメラニーのほうに向き直った。「彼らは何か言ったか？」

メラニーが両手でイヤフォンを押さえた。「新しいことは何も。会話がありません。けがをしたマクラウド兄弟のひとりがうめいているだけです」彼女が答えた。

「よし」あのいまいましい男が銃弾を受けたのは何よりだ。あんな男は痛みにうめき、血を流し、死んでしまえばいい。死ぬ前に数日間、抗生物質もきかないブドウ球菌に冒され、傷が膿《う》んで苦しめばいいのだ。

「キャッチしました！」ホバートの声は興奮でうわずっていた。「やつらはニューアーク郊外の貸し倉庫にいます！」

キングはマクラウド兄弟の車を映しだした衛星画像をのぞきこんだ。ドアが開き、黒いニット帽をかぶった男が出てくる。男はＳＵＶの後部にまわり、ドアを開けた。それから貸し倉庫のロッカーの扉を開ける。男は車に戻ると、長くてぐにゃりとした包みをつかんだ。それは動かなかった。

「ゾーイは生きているのか？」キングは尋ねた。

「バイタルサインはすべて良好です」ホバートが答える。

画面の男はゾーイをロッカーに引きずり入れ、外に出て扉に鍵をかけると車に戻った。メラニーが両手でイヤフォンに触れる。

「音声を外部スピーカーで聞かせろ！」キングは命じた。

ホバートがボタンを押した。ゆがんだ声がぼんやりと響く。

〝……緊急治療室へ、おれが出血多量で死ぬ前に、ううう!〟

〝ああ、これから行くさ、わかってるって! おれたちはまずあの女を隠さなきゃならなかったんだ。病院の外にとめた車のなかで女がキーキーわめきだしたら面倒だからな。それに、おれはあの女を警察に突きだす前に、一発バシッとお見舞いしてやりたいんだよ。そうすれば、おまえだって――〟

〝おれはとにかくこの穴をふさぎたいんだよ!〟

〝落ち着けよ。病院に連れていってやるから。それから、おれはここに戻ってあの女とおしゃべりをする。おれたちはきっと仲よくなれるぜ〟

〝話はあとで聞かせろよ〟けがをしているほうのマクラウドがうなった。〝早くしないと、おれは失血死しちまうよ!〟

〝失血死なんかするかよ。流れ弾があたっただけだろう? 泣き言を言うのはよせ。おれはそれよりひどい状態でクラブに遊びに出かけたことだってあるぞ〟

〝おれはとにかくこの傷を縫って、抗生物質を注射してほしいんだよ。だから、このくそいまいましい車を出しやがれ……今すぐに〟

それ以降は会話はなく、うめき声とエンジン音が響いた。車が走りだした。コンピュータの画面には、ロッカーに残されたゾーイの鎖骨に埋めこまれたチップが発する周波数が映しだされている。ゾーイの携帯電話と、マクラウド兄弟がローザ・ラニエリから一時的に借りている携帯電話の信号が動きはじめた。車は貸し倉庫の管理事務所の裏手にとまり、見えなくなった。キングは時間を計算し、結論を出した。

「ホバート、ジュリアン、ゾーイをとり戻してこい」

ホバートが目を丸くした。「でも、たしか予定では——」

「計画は変わるものだ。ゾーイの携帯電話はやつらが持っている。ゾーイは動けない。おそらく意識を失っているのだろう。だから、たとえわたしがレベル10の命令をくだしても、彼女がそれを遂行することは不可能だ。わたしはゾーイが尋問を受けるようなことになってほしくないんだよ」

メラニーが口を開き、不安げな声を出した。「わたしがホバートと行きます。ジュリアンよりもわたしのほうが経験は上ですから。ジュリアンは最終訓練を終えてもいませんし、もしも先にマクラウド兄弟が戻ってきたら——」

「おまえの戦闘力ではマクラウド兄弟のどちらかひとりを倒すこともできない。ジュリアンの戦闘力はおまえよりも上だ。二度とわたしの言うことに異議を唱えるな」

メラニーがまっ赤になる。工作員は三人とも凍りついた。

「どうした！」キングは怒鳴った。「動け！」

ホバートとジュリアンはあたふたと部屋を飛びだした。そのあとの沈黙のなかに、押し殺したむせび泣きが聞こえた。

キングは歯を嚙みしめた。両手を握る。彼はメラニーのほうを見ないようにした。見たら完全に理性を失ってしまいそうだ。

こんなにも欠陥だらけで、こんなにも劣っている人間が、どうやって間引きを免れて今まで生き残ったのだろう？　キングはメラニーに死を命じるシーケンスをただちに開始したい誘惑に駆られたが、なんとか思いとどまった。今、機能している工作員はたった三人しかいないし、そのうちのひとりは訓練を完了してもいない。外部の任務につかせている者を呼び戻すには数日かかる。動ける者の数が充分そろったところでメラニーを処分すればいい。それまでは、不愉快ではあるが、彼女が必要だ。つまり、いやなところは目をつぶってメラニーを使わなければならないということだ。

キングは声を和らげた。「メラニー、きつい言い方をしたことを許してくれ。ホバートとジュリアンの前ではしかたがなかったんだ。おまえは本当にわたしをここにひとりにしようとしたのか？　今、わたしを援護する者はいないんだぞ？　おまえが指摘してくれたとおり、ジュリアンは訓練を完了してさえいない。わたしのわがままと思ってくれていいが、工作員をたったひとり自分のサポートにつけるとしたら、それは最高の者でなければならない」彼はメラニーに向かって微笑んだ。「そんなことをほかの者の前で言うわけにはいかなかった。それはわかるな？」

彼女がまばたきして涙を押し戻し、顔を輝かせた。姿勢を正し、引きつった笑みを浮かべる。「もちろんです」

「ここにおいで、メラニー」キングはやさしい声で言った。

メラニーが頬をピンク色に染め、目を輝かせて近づいてくる。キングは微笑み、彼女のコマンド・シーケンスを思いだそうとした。すべての工作員の命令コードを暗記しているのが自分の誇りだったが、今日は頭に何も浮かばない。過度の疲労とストレスのせいだ。彼はいらだち、通信端末をとりだした。メラニーは待っている。目を見開き、期待に胸をふくらませて。キングは個人データベースから必要な情報を引きだした。

ああ、そうだった。中世ジョージ王朝時代だ。メラニーのグループ全体の命令コードとして、その時代の言語を使用したのだった。なぜ思いだせなかったのか不思議だ。

「さあ、手を出すんだ、メラニー」キングは猫撫で声を出した。彼女は顔を赤くしてうるんだ目をしていたが、その細い指は氷のように冷たかった。

キングはレベル8のほうびのシーケンスを唱えた。メラニーが悲鳴をあげて痙攣し、白目をむく。そして、彼のほうにぐったりと倒れかかった。

キングは脇の下をつかんで彼女を支え、苦々しげに悪態をついた。こんな侮辱を受けることになろうとは。わたしのつくりだした者たちが、わたしが支えを必要としているときにわたしに向かって倒れかかるなどということはあってはならない。わたしがほうびのシーケンスを授けているときに意識を失うなどもってのほかだ。彼らはこんなにも嫉妬深く、競争意識をあらわにし、こんなにも強い性欲を見せるべきではない。これほど簡単に動揺するようでは話にならない。これはゾーイひとりの故障という問題ではすまないだろう。〈ディープ・ウィーブ〉全体の欠陥だ。新しい者たちの創造にとりかかる前に、この問題を解決しなければ。

だが、まずやるべきことがある。キングはメラニーを床に横たわらせた。十秒数えて怒りがおさまるのを待つ。それからかがみこみ、彼女を平手打ちした。

メラニーがうめいて目を開ける。その目には愛情が霧のように立ちこめていた。

「起きろ」彼は声を荒らげないよう必死に自分を抑えた。「寝ている時間はないぞ！　われわれにはやるべきことがある」

彼女があわてて起きあがった。まだ息を切らしている。

キングは監視映像の管理画面をクリックし、リリーの独房を探した。彼女は隅っこの床の上に座っていた。ちょうどカメラが届かないので顔は見えない。見えるのは、ジーンズをはいた脚と青白い素足だけだ。リリーのまわりの床には白いものが散らばっていた。それをじっくり見て、彼女の指の動きへと視線を移す。どうやら何かの紙を細かくちぎっているようだ。「リリー・パーの部屋のモニターにはハワードのビデオが流れるようにしてあるか？」

彼はメラニーに尋ねた。

「はい。おそらくすでに三周ぐらいしているはずです」

「感想を知りたいものだな。彼女をここに連れてこい」

「はっきりさせときたいんだが、旦那」ドレッドヘアのジャマイカ人タクシー運転手は腕組みをして、パチョリ（シソ科の植物）とウィード（マリファナ）のにおいのする煙を吐きだした。「おれに、あんたの車を運転して病院の緊急治療室まで行けって言うんだな。おれひとりで。で、おれはうめいて悪態をつく。車は救急車の駐車スペースにとめる。病院側が邪魔だからどかしてくれと思うような場所に。で、二台の携帯電話を緊急治療室まで持っていって、そこのごみ箱に捨ててくる。それから歩いて自分のタクシーまで戻ってくる」

「それで終わりだ」ケヴは言った。

運転手はケヴが扇形に広げた八枚の百ドル札を見つめた。明らかにそそられている。「それって死ぬほど奇妙な話だぜ、旦那」

「ああ。だが、今すぐ行ってもらわなきゃ困る」ケヴは言った。「これは一刻を争う問題なんだ。あと一分もすれば時間切れ。そうなれば報酬もなしだ」

運転手が頭を振った。疑念に満ちた目でケヴを見る。「だが、おれは刑務所には入りたくないんでね。誰とももめごとを起こしたくない」

「何も違法なことをしようってわけじゃない」ショーンが言った。「あんたは犯罪者一味から無実の人々を救う手助けをするだけだ。神に誓ってもいい」

「誓うのは勝手だが、その悪人どもが怒り狂っておれを追ってくる、なんてことになるのは勘弁してくれ。監視カメラに顔が映っちまうのも困る。おれには女がいるんだよ。まだ赤ん坊の娘も」

ケヴはまた財布に手をのばし、さらに四枚の百ドル札をとりだした。「これはあんたの女のため」さらに四枚足す。「これはあんたの娘のためだ」彼はさらに二枚とりだした。「さあ、これだけあれば決心できるだろう。急ぐんだ」

運転手がまた頭を振った。「せいてはことをし損じるって言うだろう、旦那」

ケヴはため息をついた。「今日だけは別だ」

運転手がケヴとショーンの車のまわりを歩いた。後ろのハッチを開け、なかを見る。それからケヴたちが地面におろしておいたケースに目をやった。「ここには何が入ってるんだ？」

「気にするな」ケヴは言った。「あんたが運転する車に積んであるわけじゃないんだからな。それに、あんたは用がすめばこの車とは永遠におさらばだ」

「だが、緊急治療室の監視カメラに顔が映っちまう」運転手が指摘した。

「そうかもしれんが、あんたが罪を犯すことはいっさいない」ケヴは言い返した。「ただの交通違反だ。しかも、その車の登録者はあんたじゃない」

運転手はもう一度ケヴの手のなかの百ドル札を見た。彼の手がのびる。千ドル増えたことで、ようやく契約がまとまった。

ケヴはショーンを見た。「トランクから電話を出せ」それから運転手に向き直った。「よく聞け。こいつがあんたに電話を渡したら、そこから先はもうひと言もしゃべるな。ひと言もだぞ。いいな?」

「おっと! 盗聴されてるんだな? そいつは困るぜ、旦那。そういうのはどうも気に入らない」運転手は言ったが、金はすでにポケットのなかに消えていた。

「おれもだ」ケヴは厳しく言い渡した。「悪態をついてうめくのを忘れるな。さもひどいけがを負っているみたいにな」

「問題ない。うまくうめいてみせるぜ。この冬のいやな天気のなか、一日じゅう運転してると関節炎が痛んでしようがねえんだ。ううう! くそっ、痛いったらねえよ、ううう!」

「やりすぎるなよ!」ケヴは警告した。「押し殺したうめき声だ。いいな? でないと、おれたちの声じゃないことがばれちまう。わかったか?」

「ああ、なるほど。わかったよ」運転手が請けあった。

「病院に入る前にバッグから電話を出していけよ。バッグごとごみ箱に入れるのを誰かに見られたら、爆弾でも仕掛けたと思われるからな」

運転手はひるみ、口を開きかけたが、やってきたショーンが唇に指をあて、電話の入ったバッグを掲げてみせた。ケヴは片手で運転手の口を押さえ、運転席のドアを引き開けた。

ショーンが後部座席のドアを開けてバッグを放りこむ。

運転手はまだ不安そうな顔をしていたが、車に乗りこんだ。ケヴはドアを閉めた。別れの合図にうなずく。運転手もうなずき返し、エンジンをかけた。ＳＵＶはシェルターを飛びだし、通りに出た。車はその先で曲がり、見えなくなった。

ショーンはケヴの横に歩み寄り、車が視界から消えた場所をしばらく見つめていた。彼らはそのシェルターから出るわけにはいかなかった。急いで練りあげた計画のもうひとつの重要な駒である車の到着を待っているのだ。

「今のはけっこう精神的に疲れたな」ショーンが言った。「あの運転手、頭が混乱して、言われたことも忘れてどこかで道草くったりしてないといいけど」

ケヴは頭を振った。「彼はラリってはいなかった。怯えてはいたが」

「おれだって怯えてるよ」ショーンが言った。「あいつ、うまくやれると思うか？」

「なんとかやれるだろう。あの女の電話には、爆発物は仕掛けられていなかった。連中も山小屋の一件のあとはかなり慎重になったに違いない。それに、あの電話からさっきの運転手を突きとめられる人間なんていやしないよ。彼は革の手袋をしていたから、指紋も残らないし。やつらにねらわれる心配はない。どこかのカメラに映った彼を、連中が個人的に知っていた、なんてことがあれば別だが、そんなことはまずないだろう」

「この一連の出来事だって、そんなことはまずないだろうと思うようなことばかりだったぜ」ショーンが暗い声で言った。

　ふたりは黙ったまま雨に濡れた通りを見つめた。と、そこに一台の車が到着した。年代物だが頑丈そうなフォルクスワーゲンのバンで、ショーンが近くの中古車店で見つけたものだった。

　貸し倉庫で出会った男が出てきた。髪をオールバックに撫でつけた、ずんぐりした中年男だ。「車を持ってきたよ」男が報告した。「三千六百ドルまで負けさせて、あんたが言ったとおりガソリンを満タンにしてきた。こいつはいい走りをするぜ」彼は現金を握った手を突きだした。「これはおつりだ」

「値切ってくれてありがとう。それは手数料としてとっておいてくれ」

　男は驚いた顔をしたものの、札束をポケットにねじこんだ。「そりゃどうも。どうして自分で買いに行かなかったんだ？　逃亡中の身か？」

「違う。話せば長いが、法に触れることはしていない。それで、言ったとおりにしてくれたんだな？　バンはあんたの名義。おれたちは今日、それを借りる。用がすんだら車はすっかりきれいにして返す。返すときには携帯に電話するよ」

　男がうなずき、口を引き結んだ。「もしも犯罪に使われたら、おれはあんたのことを警察に突きだすぞ」彼は警告した。「そしたらあんたはおしまいだ」

「わかってる」ケヴは言った。「車はおれたちに盗まれたと言えばいいさ」

ケヴとショーンはバンの後部にプラスチックのケースを積みこみはじめた。男は彼らを見つめている。

「ああ、わかった。それで、その……今行くのか？」

「ああ、今だ」ケヴは言った。「助けてくれて感謝する」

男はまだ突っ立っていた。「あの貸し倉庫のロッカーに何を入れたんだ？」

ケヴはそれには答えず、黙ったまま彼を見た。

「ああ、気にするな。なんだっていいさ」そう言うと、男は歩み去っていった。

ふたりは車に乗りこみ、ショーンがエンジンをかけた。なかなかいい音がした。ケヴはノートパソコンを開いて監視プログラムをクリックし、彼らが借りたロッカーの外壁にさりげなくくっつけてきたカメラの映像をチェックした。灰茶色のパテを使って毛羽だった感じに仕上げたカメラはまったくめだたず、気づく者はまずいないだろう。信号を増幅させる中継器も設置してあるので、少なくとも貸し倉庫の前の通りまで監視の目が届くはずだ。

「どこまで離れて信号をキャッチできるかな？」ケヴは尋ねた。

「最初の角を曲がったところでとめよう」ショーンがバンをとめた。「リスクは高いけどな。連中が来たときに見られてしまうかもしれない。リスクといえば、さっきのあのふたりも、おれたちがクライスラービルか何かをねらってる爆弾魔だと思ってる」

「だろうな」ケヴは淡々と言った。

「彼らは警察を呼ぶと思うか?」

ケヴは画面を見て、バンを手に入れてきてくれた男が彼らの借りたロッカーに近づいてじっと見ているのを観察した。

「かもな」ケヴは答えた。「少なくとも、あのタクシー運転手はそうする可能性がある。貸し倉庫で会った男のほうは、もしかしたらただで車を手に入れられるかもという希望を持っている。おれたちはただ、おれたちが手がかりをつかむまで彼らが待ってくれることを願うしかない。そのあとならいくらでも、好きなようにしてくれればいい」

ショーンは頭を振った。「リスクが高すぎるよ、赤の他人を引き入れるのは」

「わかってる!」ケヴは声を荒らげた。「でも、やってみるしかないだろう? これでも必死で考えてるのさ! 提案があるなら言ってくれ。いつでも大歓迎だ!」

「ああ、わかったよ」ショーンがなだめた。「おれはただ、あの連中が例の女にも情けをかけて、彼女の回収に誰かをよこしてくれるのを祈るだけだ。少なくとも彼女はおれたちの目の前で爆発したりはしなかった。あの山小屋のやつみたいにはな。ちょっとは慈悲があるってことだろうか」

ケヴは手をのばして宝石箱をとりあげた。底板をスライドさせて開く。「おまえのナイフを貸せ」

ショーンがナイフを手渡した。ケヴは底板全体をパチンととりはずした。ナイフを引きだしの木の継ぎ目に滑りこませ、てこの原理でこじ開ける。そのとたん、前面の板がまっぷたつにはじけた。残った板をつまみ、砕けたかけらをとりだして、小さな釘をゆるめていく。やがて、ぽっかりと暗い穴が口を開けた。ケヴはなかをのぞきこんだ。心臓が早鐘を打ち、喉もとまでせりあがっている気がした。

何かが入っている。彼は箱を前に傾けてとんとんとたたき、揺すった。ああ、神様。これがおれたちの求める手がかりでありますように。

膝の上に滑り落ちたのは、数枚のフロッピーディスクだった。大学で見たことのある過去の遺物だ。プラスチックケースにすら入っていない。まさしく柔らかい《フロッピー》ものだ。

ふたりは意気消沈してフロッピーディスクを見つめた。

「ああ、まったく」ケヴは声を震わせた。「こんな前時代的なものをどこに持っていけば中身が解読できるってんだよ？」

「マイルズならできる」ショーンが言った。「あいつはその道の専門家だ。エンディコット・フォールズにある彼の親父の家の地下室は博物館並みだった」

「五千キロ近くも離れてるじゃないか！」ケヴは声を荒らげた。

「しっかりしろよ」ショーンの声は鋼鉄のように揺るぎなかった。「それは脇に置いておけ。おれたちは例の女のところに来る連中を監視して――」

「誰かが来ればの話だ！　来なかったらどうする？」

「そうなったらそのとき考える」ショーンが目を細めてケヴを眺めた。「おれが思ってたよりも氷山がとけるのは早そうだな。ミスター・禅はどうしたんだよ？　世界の荒波を超然として渡ってきたんだろう？」

「ミスター・禅なんてどこにもいない」ケヴはにべもなく言った。「そんなの戯言だ」

「そいつはよかった。覚えてるか？　おれがとり乱すといつも、おまえはおれを落ち着かせようといろいろ話してくれた」

「覚えているさ」ケヴは言葉をとめた。「拷問されて脳に損傷を受け、記憶喪失になっていた十八年間は別にして、という話だが」

「ああ、そうだな」ショーンは認めた。

ケヴは目もとの涙をぬぐった。「ブルーノのことを思うと、ちょっと笑えるよな。おれ、出会ってすぐにあいつと仲よくなれた理由のひとつは、あいつにおまえを思いださせるところがあったからだと思うんだ」

ショーンがぎくりとした顔をした。「おれが？　ブルーノと似てるって？　あのぼんくらと？　あの口だけ達者なピエロと？　冗談はよせよ」

「いいや」

ショーンは座席に背中をつけて座り直し、雨が打ちつけるフロントガラスを見つめた。

「どう受けとめればいいのかよくわからないよ」

「状況が状況だから、ほめ言葉と受けとっておけ」

「変なほめ言葉だな。でも、少なくともおまえがまたおれにとって身近な存在になってきたのは感じるよ。神様のちょっとした親切ってところかな。ブルーノに感謝してやってもいいくらいだ」

おれたちがまたブルーノに会うことができればの話だが。決して口には出さなかったが、ふたりともそう感じていた。

ケヴはフロッピーディスクをかき集め、宝石箱の底に滑りこませた。そしてふたりはダッシュボードの上にノートパソコンを立てかけ、誰かが現れるのを待った。

33

カメラはリリーを学校から自宅まで追っていた。被写体までの距離はぞっとするほど近い。彼女はナップサックを引きずって道路からポーチのステップをあがり、家のなかへと消えていく。髪形やころころ太っていることからすると、十六歳ぐらいのときのリリーだ。それからカメラの位置が変わり、木の葉のあいだを透かして見る奇妙なアングルになった。ブラインドの隙間をのぞいているその角度から考えて、ベッドルームの窓のすぐ外から映しているようだ。

リリーが服を脱ぎ、裸になってシャワーへと向かった。

ビデオはいきなり室内のショットになった。ふいにバスルームのドアが開き、ビニールのカーテン越しにリリーのぼんやりしたシルエットを映しだす。彼女は調子っぱずれの歌を歌いながら体を洗っていた。

リリーの部屋へとカットが移り、カメラは床に落ちている彼女の服をなめるように映していく。やがて、くしゃっと丸められたショーツがズームアップされた。ゴム手袋をはめた手がそれをつまみ、しげしげと興味深そうに見て、においをかぐ。

　また別の場所にカットが移った。あまり光のない場所、おそらくバンの後部座席だろう。手袋をした手がぐいと下着の前を開け、そこから突きだされた高まりが映しだされる。手袋をした手が、リリーのピンクのパンティでそのペニスを包み、しごきはじめた。

　リリーは目をそむけた。こんな汚らわしいものは見る必要がない。二度通して見ただけで充分だ。彼女は父、ハワードのことを考え続けていた。この残酷なビデオを突きつけられて、父はどんな気持ちになったのかしら？　人間として、親として、年を追うごとに恐怖と後ろめたさがふくれあがっていくのはどんな感じだっただろう？　しかも、娘からも激しい怒りをぶつけられていた。父は娘の怒りも失望もすべて引き受けて自分の苦しみとし、一度も説明や言い訳をしようとしなかった。父がぼろぼろになっていったのも無理はない。今ではリリー自身もほとんど同じ道をたどりつつあった。

　リリーが目をあげたとき、モニターに射精の瞬間が映った。丸められたショーツがぐっしょり濡れているところをカメラは映している。どこまで胸の悪くなる映像を見せれば気がすむのだろう。彼女は吐き気をこらえた。申し訳程度の食事だったとはいえ、彼らに与えられた昼食を吐いてしまっては元も子もなくなる。せっかく摂取したカロリーを無駄にはできない。自由になるためとまでは言わないが——リリーはそこまで望んではいなかった——たった一度でいい、風向きを変えられるような機会がめぐってきたときのために力を残しておきたかった。それだけでも立派な勝利と言える。

編集されたビデオを見ないようにしているあいだに、手を動かして作業するべきことがあるのはありがたかった。リリーはマットレスのフレームの上に貼られた製造メーカーのラベルをはがしにかかった。さも打ちひしがれて怯えているように見せるべく、隅っこにうずくまる。その姿勢で、ラベルの裏の接着剤を丸めて小さなかたまりをつくり、指の関節の内側にくっつけていく。ねばねばした小さな玉は全部で十六個できあがった。

それが終わると、彼女はさらに縮こまり、髪を振って顔の前に垂らした。これで〝屋根裏部屋にひそむ頭のいかれた女〟のように見えるだろうか？　それから慎重に、赤いシールが並ぶカードをとりだした。ゾーイが言っていたことが本当なら、この薬は致死量を超えている。リリーはゾーイが嘘をついているとは思えなかった――この件に関しては。

冷たくてこわばった両手で、薬の面に触れることなくシールをはがすのは、かなり困難な作業だった。直接触れないように気をつけながら、薬の面が外側になるようにシールを指につけたねばねばの玉にくっつけていく。それがすむと、腕を交差させて膝の上にのせ、自然に見えることを願いながら指先をだらりと垂らした。

ドアの鍵がカチャカチャ鳴った。恐怖がこみあげ、パパラッチのフラッシュのように目をくらませる。ついにチャンスが来た。

ドアがぱっと開いた。メラニーだ。奇妙な表情を宿した目はぼんやりと輝いている。まるでドラッグでハイにでもなっているかのようだ。

リリーの脳はロックされたみたいに動かなくなった。胃が引っくり返り、超高速エレベーターでまっ逆さまに地獄へ突き落とされるような感覚を抱く。

「立ちなさい」メラニーが命じた。

リリーはうずくまり、顔を膝につけて隠した。あわれな、小さなボールになりきる。無力で、ぼろぼろの、かわいそうなわたし。

「立ちなさいって言ったのよ！」メラニーの声が鞭のように飛んできた。だがリリーは支離滅裂なことをうめいて体を揺らし、さらに縮こまった。

メラニーがいらだたしげな声をあげた。「まったく、もう」スニーカーをきしませながらリリーのほうに歩み寄ると、リリーのうなじの髪をつかむ。それをぐいっと思いっきり上に引っ張られたとき、リリーは思わず甲高い悲鳴をあげ……。

そして、メラニーの両手首をつかんだ。しっかりと。しぼるように。

その瞬間、リリーは、メラニーの体に衝撃が走ったのを感じとった。信じられないという思い、そして震えがメラニーを襲う。しかし、リリーの髪をつかむ手がゆるむことはなかった。リリーはその手を引きはがそうとして、メラニーの顔を見あげた。

メラニーの顎ががくりと落ちた。手は鉤爪のようになってさらにきつくリリーの髪をつかみ、目がうつろになる。口がわなわな震え、舌が飛びだした。顔は紫色になっている。メラニーの指を髪から離そうと、リリーは彼女の手首を放した。手首は小さな赤い斑点だらけになっていた。

メラニーがつんのめった。どさっと床に倒れ、リリーも髪をつかまれたまま引き倒される。

ああ、痛くてたまらない……。

そのとき、メラニーはぴくっと体を引きつらせ、激しく痙攣した。

リリーはメラニーの指を引きはがそうとしたが、彼女は文字どおり死んでも手を放さなかった。メラニーの拳に握られたかなりの量の髪が引きちぎられ、あまりの痛さに押し殺した悲鳴をあげながらも、リリーはようやく自由になった。

メラニーはまだ痙攣していた。泡だったピンク色のよだれが垂れ、鼻血も流れている。足はじたばたと床を打っていた。血走った目が見開かれたまま凍りついている。

なんとか立ちあがったリリーは、何も考えられず呆然とメラニーを見つめた。しばらくしてようやく脳味噌が動きだした。

リリーはメラニーを隅に引きずっていき、自分がさっきまでいた場所に座らせた。耳から血があふれ、下半身からは尿が流れでている。ああ、なんと恐ろしい光景だろう。

ふと、メラニーがスニーカーをはいているのに気づいた。指が激しく震えているため、靴紐をほどいてスニーカーを脱がせるのは至難の業だ。なんとか脱がせたとたんに尻もちをつき、誰にも見られていないことを祈りながら靴をはいた。紐を結ばずにスニーカーをつっかけたまま、猛烈な勢いでメラニーのポケットをかきまわす。携帯電話を見つけると、床の上を滑らせて部屋の奥へと追いやった。キーホルダーがある。しかもありがたいことに、小さいナイフがついている。あまりについていて現実とは思えなかった。

ドアの鍵をいくつも試して、やっと合うものを見つけた。よろめきながら独房を出て、誰もいない廊下にくまなく目を光らせる。薄気味悪かった。埃っぽくてかびくさい。人の姿は見えなかった。警報も鳴らないし、声も足音もしない。一条の光がさすほうへ駆けていくと、広く開けたスペースがあった。そのバルコニーの両端から階段がふたつ、曲線を描いて大きなホールへとおりている。ホールはゆうに二階分の高さがある吹き抜けになっていた。

そして下には巨大なドアがあり、窓ガラスの向こうに木々の緑が見えた。自由の光が輝いている。リリーはそれを見つめた。わたしは走れる。自由の身になれるかもしれない。

でも、ブルーノはどうなるの？　リリーは彼がここにいることを知っていた。キングがそう命じるのを聞いていたからだ。ブルーノはこの建物のどこかに閉じこめられているはずだ。彼は自分からつかまった。やつらにわたしを傷つけさせないために。

リリーはドアの鍵を次々に試しはじめた。ほかに選択肢はない。

ブルーノを見つけるまでは、ここを離れるわけにはいかなかった。

「なんてこった」モニターを見ていたショーンが目を丸くした。驚きに満ちたその目の先には、彼らが借りたロッカーの錠を壊そうとしている男がいた。「嘘だ。そんなはずはない」

「ああ、ありえない」ケヴはあとを引きとった。「あれは別人だ」

ショーンが当惑して頭を振った。「だけどあんなにそっくりな――」

「別人だ」ケヴはきっぱりと言った。「もう一度よく見ろ。彼は若すぎる。せいぜい二十歳くらいだろう。それにあまりにも青白い。髪はアッシュブロンドだし、背もブルーノほど高くない。肩もあれほどがっちりしていない。目は寄りすぎだ」

しかし、ショーンは頭を振り続けていた。「こんなの、めちゃくちゃすぎる。つまり、この男がピートリーの言ってた兄弟姉妹のひとりってことか。でも、連れのやつはどうなんだ？　全然ブルーノに似ていない。あいつはアーロとローザが病院で見たと言ってたやつかもしれないな」

ケヴは肩をすくめた。そんなことはどうでもよかった。たしかに不気味だが、彼らが誰の兄弟姉妹でも関係ない。ＤＮＡがなんだっていうんだ？　彼らはブルーノをめちゃくちゃにしようとしている男のために働いている。それだけでも死んでもらう理由になる。

そうさ、もちろん死んでもらう。彼らにできる最後の、もしかしたら唯一の有益な任務をこなしたあとで。どうか、ブルーノの居場所だけおれに教えてくれ。あとは自分でなんとかする。

「おれたち、やっぱり彼女に追跡タグをつけとくべきだったんじゃないのかな」ショーンがぶつくさ言った。「そうしたら、やつらが道路に出てきたとたんにタグを遠隔操作して偽の情報を流せたのに」

「やつらはばかじゃない」ケヴは繰り返した。「追跡タグなんか見つけられていたさ。やつらは今彼女を調べている。汚れを払うなんて程度じゃなくて、徹底的に体を調べているんだ。だからまだ外に出てこない」

苦痛に満ちた時間が過ぎた。ケヴは息をつめて画面を見つめた。ふたたび呼吸できるようになったのは、若いブルーノもどきが外に頭を突きだしたときだった。あとずさりで出てきた彼は例の女を肩にかついでいた。女の脚は人のよさそうな顔をした男が持っている。女はビニールシートでくるまれていたが、前ほどきつく縛られてはいなかった。男たちは彼女を車の後部座席に放りこんだ。やさしさのかけらもない扱いだ。ブルーノもどきは不愉快だがやらねばならない仕事を片づけたという表情でドアを閉めると運転席に向かった。

「愛情がまったく感じられないな」ショーンはつぶやいた。

「あの女は一緒に働くにはきつい相手なんだろう」ケヴが推理した。

「なるほど。だが、それでも彼女をとり戻せと命令がくだったんだとしたら、やつらは人手不足なのかもしれないな。最近、連中の多くが死んだし」

「死んで当然の連中だ」ケヴは吐き捨てるように言った。

車が動きだした。ショーンはバンのエンジンをかけ、黒いＳＵＶが貸し倉庫の出入口から出れば見えるよう、通りの端で待機した。ありがたいことに、車は彼らに背を向ける方向に曲がった。もし右折していたら、やつらはバンのフロントガラス越しに至近距離からケヴとショーンの顔を見ることになっただろう。どうやらついているようだ。

ショーンは車をバックさせて向きを変え、あいだに一、二台の車を挟んで連中のあとを追った。

「メラニー？　メラニー！　ただちに応答せよ！」

いったいどうしたんだ？　キングは通信端末を放り投げてさっと向き直り、モニターをクリックしてリリー・パーの独房の様子を見た。彼女はまだ脚を投げだして座ったままだ。青白い素足が見えている。ビデオも流されていた。何も変わりはない。メラニーはまだ到着していないのだ。

彼は血圧があがるのを感じた。役たたずめ。こんな単純な仕事さえできないのか。不本意ながら与えてやった強烈なオーガズムのせいで、腰が立たなくなっているのだろう。まったく、あの女には過ぎたほうびだった。

これほどのいらだちは覚えたことがなかった。これほど危険にさらされていると感じたこともない。自慢の優秀な工作員は次々に死ぬか、わたしを死ぬほどいらだたせるかしている。対処しなければならない細かい問題が山ほどあるというときに、自分ひとりで立ち向かわなければならないのだ。

やるべきことは実に広範囲にわたっていた。今はプログラミング中の若者たちをモニタリングしているところだ。彼らは今日、八時間かけて戦闘プログラムを受けることになっていた。中止しようかとも考えたが、これまでスムーズに進行していた計画があのならず者どものせいで妨害されると思うと腹が立った。それで、ホバートとメラニーに命じて付属の寄宿施設からティーンエイジャーの訓練生たちを連れてこさせ、予定どおりにプログラムを開始したのだ。まずいことなど何も起きていないかのように。

そんなわけで、今この瞬間には十三歳から十八歳までの訓練生十人がプログラミング装置に向かっている。彼らの感覚と脳の機能はキングが調合した薬品によって拡張され、すさまじい量の情報処理を行っていた。彼らひとりひとりが成長していけば、わたしは人間の未知の可能性が眠る脳の広大な領域を自在に操るという究極の夢に近づくことになる。そして、わたしはその可能性を好きなように利用できるのだ。

だがこの三十分ばかり、キングは訓練生のバイタルサインと脳波をチェックすることに追われていた。八人の状態は上々だ。しかしA－１４２３B、またの名をアニカ、それとF－１６８４C、またの名をファロンというふたりはどうやら間引きされる運命にあるようだ。負荷の多い〈ディープ・ウィーブ〉と薬品の組みあわせは、そのふたりに発作を引き起こしていた。

あわれなことだ。だが、それでも、八十パーセントの成功率というのは統計学的に言ってかなり良好な結果だ。確実に改善されている。ゾーイとその同期の者たちで実験をはじめたころは、成功率が三十パーセントだった。ゾーイが今自分の前に現れたのであれば、あれほど明らかな欠陥がある以上、彼女は八歳になる前に間引きされていただろう。

そう、成功率は確実に上昇している。ゆっくりとだが着実に、究極の状態に近づいてきている。わたしが自分のつくりだした者たちを完璧にコントロールできるようになる日も近いだろう。

だが、今日のところは完璧なコントロールとはほど遠い状態だった。部下たちはあちこちに出払っているか、死ぬか、ぼろぼろで使いものにならなくなっている。しかもキングには面倒を見てやらなければならない幼い子供たちがいた。マグダから手に入れた胎芽から最後に生まれたふたりの子供たちだ。ブルーノに見せてやろうと、キングはそのふたりをここに連れてこさせていた。研究者としてチェックしておきたかっただけでなく、彼には純粋な楽しみとして知りたいことがあった。たとえば、リリーの場合はうまく作用した崇高な自己犠牲のメカニズムが、ほかの子供たちにおいても機能するのかどうか。ブルーノは同じ遺伝子を持つ子供たちをひと目見てすぐに絆を感じるのかどうかといったことだ。まったく、セックスごときのせいで自分の息子がどれほどつまらない人間になってしまったかを考えると情けないが、こういった疑問の答えを想像するとわくわくする。ちょうどいい娯楽だ。

とはいえ、あの子たちを今日ここに連れてこさせたのはあまりにもわがままな要求だった。薬による睡眠から目覚めた彼らの面倒を見る者がひとりもいない。願わくばあと数時間は目が覚めないことを祈るしかなかった。いつも子供たちの面倒を見ているシッターは組織の秘密について何も知らされておらず、今日は来ないように言い渡していた。キングは費用対効果を考えて、何年も前に、ごく幼い子供の世話は外部に委託すると決めていた。おむつを換えてよだれをふいてやるのは、何百万ドルもかかる専門的な訓練を受けなくともできることだ。シッターたちにはよけいなことをしゃべらず要求されたことだけをやるようにと、充分な給料を支払っている。だが、今日は彼らにいてもらっては困るのだ。

プログラミングを開始した子供たちの面倒を見るのは、自身も〈ディープ・ウィーブ〉のプログラムを受けたスタッフに任せていた。キングの掲げるヴィジョンの全体像を理解し、キングに対して必要な忠誠心と献身的な愛情を注ぐことができるのは、〈ディープ・ウィーブ〉の卒業生しかいない。

彼はため息をついて椅子を回転させ、静かで奥まった場所にある部屋で寝ている子供たちのビデオモニターをオンにした。何も動きはない。

キングは身を翻して反対側のコンピュータへ向かい、ゾーイの鎖骨に埋めこまれた追跡タグをチェックした。同時に、ゾーイとローザ・ラニエリの携帯電話の追跡タグの行方を追う。ゾーイの信号はとまっていたが、ふたつの電話は重なるように動いていた。彼は地図上に衛星画像を呼びだし、ズームアップした。たしかに、それらは同じ車にのっているようだ。ということは、マクラウド兄弟が意識不明のゾーイを貸し倉庫のロッカーに置き去りにして、けがをした兄弟のどちらかを病院に運ぼうとしているのは事実らしい。兄弟のどちらがけがをしたのかは不明だが、どちらでもかまわなかった。

キングはイヤフォンをつかみ、耳をそばだてた。くぐもった悪態とうめき声しか聞こえない。会話はなし。彼は腰をおろし、とんとんと指でデスクをたたいた。作戦本部を無人にしておきたくはないが、メラニーはまだ姿を見せない。彼はたぎるような怒りを感じた。個人データベースからメラニーの死のコマンドを引きだし、それを書き換えた。自分の舌をのみこんで死ぬがいい。あの女がわたしの足もとで窒息死するさまを見れば、少しは溜飲《りゅういん》がさがるだろう。

キングはゆっくりとリリーの独房へと歩いていった。銃弾を受けてうめき、泣きべそをかいているマクラウド兄弟のことが頭に浮かんだ。奇妙だ。あの兄弟を調べさせた限りでは、苦痛を表に出さないストイックな性格が特徴として示されていたはずだ。しかし、誰にわかるものか。タフに見える人間が実はやわなこともある。逆もまた真なりだ。リリー・パーはその好例と言えるだろう。見かけによらず、驚くほど芯が強い。ブルーノのためにあのビデオを編集しているうちに、キングはふと、次の研究対象は彼女の卵子を用いて作成してはどうかと思いついた。考えれば考えるほど、それは魅力的なアイディアに思えてきた。

もっとも、負け犬として死んでいったハワードの遺伝子も受け継いでいると考えれば、危険な賭けかもしれない。それでも、リリーの場合は母親の性質がより強く現れているように思えた。ハワードにはたしかに知性があり、そこは娘も完全に受け継いでいるが、リリーには父がかけらも持ちあわせていなかった勇気や意欲がある。

そのことを考えてキングは笑みを浮かべた。鍵を突っこみながら、自分自身とリリー・パーの遺伝子が結合したらどういう子供が生まれるかを想像する。ふたりの美しさと強い情熱が備わっている子供。その潜在能力の高さは、自分とマグダの子供たち以上だろう。

彼は独房のドアを開けた。

そして、立ちつくした。目には情報が映っているが、その意味がどうにも理解できない。キングはビデオが流れているままなのに気づいた。十七歳のリリー・パーがシャワーを浴びている、自分のお気に入りの映像だ。

と、そのとき、ふいに認識力が働きだして、彼は状況を分析しはじめた。

メラニーが部屋の片隅に横たわって死んでいた。口を開けたまま。顎も首も胸も血に染まり、目が飛びだしている。いったい、どういうことだ？

手首の赤い斑点に目の焦点が合った。メリミトレクス8。彼女の手首には、致死量の少なくとも五倍の量がくっついている。最初に目にしたときは、それを血のしずくだと思った。

死によって、メラニーの体のコントロールは失われていた。キングは吐き気を覚えた。あたりがしんと静まり返っているのが突如として恐ろしく思えた。

彼はあとずさりして独房を出ると、慎重に左右を見た。これは前代未聞だ。この広大な敷地に、自分ひとり、味方もなしにとり残されている。あとは薬を投与されたティーンエイジャーがプログラミングルームに十人と、奥の部屋でふたりの幼児が眠っているだけだ。そして敵がふたり野放しになっている。

キングは忍び足で廊下を進み、通信端末にジュリアンを呼びだした。

「はい」ジュリアンが答えた。「われわれはまだ――」

「こっちに戻れ！」キングは猛烈な勢いで命じた。「リリーがメラニーを殺して脱走した！わたしは孤立無援だ。やつらが建物のどこにいるのかもわからない！」

キングは回線を切り、コントロールルームをのぞきこんだ。そこにはブルーノもリリーもいないようだ。キングは足を速めて鍵がかけてあった奥の戸棚まで行くと、リボルバーを引っ張りだした。護身用にワルサーPPKを選んでおいた自分の傲慢さに腹が立った。形だけのものとしか考えていなかったから、小型の銃の洗練されたデザインが気に入ったのだ。十七ミリ弾の六連発セミオートマティック銃が必要な状況に陥るなどと、誰が想像しただろうか。そういう血生ぐさい状況を自分の代わりに片づけてほしいから工作員を育てたのだ。なのに、肝心な今、どいつもこいつもどこに消えた？

ブルーノもリリーもみんな死ねばいい。

モニターを見ると、ホバートとジュリアンが驚くべき速さで自分のもとへ向かっているのがわかって少しほっとしたが、安堵するにはまだ早い。

キングはドアのそばへ寄り、廊下に目を凝らした。一世紀以上も前から立っている邸宅ならではのきしみ以外は何も聞こえない。隠れる場所ならたくさんあるから、待ち伏せされている可能性は高かった。

彼は、自分のはらわたをつついている不快な感覚の正体をついに悟った。それは恐怖だ。陳腐で、愚かしく、無力な恐怖。自分にコントロールできないものがあるということへの恐怖だ。

よくもわたしをこんな立場に陥れてくれたな。ここまで来るのにわたしがどれほど苦労したと思っているんだ？　怒りがキングを落ち着かせた。

わたしにこんな思いをさせた報いは受けさせてやる。

そのときになって泣きわめいても、手遅れだ。

痛い。閃光がまぶしく、体ががくんとかしぐたびに痛みが襲ってくる。

目は燃えるように熱く、耳のなかで轟音が渦巻いていた。鼻からあたたかな血が流れているのを感じる。ゾーイはそれには慣れていた。特別な薬が処方されたときのいつもの副作用だ。だが、くすぐったくてならなかった。

彼女は手をのばして鼻をかこうとした。肩が焼けつくように痛い。ゾーイは腕を背中にまわされて縛られていた。かびくさいビニールシートが口を覆っている。暗くて息がつまった。彼女はもがき、咳きこみ、血を吐き捨てた。

誰かがゾーイの顔からビニールシートを引きはがした。とたんに、冷たくて甘い空気と目もくらむほどの光の洪水が押し寄せる。

「気がついたか?」ピシャッ、ピシャッ。平手打ちされるたびに、頭のなかで苦痛の花火が炸裂《さくれつ》する。「お昼寝は気持ちよかっただろう?」

ゾーイは目をしばたたいた。まぶたが腫れている。涙をたたえた目はそのまま顔からこぼれ落ちそうな気がした。彼女は相手の顔に焦点を合わせた。

名前を思いだすよりも先に嫌悪感がこみあげたが、すぐに記憶が戻った。ホバート。シアトルでわたしのチームにいた役たたずだ。不完全な備えと不適切な情報収集でわたしをめちゃくちゃにしてくれたやつ。「何してるの?」

「ごみ出しだ」彼が答えた。

ゾーイはまた身をよじった。「両手をほどいて」

ホバートがにっこり微笑む。「だめだ」

体のなかで警報ベルが鳴り響き、彼女は警戒を強めた。「どういう意味よ、だめって? わたしの両手をほどきなさいったら! キングに言いつけるわよ――」

「本部に戻れば、おまえはレベル10の処分を受ける」ホバートがにやにや笑った。「おまえはおしまいだ。間引きされるんだよ」

ゾーイはぱっと体を折り曲げて、彼の顔に頭突きをくらわそうとした。ホバートがさっとのけぞって彼女をよける。

「嘘よ！」ゾーイは金切り声をあげた。「キングはわたしを信頼してくれた！　わたしだけを！　彼はわたしに使命を――」

「自殺の使命だよ。キングはおまえを排除するつもりだった。脳味噌がまともに働くやつなら誰だってわかったことだ。だけど、おまえはごみ箱行きだ、ゾーイ。メリミトレクスでくたばるのさ。おまえがマクラウド兄弟やラニエリ一家を片づけたら、キングはただちにレベル10を命じるつもりだった。簡単でなんの知性も必要ない、誰にでもできる任務だったからな。ところが、おまえはそれすらもやりとげられなかった。まったく情けないよ、おまえが仲間だったたと思うと」

ゾーイは頭を振り、彼の言葉を拒絶した。「嘘よ！　嘘だわ！　だったらどうしてあんたを送りこんでわたしを助けだしたの？　もしもキングが――」

「おまえの脳味噌にまだ動いている細胞があるなら、それを使って考えるんだな」ホバートはあわれむような口調で言ったが、心はこもっていなかった。「キングはおまえが警察の厄介になるようなリスクを回避したかったんだよ。おまえより古い工作員に自己破壊のプログラミングがされていたように。たとえばナディアもそうだった。われわれは危険にさらされすぎているからな」

「でも……でもキングは——」

「衝撃の事実を教えてやろうか？　今ちょうど聞かされたんだが、リリー・パーがメラニーを殺したそうだ。そしてキングはたったひとりで本部にいる。われわれが戻るまで、リリーとブルーノ・ラニエリは野放しだ。おまえが無能なせいで、おれたちはキングを危険にさらしたまま、何キロも離れたところにいるんだぞ。敵ふたりは自由に動きまわれるというのに。それを考えろ。よく考えてみろ」

ゾーイは恐怖がわきあがり、罪悪感にさいなまれた。

ホバートがうなずく。彼女が自責の念に駆られたことに満足したようだった。「わかっただろう。われわれが戻ったら、キングはおまえを始末する。おれはその様子をじっくり見させてもらうよ」

ボン！　ゾーイの脳味噌のなかで弾が炸裂し、恐ろしいほど大きな爆音がとどろいた。目の奥が痛みにうずく。とてつもない圧力がかかっているのを感じる。光がまぶしい。彼女はまっ赤に充血した目でホバートの顔を見た。ああ、助けて。早く新しい薬を貼らないと。心臓がふくれあがり、早鐘を打つ。

嘘。すべて嘘よ。これはホバートの嫉妬、策略だわ。「両手をほどいて」ゾーイは声を震わせて言った。「わたしには薬が必要なの」

彼が嘲笑《あざわら》った。「今さらおまえにやる薬なんかあるもんか。おまえはトイレに流されるんだ。下水管を通っておさらばさ」

赤い霧の向こうでホバートの顔が揺れた。彼の目が石炭のように赤々と輝きはじめる。口が開き、笑っている。その口には牙があった。豹のように……いや、悪魔だ。ゾーイは空気を吸いこむことができなかった。肺がロックされている。悪魔。こいつらは悪魔だわ。そう考えるとすべてが腑《ふ》に落ちた。どうしてこれまでわからなかったのだろう?

ホバートとジュリアンは悪魔だ。彼らはわたしとは違って、キングを愛してはいない。単に権力に興味があるだけだ。いまわしい不良品。唾棄すべき存在だ。彼らは生まれたときに間引きされるべきだった。わたしがとめなければ、きっと彼らはキングを背中から刺す。

工作員のなかで、純粋な愛をキングに寄せているのはわたしだけ。キングのまわりをうろつく敵から彼を守れるのは、わたししかいない。

悪魔のようなホバートの顔が揺れたかと思うと、彼がまたゾーイの顔にあのビニールシートをかぶせた。彼女は暗いビニールのなかで身を震わせた。だが、神聖な使命がゾーイに力を与えていた。わたしがキングを救わなければ。わたしは選ばれし者。キング自身の手で生みだされ、彼の明晰な頭脳によってつくりあげられた。キングはわたしの創造主、わたしの愛する人、わたしの神だ。

キングにはわたししかいない。そう思うとゾーイは落ち着き、力がこみあげてきた。キングも最後にはわかってくれるだろう。わかってくれるはずだ。わからないはずがない。わたしたちはお互いに結ばれているのだから。永遠に。

34

部屋がたくさんありすぎる。リリーはあせって何度も失敗しながら、次から次へと鍵を試した。同じような鍵ばかりで、どれも見分けがつかない。やっと開けてみれば、古い家具がひしめきあう部屋もあれば、からっぽの部屋もあった。残るドアは三つとなったが、これがなかなか開かない。

ガチャッ。

とうとうひとつのドアが開き、光があふれた。なかをのぞくと、開かないドアがあったわけがわかった。板でふさがれていたのだ。その三部屋は改装されてひとつの大きな部屋になっていた。きれいでまっ白な部屋だ。まばゆいばかりに輝く医療機器、そして……ベッドがある。ベッドは空ではなかった。

ざっと見てみると、十六床のベッドのうち十床が使われていた。リリーは恐怖を覚えながら爪先立ちして見渡し、すばやく確認した。ブルーノはいない。

ここにはもっと若い人たちが寝ていた。あの少年はせいぜい十四歳だろう。隣の少女はもっと幼く見える。どういうこと？　彼らは革のベルトでがんじがらめに縛りつけられていた。手も足も、胸も頭も。ゴーグルとイヤフォンをつけ、体じゅうセンサーやワイヤーで覆われている。彼らはぴくぴく痙攣しながらうめいていた。

リリーはその場に立ちつくし、身震いした。ブルーノはここにはいない。ここの連中の秘密に鼻を突っこんでいる場合ではない。だが、何かに背中を押され、彼女は部屋の奥へと足を進めた。

十二歳ぐらいに見える子がふたりいる。そのうちのひとりは死にかけているようにしか見えなかった。アジア系の少女だ。ベルトで縛りつけられた体を弓なりにしならせ、のたうちまわっている。足を激しくばたつかせていて、もがくせいで手首にみみず腫れができていた。少女の喉からもれてくる声は、鞭打つのをやめてくれと懇願しているようだ。

ふと、ブルーノの夢のことが頭に浮かんだ。ああ、神様。あれは、この少女が今経験していることなんだわ。リリーは冷水を浴びせられたような気がした。ブルーノに対して行われた実験。それが今ここで、この子供たちに行われている。

リリーは少女の拘束を解いてあげたかった。だけど、それでどうなるだろう？　彼女は叫ぶだろうか？　わたしを敵と見なして襲ってくる？

だめだ。少女を解放することはできない。いちばん端のベッドでも、ブロンドの少女がアジア系の少女と同じ状態でのたうちまわっていた。ほかの者たちはただ体をぴくぴくさせてうめいている。犬が駆けまわっている夢でも見ていそうな感じだ。

彼女は心のなかでわびながら、ドアのほうへとあとずさりした。

ブルーノ。ブルーノのことだけ考えなくちゃ。ほかのことに気を散らされている場合ではないわ。

リリーは廊下をのぞき、誰もいないことを確かめた。あの連中はどうしたのだろう？　わたしみたいな女は、わざわざ彼らの手をわずらわせるまでもないということ？　ありがたいったらないわ。

先に進むと廊下はL字形に曲がり、同じ長さの廊下が現れた。

彼女はその廊下を敢然と進んでいった。いちばん奥のドアに鍵をさすと、ガチャリと音をたてまわった。ベルベットの厚いカーテンに覆われた薄暗い部屋は続き部屋になっている。奥の部屋も見てみなければ。ずさんなチェックのせいでブルーノを見つけ損ねたりしたら、これまでのすべての努力が水の泡だ。

この部屋は使われていないように思えた。奥にバスルームがあり、そこを抜けた先にもうひとつ部屋がある。カーテンの隙間からさしこむ光に照らされた部屋のなかには、幼児用のベッドがふたつ置かれていた。

リリーは近づいてみた。なかに子供がいる。赤ん坊だ。顔は青白く、じっとして動かない。

ああ、神様。彼女は最初のベッドにかがみこみ、震える口もとを手で押さえた。神様、お願いです。この子たちが死んでるなんて言わないで。

赤ん坊は生きているように見えた。頬はひんやりしているが、冷たくはない。赤ん坊ではなく、幼児だ。おそらく二歳ぐらいだとリリーは見当をつけた。もうひとりも同じぐらいだ。

壁にチャイルドシートがふたつつるされていた。車にとりつけるための金具もついている。ふたりもがんじがらめに拘束されていたが、ありがたいことに機械につながれてはいない。彼女はテーブルの上に注射針があるのを見つけた。滅菌された生理食塩水、粉末の薬が入ったガラス瓶の山。ベビーモニター。ビデオカメラが設置されているのにも気づいた。誰かが見ているかもしれない。警報を鳴らすかも。今にベルが鳴り、足音が聞こえるだろう。

リリーは手をのばし、子供の鼻の前に手をかざした。呼吸に合わせてかろうじてあたたかな息が感じられた。反応はかすかだが、彼らは生きている。

彼女はふと、父が息をしているかどうか確かめようとしたときのことを思いだした。父は皮下注射のドラッグやアルコールなどをしこたま摂取していた。胸の悪くなる、胃がよじれるような思い出だ。

ああ、神様。わたしにはティーンエイジャーたちはおろか、この子たちを助ける余裕もない。ふたりとも体重が十キロ以上はありそうだ。今はぐっすり眠っていても、目を覚ましたら、家じゅうに響き渡る泣き声をあげるだろう。

ブルーノを見つけられたら、それぞれひとりずつ運ぶことができるかもしれない。ほかの子供たちは警察に任せよう。リリーはそっとドアを閉め、部屋の捜索を続けた。ここもからっぽ……ここもからっぽ……ここも……。

あるドアでキーがはまり、ガチャリと回転した。彼女はきしむドアをどんと押し開け、勢いあまって倒れこみそうになった。

そこでブルーノが床に横たわっていた。両手両足を縛られている。目は開いているが妙にうつろで、まるでリリーのことがわからないようだった。顔はまっ青で、唇が腫れて切れている。鼻は血にまみれ、目は落ちくぼんでくまができていた。

だが、それはブルーノだった。彼は生きていた。

「ああ、よかった。本当によかった」リリーはブルーノに駆け寄った。ばかみたいにすすり泣き、もたつきながらキーホルダーから小さなナイフをより分ける。そして、紫色に腫れあがっている彼の手首に深く食いこんだプラスチックの手錠を切った。それから足首の手錠も。

ブルーノが横に転がって空気を吸いこみ、痛みにうめいた。リリーは彼が上半身を起こすのに手を貸し、抱きついた。独房で目覚めてからずっとこの瞬間を夢見ていたのだ。だが、腕のなかでブルーノは体をこわばらせていた。木のかたまりのように。いつもの元気や明るさはすっかり消え失せている。

はっと恐ろしいことに気づいてリリーはあわてた。「まあ、大変、けがをしているの？

肩？　それとも背中？　手錠と一緒にどこか切ってしまったかしら？」

ブルーノが咳きこみ、顔をしかめた。「けがはしていない」その声はかすれている。

「ああ、よかった」リリーはまた彼をしっかり抱きしめた。反応がないのは奇妙だ。ブルーノはあまりによそよそしい。全然彼らしくない。

そして、わたしを見てもうれしそうではない。ちっとも。

恐怖がこみあげてくる。「ドラッグでも打たれたの？」彼女は尋ねた。いっそ、そうであってほしかった。

「いいや」ブルーノが答えた。

このそっけなさは、明らかに彼らしくない。リリーは彼の額にかかる前髪を後ろに撫でつけた。「かわいそうに。殴られたのね」あざのできた頬に触れ、指先で切れた唇をなぞる。

ブルーノが身をすくめてその手を払いのけた。「やめろ！」

リリーは驚いた。「ブルーノ？」

「おれをそんな目で見るな」彼がかすれた声で言った。「あいつはきみに話さなかったのか？」

「誰が？　キング？」彼女は尋ねた。「彼はいろいろ教えてくれたわ。知る価値もないようなことばかり」

ブルーノがじれったそうなしぐさをした。「そんなことはどうでもいい。おれが言ってるのは、キングはおれが知っていることをきみに話したかってことだ」

「あなたが何を知っているというの？」リリーは涙をこらえた。

「ゲームは終わりってことだ。もう、ふりをする必要はない」

「なんのふりを？」リリーは叫んだ。ブルーノが入口のほうに顔をそむける。そのとき、彼の髪のなかに血のかたまりがあるのに気づいた。合点が行って、胸にやさしい気持ちがあふれる。彼女は卵形にふくれている頭のこぶに触れた。

「ああ、神様」リリーはささやいた。「頭にけがをしたのね。めまいはする？　吐き気は？　瞳孔を見せて」

ブルーノがまたしても彼女の手を払いのけた。リリーは必死に傷つくまいとした。彼はけがをして混乱している。苦痛のまっただなかにいるのだ。

「ブルーノ？」彼女は尋ねた。「いったいどうしたの？」

ブルーノが唇を引き結んだ。傷ついているというように。その険しい顔はまるで別人に見えた。

「やめろよ。おれは知ってるんだ。だからこんなことはやめろ」

悲しんでいる場合ではない。リリーには現実のほうが大事だった。話をするのはあとでもできる。ブルーノが痛みどめの注射を受け、ＣＴスキャンを撮ったあとに。「まあ、いいわ。あなたが何を知ったのか知らないけれど、わたしが発見したこともあるのよ」立ちあがり、彼の手をぐいと引く。「あなたに見せてあげるわ」

ブルーノは立ちあがった。たちまち世界がまわり、揺れ、自分がリリーの肩に倒れこもうとしているのに気づいた。彼女がすばやく足を踏んばる。

彼は身をよじらせてリリーを避け、壁にどすんとぶつかった。彼女に触れるのがつらい。リリーを見るだけで胸が痛んだ。探るような目をして彼女が何か言っている。だが、ブルーノには理解できなかった。子供たちのこと。機械のこと。赤ん坊のこと。

リリーの言うことがまったく理解できない。それまでにも何度か彼女はここに来ていた。最初は慈悲の天使として。それから魅惑的な娼婦に変身し、おれの愚かさを嘲った。その合間にルディが現れることもあった。両手に血まみれのナイフを握って。致命傷を負ったマンマも。

いつも、そのとたんに夢から覚めるのだった。目の前には部屋が、床が見えた。体に手錠が食いこむのを感じた。

今はまた新しい夢を見ている。リリーは新しい戦略に打って出たらしい。彼女の顔は青白く、髪はもつれている。目は愛に満ちていた。今度はリアリズムの手法で訴えてくるつもりのようだ。おれに彼女を守りたいと思わせて……。

〝あなたはわたしの王子様よ〟

その言葉がブルーノの無防備な部分に突き刺さった。

彼はリリーに消えてほしかった。彼女は悪い夢か、さもなければ悪い現実だ。だが、あまりにも美しい。悪い夢であっても、リリーに誘惑されたらその夢のなかに永遠にとどまりたくなる。頭がいかれてしまったとしても。

いや、おれはすでに頭がいかれているのかもしれない。ブルーノはリリーを見つめ、なぜほかの夢のように煙となって消えてしまわないのかと考えていた。この夢の彼女は頑固だ。おれがこれまで知っていると思っていた本物のリリーのように。彼女がおれの腕を引っ張った。どこかへ連れていくつもりらしい。

ある記憶が泡のように浮かんできた。隅々まで完璧に覚えている。キングに見せられたビデオでリリーが言った言葉。〝愛している。あなたを。あなただけでいいの〟

キングが嘲るように言った言葉も思いだされた。〝あなたはわたしの王子様よ〟

ブルーノはその言葉にどんな力があったか思いだした。リリーが食堂でそう言った瞬間、おれはリリーのためならなんでもやれる、彼女のためなら死ねると思った。今でもそうだ。

彼はリリーの唇を、熱心にこちらを見ている目を見つめた。奇妙だ。おれはもう真実を知っているのに、それでもまだ彼女に対して同じ思いを抱いている。今でもリリーの嘘を信じたい誘惑に駆られている。信じているふりを続けても、まったく意味がないのに。もはやキングが秘密を暴露してしまったのだから。

だけど、彼女は夢だ。夢なら、意味が通じなくてもいいじゃないか。

ブルーノの望みは、あの幻想の世界に戻ることだった。そこではリリーがすべてだった。彼女が言っていたとおり、おれが本当に彼女を救い、彼女が本当におれを愛してくれたあの世界。きっとリリーが本当にあのドアを開け、おれのほうに駆けてきて、拘束を解いてくれるだろう。しかし、おれはいつか目覚めなければならない。この床に突っ伏した状態で目を覚ますのだ。

〝あなたはわたしの王子様よ〟リリーはかつておれを思いどおりに操るためにその言葉を口にした。二度も。キングがあの言葉を正確に知っていた理由は、彼が言っていたこと以外には考えられない。あの会話はほかに誰も聞いていなかったはずだ。最初は食堂で、朝の四時に、奥まった席で。二度目は山小屋のベッドのなかだ。そこには自分とリリーしかいなかった。

キングの言ったことは事実だ。おれは知ってしまった。どんなに受け入れたくなくても。受け入れるくらいなら死んだほうがましだと思うようなことでも。

リリーがブルーノを引っ張って廊下を進んでいく。彼は少しは抵抗してみせようかと考えた。だが、なぜわざわざそんなことをする必要がある？　全部、夢なのだ。彼女に連れられるまま、どこにでも行けばいい。自分の無意識の世界がどんなにくだらないもので埋めつくされているのか見るがいい。どうせ、じきにあの床の上に戻るのだから。

リリーの声はこみあげる感情に震えていた。やけに説得力がある。彼女の後ろで足を速めながら、ブルーノは不思議に思っていた。こんなに細部まで具体的に感じられる幻覚があるだろうか？　冷たい手の感触や、頭の痛みまで、幻覚に出てくるだろうか？　彼女があるドアの前で足をとめてキーホルダーをとりだすと、彼は笑いだしそうになった。幻覚には似つかわしくない音だ。夢のリリーはどうやってその鍵を手に入れたのだろう？　キングの工作員と決闘でもして倒したのだろうか？　悪人どもの鞄《かばん》に穴があいていたとか？

彼女が手錠を切った瞬間に、頭突きをくらわして必死に逃げるべきだった。夢だろうと夢でなかろうと関係ない。これはプライドの問題だ。そのとき、ドアを開けたリリーの声が聞こえてきた。「……あなたのビデオゲームの夢のように。そして何人かの子供たちが死にかけているの！」

ビデオゲームの夢。その言葉にブルーノはぎくりとした。部屋のなかを見る。ベッドで寝ている子供たち。ゴーグル、イヤフォン、機械……。

記憶がよみがえってきた。おれはこの部屋を知っている。胸に絶望がこみあげる。彼は両膝をついて倒れた。吐きそうだ。

リリーの手がブルーノの肩に置かれた。「ごめんなさい！　記憶があなたにどういう影響を与えるかまで考えていなかったわ。ああ、本当にごめんなさい。わたしったら、何も考えていなくて――」

「考えるな」ブルーノは身をよじって彼女の手を逃れ、不安そうな声を無視してよろよろと部屋の奥に進んでいった。最初のベッドを見おろす。そこには黒人の少年が横たわっていた。やせているが、長身で引きしまった体をしている。そして、ブルーノが拷問のために何時間もそうされていたのと同じように、機械につながれていた。

ブルーノは少年からイヤフォンをむしりとり、ゴーグルをはずし、センサーを引きちぎった。点滴の針を引き抜き、ぶらぶら揺れる袋から毒を床にしたたらせる。ベルトを引っ張ってほどくと、少年の顔をたたいた。「おい！　起きるんだ！」

少年のまぶたがぴくぴく震えて、目がぱっと開いた。そして悲鳴をあげて起きあがる。ブルーノはじたばた暴れる少年をつかんだ。「大丈夫、大丈夫だ。おまえはここから逃げろ。走れるか？」

視界の隅でリリーが隣の少女に同じことをしているのが見えた。ブルーノは黒人の少年を抱えてベッドからおろし、ドアのほうへドンと押した。少年がふらつく。

「この建物から出ろ！」ブルーノは命じた。「逃げるんだ！」

少年は目をしばたたいて立ちつくすばかりだった。「行け！　走れ！」ブルーノは怒鳴った。少年の頬を手の甲で打つ。そんなことをしている自分がいやだった。だが、それは効果があった。少年は身を翻し、廊下を走りだした。

ほかの子供のなかには、もっとすばやく正気に戻る者もいた。悲鳴をあげて暴れる者もいる。ブルーノは、リリーが立ちすくんでいるベッドの前で足をとめた。彼女は両手で口もとを押さえていた。涙が顔を伝っている。ベッドのなかの少女は動かなかった。背骨がねじ曲がり、頭は奇妙な角度を向いている。リリーがはずしたゴーグルの下の目は、何も映していなかった。

ブルーノは少女の首筋に手をやった。脈はない。

彼は何も言わずにリリーの横を通りすぎ、次のベッドに向かった。

ティーンエイジャーたちの拘束を解くのにはほんの数分しかかからなかった。最後の少女も死んでいた。十人のうち八人は無事で、六人はすでにドアから出ていった。最後のふたりを前へ押したとき、あの深い声がブルーノの体を凍りつかせた。

「おやおや。やってくれたな。おまえは悪い子だ」

ブルーノはふたりの子供を自分の後ろへと突きとばした。リリーが鋭い音をたてて息を吸いこみ、壁にもたれるように倒れこむ。

キングが部屋に入ってきた。その銃はブルーノの心臓にねらいを定めていた。

あまりにつきすぎていて、現実とは思えない。リリーは独房を逃げだしたときからそう思っていた。ブルーノにこの場所を見せたときは、子供たちを逃がそうと提案しようとしていたわけではなかったが、彼がこの子たちを見たらどう反応するか、自分にはわかっていたのかもしれない。ブルーノはそういう人だ。

そして今、彼らは窮地に追いこまれていた。キングがリリーに微笑んだ。「ありがとう、リリー、ブルーノをわたしのところに連れてきてくれて。きみの言ったとおり、きみの力は絶大だな。きみはふたたび自分を信頼するようブルーノを説得した。あれだけいろいろなことがあったのに！」ブルーノに向き直り、銃をぐいと振ってみせる。「われわれは賭けをしていたんだよ。リリーはおまえが彼女の誘惑に屈すると確信していた。一方、わたしはおまえの知性と皮肉っぽい考え方に賭けた。何しろおまえはわたしの息子だからな。残念ながらわたしの負けのようだ。だが、わたしは彼女に支払わねばならないペナルティさえも楽しむだろう」そう言うと、いたずらっぽくウインクした。「今夜、ふたりきりで」

リリーはキングからブルーノへ、またキングへと視線を戻した。困惑しきっていた。「いったいなんのこと？　わたしがなんの賭けをしたというの？　それに何より……ブルーノが……」彼女はブルーノに向き直った。「彼があなたの息子ですって？」

ブルーノのこわばった顔が答えを語っていた。リリーのなかでいろいろなことがつながった。〝ゲームは終わりってことだ。もう、ふりをする必要はない〟

彼は誤解しているんだわ、わたしが……ああ、嘘でしょう……わたしが彼を裏、切、った、と？

キングはまだブルーノに向かってしゃべっていた。「木曜日は〈コンバット・ディープ・

ウィーブ〉43・5の日だ。二十三年前におまえに授けたものよりもはるかにすぐれている。彼らは集中的な訓練を受けてそのプログラムを完了する。おまえの弟のジュリアンが訓練をとり仕切っているんだ。彼にはかなりの潜在能力がある。おまえのようにな。一緒に暮らしていたケヴ・マクラウドから教えられた武道が、おまえが受けた〈ディープ・ウィーブ〉の戦闘プログラムを完成させたんだろう。鍵が錠にはまるように。うれしい偶然だ。今のおまえに役だつわけではないが」彼の口がゆがんだ。「とんでもない無駄になってしまった」

「ブルーノ、彼は嘘をついてるわ！」リリーは吐き捨てた。「彼を信じないで。彼がわたしについて言ったことを。それは本当のことじゃない。わたしがあなたをわざとここに連れてきたなんて——」

「リリー、じっとしていろ」キングがぶっきらぼうに言った。「きみは自分が正しいことを証明した。引き際を心得なければいけないよ」それからブルーノに向き直った。「おまえがわたしの訓練生たちに致命的なダメージを与えなかったことを心から祈るよ」ブルーノを非難する。「〈ディープ・ウィーブ〉の戦闘セッションのさなかに、彼らを機械から引っこ抜くなんて！　しかもなんの緩和措置もなしにだ。そんなことは前例がない！　それに危険だ！」

「どの口で危険について語ろうってんだよ」ブルーノの目が死んだふたりの少女のほうへ飛んだ。「あの子たちには生きるチャンスが与えられるべきだった」

「ほう？　おまえは、子供たちがただわたしから逃げていくと思ったのか？」キングが笑い、銃を振りまわした。「羽ばたけ、小鳥たちよ、おまえたちはもう自由だ！」彼は嘲った。「それで飛んでいくと思うのか？　違う。彼らはわたしのものだ！　わたしを愛している！　おまえがそうすべきだったように！」

「おまえを愛してなどいない」ブルーノはベッドで動かなくなった死体のほうに顎を向けた。「あの子たちは死んでいる。おまえを愛しているから死んだというのか？」

「いや、それは自然による選抜だ」キングの声は講義をしているような口調になった。「彼らは自ら間引きされていくのだよ。〈ディープ・ウィーブ〉は精神面にかかる負荷が大きい。おまえもよく知っているだろう。強い者だけが生き残るんだ」

「このくそったれ」ブルーノが言った。「おまえこそ死ぬべきだ」

「今日はおまえが死ぬ日だよ、息子よ」キングの声は明るかった。「おまえのガールフレンドのおかげでな。リリーは今、少し混乱している。彼女にとってはストレスの多い任務だったからな。セックスがストレスになったのは言うまでもない。おまえの情熱的なセックスの話を聞けば、老人さえも興奮で顔を赤くするだろう」

「わたしはわたしたちのことなんて何も言ってないわ！　耳を貸さないで！」リリーは怒鳴ったが、ブルーノは彼女と目を合わせようとしなかった。「ブルーノ、信じちゃだめよ、そんな――」

「じっとしていろと言ったろう!」キングが声を荒らげた。「邪魔をするな、リリー。もういい。この実験は失敗だった。そして、今、終了だ」彼は銃のねらいを定めた。

バン!

弾丸は金属のベッドフレームにあたった。ブルーノは身をかわして床に飛んだ。後ろにいた少女が悲鳴をあげ、腕を押さえる。

キングがチッと舌を鳴らした。「おまえのせいでこんなことに!」

ブルーノがぱっと立ちあがり、ベッドのひとつを逆さまに倒した。弾丸がマットレスを貫通し、その中身が飛ぶ。窓ガラスが砕けた。さっき撃たれた少女は小さく悲鳴をあげ続けていた。少年も叫んでいる。

バン!

弾丸はリリーの頭の横の壁に穴を開けた。彼女はうずくまり、金属の支柱や点滴スタンドの足、医療機器を支えるカートのあいだを這っていった。

バン!

頭をあげると、ブルーノが点滴スタンドをキングに向けて振りまわし、キングが飛びすさるのが見えた。液体の入ったガラス瓶が壁にあたって砕け散り、液体とガラスが飛び散る。

ブルーノは別のベッドフレームを引っくり返し、キングを壁に押しつけた。キングが抜けだそうともがくあいだにブルーノがドアの外へ駆けだす。ベッドフレームが傾き、横向きにガタンと音をたてて倒れたかと思うと、キングはブルーノを追って飛びだした。

沈黙が部屋を支配した。腕を押さえた少女が泣いているだけだ。出血はしていたが、たいしたことはなさそうだった。割れた窓から冷たい風が吹きこんでくる。外で銃声がした——もう一発。リリーはそのたびに身をすくめ、弾丸がねらいをそれていることを願った。

彼女は耳が聞こえなくなっていた。震える脚で、うねうねともつれたワイヤーやケーブル、引っくり返ったベッド、おかしな角度に折れ曲がった点滴スタンドを乗り越えて這っていく。そして、けがをした少女と、その横にいる十六歳ぐらいの少年のところにたどりついた。ふたりは壁のそばで身を寄せあっていた。混乱して頭がぼんやりしているようだ。

ゆっくりと、リリーの頭はこの厳しく新しい現実を受け入れた。ブルーノはわたしを捨てたのだ。

公正を期すために言うならば、彼は今、銃を持った狂人に追われている。だが、わたしに裏切られたと信じているのは間違いない。わたしがブルーノをだまし、彼の家族と友人を裏切って、わざと彼を死に誘いこんだと。思わずうめき声が口からもれた。部屋が回転し、揺れ、ぼやける。もう、どうでもいいわ。わたしはまたひとりぼっちに戻っただけ。この世が終わるときまで、わたしは孤独。今さら驚くことでもない。

先に進もう。リリーはそう決意して立ちあがった。少女の腕をつかむと、少年をドアのほうへ押して、動くように促す。ゆっくり、ぎこちなく、彼女はふたりをドアへ、それから廊下へと進ませた。よろめきながら歩くふたりを、リリーは押していった。大きな天窓のある玄関ホールが輝き、手招きしている……。

そのとき大きな手で二の腕をつかまれ、リリーはあまりの痛みに悲鳴をあげた。さっと向きを変えさせられ、壁にたたきつけられる。

ああ、神様……頭が……痛い……。

「いったいどこへ行こうというんだ?」ホバートが歯をむきだした。


ゾーイはもがき、手足をじたばたさせた。ホバートとジュリアンはわたしをSUVに積んだまま、銃声のしたほうへ駆けていった。キングに自分たちがいかに勇敢で忠誠心があるかを見せるためだ。だけど、わたしは真実を知っている。あいつらは悪魔だ。

あのふたりはわたしが死ぬ運命にあると思っている。だけど、わたしこそが彼らを打ち倒し、キングを救うのだ。ゾーイはキングと一緒に食事をした日のことを思った。あの日、彼は歌うように、宇宙を爆発させるあのフレーズを唱えてくれた。

それを思いだすと、力がわきあがった。わたしは彼に与える愛を持っている。だけど、まずはわたしの本当の価値をキングに見せて、彼の敵を倒さなければならない。

ゾーイはビニールシートを蹴破り、あとずさりしていってドアノブを見つけた。ドアが開いたとたん、縛られた彼女の体はコンクリートの床に放りだされた。体じゅうの筋肉と腫れあがった腱が痛む。だが、痛みなど、ゾーイにとってはなんでもなかった。

彼女は巨大なガレージをずるずる這っていって、壁際に積まれたガソリン缶の横を通りすぎ、作業台に置かれた円形のこぎりへと向かった。そして立ちあがり、刃に背中を向けて、プラスチックの手錠をこすりつけて切った。

いきなり両手に血流がめぐり、ゾーイは思わず叫び声をあげそうになった。手首はこすれて皮がむけているし、指先からは血がしたたり落ちている。しかし、自分には聖なる使命がある。血など流れさせておけばいい。それはわたしを純化してくれるだろう。キングにわたしの忠誠心を示すのだ。身も心も彼のものだと。

ゾーイは小型ののこぎりを探しだし、それで足首につけられた手錠を切った。

自由になって最初にとった行動は、パンツのポケットに入っているシール型ドラッグを探すことだった。カードの一枚が消えている。彼女はもう一度数えた。いったいどうして？どうでもいい。あとで考えよう。ゾーイは三つはがすと、腕の内側に貼りつけた。ずいぶん思いきった量だが、これから自分には大仕事が待っている。三つ貼っておけば、わたしは痛みも恐怖も感じないだろう。何も感じないはずだ。

バン、バン！

遠くでまた銃声がして、ゾーイははじかれたように動きだした。家に向かって駆けだす。手にはガソリンの重い缶をふたつ持っていた。

35

ズガーン！

弾丸はブルーノの耳の上をかすめた。木にめりこみ、木っ端がはじけとぶ。血が耳の前へ垂れてくるのもかまわず、彼は進み続けた。

キングはリボルバーを持っている。銃声は六発聞こえたから、キングが銃をもう一丁持っているのでなければ、弾を装塡《そうてん》しなければならないはずだ。ブルーノはかつては壮麗だったであろう邸宅の玄関ホールへと飛びだした。無数の窓を持つ高い吹き抜け天井は、遠い昔に塗られた白と金色のペンキがあせて茶色くなり、ところどころ破片がはがれ落ちている。

左右ふたつのらせん階段が一階までのびていた。ブルーノは近いほうの階段を選んだ。戸口にジュリアンがいて、逃げだしたティーンエイジャーを玄関から外に突きとばしている。ジュリアンが大声で叫びながら振り向き、銃をかまえた。ブルーノは横に飛んだ……バン！

手すりにたたきつけられ、はずんで、立ちあがる。ブルーノはジュリアンに飛びかかった。ふたりの体がもつれあって転がる。

バン！

ジュリアンの銃が撃ったはずみに飛んで床を滑っていく。ジュリアンは床に倒れ、ブルーノはその上に馬乗りになった。だが、ジュリアンはすぐに殴りかかってきた。ブルーノは防戦した。ジュリアンが手首をつかんでねじりあげてくる。ブルーノは指でジュリアンの顎の下を突こうとしたが、うまくかわされた。自分にそっくりな顔をこんなに間近で見るのは奇妙な感じだった。だが、その顔は怒りにゆがめられた殺人者の顔だ。ジュリアンが目を突こうとするのをブルーノはのけぞってかわしたが、指は頬骨にあたってまぶたを引っかいた。目に血があふれる。ブルーノの体は無意識のうちに動いていた。ジャブ、ブロック、キック、パンチ、チョップ。身長と体格ではわずかにブルーノが勝っているものの、心身ともにぼろぼろだ。そんなブルーノよりジュリアンは十歳若い。戦況は明らかに不利だった。

ふたりは銃めがけて突進した。先に飛びこんだジュリアンが顔にブルーノの蹴りをくらう。倒れたジュリアンは下からブルーノの足をすくおうとしたが、ブルーノは飛びのき、転がった。

ジュリアンがブルーノに飛びかかる。しかしブルーノはジュリアンの頭を抱えこみ、顎の下に銃を突きつけた。

だが、撃つことはできなかった。どうしても引き金が引けなかった。

ブルーノのなかで恐怖がふくれあがった。熱に浮かされたような声がする。奥に押しこめられていた生存本能が、頭を働かせろと叫んでいる。〝彼を殺せ〟と。

だめだ。おれにはできない。こいつはおれの弟だ。おれのマンマの息子だ。

ジュリアンは死を覚悟しているようだったが、ブルーノは若者の顔を殴りつけて床に押し倒し、銃を突きつけたまま馬乗りになった。

「ブルーノ、彼を殺す前によく考えてみろ」

キングの声に、ブルーノはぎくりとして目をあげた。キングはリリーを盾にして階段のてっぺんにいた。彼女は腕をねじりあげられ、頭をのけぞらせていた。

ホバートと呼ばれていた男がブルーノに銃口を向けながら階段をおりてきた。ティーンエイジャーの最後のふたりを前に来させ、突きとばす。彼らはブルーノとジュリアンから充分に距離を保ち、玄関のドアから逃げだしていった。

「リリーの首のまわりを見てみろ」キングが言った。「山小屋での戦いを覚えているか？工作員の携帯電話に彼らの生命反応が表示されていただろう？」

「ガーガー言ったと思ったら爆発したあれか」ブルーノは言った。

「あれを持っているのはわたしの直属の工作員しかいない。わたしに直接仕える者たちだ。情報が消されたあとで少量の爆薬が機械を破壊する。だが、近距離なら充分人間を殺せるんだ」

「ああ、知っている。おれもあの場にいたからな」

「わたしはあの経験から学んだ」キングが物思いにふけるような口調で言った。「苦しかったよ。失意すら感じた。おまえと対決するまで、わたしは自分の部下たちが不死身だと思っていたからね。だが、プライドは無惨にも打ち砕かれた。爆破された、と言ったほうがいいかな」甲高い笑い声をあげる。「今日、わたしはジュリアンとホバートの古い携帯電話を再起動させた。爆薬が仕掛けてあって、彼らの生命反応が切れるとスイッチが入る。反応が途絶えたら、次の一瞬で」彼が示したリリーの首には、ガムテープでくっつけた電話がぶらさげられていた。「ドカン！　おまえがひとりでも殺せば、彼女の頭は吹きとぶだろう。完全に吹っとばないまでも、首からだらりとぶらさがることになるんじゃないかな。想像してみるといい」

ブルーノはキングを見つめた。心はからっぽだった。いったいこいつはなんなんだ？　リリーが玄関ホールを見おろしていた。彼女のその体からにじみでる尊厳はいささかも揺るがない。リリーの顔も目も、かたく冷たいガラスのようだ。自分が見せられたビデオと同じ表情をしている。今やっと、ブルーノはその表情が何を意味しているのかわかった。

リリーは必死に耐えている。

「階下に行け、ホバート」キングが命じた。「恐れるな。やつは無力だ」リリーを見つめているブルーノの顔をしげしげと見る。「おまえはききたいんじゃないかね？　彼女はおまえの知っている、おまえの愛しているリリーなのか、それともわたしのリリーなのか」そう言うと、甘ったるい声を出した。「わたしのかわいいリリー」キングはリリーの首筋をつかんでいた手を離し、その手を滑らせて彼女の胸をつかんだ。

リリーが身をこわばらせた。「さわらないで」激しい口調でなじる。

キングが甲高い声で笑う。その声が壁にこだまし、幽霊の笑い声のように聞こえた。「笑える話があるんだが、おまえは知っているか、ブルーノ？」

「どうせ話す気なんだろう」ブルーノはリリーから目をそらさなかった。

「ああ、話してやる。笑えるのは、今のおまえのジレンマなど、なんの意味もないということだ。どのみち、おまえは手も足も出ない。たとえリリーがおまえの頭に銃を突きつけていたとしても、おまえはリリーを傷つけることはできない」

ブルーノは彼女の目を見つめた。「リリー？」静かに尋ねる。

リリーの顔にはなんの表情も浮かんでいなかった。「きかなきゃわからないような人には、答えてもしかたがないわ」

キングがげらげらと高笑いした。「おいおい、リリー、それはちょっと手厳しいぞ。ちょっとぐらい相手をしてやれ、この冷酷なあばずれめ」

リリーは表情でも言葉でも答えようとしなかった。彼女はただ立っていた。誇り高く、冷ややかに。

ブルーノの下で、爆発寸前の火山のようにジュリアンが身を震わせた。まるで手榴弾のピンの上に立っているような気がする。

キングがおれにずっと嘘をついていたのだとしたら？　ふいにさしこんだ希望の光に、ブルーノは目もくらむような思いがした。

だが、希望を持つなどというのは許されない贅沢だ。ホバートが慎重に階段をおりてきていた。キングにブルーノは無力だと言われたにもかかわらず、ホバートは警戒を解こうとはしなかった。キングがリリーの背中を突いて、自分の前に進ませる。

そのとき、パチャパチャという音がした。鼻を刺すにおいも。ガソリンだ。

彼らは見あげた。見ると、ゾーイが手すりから身をのりだしていた。前は死神のように見えたが、今やまるでホラー映画の登場人物だ。両耳からあふれた血が首筋を流れ落ちている。顔は土気色で、てかてかと輝いていた。額には血管が浮きでている。彼女は血まみれの歯を見せて、狂気に満ちた笑みを浮かべた。

「わたしがあなたをお救いします！」ゾーイが不自然なほど大きく声を張りあげた。「彼らを信じないで！　彼らはあなたを裏切る気です！」

「ゾーイ！」キングが怒鳴った。「何をするつもりか知らないが、とにかくやめろ！」彼は例のフレーズのひとつをわめいたが、ゾーイは意に介さなかった。

さらにガソリンをまくと、階段へ突進する。

自由になろうとしてジュリアンの体に力が入る。ブルーノはジュリアンの顎にさらに強く銃を突きつけた。ゾーイを見つめる。彼女の耳から流れる血を。「彼女には聞こえていない。おまえの命令は届いていない。おまえは言うことを聞かないロボットを手に入れたんだ。そして、オフのスイッチはない。おめでとう」

「黙れ！」キングがリリーを自分のほうに引っ張る。「ゾーイ！」彼はまたあの意味不明なフレーズを口にした。だが、ゾーイは聞いていなかった。埃っぽい床にガソリンがピシャピシャと跳ねる。そのにおいは胸をむかつかせた。

「ホバート！」キングが声を荒らげた。「彼女をとめろ！」

バン！

ホバートが命令にしたがおうとした。ゾーイが金切り声をあげる。弾丸が肩にあたって一回転した彼女の手から、ガソリンの缶が落ちた。ノズルが下になっているため、ガソリンはゴボゴボと音をたてながら階段を流れていく。

バン！

今度はゾーイの腿に命中した。しかし彼女はゾンビのように立ちあがり、なおも前に進んだ。

ゾーイがガソリンの缶を蹴る。それは階段の下まで転がり、そこでもまだ中身をまき散らして水たまりをつくった。ゾーイがよろめきながら階段の下までたどりつき、そこで倒れて動かなくなった。ホバートが彼女のほうに歩み寄る……。

そのとき、ナイフがきらめき、ホバートの膝に突き刺さった。ホバートが叫び声をあげる。銃から弾丸が飛びだし、階段にめりこんだ。ホバートがあおむけに倒れた。とたんにゾーイが馬乗りになり、拳で彼の顔を殴った。

その様子にキングが気をとられた瞬間、リリーがさっと横に飛び、虚を突かれたキングはバランスを崩した。ふたりは年代物の木の手すりにぶつかった。ブルーノが倒れかかったときにひびが入っていた手すりは、リリーとキングのふたり分の体重を支えきれなかった。それはピシッと音をたてて折れた。

「ああ、なんてこった！」キングとリリーが宙を飛ぶのを見て、ブルーノはうめいた。

宙を飛びながら、リリーは心のどこかで、これですべてが終わることを願っていた。首の骨を折っておしまいになるかもしれない。お願い、神様。しかし、そこまでの高さはなかった。彼女とキングはぐるりと一回転し、すべてがスピンして……。

ドサッ。

ふいに落下がとまり、リリーは呆然とした。キングが彼女の下になっている。彼の顔は紫色になり、空気を求めてあえいでいた。キングは背中から落ち、その上にリリーがのって、彼の息をとめていた。リリーはさっと飛びのくと、横歩きでガソリンを避け、ガムテープでつけられた携帯電話をぐいとむしりとって投げ捨てた。ひとつはガソリンの池に、もうひとつはベルベットのカーテンにあたって落ちた。

ゾーイとホバートは戦うのをやめて、キングが転落するさまをおののきながら見ている。リリーは必死に武器を探した。手すりの部分がくっついたままの横木が一本、床に落ちている。横木はざっくりと鋭く裂けていた。彼女はそれをつかむと、キングをねらって思いきり振りかぶった。

ゾーイとホバートはお互いのことを忘れ、リリーをとめるべく突進した。

ブルーノはピストルをさっと上に向けた。

バン、バン！

ホバートの頭が吹っとんだ。その隙に飛び起きたジュリアンがブルーノを引っくり返すと馬乗りになり、銃を持った彼の手を床にたたきつける。

ブルーノの手を離れた銃が床の向こうへと滑っていった。ホバートの体からピンク色の弧を描いて血しぶきが飛び、脳漿《のうしょう》が部屋じゅうに散らばっていく。

ボン！

携帯電話のひとつが爆発した。その音に、ブルーノは胸を殴られたような衝撃を感じた。ガソリンに引火して、炎が燃えあがる。炎はまたたく間に飛び火して、ものすごい勢いで広がった。

ブルーノは体勢を立て直そうとしたが、ジュリアンに阻まれた。ブルーノはあばらに向かって繰りだされる拳を避け、顎に飛びこんでくるブーツの蹴りをかわし、悪魔にとりつかれたように向かってくるジュリアンと戦うのに必死で、炎のなかで起きていることは目の隅でしかとらえていなかった。だが、髪の毛の燃えるにおいに注意を引かれて目を向けると、ふらふらと立ちあがったゾーイが燃えていた。髪も、服も、顔も。背中は炎に包まれ、頭が松明《たいまつ》のようになっている。顔は火ぶくれだらけだ。彼女はガソリンの海のなかに倒れていたのだ。

しかし、ゾーイは熱さなど感じていないようだった。両腕を突きだし、ひたすらキングに向かってよろよろと歩いていく。皮膚がとけつつある顔で、微笑んでいた。おいで、マンマのところに、とでも言うように。リリーがゾーイから飛びすさった。キングもあとずさり、絶望的な叫び声をあげる。ゾーイの耳には届かない声を。

ゾーイは歩き続けた。キングの背中が階段の下にあたる。

ドスッ。

気をとられていたブルーノは顎に肘を打ちこまれ、吹っとんで転がり、あわや火の海に突っこみそうになった。なんとか踏みとどまったところに、腎臓のあたりに二発のパンチが相次いでめりこむ。ブルーノは崩れ落ちた。ジュリアンがさらに蹴りを放つ。ブルーノは片腕で防ぎ、リリーがへんてこなギザギザの棍棒を振りまわすのを見た……。

ドカッ。

棍棒がジュリアンの肩甲骨に命中する。若者は驚愕のうめき声をあげて前につんのめり、転がった。そのとき、キングがゾーイに抱きすくめられ、炎に包まれた。キングが倒れ、その上にゾーイが重なる。炎が彼らのまわりでうなりをあげていた。燃える両手が炎のなかから現れ、ベルベットのカーテンをつかむ。そのカーテンもまた炎に包まれていた。

ジュリアンはキングのほうへと突進した。炎をものともせず、キングを引っ張りだそうとする。絡まりあう彼らの上に、カーテンがついに落下した。カーテンがパチパチと音をたてて燃えている。

轟音をあげる火焔《かえん》地獄のなか、ブルーノとリリーはふたりきりになった。彼は体を起こし、床に座りこんだ。リリーが姿勢を正し、急ごしらえの棍棒を投げ捨てる。

ブルーノは立ちあがり、ドアのほうをさした。「行こう！」

驚いたことに、リリーは首を振り、まだ火の手が及んでいない階段のほうへあとずさりした。「だめよ！　まだあそこに子供たちがいるの！」

彼女の声は、何千キロも離れた場所と電話しているかのように遠く聞こえた。ブルーノは頭を振った。その動きで全身に痛みが走る。

「彼らは逃げた！　ジュリアンが外に追いだしたんだ！」

「その子たちじゃないの！　赤ん坊よ！」リリーが階段へ向かっていく。

赤ん坊？　いったいどういうことだ？

ボン！

そのとき、もうひとつの携帯電話が爆発した。新たな火の海が生まれ、もうひとつの階段ものみこもうとしている。そこをリリーはのぼっていった。もう一方の階段はすでに炎に包まれていた。

空気は暑く、油まじりの煙が厚く立ちこめている。ブルーノは悪態をつき、階段の下の火を飛び越えた。

ブルーノが階上に着いたころには階段の下は火の海だった。もう戻ることはできない。彼はリリーを追い、廊下に目を凝らした。ゾーイがこぼしたに違いないガソリンを火の手が追いかけてきて、廊下の片側をなめている。不気味なオレンジ色のもやのなか、激しい光が煙の海を照らした。

ブルーノは廊下の先にリリーを見つけた。体を丸め、口に手をあてている。彼女は振り向きもせずにL字形の廊下を曲がり、姿を消した。

彼を待とうとはしていない。誰の助けも期待していなかった。

これ以上おれに何をしろというんだ？　ブルーノはかがみ、一気に吸いこめるだけの酸素を吸いこむと、リリーを追って煙のなかに突進した。

リリーは床を這いつくばった。赤ん坊を見つけたのは、たしかここだった、ここであってほしいと願いながら足をとめる。燃える家のなかにあの子たちを置いてはいけない。それで自分の命がつきるとしても。おそらくはそうなるだろう。赤ん坊をふたり運ぶことも、来た道を戻ることもできない。炎が追ってきている。吸いこめる空気はなかった。わたしはティンカーベルではない。翼はないし、魔法も使えない。

彼女はドアにもたれた。震える手でキーホルダーをつかむ。煙たい空気に涙があふれた。ゾーイはここまではガソリンをまき散らしていなかったが、炎の勢いはガソリンなど必要としないほど速かった。

鍵を次々と試していく。そのとき、もやのなかに、ぬっと人影が現れた。次の瞬間、リリーはそれがブルーノだと気づいた。彼の体がまっすぐ自分のほうへ駆けてくる。

よかった。もう二本の腕が使える。最後の最後まで利用させてもらうわ。となると、ブルーノはやっぱり正義のヒーローね。たとえわたしのことを裏切り者の娼婦だと誤解していたとしても。

彼が壁に背中をあずけてずるずると座りこみ、咳きこんだ。「いったい何をしようというんだ、リリー？」きつい口調で尋ねる。

「あなたを招待した覚えはないわ。だから説明する義務もありません」リリーは別の鍵を鍵穴にさしこんだ。

ブルーノが炎のほうをちらりと見る。「どうやってその鍵を手に入れた？」

「黙って、わたしに集中させてくれたらどうなの？」

彼はさらに三つの鍵が合わなかったのを見てからまた口を開いた。「おれが代わりにやってやろうか？」

「もうひと言でも言ったら、喉を引き裂いて失血死させるわよ」

「おっと」ブルーノが床に伏せる。彼はかすれた声で言った。「わかったよ」

リリーは険しい顔で鍵を突っこみ続けた。合う鍵をなくしたのではないかと不安に襲われたそのとき……カチリ。鍵がはまり、回転した。

ふたりは倒れこむようにしてなかに入った。ブルーノが後ろ手にドアを閉める。彼らはその場に横たわり、まだ比較的きれいな空気をぜいぜいと吸いこんだ。部屋は薄暗く、カーテンの隙間からかすかにコバルトブルーの空が見えている。

彼が咳払いをした。「それで？　いったいどうしたんだよ？」きつい口調で尋ねる。「ここはなんなんだ？」

リリーはバスルームを走り抜けた。ブルーノがあとを追う。リリーはカーテンを引き開け、薄暮のなかで彼にベッドが見えるようにした。

ブルーノがぎくりとして足をとめた。「まさか……。嘘だろう」

リリーが窓の鍵を開けようと格闘しているあいだに、ブルーノはひとつのベッドの上にかがみこみ、丸々とした顎の下に指をさし入れた。「生きているのか?」

「わたしがさっき来たときには息をしていた。ここはまだそんなに煙が来てないわ。でもこの子たちは薬漬けにされている。どんな薬かは知らないけれど」

「なんてこった」ブルーノも彼女と同じ恐怖を感じているようだ。

今度はなんだっていうんだよ? ブルーノが声には出さなかったその言葉が、空中に漂っているように感じられた。煙はしだいにドアの下から入りこみ、部屋に立ちこめてきつつあった。

リリーはさらに力をこめて、窓の古い真鍮《しんちゅう》の留め金と格闘した。するとブルーノが後ろにやってきて、リリーを抱きかかえるようにしてあたたかな両手を彼女の手に重ねた。リリーは一瞬たりとも感情に溺れるわけにはいかなかった。千の理由から。そのいちばんの理由は、焼死の危険がさし迫っているからだ。留め金がきしんではずれると、リリーは肘で彼を追いやり、窓を大きく開けた。そこから身をのりだして、冷たく甘い空気を肺いっぱいに吸いこむ。ふたりは外を見つめ、生き残れる可能性を計算した。

可能性は低かった。テラスもバルコニーもない。低い屋根もなければ、一階の日よけもなかった。転落の勢いを和らげてくれる木も藪もない。十メートルほど下に薔薇の茂みがあるだけだ。かたいモザイクのタイルと、棘だらけの茂みが。

ブルーノが悪態をついて頭を引っこめた。リリーが向き直ると、彼は部屋を見渡していた。

隣の部屋のドアの向こうからも煙が染みこんできている。彼女は廊下に出られるドアのほうへ行って、手をあててみた。「熱いわ」

「だろうな。床も熱い」ブルーノが飛びあがり、両手でカーテンをつかんでぶらさがった。布地が彼の重みに負けて裂ける。

がっかりした様子もなく、ブルーノはカーテンの引き紐を手探りした。「生地のベルベットはもろかったが、この引き紐はシルクだと思う。これなら強い。五、六メートルはあるかもしれない」ブルーノは裂けたカーテンを抱きかかえて腕に巻きつけ、先にぶらさがるようにしてジャンプした。

今度は、カーテンを支えるレールが彼の重みに耐えかねてピシッと音をたて、レールと滑車とカーテンごと彼らの頭上に降ってきた。むせるほどの埃が立つ。

彼らは必死にカーテンから這いでた。「あのベッドのひとつを窓際に寄せるんだ」ブルーノは言った。「あの子たちには空気が必要だ」

もっともな意見だ。リリーはしたがった。抱えあげた女の子はぐったりしていた。ブルーノは頼りないほど細いコードの長さをはかっている。薄暗がりのなかで、彼女にはかろうじてその様子が見えた。

「それで人を支えられるかしら？」

「わからない。ひとりならなんとかなるだろう。低いところまでつりさげられる方法があれば。カーテンを使うとか？　何か考えてくれないか」

「車用のチャイルドシートがあったわ。ベルトも」リリーはかすんでいる壁からチャイルドシートのひとつをつかんだ。

ブルーノはそれをちらりと見て、腕いっぱいの引き紐を突きだした。「うまくいくかもしれない」窓の外に身をのりだし、引き紐をなるべく下までおろしてみる。「だめだ。短い。三メートル以上足りない」

リリーはその不足分を目ではかった。「あなたが先におりたらどう？　わたしがあなたためがけてこの子たちをおろし、あなたがキャッチするの」

彼が咳きこみながら笑った。「そしてきみをここに残していけと？」

「彼らをおろしたら、わたしもおりるわ」

「へえ？　本当に？　引き紐を手で伝っておりられるのか？　そもそも、子供たちをおろすときに引き紐を落とさなきゃならないだろう。一・五メートルの高さの台にでものらない限り、おれが引き紐の結び目をほどいてチャイルドシートをおろすこともできないんだから。だから、きみが先におりろ！」

「ばかなことを言わないで！　この子たちが上から降ってきたら、あなたでなきゃ受けとめられないわ」

「いくらおれでも一度にふたりは無理だぞ」ブルーノが指摘した。

「あら、そう！　だったら、こっちもお知らせするわ！　わたしにだって無理よ！」彼女は怒鳴った。

ブルーノが肩をすくめた。「どのみちこの引き紐がおれの体重を支えきれるとは思えない」

「だったら、そもそもなぜわたしたちはそれをいじくっているわけ？」今やリリーの声は悲鳴に近かった。

「なぜなら、ほかにいじくるものがないからだよ！」彼が怒鳴り返した。「ここにはベッドはあってもシーツの一枚もない！　何もないんだ！」

リリーは両目を押さえた。「カーテンの上の折り返し部分はどうかしら？　金具やプリーツで補強されている部分よ。それならもうちょっと長さがあるかも」

ブルーノは埃まみれの布地をかきまわして芯を見つけ、試しに引っ張ってみた。「ナイフが必要だ」

「持ってるわ」彼女は言った。「メラニーから奪ったキーホルダーに小さいのがついているの。あなたの手錠はそれで切ったのよ」

リリーはよけいなことを言わなければよかったと後悔した。いやなことを連想させてしまう。ブルーノはナイフを彼女から奪うと、カーテンの芯の部分を切りとりはじめた。

「どうやったんだ？」彼が尋ねた。「メラニーのキーホルダーを奪ったときの話だけど」

「まず彼女を殺さなければならなかったわ」リリーは答えた。

ブルーノの手が一瞬とまる。「何をしたって?」

「集中してよ、ブルーノ!」

「集中してるよ! おれは同時に複数のことができるんだ!」彼がカーテンの折り返し部分を引っ張ってその強度を試す。「きみについておれの知らないことがたくさんあるようだ」

「そうでしょうね! だってあなたは、わたしがあの頭のいかれた男に仕えるロボット女だと思ったんだから! うれしいわ、ブルーノ。自分を誇らしく思えるというものよ」

ブルーノが荒々しくカーテンを切った。「きみこそ集中しろよ」

「わたしが腹を立てたからって、あなたに責められるの?」

「そのことについては子供たちが無事に助かってから話そう」

リリーは荒い息を吐いた。「わかったわ」

ブルーノはカーテンの折り返し部分に縫いつけられている金具にさっきの引き紐を結びつけ、窓の外に放り投げて不足分をはかった。見おろしたふたりは失望に襲われた。これでもまだ二メートル以上足りない。

そこに、一台の車が屋敷の角をまわりこんで現れた。白いフォルクスワーゲンのバンだ。

ブルーノがカーテンをつかんで窓の外に投げだし、バタバタとはためかせた。

「キングの部下が戻ってきたのかもしれないわ」リリーは警告した。

「もしそうなら撃ってくるだろう」彼が言った。「この状況では、いっそ撃ち殺してくれたほうがおれたちへの慈悲ってもんだ」

今そんなことは聞きたくなかった。だが、ブルーノの言うとおりだ。バンがとまった。ふたりが飛びおりて手を振る。リリーは薄暗がりを透かして見た。ありえない。わたしは幻覚を見ているに違いないわ。

「ケヴとショーンだ！　ケヴ！」ブルーノが叫んだ。「ケヴ！」

ケヴが両腕を振って大声で答えた。

「ロープはあるか？」ブルーノが怒鳴った。「床がもう崩落しそうだ！」

ケヴとショーンはバンに飛んで戻り、歩道と薔薇の茂みを踏み越えて窓のすぐ下に車をとめた。腕にロープを抱えて出てきたケヴが、ショーンが組んだ両手を踏み台にしてバンの上に飛び乗る。リリーの顔を涙が伝った。

ケヴがカーテンの引き紐の端をつかみ、確認のためにぐいと引っ張って、自分の持っているロープと結んだ。そして、それをもう一度引っ張る。

「きみが先に行け」ブルーノがロープを引っ張りあげながら言った。

「赤ん坊が先よ」リリーは言った。

「だめだ。きみが無事におりてくれたら、おれももっと速く動けるように――」

「赤ん坊が先よ！」

ブルーノがかがんでロープをスチームラジエーターにくくりつけた。「だったら、赤ん坊をあのいまいましいチャイルドシートにくくりつけろよ、早く！」

呟きこんだりカラブリア地方の方言で悪態をついたりしながら、ふたりは猛烈な勢いで動き、ぐったりした女の子をチャイルドシートに座らせ、ハーネスとベルトをかけた。リリーが男の子をもうひとつのチャイルドシートに座らせているあいだに、ブルーノは女の子のチャイルドシートの取っ手をつかんでロープに結びつけ、ぐいと引っ張った。頑丈に結ばれているように見えるが、それでも彼がそれを窓の桟にのせたとき、ふたりは青ざめた顔で目を見交わした。

「ぞっとするな」ブルーノが言った。

リリーは呟きこんで歯を嚙みしめた。「やってちょうだい」

ふたりは、眠っている女の子の青白い顔がゆっくりと回転して小さくなっていくのを見つめた。ブルーノが血走った目で下をにらみながらロープをおろしていく。子供が意識を失ったままなのは好都合だ。ロープは充分な長さがあった。ケヴがチャイルドシートを受けとめて、結び目をほどく。ブルーノはロープを引きあげ、ケヴは赤ん坊をショーンに渡した。

次はもっと速かった。男の子が無事におろされると、リリーはようやく息をついた。「次はあなたよ」彼女が促した。「わたしを最後に行かせて。だって、これは全部わたしが言いだしたことだもの」

て縛った。

「黙れ」ブルーノがうなる。彼はリリーの両手を上にあげさせ、脇の下にロープを巻きつけて縛った。

彼女は宙に飛びだした。肘を締めて、ロープをつかむ。そして、不安そうにしかめたブルーノのすすまみれの顔を見あげた。彼は少しずつロープをおろしていった。リリーは回転し、ぐらぐら揺れ、窓から噴きだした炎の熱に押された。一階は火の海と化している。下から誰かの手が彼女をつかんだ。男の怒鳴り声が聞こえる。世界が回転し、ゆがんだ。

気づくと、リリーはかたい石のタイルの上に仰向けに寝かされていた。ケヴとショーンがブルーノを受けとめるために駆けていく。

リリーは起きあがろうとしたが、脚に力が入らなかった。腕を支えにしてなんとか体を起こす。チャイルドシートがそばにあり、赤ん坊たちはまだ寝ていた。

ガシャン！　二階が崩れた。熱と火花が噴きだし、彼女の髪をなびかせる。リリーは悲鳴をあげ、すすまみれの拳で口を押さえた。心臓が飛び飛びに鼓動を打つ。目から涙があふれて、よく見えなかった。ブルーノ……彼はどうなったの？　足もとの床が抜けてしまったのに、どうやって生きていられるの？

そのとき、彼のシルエットが見えた。赤い煙のなか、ロープにつかまっている。ロープをたぐりながら、ブルーノがすばやくおりてきた。トン、とバンの上に着地すると、そこから地面に飛びおりた。

リリーはしばらく気を失っていたに違いない。あるいは単に記憶がないのか。運ばれているところは覚えていた。熱。まばゆい光。声。毛布が体の上にかけられる。自分を呼ぶ声が聞こえた。つつかれているのを感じる。彼女は必死に正気をとり戻そうとした。のんびり寝ていられる身分ではない。すぐ気絶するビクトリア朝時代の貴族の娘でもあるまいし。わたしはひとりぼっちだ。気をしっかり持っていなければ。自分自身のために。ほかに誰もわたしの面倒を見てくれる人などいないのだから。

どれだけ時間が経ったのだろうか。誰かが紙コップに入った熱いコーヒーを持ってきて、彼女の冷たい手に握らせてくれた。

リリーは目の焦点を合わせようとした。彼女は地面に置かれた大理石のベンチに座っていた。まわりには救急車が何台もとまっている。そしてブルーノがリリーの前にかがみこみ、彼女の手を自分の手で包んでいた。リリーは目をそむけた。赤ん坊の姿は見えない。病院に連れていかれたのだろう。燃えている屋敷に向かって、消防隊が何本ものホースから放水していた。

ブルーノは彼女が自分と目を合わせるのを待っていた。リリーは彼の手を見た。汚れて、引っかき傷だらけで、やけどしている。関節からは血がにじんでいた。彼女はまた目を閉じた。ブルーノは待たせておけばいい。

「リリー？」彼がとうとうしびれを切らした。「大丈夫かい？」

「いいえ」リリーは答えた。虚勢を張れるような体力は残っていなかった。そんなものはもう燃えつきてしまっている。

「頼むからおれを見ろ」長い沈黙の末に、ブルーノが言った。

彼の静かな声が頭に染みこむ。リリーは言われたとおりにした。そして、後悔した。あのやさしい目を見たくなかった。なぜなら、もうその目を信じることはできないのだから。

「リリー」ブルーノの声はこみあげる感情のせいでかすれていた。「あそこで起こったことについてだが。キングとのことだ。本当にすまない。おれは――」

「謝らないで」リリーは飛びあがった。熱いコーヒーが彼の腕にかかる。「謝れば、もっと事態が悪くなるだけよ」

「きみにはわかってもらわなきゃならない」ブルーノが懇願するように言う。「おれの頭を混乱させたのはあいつなんだ。おれがまだ子供だったころに。あいつはおれにプログラムを施した……どうやったのかは知らないが。そして、おれたちのことを詳細に知っていた。おれたちふたりしかわからないはずの、きみがおれに言った言葉まで――」

「そんなことまで知りたくないわ。キングがあなたに何を言おうと、どうでもいい。彼は頭のいかれた人だった。怪物だった。あなたはそれを知っていた。なのに、彼の言うことを信じた……わたしではなく。それは忘れようにも忘れられないわ。だから……」言葉が出てこなかった。リリーは頭を振った。「だから、もういいの。あなたの今後の幸運を祈るわ。さようなら」

「だめだ」彼が噛みつくように言う。「そんなこと、受け入れられない」

「あなたがどう思おうと関係ないの！　わたしに見苦しいまねをさせないで！」

ブルーノがてのひらを上にして両手をさしだした。「でも、おれは――」

「ひとつだけ、はっきりさせておくわ」リリーは彼をさえぎった。「あなたがわたしの命を救ってくれたことは感謝している。そして、あなたが赤ん坊ふたりを救ってくれたことも。それから、マクラウド兄弟にも感謝しないと。彼らが来てくれたのはこれ以上ないタイミングだった。彼らに神のご加護がありますように」

「リリー――」

「あなたがわたしを見たとたんに殺さないでいてくれたことにも感謝しているわ。あなたはわたしのことをキングの手先だと思っていたのにね」彼女は急いで先を続けた。鼻水が流れだす前に言いきってしまわなければ。「あんな状況だったことを考えると、あなたはとても寛大だった。だから、ありがとう。百万回でもありがとうと言うわ。そして、お願いだから、もう消えてちょうだい」

リリーは背を向けて歩み去った。ブルーノが追ってこないことを祈りながら。それでいて、爪先立ちで歩いて彼の足音が後ろから聞こえてくるのを待っている自分に気づいた。わたしはブルーノが追いかけてきてくれることを願っている。

だが、彼は追いかけてこなかった。

リリーは泣きじゃくりはじめた。次から次へ涙があふれだす。彼女は体に巻きつけられた毛布を握りしめ、暗闇に向かって歩いていった。

行き先はどこでもよかった。ブルーノから遠く離れられさえすれば、どこでも。

36

六週間後

アーロはピートリーがいることを目で見るより先に鼻でかぎつけた。ピートリーは結婚式の客たちから離れ、温室の裏でこっそり煙草を吸っているところだった。六週間前に胸を撃たれた男にしては元気そうだ。スーツはぶかぶかだが、なかなか似合っている。

ギャングに囲まれて育ったアーロはスーツにかけては目がきいた。あれはヴェルサーチだ。刑事の給料で買える代物ではない。アーロは警察でのごたごたのあと、ピートリーのことも調べていた。ピートリーは裕福な家の出だ。こんなスーツをほかにいくつも持っているのだろう。ピートリーが視界の隅に人影をとらえ、目をあげた。それがアーロだとわかると、彼の顔から緊張の色が消えた。

「自殺願望でもあるのか？」アーロは尋ねた。「肺に穴があいたっていうのに、そんなもんを吸うとは」片手をさしだす。「ほら。おれにも一本よこせ」

ピートリーは箱を振って一本出すと、火をつけてやった。心地よい沈黙のなか、ふたりは煙草を吸った。

アーロは携帯用の酒瓶をとりだし、シングルモルトのウィスキーをひと口飲んでピートリーに渡した。「死にたいんなら肝臓もやっつけちまえ」彼は言った。「で、あんたも隠れてるってわけか？　なぜ来たんだ？」

ピートリーがウィスキーをすすった。「来ないわけにはいかなかったのさ。ローザに家を知られちまってるから」

「ああ。そういうことか」アーロは煙を吐きだした。「呪いをかけられたな。彼らの結婚式に招待されるようになったら、あんたはもう逃げられない」

ピートリーが眉をひくひくさせて興味津々に尋ねた。「呪い？」

「マクラウド兄弟と一緒にいると呪いにかかるのさ」アーロは答えた。「彼らと親しくなったとたん、おれの車は次々に爆発するし、家もおじゃんになった。最近じゃ、バーで会った女の子と寝たら、ドカン！　彼女がおれの目の前で爆発したんだ」

「それがマクラウド兄弟のせいだっていうのか？」ピートリーの口がゆがんだ。

「自分を見てみろよ。あんたは連中に興味を持った。すると突然、あんたは集中治療室に入れられて、穴という穴にチューブを突っこまれるはめになったじゃないか。これは呪いとしか考えられない」

ピートリーがため息を吐いた。「たしかにそうかもな」

「逃げようとするな」アーロはつけ加えた。「もう手遅れだ」

温室の壁の向こうで明るい色がちらっと動き、アーロは思わず目を向けた。ああ、やっぱり。なんてこった。「あれはリリー・パーだ」

ピートリーが首を突きだしてそちらに目をやり、顔をしかめた。「そいつはおもしろくなりそうだな。彼女は何をしているんだ？」

アーロは首をのばして彼女の姿を追った。リリーはロドデンドロン（ツツジ属の木）の茂みの陰に立っていた。青白い顔をして怯えているようだ。赤みがかったブロンドが午後の日ざしを浴びて輝いている。「身をひそめているのさ。おれたちと同じだ」

「おれたちは、その……」ピートリーはためらった。

「ブルーノに言うべきかって？　ああ、そうしたほうがいいだろう」アーロは煙草を靴底で踏みつぶして火を消した。「彼を捜しに行ってくる」

そのとき、ブルーノがサンルームのほうから走りでてきた。タキシードを着て、肩にはバッグをかけている。新しく養子にした女の赤ん坊、レナを小脇に抱え、ひどくあわてている様子だ。

「おい、ブルーノ」アーロは声をかけた。「ちょうどよかった。おれたちは今――」

「お尻ふきが必要だ！」ブルーノが叫んだ。

アーロとピートリーは驚いて目を見交わした。「なんだって？」

「お尻ふきだ！」ブルーノが繰り返した。「レナがもらしちまった！　式はもうはじまるし、おれのポケットにはケヴに渡す指輪が入っている！　なのに、ローザもリヴもマーゴットも誰も、お尻ふきを持っていない！」

「そうか。それは、その、まいったね」アーロは困惑して言った。

「そうだよ！」ブルーノは叫んだ。「文字どおりだ！　まいった！　おしっこが滝みたいにあふれてる！」

そこへスヴェティが軽やかに現れた。ひらひらしたドレスを着た彼女は、うっとりするほど美しい。スヴェティが袋を振った。「ふくものがあったわ！　エリンが持っていたの」

「ありがたい」ブルーノがつぶやく。

遠くで弦楽四重奏団が結婚行進曲を演奏しはじめた。ブルーノがびくりとした。「おいおい、まさか……」うめき声をあげる。

「行って、さあ」スヴェティが促し、赤ん坊とバッグを彼から引ったくった。「レナはわたしがあずかって、叔母さんに渡すわ。あなたは急いで行って」

「待て！」アーロは、駆けだしたブルーノの背中に向かって怒鳴った。

ブルーノが戸口で足をとめる。「なんだよ？」

「おまえは知っておくべきだと思ってな。外に、リリー・パーがいるのを見た」

ブルーノはまるで石にでもなったようだった。口を動かしているが、声が出てこない。

「どこで?」彼はやっとかすれた声を出した。

「あっちだ。ロドデンドロンの茂みに隠れてる」

「ブルーノ!」リリーを捜そうと闇雲に走りだしたブルーノに向かって、スヴェティが声を張りあげた。「式はどうするの? 指輪は? あなたは行かなきゃ! ケヴのために!」

ブルーノがさっと向き直り、アーロをにらんだ。その顔には混乱と苦痛があらわになっている。「おい、アーロ。あんたがおれの代わりにリリーを見つけろ。彼女を逃がすな」今度はしくじるなよ、と心のなかでつけ加える。

アーロがうなずいた。「わかった」

だが、ブルーノはまだ動かない。

アーロはブルーノの肩に触れた。「ブルーノ」静かに言う。「息をしろ」

ブルーノははじかれたように駆けだし、アーロはむずがる赤ん坊を抱いたスヴェティと残された。ぎこちない沈黙が流れる。それを最初に破ったのはスヴェティだった。

「それで?」彼女がてきぱきと言った。「わたしには助けが必要なんだけど」

アーロとピートリーは怯えながら視線を交わした。「どういう助けが?」アーロは緊張して尋ねた。

スヴェティが目を細める。「おむつを替えなきゃならないこのテーブルは冷たくてかたいガラス製だわ。あなた方のどちらか、毛布かタオルをお持ちじゃないかしら……?」彼女の目がふたりのスーツの上着を見た。おいおい、それはあんまりだ。

ピートリーがヴェルサーチの上着を脱ぎ、殉教者になったような雰囲気でそれをテーブルに広げる。

スヴェティが鼻を鳴らし、彼を恐ろしい目つきでにらんだ。「あなた、煙草を吸ってるの？」

「えっと……」ピートリーの目が泳いだ。「その、ちょうどやめたところだ」

スヴェティがわざとらしく咳払いをした。むずかる赤ん坊を彼の上着の上に寝かせ、おむつを開けはじめる。「どちらか、ふくものをとりだしてちょうだい」

アーロとピートリーは、かがみこんだ少女のほっそりしたうなじに目をやった。つややかな髪は優美に結いあげられ、うなじから背中へと続く美しい曲線があらわになっている。

「早くったら！」スヴェティの鋭い声に、ふたりは飛びあがった。

アーロは不本意ながら三歩、悪臭のもとへ近づき、お尻ふきの箱を開けた。

スヴェティが順にふたりをにらみつける。「なぜあなたたちがここに隠れていたかわかるわ。煙草を吸ってお酒を飲んでいたのね」

「きみもやるかい？」アーロはお尻ふきをひとつかみ彼女に渡した。

スヴェティが汚れた尻を慣れた手つきでふく。「ええ」そう言うと、燃える目をアーロに向けた。「あなたは自分で自分をあわれんでいるんだわ。病院で、あなたの目の前でリリーがさらわれたから。そうでしょう？　まったく、あなたの態度にはむかむかするわ！」彼女はののしった。「ノヴァクがレイチェルをさらったときのことを覚えてる？　彼の部下たちはわたしの腕から彼女をさらっていった！　わたしにできることは何もなかったわ。わたしは死にたかった。わかる？　わたしは消えたかったの！」

アーロはお尻ふきをさらにスヴェティに渡した。

「わたしにはわかってる。あなたは自分が筋肉むきむきの大男だから、わたしの場合とは違うと思っているのよね。でも何も違わない！　同じなの！　新しいおむつを出してよ、早く！　レナが風邪をひいてしまうわ」

「ああ」アーロはおむつをとりだした。ここはおとなしくしたがうしかない。

「それから、あなた！」スヴェティがピートリーをにらみつけた。「恥を知りなさい。ローザ叔母さんに死体の写真を見せるなんて！」

ピートリーがため息をついた。「まだそのことで怒っているのか？」

「あれには本当にむかついたの！」少女が言い返した。

ピートリーの顔がほんのりと色づいたことにアーロは気づいた。とはいえ、胸もとの開いたイブニングドレスを着たスヴェティに爪を立てられて血圧のあがらない男などいるわけがない。

「ローザの代わりに銃弾を受けたことで帳消しにはならないのか？」ピートリーが尋ねた。

スヴェティがレナのおむつをとめ、丸々とした脚に白いタイツをはかせはじめた。「ええ、だめよ。どんなばかでも弾丸を受けることはできるわ。あなたはちょうどそこにいただけでしょう」レナを持ちあげて抱きかかえ、バッグを肩からかける。「この上着はもういいわ」スヴェティの許可がおりた。

ピートリーは上着を持ちあげてにおいをかぐと、用心深く着こんだ。

スヴェティがアーロをにらみつける。「あなたはリリーを見つけてらっしゃい、ブルーノに言われたとおりに。そして、あなたは」ずっしりと重い汚れたおむつを持ちあげ、ピートリーの手に押しつけた。「これを捨ててきて」そう言うと、彼女は音楽の鳴るほうへと歩いていった。明るく輝くレナの目がスヴェティの肩越しに彼らを見つめている。

ふたりはその後ろ姿を見つめた。現実とは思えない出来事に、頭がまっ白になっていた。先にわれに返ったのはアーロだった。「やられたな。彼女はやせこけた刑事のケツが大嫌いなんだ」

「そうらしいな」ピートリーが同意する。

アーロが酒瓶のふたをとって渡すと、ピートリーは感謝してひと口飲んだ。その目はまだスヴェティが消えた方向を見つめている。

「まあ、しかたがないさ」アーロはなだめるように言った。「彼女は若すぎる」

ピートリーの目がさっとアーロに向けられた。「彼女は何歳なんだ？」

「十九か二十かな、たしか。彼女のことはもう考えるな」

「そうだな」ピートリーがもうひと口飲んでから酒瓶を返した。「そうだな」

アーロはそれをポケットにしまった。「おれはリリー・パーを捜さないと。おまえは行って式を見てこいよ」地面に根が生えたようになっているピートリーの肩を軽く揺さぶる。彼が身をこわばらせたのを見て、けがをしたのはそっちの肩だったと思いだした。

「おい」アーロは言った。「息をしろ」

ピートリーが微笑みらしきものを顔に浮かべ、悪臭を放つおむつを持ちあげた。「これを持っていけっていうのか？」

リリーは温室の裏で弦楽四重奏に耳を澄ませた。結婚行進曲が生き生きと演奏されている。六人の演奏者たちは息もとまるほどの美女ぞろいだ。彼女たちはみな、スパンコールがきらめくイブニングドレスを着て、見事な演奏を繰り広げていた。

リリーは、自分がこのなかに入っていくつもりでいたのが信じられなかった。何しろ、マクラウド家の人たちには感謝の意を表さなければならないのだ。エディとケヴにはお祝いを言わなければならない。それに、タマラにまだ出産おめでとうと伝えていなかった。

そして、わたしはブルーノと話をしなければならない。

一度に全部すませて、これっきりみんなと会わないようにすればいい、とリリーは思っていた。肩の荷をおろして、頭をすっきりさせて。それでおしまい。

しかし、そう甘くはなかった。そんな簡単な話ではない。彼女は追いつめられていた。

リリーはなるべくめだたないようにしていた。髪はゆるく結いあげ、チャコールグレーのドレスを身につけている。もっともドレスにはビーズがついていて、なかなかすてきだった。顔色の悪さが隠れるように、念入りにメイクもしている。確実に逃走できるように自分で車も借りてきた。ここはパリッシュの数ある屋敷のひとつで、街の郊外にある。彼女は冷たい空気のなか、茂みにひそんで待った。式がはじまれば、みんなはガラス張りの温室のなかに着席する。

リリーはドアの近くに隠れていた。式のあとの披露宴に出席するつもりはなかった。だが、苦労してひそんでいたにもかかわらず、スヴェティに見つかってしまった。少女はもちろん飛びあがり、手を振って中央通路を駆けてきた。妖精の羽のようにドレスをはためかせ、顔にまばゆい笑みを浮かべている。誰もが、彼女の駆けていく先に誰がいるのかと首をめぐらせて見たほどだった。

そして、リリーはただただ呆然としていた。

スヴェティがリリーを抱きしめ、通路を引っ張って、マクラウド家の女性たちや子供たちが座っているところまで連れていった。歓迎の笑みや言葉がリリーを包みこむ。リヴがいた。ローザも。みなが歓喜の微笑みを浮かべ、ウインクをしてくる。リリーがそれまで会ったことのない女性たちも、赤ん坊や幼児を抱いて、興味津々で目を見交わしていた。前方にはマクラウド家の男性たちが勢ぞろいしていた。そのなかには、もちろんブルーノもいる。リリーは見ないようにしたが、視線はいつしか彼に吸い寄せられていた。そして、ブルーノも彼女をまっすぐ見つめ返してきた。黒いタキシード姿が息をのむほどすてきだった。前よりやせたらしく、顔つきが鋭くなったようだ。ブラウンの目がらんらんと燃えている。

目と目が合ったとたん、リリーは息がとまった。顔が熱くなる。ここにいる全員が、わたしの顔が赤くなるのを見たに違いない。いや、全員ということはないだろう。新郎新婦に目を奪われている人もいたはずだ。ケヴはとても幸せそうだった。エディは、リリーがこれまで見たなかでもっとも美しい花嫁だった。ドレープの寄せられたシフォンのドレスが、エディの長身の体によく似合っている。長い髪はおろされ、スズランがアクセントに飾られていた。

新婚夫婦はお互いを見つめ、手を握りあった。ふたりはありとあらゆる試練と危機をのり越えて、ついにふたりの家に帰ってきたのだ。ふたりは輝いていた。文字どおり、光を浴びていた。

その様子を見ていていると、リリーの心は痛んだ。こんなにも幸せそうな姿を前にして嫉妬を抱くのは見苦しい。だが、自分は天使でも聖人でもないのだ。ありがたいことに、涙は結婚式につきものだ。傍目《はため》には、祝福の涙を流しているように見えるだろう。

タマラが花嫁とともに立ちあがった。そばにいるかわいらしい少女は、顔だちからするとエディの妹に違いない。タマラはほっそりしていてエレガントだ。ほんの二週間前に娘のイリーナを出産したばかりとは思えない。その出産の知らせは、自分のまわりに壁を張りめぐらしていたリリーのもとにも届いていた。タマラがこちらをじっと見ている。その表情を読みとるのは難しかった。あなたの思いはわかっているわ、とうなずいているようにも見える。

誰も彼も、ハッピーエンドを迎えるのが当然と思っているようだ。けれども、リリーはこれまで何度も何度も裏切られて、苦い思いをしてきた。自分とブルーノが魂と心でつながっていると信じていたのだ。この世の終わりまでずっとつながっている、と。それなのに彼がわたしを信じていないとわかった以上、もう……。

あと一度でもあんな思いを味わわされたら、もう生きてはいられないだろう。そして、一度起こったことならば、二度目がないと言いきることはできない。いちばんそれが起こってほしくないときに起こることだってありうる。わたしは一度目のショックからまだ立ち直れずに、めまいに悩まされている。ホルモンはジェットコースターのように激しく乱高下してわたしを振りまわしている。

リリーはどうにか目をそらした。タムはタムだ。リリーは参列客を見まわし、二列後ろにヴァルとレイチェルがいるのを見つけた。ピンクのおくるみに包まれた小さな赤ん坊が、彼の肩にもたれて寝ている。ヴァルの洗練されたスーツの上には、げっぷに備えて布がかけられていた。

ヴァルがリリーに向かってうなずき、微笑んだ。レイチェルが飛び跳ねて手を振る。赤ん坊を見て、リリーの喉は締めつけられた。彼らのために、心から喜んでいた。少なくとも、ハッピーエンドで終わる物語がないわけではない。うれしいことはまだあった。ローザとスヴェティの膝の上を、赤ん坊がふたり這いまわっている。キングの燃える屋敷から助けだした子供たちだ。ブルーノが小さな弟妹の面倒を見ているのだろう。悪のなかからよいものが生まれることもあるのだ。それだけは、彼女にも信じることができた。

リリーはバッグからティッシュを一枚とりだした。ブルーノがケヴの背後に進みでて彼に指輪を渡す。その視線がリリーをとらえた。彼女は目をそらすことができなかった。ケヴとエディが誓いの言葉を述べるあいだ、ふたりはじっと見つめあった。

リリーの耳には何も聞こえなかった。まるで目に見えない牢獄《ろうごく》にとらわれているようだ。見えるのはブルーノの顔だけ。聞こえるのは自分の鼓動だけだった。感情が抑えきれないほどに高まる。不適切なタイミングで爆発してしまいそうだ。発作のように泣きじゃくり、気を失って倒れたら、頭のいかれた女だと思われてしまうに違いない。逃げださなければならなくなった場合に備えて、彼女はローヒールの靴をはいていた。マスカラはウォータープルーフのものだ。そのせいで、まつげがタールを塗ったみたいにねばねばして重たく感じられた。

そのとき、ケヴとエディがとても幸せそうにキスをした。温室が歓声と喝采に包まれる。誰もが立ちあがり、声をあげていた。ケヴとエディが一緒になって幸せを見つけたことを祝福して。リリーの心のどこかでポキッと折れる音がした。ああ、今にも泣きだしてしまいそうだ。

ああ、だめよ。今は泣くときじゃない。リリーはスヴェティの手をぱっと放して温室の裏へと走りだした。庭へ、駐車場へ逃げるのよ……。

そのとき、ぐいと腕をつかまれ、リリーはたたらを踏んだ。

彼女はあえいだ。濡れた目を見開いて、アレックス・アーロの顔を見つめる。リリーはぐったりして、息を整えようとした、心臓が不規則に打っている。

「ああ、もう」彼女は身を震わせた。「脅かさないで。死ぬかと思ったわ」

「すまない」アーロが言った。わびながらも、不機嫌そうな顔をしている。

リリーはつかまれた手首に目をやった。「放してくれたら謝罪を受け入れるわ」

「それは、ええと、ノーだ」

彼女はたちまち警戒した。「どういう意味？」

「ノーはノーだよ」アーロが繰り返した。「きみはまだここを出ていってはいけない」

リリーはぐいと腕を引いた。「どうしてあなたにそんなことが言えるの？」声がうわずる。「わたしをいじめるのはやめて。放してよ！」

アーロがもがく彼女をやすやすと押さえこむ。「すまない」

「なぜ？」リリーは金切り声をあげた。「こんな茶番、もうたくさんだわ！」

「ああ、そうだろう」彼が言った。「きみを放してやるよ。約束する。ブルーノがここに来たら、すぐにな」

彼女は頭を振った。「そんな仕打ちはやめて。あなたにそんなことをされるいわれはないわ」

「すまない」アーロが力なく言う。「しかたがないんだ。おれは約束してしまったんでね。申し訳ない」

「わたしが叫びはじめたら、あなたはもっと申し訳なく思うわよ！」

彼が首を振った。「いいや、リリー。ここにいる全員が、ひとり残らず、おれの味方をしてくれるだろう。実際に叫んでみるといい。今にわかるさ」

「だったらあなたの顔を引き裂いてやるわ」リリーは声を荒らげた。

「かまわない」アーロは頑として動かなかった。「きみがブルーノの前から消えるのをふたたび許してしまうくらいなら、今ここで無残な死に方をしたほうがましだ」

なるほど。病院でわたしがさらわれたことに、アーロは責任を感じているのだ。参列客が庭に出てきはじめた。弦楽四重奏団が演奏を再開する。

「あなたにはわからないわ」彼女は言った。「今はあのときと状況が違うのよ、わたしたち

とだろう」

のあいだのことは」

「そんなのおれにはどうでもいいことだ。それはきみとブルーノが徹底的に話しあうべきこ

「まさにそれが問題なのよ！」リリーは叫び、つかまれた腕をぐいと引いた。「わたしは今、話しあいなんてできる状態じゃないの！」

「リリー」

ブルーノの声に、リリーの頭はまっ白になった。アーロがいることも、彼に腕をつかまれていることも忘れた。空気があることも。

ブルーノが近づいてくると、あの事件で負ったダメージの大きさが見てとれた。首元にはまだ生々しい傷跡があり、まぶたは腫れている。耳は切れ、両手はやけどの跡だらけだ。だが、もっとも気になったのは、彼の目の奥にひそむ痛みだった。

ブルーノがリリーから目をそらし、視線をアーロに向けた。「ありがとう」

「いつでも言ってくれ」アーロはそう言うと、そっと立ち去った。

リリーはその後ろ姿を見ていた。「いつでも言ってくれ、ですって」苦々しげにつぶやく。

「彼はしょっちゅうあなたの代わりに人質をとっているわけ？」

「違う」ブルーノが静かに言った。「きみだけだ、リリー。きみは特別だ」

「そんなことないわ。わたしは最近、自分が特別じゃないっていう状態を楽しんでいるの。

今、わたしの人生はごく普通よ。静かなものだわ」

彼の顎が引きしまる。「そうか。おめでとう」

ふたりは見つめあった。爆弾を投下するなら今よ、とリリーは自分に言い聞かせた。タイミングは最悪だけれど、機会を改めて彼にもう一度会うなんて考えられない。あと何度、自分自身を苦しませればすむの？

とはいえ、赤ん坊ふたりに対する責任をひとりで背負ったブルーノに、さらに新たな重荷を背負わせることはできない。

〝ブルーノ、わたし、妊娠したの〟と告げたら、彼はどうするだろう？

今は打ち明けるときではないわ。リリーはそう判断し、話題を変えようとして言った。

「あなたは新郎新婦と並んでお客様にご挨拶しなきゃいけないんじゃないの？」

「すっぽかして、きみを追いかけてきたんだ。サイが大あわてで逃げだすみたいに。その勢いでロニーはショーンの腕にしがみつき、エディのおばさんはおれを八つ裂きにしたいという顔をしていたな」

「まあ。それは大変。あなたは行ったほうがいいわよ」リリーは促した。「八つ裂きにして踏みつけられたりしたら困るでしょう」

「かまわない」ブルーノが言った。「おれは慣れてる。踏みつけられるのは」

リリーは罠にかけられそうなのを察知し、身をすくめて逃げようとした。「そう。わたしはそろそろ——」

「披露宴にも出るんだろう?」ブルーノの傷だらけの手が彼女の手首をつかむ。その感触に、手首は麻痺したようになり、そこから全身にまばゆい閃光が走った。

「それはいい考えとは思えないわ」リリーはわなわな震えながら言った。

「おれはきみと話をしなきゃならないんだ。頼む。来てくれ」

リリーは鉄の門をつかんで足を踏ん張った。「どこへ?」

「新郎新婦と並ぶ列に。きみをおれの目の届かないところには行かせられない」

「わたしが見ているから大丈夫よ!」リヴ・マクラウドがいきなり現れた。エイモンを腕に抱いたまま、かがみこんでリリーにキスをする。「会えてうれしいわ、リリー。ブルーノ、あなたはすぐに列に並ばないと。急いで。エディのおば様が顔をぴくぴく引きつらせてるわよ。心配しないで、エイモンとわたしがあなたの代わりにリリーのお守りをしておくから」

「お守りなんて必要ないわ!」リリーはかっとして言った。

「もちろんそうよね」リヴがリリーの腕をとる。「さあ、一緒に行って、新郎新婦におめでとうを言いましょうよ」

それは一風変わった地獄だった。みんながリリーを抱きしめ、にやりと笑ったり、ウインクをしてきたり、親指を立ててみせたりした。真実を知ったら、彼らはまたがっかりするに決まっているのに。次から次へとマクラウド兄弟がリリーをきつく抱きしめ、意味ありげな目つきで彼女を見る。ブルーノのところへ行き着くと、彼はリリーをしっかりとつかみ、ぎゅっと抱きしめた。情熱のたぎっているブルーノの目を見ると、彼女はもう何も言えなかった。

ブルーノがようやくリリーを解放すると、エディが彼女を抱きしめた。「来てくれてありがとう」

リリーはすすり泣きながら笑った。「そうせざるをえなかったのよ。わたしの母の絵を人質にして脅すなんて、汚いやり方だわ」

「うまくいくなら、なんだってするわよ。わたしは約束を守った。絵は車のなかに置いてあるわ」エディがまたリリーを抱きしめた。「ブルーノにはあなたが必要よ。知ってる?」

リリーは胸がいっぱいになった。それから彼女はエディの妹に挨拶をした。ロニーは涙で顔がぐしゃぐしゃになっている。そのあと、タマラがリリーの腕をつかんだ。

「ご出産おめでとう」リリーは言った。「式のあいだ、イリーナを見ていたわ。とてもかわいい子ね。すべてうまくいったみたいで、うれしいわ」

「わたしもよ」タマラはそう言うと、前かがみになり、リリーの耳もとにささやきかけた。「あなたがブルーノに冷たくするのをどうこう言うつもりはないけれど、そのせいで高すぎる代償を払うことのないようになさい。束の間の満足なんてむなしいものよ。特に夜、ひとりぼっちになったときにはね」

リリーはぐいと身を離した。「そんなに単純なことじゃないわ！」

「そうね。単純なことなんて何もない」タマラは、腕を開いて待ちかまえているローザのほうへとリリーを押した。「幸運を祈るわ」

ローザが息もできないほどリリーをきつく抱きしめる。そしてリリーの両手を包み、頰をつねった。「まったく、青白い顔をして！　無駄《シューパータ》なことを！　もしかして食べてないの？」

ローザが目を細めた。「おなかはどうなの？」

「大丈夫よ、大丈夫」リリーはあわてて言った。「最高に元気よ」

「トニオとレナはもう見た？　かわいいでしょう？」ローザがリリーの顎をつかんだ。「見える？　ほら！　マイルズがトニオを抱いてるわ。そしてスヴェティが抱いているのがレナよ」

リリーはトニオとレナを見た。赤ん坊たちは本当にかわいらしい。大笑いするトニオの頭と肩が、マイルズの腕から飛びだしている。マイルズが赤ん坊の白いブラウスをめくって、おなかをくんくんかいだ。白いドレス姿で床に座りこんだレナは白い靴を脱ごうとしていて、横にしゃがんだスヴェティが考え直すようにと説得している。

「ふたりともかわいいわ」リリーは心から言った。

「ええ。でもあの子たちにはマンマが必要よ」ローザが感傷的につぶやき、またリリーの頰をつねった。

そのとき、力強い腕がさっとリリーの腰に巻きついた。「叔母さん、そのへんでもういいだろう」

ブルーノに連れられて披露宴が行われる大広間を抜けていきながら、リリーは感謝すべきかパニックに襲われるべきかわからなかった。大広間ではバンドが準備している。式で演奏していた美女ぞろいの弦楽四重奏団も楽器のチューニングに余念がない。

「あの女性たちはどうしたの？」彼女は尋ねた。

「ヴィーナス・アンサンブルかい？」ブルーノが言った。「彼女たちがどうかした？」

「六人ともすごい美人で、しかも見事な演奏をする。それって、統計的に言って普通じゃないと思うんだけど」

ブルーノがにやりと笑った。「たしかに。でも、ケヴとエディに何が起こったか覚えているかい？　マインド・コントロールとか、とんでもないことがいろいろあった」

「もちろん覚えているわ」

「あの子たちは拉致され、マインド・コントロールされていた。モルダビア、ベラルーシ、ウクライナから業者を通じてアメリカに渡ってきたんだ。仕事と永住権を約束されてね。女性音楽家というのがマインド・コントロールに最適な人材だったから、業者は彼女たちを音楽学校からスカウトしてきた。そしてもちろん、連中はきれいな子を好んだというわけさ」

「ぞっとするわね」リリーは背筋が冷たくなるのを感じながら、楽器のチューニングに精を出している美女たちを見た。

「ああ。でも、もう大丈夫だ。ケヴに救出されたあと、彼女たちはグリーンカードを手に入れて、このアンサンブルを結成した。今やがっぽり稼いでるよ。金持ちの結婚式やパーティ、コンサートに引っ張りだこだ。美人で演奏もすばらしいから、すっかり名が売れている。マネージャーがすべてのオファーをさばききれないほどにね」ブルーノが手を振ると、黒髪のヴァイオリニストが微笑み返した。「でも、この披露宴は無料で演奏してくれてるんだ」

第一ヴァイオリン奏者が楽器をかまえた。ほかのメンバーが彼女を見る。

次の瞬間、ヴィヴァルディの『四季』の演奏がはじまった。

その音楽が大型トレーラーのように頭のなかに突進してきて、ブルーノは思わずあえいだ。彼はぎりぎりのところで現実の世界に踏みとどまっていた。そのメロディはブルーノを、ジュリアンの車のなかにいたあの時間へと引き戻した。袋を頭にかぶせられて後部座席に転がされ、リリーはどうなっただろうと考えていたあのときに。

血圧がさがり、胃が引っくり返る。ブルーノは空気を求めてあえいだ。すべてが回転している。

「……したの？　ブルーノ？　大丈夫？　ブルーノ！」

ブルーノは柱にもたれていた。リリーの肩に支えられている。彼はリリーの心配そうな顔に焦点を合わせた。

「大丈夫？」彼女が尋ねた。「誰か呼びましょうか？　具合が悪いの？」

「いいから、おれをこのいまいましいメロディから引き離してくれ。頼む。急げ！」

肩にブルーノの腕をまわしたまま、リリーはドアを押して暗く静かな廊下へ出た。最初に見つけたドアを開けてみると、そこは書斎のようだった。彼女はウイングバックチェアの前にブルーノを連れていった。どさりと椅子に座りこんだ彼はまだあえいでいた。

リリーが両手を腰にあてた。「いったいどうしたの？　バロックのヴァイオリン組曲が嫌いなの？」

「いや、そうじゃない」ブルーノはつばをのみ、唇を震わせた。「あの曲は、ジュリアンに拉致されてキングの本部まで行くときにカーラジオから流れていた。それがとにかく……最悪の思い出なんだ」

「なるほど」リリーは彼の肩を握った。「ここで待っていて。すぐに戻るわ」

「リリー！　頼む……」行かないでくれ。そう言ったときには、部屋にはもう誰もいなかった。

ブルーノはよろよろと立ちあがったが、膝に力が入らず、またどさりと椅子に座りこむ。胸に絶望がこみあげてきた。

リリーを怯えさせてしまった。おれがあまりにも凶暴だったから。彼女はおれの、熱に浮かされたような、いらだちまぎれの戯言など聞きたくないのだろう。リリーを責めることはできない。

大広間じゅう彼女を追いかけまわして、愛を打ち明けることはできる。だが、そんなことをするのはあまりにも惨めだ。見ているほうもいたたまれないだろう。おれに今できるのは、利己的で子供じみたまねをしてケヴの結婚式を台なしにしないことだけだ。

「大丈夫？」ドアが開き、ブルーノはぎくりとした。

リリーが湯気ののぼるカップを持って立っていた。「コーヒースタンドが用意されていたのを見たから。カフェインをとったら気分がよくなるんじゃないかと思って」

ブルーノはまじまじと彼女を見つめた。涙がこみあげる。彼は片手で両目を押さえた。

「ありがとう」かすれた声で言う。

靴音を響かせながらこちらに向かってくると、リリーはカップをさしだした。ブルーノはふた口で飲み干した。たしかにカフェインのおかげでだいぶ落ち着くことができた。彼はリリーの手をつかんだ。「行かないでくれ」

「ええと」リリーがその手を見た。傷跡を見ているのだ。ブルーノはどの時点でその傷を負ったのかよく覚えていなかった。あの最後の一日は苦痛と炎に包まれたぼんやりとした記憶しかなかったが、いくつかの場面ははっきりと覚えていた。

キングの嘘をうのみにして、リリーがやつの工作員だと信じてしまったところとか。

リリーは手を引こうとはしなかった。

「あなたは子供たちを引きとったのね。養子にしたの？」

「その手続きの最中だ。もう数週間前からおれのところにいる」

「あの子たちは、その……大丈夫？」彼女が言葉を選んで尋ねた。

ブルーノは肩をすくめた。「大丈夫なように見える。すばらしい子たちだ。ローザは、トニオはおれにそっくりだと言ってる」

「名前はどうやって見つけたの？」

「見つけてなどいない。おれたちが名づけたんだ。ローザとおれとで。トニーとマンマの名前からとった。アントニオとマグダレーナから。あの子たちには名前がなかった。キングは二歳になってプログラミングをはじめるまで名前をつけなかったらしい」

リリーは身を震わせた。「恐ろしいこと」

「今は前より元気になったよ。ふたりとも、トニーとマンマから名前をもらうにふさわしい子たちだ。トニオはボス気質でね。ショーをやってみせてくれる。あるいは、自分ではそうしているつもりになっている。レナはディーバだ。トニオを裏で操っている。とてもいい子たちだよ」

「あなたはどうなの？」リリーがそっと彼の手を引いた。

ブルーノは微笑んで頭を振った。「大丈夫だよ。大変だけどね。めちゃくちゃな生活だ。

ろくに眠れないし。でも、そもそもよく眠れたことなんてなかった。おれはあの子たちを愛している。大変だけれども大切なことをやっていられるのがうれしい。気にかけているものがあるってことは幸せだよ」彼が間を置いた。「いろいろあったことを考えると」

リリーの体を震えが駆け抜けた。「それで」彼女が無理に明るい声を出す。「彼らはあなたをどう呼ぶの？　ブルーノ？　ブルーノおじさん？」

「いいや。彼らはおれをダディと呼んでる」

リリーは目をしばたたいた。

「彼らには兄もおじも必要ない」ブルーノは言葉を続けた。「必要なのは父親だ。おれには父親がいなかった。でも、あの子たちには父親がいる」

「そう」ぎこちない沈黙が広がった。「それはすごいわ。そして、本当に幸運だったわね、あの子たちが……その……キングに頭をかきまわされる前に見つかって」

「もしも頭をかきまわされたあとだったとしても関係ないよ。キングはおれの頭を引っかきまわした。それでもマンマは、おれのことを救う価値のある人間だと思ってくれていたんだから」

「もちろん、そうよ。そこに疑問を挟むつもりなんてなかったわ」

リリーは心配そうに目を見開いている。おれはまた彼女に気をもませてしまっている。頭を冷やせ。

「わたしたちが見つけたほかの子供たちはどうなったの？」リリーがおずおずと尋ねた。「白い部屋にいたティーンエイジャーの子たちは大丈夫？」

ブルーノは首を振った。「彼らは苦労している。プログラミングを受けた年数が少なければ少ないほど、回復は順調だ。あそこには十人いたが、みんながんばっているよ。でも、こんなことは全部知っているんじゃないのか？　リヴかエディがきみに情報を送っていたのは知っているんだ」

きみがおれの電話もメールも着信を拒否するようになったあとは。

「わたしは誰とも連絡をとっていなかった。自分の今後について考えるのでせいいっぱいだったの。父が亡くなってしまって、何もかも変わったわ。わたしはもう、お金を稼ぐためにレポートや論文を書かなくてもよくなった。あんなことがあってからは、そういう仕事をするのに耐えられなくなったの。これからどんな仕事につくにせよ、嘘をつくのはごめんだわ。たとえそれで稼げるお金が前の四分の一に減ったとしても」

「そうだな」ブルーノは気持ちをこめて言った。「じゃあ、これからは自分のためにレポートを書くんだね？」

「それも考えたわ。結局、わたしは学問に携わっていたいんだと思う。高校か大学で英語を教えるか、あるいは自分で執筆するか。どうなるかわからないけれど」

「きみならうまくやれるさ」

「どうかしらね」リリーは言葉を濁した。「誰にもわからないわ」

「おれにはわかる。おれを信じろよ。おれにはわかるんだ」

彼女は片手を振ってみせた。「それで、大人の工作員たちは？　逃げだした人たちは見つからなかったの？」

ブルーノはうなずいた。「年上の子供たちが何人か特定してくれたが、おれたちが行方を突きとめたときには自殺していた。おそらく、外の世界に出ていた工作員はみな、キングが死んだと聞いて自殺したと思う。確実に知るすべはないが」

リリーは身をすくめた。「恐ろしいこと」

「ああ。やつらは怪物だった。だが、自らそうなったわけじゃない」

彼女の唇が引き結ばれた。リリーは一瞬置いて、静かに次の質問を口にした。「あなたの生物学的な兄弟姉妹については、どうなの？」

「見つかったよ」ブルーノは静かに言った。「少なくとも、おれは見つけたと思ってるが、DNA鑑定の結果が出るまで正確にはわからないし、それには時間がかかる。キングはおれに、胎芽は十六体あり、ジュリアンを除けばトニオとレナが最後だと言った。あとは全部、間引きされてしまったんだ。生きているのがもっといたなら、キングは嘘をついて隠すより、おれを嘲るのに彼らの存在を利用したはずだ。それに、あの私有地には墓が大量にあった。年上の子供たちが何人か、間引きのことを話してくれた。航空写真で墓が見つかったよ」

リリーはたじろいだ。「まあ、なんてこと。本当になんと言っていいか。なんて恐ろしい話なの」

「いくつかは最近のものだった。もっと古いのもある。マンマが宝石箱に隠しておいたフロッピーディスクに残された情報によると」

「本当になんと言っていいか。あなたにとっては本当に恐ろしいことね」

「ああ。マンマの卵子から生まれた子供が十六人もいて、そのほとんどが殺されてしまったという事実におれの頭は混乱している。しかもそのうちの数人を手にかけたのはこのおれだ」

「何を言ってるの？」リリーは声を張りあげた。「あなたが故意に殺そうとしたわけじゃないわ！　彼らがあなたを八つ裂きにしようとしたのよ！　わたしのことも！」

ブルーノは面くらった。「おれを弁護するのか？　きみはおれを心底憎んでるんだと思ってたよ」

「ばかなことを言わないで」リリーがぐいっと手を振りほどいた。「わたしは戯言を聞かされたくないだけよ。自分をあわれんでいるくだらない愚痴なら、聞けばすぐにわかるんだから」彼女が腕を胸にまきつけると、豊かな谷間がいっそう強調された。

ブルーノはリリーの胸から必死に目をそらした。「それはすごい」

「そうよ、あなたには何もわからないでしょうけど」

彼はふたりのあいだに漂う空気が熱くうねっているのを感じた。そこだけ輝いているように思える。これは希望の光なのかもしれない。しかし、勇気を奮い起こすにはかなり時間がかかった。「きみはまだおれに気持ちが残っているんじゃないのかな」ブルーノは思いきって言ってみた。

リリーの顔がゆがむ。彼女は一歩さがった。「ごめんなさい。ここに来たのが間違いだったわ」

ブルーノはドアのところで彼女の前に立ちはだかった。「頼む、リリー。話をさせてくれ」

「話をしたってうまくいきっこないわ」リリーの声が震えた。「わたしの気持ちなんて、どうでもいいの。どうでもいいのよ」

彼は後ろにある取っ手に手をのばしてロックをかけた。部屋のなかへ彼女を押し戻し、椅子に座らせる。

「こんなこと、何度やり直しても意味ないわ。最悪の事態になったとき、あなたはわたしを信用しなかった。そしてわたしの経験から言えば、最悪の事態になることはけっこうある。わたしたちのあいだに信頼がなくては、どうすることもできないわ」

ブルーノは彼女の前にしゃがみこんだ。「わかってる。でも、おれの話を聞いてくれ」

「もうあんな気持ちになるのはいやなの。今度はもう耐えられない――」

「聞くんだ！」彼はさえぎった。「頼むよ、リリー。ちょっとでいいから、おれの話を聞いてくれないか」

　リリーがうなずき、顔を流れる涙をぬぐった。

「きみの気持ちはどうでもよくなんかないんだ」ブルーノは言った。「その理由はこれだ。おれたちが食堂ではじめて交わした会話を覚えているかい？　おれはきみのために悪いやつをやっつけてやると言った。そしたらきみはこう言った。〝あなたはわたしの王子様よ〟って」

「ええ」彼女は目を合わせようとしなかった。

「キングは、その言葉がおれのプログラミングを作動させる命令コマンドだったと言ったんだ」ブルーノは言った。「のちにセスとコナーとデイビーが食堂を調べて、遠隔操作の盗聴器がすべてのテーブルに仕掛けられているのがわかった。あいつはおれたちの会話の記録を持っていたんだよ、リリー。そこからあいつはあの言葉を知った」

「それで？」リリーが目を開けた。ガラスのようにきらめいている。

「おれの失敗は、食堂でのあの会話を盗み聞きされるなんてありえないと思ってしまったことだ。だとしたら、キングがあの言葉を正確に言えたのは、それを最初から知っていたからだ、とおれは考えた」

　リリーが肩をすくめた。「それで何がどう変わるのか、わからないわ。あなたは間違っていた。その間違いの原因が何かということが、どう関係しているの？」

「関係があるのは、おれがそれについてどう感じたかということだ。おれにとってショックだったのは、きみが彼の工作員だったと知らされてもなお、自分がきみを愛しているということだった。それでもなお、きみのためなら喜んで死ねるということだった」

彼女の唇が震える。リリーは怯えているようにすら見えた。

「そのときは、キングにそうプログラミングされたせいだと思っていた。でも、そうじゃなかったんだよ、リリー。真実はおれの心が知っていたんだ。ずっと」

リリーが目をぎゅっとつぶり、頭を振った。「そんなのフェアじゃない」

「フェアかどうかの話をしているんじゃない。キングはあの日、おれの頭を引っかきまわした。でも、おれの心には触れることができなかった。おれの心は決して揺らがなかったんだよ、リリー。おれは少なくともそれについて弁明する必要はない。謝る理由もない。おれの心はずっときみを愛していた。きみだけを。そしてこれからもずっと」

リリーは手の甲で目をぬぐった。「わたしはまたできるかわからないわ」

「何を?」ブルーノは彼女の両手をつかみ、濡れている関節にキスをした。

「あなたを信じることよ」リリーが言った。「自分に命令すればどうにかなるという感じじゃないの。〝開け、ゴマ〟的な、魔法のおまじないがきいてはじめてできることなのよ」

ブルーノは希望がわいてくるのを感じた。「それなら大丈夫だ。おれは魔法をかけるのが得意なんだ。挑戦を受けるよ。きみにおれをもう一度信じさせてみせる。チャンスをくれ。

きみは定期的におれの魔法の効果を評価してくれてもいい。たとえば、十五年ごとにとか。どうだい？」

リリーがくすくす笑って、はなをすすった。「冗談ばっかり言って」

「きみを愛していると言ったのは冗談なんかじゃない」ブルーノは彼女の頭の後ろに手をやり、炎に包まれた窓から飛びおりて以来ずっとやりたくてたまらなかったこと、すなわちキスをした。

そしてリリーは体を引かなかった。

花が一気に開いた気がした。キスはふたりをまたたく間に美しい魔法の場所へ、時間も空間も超えて連れていった。ブルーノは、ふたりがその秘密のオアシスに戻ってこられることを知っていた。そこでなら、ふたりの魂はつながっている。そこでなら、ふたりの愛の根がどれほど深くのびているかを彼女に見せることができるとわかっていた。

ブルーノはリリーに自分のすべてをさしだした。リリーも同じようにすると、喜びが彼のなかで爆発した。彼女の心もまた、決して揺らぐことはなかったのだ。

いつしかふたりはひとつになろうと体を絡ませていた。

リリーのドレスは腰までおろされ、ブラジャーはブルーノが気づいたときにはもうはずれていた。ブルーノは彼女の胸のふくらみを手で包み、唇で吸い、舌でなめ、やさしくあがめた。そのあいだにもう一方の手はドレスの下で忙しく動き、ガーターとストッキングのあいだのなめらかな素肌を愛撫していた。

ブルーノは顔をあげ、彼女の美しい姿を見つめた。リリーは黒いレースの下着をつけ、腿を大きく開いている。その姿はあまりにも美しかった。

彼はショーツを脱がせ、脚のあいだを撫でた。とたんにしずくがあふれ、秘所を輝かせる。ブルーノは舌をさし入れてむさぼるようにキスをしながら、指で彼女の秘所を愛撫した。ただちに彼女を官能の頂に連れていくこともできたが、彼は秘所を愛撫し続けた。こんな大事なことを、あわてて終えてはもったいない。この瞬間は、これからずっと続くことになるふたりの契約の調印式となるのだから。今少し待つぐらい、どうということもない。すべての甘い愛撫が彼女へのメッセージだ。彼女を描いた詩であり、愛と渇望の歌なのだ。

そのすべてをたっぷりと楽しんでから、リリーが彼の手に押しつけるように腰を持ちあげた。彼女の体がブルーノの指を締めつける。リリーが彼のショーツの前を撫でた。

「ひどいわ、ブルーノ」彼女がすねたようにあえいだ。「早くほしいのに！」

「でも、おれは先にきみを――」

「早く！」リリーがうめいた。

そうまで言われては待つ理由もない。リリーが急いでブルーノの下着を脱がせるのを手伝い、脱いだとたんに高まりが勢いよく飛びだす。彼はかたく張りつめていた。リリーを絶頂へ連れていくまでもてばいいのだが。ああ、神様、少なくともそれだけの時間は耐えさせてください。

リリーが彼の腕をつかみ、爪をタキシードの上着に食いこませる。ふたりは目と目を合わせ、歯を食いしばった。あえぎのひとつひとつが、吐息のひとつひとつが大切でおろそかにできない。ブルーノは高まりを彼女にあてがった。そして……。

ふたりはひとつになった。

ブルーノは動きをとめた。リリーを突くのが怖かった。自分が爆発してしまいそうで、それがまだ早すぎるのではないかと怖かった。彼女がブルーノの顔に手を触れ、彼の涙で揺れた指先を自分の口に含ませる。

そのとたん恐怖が消え、官能の波にのみこまれた。リリーが脚を彼に巻きつけて、ふたり一緒にリズムを刻む。ブルーノは終わらせたくなかったが、それを決めるのは自分ではない。ふたりを包む空気そのものが命を持っているかのように、大きくふくらみ、輝いていた。

そして、限界までふくらんで爆発し、ふたりは歓喜の波にさらわれた。

しばらくして、ブルーノはリリーの手が彼の髪のなかを探り、やさしく傷跡を撫でるのを感じた。

「きみが一度もおれに言わなかったことがある」彼は言った。「おれはその言葉をきみに言った。でもきみはおれにそれを言ってはくれなかった。少なくとも、おれは直接聞いていない」

リリーが唇をゆがめた。「そうね。でも、あなたはわたしのことをよく知っているでしょう？　わたしは頑固な女なのよ」

「ああ、頑固きわまりないね。自分の子でもない赤ん坊ふたりを助けるために、燃える建物のなかに駆けていくくらいだからな」

「あなたもそうしたじゃない」

ブルーノは肩をすくめた。「あれはおれの弟と妹だった。それに、あそこにはきみもいた。おれはきみなしでは生きていけない」

リリーの目に涙が浮かんだ。「あまりにもいいことが起こると、それが本当にあったことだとは思えなくなるものよ。わたし、あなたがあまりにすてきだったから、これは夢に違いないと思ったの」彼女が認めた。「そしてすべてが崩壊して、もうだめだと思ったとき、突然、あなたがまた現れた。驚いていない自分もどこかにいたわ。最初から、これは現実に起きていることだと信じていなかったのかもしれない」

「あまりにもいいことが起こると、本当にあったことだとは思えなくなる」彼は言った。「おもしろいことを言うんだな、リリー。でも、すべて現実に起きたことだよ。そして、おれはまだ、きみがあの言葉を言うのを待ってるんだぜ。さあ、そろそろ言えよ。はじめて言うときがいちばん大変なんだ。とにかく言ってみなって」

リリーは震える微笑みを彼に向けた。「あのね、ブルーノ。先に言わなければならないことがあるの。それは——」

「知っている」ブルーノはさえぎった。「きみが何を言うつもりかはわかってる。いつかは切りだされるんだろうと思ってた。トニオとレナのせいだ。そうだよな?」

リリーは唇を嚙んだ。「あの、実は——」

「たしかに認めるよ。おれの家はめちゃくちゃなありさまだ。バスルームはおむつのバケツでくさいし、キッチンのシンクは哺乳瓶だらけだし、しょっちゅう洗濯機をまわさなきゃならない。ローザがおれの生活のすべてに入りこんできている。前みたいにはいかない」

「あの、それはわかっていたわ。わたしが言おうとしたのは——」

「思いつきできみをパリへ連れていくなんてことはできないよ」ブルーノの声はこわばっていた。「トニオとレナを引きとったのはおれの決断だ。おれはそれをひとりで決めた。だから、きみがそんな生活を望まないとしても、それは理解できる——」

「ブルーノ、わたし、妊娠してるの」リリーは言った。

ブルーノは彼女を見つめた。空気を求めてあえぐ。「妊娠?」

「六週目よ。わたしたち、体を重ねたでしょう、覚えてる? それも一度じゃなかった」

リリーがブルーノの顎を両手で包んで押しあげ、口を閉じさせた。そして彼の反応を待っている。心の準備をするかのように柔らかな唇をきっと引き結んで。

ブルーノの胸の奥には希望の光があふれはじめていた。「きみは、その……望んでくれているのか、その……」

「赤ん坊を産むことを？　ええ。もちろん、そのつもりよ」

「ああ」彼は力なく言った。「ええと、そうか」

「わたし、あなたが今言ったとおりのことを言うつもりだったの。あなたがもしトニオとレナで手いっぱいなら、それは理解できる。わたしはこの決断をひとりでくだした。あなたが望まないなら、あなたに責任を負わせるつもりはない――」

「ちょっと待て」ブルーノは口を挟んだ。「待ってくれ、リリー。きみは誤解してる。おれは望んでる。心から望んでるよ」そう言うと、顔を彼女のおなかにあてた。

心を落ち着けて平静をとり戻すには長い時間がかかった。感情の糸はあまりに深いところにまで張りめぐらされていて、すべてがほかのあらゆるものと絡みあっていた。マンマ。トニー。失われた兄弟姉妹たち。

そして今、突然、自分の前に未来が現れた。

リリーがブルーノの頭を抱え、髪にキスをし、肩を撫でる。ブルーノは彼女の腹部に顔を押しつけた。涙がドレスに染みこんでいく。新しい生命がリリーのなかで息づいていると思うと、驚き、謙虚な気持ちになった。おれたちをひとつにしてくれるものがここにいるのだ。

彼はうれしくなった。トニオとレナに、弟か妹ができるのだ。

ブルーノははなをすすって涙をぬぐい、頭をあげた。「ああ、しまった。きみのドレスを汚してしまったな」

リリーは声を出さずに笑い、足もとに転がっていたバッグからティッシュを一枚とりだした。「いいのよ、そんなこと。というわけで、あなたの人生はおむつと哺乳瓶だらけだけど、わたしの人生もそうなるわ、あと数カ月もすればね。それで思ったんだけど——」

「おれと結婚してくれるかい？」ブルーノはだしぬけに言った。「今すぐ」

リリーが凍りつく、「あの……ええと……」

「おれは婚外子として育った。だから自分の子供にはおれの名前をつけてやりたい。そう強く感じるんだ。きみがそれを古くさいと思わないでくれるといいんだが」

彼女が目を丸くして首を振る。言葉を失っているかのように。

「よかった」ブルーノは満足げに言った。「おれの名前だ。何もかもがおれのものになる」

「ちょっと、その言い方はどうなの？」

「みんなに話しに行こう」彼はせかした。「今すぐだ」

「あら、だめよ」リリーが澄まして言う。「先に身なりを整えないと」

ありがたいことに、その小さな書斎にはバスルームがついていた。リリーが身だしなみを整えるあいだ、ブルーノはドアの外で立っていた。

彼は幸せが怖かった。あまりにつきすぎて、現実とは思えない。

ブルーノはドアから目を離さなかった。それでも不安でならなかった。リリーが鏡のなかに消えてしまうのではないか、煙のように消えてしまうのではないか、換気口から抜けだしてしまうのではないか、と。

しかし数分後、ドアは開き、そこに彼女がいた。ドレスをきれいに整え、メイクを直している。唇はまっ赤に塗られていた。髪をまとめていたピンははずされていて、髪がくるくると波打っている。ブルーノは目の奥がつんと痛くなるのを感じた。

「ああ、きみはなんて美しいんだ」

リリーのまつげがさっと下を向き、唇の端があがる。「ありがとう。あなたもすてきよ」

「おれはとても幸せだ。幸せすぎて、気絶するかもしれない」ブルーノは警告した。

「問題ないわ」リリーが請けあった。「あそこにある氷のバケツを持ってきて、あなたの頭にぶちまけてあげる。この披露宴にお楽しみを提供するのが、神から与えられたわたしたちの仕事みたいだから」

彼の胸が震えた。「おれたちが一歩あそこから出ていった瞬間、みんなに知られることになるんだぞ」

「わかっているわ」彼女がきっぱりと言った。「心の準備はできているもの。そうそう、ところで」

「なんだい？」

「あなたを愛しているわ、ブルーノ」リリーが微笑み、ブルーノの目に涙があふれた。足は宙に浮いているようだ。

ふたりは廊下を歩いていくと、大広間の入口で足をとめた。音楽が聞こえてきた。バンドが最初のダンスナンバーを演奏している。その曲は『スタンド・バイ・ミー』。これ以上に完璧な選曲があるだろうか?

ブルーノは腕をさしだした。「踊っていただけますか?」

リリーが爪先立ちになり、彼にキスをする。

ふたりはドアを押し開けた。にぎやかな音と色が広がる。ざわめき、おしゃべり、音楽と笑い声が彼らを迎えた。

そしてふたりは一緒に光のなかへ進みでていった。

訳者あとがき

ファンの皆様、お待たせしました。シャノン・マッケナによる大人気のマクラウド兄弟シリーズ最新作をお届けします。マクラウド家の兄弟およびその周囲の人々の恋愛をサスペンスと絡めて描くこのシリーズ、一作目が発売されたのが二〇〇四年春のことでした。それ以来、多くの皆様に愛され続け、本作は第八弾となります。

今回の主人公は、前作『このキスを忘れない』のヒーローだったケヴと兄弟同然に育ったブルーノ・ラニエリです。最愛の母を殺されるという暗い過去を背負ったブルーノは、母が亡くなってからの少年時代、恐ろしい悪夢に悩まされて眠れない日々を過ごしました。そんなとき、悪夢と戦うすべを教え、眠れるまでいつもそばについていてくれたのがケヴでした。本当の兄のように心から頼れる存在だったと同時に、人生の師と言ってもいい存在だったのです。そのケヴが、前作で血を分けた兄弟との再会を果たしたことは、ブルーノにとって喜ばしいことではありましたが、同時に、複雑な思いを抱かざるをえない出来事でもありました。そして、ケヴが新たな人生を見いだしたころから、少年時代の悪夢がふたたびブルーノを襲うようになります。助けてくれるケヴは、もう近くにはいません。立派に成熟した男でありながら、心のどこかで、まだ成長しきれずにケヴの庇護を求めてしまうブルーノ。

そんな彼の前に現れたのが、ヒロインのリリー・パーでした。リリーもまた、過酷な運命に翻弄されるひとりです。体外受精の優秀な研究者だった父が、あるときから突然何かに怯えて廃人のようになったうえに何度も自殺未遂を繰り返すようになり、ほかに身寄りのいないリリーはたったひとりで父の面倒を見てきました。高額の入院費がかかる病院に父を入れ、その支払いや自分の生活のために一心不乱に働いてきたリリーでしたが、父が謎の言葉を口にした直後に殺され、それと同時に彼女自身も何者かに命をねらわれるようになります。助かるための手がかりになりそうなのが、父の残した、〝マグダ・ラニエリの息子を見つけろ〟という言葉でした。マグダ・ラニエリの息子――それがブルーノでした。インターネットで彼のことを調べたリリーは、住んでいたニューヨークを逃れ、ブルーノの住むオレゴン州ポートランドへやってきました。素性を隠し、変装をしてブルーノに近づいたリリーですが、すぐに彼に惹かれるようになります。それはブルーノも同じでした。知りあってすぐに情熱的なひとときを過ごしたふたり。そんなふたりに敵の魔手が迫ります。誰がなんのために襲ってくるのか見当もつかないまま、ふたりの逃避行がはじまります。ふたりはやがて、ケヴをはじめとするマクラウド兄弟やその友人たちの協力を得ながら、敵との戦いに挑みます。

毎回ひと筋縄ではいかない敵が登場するこのシリーズですが、今回の敵、キングもまた、常人には理解できない奇想天外な発想の持ち主です。彼の立てた壮大な計画に、皆様も思わずうなってしまうことでしょう。もちろん、ラブシーンのセクシーさも健在です。ホットなラブシーンとスリリングなサスペンスのコンビネーションをどうぞお楽しみください。

著者のシャノン・マッケナは、ニューヨークでシンガーをしていたころにたまたまイタリアから来ていたミュージシャンと恋に落ち、彼について、言葉もわからなければ知りあいもいないイタリアに渡りました。ロマンティックな女性であると同時に大胆な冒険家でもあるようです。そんな彼女が描くヒロインたちは、彼女同様強さと冒険心を持っているように思われます。

さらに続くマクラウド兄弟シリーズ、次作のヒーローは、本作で重要な役割を果たしたアレックス・アーロ。お相手は、リリーの親友として名前だけ登場したニーナです。ソーシャルワーカーとして活躍しているニーナと、ウクライナ・マフィアの家に生まれながら、家族と決別したアーロがどのような物語を展開していくのか、こちらも楽しみです。さらに、少し飛んで十一作目では、やはり本作で重要な役割を果たしたふたりが登場するようです。このシリーズ、何作目まで続くのか現時点では不明ですが、まだまだしばらくは目が離せません。

23 ザ・ミステリ・コレクション

朝《あさ》まではこのままで

著者　シャノン・マッケナ

訳者　幡《はた》　美紀子《みきこ》

発行所　株式会社　二見書房
東京都千代田区三崎町2-18-11
電話　03(3515)2311［営業］
03(3515)2313［編集］
振替　00170-4-2639

印刷　株式会社　堀内印刷所
製本　株式会社　村上製本所

落丁・乱丁本はお取り替えいたします。
定価は、カバーに表示してあります。

ISBN978-4-576-15140-3
http://www.futami.co.jp/

そのドアの向こうで

シャノン・マッケナ
中西和美 [訳]

亡った父のために十七年前の謎の真相究明を誓う女と、最愛の弟を殺されてすべてを捨て去っていった男。復讐という名の赤い糸が結ぶ、激しくも狂おしい愛。衝撃の話題作!

影のなかの恋人

シャノン・マッケナ
中西和美 [訳]

【マクラウド兄弟シリーズ】

サディスティックな殺人者が演じる、狂った恋のキューピッド。愛する者を守るため、元FBI捜査官コナーは人生最大の危険な賭けに出る! 官能ラブサスペンス!

運命に導かれて

シャノン・マッケナ
中西和美 [訳]

【マクラウド兄弟シリーズ】

殺人の濡れ衣をきせられ過去を捨てたマーゴットは、そんな彼女に惚れ、力になろうとする私立探偵のデイビーと激しい愛に溺れる。しかしそれをじっと見つめる狂気の眼が…

真夜中を過ぎても

シャノン・マッケナ
松井里弥 [訳]

【マクラウド兄弟シリーズ】

十五年ぶりに帰郷したリヴの孤独な書店が何者かに放火され、そのうえ車に時限爆弾が。執拗に命を狙う犯人の目的は? 彼女を守るため、ショーンは謎の男との戦いを誓う…!

過ちの夜の果てに

シャノン・マッケナ
松井里弥 [訳]

【マクラウド兄弟シリーズ】

傷心のベッカが恋したのは孤独な元FBI捜査官ニック。狂おしいほど求めあうふたりに卑劣な罠が……この愛は本物か、偽物か──息をつく間もないラブ&サスペンス

危険な涙がかわく朝

シャノン・マッケナ
松井里弥 [訳]

【マクラウド兄弟シリーズ】

あらゆる手段で闇の世界を生き抜いてきたタマラ。幼女を引き取ることになったのを機に生き方を変えた彼女の前に謎の男が現われる。追っ手だと悟るが…

このキスを忘れない

シャノン・マッケナ
松井里弥 [訳]

エディは有名財団の令嬢ながら、特殊な能力のせいで家族にすら疎まれてきた。暗い過去の出来事で記憶をなくしたケヴと出会い…。大好評の官能サスペンス第7弾!

二見文庫 ロマンス・コレクション